CB139779

O Estandarte da Honra

Jack Whyte

O Estandarte da Honra

Tradução
Francisco Innocêncio

EDITORA RECORD
RIO DE JANEIRO • SÃO PAULO
2010

CIP-Brasil. Catalogação-na-fonte
Sindicato Nacional dos Editores de Livros, RJ

Whyte, Jack, 1939-
W618e O estandarte da honra / Jack Whyte; tradução de Francisco Innocêncio. – Rio de Janeiro: Record, 2010.
(Trilogia dos Templários ; 2)

Tradução de: Standard of honour
Continuação de: Os cavaleiros de preto e branco
ISBN 978-85-01-08132-2

1. Templários – Ficção. 2. Cruzadas – Ficção. 3. Ficção escocesa. I. Innocêncio, Francisco R. S. II. Título. III. Série.

09-3458. CDD: 828.99113
CDU: 821.111(411)-3

Título original em inglês:
Standard of Honour

Copyright © 2005 by Jack Whyte

Editoração eletrônica: Abreu's System

Texto revisado segundo o Novo Acordo Ortográfico da Língua Portuguesa

Todos os direitos reservados.
Proibida a reprodução, no todo ou
em parte, através de quaisquer meios.

Direitos exclusivos de publicação em língua portuguesa somente para o Brasil
adquiridos pela
EDITORA RECORD LTDA.
Rua Argentina 171 – Rio de Janeiro, RJ – 20921-380 – Tel.: 2585-2000
que se reserva a propriedade literária desta tradução

Impresso no Brasil

ISBN 978-85-01-08132-2

PEDIDOS PELO REEMBOLSO POSTAL

Caixa Postal 23.052 - Rio de Janeiro, RJ - 20922-97

CÓPIA NÃO AUTORIZADA É CRIME
ABDR
ASSOCIAÇÃO BRASILEIRA DE DIREITOS REPROGRÁFICOS
RESPEITE O DIREITO AUTORAL
EDITORA AFILIADA

Primeira Parte: 1187 d.C.

Os Cornos de Hattin

UM

Soldados adoram reclamar; consideram isso um de seus direitos e sempre o fizeram, desde os mais primevos dias da vida militar, independentemente do posto a que pertençam ou do lado por que lutem. Eles conhecem sua profissão — pelo menos acreditam conhecer — e cada um deles crê, no mais íntimo do seu ser, que sabe melhor do que seu general no comando o que realmente tem de ser feito em qualquer dia a se considerar.

— Nós nunca deveríamos ter deixado La Safouri. Em nome de Cristo, até um cego pode ver isso.

— É mesmo? Então por que nenhum cego se manifestou e disse isso antes de partirmos? Eu tenho certeza de que Ridefort teria escutado e prestado atenção, especialmente em se tratando de um cego.

— Pode enfiar esse sarcasmo no seu traseiro, Belin, eu sei o que estou dizendo. O que nós estamos *fazendo* aqui?

— Estamos esperando que nos digam o que fazer. Esperando para morrer. É isso o que os soldados fazem, não é?

Alexander Sinclair, Cavaleiro do Templo, escutava a intensa discussão, embora travada em voz baixa, que se desenrolava às suas costas, mas esforçava-se para parecer alheio a ela, pois, ainda que estivesse parcialmente de acordo com o que sir Antoine de Lavisse reclamava com tanta amargura, não podia permitir que ninguém o visse concordando com ele. Isso poderia ser prejudicial à disciplina. Enrolando mais a echarpe ao redondo rosto, ele se levantou no estribo para vasculhar o acampamento às escuras em torno deles, ouvindo os sons abafados dos movimentos invisíveis que estavam por todo lugar e outra voz, árabe, gritando a distância: "*Allahu Akbar*" — Deus é grande. Atrás dele, Lavisse ainda resmungava.

— Por que um homem... qualquer homem... mentalmente são deixaria uma posição forte e segura, com muros de pedra e toda a água fresca de que seu exército pudesse necessitar, para marchar deserto adentro no auge do verão? E contra um inimigo que *vive* nesse deserto, pulula como gafanhotos e é imune ao calor? Diga-me, por favor, Belin. Eu quero saber. Eu preciso saber a resposta para essa pergunta.

— Então não pergunte a mim. — A voz de Belin era tingida de desgosto e frustração. — Vá perguntar a Ridefort, em nome de Deus. Foi ele quem convenceu o idiota do rei a fazer isso, e eu não tenho dúvida de que ficará contente em lhe contar o porquê. E depois ele provavelmente o mandará subir em sua sela, vendará seus olhos e o enviará sozinho, com a bunda de fora, como uma oferta de diversão para os sarracenos.

Sinclair deu um suspiro cortante de contrariedade. Era injusto depositar a culpa pela situação em curso unicamente nos ombros de Gerard de Ridefort. O grão-mestre do Templo era um alvo fácil e proeminente demais. Além disso, Guy de Lusignan, rei de Jerusalém, *precisava* ser incitado se tivesse de conquistar qualquer coisa. O homem era rei apenas no nome, coroado por insistência de sua esposa cegamente apaixonada, Sibila,* irmã do antigo rei e agora a legítima rainha de Jerusalém. Ele era completamente inepto para o exercício do poder, congenitamente fraco e

---

* Sibila de Jerusalém (c. 1160-1190), irmã de Balduíno IV, foi rainha de Jerusalém de 1186 a 1190. (*N. do T.*)

indeciso. Os homens que discutiam às costas de Sinclair, porém, não estavam interessados em agir de forma sensata. Reclamavam unicamente por reclamar.

— Shh! Cuidado, aí vem Moray.

Sinclair franziu o cenho para a escuridão e virou ligeiramente a cabeça para que pudesse ver seu amigo, sir Lachlan Moray, aproximar-se, montado e pronto para fosse lá o que a alvorada pudesse trazer, embora provavelmente ainda faltasse uma hora inteira para a noite acabar. Sinclair não se surpreendeu, pois, pelo que já havia percebido, ninguém fora capaz de dormir no decorrer daquela noite horrível e enervante. O som de tosses vinha de todo lugar, o vociferar áspero e gutural de homens famintos por ar fresco e sufocados pela fumaça. Os sarracenos que enxameavam ao redor e acima deles, no alto das colinas, protegidos pela cobertura da escuridão, haviam posto o mato lá de cima em chamas no meio da noite, e o fedor de cardos resinosos em brasa ficava mais forte a cada minuto. Sinclair sentiu uma coceira ameaçadora na garganta e forçou-se a uma respiração mais curta, refletindo que dez anos antes, quando pusera os pés pela primeira vez na Terra Santa, nunca tinha ouvido falar em criatura semelhante a um sarraceno. Agora esta era a palavra de uso mais comum ali, uma palavra que servia para descrever todos os devotos e zelosos guerreiros do profeta Maomé — e mais exatamente do sultão curdo Saladino —, independentemente de sua raça. O império de Saladino era imenso, pois ele havia reunido os dois grandes territórios muçulmanos da Síria e do Egito, e seu exército era composto de todas as estirpes de infiéis, dos beduínos de tez escura da Ásia Menor até os núbios cor de ébano e mulatos do Egito. Mas todos eles falavam árabe e agora eram todos sarracenos.

— Bem, vejo que não fui o único a ter um sono tranquilo e sem sobressaltos. — Moray, que viera na direção dele e impelira seu cavalo para adiante até que ele e Sinclair estivessem montados frente a frente, ergueu os olhos para a escuridão, acompanhando o olhar de Sinclair até o ponto onde o mais próximo dos picos gêmeos conhecidos como os Cornos de Hattin se erguia sobre eles. — Quanto tempo de vida você acha que nos resta?

— Não muito, eu temo, Lachlan. Pode ser que todos estejamos mortos ao meio-dia.

— Você, também? Eu precisava que você me dissesse algo diferente, meu amigo. — Moray aspirou o ar por entre os dentes apertados, depois soprou-o audivelmente por entre os lábios contraídos. — Eu jamais teria acreditado que tantos homens pudessem morrer em consequência da loucura de um fanfarrão arrogante... da estupidez de um tirano insignificante e da covardia de um rei.

A cidade de Tiberíades, o destino que poderiam ter alcançado na noite anterior, e o lago de água fresca sobre o qual a cidade se erguia jaziam a menos de 6 milhas à frente deles, mas o governador daquela cidade era o conde Raimundo de Trípoli, e Gerard de Ridefort, mestre do Templo, havia decidido meses antes que detestava Raimundo, acusando o homem de ser um vira-casaca de muçulmanos, traidor e indigno de confiança.

Num desafio a toda lógica na questão de conseguir segurança e proteção para o seu exército, na tarde anterior Ridefort havia decidido que não desejava chegar a Tiberíades muito cedo. Tal decisão não se deu em função de qualquer relutância em encontrar Raimundo de Trípoli novamente, pois este encontrava-se em campo, com o exército, e sua cidadela em Tiberíades naquele momento era defendida por sua esposa, lady Eschiva, por causa de sua ausência. Mas quaisquer que tenham sido suas razões, Ridefort havia tomado sua decisão, e ninguém ousara contradizê-lo, uma vez que a maioria dos cavaleiros do exército era de templários. Existia uma fonte na pequena vila de Maskana, próximo de onde eles estavam naquele momento, havia ressaltado Ridefort aos seus companheiros no comando, e por isso eles passariam a noite ali e seguiriam em direção ao lago Tiberíades pela manhã.

É claro que Guy de Lusignan, como rei de Jerusalém, poderia ter vetado a sugestão de Ridefort tão logo ela foi feita, mas, fiel à sua natureza vacilante, ele aceitara as demandas de Ridefort, encorajado por Reynald de Chatillon, outro templário formidável e algumas vezes aliado do mestre do Templo. Chatillon, um rebelde depravado e perjuro, mais arrogante e autocrático até mesmo que Ridefort, era o castelão da fortaleza de Kerak, conhecida como o Castelo do Corvo, a fortificação mais magnífica do mundo, e merecia a distinção de ser o homem a quem Saladino, sultão do Egito, da Síria e da Mesopotâmia, mais odiava em todos os exércitos francos.

E assim o sinal havia sido dado, e o exército de Jerusalém, a maior armada unitária já reunida pelo reino de oitenta anos, parou e montou acampamento, enquanto as legiões da vasta força militar de Saladino — só a sua cavalaria superava a dos francos na proporção de dez para um — os cercavam quase completamente. Confinados por quase todos os lados mesmo antes de a noite cair, os 1.200 cavaleiros do exército franco, apoiados por 10 mil soldados a pé e cerca de 2 mil homens da cavalaria ligeira, montaram um desconfortável acampamento, consternados e desestimulados, infelizmente tarde demais, pela notícia rapidamente disseminada de que a fonte à beira da qual seus líderes haviam decidido parar estava seca. Ninguém havia pensado em verificá-la com antecedência.

Quando uma leve brisa se formou ao anoitecer, eles se sentiram gratos pelo frescor que ela trouxe, mas uma hora depois a estavam amaldiçoando por soprar fumaça sobre eles durante toda a noite.

Agora o céu começava a ficar claro com as primeiras luzes do dia que se aproximava, e Sinclair sabia, no fundo do peito, que a probabilidade de que ele ou qualquer de seus companheiros sobrevivessem às horas seguintes era, na melhor das hipóteses, pequena. As chances deles eram risíveis.

Os Cavaleiros do Templo, cujo lema era: "Primeiros a atacar; últimos a se retirar", adoravam vangloriar-se de que uma só espada cristã podia derrotar uma centena de inimigos. Essa crença arrogante levara a um incrível massacre de uma grande força de templários e hospitalários em Cresson, um mês e pouco antes. Todos os homens da força cristã, exceto o próprio mestre Ridefort e quatro cavaleiros anônimos feridos, haviam sucumbido à morte naquele dia. Mas o exército que os cercava nesta ocasião rapidamente provaria falsa uma insensatez tão jactanciosa, possivelmente de uma vez por todas. O exército de Saladino era composto quase inteiramente por uma cavalaria ligeira versátil e resistente. Montados em cavalos iemenitas soberbamente ágeis e com armaduras leves para lhes permitir velocidade, esses guerreiros muniam-se de armas de aço damasceno e lanças leves e letais, com varas feitas de cana. Perfeitamente treinados nas táticas de ataque rápido e recuo, eles operavam em esquadrões pequenos, velozes e altamente móveis, e eram bem organizados, bem liderados e disciplinados. Havia incontáveis milhares deles, e todos falavam a mesma língua, o árabe, o que lhes dava uma enorme vantagem sobre os francos, muitos dos quais não falavam a língua dos cristãos que lutavam ao lado deles.

Sinclair sabia havia meses que o exército que Saladino recrutara para aquela Guerra Santa — o anfitrião que agora cercava o exército franco — reunia contingentes da Ásia Menor, do Egito, da Síria e da Mesopotâmia, bem como que a liderança das várias divisões da armada havia sido confiada aos ferozes aliados curdos de Saladino, suas tropas de elite. Só a cavalaria propriamente dita, de acordo com os rumores, chegava a algo em torno de 15 mil homens, e ele vira com seus próprios olhos que a multidão de apoiadores que os acompanhava era tão vasta que preenchia completamente o horizonte ao se aproximar do acampamento franco, ocupando toda a paisagem até onde a vista podia alcançar. Sinclair ouvira claramente o número de 80 mil espadas passar de boca em boca entre suas próprias fileiras. Acreditava que o número estivesse mais próximo de 50 mil, mas não encontrava nenhum consolo nisso.

— A culpa por este desastre é de Ridefort, Sinclair. Ambos sabemos disso; então, por que você não admite?

Sinclair suspirou e voltou-se para o amigo, esfregando a ponta da manga sobre os olhos.

— Porque não posso, Lachie. Não posso. Eu sou um Cavaleiro do Templo, e ele *é* meu mestre. Eu devo obrigação a ele por votos de obediência. Não posso dizer mais nada além disso sem incorrer em deslealdade.

Lachlan Moray pigarreou e cuspiu sem olhar para onde.

— Bem, ele não é meu mestre. Por isso eu posso dizer o que quiser... e o considero insano... ele e toda a sua laia. O rei e o mestre do Templo são farinha do mesmo saco, e aquele animal do Chatillon é pior do que os dois juntos. Isto é insano e humilhante, ser enterrado aqui em tais condições. Eu quero ir para casa.

Um sorriso contorceu os cantos da boca de Sinclair.

— É um longo caminho até Inverness, Lachlan, e talvez você não consiga chegar lá ainda hoje. Melhor ficar aqui e se manter perto de mim.

— Se esses pagãos me matarem hoje, eu estarei lá antes que o sol se ponha sobre o Ben Wyvis.* — Moray hesitou, depois olhou de soslaio para o amigo. — Manter-me perto de você, está dizendo? Eu não sou da sua companhia, e você está na retaguarda.

— Não, você não é — disse Sinclair, olhando para o leste, onde o céu se iluminava rapidamente —, mas eu tenho a sensação de que, antes que o sol atinja a metade de seu caminho céu acima no dia de hoje, não fará mais diferença quem de nós cavalga com quem, templário ou não. Con-

---

* Ben Wyvis é o nome de uma montanha que se destaca na paisagem da região de Inverness, na Escócia oriental. (*N. do T.*)

serve-se ao meu lado, meu amigo, e se nós tivermos de morrer e voltar para a Escócia, então que voltemos juntos, como partimos para vir para cá. — Ele fez uma pausa, o foco de seu olhar deslocando-se ligeiramente para a luz que havia começado a arder em meio à maciça sombra negra que era a tenda real. — O rei está de pé.

— Isso é uma lástima — murmurou Moray. — Hoje, justamente hoje, seria melhor ele permanecer na cama. Assim, nós poderíamos ter esperança de fazer alguma coisa certa e sair disto com vida.

Sinclair lançou-lhe um sorriso rápido.

— Não deposite suas esperanças nisso, Lachlan. Se nós chegarmos ao fim deste dia com vida, seremos capturados e vendidos como escravos. Melhor morrer uma morte limpa e rápida...

Ele foi interrompido pelo retumbar de uma trombeta, e suas mãos caíram automaticamente sobre as armas em seu cinto.

— Aí está. Hora de nos agruparmos. Agora, lembre-se: fique perto de mim. Na primeira chance que tiver... e eu juro que não vai demorar... recue para as nossas fileiras. Nós não seremos difíceis de localizar.

Moray simplesmente assentiu com a cabeça, depois bateu no ombro do amigo.

— Eu vou tentar, desde que não tenha de deixar meus companheiros em perigo. Fique bem.

— Vou ficar, mas hoje nós estamos todos em perigo, mais do que nunca estivemos antes. A única coisa que podemos fazer agora é vender nossas vidas por um preço alto, e ao fazer isso, simplesmente porque meus confrades são todos templários, você terá mais chance de lutar ao meu lado do que eu teria de lutar com os seus companheiros, por mais bravos que eles sejam. Até breve.

Os dois homens deram meia-volta e se dirigiram às suas respectivas posições, Sinclair entre os Cavaleiros do Templo, por trás do outeiro além das tendas do rei, e Moray no meio da divisão reunida às pressas com cavaleiros cristãos e os aventureiros que haviam atendido ao chamado às armas lançado por Guy de Lusignan depois da sua coroação. Eram esses homens que agora rodeavam a pessoa do rei e a preciosa relíquia da Verdadeira Cruz que se erguia sobre todos eles.

Olhando para cima, Sinclair viu que já se aproximava o raiar do dia, o céu a leste tingido de rosa. E então tremeu, a contragosto, quando viu a nova estrela brilhante e resplandecente no céu que clareava. Ele não era supersticioso, ao contrário da maioria de seus camaradas, porém mal podia conter o sentimento de desconforto que às vezes brotava dele naqueles dias. Aquela estrela aparecera meros dez dias antes, exatamente três semanas depois do massacre dos Cavaleiros do Templo em Cresson, e a visão dela despertava temor entre os francos, pois era mais uma na longa sequência de estranhas ocorrências que eles haviam avistado nos céus nos últimos tempos. Desde o ano anterior, houvera seis eclipses solares e dois lunares. Oito sinais claros, para a maioria das pessoas, de que Deus estava descontente com o que ocorria na Sua Terra Santa. E então aparecera aquela labareda no céu, uma estrela tão brilhante que podia ser vista durante o dia. Alguns diziam, e os padres pouco acrescentavam para desencorajá-los, que era um reaparecimento da estrela de Belém, queimando novamente no céu para recordar os guerreiros francos de seus deveres para com o Deus deles e o Seu amado Filho.

Sinclair estava mais inclinado a acreditar no que se dizia entre os árabes francófonos de suas relações. Eles acreditavam que as estrelas se moviam de maneira independente umas das outras, e que várias das mais brilhantes estrelas do firmamento haviam de algum modo se deslocado num alinhamento umas com as outras e combinado sua luz para gerar aquele farol resplandecente, tão brilhante que podia ser visto mesmo ao meio-dia.

Quando alcançou o seu próprio esquadrão, Sinclair ajeitou seu elmo de ferro de topo achatado com mais firmeza sobre a fronte e percorreu seus homens com o olhar. Todos despertos e solenes; nada de galhofa ou risos naquela manhã... não que houvesse muito riso, refletiu ele, entre os Cavaleiros do Templo. Isso era oficialmente desencorajado como algo frívolo e que não conduzia a um comportamento piedoso. Ele avistou Louis Chisholm, o sargento de armas, servo pessoal de Alexander Sinclair desde a infância. Confrontado com a perspectiva de viver como homem livre quando seu empregador se juntou aos Cavaleiros do Templo, Chisholm optara por permanecer perto daquele que melhor conhecia em todo o mundo e apresentara-se como voluntário ao irmão sargento da Ordem. Agora, enquanto Sinclair se aproximava dele, contorcia-se em sua sela e olhava para cima por entre a fumaça que era conduzida pelo vento em direção aos picos dos Cornos de Hattin.

— Dizem que foi ali que Jesus pregou o Sermão da Montanha — disse ele. — Bem ali nas encostas daquela montanha. Eu me pergunto se alguma coisa que ele dissesse para aquela multidão que está ali hoje mudaria algo do que está para acontecer. — Ele se virou novamente e olhou Sinclair nos olhos, depois deslizou para um pesado sotaque escocês. — Nós percorremos um longo caminho desde Edimburgo, sir Alec, e mudamos um tanto, nós dois, desde que partimos... mas este é um lugar horrivelmente sinistro para se morrer.

— Nós não tivemos escolha, Louis — replicou Sinclair calmamente, pronunciando o nome do outro à maneira escocesa, como Lewis. — Não estava em nossas mãos.

Chisholm contorceu a boca, depois fez uma careta.

— É, bem, você sabe o que eu penso disso. — Ele olhou em volta novamente. — Está quase na hora. Os hospitalários estão começando a entrar em formação bem ali à direita. Eles se deslocarão em breve; portanto, é melhor nós nos prepararmos aqui. Você já viu quantos nós enfrentaremos lá? — Ele cuspiu e depois passou a ponta da língua sobre os dentes, sugando os grãos de areia que se encontravam ali antes de cuspir novamente. — Será uma luta breve, eu acho, mas nós tentaremos fazer com que seja das boas. Boa sorte para você, sir Alec. Eu vou estar logo às suas costas, cuidando do seu rabo.

Sinclair sorriu enquanto estendia a mão e apertava a do outro homem.

— Deus o abençoe, Louis. Eu vou ter um olho em cima de você, também. Agora, o que está causando o atraso?

Enquanto ele pronunciava essas palavras, a primeira trombeta soou e foi respondida imediatamente por outras quando o exército começou a se deslocar para suas formações de batalha, iniciando com os Cavaleiros do Hospital, que formavam a vanguarda. A divisão do rei no centro, com seu estandarte real agitando-se muito acima deles, avançou atrás dos veteranos hospitalários, embora, cercados como estavam, não houvesse uma frente claramente definida para os Cavaleiros do Hospital confrontarem. Não obstante, os cavaleiros da guarda real entraram em formação às costas do rei, assim como os prelados e padres cristãos, portando o imenso e elaborado relicário que continha o fragmento da Verdadeira Cruz de Cristo, supostamente descoberta pela imperatriz Helena, mãe de Constantino, o Grande. O relicário, talhado no formato de uma gigantesca cruz de madrepérola incrustada de joias e pedras preciosas, proporcionava um ponto de referência altamente visível não apenas para seus protetores, mas também para os atacantes.

Além das formações em bloco da armada cristã, envolvendo-os completamente, a grande força de Saladino revoluteava e se movimentava, agora visível, ainda que obscurecida de tempos em tempos pela fumaça à deriva e pela poeira levantada por seu próprio deslocamento. Eles esperaram com paciência — e majoritariamente em silêncio — para ver o que o exército cristão tentaria fazer.

A multidão em torno de Sinclair estava anormalmente calma. Cada homem se erguia sobre os estribos e se esticava para enxergar por cima da cabeça dos que se encontravam diretamente à sua frente na luz do amanhecer. O som que os cavalos emitiam era a única coisa inteiramente familiar — o bater de cascos, a respiração bufante e os rangidos e tinidos de selas de couro e arreios. Até mesmo os pequenos movimentos que faziam já levantavam nuvens de poeira sufocante para se somar às volutas de fumaça.

Sinclair liberou sua espada na bainha e inclinou-se ligeiramente para adiante na sela, a fim de olhar para Louis Chisholm novamente.

— Mantenha-se perto de mim, agora, Louis. Esta será uma luta impiedosa e suja.

As palavras mal haviam deixado sua boca quando um turbilhão de toques conflitantes de trombeta começou a soar, e enquanto o exército em torno deles se agitava em resposta, preparando-se para investir adiante, Sinclair se perguntou quem poderia ser o responsável por tal idiotice, pois não havia lugar algum para onde pudessem ir sem que fossem levados diretamente para o meio das massas da cavalaria inimiga. Esse único pensamento foi a última lembrança coerente que ele teria do caos que se seguiu, pois uma comoção nas fileiras dos templários às suas costas anunciou a chegada de uma pesada carga de cavalaria sarracena, que, ainda às escuras, se aproximara sem ser vista pelo oeste, sob a cobertura da fumaça à deriva.

Sinclair e seus companheiros templários da retaguarda, superados estratégica e numericamente desde o início, lutaram impiedosamente para repelir o ataque desferido pelas costas pela cavalaria de elite de Saladino. Montaram inutilmente uma carga atrás da outra contra um inimigo que todas as vezes se dispersava diante deles, apenas para se reagrupar e circundar os frustrados e fortemente armados cavaleiros. Enfurecidos pela perfídia dos arqueiros muçulmanos, que se concentravam em matar seus cavalos e depois alvejar os cavaleiros desmontados com suas pesadas armaduras, os templários eram conduzidos inexoravelmente para trás rumo às suas próprias fileiras, apenas para descobrir que o rei, por razões que só ele conhecia, havia ordenado que seus seguidores erigissem uma barreira de tendas entre ele e os inimigos que avançavam pela retaguarda. O obstáculo, frágil e ineficiente como era, ainda assim gerou o caos entre os templários sobreviventes, forçando-os a desfazer sua formação depauperada enquanto giravam e se evadiam para cavalgar entre as tendas inúteis, com a cavalaria inimiga mordendo os seus calcanhares. Nem mesmo quando ultrapassavam as paredes de lona eles encontravam algum alívio ou apoio, pois os cavaleiros do centro estavam dando voltas inocuamente em torno do rei e da Verdadeira Cruz, estorvando e impedindo os movimentos uns dos outros e alheios à necessidade de dar a si próprios espaço para lutar.

Sinclair, agindo puramente por instinto, fez um desvio para a direita e liderou seu próprio esquadrão em torno do imenso emaranhado de homens e cavalos que se debatiam, guinando fortemente para a esquerda num arco apertado, consciente de que, ao fazer isso, expunha sua direita desguarnecida aos projéteis dos arqueiros inimigos. Viu Louis Chisholm cair, atingido por pelo menos duas flechas, mas naquele momento ele próprio estava sob o ataque de um guerreiro que investira contra ele vindo de lugar algum sobre uma montaria pequena, intrépida e ágil. No momento em que Sinclair bloqueou a cimitarra brandida pelo sarraceno e se pôs frente a frente com o atacante por tempo suficiente para arrancá-lo da sela com um talho curto e selvagem na garganta, Louis jazia muito atrás dele, e o cavaleiro estava sendo pressionado com intensidade demais para voltar à procura dele.

O que havia sido feito dos 10 mil soldados de infantaria? Sinclair não podia ver nem sinal deles, mas nesse momento seu mundo havia se reduzido a uma minúscula arena pisoteada tomada de fumaça, poeira, caos e todos os gritos do inferno, enquanto homens e bestas eram mutilados e mortos por todos os lados. Ele testemunhou e reconheceu coisas e eventos em fragmentos de visão e pensamentos incompletos, esquecido pela urgência do próximo instante, do próximo encontro com um rosto selvagem de dentes à mostra, do próximo volteio de seu escudo ou espada. Sentiu um golpe pesado contra suas costas e salvou-se de ser desmontado unicamente por ter enganchado um cotovelo na patilha de sua sela. Isso lhe custou o escudo, mas sabia que de qualquer modo seria um homem morto se fosse golpeado novamente ou caísse. Conseguindo endireitar-se, deu um puxão nas rédeas de seu cavalo para fazer com que o animal se afastasse da ameaça. Então, pelo intervalo de algumas pulsações de seu coração, Sinclair se encontrou nos limites da peleja, à beira do terreno elevado, olhando ribanceira abaixo para o local onde os hospitalários da vanguarda estavam completamente cercados, isolados do corpo da armada por uma porção de cavaleiros inimigos que haviam passado tranquilamente pelo estreito espaço entre a dianteira e o centro.

Ele não teve tempo para ver mais do que isso, pois sua presença ali sozinho fora notada, e ele foi atacado por dois homens de uma vez, que convergiram sobre ele de ambos os lados. Escolheu o homem da direita, o menor dos dois, e esporeou seu cavalo, que já estava ficando cansado, diretamente contra ele, com sua espada longa mantida no alto até o último momento, quando então a abaixou até a posição horizontal, permitindo que o sujeito empalasse a si próprio em sua lâmina, a velocidade de sua passagem quase arrancando a arma das mãos de Sinclair. Arquejante, ele fez com que o cavalo desse uma meia-volta para a esquerda, procurando o segundo homem, que agora estava logo atrás dele. Seu cavalo recuou e se esquivou, tomado de surpresa pela sombra que se precipitava sobre ele. Numa manobra que havia praticado incontáveis vezes, Sinclair inclinou-se para a frente sobre a sela e depois, levantando-se sobre os estribos, deixou cair as rédeas sobre o pescoço retraído do cavalo e sacou sua adaga. Um impulso em linha reta da espada desviou a estocada da lâmina do inimigo e, quando seus corpos se aproximaram, ele o apunhalou de baixo para cima, ferroando desesperadamente com o punhal de lâmina simples, com trinta centímetros de comprimento, que estava em sua mão esquerda. A ponta bateu em um ornamento metálico da armadura acolchoada no peito de seu atacante e foi desviada para cima, enterrando-se na carne macia sob o queixo, o choque do impacto derrubando-o da sela para trás, com os calcanhares para cima. Sinclair instintivamente se agarrou com mais força à sela, preparando-se para o peso em queda do homem morto, mas o punhal de lâmina curta libertou-se com facilidade, e ele conseguiu endireitar-se. Vacilou de maneira indefesa pelos poucos momentos necessários para que ele visse que estava sozinho novamente, num turbilhão de relativa quietude.

Raios de sol reluziam nos metais acima e além dele na claridade da manhã, e Sinclair ergueu os olhos para ver que outra batalha distante tomava lugar sobre as encostas do monte Hattin. Formações de infantaria, obviamente cristãs, pareciam desprender-se da crista da alta cadeia montanhosa e se dirigir para baixo e para oeste, rumo a Tiberíades. Mas então ele ouviu seu nome ser chamado e de novo deu meia-volta para ver um grupo coeso de seus companheiros de luta avançando em sua direção. Sinclair esporeou novamente seu cavalo e cavalgou para juntar-se a eles, vagamente atento às flechas que tomavam o ar à sua volta como vespas enraivecidas, e juntos tornaram a investir colina acima rumo à tenda real, a fim de defender o rei Guy e a Verdadeira Cruz. Uma vez lá, próximos do rei, eles ganharam uma breve trégua enquanto o inimigo recuava momentaneamente para reagrupar-se, e Sinclair, olhando para as alturas distantes com seus companheiros, viu que um evento trágico se desenvolvia.

A infantaria — sob ordens de quem nunca se soube — tentava escalar as escarpas do monte Hattin. Eles estavam quase atingindo o topo quando foram bloqueados por mais uma formação de cavalaria do suprimento inexaurível de Saladino. A encosta inteira parecia estar em chamas ali, e toda a brigada de infantaria — 10 mil homens apoiados por 2 mil soldados da cavalaria ligeira, aparentemente tornados insanos pela sede e pela fumaça — deu a volta e iniciou uma correria desesperada para baixo, rumo ao santuário que a visão distante das águas do lago Tiberíades, cintilando muito abaixo deles sob o sol da manhã, lhes proporcionava. Era evidente que eles pretendiam romper as fileiras inimigas e abrir caminho até o lago, mas Sinclair percebeu exatamente, e com repugnância, o que estava para acontecer. Não havia nada que ele pudesse fazer, e seu dever era claro — ele e os companheiros tinham suas próprias ameaças para enfrentar —, por isso ele teve pouco tempo para assistir ao massacre que ocorreu nas encostas mais baixas, onde a cavalaria sarracena simplesmente recuou diante da investida e deixou que seus arqueiros a cavalo exterminassem a infantaria que avançava. Dentro de uma hora estava tudo acabado, em plena vista do outeiro onde se erguia a tenda do rei. Não houve sobreviventes, e rígidos que estivessem enquanto a carnificina acontecia abaixo deles, não houve um só cavaleiro entre as fileiras que circundavam o rei que ficasse alheio ao fato de que 12 mil de seus homens haviam morrido em vão lá embaixo, além do alcance de qualquer auxílio que eles pudessem ter pensado em oferecer.

Os sarracenos também a viram, e sua resposta foi um frenético ataque contra o destacamento a cavalo no alto do outeiro. Eles pressionaram impiedosamente por todos os lados, avançando e recuando em ondas, com a intenção de dizimar os cavaleiros montados pelo puro peso da superioridade numérica. Saladino, como Sinclair mais tarde saberia, calculara exaustivamente esse ataque com meses de antecedência e decidira que seus arqueiros a cavalo seriam seu trunfo mais forte no combate aos cavaleiros cristãos pesadamente encouraçados e, tendo tomado essa decisão, assegurara-se de que a logística desse suporte à sua teoria. Cada arqueiro havia ido para a luta com uma aljava cheia de flechas, e setenta camelos de seu comboio de carga haviam sido carregados com flechas extras para reabastecê-los. Os cavaleiros francos caíram rapidamente, massacrados e abatidos por saraivadas de projéteis disparados contra eles por todos os lados.

DOIS

Lachlan Moray viu sir Alexander Sinclair cair, mas não soube dizer se seu amigo estava ferido ou não, pois o que viu tombar foi, na verdade, o cavalo dele, com o peito e os flancos cravejados de flechas. Quanto a Sinclair, ele apenas avistou enquanto o cavaleiro de túnica branca era lançado para fora da sela e desaparecia por trás do volume posterior do animal, caindo à sua esquerda e sumindo de vista por entre as pedras daquele lado, enquanto seus companheiros templários lutavam para controlar as montarias aterrorizadas e dar batalha ao esquivo inimigo.

O próprio Moray já se encontrava desorientado, tendo-se subitamente descoberto como o único sobrevivente de um grupo de seis cavaleiros que seguiam em direção ao rei Guy e sua comitiva. Eles haviam ficado momentaneamente isolados, separados do destacamento real em retirada por um declive íngreme e pedregoso, e antes que pudessem alcançar os outros haviam sido escolhidos a dedo pelos arqueiros inimigos. Moray nunca vira nada remotamente parecido com a salva de flechas que os atingiu; era quase opaca, um súbito escurecimento do ar enquanto os projéteis letais desciam sobre eles como um enxame de vespas enfurecidas e, antes que ele pudesse apreender o que havia acontecido, descobrira-se só, seus companheiros varridos de suas selas para a morte. Miraculosamente, embora ele não tivesse pensado nisso sob esse ângulo durante algum tempo, tanto ele quanto seu cavalo permaneceram ilesos. Ele fora atingido apenas por uma flecha, e esta havia passado de raspão pelo adorno de seu ombro, jogando-o para trás em sua sela, mas sem causar dano algum.

Sozinho e vulnerável, Moray sabia que estaria morto antes que pudesse incitar sua montaria pela escarpa rochosa acima dele. Recordando as palavras de Sinclair, voltou-se para procurá-lo encosta abaixo, bem a tempo de reconhecer seu amigo e vê-lo ir ao chão. Praguejando, o cavaleiro escocês esporeou sua montaria com força, procurando em vão à sua volta por um inimigo para golpear enquanto se precipitava até o local onde Sinclair havia caído. Mas nenhum guerreiro inimigo chegou ao alcance de sua espada, e ele se lançou de sua sela ao lado da montaria morta de Sinclair, sem fazer qualquer tentativa de amarrar seu próprio cavalo e notando que os Cavaleiros Templários que momentos antes estavam apinhados ali haviam se afastado.

Ele rastejou diretamente até o primeiro cavaleiro caído que viu e se acocorou sobre ele, usando o corpanzil de um cavalo morto como proteção. Mas o cadáver não era de Alec Sinclair, tampouco do homem que jazia além dele, num amontoado de membros encouraçados. Mais além, dois homens encontravam-se caídos, perfurados por muitas flechas, mas ele pôde ver que estavam muito longe de ser seu amigo caído. Não havia nem sinal de Alec Sinclair. Nesse meio-tempo, seu cavalo havia se afastado a rédeas soltas, saltando e corcoveando, enervado pelo cheiro de sangue. Por um momento Moray considerou a possibilidade de ir em busca dele, pensando que de algum modo Sinclair devia ter escapado por sua própria conta, mas reprimiu o impulso rapidamente, pois um cavalo sem cavaleiro não era um alvo, mas um homem correndo, era. Por isso ele deixou que o animal se fosse, na esperança de que logo parasse e esperasse por ele.

Moray levantou-se e ficou de cócoras para olhar à sua volta, tendo a consciência, no fundo de sua mente, de que parecia não estar em perigo, pelo menos naquele momento. Ele avistou uma fenda nas rochas próximas, uma falha ensombreada entre o bloco de pedra mais próximo e o que estava diretamente atrás deste. Avançou a passos rápidos na direção dela e viu uma perna guarnecida de armadura se projetando para fora de uma brecha estreita que, no entanto, era mais larga do que parecera a princípio. Após correr mais dois passos, ele estava próximo o bastante para se agachar e espiar para o interior do espaço oculto. O corpo ali dentro estava deitado de face para cima: era Sinclair. Para alívio de Moray, seu amigo parecia estar sem ferimentos, pois não havia sangue visível sobre ou ao redor dele. Sinclair estava inconsciente, porém, e Moray rapidamente escalou a fenda e curvou-se sobre ele. Seu ombro esquerdo estava anormalmente retorcido e o membro ligado a ele estava deslocado sob suas costas, onde a natureza nunca pretendeu que ele estivesse. Moray arrastou-o mais para dentro da fenda, onde poderia deitá-lo reto no que se revelou um pequeno abrigo semelhante a uma caverna, formado por três grandes lajes de rocha polidas pelo vento, uma das quais compunha um teto angular sobre as outras duas.

Sinclair estava profundamente inconsciente; o lado esquerdo de seu elmo de ferro de topo achatado estava arranhado e incrustado com um resíduo de areia cinzenta que correspondia a algumas pronunciadas raspagens na pedra com a qual ele obviamente havia se chocado de cabeça ao cair. Pensando com rapidez, então, e conscientemente grato pelo fato de que não ouvia nada de ameaçador acontecendo nas proximidades, Moray estendeu o outro homem em todo o seu comprimento e tentou alinhar o braço torcido. Este se moveu, mas não para a posição original, e Moray soube que o ombro havia se deslocado com a queda. Naquele momento, porém, ele não sabia se o braço em si estava quebrado, de modo que se sentou com as costas apoiadas em um dos lados do abrigo, pousou a espada não usada e limpa de sangue ao seu lado e, em seguida, enlaçou as pernas ao corpo de Sinclair e puxou brutalmente o membro ferido, virando-o com força até senti-lo deslocar-se e estalar de volta ao lugar. A dor, que teria sido intolerável se Sinclair estivesse acordado, não conseguiu penetrar seu estado de consciência naquele momento, e Moray caiu para trás, grato e exausto. Ele começou a olhar em volta. Eles estavam completamente ocultos ali, percebeu; a única coisa que podia ver em qualquer direção era uma extensão de céu acima da fenda pela qual entrara. Ele escutou, então. Havia sons aos montes lá fora, ruídos de batalha e gritos de homens e animais morrendo, mas estavam muito longe, e ele suspeitou que viessem da encosta muito acima deles, embora soubesse que podia estar interpretando erradamente os sons refletidos e distorcidos pelas pedras dos arredores. Cautelosamente, olhando de novo para o inconsciente Sinclair, ele tornou a se mover até a entrada e ergueu-se lentamente, mantendo a cabeça à sombra do bloco de pedra inclinado acima dele, até conseguir avistar o terreno circundante.

Não havia uma só alma viva até onde sua vista podia alcançar. Moray ergueu-se mais, sem fazer movimentos súbitos, até conseguir enxergar colina acima, além da face da grande rocha à sua frente. Mesmo assim, contudo, pôde ver pouco, por causa dos blocos de pedra espalhados pelo terreno atrás do abrigo. Definitivamente todo o barulho vinha lá de cima, porém, e o silêncio que cercava seu refúgio parecia fantasmagórico em comparação. Encorajado, ele saiu do esconderijo devagar, mantendo a cabeça baixa e rastejando para a frente por entre pedras volumosas e afloramentos de rocha, até encontrar um ponto privilegiado que lhe permitisse observar sem ser visto. Havia homens para onde quer que ele olhasse, todos sarracenos e todos seguindo velozmente rumo ao alto da crista rochosa para a qual o rei Guy e seus apoiadores haviam sido arrastados, e no cume, quando ele finalmente pôde enxergar, percebeu o pulular de guerreiros a cavalo. Moray avistou a Verdadeira Cruz em seu envoltório de madrepérola magnificamente incrustado de joias erguida muito acima da multidão que se agitava, com a grande tenda do rei Guy que se elevava atrás dela marcando o centro das forças cristãs. Mas naquele preciso momento a Cruz ereta balançou de maneira alarmante, depois se endireitou brevemente e por fim tombou e desapareceu de seu campo de visão. Ele estremeceu de horror quando a própria tenda real desabou e sumiu de vista, seus cordames evidentemente cortados. O imediato e crescente uivo de triunfo vindo das alturas acima dele contou a própria história por si próprio: a vitória em Hattin havia sido dos Seguidores do Profeta.

Aturdido e nauseado, incapaz de acreditar na rapidez com que a armada da Cristandade fora destruída, ou de até mesmo começar a imaginar o que viria na esteira de tal conquista, sir Lachlan Moray virou-se e voltou o olhar para as encostas abaixo das rochas que o haviam abrigado. Corpos jaziam por todo lado, tanto de homens quanto de cavalos, e poucos entre os mortos trajavam os mantos do deserto usados pelos guerreiros de Saladino. Mais abaixo, onde a infantaria franca havia feito sua investida inútil, os cadáveres jaziam em montes e pilhas sobrepostas, como uma longa e espessa lagarta feita de corpos que se estendia desde onde eles haviam começado seu malfadado avanço até o ponto em que o último dos 10 mil caíra. Com o cenho fechado e a boca seca, sacudindo a cabeça em descrença, ocorreu-lhe o pensamento de que deveria estar chorando por tamanha perda. Dez mil corpos num só lugar. Seu próximo pensamento foi que não deveria estar vivo, e por um breve momento ele se perguntou por que teria sido poupado, mas então soube que era apenas uma questão de tempo até que ele e Sinclair fossem descobertos e mortos como os outros, pois os devotos do Profeta pareciam não estar tomando prisioneiros. Ele engoliu em seco, sentindo a garganta ressecada, e agachou-se em seu esconderijo, fixando o olhar colina abaixo. Abutres já voavam em espirais descendentes, pousando em número crescente para se banquetear com os mortos e, enquanto os observava, a percepção do tempo escapou-lhe, e, como por encanto, ele perdeu toda a noção de quem era e de onde estava. No entanto, ele se empertigou em choque instantaneamente, outra vez vibrantemente vivo, quando um lamento de agonia alto e agudo o informou de que seu amigo Sinclair não estava mais desacordado. Momentos depois, ele rastejava de volta ao local oculto entre as rochas, mantendo a cabeça baixa e quase choramingando de terror diante do pensamento de que o inimigo podia ouvir o som que Sinclair estava fazendo antes que ele pudesse alcançá-lo e abafar seus gritos. Mas subitamente o ruído parou, e o silêncio que se seguiu, quebrado apenas pelo som arrastado de seus pés calçados de botas sobre as pedras, pareceu-lhe uma bênção.

Moray agachou-se com as pernas abertas na entrada do abrigo e olhou para Sinclair, seu coração ainda disparado pelo susto. Ficou aliviado ao ver que seu amigo ainda estava vivo, pois havia começado a duvidar disso, tão repentina e abrupta havia sido a passagem do lamento à quietude. Mas agora ele podia ouvir por si mesmo que Sinclair respirava de maneira estertorosa, o trabalhoso subir e descer de seu peito visível mesmo sob o volume da armadura. Então, antes que Moray pudesse se aproximar dele, Sinclair atirou violentamente um dos braços para fora e começou a se lamentar novamente, sua cabeça debatendo-se de um lado para o outro. Moray alcançou-o de um só pulo e pressionou sua mão sobre a boca do homem inconsciente e, no momento em que o fez, os olhos de Sinclair subitamente se abriram e ele ficou em silêncio, fitando o rosto inclinado sobre ele.

Vendo inteligência e sanidade naqueles olhos, Moray removeu cautelosamente a mão. Sinclair ficou imóvel por alguns momentos, ainda olhando para o amigo, e depois voltou o rosto para o bloco de pedra erodido que servia de teto para o esconderijo deles.

— Onde estamos, Lachie? O que aconteceu? Há quanto tempo estamos aqui?

Moray deixou-se cair para trás sobre os calcanhares e deu um gemido de alívio.

— Três perguntas. Isso significa que sua cabeça ainda está funcionando. Suponho que você queira uma resposta, certo?

Sinclair pareceu ignorar o comentário, pois fechou os olhos e ficou deitado por um instante sem responder, mas depois os abriu novamente e sacudiu a cabeça.

— A última coisa de que me lembro foi reorganizar alguns dos meus cavaleiros e fazê-los cavalgar colina acima, para que se encontrassem com os outros nas escarpas acima de nós. Antes disso, vimos nossa infantaria ser massacrada.

Ele tossiu, e Moray viu a cor sumir de sua face quando a dor o fez voltar de seu devaneio, mas então cerrou os dentes e prosseguiu.

— Eu também sei que, se tivéssemos nos saído bem na batalha, você e eu agora estaríamos cercados de amigos. Nós não estamos, por isso eu presumo que você veio à minha procura como eu lhe propus. Onde está Louis Chisholm?

Moray sacudiu a cabeça.

— Não faço ideia, Alec. Não vi sinal dele desde que tudo isto começou. Ele talvez tenha se dirigido para o cume com o resto deles... mas não havia segurança lá, fosse um ponto privilegiado ou não.

Sinclair retraiu-se e contemplou o outro em perplexidade.

— O que você está dizendo? Eles perderam o ponto privilegiado?

Moray comprimiu os lábios, sacudindo a cabeça.

— Mais do que isso. Eles perderam tudo. Eu vi a Verdadeira Cruz ser capturada pelos muçulmanos. Vi a tenda do rei vir abaixo, poucos momentos depois, e ouvi os uivos de vitória. Nós perdemos o dia, Alec, e temo que possamos ter perdido o próprio reino.

Chocado a ponto de ficar sem palavras, Sinclair conseguiu sentar-se, mas então sua respiração ficou presa na garganta e ele lançou um profundo e ululante gemido, a cor sumindo instantaneamente de seu rosto enquanto seus olhos se reviravam para cima como se quisessem olhar para dentro de sua cabeça, e seu corpo se contorcia em agonia; então, ele tombou novamente para a inconsciência.

Não havia nada que Moray pudesse fazer por ele, uma vez que não tinha certeza do que estava causando a dor de seu amigo. Mas Sinclair recobrou-se rapidamente dessa vez, e, embora o seu rosto ainda tivesse um aspecto cinzento e abatido quando abriu os olhos, sua mente estava lúcida.

— Algo está quebrado. Meu braço, eu acho, embora pareça ser meu ombro. Você vê sangue em algum lugar?

Moray fez que não com a cabeça.

— Não. Eu procurei assim que arrastei você para cá, achando que poderia estar ferido. Você parecia morto quando eu o encontrei, e seu braço estava fora do lugar, mas respirava, por isso aproveitei a oportunidade para colocá-lo de volta no lugar, sabendo que você não poderia sentir a dor. — Ele hesitou e depois sorriu. — Eu não sabia realmente o que estava fazendo, mas vi esse tipo de coisa ser feito duas vezes antes. O sujeito que o fez me disse que isso se chama luxação. Não encontrei qualquer outra fratura em seu braço... mas evidentemente você encontrou uma.

— É, evidentemente. — Sinclair fungou e respirou fundo. — Venha, ajude-me a sentar com as costas apoiadas naquela pedra. Isso deve tornar mais fácil descobrir de onde vem a dor. Mas seja cuidadoso. Não vá me matar simplesmente porque *você* não sente a dor.

Moray sacudiu a cabeça, não se dignando a reconhecer o humor negro do amigo, e durante os momentos seguintes concentrou-se em conduzir Sinclair até uma posição em que pudesse se sentar ereto com algum conforto e olhar à sua volta, mas isso era algo mais fácil de dizer do que de fazer, pois no decurso de suas manipulações ele descobriu que o braço esquerdo de seu companheiro pendia imprestavelmente e causava uma dor insuportável a Sinclair sempre que era solto. O osso da parte superior do braço — ele sabia que devia ter um nome, mas não conseguia sequer começar a imaginar qual seria — estava quebrado pouco acima do cotovelo. Moray acomodou o amigo com as costas retas e inclinou-se sobre ele, mantendo-o no lugar enquanto usava ambas as mãos para desatar e remover o cinto que contornava sua cintura. Isso feito, trabalhou para imobilizar o membro fraturado, enfaixando-o o mais firme que conseguiu junto às costelas de Sinclair.

Foi apenas quando já havia terminado essa tarefa e voltado a sentar-se que Moray se deu conta de que já não ouvia qualquer som vindo das encostas acima deles e de que não se lembrava de ter ouvido os ruídos se dissipando. Erguendo os olhos, descobriu que Sinclair o fitava.

— Diga-me, então, o que aconteceu?

Enquanto ouvia seu amigo relatar o que vira e ouvira, o rosto de Sinclair tornava-se cada vez mais tenso, mas ele não fez nenhuma tentativa de interrupção até que Moray finalmente ficou em silêncio. Então ficou mordendo o lábio com a fisionomia contraída, absorvendo e assimilando o que lhe havia sido contado.

— Danem-se, todos eles — disse ele, por fim. — Eles causaram isso a si próprios, com seus ciúmes e suas disputas. Eu sabia disso, no fundo de minhas vísceras, desde o momento em que eles decidiram interromper a marcha para Tiberíades, ontem. Não havia nenhuma razão consistente para fazer isso. Nenhuma razão que um bom comandante pudesse justificar. Nós já havíamos avançado 12 milhas atravessando um calor infernal e restavam menos de 6. Podíamos ter chegado em segurança antes que a noite caísse, caso tivéssemos permanecido coesos e continuado nosso avanço. Parar foi completa loucura.

— Loucura e despeito. E arrogância. Seu mestre do Templo, Ridefort, queria irritar o conde de Trípoli. E Reynald de Chatillon apoiou-o, valendo-se de sua influência sobre o rei e pressionando Guy a mudar de ideia.

Sinclair deu um grunhido, depois inspirou com um chiado de dor e amparou o braço quebrado com a outra mão.

— Não posso falar por Chatillon — disse ele por entre os dentes cerrados. — Eu não me envolvo com ele e jamais me envolvi. O homem é um selvagem e uma desgraça para o Templo e tudo o que este defende. Mas Ridefort é um homem de princípios e realmente acredito que Raimundo de Trípoli é um traidor da nossa causa. Ele tinha boas razões para desconfiar dele.

— Pode ser, mas o conde de Trípoli era a única voz de sanidade entre os nossos líderes. Ele disse que seria loucura deixar nossa base sólida em La Safouri com as massas de Saladino em movimento... e estava certo.

— É, ele estava certo, mas havia feito uma aliança com Saladino antes disso, e depois a renegou, ou pelo menos nos fez acreditar nisso. E essa aliança nos custou 130 templários e hospitalários em Cresson no mês passado. Ridefort tinha razão em não confiar nele.

— Foi Ridefort quem pôs aqueles homens a perder, Alec. Ele os conduziu, a todos eles, num ataque colina abaixo contra 14 mil homens montados. É a sua arrogância e o seu temperamento esquentado que merecem a culpa por aquilo. Raimundo de Trípoli não chegou nem perto daquele lugar.

— Não, mas se Raimundo de Trípoli não tivesse concedido ao exército de Saladino o direito de atravessar seu território naquele dia, aqueles 14 mil homens não estariam ali para provocar Ridefort. O Mestre do Templo pode merecer a culpa, mas o conde de Trípoli estava errado.

Moray deu de ombros.

— É, você pode estar certo, mas quando nós estávamos falando em deixar a segurança de La Safouri, a própria esposa de Raimundo estava sitiada em Tiberíades, e mesmo assim ele disse que preferiria perdê-la a pôr o nosso exército inteiro em perigo. Isso não me cheira a traição.

Sinclair não disse nada por alguns instantes depois disso, então fez careta outra vez, seus dentes apertados de dor.

— Que seja. Não há propósito em discutir sobre isso agora, quando o dano é irreversível. — Ele inspirou profundamente e tornou a expirar com um chiado. — Neste momento, nós temos de descobrir o que está acontecendo lá no cume. Você consegue fazer isso sem ser visto?

— Sim. Há um ponto de observação entre as rochas. Eu vou olhar.

Ele voltou numa questão de minutos, precipitando-se de lado como um caranguejo com o esforço de manter sua cabeça abaixada e fora do campo de visão de quem estivesse colina acima.

— Eles estão em movimento — sussurrou ele, deslocando-se diretamente para Sinclair e puxando-o gentilmente para baixo a fim de deitá-lo de costas. — Eles estão descendo. A encosta está cheia deles, e parecem estar todos vindo nesta direção. Em cinco minutos eles estarão por toda a nossa volta, e se não formos vistos e arrastados para fora daqui, será um milagre. Portanto, diga as suas preces, Alec. Reze como nunca rezou antes, mas em silêncio.

Em algum lugar nas proximidades um cavalo relinchou e foi respondido por outro. Cascos soaram sobre as pedras, como se estivessem exatamente acima dos homens imóveis, e depois se afastaram. Durante a hora seguinte eles permaneceram inertes, mal respirando e na expectativa de serem descobertos e capturados a cada bater de seus corações. Mas chegou o momento em que já não podiam ouvir nada, nenhum movimento, nenhuma voz, não importava com quanta intensidade apurassem os ouvidos, e por fim Moray rastejou para fora do esconderijo e olhou em torno.

— Eles se foram — anunciou ele da entrada do abrigo. — Não parecem ter deixado ninguém lá em cima, no cume, e aparentam estar se dirigindo em massa para Tiberíades.

— Sim, é para onde eles iriam primeiro. A cidadela vai se render, agora que o exército foi destruído. O que mais você viu?

— Colunas de poeira descendo das montanhas lá em cima em direção ao acampamento de Saladino, a leste de Tiberíades. É maior do que a cidade. Não pude ver quem estava descendo, por causa do declive da colina, mas eles estão levantando um monte de poeira. Quem quer que seja, estão avançando com força.

— Provavelmente prisioneiros, para obter resgate, e sua escolta.

Sir Stephen Moray ficou em silêncio depois disso, com o cenho fechado e mordiscando levemente a parte de dentro dos lábios por um momento, até que disse:

— Prisioneiros? Você acha que haverá templários entre eles?

— Provavelmente. Por que deveríamos pensar o contrário?

Moray sacudiu ligeiramente a cabeça.

— Pensei que os templários fossem proibidos de se render e devessem lutar até a morte. Isso nunca aconteceu antes, porque sempre foi a morte ou a glória. Eles nunca foram derrotados e partiram com vida, mas...

Sinclair interrompeu-o:

— É, *mas*... Você está correto... mas, ainda assim, também está errado. A regra diz para não nos rendermos diante de confrontos menores do que cinco contra um... acima disso, há espaço para a ponderação, e a diferença de hoje era devastadora. Melhor viver e ser resgatado para lutar novamente do que ser massacrado sem propósito algum. Mas nós temos deveres a cumprir. Nós precisamos encontrar um meio de voltar a La Safouri com esta notícia, e de lá para Jerusalém, por isso é melhor começarmos a planejar nossa rota. Se as forças de Saladino estão divididas em duas, a sul e a leste de onde estamos, então teremos de seguir nosso caminho de volta por onde viemos e torcer para evitar suas patrulhas. Eles vão estar por todo lugar, varrendo a área de sobreviventes como nós. Venha, ajude-me a sentar.

Moray assentiu com a cabeça e seguiu obedientemente até onde melhor poderia ajudar seu amigo, mas não estava preparado para o que se seguiu. Tão logo ele deslizou seu braço em torno da cintura do outro homem e começou a levantá-lo gentilmente, ouviu um estalo alto e repentino quando os dentes de Sinclair se travaram, e momentos depois viu a cor sumir novamente das bochechas de seu amigo, deixando-o com uma face de cera, seus lábios e testa pontilhados de suor e seus dentes rilhando em resposta à dor que se apoderara dele. Alarmado e sem saber o que fazer em seguida, Moray mal foi capaz de reconhecer a urgência com que Sinclair se esforçava e se contorcia para se virar para a direita, a fim de evitar a dor no braço quebrado. Apenas no último momento possível ele suspeitou do que estava acontecendo e esquivou-se de lado a tempo apenas de deixar que Sinclair vomitasse no chão ao seu lado.

Depois disso, Sinclair ficou tremendo e lutando para respirar, sua cabeça pendendo fracamente de um lado para o outro, enquanto Lachlan Moray se sentava ao seu lado, contorcendo as mãos e aflito sobre o que deveria fazer em seguida, pois não havia nada em que pudesse pensar para ajudar o amigo.

Gradualmente, a respiração difícil do ferido se acalmou, e seus olhos subitamente se abriram, fitando os de Moray.

— Talas — disse ele, sua voz mais fraca do que jamais estivera antes. — Nós precisamos fixar o braço e entalá-lo para que ele não possa ser movido ou agitado novamente. Há alguma coisa por perto que possamos usar?

— Eu não sei. Deixe-me procurar.

Mais uma vez Lachlan Moray rastejou para fora do esconderijo deles e desapareceu, deixando seu amigo só, mas dessa vez Sinclair perdeu toda a consciência de quanto tempo ele esteve fora, e quando abriu novamente os olhos, Moray estava acocorado sobre ele, seu rosto contraído numa máscara de preocupação.

— Você encontrou as talas?

Moray sacudiu sua cabeça.

— Não, nada suficientemente bom. Algumas hastes de flechas, mas são leves demais; não são rígidas o bastante.

— Lanças. Nós precisamos de um cabo de lança.

— Eu sei, mas os sarracenos parecem ter levado todas as armas que conseguiram encontrar quando passaram por aqui. Eles levaram os cavalos também, o que não é de se surpreender. Eu vou ter de ir mais longe colina acima para encontrar um cabo de lança.

— Então eu vou com você... depois que escurecer. Nós não podemos permanecer aqui, e é perigoso demais para nós nos separarmos. Usaremos cintos e a minha sobrecota para atar meu braço junto ao meu peito e evitar que ele se mova, e depois eu vou me apoiar em você e usá-lo como muleta. Felizmente, o meu braço da espada está sadio, caso tenhamos necessidade dele.

Eles passaram o restante daquela tarde numa série de tentativas de imobilizar o braço ferido de Sinclair, tendo percebido desde o início que não seria uma tarefa simples nem fácil. Quando eles finalmente conseguiram fixar o braço de forma tal que ele se mantivesse confortável e sem dor na maior parte do tempo, Moray já estivera diversas vezes no lado de fora para reunir flechas perdidas com as quais amparar e fixar o braço antes de amarrá-lo com firmeza no lugar. Já estava anoitecendo, e tão logo eles julgaram que estava escuro o bastante para emergir, ainda que suficientemente claro para que pudessem ver sem ser vistos, começaram a avançar rumo à crista montanhosa na linha do horizonte atrás deles. Foi uma marcha lenta e árdua, e não levou muito tempo para que o braço de Sinclair, mesmo imobilizado como estava, reagisse desfavoravelmente ao constante sacolejar da caminhada encosta acima por um terreno incerto. Dentro das primeiras poucas horas depois que sua odisseia se iniciou, ele perdeu toda vontade de falar e caminhou de cara fechada, sem que seus olhos se fixassem em nada e com a boca contorcida num ricto de dor, sua mão saudável agarrada firmemente ao cotovelo esquerdo de Lachlan Moray.

Durante essas primeiras horas, Lachlan descobriu que sua crença de que os sarracenos haviam todos descido a montanha era inexata. Havia uma forte presença sarracena no cume do campo de batalha: uma reunião de várias tendas grandes cercadas por um vasto número de guardas. Todos estavam alegres ali, e houve uma explosão de riso incontido que o deixou alerta e o fez saber que ele e Sinclair não estavam sós. Deixando Sinclair apoiado num conglomerado de blocos de rocha, ele seguiu sozinho até onde lhe foi possível ver o que estava acontecendo no topo da cadeia de Hattin, e o que viu foi suficiente para fazê-lo voltar e conduzir seu amigo, a partir de então, por uma direção completamente diferente, seguindo para noroeste, longe da presença sarracena e diretamente para La Safouri e seu oásis.

Eles caminharam do escurecer até a alvorada naquela primeira noite, embora não tenham feito nada parecido com o tipo de progresso ao qual estavam acostumados. Sem cavalos para montar, estavam reduzidos ao passo de homens comuns. Apesar de o avanço ter melhorado depois que eles venceram o âmago da colina e começaram a descer novamente em direção a La Safouri, a cerca de 12 milhas de distância, Moray calculava que eles não haviam coberto metade desse total depois de mais de sete horas de caminhada. Mas o fedor da vegetação carbonizada e deteriorada havia diminuído tão logo eles se afastaram do campo de batalha, e o próprio terreno em que o combate se travara havia sido caridosamente coberto pela escuridão da noite sem luar. Eles haviam tropeçado apenas duas vezes em corpos que jaziam diretamente em seu caminho, e um deles foi o de um cavalo com um odre cheio de água caído entre suas patas enrijecidas. Isso mitigou a sede de ambos e deu-lhes energia para se manter em movimento.

O amanhecer chegou muito cedo, e Moray se viu diante da necessidade de tomar uma decisão a respeito de como prosseguir, uma vez que estava claro que seu companheiro de olhos vidrados não seria capaz disso. Eles estavam numa extensão de dunas gigantescas, e ele sabia que o sol iria assá-los independente do que fizessem. Era melhor que seguissem em frente à procura de abrigo e de um lugar para descansar, confiando na vantagem que lhes fora oferecida pelo odre de água? Ou estariam mais seguros se simplesmente cavassem para si mesmos uma espécie de poço na encosta de uma duna e ali esperassem que a escuridão caísse outra vez? Moray decidiu-se pela primeira alternativa, apenas porque não tinham nada com que cavar um buraco de qualquer espécie, de modo que seguiu caminhando, conduzindo Sinclair, que agora vacilava a cada passo, seu olhar parado contemplando algum lugar distante que só ele podia ver.

Várias horas depois, eles emergiram das dunas para uma paisagem inteiramente distinta, pontilhada de moitas esparsas e pedras quebradas de maneira cortante. Logo descobriram um leito seco, o tipo de local que os nativos chamavam de *wadi*, e Moray fez com que seu companheiro enfermo ficasse tão confortável quanto possível à sombra de uma ligeira protuberância em uma das margens. Deu-lhe mais água para beber e depois o deixou adormecer profundamente no mirrado abrigo, enquanto ele próprio apanhava a única besta e os poucos dardos que havia resgatado do campo de batalha de Hattin e saía para caçar qualquer coisa que se movesse e pudesse ser ingerida que conseguisse encontrar. O deserto era um lugar mortal, mas Moray sabia que ele também sustentava uma variedade assombrosa de criaturas. A vida de Alec Sinclair dependia dele e de suas habilidades de caçador; por isso não dedicou um só pensamento ao próprio cansaço, que se aproximava rapidamente da exaustão. Movendo-se devagar e com grande cuidado, de modo a não alarmar as tímidas criaturas do deserto que o pudessem estar observando, Moray armou a besta e saiu à caça, seus olhos e ouvidos completamente alerta, apurados para qualquer som ou visão de movimento.

Encontrou mais de ambos do que havia previsto.

Foi uma nuvem de poeira que primeiro atraiu sua atenção e elevou seu espírito, pois era sinal de homens montados, e seguia fervilhando em sua direção vindo de La Safouri, o oásis para o qual ele e Sinclair rumavam. Por um momento ele permaneceu ali em plena vista, observando a coluna de poeira crescer enquanto os cavaleiros se aproximavam, mas então, pouco antes de eles chegarem perto o bastante para vê-lo, um distante escudo circular refletiu o brilho do sol e cintilou por um momento com sua forma inconfundível. A visão foi suficiente para fazer com que Moray caísse de joelhos e depois sobre as nádegas, suas costas pressionadas contra a pedra mais próxima. Escudos circulares eram desconhecidos entre os francos; apenas muçulmanos os usavam — objetos leves e de aspecto frágil, que, não obstante, funcionavam de maneira bela e eficiente. Enquanto estava sentado ali, digerindo o fato, viu outra nuvem de poeira, esta se aproximando do sul para encontrar a que vinha de La Safouri, e disse um palavrão, calculando que os dois caminhos convergiriam bem no local em que ele se encontrava, observando-os. Eles estavam chegando rapidamente, e Moray sabia que, se tivesse de se esconder, disporia de meros momentos para fazer isso.

Ele examinou brevemente o terreno à sua volta, procurando por um esconderijo, mas viu apenas um grupamento de blocos de rocha, que não parecia oferecer nenhum abrigo. Ele não tinha escolha, porém, e imediatamente viu que a besta que carregava seria um peso morto, impossível de despistar ou ocultar. Movendo-se com rapidez, cavou um buraco raso na areia ao seu lado e enterrou a arma, cobrindo-a o suficiente, esperava, para disfarçar sua forma sem escondê-la tão bem que não a conseguisse encontrar novamente. Depois, ciente de quão pouco tempo lhe restava antes que os cavaleiros distantes chegassem, Moray se deixou cair de bruços e rastejou na direção dos blocos, usando os cotovelos para se impulsionar e oferecendo uma rápida e agoniada prece a Deus para que mantivesse seu amigo Sinclair inconsciente e alheio ao que acontecia.

Havia cinco grandes pedras no grupamento, e nada que se aproximasse de um abrigo coberto entre elas, mas ele se meteu no meio delas até conseguir dobrar o corpo dentro do espaço criado no solo pelas formas das pedras. Era menos que perfeito, mas disse a si mesmo que só um exame direto trairia sua presença, e, além disso, não havia mais nada que pudesse fazer enquanto tudo à sua volta, visão e sons, era varrido pelo trovejar dos cascos. Ele julgou, pelo que havia sido capaz de observar, que devia haver aproximadamente duas vintenas deles, ou talvez até mesmo três, em cada um dos dois grupos, e o burburinho de vozes que substituiu o bater dos cascos parecia sustentar sua conjetura. Teve certeza de estar ouvindo uma centena de homens em elevado estado de espírito, trocando boas notícias e informações.

Moray não entendia árabe, mas estava em Outremer há tempo suficiente para ter se familiarizado com os sons e a cadência da língua, que já não o intimidava como havia feito um dia. Ele também havia conseguido apreender a pronúncia de algumas combinações, palavras e frases comuns como *Allahu Akbar*, Deus é grande, que parecia ser a expressão mais usada entre os muçulmanos. Agora ele ouvia uma única palavra, *Suffiriyya*, ser falada repetidas vezes por todos os lados. *Suffiriyya*, ele sabia, era o nome árabe para La Safouri, e Moray interpretou a excitação circundante como uma provável indicação de que o exército de Saladino havia capturado o oásis depois da partida da armada cristã para Tiberíades. Desejou que Sinclair estivesse com ele, pois o conhecimento de árabe de seu amigo era prodigioso e ele teria entendido cada palavra da algaravia que inundava a cabeça de Moray.

Frustrado pela impossibilidade de ver o que estava acontecendo, ele não teve opção a não ser continuar deitado e imóvel, torcendo para que nenhuma parte de seu corpo estivesse se projetando de tal forma que pudesse ser avistada. Quando um grupo ruidoso se aproximou diretamente do seu esconderijo, ele ficou tenso, esperando escutar um uivo que denunciasse a sua presença a qualquer momento. Ouviu os homens se deterem muito perto dele e soube que eles deviam estar parados exatamente acima de seu esconderijo, quase ao alcance das mãos do local onde ele estava deitado. Então veio uma série de rosnados e sons indecifráveis de movimento, seguidos por uma rápida e ininteligível torrente de conversações que envolviam três ou talvez quatro vozes. Ouvindo-as, contendo a respiração e desejando encolher até se tornar invisível, Moray experimentou um surto de desespero quando sentiu os músculos de sua perna se contraírem no que reconheceu imediatamente como uma cãibra muito forte. Como era de se esperar, os cinco minutos que se seguiram pareceram-lhe os mais longos de toda a sua vida, enquanto ele, deitado em agonia, incapaz de se mover ou produzir um som, sentia seus membros torturados protestarem contra o modo pouco natural como haviam sido posicionados. Moray permaneceu em silêncio, ainda assim, concentrado em ignorar a agonia e desejando que os músculos de sua perna relaxassem, e por fim, gradativamente, a dor enlouquecedora começou a ceder. Então, pouco depois disso, exatamente quando ele estava começando a aceitar a ideia de que a cãibra havia ido embora, os sarracenos também partiram, em resposta a uma série de comandos dados por uma voz alta mas distante, que soava com autoridade. Num momento havia homens acima dele falando em voz alta, e depois, sem aviso prévio, eles ficaram em silêncio e se afastaram, apenas o som de seus passos que retrocediam anunciando sua partida.

Parecia-lhe que os grupos individuais estavam novamente se separando, de volta aos caminhos que seguiam quando avistaram um ao outro pela primeira vez. Os sons cada vez mais baixos de seus gritos de despedida fizeram com que fosse fácil para ele deduzir que o primeiro grupo estava se dirigindo para leste outra vez, na direção de Tiberíades, enquanto o outro prosseguia para o norte, rumo à vastidão do deserto. Moray deu ao último deles um bom tempo para cavalgar para longe antes de sair de seu refúgio — e seu coração saltou para a boca quando viu que não estava sozinho, como havia pensado. Um sarraceno solitário jazia, aparentemente adormecido, na areia ao lado dos blocos de rocha. Moray ficou congelado por longos minutos, uma de suas mãos sobre o bloco que os separava, antes de ver o sangue que manchava a areia sob o corpo do homem.

Cautelosamente, sem ousar produzir qualquer som, ele avançou passo a passo até que ouviu — e depois viu — as nuvens de moscas que enxameavam sobre a forma recostada. O homem estava morto, seu tronco perfurado por um dardo de besta, sua camisa de cota de malha recoberta de coágulos e sua face descorada e pálida por baixo da pele bronzeada pelo sol. Ele jazia entre duas lanças longas e obviamente havia sido colocado ali com cuidado para repousar, seus braços cruzados sobre o peito, seu arco e uma aljava de flechas pousados ao seu lado, o que fez com que ficasse evidente para Moray que o sujeito havia sido um homem de alguma influência em meio ao seu povo. Suas vestes e a qualidade do arco ornamentado e da aljava ao seu lado proclamavam prosperidade e alta patente, mas seu rico manto verde estava enegrecido pelo sangue, e a reluzente túnica de fina cota de malha que ele usava havia sido insuficiente para protegê-lo da força letal do dardo de ferro que com ele arrastara a malha metálica para dentro de seu ferimento. As lanças de cada lado do corpo inicialmente intrigaram Moray, até que ele avançou para onde era possível vê-las melhor e instantaneamente percebeu que formavam uma espécie de padiola, suas extremidades afiladas separadas por uma haste curta feita de um pedaço quebrado de outro cabo de lança, mantido firmemente no lugar por amarras apertadas de couro cru que haviam sido encharcadas em seu lugar e depois deixadas para secar ao sol. A partir dessa junção, várias cordas longas de couro trançado jaziam amontoadas sobre o solo. O homem, fosse lá quem fosse, obviamente havia sido amarrado à padiola e puxado por um cavalo, pois as marcas por onde as extremidades haviam sido arrastadas eram profundas e claramente definidas. Não foi uma grande proeza para Moray adivinhar que o homem sobre a padiola tinha de estar sustentado por uma rede formada por mais tiras de couro, amarradas em volta das duas hastes de lança. Ele devia ter morrido pouco antes de sua escolta chegar àquele local, concluiu Moray, e seus camaradas, tendo-o deixado deitado de maneira tão decorosa, sem dúvida retornariam para recolhê-lo em seu caminho de volta.

Moray saiu de trás de suas rochas e olhou tudo ao seu redor, sem ver sinal algum de movimento em qualquer direção. O sol havia iniciado sua queda rumo ao oeste, mas ainda tinha um longo caminho a percorrer, e sua força era feroz, torrando a paisagem de tal modo que as pedras e até mesmo a própria areia cintilavam e reverberavam, suas superfícies deformadas e distorcidas pelo calor que se erguia em ondas palpáveis. Ele revistou rapidamente o defunto, torcendo contra toda a esperança para encontrar uma garrafa de água, mas não encontrou nada de valor além do arco e da aljava com flechas. A espada e a adaga do morto haviam desaparecido, provavelmente tomadas por seus camaradas por segurança.

Ele apanhou o arco ornamentado antes de pendurar a aljava de flechas no ombro e sair novamente para encontrar seu amigo Alec.

Sinclair ainda estava inconsciente quando Moray retornou. Linhas e rugas profundas haviam se formado em sua face adormecida e sua testa estava terrivelmente quente ao toque. Moray ficava cada vez mais apreensivo, pois sabia que para providenciar o tipo de ajuda de que seu amigo precisava ele teria de conduzir Sinclair para casa em segurança por seus próprios meios — e rápido — ou se renderem ambos à compaixão dos sarracenos. A última hipótese era impensável, de modo que ele decidiu que descansariam naquele lugar pelo restante do dia, depois caminhariam novamente ao longo da noite. Mas para onde poderiam ir, agora que La Safouri estava fechada para eles? Retornar em direção a Nazaré era a única solução que se apresentava a Moray, e essa foi a última imagem em sua mente antes de cair no sono naquela tarde, aninhado ao lado de Alexander Sinclair.

TRÊS

Quando acordou, algum tempo depois, Moray ficou imensamente aliviado ao descobrir que Sinclair estava consciente e parecia estar se recuperando, mas sua satisfação e otimismo não sobreviveram às primeiras palavras que Alec lhe dirigiu, pois a fraqueza sussurrante e aguda da voz de seu amigo chocou-o profundamente, dissipando de imediato qualquer resquício de sono. O rosto de Sinclair estava emaciado, seus olhos flamejantes estavam embotados e desfocados, e os globos oculares, intensamente afundados nas órbitas. O Alexander Sinclair diante dele naquele momento mal lembrava o homem vigoroso com quem Moray falara no dia anterior. Não obstante, embora não pudesse saber quanto da informação penetrava a letargia de Sinclair, Moray contou-lhe com paciência tudo o que havia acontecido naquele dia e explicou-lhe que eles tentariam seguir caminho para sudoeste, em direção a Nazaré, caminhando novamente ao longo da noite para evitar as patrulhas sarracenas itinerantes. Sua única preocupação, concluiu, era que Sinclair pudesse não se sentir capaz da tarefa de caminhar a noite inteira. Nesse ponto, porém, Sinclair tranquilizou-lhe em grande parte a mente ao fechar os olhos e invocar o fantasma de um sorriso. Ele poderia caminhar por toda a noite, disse naquela voz aguda e sem brilho, desde que Moray o mantivesse ereto e o apontasse na direção certa.

Essa simples promessa, oferecida de maneira tão corajosa e inocente, foi a introdução de Lachlan Moray ao inferno, pois uma hora depois de fazê-la Alexander Sinclair começou a perder completamente a noção de si próprio. Ele permaneceu acordado durante todo aquele tempo e parecia lúcido, mas quando Moray o colocou com cuidado sobre os próprios pés, amparando seu peso com um dos braços em torno de seus ombros, toda a força de Sinclair se esvaiu de uma só vez, e ele desmoronou num desmaio. De um fardo manejável, ele se transformou em um peso morto numa fração de segundo — e quase puxou Moray para baixo com ele. Arfando e murmurando palavras de inútil encorajamento, Moray conseguiu baixá-lo novamente até o solo sem derrubá-lo sobre o braço quebrado, depois se ajoelhou sobre ele, olhando com consternação para o rosto de seu amigo devastado pela dor e sentindo o desespero brotar em seu interior à medida que reconhecia a irrevogabilidade da situação de ambos.

Foi quando se encontrava ajoelhado ali, perscrutando a face impassível de Alec, que ocorreu na mente de Moray uma súbita conexão entre a inconsciência de Sinclair e a de outro velho amigo, parente e antigo capitão de Lachlan, lorde George Moray, que fora desenganado dois anos antes, após ter sido gravemente ferido.

Que o nobre escocês não houvesse morrido e tivesse se recuperado completamente se devera aos esforços de um só homem, um médico sírio chamado Imād Al-Ashraf, e Lachlan Moray lembrava-se claramente de Imād Al-Ashraf, porque o homem salvara a vida de lorde George por meio de um pó branco mágico que lhe aliviara a dor e o mantivera em estado de coma até que seu corpo alquebrado tivesse tido tempo e oportunidade de se curar.

Moray levou a mão até a sacolinha que pendia de seu cinto, enfiou o polegar e o indicador por dentro da aba saliente e pinçou o suave couro de carneiro da pequena bolsa costurada no verso da aba. Chamado às pressas por alguma emergência antes que lorde George estivesse inteiramente recuperado, Al-Ashraf declarara que o pior havia passado e que Sua Senhoria daquele momento em diante se recuperaria sem o auxílio de um médico, desde que não fizesse nada estúpido para pôr a si próprio em perigo novamente. Lachlan, que raramente saía do lado de seu senhor desde o incidente em que ele fora ferido, assegurara ao médico sírio que ele próprio assumiria a responsabilidade de cuidar disso. Al-Ashraf inclinara a cabeça em sinal de respeito e reconhecimento pela promessa e então, antes de partir, o sírio dera a Moray um pequeno pacote contendo oito doses cuidadosamente medidas do pó branco mágico que ele chamava de opiáceo, alertando-o seriamente para os perigos de usar a panaceia de maneira descuidada e com muita frequência; depois, prosseguira instruindo o cavaleiro quanto aos sinais e condições que ele devia observar antes de dar qualquer porção da droga ao homem ferido. Quando Moray já havia demonstrado um respeito de olhos suficientemente arregalados para o que lhe fora dito, Al-Ashraf prosseguira ensinando-o como misturar e administrar a droga, que eliminava a dor — ou pelo menos a consciência da dor — e induzia seu usuário ao sono. Moray não tinha noção de como as poções que ele preparava cumpriam o seu papel nem do quanto um homem precisava estar doente para requerer o uso delas, mas ele usou quatro das oito doses em lorde George nos últimos estágios da recuperação do nobre, reconhecendo os sintomas e sinais que Al-Ashraf o havia alertado a procurar quando o impaciente e rabugento lorde, ainda confinado à cama, parecia estar pondo a própria cura em risco com uma impaciência que às vezes chegava à imprudência. E todas as vezes ele havia ficado maravilhado com a rapidez com que as poções, uma vez administradas, haviam derrotado completamente seu teimoso e intransigente superior, tornando-o inconsciente e aparentemente privado até mesmo da capacidade de se agitar e se revirar durante o sono.

Moray carregara as quatro doses que não usara consigo desde então, numa crença cega, porém profunda, de que algum dia poderia ter necessidade de seus poderes mágicos para si próprio. Embora soubesse que, caso tal necessidade surgisse, ele talvez estivesse fisicamente incapaz de fazê-lo, doente demais ou ferido com muita gravidade, ainda assim não contara a ninguém sobre elas, suspeitando que seu valor pudesse tornar sua posse perigosa.

A força com que agarrava a pequena sacola tornou-se mais intensa, mas ele hesitou em soltá-la da costura que a prendia no lugar. Em seu íntimo, Lachlan tinha medo de acabar pondo seu amigo Sinclair em risco ao forçá-lo a beber algo que poderia, contra toda lógica e razão, ser venenoso, apesar do bem que ele próprio vira aquela substância fazer anteriormente. E, mesmo que ajudasse Sinclair, o pó branco acabaria com qualquer possibilidade de eles deixarem aquele lugar naquele dia, uma vez que mergulharia seu amigo num sono profundo durante horas. Mas a agonia de Sinclair era evidente. Lentamente, ainda com relutância, Moray puxou o pequeno embrulho até libertá-lo de suas costuras e o abriu, examinando as doses separadas, embrulhadas individualmente em fina musselina branca, que se encontravam dentro dele. Então, sentindo uma excitação brotar em seu peito, ele abriu uma das medidas cuidadosamente embaladas e a esvaziou no seu caneco, misturando-a em seguida com um pouco de água, para depois depositá-la no chão, ao alcance do local onde Sinclair jazia respirando pesadamente. No momento seguinte, ergueu a cabeça do amigo e o ajudou a sorver o conteúdo do copo sem derramar uma só gota.

Feito isso, deitou o amigo novamente, fazendo com que ele ficasse tão confortável quanto possível, e depois se sentou sobre os calcanhares. Numa questão de minutos, Sinclair estava profundamente adormecido, com sua respiração, assim pareceu a Moray, já regularizada e em fortalecimento. Reconhecendo a mudança, Moray sentiu-se gratificado, mas também sorriu com amargura, perguntando em voz alta a si próprio o que seria deles agora, indefesos como estavam, incapazes de se deslocar e com sua água perigosamente escassa, pois ele sabia que pelo menos uma das patrulhas muçulmanas visitaria aquele lugar novamente para recolher seu camarada morto.

Foi então que Moray se lembrou da padiola sobre a qual o homem morto no deserto havia sido arrastado atrás de um cavalo por tantas milhas. A ideia foi suficiente para dar-lhe forças, e ele saiu correndo sob a luz do final de tarde, agachado e erguendo a cabeça com muito cuidado acima da orla do *wadi* que os havia abrigado. Moray não fez nenhum movimento que pudesse trair a sua presença até ter certeza de que estava só e de que não havia ninguém lá fora procurando por ele ou olhando em sua direção.

Havia uma distância de um quarto de milha do *wadi* que os ocultava até o grupamento de rochas onde ele se escondera dos sarracenos naquela tarde, e Moray cruzou-a rapidamente, sabendo ser um alvo muito evidente. Foi diretamente para o local onde o defunto jazia ao lado do grupo de pedras e tentou rolar o corpo para fora da padiola improvisada, mas descobriu que ele havia endurecido desde que o tocara pela última vez e agora estava rígido e difícil de manusear. Mas logo tudo foi feito, e ele recolheu o aparato. A armação de lanças amarradas parecia forte e resistente, mas ele ficou surpreso com o peso inesperado dos rolos de cordas de couro trançado, que pendurou atravessados sobre o ombro, e passou por uma situação ridiculamente difícil depois disso simplesmente para se curvar e apanhar a besta e os dardos. Teve de fazer várias tentativas, lutando para manter o equilíbrio sob o fardo que carregava enquanto se inclinava e se dobrava, contorcendo-se e tateando às cegas na direção das armas que estavam sobre o solo.

Meia hora depois, estava de volta ao *wadi* arrastando o aparato às suas costas e não se surpreendeu ao descobrir que Sinclair não parecia ter movido um só músculo desde que ele partira. Agachou-se e se curvou para sentir a testa do homem adormecido, notando que a respiração dele era profunda e regular e que o crepitar áspero e agudo em sua garganta havia desaparecido. Ele havia notado o som estranho anteriormente e o atribuíra aos efeitos da dor que Sinclair sofria, e agora lhe parecia evidente que devia estar com a razão. O que mais o preocupava naquele momento, no entanto, era a necessidade de certificar-se de que Sinclair ainda estava profundamente adormecido, pois Moray estivera pensando intensamente, e pela primeira vez desde o alvorecer nas encostas do Hattin no dia anterior tinha um plano detalhado em sua mente, um plano que acreditava ser capaz de executar, desde que antes conseguisse imobilizar o braço quebrado de Sinclair.

Moray tinha duas armas à sua disposição: a besta com seis dardos de ferro de trinta centímetros de comprimento e o arco marchetado de dupla curvatura, com sua aljava de mais de vinte flechas de penas caprichosamente fixadas. Seis dardos de besta, quando comparados com 22 flechas, tornavam simples a sua deliberação. Ele ficou de pé e removeu penosamente sua sobrecota de linho, sua armadura longa de cota de malha e suas perneiras, largando-as com indiferença sobre a areia, depois se inclinou e cortou as tiras que prendiam a pesada armadura de malha de seu amigo. Despiu Sinclair de sua cota de malha e de suas perneiras também, removendo cerca de vinte quilos de anéis de aço, pois sabia que a armadura lhes seria inútil caso fossem capturados pelos sarracenos. Amontoou as cotas de malha descartadas de um lado, em seguida arrumou pacientemente seu colete de couro sem mangas sobre o braço quebrado de Sinclair até que, à força de muito puxar, conseguiu envolvê-lo completamente com a vestimenta e enfiar o outro braço, com muito mais facilidade, pela cava correspondente. Feito isso, cingiu o cinto de Sinclair em volta da cintura do homem inconsciente e deixou-se cair pesadamente de joelhos ao lado do amigo, contemplando a tarefa que o aguardava em seguida: a redução do braço quebrado de Sinclair.

Aquela não era uma incumbência com a qual Lachlan Moray se sentisse à vontade. Ajoelhado sobre o solo arenoso, ereto e desconfortável, ele olhou para a face adormecida, revendo o que teria de fazer logo em seguida e amaldiçoando a si próprio por não ter prestado mais atenção ao procedimento quando o vira ser feito anteriormente por outras pessoas.

Mas, naquelas poucas ocasiões, virara o rosto, repugnado como qualquer pessoa com o ruído de ossos lascados raspando um contra o outro, e torcera cegamente para que ele próprio jamais tivesse de passar pela dor que tais manipulações deviam envolver. Mas nunca lhe ocorrera que algum dia ele próprio talvez tivesse de *realizar* a operação. *Santo Deus, Alec*, pensou ele. *Não desperte enquanto eu faço isto.*

Moray respirou fundo, curvou-se para a frente e cuidadosamente cortou as insuficientes lascas de flechas que havia aplicado no dia anterior a fim de removê-las. Depois, cerrando os dentes e concentrando a mente no que estava para fazer, endireitou o braço quebrado preparando-se e puxando-o, sentindo então os ossos soltos rangerem enquanto mudavam de posição em resposta às suas manipulações. Quando teve certeza de que o braço estava o mais próximo de sua posição natural que conseguiria deixá-lo, virou-se de costas e cortou uma longa extensão dos vários metros de corda de couro que haviam amarrado o meio de transporte do muçulmano morto ao cavalo que o arrastara. Rasgou os restos da sobrecota branca de Sinclair em tiras e enrolou quatro pedaços curtos em torno do membro fraturado, acima e abaixo do cotovelo, amarrando-os com cuidado, a fim de que ficassem confortáveis, mas justos o suficiente para permanecer no lugar. Depois inseriu cuidadosamente os seis dardos de aço, entrelaçando-os por cima e por baixo das tiras de modo que todos eles fossem mantidos no lugar por pelo menos duas delas e, quando teve certeza de que estavam todos adequadamente posicionados, amarrou-os novamente, desta vez com firmeza, para que formassem uma armação de aço em torno do membro quebrado, desde o pulso até o bíceps. Assim que terminou de fazer isso, usou dois pedaços mais longos da corda para prender o braço firmemente ao corpo de Sinclair.

Ele arrastou o homem ainda inconsciente até o veículo que havia resgatado, depois empurrou, ergueu e deslocou o peso morto que era o corpanzil de Sinclair até achar que ele estava igualmente distribuído sobre as tiras entre as duas varas de suporte. Quando considerou a distribuição satisfatória, trabalhou por algum tempo encurtando e ajustando a alça que originalmente havia atrelado as varas ao cavalo que as puxava, amarrando-as exaustivamente até que formassem um rude arnês entrelaçado que guardava uma distante semelhança com as redes para salmão que ele usava quando menino, na Escócia, mas que serviria, sabia, para distribuir o peso de seu fardo por seu peito e ombros. Só então, quando achou que não havia mais nada que pudesse fazer, bebeu moderadamente e deitou-se para dormir durante as horas restantes do dia, sabendo que acordaria quando o frio do entardecer caísse sobre as areias.

Moray acordou logo depois do anoitecer, e pareceu-lhe que Sinclair, ainda profundamente dominado pelo assombroso pó do médico sírio, não havia se movido. Ainda assim, ele examinou o amigo e inclinou-se para ouvir o som de sua respiração profunda e regular, antes de se levantar e beber novamente do odre de água, que depois depositou em segurança ao lado de Sinclair na padiola e amarrou às tiras, juntamente com o arco sarraceno e a aljava. Por fim, voltou-se, enfiou os ombros sem muita dificuldade no arnês que havia feito anteriormente, ajustando as amarras sobre seu peito até que elas estivessem o mais confortável possível, e iniciou sua jornada. O peso às suas costas era sólido e dificultoso, mas o arnês serviu bem ao seu propósito, e Moray inclinava-se dentro dele como um cavalo de carga puxando os arreios, seus músculos enormes tornando o trabalho de puxar o peso às suas costas relativamente leve. Sentia-se muito mais livre sem o fardo da cota de malha e grato pela claridade brilhante da lua. Os únicos sons que podia ouvir eram os seus próprios passos sobre a areia compacta soprada pelo vento e o chiado constante das extremidades das varas, entalhando trilhas paralelas atrás dele.

Já havia perdido a noção do tempo e da distância quando ouviu Sinclair dar um longo gemido e mover-se repentinamente, perturbando o ritmo laborioso de sua caminhada e quase o fazendo perder o equilíbrio. Sentiu-se feliz por parar e retirar o arnês, enrolando-o ao mesmo tempo que tentava abaixar sua extremidade sem sacolejar o homem ferido.

— Onde, em nome de Deus, nós estamos?

Moray notou que a voz de Sinclair, embora ainda fraca, estava perceptivelmente mais forte. Ergueu-se nas pontas dos pés e esticou-se intensamente, balançando os braços por algum tempo para relaxar as articulações dos ombros antes de fazer qualquer tentativa de responder, quando, então, outras perguntas haviam se seguido à primeira.

— E por que eu não posso me mover? Em que eu estou amarrado?

Moray estendeu a mão e desalinhou o cabelo do amigo.

— Bem, Deus o abençoe também, Alec. Eu estou bem, obrigado, tendo apenas arrastado o peso maciço de seu grande e miserável traseiro por este deserto adentro... mas é um alívio ouvir a sua reclamação e saber, portanto, que você está bem, também... — Sua voz se alterou de uma palavra para a seguinte, abandonando o tom de zombaria e tornando-se séria. — Você não pode mover-se porque está amarrado como uma carcaça de porco... e está amarrado porque era o único jeito de eu evitar que ficasse chacoalhando seu braço de um lado para o outro. Ele está seriamente quebrado, e você estava ficando doente por causa da dor, debatendo-se e delirando. Eu usei dardos de besta como talas. E você está amarrado ao único meio que eu tenho de transportá-lo na esperança de atingir algum lugar seguro. Há enxames de sarracenos por todo lado. Quanto a onde estamos, não faço ideia. Estamos em algum lugar do deserto, seguindo para o sul em direção a Nazaré porque eu não consigo pensar em nenhum outro lugar para ir. Ouvi duas patrulhas sarracenas trocando informações: Saladino tomou La Safouri; portanto, não há refúgio lá. Peguei essa coisa sobre a qual você está deitado emprestada daquele cadáver que foi deixado para trás. Venho arrastando você através de Outremer desde então.

Ele ficou em silêncio, observando o amigo absorver tudo o que ele lhe havia dito, e notou, enquanto o fazia, que o rosto de Sinclair parecia menos abatido do que anteriormente naquele mesmo dia, embora isso pudesse ser efeito do luar, pois a lua agora passeava bem acima de suas cabeças.

Sinclair comprimiu os lábios e suspirou, franzindo as sobrancelhas.

— Você está me arrastando? Como?

— Com cordas... um arnês de couro.

— Você quer dizer, como um cavalo?

Moray sorriu e estendeu as mãos para desatar as amarras do odre de água.

— É, o mesmo pensamento me ocorreu. Como um cavalo. Um cavalo de carga. Está vendo no que você me transformou?

— Você diz que há sarracenos por todo lado. Por quê?

— Eu não sei. Provavelmente eles estão procurando por fugitivos como nós, pessoas que escaparam de Hattin. Você parece melhor do que estava mais cedo, bendito seja Deus. Tome, beba um pouco disto.

Ele se ajoelhou e segurou o odre de água onde Sinclair poderia alcançá-lo, sustentado pelo braço direito de Moray e, quando já havia terminado de beber, o ferido olhou em torno, para a vastidão iluminada pela lua à volta deles.

— Você não tem ideia de onde estamos?

— A sul e a oeste de Hattin e Tiberíades, talvez quatro ou cinco léguas. Eu devo ter percorrido 5 milhas, pelo menos, puxando você, e nós caminhamos por toda a noite passada. Lembra-se disso?

Sinclair pareceu quase ofendido.

— É claro que me lembro. — Depois hesitou. — Mas não me lembro de muita coisa mais.

— Não, eu lhe disse, você esteve doente. Eu lhe dei uma dose de um certo medicamento que eu tinha comigo e você dormiu durante horas. Como está a sua dor?

Sinclair pensou um pouco e fez um movimento que poderia ser um encolher de ombros.

— Está doendo, mas não muito. Dói, mas é uma dor... distante, de algum modo.

— É, isso é efeito da droga. Depois eu vou lhe dar mais.

— Uma ova que você vai dar. Eu não preciso de drogas.

Moray deu de ombros e fez uma careta.

— Não agora, é claro. Mas mais tarde, se começar a delirar novamente. Vou ser eu quem vai tomar essa decisão. — Ele consultou o céu novamente, como se esperasse ver nuvens. — Nesse meio-tempo, nós temos de continuar em marcha. A lua está alta; portanto, nós teremos luz por mais uma hora ou duas, mas depois disso, se eu não puder ver o solo sob meus pés, pode ser perigoso para nós dois.

— Então mantenha seus olhos atentos a outro lugar para nos escondermos durante o dia que virá. A perda de uma ou duas horas de escuridão não fará muita diferença para a nossa jornada, já que não sabemos onde estamos nem para onde estamos indo. Mas e quanto a água, nós temos o suficiente?

Moray apanhou o saco de água e avaliou seu peso.

— Temos água até que esta acabe. Depois disso, estaremos nas mãos de Deus.

— Nós estamos nas *areias* de Deus, Lachlan, e é provável que morramos aqui se Ele não nos prover.

— Bem, descobriremos isso amanhã. Por enquanto, eu caminho e você folga.

Ele voltou a prender o odre cuidadosamente no lugar, depois se enfiou outra vez em seu arnês e partiu. Eles não falaram um com o outro depois disso, pois ambos sabiam como o som pode viajar na noite do deserto e não queriam atrair companhia com suas vozes. Moray firmou-se rapidamente no passo pesado que havia usado durante horas, mas desde o princípio estava consciente de que a fadiga crescia dentro dele. Cerrou os dentes e dispôs-se a ignorar as dores agudas em suas canelas e coxas, concentrando-se unicamente no ritmo incessante de colocar um pé na frente do outro.

Algum tempo mais tarde, muito mais tarde, concluiu posteriormente, um gemido agoniado de Sinclair levou-o de volta à consciência e o deteve, surpreso ao ver que o terreno à sua volta mudara completamente e que ele havia caminhado de uma região do deserto para outra sem perceber.

— Alec? Você está acordado?

Sinclair não respondeu, e Moray parou, pronto para tirar o arnês que agora parecia ter se engastado em seu corpo. Em vez disso, no entanto, ele se endireitou, arqueou as costas, subitamente se dando conta da dor e do enrijecimento que havia apagado de sua mente até então, e olhou com cuidado à sua volta. A lua estava baixa no céu, mas ainda lançava luz suficiente para que ele pudesse ver os arredores com nitidez suficiente para se surpreender com o que se estendia diante dele. O solo sob seus pés agora era duro, polido pelo vento até o leito de rocha, e ele estava parado à beira do que parecia ser uma enorme bacia inclinada que se elevava acima e à frente dele, uma área ampla e quase circular de terra plana, com mais de meia milha de extensão, cravejada de grandes blocos de rocha e cercada por todos os lados, exceto onde ele se encontrava, por elevadas e monótonas paredes de areia. Dunas imponentes e montanhosas, com suas escarpas gigantescas pintadas de prata e negro pelo luar e pelas sombras, escalavam ambos os lados de Moray para calar o horizonte à sua frente, eclipsando as estrelas. Enquanto estava parado ali, ouvindo apenas o bater de seu coração, tomou consciência da imobilidade da noite; nada se movia e nem o menor dos sons perturbava a quietude absoluta.

— Alec, você pode me ouvir?

Ainda não houve resposta, mas ele falou de novo, rapidamente, como se o amigo tivesse respondido.

— Nós estamos num tipo diferente de lugar aqui, mas parece promissor para se buscar abrigo. Há blocos de rocha mais à frente, ao nosso alcance, e nós devemos ser capazes de encontrar algum ponto entre eles onde o sol não nos torre amanhã. Está tarde, e a lua quase se foi, e eu estou cansado demais para ir muito mais longe, por isso vou nos levar até lá e encontrar um lugar para descansar. E depois eu vou dormir, talvez durante todo o dia de amanhã. Mas primeiro vou lhe dar mais um pouco daquelas drogas que você não quer... Isso se eu conseguir obrigar meus pés a se mover novamente. Aguente firme, que eu vou tentar.

Ele se curvou com os arreios novamente e, depois dos primeiros poucos passos vacilantes, encontrou o ritmo arrastado que lhe permitira continuar em frente durante tantas horas. Dentro de mais um quarto de hora ele estava perto o bastante da maior das pilhas de blocos para ver que havia abrigo de sobra entre eles, fissuras e fendas que pareciam largas o suficiente para engolir ambos com facilidade. Moray abaixou a padiola de Sinclair até o solo e despiu-se agoniadamente da rede de tiras e correias que haviam afundado em sua carne torturada. Quando se curvou para consultar a respiração do amigo, Sinclair abriu os olhos.

— Lachlan. É você. Eu estava sonhando. Onde nós estamos?

— Arrisque um palpite. Você tem tanta probabilidade de acertar quanto eu.

Moray massageava seu braço direito, movendo o cotovelo em círculos e fazendo uma careta de dor enquanto seus dedos cavoucavam a musculatura de seus ombros.

— Maldição, você é uma carga pesada, Sinclair. Sinto-me como se estivesse arrastando um cavalo morto atrás de mim desde o dia em que nasci.

Ele viu o rápido franzir de sobrancelhas de seu amigo e afastou a desculpa com um aceno antes que ela pudesse ser pronunciada.

— Você teria feito o mesmo por mim. Mas eu estou ansioso para conseguir fazer com que você fique de pé e caminhe novamente. Então você poderá me puxar. — Ele deu um grunhido e endireitou as costas, transferindo seus cuidados para o ombro esquerdo. — Acho que encontrei um lugar para descansar longe do sol amanhã, mas vou deixá-lo aqui enquanto me certifico. Enquanto isso, você deveria rezar e dar graças a Deus por eu ter sido esperto o bastante para me livrar de todas as nossas armaduras antes de nós começarmos esta pequena viagem. Eu voltarei.

Ele retornou rápido, com uma expressão estranha no rosto, de modo que Sinclair, depois de pigarrear para limpar a garganta, perguntou:

— O que foi? O que há de errado? Você não encontrou um lugar?

Moray sacudiu a cabeça.

— Você rezou? Deve ter rezado. Eu esperava encontrar um espaço entre as pedras que pudesse nos abrigar. Encontrei uma caverna em vez disso... uma caverna que muito recentemente foi usada como lugar de moradia. E encontrei um depósito secreto de pão... envelhecido, mas que ainda dá para comer, bem como água, tâmaras, carne-seca e um saco de esterco seco de camelo e cavalo para servir de combustível. Se não estivesse aqui nesta maldita *Terra Santa* há tanto tempo, pensaria que é um milagre. Nestas circunstâncias, é um golpe de sorte do tipo que um cínico como eu mal consegue avaliar.

Sinclair franziu as sobrancelhas.

— Quem viveria aqui?

— Algum nômade. Há mais do que alguns deles por aqui. E quem além de um nômade pensaria em esconder esterco seco?

— Mas... você acha que ele ainda pode estar por aqui?

Moray inclinou-se e içou a padiola pela trave curta atravessada em sua cabeceira, atirando a massa de correias sobre as pernas de Sinclair ao mesmo tempo.

— Eu duvido — disse ele, gemendo com o esforço de levantar o peso de Sinclair outra vez. — Seja ele quem for, provavelmente está em La Safouri agora, ou em Tiberíades, celebrando a nossa derrota. Uma vez que você parece estar rezando com bons resultados, reze agora para que eu esteja certo. De um modo ou de outro, nós logo saberemos. Agora, deite-se novamente; não é longe.

Sinclair acordou à luz do amanhecer com o braço em chamas, a dor como uma coisa viva que ele podia sentir em algum lugar no fundo de sua garganta — ou pelo menos assim lhe parecia. Soube imediatamente o que lhe havia acontecido, e que seu braço estava quebrado, mas no primeiro momento não teve consciência de onde estava ou como havia chegado até ali. Depois ouviu um som suave e virou a cabeça para ver a silhueta de Moray recortada contra a claridade da manhã na boca da caverna, e tudo lhe veio novamente. Tentou chamar o nome de Moray, mas na primeira tentativa, embora seus lábios se movessem e ele articulasse os sons, nada saiu. Ele engoliu, tentando umedecer a boca seca, e tentou novamente, com sua voz emergindo como pouco mais que um coaxar.

— Lachlan.

Moray não se mexeu, embora Sinclair soubesse que ele devia tê-lo ouvido, e seus olhos se apertaram quando ele notou a tensão e a rigidez na postura do outro homem. Moray se levantou com movimentos duros na entrada da caverna, uma das mãos apertada contra a borda da profunda fenda na rocha que era o abrigo deles, seu corpo inteiro ligeiramente inclinado para a frente enquanto ele perscrutava fosse lá o que estivesse na distância e que houvesse atraído sua atenção.

— Lachlan, o que foi? O que você está vendo?

Moray endireitou-se ligeiramente, a tensão desaparecendo de sua postura enquanto o fazia, e girou o corpo para se voltar de maneira decidida para Sinclair.

— Abutres — disse ele enquanto se aproximava, como se a palavra explicasse tudo.

— Abutres?

— Eu os vi voando em círculos quando saí para mijar e fiquei observando-os desde então, até que o último deles desaparecesse.

Sinclair sentiu-se como se tivesse deixado passar algo dolorosamente óbvio, mas a única coisa que pôde fazer foi sacudir a cabeça.

— Eu não entendo. Sempre há abutres no céu aqui no deserto... sempre um, pelo menos...

— É, até que alguma coisa morre, e então eles se reúnem em bandos como por mágica. Ninguém entende como eles sabem, mas eles sempre fazem isso.

— O que você está dizendo?

— Havia dezenas deles, Alec, e agora todos se foram. Eles estão pousados e se alimentando... de homens mortos, pois apenas grandes carcaças atrairiam tantos deles. E não estão muito longe daqui.

— Eu ainda não entendo.

— Dá para perceber, mas considere: aqui estamos nós, num terrível sufoco. Temos uma pequena quantidade de comida, graças ao nosso solitário anfitrião ausente, mas comemos a maior parte dela ontem à noite, quando chegamos. Nosso suprimento de água é um pouco melhor. Mas se há corpos caídos lá na areia ao nosso alcance, pode muito bem haver comida e água junto com eles... comida e água que podemos pegar. Eu tenho de ir encontrá-las... e tenho de ir agora, porque não estou gostando do aspecto do céu por lá. O ar está mortalmente calmo e abafado e talvez haja tempestades se aproximando. Eu vou apoiar a cabeceira da sua padiola naquela saliência baixa, para que você fique acima do chão e se sinta confortável, e vou deixar você aqui durante a manhã. Não devo ficar fora por mais tempo que isso... Eu calculei a distância pelo tamanho dos pássaros, e meu palpite é que vou levar uma hora, talvez um pouco mais, para alcançá-los, e depois o mesmo tempo para voltar. Portanto, devo estar de volta antes do meio-dia.

— O que você vai usar para repeli-los?

Moray sorriu.

— Repelir o que, os abutres ou os mortos? Vou levar o arco muçulmano comigo. Como está seu braço?

— Sinto como se estivesse em chamas. Quente, mas doendo pouco, a não ser que eu o agite.

— Como eu pensei. Eu tenho outra dose do pó que lhe dei antes, e você vai me fazer o favor de bebê-lo misturado com água sem reclamar. O primeiro operou maravilhas em você, de modo que é provável que este faça ainda mais e, se até a noite de hoje você melhorar tanto quanto melhorou ontem, então será capaz de caminhar por sua própria conta e eu não vou precisar quebrar minhas costas novamente.

Ele preparou a mistura do pó com água enquanto Sinclair observava. Em seguida, o enfermo engoliu a poção obedientemente, com apenas um enrugar do nariz indicando algum pensamento ou sabor desagradável.

— Eu estou indo até lá para encontrar quem estiver morto. Isso não deve me tomar muito tempo, mas nós estamos no deserto, por isso é uma atitude sensata tomar precauções contra minha demora. Eu posso me perder, sofrer um acidente ou até mesmo encontrar alguns devotos servos de Alá. Você não está forte o suficiente para sair à minha procura e seria tolice de sua parte sequer tentar. Vou deixar este saco de comida acima de você, pendurado nesta cavilha proporcionada pelo nosso previdente hospedeiro, e com ele ficará este odre de água. Levarei comigo um pouco de comida e o saco de água menor, uma vez que ele é mais leve.

Ele se afastou e inclinou a cabeça, sorrindo para Sinclair, cujos olhos agora estavam entorpecidos e desfocados sob pálpebras trêmulas enquanto ele lutava contra o poderoso opiáceo.

— Alec? Você ainda pode me ouvir? Seus olhos estão se fechando. Você vai se lembr...

QUATRO

Sinclair acordou e descobriu que a caverna havia sido tomada por areia em redemoinhos e pelo grito pandemônico de um vento como ele nunca ouvira. Sua boca e suas narinas estavam obstruídas, tão secas que ele era incapaz até mesmo de cuspir para limpá-las. O terror que sentiu naquele momento foi avassalador. Tentou mover-se, mas foi impedido pelo braço amarrado. Por várias vezes tentou alcançar o saco de água que Moray havia pendurado na cavilha acima dele, mas seus esforços se perderam na força ululante do vento. Havia luz, também, infiltrando-se fracamente através das profundezas da poeira turbulenta; portanto, o dia ainda estava claro além da caverna, embora parecesse mais um entardecer do que dia pleno. Moray havia enrolado o único fragmento remanescente de sua sobrecota rasgada em volta de seus ombros. Com a mão trêmula, Sinclair envolveu a cabeça com ele, cobrindo o rosto o máximo possível, preocupado com a possibilidade de não conseguir respirar, mas temendo ainda mais a tempestade de areia. Ele lutou com o fardo de seu braço imobilizado, até que conseguiu se virar sobre o lado direito, suas costas voltadas para a entrada da caverna e o vento calamitoso que a atravessava de maneira devastadora. O ruído estupefaciente não cessava, mas deitado de lado, com a mão boa posicionada em concha sobre as dobras de tecido que envolviam seu rosto, era mais fácil respirar. Sem poder fazer mais nada para cuidar de si mesmo, mergulhou novamente na inconsciência, perguntando-se como Moray estaria passando e desejando que ele tivesse conseguido encontrar algum abrigo antes que a tempestade o atingisse.

O próximo pensamento consciente de Sinclair foi que o silêncio o havia despertado, um silêncio que parecia sepulcral depois do tumulto dos sonhos horríveis que persistiam, informes, ainda que cheios de ruído e temor, nos recessos de sua memória. Ele continuou deitado ali por algum tempo, imóvel e com os olhos fechados, concentrando a mente na absoluta imobilidade que o cercava, e foi apenas quando afinal tentou abri-los que percebeu que algo estava seriamente errado, pois embora suas pálpebras se debatessem obedientemente, havia uma pressão sobre elas, pesando por cima delas e impedindo que se abrissem. Golpeado pelo pânico, sentiu sua respiração se acelerar e tentou arranhar o rosto com ambas as mãos, esquecendo que seu braço esquerdo estava fortemente atado. Sua mão direita lançou-se para cima com bastante rapidez e pousou pesadamente sobre algo que lhe pareceu algum tipo de tecido, um tecido coberto de areia, envolvendo sua face. Ainda intensamente tomado pelo desespero, ele se agarrou àquela coisa e tentou arrancá-la de si, apenas para descobrir que ela estava enrolada em torno de sua cabeça. Com os dedos ainda fechados sobre as ataduras que o amortalhavam, Sinclair arqueou-se lentamente para trás contra as tiras que o sustentavam, subitamente tomado pela certeza de que seus pesadelos haviam sido reais. Ele sonhara com um ruído caótico, o grito demente de uma multidão de almas condenadas, e nuvens fervilhantes de uma fumaça agitada que ameaçavam sufocá-lo até que a vida o deixasse e arremessá-lo no inferno. Mas não havia sido um sonho.

O que foi que Lachlan havia dito? O ar está mortalmente calmo e abafado e talvez haja tempestades se aproximando. *Ele estava certo, então. Mas onde estava ele agora? Ele não aparecera nos sonhos.*

— Lachlan? Você está aí?

Sua voz foi abafada pelas dobras do tecido, mas, ainda assim, foi alta o suficiente para que Lachlan tivesse escutado e respondido, e no silêncio que se seguiu ele se deu conta, com grande relutância, de que não estava surpreso. Lachlan Moray devia estar lá fora quando aquele cataclismo desabara, e Sinclair sabia que as chances de que ele não tivesse conseguido localizar sua caverna sob tais condições eram incalculáveis.

Cautelosamente, então, trabalhando com apenas uma das mãos, ele se curvou para a frente o mais que pôde e desenrolou o envoltório de pano de sua cabeça, os restos da sobrecota de linho branco.

Então, na quietude mortal da caverna, Sinclair pensou no que deveria fazer em seguida e avaliou seus recursos da melhor maneira que pôde. Se fosse sobreviver dali em diante, sabia que teria de ser por seus próprios esforços. Ele dobrou os dedos da mão esquerda e os sentiu se mover, muito de leve, mas abençoadamente sem dor. A dor havia passado, ou diminuído, e ele se sentiu tranquilo e saudável. Mas estava deitado de costas e sabia que teria de se levantar, assim como também sabia, com base em suas experiências anteriores, que não seria simples conseguir fazer isso com o braço esquerdo rigidamente amarrado ao lado de seu corpo. Tentou fazer com que suas pernas girassem para o lado, para a direita, mas elas não se moveram, e ele sentiu o medo incendiar seu peito novamente, perguntando a si mesmo o que estaria errado com ele agora. Abriu os olhos, muito aliviado por descobrir que podia fazê-lo sem dor, depois se ergueu sobre o cotovelo o mais que pôde, fazendo um esforço contra sua falta de mobilidade, até que conseguiu olhar para baixo, com o queixo encostado no peito, e viu que toda a parte inferior de seu corpo, da cintura para baixo, estava coberta de areia. À sua esquerda, um fulgor de claridade anunciava que era dia claro fora da caverna, mas dentro dela tudo estava sombreado e obscurecido pelo tapete de areia que o cercava e cobria parcialmente.

Agradeceu a Deus por Lachlan ter pensado em erguê-lo, apoiando a cabeceira de sua padiola na saliência às suas costas. Se ele não tivesse feito isso, Sinclair sabia que a areia o teria coberto completamente, soterrando-o em seu sono narcotizado. Acalmando-se, então, concentrou-se em mover as pernas, uma de cada vez, chutando e flexionando os joelhos com grande dificuldade até que primeiro um e depois o outro se libertaram e pousaram em cima da areia que os havia coberto. Feito isso, ele se dobrou lentamente para a direita, agarrando-se com força à vara daquele lado e usando o impulso que havia conseguido para empurrar o próprio corpo e balançar as pernas até ficar sentado — em vez de deitado — na padiola, com os pés sobre o chão da caverna.

Com grande esforço conseguiu ficar de pé na terceira tentativa — e permaneceu de pé, vacilante, olhando à sua volta e segurando firmemente a trave que se erguera com ele assim que seu peso saiu do leito. Os sacos de comida e água que Lachlan havia deixado para ele ainda estavam pendurados na cavilha da parede, mas ali também havia um cinto com bainha onde estava uma adaga de gume único, e ele imediatamente olhou para as amarras que atavam seu braço de encontro ao corpo. Momentos depois, acomodou a bainha firmemente entre seu corpo e o braço amarrado e sacou a lâmina de trinta centímetros. Três talhos libertaram o braço fraturado, mas o peso do membro, que ainda estava atado aos dardos de ferro maciço das talas, depositou-se imediatamente sobre seus ombros, trazendo ecos da dor que ele havia sentido no dia anterior. Sinclair largou a adaga aos seus pés e procurou o saco de água, sabendo, tão logo sentiu seu volume frouxo, flácido, que não seria uma tarefa muito fácil beber dele usando uma só mão. Mas a caneca de Lachlan também estava ali, ele sabia, ao alcance da mão, em algum lugar sob a areia. Ele procurou o melhor lugar para sentar-se e depois abaixou o corpo vagarosamente até a saliência que havia suportado sua padiola. Aninhou o odre sobre os joelhos, estendeu a mão e cavoucou com os dedos até encontrar o caneco, e então o prendeu em segurança entre os joelhos. Tirou o tampão do odre com os dentes e muito lentamente, movendo-se com um cuidado exasperante, manipulou o recipiente desajeitado e vacilante, até que seu peso frouxo e amorfo pousou em seu antebraço, entre o pulso e o cotovelo. Então, contorcendo-se para baixo e para o lado com o cuidado de um acrobata que oscila sobre uma corda, conduziu o gargalo destampado até a borda do caneco, onde gentilmente gotejou o líquido precioso, o mais devagar que pôde, até que estivesse pela metade. Mal chegou a derramar uma gota, mas teve de se levantar novamente e recolocar o tampão com os dentes antes de poder largar o odre e apanhar o caneco.

Sinclair enxaguou a boca cuidadosamente com o primeiro bocado, depois cuspiu e enxaguou novamente, e dessa vez conseguiu sentir mais água que areia em sua boca. Ao terceiro e último bocado, sua boca pareceu normal, e ele engoliu satisfeito antes de repetir todo o processo e encher outro caneco pela metade. Bebeu a água gole a gole dessa vez, observando as pequenas ondulações na superfície, causadas pelo tremor em sua mão, e pensando que nada em toda a sua vida havia tido um gosto tão doce e tão puro. Assim, encheu a boca de água, chacoalhou-a e a engoliu com uma clara sensação de triunfo, sentindo a vida brotar novamente em si, ainda que apenas tenuemente. Endireitando o corpo, ele olhou em volta, observando tudo o que havia para ver na caverna, que era rasa e larga. Não conseguiu encontrar nenhum sinal de que Lachlan Moray em algum momento tivesse passado por ali. Suspirando e recusando-se a pensar no que isso poderia implicar, abriu o saco de comida e encontrou vários discos duros e achatados de pão ázimo, um fardo embrulhado em pano que continha tâmaras surpreendentemente frescas, um pedaço duro de algo impossível de identificar, que ele achou ser queijo de cabra, e vários pedacinhos de carne-seca, fibrosa e rígida, porém mastigável e nutritiva. Não sentia fome, mas sabia que precisava comer, por isso rasgou um pedaço de carne com os dentes e passou os próximos poucos momentos pensando que podia muito bem estar mastigando cortiça ressecada. Mas quando sua saliva começou a umedecer a carne, o sabor, forte e marcante, começou a emergir, e com ele seu apetite, de modo que percebeu que estava faminto e teve de se conter para não comer tudo o que tinha.

Depois de reembalar o restante da comida, Sinclair recostou-se e olhou à sua volta, avaliando a situação e cerrando os dentes contra uma súbita tentação de sentir pena de si próprio. Nunca fora do tipo que chafurda na autopiedade e não podia suportar pessoas que o faziam, mas, ainda assim, sentiu necessidade de lutar contra um tipo de letargia sorrateira que parecia muito semelhante à autocomiseração e se perguntou se aquilo poderia ser causado pela droga de Moray, o que quer que ela fosse. Sabia que tinha de fazer *algo* para se defender, sozinho como estava e ridiculamente indefeso. Podia estar ferido, disse com determinação a si mesmo, mas não estava morto nem moribundo — e não tinha a intenção de simplesmente desistir e se deixar morrer apenas porque ficara só. Por isso endireitou-se ainda mais em seu assento e correu os olhos pelo lugar, procurando inspiração entre os escassos recursos disponíveis.

Ficou surpreso ao descobrir que a padiola ou maca sobre a qual ele estivera deitado era feita de um par de lanças unidas por amarras a uma peça transversal que havia sustentado sua cabeça e conferido ao dispositivo de aspecto frágil alguma rigidez e teve pouco trabalho para cortar as amarras, juntamente com a rede de tiras entrelaçadas que haviam suportado seu corpo. Duas lanças eram inúteis para ele, restrito a um só braço como estava, mas uma delas poderia servi-lo bem como cajado e provê-lo com uma arma de defesa, uma vez que não fazia ideia do que havia acontecido com sua espada. Isso não ocupou sua mente por mais de um minuto, pois tinha consciência de que seria incapaz de usá-la com alguma eficácia.

Como seu braço inutilizado havia sido fixado com firmeza por talas, estava completamente inflexível. Sinclair ficou sentado por algum tempo, contemplando as pontas das setas de aço que rodeavam seu pulso, e então, usando a mão boa e os dentes, conseguiu improvisar uma tipoia com a mais longa das tiras que ele havia retirado do leito da maca. Trabalhando obstinadamente, fez alças nas duas extremidades da tira, uma grande e outra pequena, e depois, à força de muitos nós e ajustes, resmungando consigo próprio enquanto trabalhava, acabou por criar um arnês primitivo que funcionava com bastante eficácia, a alça maior ajustada em torno de seu pescoço e a menor firmemente enganchada em torno das pontas de duas das talas feitas de dardos de besta. O dispositivo não era confortável, pois a tira machucava muito seus músculos do pescoço e dos ombros, mas mantinha seu braço enrijecido apoiado numa inclinação firme à frente do seu corpo, em vez de pendendo diretamente de seu ombro como um peso de chumbo.

Sinclair não podia acreditar no quão difícil era fazer até a menor das coisas de maneira apropriada com apenas uma das mãos. O simples esforço de retirar o cinto da cavilha e cingi-lo em torno de sua cintura, pesado como estava por causa da adaga embainhada, tornou-se a tarefa mais enfurecedora que ele já havia desempenhado, exigindo oito tentativas e uma variedade de contorções excêntricas, e ele só conseguiu realizá-la após prender o cinto com os dentes no lugar correto e passar a outra ponta com grande cuidado por dentro da fivela. Três vezes ele o deixou escapar enquanto transferia o peso — e teve de recomeçar a cada uma delas. Depois disso, sentado e com o cinto firmemente afivelado, tentou sem sucesso passar seus ombros maciços pela alça, mas por fim teve de se contentar em atravessá-lo diagonalmente sobre o peito, e mesmo então teve de desfazer a tipoia que havia preparado com tanto cuidado pouco antes, para pendurar os sacos de comida e água de maneira confortável por sobre o peito e sob o braço esquerdo, pois sua tentativa anterior, de pendurá-los comodamente *sobre* o braço imobilizado, logo se demonstrou inútil. Finalmente, porém, ele acabou por se convencer de que não havia mais nada que pudesse fazer quanto a qualquer outra coisa, e depois de uma última passada de olhos pela caverna cheia de areia, apanhou sua lança-cajado e caminhou cuidadosamente até a boca da caverna. Foi obrigado a abaixar-se cada vez mais enquanto se aproximava, porque a entrada estava tomada pela areia soprada pelo vento e contava com menos de um terço de seu antigo tamanho. Era do lado de fora, porém, que a surpresa o aguardava, e Sinclair ficou parado no limiar da caverna, seus olhos apertados como fendas diante da severidade do sol abrasador enquanto tentava compreender o que via.

Estava escuro quando eles chegaram, mas o luar era forte o suficiente para revelar a terra polida da bacia pontilhada de blocos de pedra na qual se haviam abrigado sob as sombras das dunas gigantescas. Ele ficou em pé contemplando a cena por um longo tempo, sentindo a apreensão crescer em seu peito e comprimir sua garganta, pois não podia ver nada que reconhecesse. O silêncio era absoluto, e a vasta extensão de areia soprada pelo vento diante de si não tinha vestígios de qualquer criatura viva. O sol estava a meio caminho do nascente, mas, por outro lado, pensou ele imediatamente, podia estar a meio caminho do poente, pois ele não tinha meios de identificar sua direção. Não prestara atenção a tais detalhes enquanto Lachlan o arrastava para o interior da caverna, e por um momento a enormidade da sua ignorância ameaçou derrotá-lo. Em vez de ceder a tal sentimento, porém, Sinclair sacudiu a cabeça com força e fez um discurso silencioso para si mesmo. *Ora, vamos*, pensou. *Você está vivo, você comeu e bebeu e tem comida e água para mantê-lo de pé. Não está sentindo mais dor do que sentiria em consequência de um dente estragado. Você tem até uma arma, por Deus, e ela também servirá como cajado. Por isso, pare de choramingar sozinho como um garotinho perdido e vá em frente com isso!* Mas não tinha nenhum lugar identificável para ir, de modo que permaneceu ali de pé, indefeso.

A pior parte de seu sentimento de impotência brotava do fato de que ele não sabia nem mesmo por onde poderia começar a procurar seu amigo Lachlan, que fizera tanto por ele. Moray podia estar em qualquer lugar lá fora, abrigado a milhas de distância em algum buraco rochoso ou a sotavento de uma duna, bem como podia estar morto a alguns passos daquela caverna, soterrado e sepultado pela areia carregada pelo vento. Frustrado além do suportável, a ponto de não se importar que alguém mais pudesse ouvir seu grito, Sinclair posicionou sua mão boa em concha ao lado da boca e gritou o nome de Lachlan com toda a força de sua voz, em seguida apurou atentamente os ouvidos à espera de que uma resposta viesse da imensidão silenciosa do deserto. Quatro vezes ele tentou, voltando-se para uma direção diferente a cada uma delas, até aceitar a inutilidade do que estava fazendo. Então respirou fundo, cerrou os dentes e afastou-se de maneira decidida e sem olhar para trás, caminhando penosamente na areia que chegava à altura de seus tornozelos rumo a onde quer que o destino o conduzisse e consciente de que deixava rastros profundos e inconfundíveis à medida que prosseguia. Consolou-se com o fato de que não havia nada que pudesse fazer para alterar isso e quase convenceu a si próprio de que Lachlan Moray poderia topar com o seu rastro e segui-lo, mas dentro de muito pouco tempo seus pensamentos se dirigiam exclusivamente para o incômodo e a deselegância de seu pesado braço imobilizado.

Logo descobriu que o sol se encontrava a meio caminho céu *acima* no momento em que ele partira, pois enquanto seguia em frente, tomando grande cuidado com os lugares onde colocava cada um dos pés, o astro subia cada vez mais, até estar diretamente acima de sua cabeça. Pensou em parar nesse momento para comer e beber, mas estava numa longa extensão plana e, lembrando a dificuldade que tivera com o odre de água, decidiu esperar um pouco mais, na esperança de encontrar algo para se sentar antes de fazer a tentativa. E assim ele prosseguiu, mudando ligeiramente de direção rumo a uma elevação baixa na areia à frente e à direita. Logo em seguida, embora não pudesse ver inclinação alguma, a tensão crescente em suas pernas informou-o de que havia começado a subir, e algum tempo depois ele atingiu o ponto mais alto de uma crista longa e baixa e parou para esticar-se e aliviar a posição forçada de seus quadris e ombros.

Momentos depois, parado em posição ereta e olhando para o horizonte distante, ele captou um tremor de movimento com o canto do olho direito e virou-se para olhá-lo de frente o mais rápido que pôde. Mas não havia nada para ver além da areia nua e plana e da suave elevação da borda da crista, que ondulava para além dele, voltando pelo caminho por onde ele viera para formar uma grande duna. Contemplou o lugar por um bom tempo, seus olhos apertados até parecerem fendas enquanto ele esquadrinhava cada centímetro de terreno elevado naquela direção, e então aconteceu novamente: um claro tremular de movimento, rente ao solo, exatamente quando ele estava prestes a dar as costas. Mas ainda que o tivesse visto, ele de imediato o perdeu novamente. Flexionando os dedos em volta do cabo da lança, ele partiu com determinação pela extensão da encosta pouco elevada, sentindo a oposição do declive drenar a força de suas pernas que começavam a se cansar e esticando-se para ter outra visão do que pudesse ter se movido lá em cima. Era algo pequeno, ele sabia, mas também tinha esperança de que fosse algo comestível e condescendente o bastante para deixar-se apanhar e ser comido.

Vários minutos mais tarde ele viu aquilo se mexer outra vez, mas tão logo focalizou o ponto onde vira o movimento também compreendeu o que o havia confundido: impossível de distinguir da areia por trás dela, a borda do espinhaço que formava a crista ondulava para a direita dele exatamente naquele ponto, e o espaço por baixo e por trás dela havia sido escavado completamente pelo vento. O que ele havia visto era o agitar da orelha de um cavalo que estava escondido pela borda do espinhaço. Agora ele podia ver toda a cabeça do animal, de uma cor incomumente pálida e dourada, quase do tom exato da areia que o cercava e, quando ele percebeu o que realmente era, o animal abaixou a cabeça, saindo de seu campo de visão novamente.

Sinclair instantaneamente se agachou e congelou, erguendo a lança em posição de defesa e lutando contra o fluxo de tensão em seu peito, pois onde havia um cavalo, tão longe de qualquer sinal de vida, também tinha de haver um cavaleiro. Passaram-se vários minutos antes que ele concluísse que não estava em perigo iminente de ataque, e então ele voltou a avançar cautelosamente, centímetro por centímetro, até que conseguiu erguer a cabeça acima da borda do espinhaço arenoso e olhar para o lugar que se estendia abaixo dele.

O cavalo afastou-se dele tão logo o viu, mas Sinclair não lhe deu importância. Toda a sua atenção estava direcionada para uma assimetria na areia plana varrida pelo vento sob o abrigo da crista e para um pequeno triângulo de tecido verde e branco que jazia exatamente na borda da irregularidade. Ele se levantou com cuidado e vasculhou a área em torno do desnível à procura de pegadas, mas os únicos rastros visíveis haviam sido feitos pelo cavalo, e tão logo ele se certificou disso abandonou o topo da encosta e desceu a custo o declive íngreme, inclinando-se bem para trás e agarrando-se fortemente ao cabo da lança.

Quando chegou ao sopé, estava fazendo caretas de dor, pois seu braço fraturado e pesadamente imobilizado reagira à violência dos movimentos adernantes e ameaçava desprender-se da junta de seu ombro. Contudo, assim que seus pés tocaram a areia plana, ele se recompôs e permaneceu de pé, ainda que vacilante, apertando os dentes até que a dor diminuísse o suficiente para se tornar tolerável. Sinclair olhou em volta antes de seguir até o triângulo de tecido, que agarrou e puxou. O pedaço de pano moveu-se apenas muito ligeiramente, pesado como estava por causa da areia, mas o que ele desenterrou foi suficiente para confirmar suas suspeitas. Muitas vezes ele havia visto os nômades do deserto usarem pedaços de tecidos para improvisar abrigos temporários contra o sol, e às vezes contra o vento, calçando as bordas posteriores com areia e elevando a borda anterior com um bastão reforçado, ou às vezes dois deles, de modo a construir uma tenda pequena e primitiva para uma só pessoa. O homem para cuja proteção aquela tenda havia sido feita provavelmente estava morto sob ela, mas Sinclair mal pensou nisso. Aquele homem tinha sido um infiel, talvez até mesmo um sarraceno, e a única preocupação de Sinclair naquele momento era com seu próprio bem-estar. O sujeito estaria carregando comida e água quando morreu?

Ele examinou a área com atenção, anotando mentalmente o canto em ângulo reto e as linhas das bordas do triângulo, depois traçou seu contorno e tamanho aproximado com o calcanhar direito, cavando um esboço e avaliando de cabeça a extensão de seus lados. Quando este ficou completo, agachou-se e lentamente se ajoelhou, tomando cuidado para não se desequilibrar. Em seguida estendeu a mão e começou a cavar buracos para apoiar os joelhos, amontoando a areia à sua esquerda enquanto a removia. Quando julgou que os apoios para os joelhos estavam suficientemente profundos, havia uma pirâmide ao seu lado, e ele segurou seu braço esquerdo inutilizado com a outra mão para erguê-lo e posicioná-lo no alto do montículo, aliviando imediatamente a si próprio e a articulação de seu ombro do peso do membro imobilizado. Apenas quando o braço estava firmemente apoiado ele se curvou outra vez para a frente e, usando o antebraço bom como uma vassoura ou uma pá a fim de varrer o peso da areia do tecido que estava embaixo dela, começou a trabalhar obstinadamente com uma só mão para desenterrar o pano, mas sem fazer qualquer tentativa de erguê-lo. Antes que seu trabalho estivesse pela metade, sentiu o contorno do cadáver debaixo de si e formou uma imagem mental do homem morto, deitado sobre o lado esquerdo, suas pernas rigidamente estendidas, seu pé direito apontado como se tivesse sido congelado no ato de chutar algo. Mas também havia outros contornos ali embaixo, e enquanto sua sede aumentava, agravada pelo trabalho pesado, Sinclair rezou para que alguns deles fossem recipientes que contivessem água.

Por fim, o tecido listrado de verde e branco jazia quase completamente exposto, o perfil do nômade morto claramente delineado sob ele. Sinclair endireitou as costas e se permitiu respirar normalmente por algum tempo antes de inspirar longa e profundamente e prender o fôlego. Tomando uma das pontas do tecido em sua mão, ele contou até três e arrancou a cobertura com um grande e arrebatado puxão, preparando-se para a possibilidade de descobrir um homem morto havia muito tempo e em processo de decomposição. Não encontrou nada do gênero, nenhum fluxo de ar viciado, nenhum enxame de moscas ou de outros insetos, e então relaxou e voltou a respirar normalmente.

O homem caído ali, com o rosto repousando sobre o solo, havia morrido recentemente, mas suas vestes ricas e sua fina armadura deixavam claro que ele não havia sido um nômade comum do deserto, apanhado e derrotado pela tempestade. Um elmo sarraceno belamente confeccionado estava pousado na areia às suas costas, seu topo afilado erguendo-se num alto espinho, suas bordas enfeitadas com uma viseira leve e intrincadamente moldada e um capelo à altura dos ombros, feito de uma fina malha de metal. Ao lado dele havia um amontoado de tecido branco de algodão que Sinclair imediatamente reconheceu como uma *kufiya*, o grande manto quadrado que os povos nômades das raças árabes usavam para proteger a cabeça do sol do deserto, e sobre esta se via uma longa cimitarra curva, com sua empunhadura de osso polida pelo tempo e sua bainha desgastada atestando anos de uso. Fosse quem fosse, o homem havia sangrado até morrer. Toda a porção inferior de seu corpo estava escurecida e encrostada por um invólucro aparentemente sólido de areia com sangue coagulado. Debaixo de um pé estendido, o pé que Sinclair antes havia achado estar congelado em pleno chute, jazia o bastão que havia sustentado seu abrigo, e Sinclair não teve dificuldade em imaginar o que acontecera. O último e agonizante chute do homem moribundo havia trazido o abrigo abaixo sobre ele, encerrando sua vida.

Comovido pela tragédia solitária de tal morte, Sinclair surpreendeu-se procurando palavras para dizer diante do corpo, antes de lhe ocorrer que qualquer coisa que pudesse dizer seria em vão. Aquele era um guerreiro muçulmano, um infiel que não ficaria agradecido a nenhum homem por encomendar sua alma ao Deus cristão de seus inimigos. Não obstante, ele balançou a cabeça, olhando para o cadáver, e murmurou: "Descanse em paz, quem quer que você seja. Nem mesmo o seu Alá se oporia a este meu desejo para você."

Então ele virou a cabeça e olhou para os outros objetos que repousavam sob a cobertura de pano, e a primeira coisa que viu foi um odre de água, estufado e pesado. Ao lado dele, onde provavelmente fora depositada para que o homem a usasse como travesseiro, estava uma sela lindamente confeccionada, com o couro do assento coberto de sangue seco, mais intensamente do lado esquerdo que do direito, como se o cavaleiro tivesse sido ferido na virilha. As rédeas e o freio estavam cuidadosamente enrolados ao lado dela, e além deles, ao alcance da mão do homem em posição supina, estavam o odre de água e um conjunto de alforjes solidamente arrumados.

Acomodando com cuidado o braço ferido, Sinclair cutucou os pesados alforjes com o pé, empurrando-os e arrastando-os até que estivessem acomodados ao lado do maior dos montes de areia que havia formado em seus esforços para retirar o pano, e depois abaixou seu próprio corpo até se sentar na pequena pirâmide e curvar-se para a frente a fim de apanhar as sacolas com sua mão boa e arrastá-las até que estivessem encostadas em sua perna. As sacolas eram pesadas, e Sinclair sentiu que fosse lá o que aumentasse o seu peso poderia lhe ser útil. E este era um pensamento capaz de lhe dar esperança.

Em seguida, Sinclair dedicou-se ao trabalho de retirar seu próprio odre de água — que estava pendurado em seu pescoço —, segurar o caneco entre os joelhos e posicionar o volume flácido e incerto do saco de água ao longo de seu antebraço dobrado, antes de remover o tampão com os dentes. Isso pareceu levar horas, e seus lábios e sua boca permaneceram ressecados e doloridos durante todo esse tempo, mas por fim ele conseguiu abaixar o saco e beber do caneco. Resistiu à tentação de enchê-lo novamente quando acabou e guardou o caneco em segurança dentro de seu colete de couro. Seus olhos estavam fixos nos alforjes.

Mesmo com apenas uma das mãos, ele abriu as sacolas em poucos instantes e demorou o intervalo de algumas respirações para levantar as abas e olhar o que havia dentro delas. A que estava à direita continha comida e utensílios para prepará-la: um substancial saco de farinha, outro pequeno de sal moído e vários pedaços de carne-seca fortemente temperada, todos, presumiu ele, de bode. Também havia uma variedade de tâmaras, tanto frescas quanto secas, bem como um punhado de azeitonas cuidadosamente embaladas em um retalho de musselina. Embrulhados caprichosamente em outro grande retângulo de tecido ele encontrou um tripé articulado para cozinhar e um saco para cozimento flexível e untuoso, feito de pele de antílope, para ser pendurado nele, juntamente com um pequeno caldeirão e um prato, ambos de metal polido. Outra trouxa, menor, continha duas colheres, uma de chifre e a outra de madeira, e uma faca afiada.

A segunda sacola continha um saco de grãos e uma cevadeira dobrada para o cavalo, juntamente com dois fardos, um muito maior e mais pesado que o outro e ambos embrulhados no mesmo tecido listrado em verde e branco que havia formado o dossel da tenda. Sinclair abriu primeiro o maior, que revelou uma túnica de cota de malha com uma aparência que ele nunca vira. As bordas de sua gola em talhe quadrado e de suas mangas eram tecidas em algum tipo de metal prateado batido, duro demais para ser realmente prata, e seus elos de lados aplainados eram da malha metálica mais fina e leve que ele já havia manuseado. A vestimenta inteira era completamente forrada com um tecido verde macio mas muito forte, que não exibia vincos nem rugas. Ele pôs aquilo de lado e abriu o segundo embrulho, que revelou uma adaga de lâmina curva embainhada magnificamente ornamentada, com a empunhadura e a bainha gravadas em filigranas de prata e cravejadas de pedras preciosas lapidadas nas cores vermelha, verde e azul. Ele apanhou a arma, consciente de que nunca havia segurado uma peça tão valiosa antes, e avaliou seu peso com a mão enquanto se voltava para observar o homem morto ao seu lado.

— Bem, infiel — murmurou ele —, eu não tenho meios de saber quem você era, mas você tinha orgulho de suas posses, por isso prometo que vou tomar conta delas com carinho e usá-las com gratidão se algum dia escapar daqui

Ele repôs às coisas nos alforjes e ficou novamente de pé, depois dobrou a tenda que havia coberto o morto até conseguir erguê-la e pousá-la ao lado da sela e dos alforjes, ciente de que precisaria mais dela nos dias que se seguiriam do que seu antigo proprietário. Também recolheu os dois bastões de sustentação e colocou-os entre as dobras do tecido. Em seguida enterrou o sarraceno o melhor que pôde, envolvendo-o em seu manto encharcado de sangue, pousando o elmo junto de sua cabeça e a cimitarra ao seu lado e depois cobrindo o corpo com areia, que arrastou com um dos pés até conseguir arranjá-la num monte sobre a cova rasa que escondesse os indícios do que havia sob ela. Os sinais de sua escavação, ele sabia, desapareceriam numa questão de dias, e havia uma forte probabilidade de que a sepultura permanecesse sem ser perturbada depois disso, com seu ocupante a salvo dos abutres e vulnerável apenas à possibilidade de que alguma besta errante sentisse o cheiro da decomposição e desenterrasse a carne que o provocava. Com sua tarefa completa, ele enrolou a *kufiya* do morto em volta de sua cabeça, raspou o sangue seco da sela o melhor que pôde, usando punhados de areia, e saiu à captura do cavalo.

Dentro de uma hora estava novamente a caminho, conduzindo o animal pelas rédeas. O esforço de selá-lo com uma das mãos o havia exaurido. Felizmente, o cavalo, uma vez capturado, submeteu-se ao procedimento e ficou pacientemente parado enquanto Sinclair lutava para elevar a pesada sela e a custo acomodá-la em seu lugar no lombo da montaria, depois apertava a cilha e estendia as correias de couro do estribo, pois o antigo proprietário tinha pernas um palmo mais curtas que as suas. Então, com a tenda, os alforjes e os odres de água seguramente presos à sela do animal, e a própria montaria suprida de água e alimentada com um punhado de grãos, ele caminhou à sua dianteira, seus olhos vasculhando a meia distância, as rédeas enroladas por cima de seu ombro sadio e seu único fardo sendo a lança comprida e pesada em sua mão.

Encontrou o que vinha procurando havia meia hora, um solitário bloco de rocha que lançava sua crista acima da areia a sotavento da duna que se elevava acima dele. Conduziu o cavalo diretamente para o afloramento e subiu em seu topo. Usando o ponto mais alto como plataforma para montar e seu longo cabo de lança como contrapeso, ele trepou desajeitadamente na sela, com seu braço esquerdo abraçado às espáduas do animal à sua frente. Uma vez ali, acomodado em segurança com os pés nos estribos, sentiu-se imensamente melhor e se permitiu, pela primeira vez desde que acordara sozinho na caverna, esperar — e até mesmo nutrir a esperança — que ainda poderia sobreviver àquela provação. Apenas a agitação nas orelhas do cavalo sugeriam que ele tinha consciência de ter um cavaleiro novo e muito grande em seu lombo. Sinclair fez uma careta. O que aconteceria se o cavalo se rebelasse ao receber a ordem de se mover? Um bom corcovear de cabeça abaixada, e ele estaria estatelado de costas no solo. E o que faria, agora, com sua lança? Ela se tornara tão inútil quanto sua antiga espada, uma vez que não poderia empunhá-la e manejar as rédeas ao mesmo tempo. Olhando com pesar para a arma robusta por longos momentos, inverteu a posição de seu punho e fincou a haste de ponta na areia. Abriu, então, o alforje esquerdo e retirou a adaga cravejada de joias. Desenrolou suas amarras de tecido e a admirou novamente por um instante antes de fazer a arma deslizar para dentro de seu colete. Depois disso cerrou os dentes, segurou os arreios com firmeza e fincou os calcanhares, arrependido por não ter revistado o antigo dono do cavalo à procura de esporas. O animal proferiu um único grunhido, depois começou a caminhar serenamente, e Sinclair ofereceu uma prece silenciosa para fosse lá que divindade pudesse ser responsável por aquilo. O trote gentil agradou-o bastante, pois não desejava fazer nada precipitado antes que tivesse tempo de avaliar a energia do cavalo comparada à sua própria, mas agora que estava cavalgando deu-se conta de que a velocidade com que viajava havia aumentado pelo menos três vezes.

Sinclair estendeu a mão e deu um agradecido tapinha no pescoço do cavalo, encorajando-o.

— Ótimo, garoto — sussurrou. — Parece que vamos ser eu e você, juntos, de agora em diante.

CINCO

Acalentado pelo ritmo contínuo e familiar do trote do cavalo, Sinclair não se deu conta de ter adormecido na sela, mas quando o cavalo estancou de súbito, relinchando suavemente, ele despertou de um estalo, a excitação e o medo chamejando em seu peito. Percebeu instantaneamente que estivera dormindo — e mesmo enquanto o fazia já se perguntava se sua loucura poderia tê-lo condenado. Mas não havia perigo visível, ninguém nas proximidades e nenhuma ameaça que ele pudesse perceber. O único elemento extraordinário em cena era que seu cavalo estava parado, completamente imóvel, com as orelhas apontadas diretamente à frente, para a face de um penhasco a menos de 15 passos de distância.

Não havia penhascos à vista em direção alguma da última vez que Sinclair olhara em volta, mas naquele momento, bem à sua frente, uma escarpa rochosa se elevava acima dele até uma altura quatro vezes maior que a sua. Mais desperto agora do que estivera em dias, Sinclair contemplou a rocha diante dele, o corte negro em diagonal da fissura com a qual se defrontava, e também uma lança, não diferente daquela que havia abandonado mais cedo, que se postava ereta à sua frente, com a ponta enterrada na areia. Ele sabia que se ela fosse de comprimento similar ao da sua, devia estar enterrada até a metade. Também sabia que poderia muito bem haver alguém esperando dentro da entrada da caverna para atacá-lo, possivelmente alguém com um arco, e que permanecer onde estava sem se mover era um convite ao ataque.

Também estava consciente de não ter vontade nem necessidade de desmontar da sela que recentemente ganhara, e estava quase dando meia-volta quando seus olhos retornaram para o cabo de lança espetada.

Lachlan Moray havia encontrado a liteira feita de duas lanças, uma das quais Sinclair usara como cajado; a outra ele havia deixado na caverna onde ficara protegido da tempestade. E se houvesse uma terceira, perguntava-se agora, e Lachlan a tivesse levado com ele? Improvável, sim, mas não impossível. Ele havia estado inconsciente a maior parte do tempo que Lachlan o arrastara na padiola e sempre havia ficado atrás dele. Sendo assim, a arma meio enterrada diante da fissura no penhasco bem poderia ser a mesma lança, enfiada no chão como um sinal. Dois passos atrás dela, a fissura se erguia resoluta e negra do meio da areia que seguramente devia tê-la preenchido, ao menos em parte. Moray podia estar deitado lá, dormindo ou ferido.

Sinclair desmontou, descendo o próprio corpo o mais gentilmente que pôde. Sacou seu punhal de lâmina longa e avançou com cautela, apertando os olhos para se proteger do brilho refletido na face da rocha, enquanto espiava na direção da incisão escura da abertura da caverna. Mas foram necessários apenas dois passos para revelar que ele olhava para uma sombra, não para uma abertura na parede. Havia uma protrusão em forma de lâmina na superfície, salientando-se na sua direção; a fachada de borda afiada confundia-se perfeitamente com a face da rocha atrás dela, e isso formava um canto protegido, com sua aresta vertical projetando a sombra dura e escura que ele tomara pela entrada de uma caverna. Contrariado consigo mesmo por haver desmontado sem um bom propósito, Sinclair, que estava agachado, ergueu-se outra vez e estava a ponto de dar meia-volta quando alguma coisa, um cutucão de curiosidade, o impeliu a chegar mais perto e certificar-se de que o recanto abrigado estava realmente tão vazio quanto aparentava.

Não estava. Encaixado no canto da fissura sombreada, a cabeça e o tronco de um homem eram claramente discerníveis sob uma leve cobertura de areia, caído, mas aparentemente sentado ereto no ângulo formado pelas duas paredes. A reação imediata de Sinclair foi o júbilo de que Moray tivesse encontrado abrigo e sobrevivido, exatamente como ele havia desejado e torcido. Ele avançou rapidamente, deixando-se cair de joelhos e estendendo uma das mãos para retirar a areia da cabeça enrolada em um pano. A cabeça se moveu, afastando-se bruscamente em surpresa ou protesto pelo toque inesperado, mas os dedos de Sinclair já haviam se fechado na beirada de uma das camadas de tecido e o movimento súbito puxou a cobertura, expondo parte do rosto sob ela. Num instante, ele estava novamente em pé, o alarme incendiando-lhe o peito enquanto apontava a adaga, depois ficou ali parado, oscilante.

Os cerca de três centímetros de pele e cabelo que ele vira não pertenciam a sir Lachlan Moray. O cabelo de Lachy era loiro, quase ruivo-dourado, e seu rosto era claro, constantemente queimado e descascando, nunca bronzeado pelo sol do deserto. Fosse lá quem estivesse deitado diante de Sinclair naquele momento, não era amigo. A pele daquele rosto era escura, um profundo tom castanho de avelã, e os pelos em volta da boca eram negros e crespos. Sinclair recuou mais um passo, sua adaga pronta para o golpe enquanto pensava no que fazer em seguida. Sabia que não estava em perigo, pois o homem naquele canto estava enterrado mais fundo que ele próprio estivera, e ele se lembrava do quanto fora difícil lutar para se libertar. Enquanto permanecia parado de pé ali, olhando para a figura recostada, seus olhos reconheceram uma irregularidade pequena e pontuda na superfície soprada pelo vento da mortalha que mascarava o homem, e sem retirar os olhos da ainda oculta cabeça diante dele, Sinclair embainhou a adaga e depois se inclinou e tateou a saliência com os dedos, sentindo o cabo de uma espada.

Endireitando-se lentamente e, puxando a arma consigo, viu-se empunhando uma cimitarra sarracena, sua lâmina curva e polida lavrada à intrincada maneira síria conhecida como damasquino. Era uma ótima lâmina, ele sabia, o que lhe disse que seu proprietário era um guerreiro e, portanto, duplamente perigoso. Mas Sinclair sabia que não precisava matá-lo. A única coisa que precisava fazer era se afastar, montar novamente em seu cavalo e partir, deixando-o com seu destino. Mas mesmo enquanto pensava isso, Sinclair se deu conta de que não faria tal coisa. Ele também era um guerreiro e vivia pelo código da guerra. Jamais havia matado alguém que não tivesse tentado, de uma maneira ou de outra, matá-lo. Ele suspirou e fungou, já xingando a si próprio de tolo, mas então lançou a espada de ponta na areia, ao alcance da mão, e avançou para ajoelhar-se ao lado da forma tombada. Quando segurou o tecido enrolado novamente, a figura na areia se agitou com violência, obviamente desperta, mas Sinclair apenas abaixou seu braço imobilizado até a região do esterno do homem e o imobilizou enquanto desatava as múltiplas voltas de tecido da cabeça, depois recuou a fim de olhar para o que havia desvelado.

O rosto que devolvia seu olhar era, como suspeitara, sarraceno, magro, de testa alta e nariz aquilino, com malares que esticavam sua pele sob olhos fundos, estreitos e tão escuros que pareciam uniformemente negros. Os lábios e o queixo eram cobertos por pelos pretos, crespos e brilhantes, cada cacho aparentemente revestido com sua própria cobertura de poeira arenosa. As partes brancas dos olhos estavam injetadas e com uma aparência furiosa, provavelmente irritadas além do suportável, suspeitava, pela mesma poeira e grãos de areia, mas o rosto em si não estava enraivecido. A palavra que brotou na mente de Sinclair, na qual não pensava havia anos, foi "estoico", e a achou apropriada.

O sarraceno, incapaz de mover-se, o encarava sem expressão, claramente esperando para ver o que ele faria a seguir, e por vários minutos nenhum dos dois se moveu nem produziu nenhum som. Por fim, Sinclair inspirou o ar e o segurou por uma contagem de um a cinco, depois o expirou com força.

— Certo, rapaz — disse ele em seu escocês nativo. — Vamos tirar você daí.

Ele ergueu um dedo até os lábios em sinal alerta, e então sacou a adaga da bainha e a segurou para que o sarraceno a examinasse antes de fincá-la na areia ao lado de seu joelho direito. Então, sem dizer nem mais uma palavra, curvou-se para a frente e começou a escavar a areia, iniciando sob o queixo do homem e descobrindo seus ombros antes de prosseguir para libertar o braço esquerdo, expondo uma camisa de fina cota de malha que lhe recordou a que encontrara mais cedo com o homem morto. Daquele ponto em diante o sarraceno trabalhou com ele, empurrando a areia acumulada para longe de seu próprio corpo. Por duas vezes Sinclair mudou de posição, da primeira vez atirando a cimitarra atrás dele fora do alcance, mas mantendo sua adaga perto de si, porém a salvo das garras do outro homem. Eles trabalharam juntos, e os únicos sons que emitiam vinham da respiração pesada de ambos enquanto labutavam. No entanto, quando Sinclair finalmente enfiou a mão por baixo da cintura do sujeito, a fim de escavar uma braçada de areia do meio de suas pernas enterradas, o outro gemeu profundamente e atirou a mão para o ar num sinal inconfundível para que ele tomasse cuidado. Sinclair sentou-se e piscou os olhos, perguntando-se o que teria feito de errado, mas o sarraceno então se curvou para a frente e indicou onde suas pernas deviam estar, fazendo vigorosos movimentos de escavação e obviamente dizendo a Sinclair para continuar. O cavaleiro franco voltou ao trabalho, mas enquanto o fazia, viu a cautela com que agora o sarraceno agia para libertar sua própria perna direita, e compreendeu que o membro devia estar ferido. Também viu o quanto o homem havia ficado fatigado desde que haviam começado a escavar, o que fez com que se lembrasse de sua própria sede. Endireitando-se abruptamente, ele caminhou de volta até o cavalo, no extremo da parede do abrigo, onde apanhou o maior e mais cheio dos dois odres de água, e tão logo retornou pôde ouvir o sarraceno cuspindo areia. O som parou assim que a sombra de Sinclair se tornou visível, e quando este contornou a lâmina de pedra, encontrou o homem em quem ele já havia começado a pensar com o nome de Barba-Negra encarando-o como fizera antes, estoicamente, sua face inexpressiva e imperscrutável.

Sinclair apoiou-se na parede do rochedo e lançou o pesado odre na direção do outro homem, que o apanhou com ambas as mãos, seu rosto pela primeira vez demonstrando surpresa.

— Vá em frente, rapaz. Beba.

Ele fez um gesto de cabeça, e o sarraceno acenou em resposta, seu rosto novamente imperscrutável, depois começou a remover o tampão do odre. Sinclair observou-o com ironia.

— É uma grande coisa ter duas mãos quando se precisa beber de um saco, não é?

O sarraceno parou antes que o odre alcançasse sua boca, os olhos em Sinclair e a incompreensão claramente visível. Prestes a repetir o que havia dito em árabe, Sinclair se conteve e fez que sim com a cabeça, continuando a falar em sua língua nativa.

— Vá em frente, beba, mas sirva um pouco para mim.

Ele tirou o caneco de metal de dentro de seu colete e bateu com ele nas talas de seu braço inutilizado, em seguida se adiantou com a mão estendida. O sarraceno olhou para o braço, depois para o odre e então manifestou seu entendimento com um movimento de cabeça e encheu o caneco. Sinclair sorveu delicadamente e enxaguou a boca, cuspindo antes de tomar o segundo gole propriamente dito e voltar a se encostar na parede. O sarraceno fez o mesmo, enxaguando a boca cuidadosa e deliberadamente antes de cuspir a lama resultante com alguma delicadeza. Ele olhou novamente para Sinclair, claramente pedindo permissão, e quando este assentiu com a cabeça, ele repetiu a sequência, depois tomou um terceiro gole com evidente alívio, lavando toda a boca, mas dessa vez engolindo.

— Vá em frente. Tome mais. E lave os olhos, pois eu sei como você se sente.

Sinclair apanhou o pano que havia envolvido a cabeça do sujeito, pegou uma das pontas e bateu-a até deixá-la relativamente livre de areia, depois fez o gesto de molhá-la e banhar os olhos antes de entregá-la ao outro homem, que o observou cautelosamente e fez o que Sinclair sugeriu. Quando terminou, pesou o odre em sua mão, claramente perguntando a Sinclair se ele queria beber novamente, e quando este fez que não, arrolhou o saco habilmente e pousou-o ao seu lado. Sinclair deu um passo adiante e recuperou a adaga que ainda estava fincada na areia, depois parou de pé, olhando para o outro homem de cima.

— Eu tenho uma pergunta a fazer, mestre Barba-Negra: você é meu prisioneiro ou eu sou seu? Eu tenho a adaga e a sua espada, mas não tenho certeza de que elas serão de alguma valia para mim, caso uma luta se apresente. Isso dependerá, acho, dessa sua perna... pois se ela estiver em melhor estado que o meu braço, então pode ser que eu tenha de pagar caro... — Ele fez uma pausa, debatendo consigo mesmo sobre a melhor estratégia de ação, mas com plena consciência de que teria de terminar o trabalho que havia começado. — Vamos lá, então — disse, dando de ombros. — Vamos descobrir.

Vários minutos depois, ele desenterrou o pé esquerdo sepultado do homem e varreu o que restava de areia de sua perna, mas o próprio sarraceno procedia com muito cuidado com sua perna direita, espanando a areia com delicadeza e evidentemente preocupado com o que ainda jazia sob ela. Algum tempo depois, Sinclair pôde ver por si próprio o que havia de errado. A perna estava fortemente envolvida por ataduras e talas, e era evidente que isso havia sido feito por alguém que sabia como agir. Quando viu isso, Sinclair riu alto, embora não houvesse humor algum no som que produziu.

— Bem, nós formamos uma bela dupla, não é? Nós dois somamos seis membros perfeitos, ambos estamos bastante inutilizados e não podemos nem mesmo conversar um com o outro, que dirá brigar.

Ele levantou o braço e bateu nos dardos de ferro de sua tala com a lâmina da adaga e, pela primeira vez, uma sugestão do que pode ter sido um sorriso brincou num dos cantos da boca do outro homem.

— Certo, nós podemos muito bem beber mais um pouco, pois eu não consigo pensar em mais nada para fazer em seguida. Duvido que eu seja capaz de voltar a montar em meu cavalo com este maldito braço sem uma plataforma de montaria, e mesmo que eu conseguisse, você não poderia montar atrás de mim. — Ele estendeu a mão e apanhou o odre novamente, entregando-o para o sarraceno. — Tome, você faz isso melhor do que eu; portanto, sirva.

Momentos depois, com seu copo cheio até a borda, ele se afastou e se sentou com cuidado sobre um monte de areia, abaixando-se para estabilizar o caneco cuidadosamente aos seus pés, mas quando fez isso a empunhadura da adaga cravejada de joias escorregou das dobras de seu colete. Ele ergueu a mão para empurrá-la de volta, mas antes que pudesse fazê-lo, ouviu a súbita inspiração do sarraceno e ergueu os olhos para ver uma estranha expressão de olhos arregalados na face do homem.

— O que foi? Qual é o problema? É isto?

Ele puxou a adaga para fora, levantou-a e, enquanto o homem olhava para ela, viu algo passar pelos olhos do outro, e depois seu rosto ficou tão imóvel quanto havia estado antes.

— Onde você conseguiu essa faca?

A pergunta foi em árabe, mas Sinclair a havia previsto e manteve seu próprio rosto vazio de expressão enquanto sacudia a cabeça e encolhia os ombros, como se não entendesse uma palavra. Não poderia explicar a ninguém o porquê de fingir ignorância, mas sabia intuitivamente que essa era a coisa certa a fazer. O sarraceno franziu as sobrancelhas, depois fez outra tentativa.

— Como você conseguiu isso?

Dessa vez a pergunta foi feita em francês, e os olhos de Sinclair se arregalaram por causa do choque, mas ele respondeu de imediato na mesma língua, genuinamente satisfeito por ter um meio de se comunicar abertamente com aquele homem sem pôr em risco o segredo do seu domínio da língua árabe.

— Encontrei-a esta manhã. Com um homem morto. Várias milhas daqui.

Houve uma longa pausa até que o sarraceno dissesse:

— Você o matou?

Sinclair ouviu dor no tom da pergunta e sacudiu a cabeça, depois moveu seu braço enrijecido de modo que ele repousasse sobre seu joelho erguido.

— Não — disse ele, acomodando o braço para torná-lo o mais confortável possível antes de olhar novamente para o sarraceno. — Eu lhe disse, encontrei-o morto, enterrado como você. Quem era ele? É óbvio que você o conhecia.

O sarraceno fez uma pausa antes de responder, pensando no que Sinclair havia dito, mas depois baixou a cabeça em aceitação.

— O nome dele era Arouf. Ele era o irmão mais moço da minha esposa. Estava gravemente ferido quando partiu daqui. O sangramento cessara havia horas então, e a ferida estava estancada e firmemente atada, mas deve ter aberto novamente enquanto ele cavalgava.

— Ele levou o seu cavalo e deixou você aqui?

— Não havia outra escolha. Nós estávamos em três, com dois cavalos. Arouf cavalgou para o norte em busca de ajuda, e Sayeed, o outro homem, cavalgou para o leste. Eles me deixaram aqui em segurança e na sombra. Nenhum de nós sabia da tempestade que viria.

— Então o outro homem, esse Sayeed, ainda pode estar vivo?

— Sim, se Alá quiser. Se estiver escrito no livro do anjo... Se não estiver, então pode estar escrito lá que você e eu morreremos aqui, juntos. — Ele olhou em torno. — Mas nós ainda não morremos. Eu também tenho água e um saco de comida enterrados pelo vento em algum lugar por aqui.

Sinclair não deu atenção a isso.

— O que aconteceu com sua perna e quem fez isso? — Ele apontou para o membro entalado.

— Sayeed salvou nós dois. Ele é educado nas artes da cura.

— Um médico?

— Não, um guerreiro, mas na juventude foi treinado por seu pai, que era um médico afamado. Sayeed nunca seguiu o ofício do pai, mas lembrou seus ensinamentos sobre o cuidado de feridas.

— E ele cavalgou para o leste?

Um gesto de cabeça.

— Como eu disse.

— Em busca de quem? Como vocês chegaram aqui? Estavam em Hattin?

— Hattin? Ah, você quer dizer Hittin...

O cenho do sarraceno se franziu por um momento, mas ele resistiu claramente ao impulso de perguntar o que tinha em mente e apenas respondeu à pergunta.

— Não, eu não estava. Nós estávamos a caminho de Tiberíades, em obediência a uma convocação do sultão, quando a má fortuna caiu sobre nós.

Sinclair abaixou o braço para entregar o odre de água outra vez para o sarraceno.

— Conte-me sobre isso, já que não temos nada melhor para fazer, e depois vamos encontrar sua comida e sua água. O que aconteceu com você?

O rosto escuro do homem ficou pensativo por alguns momentos, depois ele começou a falar.

Seu nome era Ibn al Farouch, disse ele, e estava a sudoeste, cavalgando com uma tropa de reconhecimento perto da cidade de Ibelin, na costa, quando um mensageiro chegou para convocá-los até Tiberíades, a 80 milhas de distância. Eles partiram imediatamente depois de receber a ordem, e ao longo do caminho encontraram um homem ferido que poucas horas antes havia escapado de um vilarejo próximo que estava sendo atacado por bandidos. Os bandidos, disse-lhes o fugitivo, eram menos de vinte, mas os aldeões, carecendo de homens em idade de lutar, haviam sido incapazes de resistir a eles. O nome da vila, que não significava nada para Sinclair, havia imediatamente chamado a atenção de Al Farouch, pois ele tinha um tio idoso, irmão querido de sua mãe, que morava lá. Enraivecido ao imaginar seu tio, que sempre havia sido gentil com ele e sua família, sendo molestado e talvez até morto por bandoleiros ímpios, ele mandara seus homens seguirem caminho, mas cavalgara com uma escolta de dez companheiros escolhidos a dedo para administrar justiça aos assaltantes.

Desafortunadamente, disse ele após uma longa pausa, em sua raiva e indignação, ele havia subestimado os oponentes, não apenas quanto à força, mas também quanto ao número, aceitando a palavra do fugitivo como lei. Ele e sua comitiva haviam cavalgado rumo a uma emboscada montada com astúcia num *wadi* de bordas íngremes e ele perdera sete de seus homens, atingidos à traição, antes que pudesse sequer começar a se recompor. Apenas Sayeed, Arouf, ele próprio e um outro haviam conseguido lutar por sua liberdade, três deles, e duas de suas montarias, feridos. O quarto homem havia morrido em consequência de seus ferimentos logo depois de escaparem, assim como o seu cavalo, e Sayeed cortara a garganta do cavalo de Arouf algum tempo depois disso, quando o talho profundo na barriga do animal finalmente se abrira e se estendera, derramando as entranhas da brava montaria que se enroscaram em seus cascos. Arouf, pressionando um pano sobre o sangramento de sua virilha ferida, montara, então, atrás de Sayeed, e os três tinham continuado cavalgando até encontrar aquele lugar, onde haviam parado para passar a noite. Sayeed, o único ileso entre eles, primeiro havia estancado o sangramento na virilha de Arouf, salpicando-o com um pó que interrompeu o fluxo de sangue, depois do que atara firmemente o ferimento. Em seguida, ele se voltara para a perna de Al Farouch, cujo osso menor fora partido por um dardo de besta. Depois de limpar o ferimento, fixara o osso no lugar da melhor maneira possível sob tais circunstâncias e colocara bandagens e talas no membro, que ele esperava que fosse ficar completamente curado.

Eles haviam passado a noite juntos ali, os três, e quando o dia seguinte raiou, discutiram o que deveria ser feito. Seus companheiros estariam muito à frente deles naquele momento e talvez até mesmo tivessem parado para esperá-los ou voltado para procurá-los, mas os três homens sabiam que as chances de serem encontrados sem ajuda deixavam pouca margem para a esperança. E, assim, Al Farouch decidira que Sayeed sairia em busca dos outros. Arouf não aceitara isso, jurando que estava são o bastante para cavalgar, agora que o sangramento de sua virilha havia estancado durante toda a noite. Ele sairia com Sayeed, passando por cima da vontade de seu cunhado pela primeira vez em todos os anos durante os quais se conheciam. Ele tomaria a rota para o norte, enquanto Sayeed procuraria mais longe, a leste. Al Farouch, cuja perna imobilizada não lhe permitia montar um cavalo, permaneceria onde estava, com um suprimento de comida e água suficiente para se sustentar durante sete a oito dias, quando um dos outros, ou ambos, teria retornado com ajuda. Os dois partiram, então, deixando o escudo redondo de Al Farouch pendurado em sua lança erguida como sinal para marcar o caminho de volta.

— E agora você sabe tanto quanto eu, *ferenghi* — concluiu Al Farouch, usando o termo árabe para designar um franco e voltando a ficar em silêncio.

Sinclair ficou calado, ruminando o que ouvira. Se Sayeed tivesse sobrevivido à tempestade e encontrado seus companheiros, eles retornariam para aquele local, e esse seria o seu fim. Ainda poderia partir com o cavalo, sabia; de algum modo ele conseguiria montá-lo outra vez, mesmo sem uma plataforma de montaria, agora que conhecia a índole tranquila do animal. Pensou em sair novamente para verificar se o cavalo ainda estava por perto, mas em vez disso inclinou-se para a frente e voltou a falar com o sarraceno.

— Como você fala a nossa língua?

— Uma de suas línguas — respondeu o outro homem secamente. — Quando você falou pela primeira vez, naquele primeiro idioma que usou, caiu nos meus ouvidos como as algaravias dos *djinns*.* O que eram aqueles ruídos?

Sinclair sorriu pela primeira vez em dias.

— Aquilo era gaélico, a língua do meu povo na Escócia, onde eu nasci.

— Então você não é um franco?

— Não, eu sou o que eles chamam de escocês, mas minha família saiu da França para lá cem anos atrás. Quando chegou o chamado para que os guerreiros viessem para cá, eu me juntei ao exército.

— É um cavaleiro, então? Não vejo emblemas de patente militar em você.

— Eu me desfiz delas com minha armadura quando me vi a pé no deserto. Há demasiadas maneiras de morrer aqui sem que se precise ser tolo o bastante para procurá-las, carregado com ferro inútil e roupagem pesada.

— Ah, entendo. É óbvio que você está aqui há tempo suficiente para aprender um rudimento da sabedoria de Alá, louvado seja o Seu nome... Mas você veio até aqui para matar sarracenos, não?

— Não, não exatamente. Eu vim porque meu dever como cavaleiro me convocou até aqui, até Outremer. Matar ou ser morto é meramente uma parte do código da cavalaria.

— Você é do Templo, então?

---

* Nome dado pelos árabes a gênios ou entes sobrenaturais, análogos a demônios, embora às vezes benfazejos. São inferiores aos anjos, porém superiores aos homens. (*N. do T.*)

Havia algo, algum elemento inidentificável de ameaça no simples ato de perguntar aquilo, que fez com que Sinclair mudasse a resposta afirmativa que brotava em seus lábios, mas conseguiu dissimulá-la sem mentir nem, pensou ele, se trair.

— Eu sou um cavaleiro — disse ele lentamente. — Da Escócia, a muitos dias da França por mar. Nem todos os cavaleiros em Outremer são do Templo ou do Hospital.

— Não, mas os *djinns* do Templo são os mais perigosos deles.

Sinclair deixou que a frase caísse no vazio.

— Você não respondeu à minha pergunta sobre como aprendeu a falar a língua dos francos.

— Aprendi-a quando menino, em Ibelin, onde cresci. Havia um senhor franco que construiu uma fortaleza lá, depois da captura de Jerusalém, muito tempo antes de eu nascer. Ele tomou o nome da cidade como seu. Eu trabalhei lá quando era criança, nos estábulos, e corria e brincava com o filho dele, que tinha a minha idade. Aprendi a falar a língua deles, assim como o menino aprendeu a minha.

Sinclair franziu o cenho.

— Ibelin... Você se refere a sir Balian de Ibelin? Eu o conheço. Cavalguei com ele de Nazaré até... — ele se calou, dando-se conta de que poderia estar dizendo mais do que devia, mas Al Farouch já estava balançando a cabeça.

— Esse mesmo. Era ele. Seu nome em nossa língua é Balian ibn Barzan e ele é um homem poderoso entre os *ferenghi* atualmente... um cavaleiro, mas não do Templo.

— Vocês ainda são amigos, então?

O sarraceno deu de ombros.

— Como pode haver amigos entre muçulmanos e cristãos na guerra santa da *jihad*? Ele e eu não nos encontramos há anos, desde que éramos garotos. Poderíamos passar um pelo outro na feira e não sabermos disso.

Sinclair bateu com a mão boa na coxa e endireitou as costas, voltando-se para apertar os olhos contra a claridade atrás de si.

— Nós devemos comer alguma coisa. Esta é uma necessidade compartilhada por todos os homens, mesmo numa *jihad*, não é? Quando você comeu pela última vez?

Al Farouch sacudiu a cabeça, seus lábios franzidos.

— Não me lembro, mas foi há muito tempo.

Sinclair levantou-se.

— Eu deixei meu cavalo... seu cavalo... encilhado ao sol, e ele deve estar sofrendo. Se eu o trouxer até aqui, perto de onde você está, você me ajudaria a tirar a sela? É difícil afrouxar uma cilha apertada com apenas uma das mãos.

— Ajudaria. Mas você precisa colocá-lo perto de mim o suficiente para que eu possa alcançá-lo.

Pouco tempo depois, após buscar o cavalo e remover os alforjes, Sinclair derrubou a sela no chão do pequeno abrigo e sentou-se sobre ela para revirar a sacola que continha a comida, da qual retirou um grande pedaço de carne-seca e a pequena faca afiada. Primeiro jogou a carne e depois a faca para o muçulmano surpreso.

— Tome, você tem duas mãos e pode cortar melhor do que eu. Corte o suficiente para nós comermos enquanto eu cuido do resto.

O muçulmano pegou a faca com facilidade pela empunhadura e se pôs a cortar a carne dura em fatias sem nada comentar, enquanto Sinclair pegava figos secos, tâmaras e pão para ambos do alforje.

Eles comeram em um silêncio cortês e estranhamente amigável, cada um imerso em seus próprios pensamentos. Sinclair refletia sobre a improbabilidade das circunstâncias que o haviam conduzido até aquele ponto, compartilhando placidamente uma refeição com um inimigo que, sob quaisquer outras condições, teria tentado matar à primeira vista. Perguntou a si mesmo se seu silencioso companheiro estaria pensando o mesmo, mas então seus pensamentos retornaram para a ameaça velada que havia suspeitado na pergunta do sarraceno sobre o Templo, e começou a avaliá-la com seriedade.

Sinclair não tinha meios de saber se sua resposta cautelosa havia sido mais necessária do que sua decisão de esconder seu domínio do idioma árabe ou não, mas sentiu-se satisfeito com o modo como se esquivara da pergunta e despistara a curiosidade de Al Farouch. Ele era de fato um Cavaleiro do Templo e suspeitava que o sarraceno lhe teria sido muito pouco condescendente no sentido de aprovar isso, mas havia muito mais em jogo para sir Alexander Sinclair do que ser apenas um membro da Ordem do Templo, e ele tinha boas razões para ser reticente quanto a contar às pessoas quem realmente era.

Sinclair era um membro de alta posição da clandestina Irmandade do Sião, a sociedade secreta no interior do Templo, que havia fundado e criado a Ordem para os seus próprios fins décadas antes, na virada do século, e que ainda supervisionava e conduzia as políticas da Ordem. Tão secreta era a Irmandade que nem mesmo sua existência, quanto mais suas atividades, era suspeitada pela soldadesca da Ordem e, embora muitos dos oficiais mais graduados do Templo pertencessem à Irmandade, muitos outros de patente militar equivalente viviam toda a vida e morriam sem sequer tomar consciência da existência dela. O mais importante entre estes últimos era Gerard de Ridefort, atual mestre do Templo, o qual, embora condecorado e honrado por sua coragem, suas habilidades militares e sua audácia imbuída de altos princípios, fora julgado desqualificado, graças ao seu orgulho e à sua natureza arrogante, para entrar na Irmandade.

O ingresso na Irmandade do Sião não era concedido sem motivo. Seus membros, que eram poucos e obrigados por juramento e lealdade a manter absoluto silêncio e segredo, raramente se encontravam em sessão plenária. Sempre que se congregavam, era sob o pretexto das tradicionais celebrações conhecidas como Conclaves, os quais sempre eram realizados nas dependências seguras e privativas da propriedade de qualquer dos altos confrades do Conselho Governante. Ali a Irmandade se reunia, rodeada por seus próprios familiares e amigos, em sua maioria parentes, e enquanto as celebrações e os divertimentos externos prosseguiam nos andares superiores, no espaço público da família hospedeira, a Irmandade se reunia em segredo e segurança nos recessos inferiores do castelo escolhido como sede do encontro, para celebrar seus próprios procedimentos clandestinos de iniciação, instrução e promoção, suas atividades desconhecidas e insuspeitadas pelos outros celebrantes do Conclave.

Os indivíduos que pertenciam à organização não eram distinguíveis sob qualquer aspecto, exceto um, e mesmo esse conhecimento era sigilosamente guardado, mantido a sete chaves entre eles, apesar de se tratar de uma distinção que ninguém que não fosse um Iniciado poderia nem mesmo perceber. Cada homem entre eles era selecionado de uma das federações de clãs aristocráticos conhecidos entre eles como as Famílias Amigas, todas as quais viviam na região do sul da França conhecida como Languedoc, assim chamada porque a região tinha a sua própria língua ancestral. O nome significava literalmente *a língua de Oc* ou *o lugar onde se fala Oc.* A associação das famílias federadas datava de mais de um milênio, desde o século I da Era Cristã, quando os fundadores de cada um dos clãs se estabeleceram juntos no sul da Gália, depois de sua longa fuga por terra da destruição romana de Jerusalém em 79 a.C.

As raízes coletivas judaicas eram o maior segredo da Irmandade, pois suas famílias haviam assimilado perfeitamente a sociedade local logo depois de sua chegada e já eram cristãs havia mil anos, ignorando alegremente suas origens semíticas. Apenas os Iniciados da antiga Irmandade da Ordem do Renascimento no Sião sabiam a verdade, repassada em segredo e através das gerações daquele mesmo milhar de anos, e unicamente eles assumiam a tarefa de suportar a grande responsabilidade que tal conhecimento implicava, sendo seu singular direito salvaguardado e reforçado pela determinação inflexível de que apenas um membro masculino de toda geração de cada uma das famílias podia ser considerado apto para a Iniciação.

Sir Alexander Sinclair, escolhido entre sete rebentos de uma família que não havia produzido filhas, fora admitido na Irmandade no seu vigésimo aniversário. Nenhum de seus irmãos, todos agora maiores de idade, dois deles Cavaleiros do Templo, enquanto o terceiro cavalgava entre os que integravam a Ordem dos Hospitalários, sequer suspeitava de que seu irmão Alec detinha uma patente secreta acima e além de qualquer uma e de todas as que possuíam. E, como os deveres impostos sobre ele pela Irmandade lhe haviam tornado de todo impossível interagir normalmente com seus irmãos no seu mundo prosaico de obrigações filiais e familiares, dedicação cristã e lealdades feudais, eles acabaram por acreditar que Alec era um ingrato, alguém que dera as costas para suas responsabilidades para com a família. Alec não havia tido outra opção a não ser dar de ombros e, aparentemente, aceitar a recriminação deles.

E, assim, ele havia desaparecido em meio ao mundo sigiloso da Irmandade, onde o Conselho Governante, após ter avaliado e quantificado todas as suas características e capacidades, começara a educá-lo de maneira específica, para seus próprios propósitos. Alexander Sinclair, Cavaleiro do Templo, era um espião da Irmandade.

— Você está profundamente pensativo, *ferenghi*.

O francês de Al Farouch era fluente, apesar dos matizes guturais da sua dicção árabe. Sinclair sorriu com ironia e coçou a cabeça.

— Eu estava pensando sobre minha situação aqui, pensando que vou ter de montar novamente no seu cavalo e fazer uma bela fuga antes que seus amigos cheguem para resgatá-lo.

— Se eles chegarem. Nada é certo além do que está escrito, e pode ser a vontade de Alá, abençoado seja o Seu nome, que eu deva permanecer aqui para morrer.

Sinclair pensou naquilo por um momento, depois balançou a cabeça lentamente.

— Vejo-me acreditando que Alá talvez esteja relutante em descartar uma arma tão forte quanto eu suspeito que você deva ser para ele... também estava pensando que não me agrada a ideia de simplesmente partir e deixá-lo aqui sozinho para viver ou morrer, por estranho que isso lhe possa parecer.

Os olhos do sarraceno se comprimiram até se tornar fendas.

— Mais do que estranho. Isso cheira a loucura. Por que você deveria se importar com o que me acontece aqui, quando cada momento que se demora o coloca em maior risco de ser apanhado *se* meus homens chegarem?

Um sorriso fraco brincou nos lábios de Sinclair.

— Chame isso de uma fraqueza de família, entranhada em meus ossos: a de que nenhum homem honrado deveria deixar outro morrer quando pode salvá-lo ou ajudá-lo.

— Honra. Isso é... — O sarraceno fez uma pausa, procurando a palavra, em seguida retomou — Isso é um *conceito*, não? Uma realidade sem substância... Daquelas que recebem muito... reconhecimento externo... mas que só são verdadeiramente entendidas por muito poucos.

— Mesmo entre os devotos de Alá?

— Mesmo entre eles, na verdade; como eu estou certo de que ocorre entre os seus...

— É, isso é verdade... — Sinclair havia deslizado novamente para o escocês, mas mesmo assim pôde ver que o homem à sua frente havia entendido o seu tom.

— Qual é o seu nome, *ferenghi*? Você já sabe o meu.

— Moray. Lachlan Moray.

A mentira brotou naturalmente e de forma espontânea dos lábios de Sinclair, talvez nascida de seu treinamento em auto-ocultação, o mesmo impulso que havia feito com que escondesse o seu árabe e a sua identidade templária.

— Lachlan... Isso quase soa como um nome árabe. Lach-lan Murr-ay.

— Pode ser, aos seus ouvidos, mas é escocês.

— E você tem pouca barba. Eu pensei que todos os cavaleiros francos tivessem barba.

Sinclair coçou melancolicamente seu queixo com a barba por fazer, crispando o rosto numa careta.

— Isso é verdade. Eu jamais seria confundido com um templário se estivesse no meio deles. Mas se ficar aqui muito tempo mais, minha barba vai crescer e eu vou lamentar isso. Tenho uma doença, mesmo aos olhos dos meus camaradas, pois meu rosto tem poucos pêlos e minha pele é... você conhece a palavra *delicada*?

O sarraceno negou com um movimento de cabeça, e Sinclair deu de ombros.

— Bem, quando minha barba cresce, a pele começa a descamar e coça dolorosamente, de modo que, para manter minha sanidade e evitar coçar-me até sangrar, decidi conservar meu rosto completamente barbeado sempre que posso. Poucos de meus companheiros francos podem entender isso.

Ele nada mencionou sobre o fato de que se manter barbeado lhe possibilitava usar uma barba falsa de qualquer formato e textura que necessitasse de tempos em tempos no exercício do seu trabalho.

— Fale-me de Hittin... Hattin, como vocês o chamam.

A solicitação foi direta, mas como foi expressa num moderado tom de comando, apanhou Sinclair desprevenido, de modo que ele ficou piscando os olhos, incapaz de pensar numa resposta.

Depois de alguns momentos, o sarraceno inalou o ar pelas narinas e endireitou-se em seu lugar, flexionando os ombros.

— Ao chegar, você me perguntou se eu estivera em Hattin, e o tom em que me fez a pergunta chamou-me a atenção. Eu não estive lá, como você sabe, mas Hattin fica perto do local que vocês chamam de Tiberíades, e o sultão, que Alá sorria para ele, convocou-nos para nos reunirmos lá. Houve uma batalha lá? É por isso que você está sozinho aqui?

Sinclair amaldiçoou em silêncio a sua falta de cuidado, mas não havia motivo para mentir naquele momento. Ele considerou o que dizer por um breve momento e então suspirou.

— Sim, houve uma batalha.

— Entendo. E ela foi... decisiva?

— É, eu temo que sim. Nós fomos derrotados; o seu lado saiu vitorioso.

— Que Alá seja louvado. O que aconteceu?

— O que aconteceu? Você me pergunta isso? Já esteve numa batalha importante, que envolvesse milhares de homens?

— Estive, várias vezes.

— Alguma vez você teve o comando supremo de uma batalha dessas?

O sarraceno franziu o cenho.

— Não, eu comandei os meus homens, mas não sou um general.

— Nem eu. Então você sabe tão bem quanto eu que um guerreiro em batalha tem pouca consciência do que acontece no sentido abrangente da luta. Ele só sabe da vitória ou da derrota pelo que vê ao final do combate. No meio dele, o guerreiro se esforça para proteger a si mesmo e aos seus homens... para continuar vivo.

"Essa batalha de Hattin foi imensa. Nós tínhamos o exército mais forte já arregimentado unicamente no Reino... uma força de mais de 30 mil. Cavaleiros, aliados turcópolos* e infantaria. Seu sultão, Saladino, comandava pelo menos duas vezes o nosso número, provavelmente mais, e nós fomos derrotados. Eu vi apenas fragmentos da batalha principal, de longe. Logo fui ferido e derrubado do cavalo, quebrando meu braço, e depois fui deixa-

* Originalmente, turcópolos eram os filhos de pais turcos e mães gregas. Designavam-se assim também os soldados da cavalaria ligeira formada por turcos e mestiços, treinados para manejar o arco de cima de suas montarias. (*N. do T.*)

do para trás no campo de batalha. Eu tinha um amigo comigo, e nós escapamos juntos naquela noite, depois de escurecer. Decidimos seguir caminho de volta para La Safouri, mas fomos surpreendidos pela tempestade.

Uma longa pausa se seguiu, antes que o sarraceno perguntasse:

— Onde está seu amigo agora?

— Ele se foi. Está em algum lugar nas areias. Ele me arrastou às suas costas durante duas ou três noites... eu delirava como louco em consequência dos meus ferimentos... e depois saiu à procura de água, deixando-me adormecido numa caverna que ele havia descoberto. Quando acordei, a tempestade chegara. Não o vi desde então. Ele pode estar em qualquer lugar. Rezo para que esteja vivo, mas temo que possa estar morto.

— Então o que você vai fazer agora? Para onde irá se for embora daqui?

— Não faço ideia. Pode ser que não haja *lugar* para onde eu possa ir. — Sinclair deu um grunhido, em parte riso e em parte manifestação de desgosto. — Talvez seja por isso que me repugna até mesmo tentar.

Al Farouch levantou peremptoriamente a mão, sua cabeça de súbito inclinada para um dos lados, como se ouvisse algo. Sinclair esticou-se para escutar o que havia atraído a atenção do outro, mas ouviu apenas a quietude do deserto, e por fim o sarraceno abaixou sua mão, sacudindo a cabeça.

— Pensei ter ouvido cavalos se aproximando.

Ele olhou para Sinclair, uma das sobrancelhas erguida muito alto na testa.

— Sugiro, porém, que se você estiver cogitando uma fuga daqui, deveria partir agora.

Sinclair virou ligeiramente a cabeça para olhar a poeira que se ajuntava, levemente surpreso de que o dia sumisse tão depressa.

— Eu estive pensando nisso — disse ele finalmente, antes de se voltar outra vez para Al Farouch. — E descobri que tenho um conflito para resolver em minha própria mente... Nós falamos brevemente sobre honra há pouco, e honra, na minha vida, envolve responsabilidades que nós, francos, chamamos de dever.

Al Farouch concordou com a cabeça, seu rosto impassível.

— Nós também temos deveres, alguns deles mais onerosos do que outros.

— Muito bem, então; uma vez que você compreende o conceito, como o chamou anteriormente, talvez possa me ajudar a resolver o meu dilema. O dia está quase acabado, de modo que se eu partisse agora, teria de cavalgar escuridão adentro sem lugar algum para ir e sem saber como chegar até lá, com o único propósito de evitar ser capturado pelos seus guerreiros. Eu posso conseguir isso de qualquer forma, simplesmente pelo fracasso deles em chegar até aqui. Mas também, por outro lado, posso cavalgar diretamente até eles na escuridão, caso eles venham, pois não tenho meios de saber a direção da qual vêm.

"Meu dilema é este: se eu cavalgar às cegas deserto adentro agora para evitar a captura, sem noção de para onde estou indo, estarei agindo de maneira honrada, porque é meu dever ganhar a liberdade, pois do contrário serei culpado de negligenciar o meu dever por agir de maneira estúpida e pôr minha própria vida em perigo desnecessariamente? Entende o que quero dizer, Mestre Sarraceno? Meu dever será mais bem cumprido se eu partir agora na escuridão, talvez para morrer, ou se eu permanecer aqui e arriscar minhas chances?

Nenhum deles falou nada por um momento, e então Sinclair retomou.

— Além disso, como eu lhe disse antes, não gosto da ideia de deixá-lo aqui sozinho... Por isso decidi ficar aqui até a manhã chegar. Então, supondo que não haja sinal dos seus homens, vou deixá-lo confortável e cavalgar para longe o suficiente para evitar uma captura... e então vou esperar. Se o seu resgate não aparecer, retornarei para comer com você, pois nada terá mudado e eu continuarei sem saber para onde ir.

Al Farouch passou a ponta de seu dedo médio por toda a extensão de seu nariz e a pressionou contra seus lábios apertados.

— Por que você não sabe para onde ir? Suas perdas em Hattin foram tão graves?

Sinclair ficou de pé e apoiou-se na borda da parede rochosa que formava o pequeno abrigo dos dois, olhando para a noite que se aproximava. Quando falou, ele o fez sem voltar a cabeça.

— A noite chega rápido aqui no deserto... Na Escócia, onde eu cresci, a luz da tarde nesta época do ano pode prolongar-se por horas depois do sol se pôr. Não há palavra para isso em francês, não que eu saiba, mas nós chamamos esse momento que se prolonga entre o dia e a noite de crepúsculo... É a *perda* em Hattin, mais do que as nossas perdas, que me preocupa; a derrota em si, e não as baixas, embora Deus saiba que elas foram aterradoras... Seu sultão, por tudo o que sei dele, não é homem de ignorar uma oportunidade enviada por Deus, e aos olhos dele é assim que sua vitória em Hattin parecerá. Tiberíades já terá se rendido a ele neste momento, eu suspeito, com o exército esmagado, e eu já sei que seus homens tomaram La Safouri... e provavelmente Nazaré também. Se eu fosse ele, apoiado por um exército vitorioso e sabendo que as forças francas estão desordenadas, se não completamente destruídas, eu marcharia sobre Jerusalém de uma vez... — Ele ficou ereto e voltou-se novamente para o outro homem. — E isso, eu temo, deixa-me poucos lugares para onde fugir... Quando você orou pela última vez?

Al Farouch piscou os olhos.

— Algum tempo atrás, na hora determinada. Você estava aqui. Apenas não notou.

— Vocês não têm de se voltar para o leste?

O sarraceno sorriu.

— Alá exige nossas preces, mas é misericordioso. Ele não insiste em que nos torturemos quando estamos incapacitados. Eu vou orar apropriadamente quando for capaz, mas até lá vou orar como posso.

— Bem, então, quando você defecou pela última vez?

Os olhos do sarraceno se arregalaram de surpresa, mas então ele encolheu os ombros.

— Na manhã em que meus amigos partiram, mas eu comi pouco desde então, por isso não tive necessidade premente.

— Mas você comeu agora. Pode caminhar com essa perna se eu lhe der apoio?

— Acredito que sim.

— Ótimo, e seus amigos cavaram uma latrina?

— Sim, perto daqui, mas suficientemente afastada para ser inofensiva. Está a dez passos de distância da entrada.

— Se eu puder ajudá-lo a chegar até lá, você consegue cuidar das suas próprias necessidades?

— Sim, eu consigo.

— Ótimo. Agora, se eu o ajudar a se levantar e caminhar, você vai tentar me matar?

A mais leve sugestão de um sorriso se mostrou nos olhos do sarraceno.

— Não antes que você me traga de volta para cá, a despeito do meu juramento de destruir todos os infiéis à primeira oportunidade.

Sinclair deu um grunhido e caminhou para a frente com seu braço bom estendido.

— Que assim seja, então. Vamos ver se podemos botar você de pé. Tome cuidado com meu outro braço, pois ele está tão seriamente fraturado quanto a sua perna, mas não tão bem enfaixado. Quando estiver de pé, nós iremos lá para fora e eu o levarei para fazer o que tem de fazer. Chame-me quando tiver terminado e eu o ajudarei a voltar para cá.

Quando eles terminaram seus afazeres na latrina, a noite havia caído completamente, e eles se sentaram juntos na escuridão do pequeno recanto que lhes servia de abrigo. Conversaram sobre assuntos triviais e sem importância por algum tempo, mas a noite estava completamente imóvel e ambos estavam cansados, de modo que logo caíram no sono, com a cabeça voltada para o lado no espaço estreito, e o último pensamento de Sinclair foi que teria de estar desperto e distante dali ao alvorecer.

Sinclair acordou quando a mão calosa de alguém lhe agarrou a boca e o queixo, mas sua reação de protesto foi instantaneamente silenciada quando ele ouviu um profundo rosnado gutural e sentiu o fio da lâmina fria de uma faca em sua garganta. Ele ficou imóvel, à espera da morte, sabendo que não havia nada que pudesse fazer. A aurora ainda não havia rompido, mas havia movimento por toda a sua volta, e ele se deu conta de que deveria ter previsto tal eventualidade.

— Quem é este cão *ferenghi*? Devo cortar-lhe a garganta?

A voz veio diretamente de cima, e ele sentiu a pressão da lâmina em sua garganta aumentar, preparando-se para o talho. Mas no exato momento em que começava a se retesar à espera do golpe, a voz de Al Farouch deteve a mão do outro, soando com uma autoridade absoluta.

— Não! Não lhe faça mal, Sabit. Ele compartilhou pão e sal comigo e eu estou em débito para com ele.

O homem chamado Sabit deu um grunhido e agachou novamente, retirando a mão do rosto de Sinclair mas mantendo a faca em sua garganta, embora agora fosse a parte lateral da lâmina que estivesse pressionada contra sua pele.

— Como você pode estar em débito com um *ferenghi*, emir? — Sua voz era plena de dissabor. — Ele é um infiel; portanto, você não precisa se sentir obrigado pelas nossas leis sagradas a tratar com ele. A simples ideia é risível.

— E você julgaria apropriado rir de mim por ser misericordioso, Sabit?

O tom duro da pronta réplica de Al Farouch foi suficiente para fazer com que Sabit retirasse a faca do pescoço de Sinclair.

— Não, de modo algum, emir. Eu só estava...

— Você só estava desafiando o meu julgamento, eu creio.

— Jamais, emir. — Sabit ajoelhou-se com o corpo ereto, balançando-se para encarar seu superior. — Eu simplesmente pensei...

— Isso é estranho, Sabit. Pensamento é algo que eu nunca reconheci em você antes. Eu não exijo pensamentos de você; apenas obediência e lealdade. Estamos de acordo quanto a isso?

— Como disser, emir.

Sinclair não precisou ver o homem para saber que ele estava arrasado.

— Excelente. Agora dê graças a Alá por Suas bênçãos e pelo meu bom humor, depois leve o *ferenghi* para fora e o mantenha onde ele não possa ouvir a nossa conversa. Ele alega não entender a nossa fala, mas eu acho que nós podemos ter muito a discutir aqui e é sensato ter cautela.

— *Allahu Akbar*. Minha obediência lhe pertence, como sempre.

Al Farouch, então, mudou de idioma, enquanto o homem chamado Sabit ficava de pé, passando do árabe para o seu francês de erres carregados e forte sotaque.

— Devia ter partido na noite passada, Lach-Lann, como discutimos, pois agora você é um prisioneiro. Meu tenente Sabit é um bom homem, mas de ideais firmes e às vezes malconduzidos. Ele estava pronto para lhe cortar a garganta.

— Pude perceber isso. — Sinclair lutava para manter a voz calma. — Eu lhe agradeço pela minha vida. O que vocês vão fazer comigo agora?

— Eles vão me carregar até lá fora, e então eu vou ter de conferenciar com meus oficiais, pois meus homens estão aqui em peso. Eles vão me informar sobre tudo o que aconteceu na semana passada. Nesse meio-tempo, Sabit o afastará de nós e o manterá em segurança até que eu decida o que deve ser feito com você. Vá com ele e dê graças a Alá por eu ter conseguido deter a mão dele antes que pudesse lhe fazer mal. Você estará seguro nas mãos dele agora.

— Eu lhe agradeço novamente. Está claro que você é um homem de mais autoridade do que eu havia suspeitado. Eu vou com o seu homem.

— Vá agora, então. Sabit vai ajudá-lo, e sua ausência tornará mais fácil para meus homens me erguerem para me tirarem daqui. Ajude-o, Sabit.

A última sentença foi em árabe, e quando Sabit se moveu para obedecer, Sinclair pôde discernir seu rosto e seu perfil na luz que se fortalecia. Era um homem enorme, com as fissuras geminadas de uma profunda carranca entre sobrancelhas espessas e um nariz ferozmente curvo e ossudo. Usava um elmo espiculado com uma *kufiya* branca dobrada e drapejada pendendo frouxa sobre ele, suas pontas jogadas por cima de cada ombro, de modo que as dobras cobriam a metade inferior de seu rosto. Seu olho direito estava coberto com uma bandagem preta, da qual uma cicatriz lívida se prolongava para baixo, claramente visível mesmo à luz embaciada, para desaparecer sob as camadas de tecido que obscureciam sua boca e seu queixo, e os dedos de sua mão esquerda acariciavam a empunhadura da longa espada curva que pendia ao seu lado. Ele estendeu a outra mão, encarando-o com ferocidade, que Sinclair usou para colocar-se de pé, vacilando por alguns momentos nesta posição antes de assentir com um gesto de cabeça e dirigir-se para a entrada da dobra no rochedo. O sarraceno se pôs um passo atrás dele, com uma das mãos pousada em advertência sobre seu ombro.

Um silêncio seguiu-se quando Sinclair saiu das sombras para o espaço aberto e olhou curiosamente à sua volta. Mais de uma centena de homens, a maioria deles ainda montada, olhavam com interesse para ele à luz do amanhecer. Nenhum daqueles homens falou ou se moveu quando Sabit incitou Sinclair para adiante com um dedo gentil, mas todos os olhos da turba seguiram o franco quando ele avançou cerca de trinta passos ao longo da base do rochedo até que a mão de sua escolta se fechou novamente sobre seu ombro, detendo-o.

— Sente-se — rosnou o grandalhão e apontou para o chão, gesticulando para baixo com sua outra mão espalmada num gesto inconfundível. Sinclair sentou-se sem mais delongas, apoiando as costas na face da rocha, e observou enquanto dois dos homens de Al Farouch, com as mãos entrelaçadas para formar uma cadeira, carregavam-no para fora do nicho que o abrigara. Eles pararam, encarando seus camaradas, que bradaram saudações ao seu chefe de um modo que não deixava dúvidas quanto à afeição e à aprovação que dedicavam a ele. Sinclair ficou impressionado, mas não realmente surpreso pela acolhida deles, considerando suas próprias impressões a respeito do caráter e do temperamento de Al Farouch. Surpreendeu-se, porém, quando a massa de homens montados se dividiu para revelar uma parelha de cavalos brancos atrelados a um tipo de veículo que ele reconheceu, mas jamais vira antes. Tratava-se de um carro de batalha, um transporte leve de duas rodas que pouco mais era que uma plataforma com laterais em forma de cesta montada sobre rodas altas e esguias, mas ao primeiro olhar percebeu que havia sido equipado com um banco que permitiria ao seu ocupante sentar-se confortavelmente e controlar o veículo apesar da perna quebrada. Um guerreiro ricamente vestido conduziu o cavalo para adiante, e os ajudantes de Al Farouch ergueram-no cuidadosamente até onde ele pudesse estender as mãos e içar a si próprio para o assento. Ele ergueu a mão e acenou para os seus homens, provocando uma explosão renovada de aclamações.

Momentos depois, Al Farouch emitiu um comando silencioso, e a assembleia se dissipou. A maioria dos homens desmontou e formou grupos ao acaso, enquanto outros, evidentemente oficiais de algum tipo, seguiram o carro de Al Farouch enquanto ele os conduzia para longe do ajuntamento, até onde pudessem conversar sem ser ouvidos. Sinclair abandonou qualquer intenção de tentar escutar depois disso, pois mesmo que eles estivessem gritando um com o outro, ouvir o que diziam teria sido impossível do local onde ele estava sentado. Em vez disso, acomodou-se para esperar da maneira mais cômoda que pudesse, atento para o volume formidável e vigilante de Sabit acima dele e para a intensidade crescente do sol em seu rosto. Tomando cuidado para não demonstrar qualquer emoção identificável, ele cobriu o rosto com as dobras de sua *kufiya*, cruzou os braços sobre o peito e inclinou a cabeça como se dormisse.

Assustou-se quando Sabit o cutucou com o pé, pois não esperava cair no sono, mas quando olhou para cima com os olhos bem abertos, viu o outro estender-lhe novamente a mão direita. Tomou-a e ergueu-se novamente até ficar de pé, depois ajustou a tipoia em seu braço machucado e seguiu o homem grande. Al Farouch estava sentado à sua espera no carro, e ele sentiu, enquanto se aproximava, que era observado por todos os homens que estavam ali.

Al Farouch fez um solene cumprimento de cabeça para ele e acariciou a ponta de sua barba entre o polegar e o indicador. Então falou em francês.

— Bem, Lach-Lann, parece que você tinha razão em se preocupar quanto ao lugar para onde poderia fugir, e eu estou impressionado com a exatidão de suas previsões. Tiberíades rendeu-se ao sultão assim que eles souberam de nossa vitória em Hattin. Ele foi misericordioso, como sempre, e permitiu que os defensores partissem incólumes. Seffiriya e Nazaré também caíram perante nós, como você previu, e o sultão, que Alá continue a irradiar Sua luz sobre ele, sitiou Jerusalém e deve recobrar a cidade e conduzir seus defensores para o mar antes que nós possamos chegar até lá. A Palestina, o seu reino latino, é nossa novamente, livre do jugo franco, e os outros territórios, que vocês chamam de Antioquia, Edessa e Trípoli, logo serão igualmente abençoados. Nossas terras estarão unidas sob Alá do norte da Síria até o Egito.

Sinclair continuou com a face impassível enquanto isso tudo lhe era recitado, depois balançou a cabeça.

— E quanto à batalha, meu senhor? Sabe da extensão das nossas perdas?

— Sei. — Não havia vestígio de zombaria ou regozijo nos modos de Al Farouch. — A infantaria turcópola unida aos seus cavaleiros foi destruída, sem sobreviventes. Dos seus 12 mil cavaleiros originais, mais de mil morreram. O Corvo de Kerak, a besta estúpida chamada De Chatillon, está morto, eliminado pessoalmente por Saladino em cumprimento ao seu juramento de fazê-lo.

Al Farouch fez uma pausa, e uma nova expressão, algo inidentificável, aguçou o seu olhar. Sinclair preparou-se para o que poderia vir em seguida, mas não era de modo algum o que esperava ouvir.

— Também mortos, contaram-me, por ordem expressa do sultão, estão mais de cem Cavaleiros do Templo, aprisionados em batalha e executados mais tarde.

— Eles executaram prisioneiros? Eu não acredito nisso. O bom nome de Saladino jamais se recuperaria de tal atrocidade.

A sobrancelha direita de Al Farouch estremeceu visivelmente.

— O *bom nome* de Saladino? Você quer dizer a reputação dele entre os francos? O nome do sultão é reverenciado pelos seguidores de Alá, pelos guerreiros do Islã. Não significa nada, para qualquer um dos fiéis, o que os infiéis possam ter a dizer sobre seu nome ou sua reputação. Este é o homem que jurou pelo mais sagrado dos votos limpar o Islã da poluição dos francos, e ele ordenou a execução dos Cavaleiros do Templo porque acredita que eles sejam os homens mais perigosos sobre a terra. Ele emitiu um decreto pelo qual a nenhum templário será jamais permitido, daqui por diante, partir em liberdade e lutar novamente contra nós.

Sem conseguir pensar em nada adequado para dizer em resposta a isso, Sinclair por fim meneou a cabeça.

— O que fará comigo, agora? Eu também vou morrer?

Al Farouch soltou uma gargalhada.

— Morrer? Não, você não vai morrer. Eu lhe devo a vida. Mas será meu prisioneiro, pelo tempo necessário para que paguem seu resgate. Não se alarme — acrescentou ele depressa, vendo Sinclair empertigar-se e enrijecer-se. — Você não será tratado com rispidez, desde que não cause problemas. Nós o ensinaremos a falar nossa língua enquanto estiver entre nós e lhe apresentaremos as palavras de Alá e Seu Sagrado Profeta Maomé, abençoado seja o nome dele. Podemos até mesmo ensiná-lo a banhar-se e vestir-se como um homem civilizado... mas isso dependerá de quanto tempo você permanecer entre nós. Nesse meio-tempo, vou deixar você a cargo de Sabit. Você descobrirá nele alguém pronto a administrar castigo e vingança, mas, na verdade, ele não é um capataz severo, a menos que provocado. Sua condição de franco normalmente o provocaria gravemente, mas eu o alertei para não se permitir tal deleite. Vá com ele agora, mas antes de ir aprenda a sua primeira lição de árabe. *Sala'am Aleichem... salaam aleichem...* Isso significa olá, saudações, boas-vindas... e também significa adeus e até breve. A resposta a isso é repetir as mesmas palavras. Portanto, eu lhe digo, até que nos vejamos novamente, *Salaam Aleichem.*

— *Salaam Aleichem* — respondeu Sinclair, perguntando-se quando veria sua terra novamente, pois aquela gente acreditava que seu nome era Lachlan Moray e ninguém pagaria resgate por sir Lachlan Moray, um cavaleiro escocês sem afiliação a qualquer grupo importante. Não havia um Cavaleiro Templário com tal nome, e não existia ninguém, nem mesmo entre os da Irmandade, que fosse capaz de adivinhar a verdade do que havia acontecido.

Sabit adiantou-se e agarrou seu ombro com uma das mãos, e Alec Sinclair moveu-se obedientemente em resposta, dando seus primeiros passos reais para o cativeiro enquanto seguia seu caminho, sob guarda, até o cavalo — o cavalo de Al Farouch — que lhe fora reservado no centro da formação sarracena.

SEGUNDA PARTE: FRANÇA: 1189 D.C.

O Condado de Poitou

SEIS

Antes mesmo de Ector sacudi-lo pelo ombro, Henry St. Clair já sabia que estivera sonhando, apanhado naquele limbo incerto entre o sono e a vigília que vinha visitando regularmente desde a morte de sua esposa no ano anterior. Os ruídos em seu sonho haviam sido inquietantes e vagamente assustadores — distantes, mas tempestuosos e ameaçadores —, mas, ainda assim, ele fora incapaz de fazer qualquer coisa a respeito deles, impedido de agir de maneira decisiva ou elevar a voz em questionamento ou protesto. E, então, mãos apertaram seus ombros, prendendo seus braços, e ele acordou com um grito abafado para encontrar Ector avultando-se sobre ele, vagamente atemorizante na luz trêmula da vela ao lado do leito.

— Meu senhor! Meu senhor Henry, acorde.

Henry ficou rígido, depois relaxou, reconhecendo seu camareiro e a familiaridade de seu dormitório, enquanto os últimos elementos do pesadelo definhavam abruptamente e se dissipavam. Ele esfregou os olhos e apoiou-se sobre um dos cotovelos, contemplando, sério, seu visitante.

— Ector? O que aconteceu? Que horas são?

— Passa bastante da meia-noite, senhor, mas o senhor tem visitantes. Deve vestir-se depressa.

— Visitantes? No meio da noite? — Ele começou a afastar as cobertas, mas então se deteve, já quase fora da cama, apertando os olhos para o camareiro. — São aqueles padres três vezes malditos novamente? Porque, se forem eles, podem ir todos para o inferno, onde eu suplicarei ao diabo que cave poços mais profundos no meio do alcatrão para recebê-los. A arrogância hipócrita deles é...

— Não, meu senhor Henry, não são os padres. É o rei. Ele o está convocando a encontrá-lo o mais rápido que puder.

— O rei. — A voz sem inflexão de Henry traía sua perplexidade. — O rei da *França*? Capeto? Filipe Augusto está aqui em Poitou?

— Não, senhor, eu me referi ao duque. O rei inglês, Ricardo. Seu suserano.

— Ricardo de Aquitânia. — A voz de St. Clair se tornou mais grave. — Você ousa nomeá-lo rei, aqui, na minha casa? O pai dele nos mandaria estripar, *a ambos*, por sequer pensar nisso, quanto mais falar em voz alta.

Ector deixou a cabeça pender, envergonhado por sua gafe.

— Perdoe-me, meu senhor. Meus pensamentos arruinaram minha língua.

Henry levantou a mão.

— Basta! Ele será rei da Inglaterra em breve, mas Henrique ainda não está morto. E, enquanto isso, o filho dele está aqui à minha porta.

Ele ergueu bruscamente a mão em alerta quando Ector abriu a boca para falar novamente.

— Não! Fique quieto e deixe-me pensar... E, enquanto eu faço isso, reze para que os céus nos protejam dos maus ventos, pois nenhuma brisa suave sopra um homem à porta de outro a esta hora da noite, muito menos Ricardo de Aquitânia. Por que você não me disse logo que era ele?

Ainda trajando a túnica e as perneiras que vestira no dia anterior, sir Henry se levantou de sua cama o mais rápido que seu corpo avançado em idade permitiu e foi até a bacia sobre sua mesa de cabeceira, onde borrifou água sobre o rosto e esfregou os olhos e as bochechas. Ector ofereceu-se para providenciar água mais quente, mas Henry simplesmente grunhiu e apanhou uma toalha, ordenando-lhe, em vez disso, que lhe trouxesse uma sobrecota limpa e sua capa. Enquanto Ector as retirava do armário, Henry alinhava o que já estava vestindo e enfiava os pés num par de botas robustas forradas de lã.

— Quantos homens ele trouxe consigo? É uma comitiva de guerra?

— Não, meu senhor. Ele está praticamente sozinho. Um acompanhante da nobreza e uma dezena de guardas, no máximo. Eu tive a impressão de que eles percorreram um longo caminho e ainda têm de ir muito mais longe.

Henry enfiou-se na primeira das duas vestes que Ector lhe estendeu, uma sobrecota branca sem mangas e sem brasão, cujo comprimento chegava à altura dos tornozelos. Envolvendo os dois lados da sobrecota em torno da cintura, prendeu-os ali com um cinto de couro.

— Como está o semblante dele, o seu humor? Ele parece bravo?

Ector levantou as sobrancelhas.

— Não, meu senhor. Ele parece... excitado e cheio de entusiasmo.

— Aposto que está.

Henry apanhou a vela de Ector com a mão esquerda e a ergueu bem alto enquanto se curvava para a frente a fim de consultar um espelho de metal polido, mergulhando a outra mão na bacia e borrifando água no cabelo e na barba, esfregando-os com as pontas dos dedos e depois os penteando e arrumando-os com dedos espalmados.

— Mas qual o motivo de seu entusiasmo agora, eu me pergunto... Suas paixões sempre mudam de uma semana para a outra. Imagino qual será o seu destino, para que ele devesse passar pela nossa porta. Ele falou alguma coisa sobre isso?

— Não, meu senhor. Não para mim.

— Não, claro. Ele não falaria. Bem, vou ter de perguntar a ele.

St. Clair expôs os dentes e fez um cumprimento de cabeça para seu reflexo no espelho, depois voltou-se novamente para Ector, tomando seu manto de cavaleiro das mãos do camareiro e lançando-o por cima da cabeça num amplo movimento circular, de modo que suas dobras avolumadas se inflaram e assentaram-se perfeitamente sobre seus ombros, com o emblema dos St. Clair proeminentemente exposto sobre o lado esquerdo de seu peito. Ele fechou a presilha que mantinha sua pesada capa sobre o peito, depois fez um novo movimento de cabeça e avançou em direção à porta para seguir seu caminho descendo pela ampla escadaria de pedra de degraus estreitos que levava ao *hall* de entrada principal, onde uma profusão de luzes e servos alvoroçados fez com que sua atenção se concentrasse na grande antecâmara para a qual Ector atraíra seus visitantes.

— Você providenciou comida e bebida para eles, eu espero, antes de vir até mim, não?

— É claro, meu senhor, e reavivei o fogo assim que eles chegaram.

— Você preparou quartos para eles?

— Estão sendo aprontados neste momento, as lareiras sendo acesas e as roupas de cama sendo arejadas e aquecidas. Seus criados já estão alojados nos estábulos e celeiros de feno.

— Bom homem.

St. Clair deteve-se por um momento antes de alcançar as portas que davam para a antessala, então abriu os braços para assentar sua capa de maneira mais confortável e respirou fundo.

— Bem, então, vamos descobrir o que nosso senhor e mestre deseja agora.

— Henry, seu preguiçoso! Pelas pernas sagradas de Cristo, você levou um bom tempo para vir nos cumprimentar!

Ricardo Plantageneta havia ficado de pé quando sir Henry entrou, largando a carne que estava comendo e limpando as mãos engorduradas nas laterais de seu colete de couro bastante manchado. Mas a despeito da aparente rispidez da repreensão gritada por ele, não havia dúvida sobre o óbvio prazer com o qual ele avançou em direção ao homem mais velho, com os braços bem abertos para recebê-lo num grande abraço. St. Clair mal teve tempo de notar um segundo homem, também se levantando da mesa, antes de ser arrastado por um abraço de urso e erguido do chão, incapaz de fazer nada além de apegar-se à sua dignidade da melhor maneira que podia. O grande homem que o segurava o fez girar em volta apenas uma vez, porém, antes de libertá-lo e segurá-lo à distância de um braço, olhando fixamente nos olhos dele com o azul penetrante dos seus.

— Você está com um aspecto maravilhoso, meu velho amigo, tão bem quanto eu esperava encontrá-lo, e essa é a melhor notícia que chega a estes meus olhos há semanas. Quanto tempo faz, sete anos? Oito?

— Cinco, meu suserano — murmurou Henry, sorrindo, ciente de que Ricardo Plantageneta saberia quanto tempo se passara desde o último encontro deles com precisão de dias. — Mas não interrompa sua refeição por minha causa, pois é evidente que o senhor fez uma viagem longa e deve estar faminto.

Um rápido olhar à direita lhe revelara um par de capas úmidas e respingadas de lama sobre o encosto de uma alta cadeira e duas espadas longas pousadas sobre seus braços. Abril havia sido um mês longo e sujo, de chuvas fortes e vendavais furiosos, e maio, que começara havia apenas dias, parecia ter chegado para ser ainda mais desolador e intempestivamente hostil.

— Você está certo, velho amigo, e eu estou com uma fome voraz.

Ricardo deu meia-volta e retornou à mesa, onde voltou a pegar o pedaço de galinha que havia descartado, com o qual acenou em direção ao seu acompanhante antes de afundar os dentes na carne e rasgar um bocado, que mastigou algumas poucas vezes e depois enfiou na bochecha, de modo a permitir-se falar apesar dela.

— Você conhece De Sablé, eu suponho?

O cavaleiro chamado De Sablé ainda estava de pé e acenou cortesmente com a cabeça para St. Clair, que sacudiu polidamente a sua e adiantou-se, oferecendo a mão.

— Não, temo não conhecer o cavalheiro, mas ele é mais do que bem-vindo aqui, assim como o senhor, meu suserano.

Ele avaliou por um momento o tamanho do homem enquanto suas mãos se juntavam, olhando alguns centímetros para cima a fim de encontrar os olhos brilhantes de De Sablé. O outro curvou a cabeça em retorno, sorrindo ligeiramente, a pressão de seu aperto a princípio incerta, mas depois mais firme em resposta à receptividade de St. Clair.

— Robert de Sablé, sir Henry — disse ele. — Cavaleiro de Anjou e vassalo do duque Ricardo, como você. Perdoe-nos pelo adiantado da hora.

— Tolice — rosnou Ricardo, depois arrotou ligeiramente. — Perdoar-nos? O que há para perdoar, que nós o recordemos do seu dever? Henry é meu vassalo, como você disse, obrigado como você a observar os horários que eu observo, e se eu permaneço ativo a noite inteira, meus vassalos devem resignar-se a acomodar-me, ainda que seja não mais de uma vez em cinco anos. Não é assim, Henry?

— É assim, meu suserano.

— Meu suserano, meu senhor, meu senhor, meu suserano. Você costumava chamar-me de Dickon e bater-me se eu não obedecesse a todos os seus caprichos.

— É verdade, meu suserano. — St. Clair permitiu-se um pequeno sorriso. — Mas isso foi há muitos anos, quando o senhor não passava de um menino e precisava de corretivos, como todos os meninos precisam uma vez ou outra. Agora o senhor é o conde de Poitou e Anjou, duque da Normandia e de Aquitânia, e senhor da Bretanha, de Maine e da Gasconha. Imagino que poucos ousariam chamá-lo de "Dickon" na sua frente hoje em dia.

— Oh! — Os olhos de Ricardo brilharam de deleite. — Ousar chamar-me de Dickon? Poucos ousariam sequer dizer o que você acabou de dizer. Fico satisfeito em ver que seus colhões não amoleceram. — Ele voltou-se a fim de olhar para De Sablé. — Este é o homem que me ensinou tudo o que eu sei sobre armamentos e combate, Robert... ensinou-me os fundamentos do uso da espada, da lança, do machado e da besta muito antes que William Marshall da Inglaterra surgisse na minha vida; ensinou-me a me esforçar a cada dia pela perfeição, a levantar pesos e atirá-los para ficar musculoso. Marshall tem o crédito pelo meu treinamento na juventude, mas eu havia aprendido a maior parte do que sei com este homem aqui quando ainda era um adolescente. Já lhe contei isso, eu sei, mas agora ele está de pé à sua frente em carne e osso: o homem que fez de mim o que eu sou.

Que Deus nos proteja! O pensamento brotou de maneira espontânea na mente de sir Henry, pois embora os cumprimentos fossem lisonjeiros, havia muito sobre quem Ricardo Plantageneta *era* que escandalizava cada fibra moral no ser do velho cavaleiro. Ele ensinara o garoto a combater e lutar, isso certamente era verdade; inculcara nele a destreza com as armas e a disciplina militar desde a idade de 8 anos até ele ter completado 14. E fizera isso com uma tenacidade severa e obstinada, nascida não do amor, nem mesmo da admiração, mas do dever, pois naquela época Henry era mestre de armas da mãe do garoto, Eleanor, duquesa de Aquitânia. Eleanor, que havia sido a rainha da França antes de se divorciar de seu marido e casar-se com o rei Henrique II, da Inglaterra, para tornar-se rainha de lá, mantendo seu ducado de Aquitânia, o maior e mais poderoso feudo da França. Ela um dia fora considerada a mulher mais forte da Cristandade, mas sua força havia de algum modo sucumbido aos seus filhos, dos quais Ricardo era o terceiro e tido como o favorito de sua mãe. Mesmo na infância, não obstante ele ter sido logo reconhecido como espadachim e combatente sem igual entre seus pares, havia aspectos no caráter do jovem que causavam calafrios e repulsa em Henry St. Clair. E então, depois de longos anos sem ter posto os olhos em seu senhor suserano, ele descobriu que não tinha o mais leve desejo de ser reconhecido, mesmo que erroneamente, como o homem que havia feito de Ricardo Plantageneta quem ele era.

— Sente-se, homem, abanque-se. Esta é a sua casa e nela eu não passo de um convidado. Sente-se, junte-se a nós e nos conte o que tem feito, escondido aqui durante todos estes anos.

Ector adiantou-se sem dizer uma palavra e puxou um banco da mesa para que seu mestre sir Henry se sentasse, arrumando as dobras de sua capa cuidadosamente para que elas não impedissem os seus movimentos.

— Tome, pegue um pedaço deste capão — rosnou Ricardo, empurrando a baixela na direção de seu anfitrião antes que Henry pudesse dizer qualquer coisa. — Não há nada errado com os seus cozinheiros, isso eu devo conceder a eles. Minha carne nunca teve um gosto tão bom. Temperos ou coisa parecida...

Ricardo caiu novamente como um selvagem em sua carne, sua barba curta e ruiva reluzindo de gordura. De Sablé comia de modo mais meticuloso, mordiscando sua ave em vez de rasgá-la com os dentes. Henry estendeu a mão e puxou para si uma tábua de trinchar, depois se serviu de uma asa de um dos capões frios. Tinha pouca carne, mas ele não estava com fome. Sua mente estava em disparada com as possibilidades e implicações daquela visita inesperada. Ele apanhou a carne e depois a deixou novamente de lado, sem provar.

— Entristeceu-me saber apenas recentemente que seu pai ainda está em desacordo com o senhor quanto à sucessão. Eu tinha esperança de que essa questão pudesse ter sido resolvida há muito tempo.

— É, assim como todos nós... E ela havia sido, na verdade, antes que o bode velho mudasse de ideia outra vez. Ele é um velho porco teimoso, para alguém que pensa em si próprio como um leão. Eu ainda vou passar a perna nele, porém. Pela garganta do Senhor, eu vou fazer isso. Espere um pouco e você e o mundo verão. Ele fará de mim o herdeiro da Inglaterra antes de morrer... e ele não durará muito, com a graça de Deus.

Embora soubesse que havia pouco amor entre pai e filho — e tivesse ouvido notícias do quanto o rei vinha declinando visível e rapidamente —, ainda assim Henry St. Clair se sentiu afrontado ao ouvir o filho falar da morte iminente do pai de maneira tão insensível. Antes que pudesse pensar em alguma coisa a dizer, porém, Ricardo prosseguiu.

— No entanto, o velho urso fez bem para si próprio durante sua vida, isso eu devo admitir... e para mim também, agora que paro para pensar nisso... Ele construiu um império para mim, não foi? Eu o detestei durante toda a minha vida e cheguei mesmo a odiá-lo algumas vezes; no entanto, posso chorar por ele, também, dependendo da ocasião. Ele pode ser um tirano miserável, mas, por Deus, foi um homem... e um rei... de se respeitar. Juro que não sei como ele e minha mãe viveram juntos por tanto tempo sem matarem um ao outro.

— Talvez porque ele a manteve encarcerada durante os últimos 16 anos.

A cabeça de Ricardo se jogou para trás e ele olhou chocado para o seu velho tutor, mas então seu rosto se abriu num sorriso e ele soltou uma grande gargalhada.

— Por Deus, você tocou no ponto certo. Isso provavelmente tem muito a ver com a sobrevivência mútua deles.

— Como está sua mãe atualmente?

— Maravilhosamente bem, a julgar pelo que meus homens na Inglaterra me contam. Mas um belo dia destes recuperará sua liberdade, e então é provável que ela se torne mais perigosa e imprevisível do que nunca! Eleanor nunca deixará de perseguir seus próprios desígnios.

St. Clair curvou a cabeça em assentimento.

— Não posso comentar isso, meu senhor, pois nós vivemos em tranquilidade aqui e raramente nos damos conta do que está acontecendo do outro lado de nossos portões. Dificilmente temos companhia hoje em dia, e desde que minha esposa Amanda morreu, mais de um ano atrás, eu venho procurando ter pouco a ver com o mundo além dos meus muros.

A resposta de Ricardo foi instantânea, enfática... e definitivamente não era o que St. Clair desejava ouvir:

— Então você precisa sair mais e se mover pelo mundo. E esse é o motivo de eu estar aqui esta noite.

Após ter pronunciado essas palavras fatídicas, o duque ficou em silêncio, amassando uma bolota de pão entre o polegar e o indicador, com seu rosto pensativo enquanto contemplava o fogo crepitante da grande lareira. Quando voltou a falar, suas palavras surpreenderam o homem mais velho.

— Eu não sabia da morte de sua esposa... e sei o quanto ela significava para você... Deve ter sido um golpe duro para você, meu amigo, e certamente explica a sua ignorância quanto aos assuntos do mundo que fica além dos seus portões, como você disse; portanto, não falaremos mais disso.

Ele se levantou e retirou o colete de couro, jogando-o para trás de modo a cair sobre a cadeira que sustentava as capas manchadas pelo mau tempo que ele e De Sablé haviam tirado ao entrar. Sir Henry chamou Ector com um dedo e apontou para as vestimentas, e seu camareiro mexeu-se imediatamente para recolhê-las.

— Seus quartos deverão estar prontos em breve, meu suserano, e ambos dormirão quentes e confortáveis. Enquanto isso, providenciaremos para que seus mantos estejam secos e limpos, prontos para quando se levantarem.

Ricardo resmungou e observou preguiçosamente enquanto Ector deixava a antessala com os braços carregados com as duas pesadas capas e o colete do rei. Então, quando as portas se fecharam às costas do camareiro, ele retirou sua cadeira da mesa, arrastou-a para perto do fogo crepitante e afundou novamente nela, seus pés esticados na direção das chamas. Seu queixo de barba dourada repousava sobre o peito, o lábio inferior projetado pensativamente, seus dedos afagando, absortos, seu emblema pessoal, com seu único leão rampante voltado para a esquerda ricamente bordado em fios de ouro contra um fundo vermelho-sangue em formato de escudo no lado esquerdo do peito de sua túnica. O silêncio se prolongou, e quando ficou claro que o duque não tinha mais nada a dizer naquele momento, St. Clair pigarreou gentilmente e falou por sobre o crepitar do fogo, tentando ignorar a apreensão palpitante em seu peito.

— O senhor começou a falar sobre o motivo por que veio até aqui esta noite, meu suserano, algo a ver com a minha necessidade de sair mais pelo mundo. É-me permitido inquirir mais detalhadamente sobre o que o senhor quis dizer?

Os olhos de Ricardo se acenderam, traindo que ele estava a ponto de cochilar. Pigarreando e endireitando-se em seu lugar, Ricardo virou a cadeira para olhar para onde St. Clair estava sentado à mesa, diante de De Sablé.

— Sim, é permitido. Eu preciso de você, meu amigo. Eu preciso de você comigo, ao meu lado.

Henry lutou para manter seu rosto impassível e reprimir o surto de desfalecimento que ameaçou dominá-lo ao ouvir aquilo. Ele permitiu que sua face expressasse uma ausência de compreensão quando perguntou:

— Aqui, meu suserano, em Anjou?

— Não, maldição! Em Outremer... a Terra Santa.

Ele olhou para St. Clair por um momento, depois recordou-se claramente do que o mais velho dissera sobre seu desprendimento dos assuntos mundanos. Permaneceu em silêncio por mais alguns momentos, em seguida balançou a cabeça e explicou-se.

— Eu estive em comunicação próxima com o novo papa, Clemente, nestes últimos meses. Parece que nós tivemos uma pletora de papas neste ano que passou, você não concorda? Urbano III, morto em dezembro do ano anterior, depois outro Gregório, o VIII, por dois curtos meses até março passado, e agora o terceiro Clemente, ansioso para dar prosseguimento a esta nova guerra depois de mal completar um ano no cargo... Suponho que você tenha tomado conhecimento do compromisso de meu pai em recuperar o reino de Jerusalém e a Cruz Sagrada para Gregório, em janeiro, não?

St. Clair sacudiu a cabeça, seus olhos arregalados.

— Não, meu senhor, acho que não... ou, se ouvi, a notícia não penetrou minha dor. Minha esposa faleceu poucas semanas depois da morte do papa Urbano.

Ricardo olhou com uma expressão dura para o homem mais velho, então meneou a sua cabeça de forma ríspida num breve gesto de assentimento.

— Sim, bem, Henrique fez um juramento ao papa Gregório em Gisors, em janeiro, como eu disse... cerca de um mês antes de nós sabermos da morte de Gregório, pouco depois do passamento de Urbano. Na verdade, ele fez a promessa na ausência de Gregório, para o arcebispo Josias de Tiro, a única Sé Cristã ainda ocupada em toda Outremer. De qualquer forma, o velho nos comprometeu a todos com a guerra, eu próprio e Filipe em particular, ainda que eu não estivesse lá... mas isso não deve surpreendê-lo, uma vez que você nos conhece a ambos. O velho Leão julgou que minha simples ausência não era impedimento para o ato paternal de dedicar a minha vida à causa papal.

Embora St. Clair fingisse interesse nessa informação, sentiu que sua persistente ignorância irritava Ricardo, que limpou ruidosamente a garganta e voltou ao que estava dizendo.

— Bem, está tudo arranjado, ao que parece. As levas francesas deverão usar cruzes vermelhas em sobrecotas brancas; as inglesas, branco sobre vermelho; e as flamengas, verde... provavelmente sobre branco. Todas altamente coloridas e ricas de significado, eu suponho. Nós todos concordamos em partir no próximo ano, mas é claro que meu pai não tem intenção de ir conosco. Isso tudo é uma manobra para me manter seguramente fora do caminho enquanto ele prossegue em seu próprio desígnio de colocar meu inútil irmão João no trono da Inglaterra. Ele alegará enfermidade, indisposição e idade avançada quando chegar a hora de agrupar os estandartes... espere e verá.

"Mas este terceiro papa Clemente não é um homem estúpido, e ele deixou isso mais do que claro para mim. Ele pode ver perfeitamente o que está em jogo aqui... graças às xeretagens e investigações de seus bispos aqui e na Inglaterra... e sabe que eu não vou arredar o pé para o meu irmão inútil e imbecil sem protestar. E por isso ele expressou sua solidariedade para com as minhas preocupações, pois precisa de mim... quer que eu tome armas em nome da Mãe Igreja, em Jerusalém, como líder de seu novo exército franco de libertação que vai reconquistar o reino franco dos infiéis.

"Esse desejo, caso fosse a única vontade que *Il papa* tem, não me deixaria impressionado, uma vez que eu intencionava liderar o exército de qualquer maneira, desde a primeira vez que ouvi falar disso; mas o imperador germânico, Barba-ruiva, saltou impetuosamente nos planos de Gregório antes de o velho papa morrer, jurando erguer um exército de teutões com a força de mais de 200 mil homens. E isso, é claro, fez toda Roma, Clemente e todos os seus cardeais tremerem de terror, porque a última coisa de que eles precisam... ou que querem... é ter a Sagrada Igreja Romana devendo favores ao germânico Barba-ruiva e seu Sagrado Império Romano, sem falar nos seus nada sagrados exércitos romanos. Eles podem arruinar o papado e o mundo todo, ainda que fiquem sentados sem fazer nada. E, portanto, eu represento a única esperança de salvar o *seu* Império das Mentes Humanas...

O duque fez uma pausa, beliscando o lábio inferior e olhando para Henry com olhos estreitos e desfocados, antes de prosseguir:

— Clemente está me cortejando... seduzindo-me para liderar uma hoste franca que vai contrabalançar a presença de Barba-ruiva em Outremer e manter as escalas de poder equilibradas em favor do papado. Nossa força não terá mais da metade das levas germânicas, pois Barba-ruiva tem quase três vezes o nosso efetivo militar à sua disposição, mas ele é quase tão velho quanto meu pai, e eu pretendo usar essa diferença de idade a meu favor. Nossos francos combaterão melhor e terão melhor desempenho do que os seus fleumáticos godos germânicos e seus cavaleiros teutônicos. E em retribuição ao provimento de tal superioridade, o papa ofereceu-me uma garantia, mas nada ainda por escrito, veja bem, de sucessão ao trono da Inglaterra após a morte de meu pai.

St. Clair torceu o nariz.

— Entendo... e o senhor confia nesse papa, meu suserano?

— *Confiar* nele? Confiar em um *papa*? Você acha que eu estou louco, Henry? — Ricardo agora estava sorrindo. — Eu confio, meu amigo, é na minha própria habilidade de saber e fazer o que é melhor para mim e para a minha gente. E por isso concordei com o pedido dele. Eu vou comandar o exército se ele me ajudar a reuni-lo.

"Filipe estará envolvido na expedição, é claro... mas ele já estava, desde o acordo original em Gisors. Desde então, claro, em agosto, ele se indispôs para sempre com meu pai por ter derrubado o olmeiro favorito do velho naquele lugar, o chamado Olmo de Gisors, sob o qual o rei assinou tantos tratados, incluindo este de que estou falando. Nós estivemos perto de uma guerra declarada depois desse incidente, e eu fui forçado a me alinhar novamente com Filipe, para proteger minhas posses na França, onde minhas lealdades feudais pertencem a ele.

"Imagine o cataclismo que isso causou... a ameaça de uma nova guerra entre nós, na Cristandade, quando a maior ameaça ao papado reside em Outremer! Houve pânico no Vaticano e um turbilhão de embaixadores papais apelando pessoalmente para todos nós. Filipe se permitiu ser persuadido a voltar para o curral e reafirmou seu compromisso para com a Guerra Santa. Com ele, para o cumprimento de tal compromisso e, por conseguinte, para nossa vantagem, ele trará os mais poderosos vassalos do seu reino: Filipe, conde de Flandres, e Henrique de Champagne. Para sua desgraça, o pobre Henrique é sobrinho meu e de Filipe, sabia disso? Minha mãe é avó dele pelo seu primeiro casamento na França. E, com toda a certeza, o conde Estevão de Sancerre estará lá. Mas *eu* estarei no comando. O novo papa Clemente jurou isso, embora eu ainda não seja rei e Filipe já tenha sido coroado há dez anos. Ele é um organizador, o nosso Filipe, um administrador sem igual, mas eu é que sou o guerreiro. Se meu pai viver tempo suficiente para ver a armada reunida, ele fará alarde quanto ao desejo de liderá-la, mas isso será um disparate, como eu disse, apresentado apenas como ostentação.

"Seja como for, uma vez que o exército esteja pronto, nós embarcaremos imediatamente para a Palestina, e quando voltarmos vitoriosos para casa a Inglaterra será minha sem questionamentos, com o apoio e as bênçãos do papa e de toda a sua corte.

Ricardo ficou de pé, empurrou sua cadeira para trás e atravessou a sala com um andar arrogante até a lareira, onde se inclinou para a frente, contemplando as brasas com um dos braços apoiado no consolo. St. Clair permaneceu sentado, seu cenho fechado, seus olhos seguindo Ricardo e depois desviando-se novamente para o local de onde De Sablé o observava, seu rosto como uma máscara imperscrutável. Então ele pigarreou e começou a falar.

— Cem mil homens, o senhor diz, *milord*. Perdoe-me por perguntar, mas... quem pagará por isso? — Ele se apressou, antes que Ricardo pudesse reagir. — Quero dizer, eu sei que o senhor disse que foi seu pai quem assumiu o compromisso para com essa aventura, em Gisors, e que é assim que tem de ser... mas ele prosseguirá com ela agora, depois dos eventos de agosto, sabendo que o senhor prosperará com isso?

— Sim, ele o fará. — Sem se deixar alterar pela pergunta, Ricardo virou a cabeça e falou por cima do ombro, sem olhar diretamente para St. Clair, mas dirigindo-se a ele ainda assim. — Ele o fará, porque não sabe nada e não *descobrirá* nada sobre o meu acordo com Clemente. E antes que você pergunte como posso ter certeza disso, a resposta é que Clemente hoje precisa da minha boa vontade muito mais do que jamais precisará da de meu pai. Para me certificar duplamente disso, eu deixei claro para o papa que vou ter meus próprios espiões observando atentamente. Caso em algum momento eu ouça o mais leve sussurro de suspeita de que o Santo Padre possa ter mantido contato com meu pai profano, eu me retirarei do exército, abandonarei a Terra Santa imediatamente com todos os meus homens e o deixarei para resolver seu próprio destino, e o da Santa Madre Igreja, com Barba-ruiva e seus germânicos.

Ricardo se afastou do fogo com um impulso e refez lentamente seus passos até o lugar que havia ocupado à mesa, onde se apoiou no encosto da cadeira com os braços cruzados sobre ele.

— Quanto aos fundos para a aventura, eu lhe disse que a Igreja está disposta a contribuir com ouro sob os termos do meu recente acordo com Clemente. E há outras fontes para supri-la. Isso também foi estipulado em Gisors. Nós iniciamos a cobrança de um novo imposto naquela época... tanto na França quanto nos nossos territórios plantagenetas na Inglaterra e em outros lugares. É chamado de Dízimo de Saladino... um bom nome, não acha? — Ele, obviamente, achava que sim, o que St. Clair pôde ver pelo modo como o duque quase sorriu ao mencioná-lo. — Eu o criei e nomeei... o Dízimo de Saladino. Será mais eficiente quando for aplicado em toda a Inglaterra. Cada homem do reino, *não* excluídos os padres, pagará um tributo de três anos, equivalente a um décimo de todas as suas receitas. Algumas pessoas acham-no muito oneroso, contaram-me, mas isso não me importa. A Inglaterra é a joia mais rica da coroa Plantageneta. Ela pode muito bem arcar com o preço que eu reclamo em nome de tão nobre causa. Além disso, eu venderia a própria Londres para reunir este exército, se pudesse encontrar um comprador suficientemente rico.

Ele fez uma nova pausa, pensando no que acabara de dizer, depois balançou sensatamente a cabeça, projetando o lábio inferior num beicinho antes de continuar.

— E é uma causa nobre, Henry, independentemente de toda a política envolvida.

Após ter proferido tal opinião, o duque pareceu recordar-se outra vez de sua *persona* oficial e saiu com ar grave de trás de sua cadeira e sentou-se, para então prosseguir:

— Esse arrivista infiel da Palestina, o cão que se intitula sultão Saladino, ergueu sua cabeça imunda suficientemente acima da areia para implorar que ela seja pisoteada. Ele tomou Jerusalém e Acre de nós, embora não vá mantê-las em seu poder por muito tempo, e sua traição resultou na derrota das armadas cristãs na Terra Santa e na morte de centenas de nossos melhores guerreiros, incluindo aqueles do Templo e do Hospital. Sem mencionar a perda da Cruz Verdadeira, descoberta sob as bênçãos da imperatriz Helena seiscentos anos atrás. Por todas essas transgressões ele merece ser fulminado, e isso está ao alcance da mão. Nós estaremos em Outremer por esta época, no próximo ano, e você estará ao meu lado.

— Eu... entendo... — Henry teve de lutar intensamente para evitar que sua voz e seu rosto traíssem qualquer vestígio da consternação e do pânico que ameaçavam dominá-lo. Ele conteve a respiração e contou até dez antes de prosseguir numa voz muito calma. — Em que posto, meu suserano?

Ricardo franziu as sobrancelhas. Ele estava claramente chegando ao fim de sua limitada paciência.

— Posto? Você será meu mestre de armas, é claro. Que outro posto você esperava?

— Mestre de armas? — A declaração inesperada deixou St. Clair perturbado.

— Por que não? Você não se julga capaz?

— Não — respondeu Henry, aguilhoado pelo tom em que a pergunta havia sido feita. — Não incapaz, mas talvez não mais *capacitado*, se o senhor me entende. Estou velho agora, meu suserano, há tempo demais afastado do campo de batalha. No ano que vem, nesta época, eu estarei com 50 anos, e não ergo uma espada há anos. Na verdade, desde que minha esposa morreu, eu nem mesmo montei num cavalo. Deve haver homens mais jovens ao seu comando, mais adequados para essa tarefa que o senhor quer que eu empreenda.

— Pare com essa bobagem de *velho*! Meu pai tem 55 anos e estava em sua sela, combatendo-me com unhas e dentes na Normandia, meros meses atrás. Além disso, não é dos seus músculos que eu preciso, Henry, é dos seus miolos, das suas habilidades e da sua experiência, do seu conhecimento dos homens e da guerra e, acima de tudo mais, da sua lealdade. Eu posso confiar em você com absoluta certeza, e há poucos homens à minha volta de quem eu posso dizer isso.

— Mas...

— Nada de mas, homem. Você ouviu uma palavra do que eu disse? Um punhado de gente, aqui e no meu futuro novo reino, acha que eu devia tomar William Marshall, da Inglaterra, como meu braço direito. Sim, Marshall é o melhor soldado da nossa época, tirando eu próprio. Mas William Marshall é homem de meu pai. Foi durante toda a sua vida, de corpo e alma. Portanto, ele jamais poderá ser meu. Ele segue o modo de pensar e os preconceitos de meu pai. Ele não gosta nem confia em mim... e sempre foi assim, vendo em mim o herdeiro natural mas relutante de seu mestre e ressentindo-se de mim por isso. Eu não o deixarei chegar tão perto dos meus propósitos, pois desconfio dele ainda mais do que ele de mim. Isso está claro o bastante para você?

— Sim, meu suserano, está... no entanto, eu lhe imploro o privilégio de que me seja permitido pensar nisso por algum tempo.

— Pense nisso pelo tempo que desejar, Henry, mas não pense em ignorar minha vontade. Eu farei dessa forma, e você poderá me contrariar, como seu suserano, por seu próprio risco.

Ricardo, então, ficou em silêncio, abruptamente, indiferente à reação de St. Clair às suas palavras, e permaneceu sentado com rigidez, suas sobrancelhas franzidas de perplexidade enquanto olhava à sua volta, parcialmente voltado para a porta às suas costas.

— Onde está o seu filho, o jovem André? — Ele se virou novamente para olhar de frente para seu anfitrião. — Ainda está fora como um gato no cio a esta hora da noite? É melhor que esteja, ou eu não aceitarei com gentileza esta desconsideração para comigo.

Ele parou, detido pela expressão no rosto de sir Henry, e seus olhos assumiram uma nova expressão, de interesse provocado pela curiosidade.

— Qual é o problema, Henry? Você perdeu a língua? Algo está errado, eu vejo em seus olhos. Onde está o rapaz?

A porta foi aberta nesse momento e um criado entrou, com a cabeça abaixada de maneira submissa, e apressou-se na direção da lareira, com a clara intenção de acrescentar mais lenha. Henry ergueu a mão e a voz, detendo o homem no meio do caminho e dispensando-o imediatamente. Enquanto o homem se apressava para fora, fechando a porta ruidosamente às suas costas, seu patrão ficou de pé e retirou seu pesado manto, dobrando-o gentilmente sobre o encosto de sua cadeira antes de se dirigir ele próprio até a lareira. Ali ele silenciosamente se pôs a escolher achas de madeira e depositá-las cuidadosamente no alto da fogueira, grato pela oportunidade de organizar seus pensamentos. Havia esquecido o quanto Ricardo Plantageneta podia ser desconcertantemente intuitivo em certas ocasiões, e enquanto posicionava cada pedaço de madeira e o afundava entre as brasas com seus pés calçados de botas, amaldiçoou a si próprio por sua falta de cautela quanto àquele assunto particular.

Ricardo, porém, não tinha a intenção de permitir que seu anfitrião escapasse do anzol. Sentiu que havia uma história ali e a perseguiu sem descanso.

— Bem, Henry? Estou esperando. Onde está o jovem André?

St. Clair endireitou as costas e suspirou, voltando-se para encarar diretamente o monarca.

— Não posso responder tal coisa, meu suserano, pois, sinceramente, não sei.

— O que quer dizer? Você não sabe onde ele está esta noite ou simplesmente não tem ideia alguma de onde ele se encontra?

— A última hipótese, meu suserano. Eu não tenho conhecimento de seu paradeiro.

Ricardo se empertigou em sua cadeira, seus olhos arregalados expressando grande surpresa.

— Não tem conhecimento de seu... — Ele se virou para dirigir um olhar incrédulo para o silencioso cavaleiro De Sablé. — Este homem tem um único filho, Robert, e eu o vi passar mais tempo com o garoto num só dia do que meu velho leão passou comigo e todos os meus irmãos em toda a sua vida. E agora ele não sabe do seu paradeiro...? — Então ele se voltou para St. Clair com todos os vestígios de escárnio dissipados. — Quando você o viu pela última vez, então?

St. Clair encolheu os ombros.

— Já faz mais de dois meses desde a última vez que ele passou uma noite sob este teto.

— Então sob o teto de quem ele dorme esta noite? Antes que você responda a *esta* pergunta, saiba que eu percebi o modo como você evitou a anterior. Ele tem uma amante?

— Não, meu suserano, até onde meu conhecimento alcança, não.

— Então, quando você manteve contato com ele pela última vez? Tome cuidado, Henry.

St. Clair inspirou fundo, sabendo que não havia meios de evitar a resposta.

— Dois dias atrás, meu suserano. Um contato, mas totalmente indireto, por meio de outra pessoa. Eu lhe mandei comida e roupas.

— Comida e roupas? Ele é um fugitivo?

— Sim, *milord*, ele é.

— De quem e por quê?

St. Clair não suportou olhar o outro homem nos olhos por mais tempo e virou-se na direção do fogo.

— Ele matou um homem.

A surpresa no rosto de Ricardo, dessa vez, foi autêntica.

— Onde? Aqui nas nossas terras?

— Sim, *milord*, foi aqui.

— Graças a Deus por isso, então. Por um momento você me deixou preocupado. Então ele matou um homem em sua própria terra. O que há de tão anormal nisso? Ele é seu herdeiro, maldição. O sujeito que ele matou, seja quem for, sem dúvida merecia o que recebeu, e o poder sobre a vida e a morte de errantes, infratores e malfeitores entre seus arrendamentos reside nas mãos dos proprietários da terra. Ninguém além de você e seu filho possui o poder de definir ou defender transgressões dentro de suas próprias posses.

St. Clair balançou sua cabeça, ainda contemplando o fogo.

— Sim, mas o homem que ele matou não era um desses nem estava em nosso poder.

— Então quem era ele, em nome de Deus?

St. Clair virou-se novamente para olhar para o seu rei, com um sorriso amargo contraindo o canto de sua boca, embora não houvesse diversão nisso.

— Um dos homens de Deus, pelo menos oficialmente. André matou um padre.

— Um padre? Pelo rabo sagrado de Cristo, isso pede mais vinho. Sirva um pouco para nós e depois se sente aqui e nos conte essa história, pois parece que vale a pena escutá-la. E limpe esse sofrimento do seu semblante, meu amigo. Tenha em mente o nome e a posição de seu ouvinte. Ainda está para nascer o padre que ouse nos olhar em desafio, desde que meu pai deu um jeito no inglês, Becket.* Agora rápido, homem, sirva-nos e depois nos conte o que aconteceu.

Encorajado, a despeito de seu pessimismo, pelo evidente desprezo de seu suserano por padres em geral e pela influência que sabia que Ricardo poderia fazer valer se desejasse, Henry foi até a mesa e serviu três taças de vinho até a boca, enquanto De Sablé se levantava e puxava sua cadeira para perto da lareira, ao lado de Ricardo. Ele serviu a ambos os convidados, depois arrastou sua própria cadeira para juntar-se a eles antes de retornar para pegar seu copo, sorvendo-o vagarosamente enquanto voltava pensativo para o seu lugar, decidindo como apresentaria a história.

A paciência de Ricardo, notoriamente escassa em seus melhores momentos, esgotou-se depressa e, como de costume, foi ele que quebrou o silêncio.

— Então, ele matou um padre. Como e por quê?

— Por acidente — respondeu St. Clair, saindo com sobressalto de seus devaneios. — Embora a intenção estivesse presente, e o homem merecesse morrer.

— De acordo com seu filho, você quer dizer.

---

* Trata-se de São Thomas Becket, ou Thomas de Canterbury, canonizado como mártir em 1173, apenas três anos após sua morte. Becket havia sido amigo de Henrique II Plantageneta. Ao tornar-se arcebispo de Canterbury, em 1162, porém, passou a defender a liberdade da Igreja contra as interferências do rei. Em consequência disso, foi perseguido, exilado e, por fim, ao retornar à sua catedral na Inglaterra, em 1170, assassinado por cavaleiros de Henrique II. (*N. do T.*)

— Sim, de acordo com meu filho.

— Em cuja palavra você confia. Que seja, então. Conte-nos.

St. Clair balançou a cabeça de modo decidido e inspirou profundamente. Tudo havia começado dez semanas antes, contou aos seus ouvintes. André saíra para cavalgar sozinho, à caça de um javali que atacara um dos arrendatários no dia anterior, e no meio da manhã ele havia descoberto os rastros da criatura e os seguido ao longo de um caminho sinuoso através de um bosque até a encosta de uma colina. Mas enquanto se aproximava da encosta, ouviu uma mulher gritando a distância e esporeou seu cavalo para que corresse, pensando que o javali poderia estar atacando-a. Ele estava parcialmente correto; a mulher estava sendo atacada, mas o animal que a atacava era humano.

Tão logo seu cavalo superou o alto da colina ele a viu, abaixo e à esquerda de onde ele estava, sobre uma clareira gramada no topo da colina vizinha. Entre eles, porém, estendia-se uma ravina intransponível de encostas íngremes, sufocada por espinheiros cerrados. André pôde ver, a não mais de uma centena de passos, que ela estava sendo imobilizada e violentada por quatro homens, um dos quais a estava violando enquanto seus companheiros a prendiam ao solo, e conseguiu ouvir claramente os sons dos gritos e das gargalhadas dos homens por sobre o som agudo dos berros da mulher.

André sabia não haver esperança de conduzir seu cavalo através da vegetação que crescia na depressão; também sabia que, quando conseguisse contornar a única rota através da qual poderia alcançá-la, o feito estaria completamente consumado e a garota poderia estar morta. Com raiva, frustrado e sentindo-se inútil, o jovem cavaleiro apanhou sua besta no arção de sua sela, carregou-a e, com um grito de alerta, disparou um tiro alto e ascendente na direção dos agressores distantes, na esperança de afugentá-los ao comunicar-lhes que haviam sido vistos. Ao som de sua voz, os homens do lado oposto pararam o que estavam fazendo e se levantaram, tentando vê-lo. Quando finalmente o avistaram, começaram a gargalhar e caçoar dele, vendo o quanto ele estava impotente para detê-los. Mas enquanto eles riam, o dardo com ponta de aço, disparado de maneira tão desesperada, descreveu um arco impecável e caiu perfeitamente, atingindo o violador na testa por puro acaso e matando-o instantaneamente.

André nem mesmo viu o resultado de seu tiro disparado às cegas, pois havia esporeado o cavalo e partido a galope antes que o dardo atingisse o alvo. Ele se precipitou para baixo e em torno da encosta até onde a agressão estava ocorrendo e, segundo sua própria estimativa, precisou galopar mais de 2 milhas para alcançá-los, apesar do fato de não mais de cem passos o separarem deles no princípio. No momento em que chegou ao local, a mulher já havia sido morta. Sua garganta estava cortada e seu rosto havia sido mutilado além de qualquer possibilidade de reconhecimento, e um só homem, nu e também morto, jazia ao lado dela, com o crânio transfixado pelo dardo de André. Os outros três haviam desaparecido entre os arbustos na encosta da colina. André não fazia ideia da direção que haviam tomado, mas eles tinham levado as roupas e os pertences do homem morto, assim como os da mulher.

— Quem era ela? — A voz de Ricardo era monótona e desinteressada, e St. Clair encolheu os ombros e estendeu as mãos com as palmas voltadas para cima.

— Não tenho ideia, *milord*. Isso é um completo mistério. Mas ela devia ser uma estrangeira nestas partes, pois todas as nossas mulheres locais foram contadas e ninguém se adiantou para reportar uma mulher desaparecida.

Ricardo franziu as sobrancelhas e fez um gesto desdenhoso com uma das mãos.

— Nós voltaremos a isso. E quanto ao homem que o jovem André matou? Quem ele era?

— Era um estranho, também... pelo menos naquele momento, de acordo com André. Ele não tinha marca alguma, exceto a perfuração do dardo de besta em seu crânio, e André nunca havia posto os olhos nele antes...

— *Mas*... Eu ouvi um "mas" aí.

St. Clair suspirou.

— Sim, o senhor ouviu, majestade. Havia uma marca identificadora e inconfundível no homem: sua cabeça estava raspada com a tonsura da Igreja. Ele era, ou havia sido, um monge ou um padre.

Henry fez uma pausa nesse ponto, considerando o que diria em seguida, e subsequentemente escolheu suas palavras com grande cuidado. O choque de ver o couro cabeludo tonsurado do homem morto, disse ele, imediatamente fez com que uma conexão se estabelecesse na mente de André e deu início ao processo de reconhecimento de outro dos quatro atacantes, outro padre, com quem ele havia tido um encontro rancoroso meses antes.

Pelo mais puro acidente naquela ocasião, ele havia encontrado um clérigo fustigando um trio de garotinhos nus, todos eles aterrorizados e sangrando em abundância. Sem se importar com qual fosse a razão para a brutalidade do homem, André fizera com que o sujeito parasse à força, tomando seu látego e derrubando-o de costas em um córrego. Ele o mantivera ali à ponta de espada, de modo que o furioso padre falara atabalhoadamente até cair num silêncio impotente e, por fim, levantar-se, tremendo na água à altura das canelas, fuzilando com olhos de pura malevolência o presunçoso que havia ousado atacá-lo.

André disse ao sujeito quem ele era e que seu pai era o proprietário da terra onde estavam, de modo que, por extensão, também tinha poder sobre os três garotinhos que o padre estivera chicoteando, mas o homem não demonstrou arrependimento, humildade ou compaixão pelos meninos espancados, nem o mais leve vestígio de remorso ou vergonha por sua brutalidade. Em vez disso, repreendeu André por sua temeridade em pousar as mãos sobre um dos sacerdotes de Deus e ameaçou o jovem cavaleiro com sérias consequências... uma ameaça que acabou dando em nada. Ele era Antoine de Blois, disse a André, e sua família era mais louvável do que os vis St. Clair.

Ficou evidente, disse então o velho St. Clair, que Blois era o filho mais jovem de um ramo menor da família, e que cabeças muito mais sábias que a do padre canalha haviam decidido que pouco se ganharia indispondo-se com a poderosa Casa de St. Clair por um comportamento indefensável de um de seus irmãos.

Aquele homem, porém, o padre Blois, tinha um cabelo amarelo brilhante altamente singular, que se destacava em chumaços emaranhados como André nunca vira antes, de modo que, tendo visto aqueles chumaços espinhosos novamente, ainda que a distância, André não teve dúvida de que o padre Blois tomara parte no crime que fora cometido ali. Também lhe parecia muito provável que todo aquele incidente sanguinário havia sido praticado por padres renegados.

Enojado, chocado e horrorizado, André St. Clair retornou diretamente para casa e contou ao pai o que havia acontecido, e sir Henry imediatamente despachou um destacamento de seus guardas com uma carroça para apanhar os dois corpos e levá-los para o castelo. Ao mesmo tempo, mandou uma escolta para aguardar o abade do vizinho monastério beneditino de Sainte Mère Desrosiers, que ficava nas terras do barão Reynauld de la Fourrière. O clã La Fourrière, explicou ele a Ricardo e De Sablé, jamais tivera amizade com os St. Clair, por causa de uma antiga disputa por territórios comuns a ambas as fronteiras, e esse rancor não havia amenizado quando um decreto ducal três décadas antes, emitido pelo próprio avô de Ricardo, que então governava o condado de Poitou, havia resolvido a disputa em favor do pai de sir Henry. Tendo isso em mente... e ciente de que seria pouco provável que o abade Thomas de

Sainte Mère assumisse qualquer risco de ofender seu nobre benfeitor... St. Clair disse-lhes que não esperava realmente que o abade beneditino viesse ao seu chamado, mas que sentia ser seu dever tentar alertar o homem sobre o que algumas das pessoas pelas quais ele era responsável estavam fazendo.

— Ele veio?

— Não, meu suserano. Ele mal escutou o que meus homens tinham a dizer e depois os mandou sair de suas terras. Eles chegaram aqui ao mesmo tempo que os homens que eu enviara para resgatar os corpos.

— E?

— Não havia corpos lá. Meus homens voltaram de mãos vazias.

— O que você quer dizer com mãos vazias?

Sir Henry deu de ombros, seu rosto exibindo uma expressão severa e infeliz.

— Exatamente o que eu disse, meu suserano. Eles foram diretamente até o ponto onde o incidente havia ocorrido, e não havia dúvida de que algo violento acontecera ali. O capitão da guarda contou-me que o chão estava coberto de sangue. Mas não havia sinal de nenhum dos corpos. Ele e seus homens vasculharam a área, encontraram rastros claros, que indicavam que os dois corpos haviam sido arrastados, e seguiram esses rastros até a borda do Poço do Diabo, onde eles acabaram.

Ricardo havia escutado tudo atentamente, mas nesse momento ele se curvou para a frente, seu franzir de sobrancelhas se aprofundando até se converter num olhar furioso.

— O que, em nome de Deus, é o Poço do Diabo?

Sir Henry encolheu os ombros.

— É um buraco no solo, meu suserano, nas minhas terras, junto ao limite sul. Fica a menos de 1,5 milha de onde esse ultraje ocorreu e é um lugar assustador, evitado pelos camponeses... um buraco vertical de quase 10 metros de um lado a outro e pelo menos duas vezes isso de profundidade, com o que parece ser um rio caudaloso no fundo. Uma lenda local diz que ele apareceu por magia há centenas de anos. Meu capitão relatou que ficou claro para todos que os corpos das duas pessoas abatidas haviam sido atirados lá embaixo e que era impossível recuperá-los.

— O que aconteceu então? O que você fez em seguida, quando descobriu o que havia acontecido?

— Não havia nada que eu pudesse fazer, meu suserano, por mais que quisesse. Sem aqueles corpos eu não podia fazer nada para provar a história do meu filho. Havia sangue no solo, indicando a verdade, mas qualquer um poderia argumentar que pertencia a algum animal, um veado ou um javali selvagem apanhado durante a caçada. De qualquer forma, o sangue duraria apenas até a próxima chuva forte.

— Portanto, você não fez nada? Então por que seu filho é um fugitivo?

— Eu *pensei* sobre o que fazer, *milord*, durante toda a noite, acredite-me, mas os eventos me surpreenderam antes que eu pudesse decidir qualquer coisa. Logo depois do romper da manhã seguinte, um contingente de homens do barão de La Fourrière veio à procura de André, acusando-o de ter matado e decapitado um sacerdote visitante, um certo padre Gaspard de Léon, depois de ter sido surpreendido e desafiado enquanto cometia sodomia com um jovem rapaz.

— Sodomia. — A voz do rei era seca e severa. — Eles acusaram André de sodomia? E você permitiu que eles o levassem nessa ocasião?

— Não, eu não permiti. Ele não estava aqui quando eles chegaram, e enquanto vasculhavam as edificações, virando tudo pelo avesso na esperança de encontrá-lo escondido em algum lugar, eu mandei um homem de confiança alertá-lo para que ficasse longe.

Ricardo produziu um ronco profundo em seu peito.

— Presumo que você perguntou ao homem de La Fourrière o nome da fonte dessas acusações, certo?

— Sim, meu suserano, eu o fiz, e ele teve grande prazer em me contar. — St. Clair inspirou fundo, sentou-se mais ereto em sua cadeira e depois hesitou visivelmente antes de perguntar: — Eu o desagradaria, meu suserano, se me movimentasse enquanto falo? Minhas costas às vezes doem, com mais frequência quando eu me sento, e acho de grande ajuda caminhar em tais momentos.

— Faça o que quiser, mas continue falando. O que foi que esse sujeito lhe disse com tanto deleite?

Sir Henry balançou a cabeça em agradecimento e se levantou, abarcando a cintura com as mãos e pressionando os dedos contra o final das costas enquanto começava a se mover pela sala, falando enquanto caminhava.

— Ele disse que quem estava acusando meu filho eram três sacerdotes anônimos, que estavam a caminho de se encontrar com esse padre Léon no momento de sua morte e haviam testemunhado a coisa toda a distância. O pederasta, ao ser desafiado pelo padre escandalizado que se deparou com ele por acaso, mandara o garoto que ele estava sodomizando sair correndo e depois atacara e matara o padre Léon com sua espada, partindo-lhe o crânio. Depois ele cortara a cabeça do cadáver e a carregara consigo, embrulhada nas dobras da batina que havia despido do corpo, pretendendo claramente deixar a vítima inidentificável.

"Depois ele me disse que as três testemunhas, convenientemente incapazes de intervir por estarem no alto de uma colina vizinha, a cem passos de distância, ainda assim haviam seguido o assassino a toda velocidade, apesar de temerem também ser chacinados, caso ele os descobrisse e suspeitasse que haviam visto o que ele fizera. Eles abriram caminho com grande dificuldade através de uma ravina sufocada pelo mato que jazia entre eles e o local do ataque, e de lá seguiram os rastros do louco descendo a encosta da colina até o Poço do Diabo, no vale lá embaixo, chegando a um ponto do qual foi possível avistar sua presa a tempo de vê-la lançar seu fardo abominável no abismo. Depois, sem se dar conta da presença deles e acreditando não estar sendo observado, o matador montara em seu cavalo e cavalgara para longe sem olhar para trás.

"Porém, visto mais de perto, o matador fora reconhecido... razão pela qual o sujeito que me contou tal coisa se regozijava muito, pois um dos padres reconhecera e identificara o matador como o meu filho, André St. Clair, que o havia abordado e atacado meses antes sem nenhuma razão justificável. Os três padres haviam retornado imediatamente ao castelo de seu senhorio, o barão Reynauld de Fourrière, e comunicado o que tinham visto, cada qual repetindo os detalhes separadamente para o barão e para o superior deles, o abade Thomas, atestando sob juramento a veracidade de seu relato.

Nesse ponto St. Clair fez uma nova pausa, apoiando-se sobre o encosto de sua cadeira vazia e olhando para cada um de seus ouvintes, avaliando suas reações. Ricardo permanecia sentado com as feições impassíveis, o único sinal de sua raiva sendo um minúsculo tique entre suas sobrancelhas alinhadas e de um ruivo dourado. De Sablé, que não havia falado nem emitido qualquer som desde que St. Clair começara sua história, tinha o cenho mais franzido, seus lábios claramente projetados entre a barba e o bigode. Nenhum dos dois homens fez qualquer tentativa de acrescentar nada e, assim, St. Clair concluiu.

— A história deles era tão ultrajante... e tão flagrantemente falsa em todos os aspectos... que afastou qualquer possibilidade de que André pudesse contestar as acusações. A única coisa que ele poderia ter esperança de fazer era apresentar a sua própria versão sem provas da história, contra o testemunho dos três padres, todos os quais sustentados uns nos outros, jurando aos brados a verdade do que haviam dito: que eles haviam recuperado o corpo decapitado da vítima de André e o escondido à espera de ser recolhido. Em seguida, haviam requisitado um carrinho de mão de um celeiro das vizinhanças e levado o corpo em segurança até o barão de Fourrière.

"Não havia dúvida, é claro, de que o morto era Léon. Ele era facilmente reconhecível por um ferimento que havia adquirido na infância: Léon não tinha o dedinho da mão direita.

Mais uma vez sir Henry fez uma pausa, a inclinação de seus ombros irradiando desespero.

— O que nós podíamos fazer? Que homem de boa reputação, em sã consciência, levaria publicamente em consideração a possibilidade de que três padres perturbados pudessem ter decapitado seu companheiro e descartado sua cabeça para se protegerem? Ou que o único acusado neste caso, que não negou ter matado o homem, pudesse estar dizendo a verdade ao condenar os três sacerdotes denunciantes pelo estupro e assassinato de uma garota inocente?

"E, assim, eu mandei um recado para que meu filho fugisse e se escondesse naquele mesmo dia, antes que ele pudesse ser preso e condenado, pois não vi esperança de obter justiça para ele no veredicto da Igreja... E não pus os olhos sobre ele nem lhe dirigi a palavra desde então.

— Nem uma única vez? Por que não?

— Porque não ouso, meu suserano. Eu sou constantemente vigiado e, com muito poucas exceções, não sei em quem confiar. Há um preço pela cabeça de meu filho, suficientemente alto para tentar qualquer homem a entregá-lo para a Igreja e para o que deve ser visto como justiça.

Foi sir Robert de Sablé quem quebrou o curto silêncio que se seguiu, lançando um olhar para Ricardo.

— Posso falar, meu suserano?

— Sinto-me aliviado de que você possa fazê-lo. Eu estava começando a pensar que você tivesse sido atingido pela mudez. Fale o que tem a dizer.

De Sablé ficou refletindo por alguns momentos, ponderando sobre suas próximas palavras, e St. Clair aproveitou a oportunidade para examiná-lo mais atentamente do que havia feito até aquele momento. O cavaleiro angevino parecia estar no final da casa dos 30 anos, talvez cinco anos mais velho que o rei inglês, e seu rosto tinha uma compleição nobre, com olhos castanho-claros, um nariz longo e reto e uma mandíbula evidentemente quadrada sob uma barba castanho-escura e pontuda. Era uma fisionomia severa, com o cenho fechado em pensamentos profundos, embora não desprovido, pensou Henry, de humor ou compaixão, e por um momento ele se perguntou quem seria aquele sujeito e por que só ele estaria ali, em companhia de Ricardo Plantageneta, um dos homens mais poderosos e imprevisíveis de toda a Cristandade. Não teve tempo de se deter nesse pensamento, porém, pois De Sablé, de cenho ainda franzido, começou a falar.

— Preocupa-me que a mulher não tenha sido identificada nem reclamada... ou que nem mesmo tenha tido o seu desaparecimento comunicado. Considero isso não apenas inacreditável, mas profundamente perturbador, pois, em grande parte, torna absurdos ambos os lados desse lamentável episódio. — Ele olhou diretamente para St. Clair. — Em algum momento você discutiu isso com o seu filho?

A negativa de cabeça de St. Clair foi breve:

— Não, de modo algum, pois desde a primeira vez que ele me contou o que havia ocorrido e disse que havia sido impossível reconhecê-la, a verdadeira identidade da mulher não pareceu ter grande importância. A urgência mais premente para mim, naquele momento, estava em tomar as medidas imediatas para recuperar o corpo dela e do seu agressor. Posteriormente haveria tempo suficiente para determinar quem era ela. Mas então os corpos desapareceram, e isso fez com que tudo se tornasse conflitante. André ficou perturbado ao saber disso, eu me lembro, assim como eu, pois na mesma hora tive consciência de que, sem os cadáveres, não tínhamos prova do assassinato.

— Precisamente o que pensei, mas certamente...

— Certamente nós deveríamos ter discutido isso mais tarde. É isso o que você está para dizer? — De Sablé inclinou a cabeça e St. Clair balançou a sua afirmativamente. — Nós teríamos feito isso, sem falta, mas os homens de La Fourrière chegaram logo depois do amanhecer da manhã seguinte e nesse momento André já havia partido.

— Humm... — De Sablé baixou os olhos até suas mãos e depois olhou novamente para seu anfitrião. — Estou certo de que você acredita em mim quando digo que não desejo lançar suspeitas sobre o que nos contou, sir Henry, mas grande parte desta questão, como posso ver, reside na total ausência do corpo dessa mulher e no aparente fato de que ninguém se adiantou para investigar o desaparecimento de uma mulher. Isso, por si só, fala fortemente em defesa dos acusadores do seu filho, como eu tenho certeza de que você deve saber... Nós temos um padre morto e decapitado, e seu filho confessa abertamente tê-lo matado de um modo que teria sido evidente em si mesmo, caso tivéssemos a cabeça para demonstrá-lo, transfixado por um dardo de besta em trajetória descendente. Mas não temos a cabeça, e os acusadores de seu filho apresentam uma razão convincente e poderosa para explicar essa ausência: a de que seu filho em pessoa decapitou o cadáver e a jogou no tal Poço do Diabo.

St. Clair balançou desoladamente a cabeça, desviando o olhar de De Sablé para o rei, que continuava sentado em silêncio, quando o cavaleiro angevino continuou.

— Não tenho outra escolha além de perguntar-lhe isto, sir Henry, embora saiba o quanto a pergunta lhe causará repulsa, pois, creia-me, esta será uma das primeiras afirmações feitas por seus adversários quando esse assunto for a julgamento. — Ele fez uma pausa e depois pigarreou discretamente antes de continuar. — É possível, ou mesmo remotamente provável, que nunca tenha havido uma mulher lá e que esses padres estejam dizendo a verdade? Não poderia seu filho, André, após cometer um ato culposo e condenável, ter entrado em pânico e cometido um assassinato para se proteger? E depois não poderia ter tomado a iniciativa de decapitar o padre para ocultar a verdadeira natureza do ferimento fatal do homem? Se esse fosse o caso, então, ele com facilidade poderia ter mentido sobre a suposta mulher e levantado falso testemunho para acobertar sua própria culpa e salvar sua vida.

Nesse ponto, Ricardo interrompeu o seu sincero vassalo com uma alta gargalhada, e quando os olhos de De Sablé se acenderam num protesto estupefato, o duque se levantou e deu as costas para ambos os homens, afastando-se apenas para girar o corpo novamente e inclinar-se para a frente, apoiando-se no encosto de sua cadeira.

— Então, onde está o *menino*, Robert, o garoto que estava sendo enrabado naquele momento? Você acha que uma padralhada de religiosos mortificados não teria revirado este condado de Poitou de cima a baixo para encontrar o pequeno pirralho... e toda Anjou e Aquitânia, também, se isso fosse necessário... simplesmente para provar a versão deles sem deixar dúvidas?

Ele permitiu que a pergunta pairasse sem resposta no ar antes de prosseguir, ainda sorrindo, embora não mais gargalhando.

— Além disso, é evidente que você não sabe nada sobre o jovem André St. Clair. Eu sei. Eu mesmo o sagrei cavaleiro três anos atrás, e ele foi o mais adiantado entre todos os meus candidatos naquele ano, bem como na maioria dos outros anos, para dizer a verdade. Eu o descobri honesto, honrado, corajoso ao extremo e total e completamente masculino em todos os aspectos do seu caráter. Eu lhe juro, Robert, eu jamais encontrei... e nem você poderia encontrar... um pederasta mais improvável. André não carece em nada de charme e poder de sedução, mas todo este é reservado exclusivamente para mulheres, e ele nunca sofreu qualquer falta delas. Portanto, ponha um fim nessa bobagem. Os padres estão mentindo, e eu tenho certeza de que Deus, em Seu Paraíso Celeste, espantosamente, não está nada surpreso.

— Portanto, após decidir que sabemos a verdade, vamos pensar nisto: como ele sabia *precisamente* para onde apontar aquele disparo que lançou? Não foi acidental, eu juro, pois embora o destino possa ter sua parte na determinação de onde um projétil lançado vai cair, é preciso habilidade e confiança infalíveis para acertá-lo com perfeição no primeiro tiro. A besta é minha arma favorita, como vocês dois devem saber, mas eu duvido que pudesse ter feito o que aquele rapaz fez, de maneira tão fluida e certeira. Terei de falar com ele a respeito disso tão logo seja possível.

Nenhum dos outros homens respondeu àquilo, embora agora ambos estivessem convencidos, pelas admoestações de Ricardo, da inocência de André quanto à homossexualidade e, portanto, sua inocência em relação a todas as acusações contra ele. Pois não havia como duvidar da defesa do jovem feita pelo duque, sabendo-se sabido, embora raramente discutindo-se isso abertamente, que Ricardo evitava a companhia de mulheres e cercava-se sempre de belos homens e rapazes que compartilhavam da sua convicção. Este era o aspecto mais saliente da personalidade de Ricardo Plantageneta — bem como o que mais profundamente repugnava o sério St. Clair, que, naquele momento, surpreendeu-se maravilhado, por poder sentir-se grato por isso.

Agora, porém, o régio duque se inclinava na direção dele, franzindo as sobrancelhas e apontando um dedo exprobratório.

— Então — disse Ricardo, com mais suavidade que seu cenho fechado levara Henry a esperar — nós sabemos que essa história dos padres é um disparate, e um disparate mortal, além de tudo. Mas antes que eu decida o que devo fazer agora, há mais uma coisa que eu exijo de você, pois a mulher ainda me incomoda. Traga o seu filho até aqui, Henry, e faça isso esta noite. Eu preciso conversar com ele, e ninguém ousará abordá-lo aqui, com a minha presença. — Ele ficou ereto e caminhou até onde as duas espadas longas estavam pousadas sobre os braços de uma cadeira, atirando a de De Sablé para ele e levantando a sua como um cajado. — Agora está tarde, e Robert e eu precisamos dormir um pouco antes de tomarmos uma decisão tão importante quanto a que está em minha mente. Portanto, leve-nos até onde possamos pousar a cabeça, meu amigo, e depois mande buscar o rapaz. Faça com que ele esteja aqui quando acordarmos, e conversaremos com ele depois que nós três tivermos tomado o desjejum.

SETE

Na manhã seguinte, Sir Henry encontrou seu filho André adormecido sobre um banco no grande salão e ficou parado diante do jovem por longos minutos, reparando no desalinho de suas roupas, no aspecto desordenado e despenteado de seus cabelos e de sua barba curta, no fedor de seu corpo sem banho e na magreza vincada que marcava seu rosto depois de dois meses escondendo-se sozinho. Não sabia há quanto tempo seu filho estava dormindo ali, mas passava das 2 horas da madrugada quando ele enviara Jonquard, seu mestre de estábulos, para buscar o rapaz, e ainda não eram 7 horas, de modo que era improvável que os dois tivessem retornado há mais de uma hora. Ele ouviu ruídos vindos de uma antessala, onde os servos estavam limpando os despojos da noite anterior, e decidiu deixar o garoto dormir sem ser perturbado durante o máximo que pudesse, pois duvidava que seus convidados estivessem em movimento por pelo menos mais uma hora... talvez até mais. Assim, encaminhou-se diretamente para as cozinhas, onde instruiu o cozinheiro a preparar água quente em quantidade suficiente para um banho completo e fazer com que alguns de seus ajudantes de cozinha transportassem-na para o andar de cima, até seus aposentos; lá eles teriam de acender o fogo no braseiro, preparar o seu banho e chamá-lo quando estivesse pronto.

O cozinheiro não demonstrou nenhum sinal de ter visto algo estranho em nada disso, a despeito do fato de sir Henry não usar a banheira de madeira de sua câmara desde a morte da esposa. Ele havia se banhado na cozinha, como todos os outros em sua propriedade, havia apenas dois meses. O cozinheiro simplesmente fez que sim com a cabeça e disse ao seu amo que aquilo seria feito imediatamente.

Henry, então, seguiu caminho até a torre do portão principal, onde permaneceu por algum tempo, observando a paisagem além dos seus muros e procurando por algum sinal de que ele e seu filho estivessem sob vigilância. Quando um servo chegou à sua procura, pouco mais de meia hora mais tarde, para dizer-lhe que seu banho estava preparado, Henry fez um gesto de cabeça em assentimento e foi acordar André.

André acordou com um sobressalto, tenso e com os olhos arregalados, tão logo seu pai o tocou; depois passou vários minutos examinando seu entorno, como se estivesse se perguntando onde estava. Henry tranquilizou-o rapidamente.

— Você não pode ter descansado muito, eu temo.

André piscou rapidamente os olhos, livrando-os do sono.

— O suficiente para mim, pai. Eu havia dormido por quase sete horas quando Jonquard chegou com o seu chamado, de modo que estou bem descansado. Eu me deitei aqui apenas porque a casa estava quieta quando cheguei e devo ter cochilado. Qual é o problema? Por que o senhor mandou me chamar?

— O duque Ricardo está aqui. Ele chegou na noite passada, sozinho, salvo por outro cavaleiro, e eu lhe contei o seu caso. Ele me fez muitas perguntas, mas acredita na sua história, embora demande mais informação do que eu consigo lhe dar, antes de poder fazer qualquer coisa. Por isso ele me ordenou que convocasse você... — Ele parou de falar, sorrindo para o filho. — Mas você não está lá muito apropriado para encontrar-se com um duque e futuro rei, parecendo e... *cheirando* como está.

Há um banho quente recém-preparado na minha câmara. Faça uso dele e depois se ponha apresentável. Vista-se com alguns dos seus ornamentos de modo a parecer um cavaleiro em vez um mendigo indigente. Você tem tempo. Não há necessidade de exagerar na pressa, pois Ricardo ainda não se levantou... embora possa fazê-lo a qualquer momento. Quando ele descer, nós dois tomaremos o desjejum juntos, e ele me disse na noite passada que deseja vê-lo imediatamente depois disso; portanto, não caia no sono durante o banho, não importa o quanto isso possa ser tentador. Eu mandarei procurá-lo quando chegar a hora.

André suspirou e balançou a cabeça, seu alívio claramente visível a sir Henry, que em grande parte se sentia do mesmo modo, e um momento depois o rapaz já havia se retirado, obediente à vontade do seu pai.

O duque apareceu não muito tempo depois disso, em companhia de De Sablé, e ambos cumprimentaram cordialmente seu anfitrião, Ricardo perguntando imediatamente se André já havia aparecido. Henry confirmou que sim e que o rapaz se juntaria a eles quando convocado, e então os conduziu até a antessala, onde Ector, demonstrando, notavelmente, poucos sinais de que estivera acordado durante metade da noite anterior, aguardava-os com um substancioso desjejum que cozinhara pessoalmente para eles, acomodado sobre um braseiro instalado na lareira principal, agora limpa das cinzas e dos despojos do fogo da madrugada anterior. Tão logo se acomodaram, ele serviu aos três homens ovos de pata frescos batidos numa frigideira com leite de cabra e manteiga até ficarem sólidos, depois salgados e dobrados sobre cogumelos frescos e cebolas, acompanhados de pãezinhos leves e macios, recém-saídos dos fornos da cozinha. Eles comeram até acabar e, quando Ector terminou de supervisionar a remoção dos restos de sua refeição, Ricardo esperou até que ele deixasse a sala antes de se voltar para sir Henry e fazer um gesto de cabeça.

— Traga o jovem André e vamos ouvir o que ele próprio tem a dizer. Mas antes de fazer isso, deixe-me alertá-lo de que, se minhas suspeitas se demonstrarem corretas, você pode ouvir coisas para as quais não está preparado. Se for esse o caso, eu não quero que você diga nada, está claro?

St. Clair balançou a cabeça, nem um pouco curioso sobre qual seria a coisa para a qual Ricardo achava que ele poderia estar despreparado. Em sua avaliação, nada poderia suplantar seu alívio em ver o nome do filho limpo.

— Está bem, meu suserano.

— Bem-vindo, sir André St. Clair. Você parece mais velho... mais *maduro* do que quando nos encontramos pela última vez. Mas, afinal, você está... dois anos mais velho, pelo menos, assim como todos nós. Descansar.

O jovem cavaleiro relaxou a rígida posição militar ereta que vinha mantendo desde que marchara porta adentro e parara em posição de sentido diante da mesa para saldar formal e cerimoniosamente seu senhor feudal, com o punho fechado sobre o peito. Ele afastou os pés de modo mais confortável e posicionou os braços atrás das costas, segurando um dos pulsos com a outra mão, mas, ainda assim, continuou a contemplar respeitosamente um ponto em algum lugar pouco acima da cabeça do duque.

— Seu pai esteve nos contando sobre os seus recentes infortúnios, e eu admito que estou surpreso em vê-lo com um aspecto tão saudável, depois de dois meses vivendo em cavernas e trincheiras. Você parece notavelmente bem.

Ele parece miraculosamente *bem*, pensou sir Henry, mal capaz de acreditar na mudança de aparência de seu filho. *Você devia tê-lo visto apenas uma hora atrás.*

André fizera bom uso da volumosa banheira de madeira de seu pai e obviamente havia usado a tesoura de toucador e o espelho de metal de Henry para aparar o cabelo e a barba à luz matinal que entrava pela janela. Agora se postava diante deles como um cavaleiro, com um traje completo de malha de ferro flexível, sobre o qual vestia um manto idêntico ao do pai, com o brasão dos St. Clair finamente bordado do lado esquerdo do peito. Não carregava armas, porém, e seu capuz de cota de malha pendia às suas costas, deixando sua cabeça descoberta, pois na condição de acusado por um crime não tinha o direito de portar armas, especialmente na presença de seu duque.

— Notavelmente bem — repetiu Ricardo, pensativo. — E notavelmente desprovido de culpa, para alguém denunciado como um assassino de padres.

André St. Clair nem sequer piscou, e Ricardo, que havia empurrado sua cadeira para trás, afastando-a da mesa, apontou para seu acompanhante.

— Este é sir Robert de Sablé, que viaja comigo a Paris, para um encontro com o rei Filipe. Ele é um homem de grande sabedoria e sagacidade, apesar de toda a sua aparente juventude, e está a par da sua situação, que nos foi explicada por seu pai... embora eu não saiba se ele está convencido da sua inocência neste caso. Você deve cumprimentá-lo.

O jovem cavaleiro virou a cabeça para De Sablé e inclinou-a respeitosamente, e este devolveu o cumprimento, seu rosto inexpressivo.

Ricardo não tardou a ir direto ao ponto. Cruzando suas longas pernas e entrelaçando as mãos sob o joelho que estava por cima, curvou-se para a frente e calmamente disse a André.

— Isto não é uma corte formal, sir André, mas um inquérito sobre os detalhes de sua história, como um dos meus vassalos. Eu devo dizer-lhe aqui e agora que, independente do que eu próprio acredite, minha maior preocupação é esse problema da mulher desaparecida. Com o seu cadáver para dar sustentação à sua história, suas alegações contra os padres seriam inabaláveis. Mas na ausência completa dela, como é o caso, sem sequer um nome ou uma descrição, você não pode fornecer nem mesmo uma fagulha de prova de que ela sequer existiu. Nós não recebemos queixas de uma mulher desaparecida em lugar algum; nenhuma informação sobre quem ela era ou de onde veio; e nenhuma possibilidade, ao que parece, de que essa informação apareça por milagre... Olhe-me nos olhos.

André fez o que lhe foi ordenado, e os dois olharam um para o outro durante um longo momento, até que Ricardo falou:

— Foi a referência à sodomia que me convenceu de que a sua versão do que ocorreu provavelmente é a verdadeira. Mas esse outro problema, a falta de provas para demonstrar a verdade do que você alega, pode se revelar incontornável. Isso, por si só, provavelmente o condenará... a não ser que, por algum milagre, você possa evocar o nome da mulher...

— Eloise, meu suserano... Eloise de Chamberg.

— Eloise de Chamberg... E de onde ela surgiu, essa espectral Eloise?

— De Lusigny, meu suserano. Fica a cerca de 30 milhas ao sul de Poitiers.

— Eu sei onde fica isso, homem. Sou proprietário do lugar. Mas por que você não disse a ninguém que sabia quem ela era?

St. Clair encolheu os ombros.

— Eu não pude, *milord*. Mal disse uma palavra a qualquer pessoa durante meses. Jonquard, que conhecia meu esconderijo e o mostrou a mim naquele primeiro dia, nunca mais se aproximou dele com medo de estar sendo seguido. Ele cavalgava pelas proximidades de tempos em tempos e deixava provisões para mim numa touceira de arbustos sob um carvalho próximo, e eu as recolhia depois que ele partia. Foi apenas na noite passada, no meu caminho para cá, que eu soube por ele da verdadeira extensão do que estava acontecendo. Pode parecer estranho ao senhor, sabendo quanto tempo se passou, mas é verdade.

Ricardo soltou o joelho e ficou de pé, começando a andar pela sala com a energia irreprimível que sir Henry, observando-o atentamente, reconhecia desde a primeira infância do duque. Mesmo então Ricardo Plantageneta era incapaz de sentar-se imóvel num lugar por mais de alguns minutos, e enquanto caminhava, ele esfregava as mãos, pressionando-as firmemente uma contra a outra e revirando-as constantemente, de modo que, quando estava mais absorto intelectualmente, um som de seus calos endurecidos pelo uso das armas esfregando-se uns nos outros era claramente audível.

— Estranho isso pode ser — murmurou ele, por fim. — Mas não mais estranho do que isto: como é possível que você, um cavaleiro de Poitou, conhecesse uma mulher chamada Eloise de Chamberg, de Lusigny?

André acompanhou sua resposta do mais leve encolher de ombros.

— Por acidente, meu suserano. Eu a encontrei pelo mais puro acaso quando compareci ao torneio em Poitiers, dois anos atrás.

— E apaixonou-se, hein? Mas por que tanto segredo?

Pela primeira vez, um vestígio de rubor transpareceu na face do jovem cavaleiro.

— Porque não tive escolha, meu suserano. No início eu mal a via, pois meus deveres me mantinham longe de Poitiers, de modo que nunca falei dela a ninguém.

O duque parou, quase no meio de um passo, e fez que sim com a cabeça, olhando André diretamente nos olhos.

— E depois?

O rubor espalhou-se mais, inundando as têmporas de André.

— Depois se tornou impossível falar dela.

— Entendo... e posso adivinhar o porquê. Ela é de Lusigny, e ainda assim você a conheceu em Poitiers e mais tarde a visitou lá. Por quê?

— Ela morava em Poitiers naquele tempo, com seus pais. Mas 15 meses antes ela estava casada, pela vontade de seu pai.

— Ah! Para a maioria dos homens, isso significaria *finis*.

André assentiu com um gesto de cabeça:

— É verdade, meu suserano, significaria. Mas o casamento dela foi sem amor desde o início, com um homem que tinha quase três vezes a idade dela, que morava em Lusigny. Foi a vontade de seu pai, não dela, e Eloise era uma filha obediente.

— Mas obviamente não era uma esposa obediente. Você continuou a vê-la.

— Continuei, meu suserano, embora tenhamos nos encontrado com muito menos frequência então.

— E como aconteceu de ela estar aqui em Poitou no momento do seu... infortúnio? Preciso recordá-lo de que, casada ou não, a dama agora está morta e além do alcance das más línguas, enquanto você está muito vivo e de pé na ausência dela? Fale, então.

Um minúsculo movimento de cabeça e um rápido e constrangido olhar para o pai precederam a resposta do jovem St. Clair, mas depois ele levantou a cabeça e olhou diretamente para o duque.

— Eu recebi um recado dela, cerca de três meses atrás, de que seu marido em breve estaria viajando de Lusigny rumo ao sudeste, para passar um mês visitando um irmão enfermo e idoso em Clermont, e ela tinha um plano, concebido meses antes, que permitiria que nos encontrássemos. Por isso arranjei uma escolta para conduzi-la em uma visita previamente arranjada a uma prima distante, uma viúva recentemente enlutada que mora perto daqui, nas cercanias das nossas terras. — Ele olhou novamente para o pai, cuja face não traía nenhum de seus pensamentos, antes de voltar a olhar para o duque e prosseguir. — Isso foi complicado em alguns aspectos, embora em outros tenha sido extremamente simples, pois ninguém a conhecia aqui, e a prima dela não sabia nada a meu respeito nem sobre nosso relacionamento. — Novamente, ele deu um pequeno encolher de ombro, quase imperceptível. — Tudo correu como o previsto e funcionou bem. A prima viúva despediu-se de Eloise na manhã do dia em que ela foi morta, acreditando-a segura em seu caminho de volta a Lusigny, escoltada pelos soldados de seu marido. Mas os homens eram pagos por mim, contratados por intermédio de um amigo em Poitiers, e eles a trouxeram até o ponto onde nós nos encontraríamos pela última vez, pois havíamos decidido que continuar com aquela farsa era a mais pura loucura, intolerável para nós dois. Eles a acomodaram confortavelmente lá para ficar à minha espera e depois partiram, como lhes fora ordenado, para aguardar meu posterior chamado... Eu posso apenas presumir que quando eles não tiveram mais notícias minhas, acabaram por retornar a Poitiers. Eles haviam sido bem pagos, pagamento adiantado, e sabiam que o nosso encontro era de natureza amorosa, por isso presumiram — devem ter presumido — que a dama havia decidido permanecer aqui comigo.

Ele fez uma pausa, franzindo o cenho pela lembrança.

— Seja como for, os padres a encontraram antes que eu chegasse, e o senhor sabe o resto, meu suserano, exceto por isto: quando Eloise não retornou para sua casa em Lusigny, ninguém poderia sequer começar a imaginar onde procurá-la, pois ela havia dito aos seus criados domésticos que estava viajando para *noroeste*, para Angers, a fim de visitar outra prima, cujo marido havia mandado uma escolta para acompanhá-la. Não é muito surpreendente, portanto, que ninguém tenha vindo procurá-la aqui.

— Humm... — Ricardo atravessou a sala e postou-se atrás de sua cadeira, segurando as saliências de seu encosto alto. — Explique, se lhe apraz, por que você não contou ao seu pai que conhecia essa mulher. Isso teria poupado a todos de uma grande quantidade de dor e frustração.

O rosto de André havia corado até um vermelho-brilhante antes mesmo que Ricardo terminasse de falar, e ele balançou a cabeça, consternado.

— Eu agora sei o quanto isso foi uma tolice e um equívoco, mas só percebo isso hoje. Não me ocorreu antes. Eu estava perturbado quando cheguei em casa naquele dia e na ocasião pareceu-me a coisa certa a fazer... para proteger o nome dela e a sua reputação.

— E onde você estava na manhã seguinte, quando os homens do barão vieram para prendê-lo?

As sobrancelhas de André St. Clair se ergueram em descrença de que alguém lhe perguntasse tal coisa.

— Eu estava no Poço do Diabo, procurando o corpo dela. Não havia dormido a noite inteira e não podia acreditar que dois corpos tivessem desaparecido sem deixar vestígios. Encontrei os rastros que os homens de meu pai haviam mencionado e os segui até a beira do poço. Depois tentei descer no buraco, mas isso se mostrou impossível. Vinte passos abaixo do único ponto de acesso na borda, atingi um local de onde não poderia descer mais sem cair e encontrar a minha própria morte, e quando tentei retornar, quase me desesperei ao escalar novamente para a saída. Levei mais de uma hora para encontrar meu caminho de volta e mesmo assim não teria tido sucesso sem a ajuda de Jonquard, que meu pai havia mandado para encontrar-me e avisar-me para ficar longe de casa. Ele me encontrou e me puxou para fora.

O duque Ricardo contornou sua cadeira e sentou-se novamente em silêncio depois daquilo, contemplando o jovem cavaleiro, depois se voltou para sir Robert de Sablé, ignorando completamente sir Henry.

— Robert? O que você acha?

De Sablé, olhando fixo para André, inspirou profundamente, e Henry, notando a dilatação de suas narinas, as sobrancelhas franzidas e a postura implacável da boca do homem, preparou-se para a condenação que estava certo de que se seguiria. Mas De Sablé o surpreendeu e não disse nada, voltando os olhos, em vez disso, para o local de onde o duque olhava para ele. Sem se abalar pelo olhar de Ricardo, ele sacudiu levemente a cabeça e ergueu uma das mãos num inconfundível apelo por paciência e tempo para tomar sua decisão, enquanto André, que tinha mais a perder ou ganhar com o que seria dito em seguida, permaneceu com os olhos diretamente voltados para a frente, sem olhar para ninguém.

De Sablé sabia o que achava, mas relutava em falar sem examinar uma vez mais tudo o que lhe ia na mente. Por natureza um homem ponderado e relativamente piedoso — dois atributos que muito o afastavam da vasta maioria de seus companheiros cavaleiros —, ele ficara profundamente perturbado pela história de St. Clair. Depois de observar o jovem cavaleiro enquanto este contava sua história, ele agora acreditava implicitamente no homem, e por isso estava fazendo um grande esforço para conter sua própria sensação de ultraje. Ninguém jamais acusaria Robert de Sablé de ingenuidade, e durante toda a sua vida ele havia tido total consciência da feroz corrupção que grassava entre os clérigos de todos os níveis hierárquicos da Igreja. Mas seu conhecimento e sua agudeza crítica haviam sido acurados e enfatizados por uma circunstância mais radical do que qualquer outra que tivesse influenciado a grande maioria de seus companheiros. Robert de Sablé era membro da secreta Irmandade do Sião. Ele fora admitido na antiga e clandestina Ordem no seu 18º aniversário e desde então aprendera muito — e estudara ainda mais — sobre os ensinamentos da Ordem e a exatidão de sua doutrina e das fontes presentes em seus arquivos acerca dos erros e das políticas equivocadas da Igreja católica ao longo dos mil anos precedentes. A corrupção dentro da Igreja era mundana e cínica, certamente, e clamava por correção. Mas assassinato e estupro, tais como estavam envolvidos ali, ultrapassavam a sua experiência e insultavam sua credulidade. Ainda assim, a probidade e sinceridade evidente de St. Clair, aliada à instantânea e sarcástica rejeição das acusações de homossexualidade contra o jovem cavaleiro por Ricardo Plantageneta, havia deixado De Sablé convencido de que o que ele ouvira era a verdade, e que tais eventos, quase inconcebíveis num grupo de sacerdotes ungidos, haviam de fato acontecido.

Por fim, ele adotou uma posição mais ereta e admitiu o que verdadeiramente pensava.

— Meu senhor duque — disse ele, a frustração evidente no tom de sua voz —, eu não sei o que dizer, além do fato de que estou convencido de que o que ouvimos aqui é a verdade. Mas, devo admitir, sinto-me compelido a acrescentar, meu alívio de que o fardo da responsabilidade seja seu e não meu. O senhor é o duque de Aquitânia, e esse caso reside completamente dentro da sua jurisdição, mas temo não poder oferecer nenhuma orientação sobre como o senhor deve proceder daqui em diante.

Observando seu filho, Henry St. Clair viu o alívio brotar nos olhos do rapaz, embora nenhum músculo do corpo do jovem cavaleiro se movesse. Então, sentindo o relaxamento da tensão crescer em seu próprio peito, Henry voltou a atenção para o duque Ricardo, examinando-o atentamente e procurando sinais que denunciassem o que viria a seguir.

Não teve de esperar muito. Ricardo ficou novamente de pé e retomou seu caminhar, as palmas das mãos esfregando uma na outra incansavelmente, seus olhos reluzindo com um ardor que Henry reconheceu tanto como prazer quanto como apreensão.

No decorrer dos anos que passara moldando, treinando e preparando o garoto, havia aprendido a ler Ricardo Plantageneta como um livro, e agora observava o duque desapaixonadamente, adivinhando, antes mesmo que Ricardo abrisse a boca, a forma e o conteúdo do que ele iria dizer. Quando julgamentos e decisões rápidos e sem precedentes eram exigidos, Ricardo havia provado, frequentemente com avassaladora consistência, que nenhum homem na Cristandade, nem mesmo seu formidável pai, podia se comparar a ele na tomada de decisões implacáveis e precisas. Brilhante, cínico, inconstante, predominantemente ambicioso, cruelmente manipulador e inteiramente um duque guerreiro, sua proposta, qualquer forma que pudesse tomar, seria, Henry sabia, simples, clara, direta e drástica. Ele entrelaçou as mãos no colo e cruzou os tornozelos, sabendo pela expressão do duque que alguma decisão seria pronunciada rapidamente. Mesmo assim, a rapidez da resposta de Ricardo o surpreendeu, demonstrando claramente para o velho que, mais uma vez, seu antigo protegido havia formado sua opinião antecipadamente e que sua consulta a De Sablé não fora mais do que uma cortesia formal.

— Que assim seja — disse Ricardo. — Eu concordo. É tarefa e responsabilidade unicamente minha, como duque de Aquitânia, tomar a decisão sobre o que deve ser feito neste caso. Quando partirmos daqui hoje, Robert, vamos juntos visitar esse tolo barão vingativo, La Fourrière, e se ele escapar da minha ira com a sua baronia intata, vou ficar mais surpreso do que ele. Tenho problemas urgentes em quantidade mais do que suficiente para ocupar o meu tempo, sem ter de me afastar um passo deles para chutar os traseiros insolentes dos meus vassalos insignificantes. E falando em insolência, antes mesmo de nós partirmos, mandarei um capitão e quatro homens para prender aquele abade nada santo de Sainte Mère... como é mesmo o nome dele? Thomas? — A pergunta foi lançada a Henry, que apenas balançou a cabeça. — Bem, nós faremos com que toda a sua desconfiança acabe, assim como a do igualmente desconfiado apóstolo homônimo, quando ele se vir escoltado em correntes para confrontar-se comigo.

Ele parou de falar, e De Sablé estendeu as mãos com as palmas voltadas para cima.

— E depois, meu suserano?

— E depois ambos terão de tratar comigo em ônus quadruplicado, julgando-os na condição de conde de Poitou, em cujo domínio eles exercem seu poder, depois como conde de Anjou, como duque de Aquitânia e, acima de tudo isso, como o futuro rei da Inglaterra, concebido por um pai que há muito demonstrou sua impaciência com barões problemáticos e padres intrometidos. Por meu decreto, eles concordarão de imediato em calar e anular essa acusação ridícula de assassinato... e a risível, ainda que desprezível, insinuação de pederastia contra sir André. — Ele fez uma pausa, depois entrelaçou os dedos e prosseguiu: — Os padres rebeldes e assassinos envolvidos serão presos, julgados e enforcados. E se algum dos seus antigos patronos, o barão ou o abade, se mostrar relutante em prosseguir com isso imediatamente, vou lidar com eles e com a sua estirpe assassina como meu pai, o velho Leão, lidou com Becket. Que Deus assim me ajude! — A voz do duque era friamente absoluta em sua sinceridade. — Pode sentar-se, sir André — prosseguiu ele, sem se dar ao trabalho de olhar para o jovem cavaleiro. — Você está absolvido e esse assunto está encerrado, salvo pelos detalhes finais.

Antes mesmo de Ricardo voltar-se para olhar para ele, a mente de Henry já havia se antecipado ao toma lá dá cá que deveria seguir-se. Ricardo Plantageneta não fazia nada sem que houvesse alguma reciprocidade envolvida, e esta estivera clara desde o início.

— Meu suserano — murmurou ele, a inflexão ascendente em sua voz transformando o apelo numa pergunta.

— Sim, Henry, como você disse, seu suserano. — A boca do rei se abriu num sorrisinho sardônico. — Eu vim até aqui à *sua* procura, mas agora exigirei que ambos, você e seu filho, entrem comigo na vindoura aventura em Outremer, pois apenas assim todas as ameaças contra seu filho serão anuladas. André não poderá permanecer seguro na França depois que eu partir. Certamente você percebe isso, assim como você, André, estou certo? — Os dois homens balançaram a cabeça, e Ricardo sorriu. — Então, vamos resolver isso. Nós iremos juntos para a guerra, pois, por mais poderoso que eu possa ser enquanto estou aqui, tendo a criar inimigos também poderosos, e esses beatos patifes encontrarão um meio de levá-lo novamente a juízo e matá-lo em silêncio tão logo acreditem que me virei de costas... Portanto, Henry, você será meu mestre de armas. E você, sir André, se juntará ao Templo.

— Ao Templo, meu suserano? — Os olhos de André se arregalaram com o choque. — Como pode ser isso? Eu não sou monge... nem sou talhado para ser... — Ricardo soltou um riso curto e sem humor.

— Talvez não no momento. Você já deixou isso bastante claro... mas tais coisas podem ser arranjadas, e você pode se entusiasmar com a ideia. Mas monge ou não, você ainda assim é um cavaleiro, elevado a essa condição pelas minhas próprias mãos, e é um St. Clair, da linhagem que produziu um dos nove fundadores da Ordem do Templo. E Deus certamente sabe que a Ordem precisa de você e que lhe dará as boas-vindas para cavalgar sob o seu estandarte preto e branco. — Seu olhar, então, passou de filho para pai. — Agora, ouçam-me e prestem atenção no que eu digo. Dois anos atrás... não, foi ainda menos que isso por meio ano... 230 Cavaleiros do Templo foram perdidos num único dia num lugar chamado Hattin. Essa foi a batalha de que eu lhe falei na noite passada, Henry. Mas mais de uma centena deles foram executados como *prisioneiros*, depois da batalha, sob ordens do próprio Saladino. Pensem nisso, meus amigos. Esse sujeito chama a si próprio de sultão, o legislador exaltado, mas essa atrocidade, por si só, exige a morte do cão. Duzentos e trinta Cavaleiros do Templo perdidos num único dia e quase a metade deles assassinados sumariamente quando a batalha já havia acabado. E então, logo depois desse acontecimento, ele dizimou centenas mais, após tomar Jerusalém no mês seguinte. E a razão que ele alega para tal carnificina? Que os Cavaleiros do Templo são os homens mais perigosos sobre a terra.

Seus olhos se moveram de pai para filho, e ele balançou a cabeça, lenta e enfaticamente.

— Bem, eles podem ter sido os mais perigosos homens sobre a terra *antes* de Hattin, mas ele agora assegurou que eles se tornarão ainda mais ameaçadores para ele e os seus nos dias que virão.

Ele fez uma pausa; depois juntou as mãos outra vez.

— Mas independentemente de suas origens, a realidade desse massacre faz com que nos deparemos com uma verdade que teremos de enfrentar, meus amigos: os templários foram mais do que dizimados, pois eles perderam *cinco* de cada dez homens, não apenas um. Eles podem ser os mais poderosos e celebrados guerreiros sobre a terra, o exército que se sobressai na defesa do cristianismo em Outremer, mas nem mesmo eles podem suportar perdas da escala que se tem visto nestes últimos dois anos. É fato aceito desde os dias de Júlio César que nenhuma força militar pode continuar a funcionar de maneira efetiva uma vez que sua força tenha sido reduzida em mais de um terço de seu contingente.

Ele parou novamente, dando tempo para que tais palavras fossem devidamente absorvidas por seus ouvintes, depois continuou.

— Nunca houve mais de mil templários, em qualquer tempo, em toda a região da Terra Santa. Isso não é algo amplamente conhecido, pois a maioria das pessoas hoje acha que o Templo é ubíquo e indomável... mas suas perdas recentes remontam a mais de quinhentos, deixando um mero fragmento de sua antiga força no local. Por isso a Ordem está sedenta de recrutas qualificados. — Ele olhou diretamente para André. — Eles procuram jovens cavaleiros, independentes, sem responsabilidades mundanas e saudáveis de corpo e mente. Não acha que essa descrição pode aplicar-se a você, meu jovem amigo?

André encolheu os ombros, parecendo pouco à vontade.

— Pode ser, meu suserano, não fosse pela sombra pairando sobre minha cabeça.

— Essa sombra já foi afastada. Esqueça que ela um dia existiu.

— Gostaria de poder esquecê-la, meu suserano. Mas mesmo que *eu* conseguisse, ela ainda seria mantida viva e espalhada por outros, talvez até mesmo em Outremer, e o Templo é notavelmente rigoroso e inflexível na seleção e no exame dos recrutas. Eu ouvi dizer, se o senhor me perdoa por ser tão indelicado, que nem mesmo reis ou duques têm o poder de impor suas vontades sobre a Ordem.

Henry St. Clair enrijeceu-se ao ouvir as palavras do filho, certo de que elas provocariam a fúria de Ricardo, mas, para sua surpresa, o duque simplesmente sorriu e concordou com um movimento de cabeça.

— É verdade, é absolutamente verdade, de modo que minha influência em geral seria de pouca valia para que você obtivesse sua entrada... mas olhe outra vez, se lhe apraz, para o meu amigo sir Robert de Sablé, aqui presente, e acredite em mim quando lhe digo que há mais coisas nele do que o olhar revela. Em certas coisas, Robert tem uma influência que eu jamais poderia alcançar. Ele é, por um lado, um dos melhores marinheiros de toda a Cristandade, ainda que sustente que atualmente isso tem pouca influência em sua vida.

Ele se voltou novamente para o taciturno De Sablé e sorriu, levantando uma sobrancelha inquisitiva, e o cavaleiro acenou com a cabeça em resposta, aparentemente se submetendo a um pedido não pronunciado. Ricardo deu um sorriso largo e voltou a olhar para os outros, sacando a adaga de lâmina longa de seu cinto e atirando-a para o ar, fazendo com que girasse de uma ponta a outra, para apanhá-la com facilidade ao cair. Fez isso mais duas vezes, e os outros o observaram, se perguntando o que viria a seguir. Não foi nada que eles pudessem ter previsto.

— Eu posso contar a vocês dois um segredo que muito poucos conhecem atualmente. Sir Robert, como você, André, não é um membro do Templo... — Ele subitamente girou e atirou a adaga na direção de um dos pilares que sustentavam o alto teto acima deles, e a adaga atravessou o espaço como uma mancha rodopiante, para se cravar de ponta na madeira cheia de veias. No silêncio que se seguiu, Ricardo caminhou devagar até ela e libertou a lâmina, examinando de maneira crítica o local antes de embainhar a arma outra vez e retomar de onde havia parado, seus olhos movendo-se entre o rosto de André e Henry St. Clair enquanto falava. — Mas sir Robert foi *convidado*, pelo Conselho Governante dos templários, a *juntar-se* à Ordem, e não apenas como um cavaleiro subalterno, mas como o recém-designado mestre do Templo, para substituir Gerard de Ridefort, o atual mestre, que pouco tempo atrás foi dado como desaparecido outra vez, supostamente capturado em batalha e muito provavelmente morto.

De novo ele sorriu com satisfação ao ver ambos os St. Clair de queixo caído, enquanto viraram lentamente a cabeça para olhar para De Sablé, que apenas balançou a sua em confirmação ao que Ricardo havia dito. Quando considerou que eles já haviam tido tempo suficiente para ficar boquiabertos e impressionados, Ricardo continuou.

— Deixe-me repetir isso: sir Robert foi convidado pelo Conselho Governante da Ordem do Templo para juntar-se às suas fileiras. Jamais houve um convite como esse até agora. Trata-se de algo sem precedentes porque o Templo sempre foi desconfiado... e zeloso... quanto àqueles que permite que entrem em suas hostes. Mas há um significado ainda mais profundo aqui, e agora especialmente para você, sir André, porque isso torna possível... e até mesmo provável, dado que o próprio sir Robert se professa convencido da sua inocência... que você possa ser admitido na Ordem, como um noviço sem votos formais, antes da nossa partida da França. Assim, vocês dois poderiam viajar juntos no meu comboio até alcançarmos a Terra Santa, cada um dos dois preparando-se para a tarefa com a qual se depararão mais à frente, de modo que, quando chegarmos, você, André, entraria para a Ordem do Templo como um cavaleiro subalterno, e você, Henry, assumiria seus próprios deveres em meu nome.

Henry St. Clair curvou-se formalmente até a altura da cintura, indicando sua obediência.

— Excelente — disse o duque. — Agora, vamos tratar dos nossos interesses. Primeiro, aquele pio e santificado abade Thomas. Pode não haver muito temor a Deus nele, mas pela garganta sagrada do Senhor, ele descobrirá tanto temor a mim neste dia que o fará uivar em penitência. André, vá encontrar Godwin, o capitão da minha guarda. Ele é um inglês enorme, mas fala a nossa língua. Você não tem como não o reconhecer. Mande que ele tome quatro homens e cavalgue até a Abadia de Sainte Mère, para lá prender o abade Thomas e levá-lo acorrentado até mim, no castelo de La Fourrière. *Acorrentado*, veja bem, e a pé. Ele deve fazer o abade *andar*! Eu quero que aquele grosseirão hipócrita sofra dores e medos que jamais imaginou até este dia. E mande um dos seus próprios homens com eles, para mostrar-lhes o caminho daqui até lá. Vá. Não, espere... — Ele estalou seus dedos. — Enquanto estiver lá, diga a Pierre, o cabo de Godwin, que prepare os nossos cavalos e leve-os até a entrada dentro de meia hora. Você entendeu tudo?

André fez que sim, murmurou "meu suserano" e saiu da sala. Sir Henry observou-o partir, admirando a postura ereta do filho e ainda ligeiramente surpreso com a facilidade da sua própria aquiescência ao que se havia forjado ali. Ele sabia, quase desde o início da visita de Ricardo, exatamente o que devia resultar para ele das vontades do Plantageneta, e ressentimento e amarga frustração haviam borbulhado em seu interior, fortemente contidos, desde o primeiro momento que ouvira as demandas do duque na noite anterior. Mas agora, como que por mágica, todos os vestígios de ressentimento o haviam deixado, substituídos por um relutante sentimento de admiração por aquele homem que controlava tudo na vida deles. Embora tivesse consciência de que Ricardo Plantageneta estava sendo mais manipulador do que o normal, Henry tinha suas próprias razões, além da mais óbvia, para aceitar a vontade do duque naquele momento, pois não havia dúvida em sua mente de que, sem o seu apoio ducal e real, seu filho André poderia não ter uma vida para contar ali na França. Para evitar uma eventual acusação e execução — ou mesmo assassinato —, depois da partida de Ricardo... e com ele, a de Henry... a única opção de seu filho seria juntar-se aos exércitos recrutados de maneira anônima e sem brasão, como autônomo. Agora, porém, graças ao interesse próprio de Ricardo — pois Henry não acreditara em momento algum que o duque que ele conhecia tão bem estivesse movido por qualquer amor altruísta à justiça —, tanto para ele quanto para seu filho concedera-se uma alternativa aceitável. Que seu envolvimento pessoal na campanha da Terra Santa fosse uma condição *sine qua non* de toda a proposta era um elemento que já não valia ser levado em consideração pelo cavaleiro veterano, pois sua validade agora trabalhava para a vantagem de ambos, senhor feudal e vassalo. Ao aceitar a proposta de Ricardo, sir Henry fizera da necessidade uma virtude, agarrando a oportunidade de manter seu filho vivo e compartilhar do seu futuro. Agora, consideradas todas as coisas, não mais do que uma pequena e mesquinha sensação de mau agouro persistia nele, impossível de ser expulsa, e Henry sabia que teria de aceitar e viver com isso, pois a causa de tal sensação estava profundamente arraigada no lado sombrio do complicado e imprevisível homem que agora governava o antigo império de Henrique Plantageneta.

Ele se deu conta de que Ricardo olhava atentamente para ele e ergueu-se em toda a sua altura, aspirando intencionalmente a barriga. O monarca comprimiu seus lábios e aspirou o ar ruidosamente pelas narinas.

— Nós teremos de endurecê-lo, Henry. Você ficou mole.

— Eu lhe disse isso, meu suserano. Desde que...

— Isso não vai levar muito tempo. Vamos deixá-lo em forma novamente dentro de um mês. — Ele sorriu, evidentemente motivado por um pensamento que lhe causava prazer. — Isso pode significar a sua morte, mas se for assim, você morrerá em melhor saúde do que tem agora.

Sir Henry sorriu.

— Isso não vai me matar, meu suserano. Depois que começar, eu provavelmente vou gostar.

— Bem, o jovem André não terá tal problema. Eu farei com que Robert aqui o ponha para trabalhar imediatamente, para aprender as disciplinas básicas e gerais da Ordem, aqueles elementos que são genericamente conhecidos e acessíveis, pelo menos. — Ele arqueou uma sobrancelha inquisidora para De Sablé. — O que você acha, Robert? Ele terá os requisitos para ser um templário?

— Ele já os tem, meu suserano. Só o que será necessário, pelo que posso ver, serão uns poucos... ajustes.

— É, rezar pela manhã, ao meio-dia, no meio da tarde e ao anoitecer... e três ou quatro vezes por mês durante a noite. Um modo de vida muito estranho para um cavaleiro.

De Sablé sorriu gentilmente, minimizando a importância do que Ricardo havia dito com um minúsculo aceno indiferente de cabeça e um gesto de desdém com uma das mãos.

— Esta é uma regra da Ordem, meu suserano. Todos os membros, sem levar em conta a patente, devem obedecer a ela.

— Sim, e é por isso que eu jamais poderia me juntar a ela. Eu me pergunto se os Santos Guerreiros de Deus ainda têm joelhos para mantê-los erguidos e em combate.

O sorriso de De Sablé se alargou.

— Eles parecem se arranjar com isso maravilhosamente bem, meu suserano, segundo a sua própria admissão meros momentos atrás. Além disso, eu soube de fonte segura que as medidas mais severas da regra são postas de lado em tempo de guerra e que a aplicação das leis que determinam a oração é relaxada em favor do preparo físico e da prontidão para a luta. — Ele se voltou para o St. Clair mais velho. — O que acha, sir Henry? Seu filho se acostumará ao cabresto?

— Com grande disposição, sir Robert, pois ele tem seu próprio herói já servindo entre os Cavaleiros do Templo, em Outremer, e eu tenho certeza de que ele trabalhará com grande zelo para juntar-se a ele, desde que o homem ainda esteja vivo.

De Sablé volteou uma sobrancelha em surpresa antes de olhar para o duque Ricardo e depois novamente para Henry.

— Um herói? Quem poderia ser?

— Um primo, sir Robert, do ramo inglês de nossa família, embora as posses de seus familiares estejam agora na Escócia, ao norte, já há 30 anos. Trata-se de sir Alexander St. Clair, embora, tendo vivido entre aqueles ilhéus bárbaros desde seu nascimento, nomeie a si próprio de acordo com a língua vulgar deles.

De Sablé franziu as sobrancelhas, obviamente sem entender.

— Como? Eu não o entendo. Você disse que o nome dele é St. Clair, não disse?

— Sim, mas ele o pronuncia *Sink-lâr*, não Sann Clerr, como nós.

— Sink-lâr? Isso soa estranho... E por que ele é um herói para sir André?

O mais velho deu de ombros e sorriu.

— Porque isso é o que ele é. Por que mais seria? Alec... o apelido que ele adota... é... heroico; um combatente de grande reputação e um veterano do Templo. Ele passou dois anos conosco, vivendo em nossa propriedade, logo depois de sua admissão na Ordem, quando André não passava de um garoto imaturo. — Henry hesitou, vendo a expressão no rosto de De Sablé. — O que foi, sir Robert? Já ouviu falar em Alec St. Clair?

O leve franzir de sobrancelhas de De Sablé clareou-se imediatamente.

— Eu não sei. Mas acho que me recordo... de algo. É um nome de sonoridade muito incomum.

— Sim, para um homem muito incomum.

— E por que ele ficou dois anos aqui depois de sua admissão no Templo?

St. Clair respondeu com um breve sacudir de cabeça.

— Deve perguntar a ele, sir Robert, se algum dia o encontrar, porque eu nunca soube nada além do fato de ele estar cuidando de algum assunto do Templo... e isso, é claro, em segredo, para aqueles que não pertencem à Ordem.

As portas externas se abriram e sir André entrou, anunciando que as instruções do duque haviam sido entregues e estavam sendo levadas a cabo. Ricardo aprovou com um movimento de cabeça e dirigiu-se impacientemente até a porta, convocando sir Henry para juntar-se a ele e gritando por sobre os ombros para De Sablé, enquanto saía da sala, que este deveria esperá-lo na porta da frente dentro de um quarto de hora.

Tão logo os outros dois se foram, De Sablé e o jovem St. Clair ficaram olhando um para o outro, o mais jovem claramente incomodado por estar a sós com seu superior. De Sablé contemplou-o por alguns momentos e depois fez um gracioso aceno de cabeça.

— Bem, sir André, eu ainda não posso lhe dar as boas-vindas formais ao Templo, uma vez que eu próprio continuo um forasteiro até o momento, mas posso afirmar com confiança que tenho suficiente influência na Ordem para... facilitar, se não assegurar, a sua aceitação... Seu pai esteve me contando sobre sua amizade com seu primo, sir Alexander Sinclair.

André St. Clair curvou brevemente a cabeça, dando um leve sorriso.

— Não posso chamar de amizade, *milord*. Nós gostamos um do outro, mas eu era um garoto desengonçado naquele tempo e Alec era dez anos completos mais velho, já um Cavaleiro do Templo. Não colocamos os olhos um no outro há oito anos, talvez mais. Mas se sir Alec estiver vivo e ainda em Outremer, ficarei honrado em encontrá-lo novamente, talvez até lutar ao seu lado.

— Então você espera realização, viajando para o Oriente?

A pergunta, por mais inócua que parecesse, tinha múltiplos significados e implicações, dependendo de seu ouvinte, e St. Clair hesitou por um instante, mas antes que pudesse respondê-la, De Sablé chamou-o para mais perto.

— Venha até aqui.

André se aproximou quase com relutância, intrigado com a ordem, seguida que foi à pergunta não respondida, e quando o mais velho estendeu a mão, ele teria se ajoelhado se o cavaleiro não tivesse dito:

— Não, pegue-a.

Não mais hesitante, André St. Clair tomou na sua própria a mão que lhe era oferecida, e quando sentiu a forma e a pressão inconfundíveis do aperto, respondeu da mesma forma, estabelecendo silenciosamente sua irmandade. De Sablé ficou olhando para ele por vários momentos, mordiscando de maneira absorta o lábio superior, e depois sacudiu a cabeça num breve aceno e liberou sua mão.

— Eu desconfiei, mas deveria tê-lo feito mais cedo — disse ele, pensativamente. — Suspeitei que seu pai pudesse ser da Irmandade, mas ele não respondeu ao meu aperto de mão.

— Não, sir Robert, meu pai não pertence a ela. Mas sir Alec, sim.

— Como você soube disso?

— Depois da minha Iniciação, é claro. Eu tive minhas suspeitas logo depois disso, instigadas pelo que estava aprendendo e lembrando-me de coisas que me haviam intrigado nele e em seu comportamento quando eu era um garoto. Perguntei ao meu mentor, e ele confirmou.

— Então, mesmo na condição de iniciado da nossa antiga Ordem, você não pensou em juntar-se aos Cavaleiros do Templo?

O sorriso de St. Clair dessa vez foi franco.

— Nunca, senhor, como suspeito que o senhor próprio também nunca pensou. Minha lealdade era, e continua sendo, para com a Irmandade, e, como eu disse antes, eu não sou... ou não era... um monge.

— Bem, você será em breve, embora sob os votos da Irmandade mais do que sob aqueles da Igreja. Você sabe, é claro, o que eu quero dizer com isso, não?

Quando André murmurou que sabia, De Sablé balançou a cabeça e prosseguiu.

— Eu não tenho dúvida de que a Irmandade o encarregará de alguns deveres enquanto estiver na Terra Santa. Nós dois devemos fazer contato com o Conselho em breve, informando-os que nos conhecemos... e também o como e o porquê desse encontro.

André apenas balançou a cabeça em resposta, pensando brevemente na referência de sir Robert aos votos. Ao serem elevados à condição de Iniciados dentro da Irmandade da Ordem do Sião, era exigido de cada um deles fazer dois votos que eram intimamente relacionados, mas essencialmente diferentes dos votos clericais de pobreza e obediência. No breviário da Ordem, os irmãos juravam não possuir nada individualmente — o que implicava pobreza pessoal —, mas possuir todas as coisas em comum com seus confrades, e seu juramento de obediência era feito em fidelidade ao grão-mestre da sua antiga Ordem, não ao papa, e certamente não ao mestre do Templo. O terceiro voto canônico, o juramento de castidade, não era mencionado dentro da Ordem do Sião, porque a castidade individual dependia do modo de vida dos confrades. Dentro da Ordem do Templo, insistia-se nesse voto, e ele não apresentava dificuldade para aqueles membros da Irmandade que pertenciam a ambas as Ordens. Como havia feito tantas vezes no passado, André sacudiu a cabeça admirando-se de quão pouca consciência os de fora tinham de tais coisas, e isso o levou de volta a Ricardo Plantageneta, de modo que olhou para De Sablé e decidiu ser direto.

— Posso perguntar-lhe algo no espírito da nossa irmandade, sir Robert?

— É claro. Pergunte livremente.

— O duque parece muito satisfeito com sua indicação como mestre eleito do Templo, mas, pela minha vida, eu não entendo por que deveria. No momento em que se juntar ao Templo, ele perderá sua influência sobre o senhor, uma vez que nenhum homem pode servir a dois mestres e a Ordem não é subserviente a nenhuma autoridade secular. É improvável que o duque Ricardo esteja contente em perder um forte vassalo. O senhor pode lançar uma luz sobre essa questão para mim?

De Sablé riu instantaneamente.

— Posso... e com facilidade. A satisfação dele vem do fato de que minha indicação, se ela vier, reside no futuro.

— Perdoe-me, mas não entendi. O senhor disse "*se* ela vier". Por que não viria?

— Ah, ela virá, mas *quando* virá depende de o atual mestre, Gerard de Ridefort, estar vivo ou morto. Nós suspeitamos que ele possa estar morto, mas não estamos seguros disso, pois as condições em Outremer hoje são caóticas. As informações que aqui nos chegam em gotas nem sempre são exatas, e algumas vezes não são nem mesmo verdadeiras. Portanto, se Ridefort ainda estiver vivo, então eu vou ter de esperar até que meus serviços sejam requeridos. Enquanto isso, o duque Ricardo está bastante satisfeito, pois ele tem uma utilidade para mim. Eu vou ser seu mestre de esquadra na viagem à Terra Santa. Ele está reunindo, com as bênçãos ostensivas do pai dele, pelo menos até aqui, uma grande frota naval, talvez a maior que o mundo já viu, para transportar seus exércitos, rebanhos, provisões e máquinas de sítio por água, e não por terra.

Ele fez uma pausa.

— Pense nisso, rapaz. Eu sou da Irmandade, e até recentemente minha tarefa, designada pelo Conselho, era tratar do transporte marítimo dos empreendimentos comerciais de uma casa estabelecida por certas famílias amigas entre si.

As palavras eram evasivas, mas André St. Clair sabia exatamente o que De Sablé estava dizendo. As Famílias Amigas era o nome adotado pela antiga aliança das famílias que haviam se assentado na região de Languedoc um milênio antes, depois de uma fuga de décadas após a destruição de Jerusalém, e era exclusivamente desse grupo que a Irmandade do Sião obtinha seus membros, selecionando para Iniciação um representante masculino de cada geração de cada ramo da Aliança.

De Sablé balançou a cabeça em confirmação.

— Portanto, com a finalidade de cumprir minhas obrigações fraternais, eu passei décadas aprendendo tudo o que podia sobre navios e transporte de cargas, incluindo as habilidades matemáticas e navais para comandar frotas por mar. Ricardo necessita dos meus serviços nesse campo, e eu, pelo interesse da Irmandade, preciso dos dele, com o objetivo de garantir que eu chegue a Outremer rapidamente e com vida. Rodeado de uma imensa esquadra, as chances a favor disso aumentam enormemente, e o risco de que o Templo esteja sem um mestre e continue assim é posto bem ao largo.

St. Clair balançou a cabeça com uma expressão pensativa.

— Agradeço-lhe por isso; sua explicação torna as coisas muito mais claras. Agora, em que o senhor precisará de mim daqui por diante, sir Robert? Seja lá o que estiver na sua mente, eu posso começar de imediato. Meu pai cuidará de estabelecer um grupo para governar estas terras enquanto estivermos fora. Quanto tempo o senhor acha que teremos?

— Um mês, no mínimo, seria meu palpite, mas pode ser menos, ou mesmo muito mais. Ricardo está ansioso para chegar à Inglaterra e iniciar a organização de seus exércitos e de suas esquadras, mas para isso ele continuará dependendo, como sempre, da boa vontade e cooperação do pai, o rei. Essa não é uma perspectiva que encha o nosso suserano de alegria... embora eu creia que Henrique se esforçará para parecer tratável nesta ocasião, uma vez que quer assegurar que Ricardo esteja fora da Inglaterra e rumando para Outremer.

"Porém, também há esse assunto pendente do orgulho ferido de Filipe por causa de Vexin, e as injúrias imaginárias sofridas por Alaïs... isso também deve ser abordado e resolvido de modo satisfatório para ambas as partes antes que esta empresa possa ir adiante.

O silêncio que seguiu essas palavras foi breve, mas repleto de significados para ambos. Alaïs Capeto, a irmã do rei Filipe Augusto, fora prometida para Ricardo Plantageneta desde a infância, embarcada para a Inglaterra aos cuidados de Henrique e Eleanor com a idade de 8 anos. Mas aos 15 anos ela havia sido seduzida pelo pai de seu noivo, o rei Henrique, que tinha idade suficiente para ser seu avô mesmo nessa época, e continuara sendo sua amante desde então. Fora um escândalo de vida curta, porém, pois nessa época a rainha Eleanor já havia sido encerrada na prisão onde permaneceria por mais de uma década e meia, e ninguém, muito menos o futuro marido corneado de Alaïs, realmente se importava com o destino da princesa da França. A verdadeira mosca na sopa dinástica da aliança entre Inglaterra e França, muito mais que o escândalo da ligação entre um velho rei libidinoso e uma garota boba e precoce, havia brotado do flagrante caso amoroso entre o irmão de Alaïs, Filipe, e seu noivo prometido, Ricardo. Que os dois homens haviam compartilhado o leito durante anos era algo amplamente sabido e raramente discutido. Os dois tinham discussõezinhas ao longo desses anos, frequentemente em público, como marido e mulher que tivessem diferenças, com Filipe Augusto bancando a esposa rabugenta e enciumada, e nenhum dos dois dando a mínima atenção para a situação entre o rei Henrique e Alaïs. Agora, com Filipe preparando-se ativamente para deixar a França e viajar para a Terra Santa com seu exército, toda a questão do dote de Alaïs havia se levantado novamente entre os dois homens, e dessa vez ela não seria procrastinada com facilidade. Todos que sabiam disso também sabiam que dessa vez o assunto teria de ser resolvido.

O dote de Alaïs, causa de atrito entre duas casas reais por mais de uma década, era a rica e poderosa província francesa conhecida como Vexin, dada como incentivo para o casamento e como um sinal de boa vontade da Casa dos Capeto para com a Coroa da Inglaterra, quando Alaïs, ainda criança, viajara para aquele país a fim de morar com a família de seu noivo prometido. Originalmente destinada a casar-se com o filho primogênito de Henrique, o príncipe Edward, seu compromisso havia sido mudado em favor do irmão mais novo, Ricardo, depois da morte prematura do jovem príncipe. Mas independentemente do fato de que casamento algum ainda havia acontecido em quase 20 anos, a realidade estratégica por trás do ressentimento e da má vontade quanto ao território em disputa era que as fronteiras de Vexin ficavam a menos de um dia de marcha da capital francesa de Paris, e disso resultara ela ter sido tomada e mantida com unhas e dentes pelo rei Henrique, e posteriormente por Ricardo, desde a chegada de Alaïs à Inglaterra.

Filipe queria que Vexin fosse devolvida para a França, sustentando, com alguma razão, que, uma vez que nenhum casamento havia sido consumado, o dote agora expirara e o local era propriedade legítima da França. Henrique e Ricardo, que haviam aproveitado os anos intercorrentes para construir uma sólida base de operações dentro de Vexin, nas próprias barbas do reino francês, naturalmente discordaram com veemência, mas haviam perdido grande parte de seus argumentos na conferência da cidade francesa de Gisors, em janeiro de 1188, quando Filipe conseguira, com o auxílio do papa, fazer com que a província fosse mantida sob caução, em seu nome, até o momento em que Ricardo honrasse o acordo e desposasse a princesa Alaïs.

O silêncio decorreu sem nenhum comentário de André, e De Sablé por fim continuou como se nada houvesse acontecido.

— Isso pode levar dias ou semanas, dependendo de quão bem ambos consigam resolver suas diferenças e fazer arranjos amigáveis para dividir a liderança da campanha.

— Eles compartilharão o comando?

— Provavelmente, de certo modo... mas Ricardo é o soldado; Filipe, o negociador que prefere administrar a lutar. Na superfície, isso poderia funcionar bem para a sobrevivência da aliança, mas cá entre nós, como irmãos, nenhum dos dois aceitará menos do que a liderança principal. No presente momento, pelo menos, Filipe é o único rei envolvido na aventura, e o reconhecimento disso por todos atua como uma camada isolante para o seu orgulho. Mas tão logo Ricardo se torne o rei da Inglaterra, isso mudará, e na realidade... algo que você sabe tão bem quanto eu... Ricardo morreria antes de ceder a glória de ser o comandante supremo da expedição. Mais cedo ou mais tarde, fagulhas cairão sobre tudo isso, e provavelmente elas causarão um incêndio onde menos se espera. Mas ele não queimará nem você nem eu.

"Esteja pronto para partir para a Inglaterra dentro de um mês, mas antes que a próxima semana se acabe, vá até Tours ou Poitiers, procure a Irmandade e comunique o que ocorreu aqui. A partir de então, você será apropriadamente instruído. Eu posso retornar de Paris passando por aqui ou não; isso dependerá das urgências de Ricardo, mas você será convocado, não importa que caminho tomemos para regressar à Inglaterra; portanto, esteja preparado. E agora eu preciso ir, pois ele está me aguardando, e você sabe o quanto ele detesta ficar à espera, por isso eu lhe dou adeus, e nós nos encontraremos novamente em breve.

Os dois homens se abraçaram rapidamente, agora como confrades, e De Sablé foi juntar-se ao seu duque, deixando sir André St. Clair com muito em que pensar.

OITO

Maio passou, e depois junho, sem que qualquer outra notícia de Ricardo chegasse à propriedade St. Clair, mas sir Henry mal notou o tempo passar. Ele estava demasiadamente aplicado em readquirir o condicionamento físico que havia perdido desde a morte de sua esposa, mais de um ano antes, ciente de que mesmo antes disso, antes de ela morrer, havia-se rendido a uma vida de conforto e preguiça, reivindicando presunçosa e silenciosamente o privilégio de um velho que servira bem aos propósitos de seu senhor — e antes disso, de sua senhora. Agora, tendo descoberto muito tardiamente que sua autoindulgência fora prematura e irrefletida, sentia todo o peso de sua idade enquanto lutava para readquirir algo de sua antiga força e das habilidades a ela associadas, que haviam sido suas mercadorias.

Começara reaprendendo a cavalgar, sofrendo as dores do inferno enquanto seu corpo se rebelava contra a disciplina que seus músculos haviam esquecido. A técnica de cavalgar não estava esquecida, obviamente, mas sua resistência estava atrofiada e seus velhos ossos e tendões gritavam contra a indignidade de serem massacrados e esfolados enquanto ele lutava com crueldade para recuperar a habilidade de passar longas horas e dias na sela sem descanso.

Ele cavalgou durante cinco horas no primeiro dia de sua Odisseia renovada — e quando, depois de um longo tempo, voltou e desceu desajeitadamente da sela, quase caindo quando seus pés tocaram o solo, seus músculos doloridos clamavam-lhe por descanso. Mas Henry os ignorou. Em vez disso, forçou-se a caminhar até o pátio de treinamento e erguer sua espada. Em seguida, sozinho e frente a frente com uma trave vertical de carvalho sólido de 30 centímetros de espessura, que fora talhada e denteada durante décadas pelas armas dos recrutas em treinamento, lançou-se aos velhos exercícios elementares desenvolvidos para ensinar a um noviço as técnicas básicas da esgrima. Brandiu sua espada contra o poste por mais de uma hora, seguindo religiosamente o treino fundamental até não conseguir mais convocar a força necessária para erguer os braços. Então, cambaleou até seu quarto, subindo os degraus familiares que pensou que nunca acabariam, e caiu de bruços sobre a cama como um morto, antes que o sol sequer se aproximasse do poente.

Acordou tarde, em plena luz do dia, e mal teve forças para ficar de pé. Cada músculo de seu corpo estava rígido, travado e tensionado como madeira velha e nodosa, e suas nádegas e a parte interna de suas coxas estavam esfoladas como se ele tivesse apanhado com vergas de aço. Henry caminhou num passo vacilante até o poço do pátio, recobrando muito lentamente sua capacidade de movimento, e espargiu água gelada sobre si próprio, praguejando selvagemente com o choque, mas não tão alto quanto teria desejado, pois temia escandalizar seus servos. Enxugou-se com um pedaço de saco, surpreso por se ver sentindo uma simpatia relutante por todos os jovens noviços que ele havia submetido à mesma rotina punitiva por tantos anos sem dedicar um só pensamento à dor e à humilhação deles.

Quando já estava seco e se sentindo ligeiramente renovado, arrastou-se até a cozinha com pernas dolorosamente enrijecidas e ainda instáveis, sem se dar conta de que ninguém, incluindo o fiel Ector, ainda ousara falar com ele. Depois, quando já havia comido, seguiu até os estábulos e pediu seu cavalo, apenas para descobrir que estava absolutamente incapacitado de montar por causa de suas velhas pernas rígidas, que não se estendiam alto o bastante para lhe permitir fazê-lo. Ele gritou irascivelmente pela ajuda de um cavalariço robusto e ainda sofreu a humilhação adicional de solicitar que seus pés fossem colocados nos estribos, pois suas pernas não estavam flexíveis o bastante para permitir que ele os encontrasse sem auxílio. No momento em que os cascos de seu cavalo retiniram para fora do pátio pavimentado e atravessaram os portões, todo o pessoal do castelo continha a respiração, à espera de que ele explodisse como fizera em dias passados, mas quando ele desapareceu sem qualquer incidente, todos lançaram um suspiro coletivo de alívio e foram cuidar de seus afazeres diários.

Levou duas semanas completas para que seu corpo começasse a se ajustar às demandas sobre as quais ele se lançava após um longo período de ociosidade, e houve vários desses dias em que Henry achou não poder mais se sujeitar à dor e à punição intermináveis, mas ele jamais havia se esquivado ao seu dever. Na verdade, havia passado toda uma vida treinando outras pessoas impiedosamente, inculcando disciplina, obediência e aceitação em estudantes imaturos, de modo que agora obrigava a si mesmo a praticar de maneira não menos áspera do que os obrigara. Não tinha escolha, pois reconhecia sua própria fraqueza e teria morrido de vergonha se o jovem Ricardo Plantageneta voltasse e o visse antes que ele próprio se considerasse pronto para ser visto.

Mas então chegou o dia em que a dor de se lançar sobre a sela pareceu-lhe menos severa, e o talho da espada que ele brandia no final da tarde, de algum modo, se demonstrou mais destro, e o arco traçado pelo seu golpe, mais rápido e decisivo. Depois disso, trabalhando a cada dia mais duramente que no anterior, ele rapidamente melhorou em todas as áreas: força física, resistência, agilidade e equitação. Seu rosto e suas mãos se tornaram mais escuros por cavalgar diariamente em qualquer clima e, embora seus músculos não lhe parecessem mais volumosos ou maciços, podia sentir a força deles aumentar a cada dia que passava. Agora podia brandir sua espada contra o poste durante horas a fio, arrancando lascas e estilhaços do pesado carvalho, com apenas intervalos mínimos de descanso entre os ataques — e exultava com a alegria que aquela simples habilidade lhe proporcionava, pois era uma prova inegável de que estava endurecendo. Até mesmo sua armadura parecia ter ficado mais leve, percebeu, pois ele mal tinha consciência de seu volume e cavalgava todas as vezes completamente armado e encouraçado.

No início daquele mês de junho, ele compartilhou sua mesa com um cavaleiro francês que, de passagem por ali, solicitou sua hospitalidade por uma noite. Seu convidado informou-o, durante o jantar, que a guerra havia irrompido novamente entre os reis Filipe e Henrique... e que o duque Ricardo, mais uma vez desdenhado por seu pai na questão da ascensão ao trono da Inglaterra, havia tomado partido abertamente em favor de Filipe e contra o rei Henrique, juntando-se ao rei francês e sitiando seu pai em Le Mans, a cidade onde Henrique nascera e o lugar que afirmava amar acima de qualquer outro. O cavaleiro, cujo nome era Du Plessey, contou a sir Henry que havia deixado Le Mans sitiada dois dias antes, carregando despachos para o sul, para Angoulême, passando por Tours e Poitiers, a cargo pessoal de Filipe. Apesar do persistente questionamento de seu anfitrião, porém, ele não pôde lhe dar qualquer informação sobre André St. Clair ou sir Robert de Sablé, com quem André vinha viajando constantemente desde a visita de Ricardo, em abril, de modo que Henry se viu incapaz de apurar se seu filho estava ou não com as forças de Ricardo em Le Mans.

Então, poucas semanas mais tarde, no dia 6 de julho, uma bela tarde de verão, André chegou em casa sozinho, em excelentes condições e satisfeito por estar de volta ao seu próprio território, ainda que não fosse por mais do que alguns poucos dias. Ele também estava a caminho de Angoulême, descobriu-se, para entregar documentos oficiais de sir

Robert de Sablé, em Orleans, para o preceptor do Comando do Templo naquele local.

A chegada de André lançou toda a propriedade de sir Henry num frenesi de celebração, pois o jovem era muito amado por todos e havia meses que ninguém o via. Henry aceitou e acolheu a excitação geral com bom humor, compartilhando com generosidade a presença de seu filho durante o primeiro dia e a primeira noite de sua volta inesperada e sem fazer nenhuma tentativa de engajá-lo em nada mais importante do que as generalidades costumeiras que eram lançadas de um lado para o outro por todos os demais no jantar daquela noite. Não foi senão quando toda a criadagem já havia se retirado e até mesmo Ector havia sido mandado para a cama que pai e filho puderam se sentar e conversar em particular diante de uma jarra do vinho branco que Henry adorava — e que comprava infalivelmente todo ano de seus vinhedos favoritos, na província vizinha da Burgúndia, menos de 100 milhas a leste.

Grande parte da conversa informal daquele dia girara em torno do recente regime de treinamento de sir Henry, com todos ansiosos para apresentar seus próprios relatos a André sobre as assombrosas melhorias na aparência e no bem-estar geral de seu pai. Agora, no entanto, quando André tentou trazer o tema novamente à tona, Henry afastou seus comentários com um gesto de mão.

— Nós já falamos o bastante a meu respeito e sobre o que eu tenho feito. Estou muito mais interessado em você e em suas atividades. O que tem feito? Eu presumia que você estivesse com o exército de Ricardo, uma vez que ele parece pretender conservar sir Robert de Sablé perto de si, e a julgar pela única carta que você me mandou no último mês, eu concluí que, atualmente, para onde sir Robert vai você também vai.

André inclinou a cabeça, contorcendo ironicamente a boca.

— Nem sempre, pai, mas admito que sir Robert tem demonstrado um amável interesse pelo meu bem-estar e vem se desdobrando em meu benefício desde o dia em que decidiu acreditar na minha história. — Ele sorriu mais abertamente então, sua voz tornando-se menos formal. — Se os Cavaleiros do Templo se recusarem a me aceitar, não será por culpa de sir Robert. Ele decidiu que eu sou convenientemente qualificado para ser um templário, e eu agora estou tentado a concordar com ele, após ter tido tempo para pensar no que está envolvido. Seria motivo de desagrado ou descontentamento para o senhor se eu me tornasse um membro pleno da Ordem?

Henry ficou surpreso com a pergunta. Nunca havia realmente lhe ocorrido que André pudesse assumir o fardo da vida monástica.

— Um monge templário? — Ele continuou sentado com as sobrancelhas franzidas por algum tempo, torcendo uma das pontas do bigode e pensando, antes de sacudir a cabeça. — Eu realmente não sei como responder a isso, André. — Ele apertou os braços da cadeira e pressionou os ombros contra o encosto, olhando diretamente nos olhos do filho. — Se isso me desagradaria? Não vejo razão para desagrado, à primeira vista. E, no entanto, já há um segundo e um terceiro pensamentos rodopiando em minha mente...

André continuou sentado, olhando para o pai, à espera, e sir Henry prosseguiu.

— Se me desapontaria? Humm... Dois anos atrás, quando sua mãe estava viva, poderia ser esse o caso, pois ela sempre sonhou ter netos... mas agora que ela nos deixou, que sua alma descanse com Deus, a premência de tal desapontamento também se foi. Você é meu único filho... e o último de nossa linhagem... o que significa que, se você morrer sem filhos, nós teremos um ponto final. — Um minúsculo sorriso brincou brevemente num dos cantos de sua boca. — Alguns podem pensar que não é uma grande perda, estou certo... Nós temos primos em quantidade suficiente, mas nenhum que seja realmente próximo, e aquele dentre eles que você mais admira já é um Cavaleiro do Templo e, portanto, ele próprio um monge. Então, caso você decida se juntar integralmente à Ordem, estará em boa e nobre companhia... — Ele pensou por alguns momentos outra vez e depois concluiu: — Não, André, eu não deveria sentir desagrado nem desapontamento, desde que seja isso o que você realmente deseja fazer. Desde que possa passar algum tempo com você em Outremer antes de fazer os votos definitivos, eu não teria queixas.

— O senhor sabe que isso significa que eu teria de doar este castelo e todas as minhas posses à Ordem após a sua morte?

— Sei, mas o que isso importa? Uma vez que eu esteja morto e você se torne um monge, não haverá mais ninguém com direitos sobre o lugar. Melhor, talvez, doá-lo para a Ordem, situação em que poderá servir para algum propósito útil, do que deixá-lo para ser disputado depois de sua morte por parentes gananciosos. Não, eu estou convencido; se essa é a sua vontade... se esse é o caminho escolhido por você, então que assim seja. Agora, conte-me sobre o mundo lá fora. O que está acontecendo além dos meus portões que eu deveria saber? A última coisa que eu soube foi que Ricardo e Filipe estavam sitiando o rei Henrique em Le Mans. Esse desastre ainda continua?

— Não. — O gesto de negação que André fez com a cabeça mal foi perceptível. — De modo algum. Isso acabou há muito tempo. A cidade caiu depois de apenas umas poucas semanas, no final de junho. Ricardo expulsou a população e queimou a cidade dez dias atrás. O rei Henrique fugiu pouco antes de a cidade se render e escapou para o sul, rumo a Chinon, e Ricardo seguiu nos seus calcanhares tão logo emitiu a ordem para o incêndio. Eu estava em Tours na noite passada, no Comando do Templo que há ali, e no decorrer da noite ouvi diversas histórias do que aconteceu desde então, mas não posso atestar a verdade de nenhuma delas. Há tantas notícias, de tão variadas fontes, que seria tolice tentar distinguir o verdadeiro do falso entre elas.

— Conte-me algo, pelo menos, do que você ouviu.

Novamente André sacudiu a cabeça, dessa vez de desgosto.

— Alguns dizem que o velho está gravemente enfermo, em seu leito de morte, seu espírito finalmente esmagado pela destruição desumana de sua cidade natal. E ouvi que ele foi roubado por sua própria gente depois que a doença o atingiu... os seguidores e parasitas bajuladores que sempre se arrebanharam à sua volta... e que não lhe resta mais nada.

O cenho de sir Henry franziu-se imediatamente.

— Isso é uma iniquidade. Mas você diz que Ricardo o perseguiu. Eu presumo que ele o tenha alcançado uma vez que o velho caiu doente, se não antes. Então ele não fez nada para deter esse roubo que você descreveu?

— Eu duvido que ele tivesse ciência disso, pai. Ricardo tem outros interesses em sua mente, e eu deduzo que ele os estava levando a cabo de maneira implacável.

— Outros interesses... como o quê?

— Causa-me surpresa que o senhor precise perguntar. Vexin, primeiro e acima de tudo. Diante da morte, Henrique fez o que jamais faria em vida: nomeou Ricardo herdeiro da Inglaterra, oficialmente. Foi há três dias, em 3 de julho, de acordo com o que eu ouvi na noite passada. Ao mesmo tempo, e pelo mesmo comunicado, ele decretou que sua esposa Eleanor fosse libertada de sua prisão na torre de Winchester, na Inglaterra, onde foi mantida nestes últimos 16 anos. E abdicou formalmente de qualquer reivindicação que pudesse ter sobre Vexin, concordando em entregar a princesa Alaïs a Filipe Augusto e Ricardo, de modo que Ricardo possa casar-se com ela e resolver o assunto do dote... e, com isso, toda a questão do acordo anglo-francês para a Guerra Santa... de uma vez por todas.

Sir Henry ficou em silêncio por longos momentos; depois murmurou:

— O velho deve estar realmente doente, para ter cedido tanto... e Ricardo deve tê-lo pressionado duramente.

— É, pai... e ele pressionou ainda mais duramente do que isso. Henrique foi forçado a abdicar de castelos e terras que foram de sua propriedade por toda a vida e a ceder a Ricardo territórios que nunca estiveram em disputa. Dizem que Ricardo não lhe deixou nada no final, nem mesmo a dignidade. Eu também ouvi dizer que, depois de ter concedido tudo o que Ricardo exigiu dele, o rei rezou em alta voz para que lhe fosse permitido viver até conseguir se vingar adequadamente de seu filho ingrato. Ouvi, ainda, que Ricardo começou a chorar e orar pela alma de seu pai no momento em que arrancou tudo o que queria dele.

— Quem lhe teria contado tal coisa? — O cenho fechado de sir Henry aprofundou-se numa carranca de desgosto. — Quem ousaria dizer tais palavras? Seja lá quem possa ter sido, não era amigo de Ricardo Plantageneta.

André não fez nenhuma tentativa de replicar, e seu pai prosseguiu:

— Você disse que estava no Comando do Templo em Tours, não foi? E foi lá que ouviu tais coisas sendo ditas tão abertamente, entre estranhos? Eu acho isso difícil de acreditar. Entre os próprios cavaleiros, em seus quartéis, sim, eu poderia aceitar que se pudesse discutir uma coisa dessas em privacidade. Mas você não é um templário e, portanto, para ter ouvido essas histórias, devia estar em meio ao público geral.

— Não, pai, não exatamente.

André encolheu os ombros muito gentilmente, procurando depreciar sua própria importância com esse gesto e um sacudir mínimo de cabeça.

— Eu tive o privilégio de estar em companhia de uma dupla de Cavaleiros Templários que vim a conhecer bem nestes últimos poucos meses. Eles trabalham sempre muito próximos de De Sablé, atuando como mensageiros entre ele, o duque Ricardo e o rei da França, em benefício da Ordem. Foi como convidado deles que pude ouvir tanto.

— É, mas mesmo assim, André. A não ser que mudanças drásticas tenham sido feitas recentemente, amizades pessoais não vigoram com tais coisas, não quando isso envolve juramentos e sigilo. Você não é da Ordem; portanto, é um estranho e deve receber o tratamento...e a desconfiança... condizente. Mas a mim desagrada o cheiro de tudo isso, a deslealdade implicada no ato de simplesmente se falar de tais coisas.

A sobrancelha de André enrugou-se de perplexidade.

— Deslealdade? Como pode ser isso, pai? Nós estamos falando dos Cavaleiros do Templo. A única lealdade deles é para com o próprio papa. Nenhum governante temporal, seja ele imperador, rei ou duque, tem nenhum direito de reivindicar a lealdade da Ordem.

— Eu estou ciente disso, André, assim como estou ciente do fato de que você ainda não é um deles... a não ser que haja algo que você ainda não me contou sobre a sua atual situação. Você está me informando que já foi elevado às fileiras dos Eleitos?

O tom de seu pai, elevado num arremedo de interrogação, era cético, e André estava longe de sentir-se surpreso, mas desde muito tempo tinha aprendido a aceitar que havia coisas sobre si próprio e sua vida que jamais poderia revelar ao pai; coisas que os dois nunca poderiam discutir.

André meneou uma das mãos e sacudiu a cabeça; depois se levantou e caminhou até o grande braseiro de ferro na lareira, onde pousou sua taça de vinho sobre o console antes de se agachar para atirar mais combustível da pilha de madeira que se encontrava num dos lados da lareira no fogo que começava a morrer, de modo a ganhar algum tempo para repelir e ocultar a culpa que sempre o afligia em tais situações, mesmo depois de anos vivendo com a certeza de que seu segredo não tinha nada a ver com seu amor filial por seu pai. Mas seu silêncio não passou despercebido, pois seu pai agora perguntava, algo peremptoriamente:

— Com o que você está sonhando acordado aí?

André voltou a se pôr de pé agilmente.

— Nos templários — disse casualmente, mentindo sem esforço, como sempre, quando se tratava de salvaguardar os segredos da Irmandade.

— Eu estava observando as chamas lamber a lenha e pensando que não veremos muita madeira em Outremer... não como lenha, pelo menos. Lá as pessoas queimam esterco de camelo, disseram-me. Isso me faz recordar de uma história que ouvi uma vez sobre um sargento templário cujo principal dever, durante vários anos, foi fazer com que seus homens reunissem todo o esterco que pudessem encontrar nas ruas de Jerusalém para que fosse usado como combustível.

— Essa parece uma maneira digna de alguém servir a Deus...

André ignorou o sarcasmo de seu pai.

— Aparentemente, Hugh de Payens pensava assim, pois foi ele o homem que designou essa função.

— Hugh de Payens? Ele não foi...?

— O primeiro mestre do Templo, o fundador da Ordem. Sim, pai, foi ele mesmo.

— Humm. — Henry fez uma pausa por alguns momentos, contemplando o filho. — Você acha que realmente deseja juntar-se a eles, André, fazendo os votos e tudo mais?

Um pequeno e fugaz sorriso do filho em resposta à pergunta tranquilizou sir Henry muitíssimo.

— Ah, acho que não, senhor — falou André lentamente. — Essa é uma ideia que esvoaça por minha mente de tempos em tempos, não mais do que isso. Vou lutar como um membro da força deles em Outremer, essa é uma promessa dada, mas duvido que assuma os votos formais e obrigatórios.

— Então, por que está tão envolvido com eles, com esse tal De Sablé?

— Não estou. — Os olhos de André haviam se arregalado quando o pai fez a pergunta. — Não envolvido com os cavaleiros, quero dizer. Com De Sablé, sim, mas ele não é um templário, não ainda. Estamos ambos trabalhando para Ricardo... trabalhando duro, também...

— Fazendo o quê?

O rosto de André se contorceu num sorriso.

— Bem, sir Robert está organizando o que pode se tornar a maior frota de navios já lançada ao mar, enquanto eu estou treinando homens para usar o novo tipo de besta, a balestra.

— O que há de novo numa besta? Essa... como você a chamou?

— Uma balestra, senhor. É o último e mais atualizado aperfeiçoamento dessa arma. Como o senhor sabe, eu adoro as bestas desde que tive força suficiente para municiar uma, e é claro que Ricardo também as adora. Bem, ele e eu começamos a conversar depois que ele e sir Robert vieram até aqui naquele dia, e ele quis saber sobre o disparo que eu dei... como eu avaliei a distância, mirei, esse tipo de coisa... quando matei o padre, aquele vadio de Blois. Uma coisa levou à outra, e a consequência foi que ele me encarregou da tarefa de organizar o treinamento das novas levas de besteiros imediatamente. Não para treinar atiradores de balestra, entenda, mas para treinar outros homens como professores e para dar particular ênfase ao treinamento com a nova balestra. Ele está muito entusiasmado com isso, e eu posso entender o porquê.

— Você passou muito tempo com ele depois que deixou esta casa?

— Com Ricardo? — André fez um muxoxo e sacudiu a cabeça. — Não, mal passei algum tempo. Meia hora, aqui e ali, e talvez umas três horas no dia em que ele me designou para a tarefa do treinamento, pois ele queria ter certeza de que eu havia entendido o que ele exigia de mim. Tirando isso, vi-o apenas cinco vezes desde então, todas a distância enquanto ele passava.

— Ótimo. Isso pode ser uma sorte... Confie em mim, como seu pai, André. Tenha cautela com Ricardo. Se você começar a passar muito tempo com ele, descobrirá que há aspectos de sua personalidade que provavelmente o ofenderão. Não direi mais nada sobre isso, pois agora você é velho, esperto e feio o suficiente para ver tais coisas por si mesmo e tirar suas próprias conclusões... mas se você se pegar enojado em algum momento, em nome de Deus, guarde sua repugnância ao abrigo dos olhos e do conhecimento dele. Ricardo não gosta de receber desaprovação... quase tanto quanto detesta ser contradito. Ele se ressentia disso quando menino, e duvido que tenha superado ao crescer.

Henry observou o rosto do filho ensombrecer de curiosidade, mas gesticulou com um dedo estendido, encerrando o assunto e retornando ao tema que estavam discutindo.

— Conte-me, então. Por que o entusiasmo com esse novo dispositivo, a balestra? O que há de tão diferente nela, comparada com qualquer outra besta?

Os olhos de André se acenderam de entusiasmo.

— Poder — disse ele. — Puro e inacreditável poder. E precisão. Ela deve seu nome a uma antiga arma romana, a balista. O senhor sabe o que era uma balista?

A cabeça de sir Henry ergueu-se como se ele tivesse sido picado.

— Se eu sei...? Pelos dentes de Cristo, garoto, você realmente acha que eu sou tão ignorante? Eu já era mestre de armas quando você ainda nem havia nascido! Era uma peça de artilharia, projetada com base na catapulta grega, a besta original. *Ballistae* eram grandes dispositivos de arremesso com dois braços, feitos de madeira e impulsionados por cordas de torque, torcidas por catracas, que podiam arremessar uma pedra ou às vezes um arpão pesado por meia milha ou até mais, com previsibilidade e precisão.

André balançava a cabeça com empolgação, seus olhos ainda brilhando.

— Sim, feita de madeira, como o senhor disse. Bem, a balestra é um arco feito de aço flexível disposto em camadas. É muito mais forte que qualquer arco de madeira já fabricado e, ao contrário da balista, é portátil... É incômoda e desajeitada, mas pode ser carregada e operada por um só homem, e um atirador habilidoso, treinado no seu uso, pode disparar dois dardos, com enorme poder e precisão, num só minuto e matar homens vestidos de armaduras a mais de quinhentos passos de distância. Eu tenho uma delas lá em cima. O senhor gostaria de vê-la?

— Eu gostaria.

— Bem, então, pela manhã, se o senhor puder içar os seus ossos idosos para fora da cama, talvez eu lhe conceda a graça de uma demonstração. Acho que o senhor ficará impressionado.

Henry sorriu.

— Eu ficarei impressionado se você conseguir tirar a sua carcaça cansada do mundo dos sonhos antes de eu me vestir e tomar o desjejum. Vamos ver quem se sente mais idoso assim que o sol nascer, amanhã.

André riu.

— É, vamos ver. Durma bem, pai.

Ele deixou o pai com um sorriso, apreciando o eco de suas zombarias com a velhice, mas, enquanto seguia até seu catre, sentiu a dolorosa distância que agora havia entre eles, uma distância nascida do conhecimento e do segredo.

Sir Henry pensava nos Cavaleiros Templários como sendo os Eleitos, e embora eles pudessem razoavelmente ser considerados assim, numa extensão menor e muito limitada, André sabia que seu pai estava errado e que ele nunca poderia imaginar que seu filho já era um dos verdadeiros Eleitos: um irmão, um Iniciado numa Ordem antiga e secreta, cuja existência sir Henry, como um estranho, jamais seria autorizado a suspeitar.

Anos antes, aceitar essa certeza fora uma tarefa difícil para André, atenuada apenas pelo fato de saber que ela havia sido experimentada e compartilhada por todos os Iniciados na Antiga Irmandade para a qual ele havia sido nomeado — ou *Elevado*, como os confrades chamavam a Iniciação — com a idade de 18 anos, antes mesmo de ser sagrado cavaleiro pelo duque Ricardo.

Agora, mais uma vez confrontado com a desconcertante percepção da ignorância do pai de que havia coisas muito maiores acontecendo dentro de sua própria família do que ele poderia saber, André sentiu a culpa que sempre o afetava em tais ocasiões, mesmo após anos de convivência com o fato inconteste de que seu segredo nada tinha a ver com seu amor filial e com o respeito que tinha pelo pai.

A Irmandade conduzia seus assuntos sob um véu de inviolável sigilo com um simples propósito declarado: salvaguardar e estudar o segredo de valor incalculável que era a única razão de sua existência. A partir do momento de sua elevação à condição plena de irmão, André tornara-se progressivamente fascinado pela realidade daquele segredo, de modo que agora, infinitamente cativado pelo que aquilo tudo envolvia, via-se pensando em seus variados aspectos em diferentes ocasiões todos os dias de sua vida, não importava o que estivesse fazendo ou onde pudesse estar.

Por mais de um milênio, desde o final do século I da Cristandade, sua presença insuspeitada e sequer sonhada por qualquer um fora de suas fileiras, a organização, a Irmandade, fora conhecida por sucessivas gerações de irmãos Iniciados como a Ordem do Renascimento no Sião, e ao longo desse tempo seus membros haviam estado estudando o grande corpo da doutrina que residia no coração e nas raízes de sua existência. O segredo que eles guardavam de maneira tão zelosa e ciumenta era tão antigo e tão alheio ao mundo cotidiano deles que desafiava a crença; talvez até mais naquele tempo do que jamais anteriormente, depois de 1.100 anos. Isso certamente desafiara a crença de André no princípio, quando a descobriu pela primeira vez, e agora ele sabia e acreditava de maneira irrestrita que tal coisa afetava cada um e todos os seus irmãos Iniciados, velhos e jovens, vivos e mortos, do mesmo modo desde tempos imemoriais, por estranho que fosse. Sua substância era inconcebível, e a mera consciência de sua existência induzia à náusea, ao terror profundo e à apavorante possibilidade da danação eterna, com a perda irreparável da alma imortal e de qualquer possível esperança de alcançar a salvação do outro lado da morte. Por isso, os Iniciados questionavam-na vigorosamente e contestavam sua credibilidade com tudo — cada grão de lógica, intelecto, horror e repugnância instintivos de que dispunha —, tendo início tão logo o trauma de sua introdução a ela começava a se dissipar. E cada Iniciado que lutava contra ela acabava por ver e reconhecer que cada um de seus confrades, ao longo dos últimos mil anos, havia compartilhado da mesma odisseia e atingido o porto ao final dela, satisfeito por aceitar a imensidão do que havia aprendido ser a verdade absoluta. O segredo era válido e incorruptível, e cada membro da Irmandade, até o último homem, ficava contente em dedicar o resto de sua vida a provar essa verdade, demonstrando a veracidade subjacente à doutrina da Ordem.

Essa unidade de propósitos havia sobrevivido incólume, André sabia, até aproximadamente sessenta anos antes, em 1127 d.C., quando a Ordem havia se renomeado, retirando a palavra "Renascimento" de sua denominação e passando a chamar-se simplesmente A Ordem do Sião. Apenas os próprios Irmãos sabiam da mudança e sorriam com orgulho quando pensavam nisso, pois, após de um milênio, o *Renascimento* havia sido alcançado quando um pequeno grupo de nove Cavaleiros da região de Languedoc, todos eles membros da Irmandade, liderados por um homem chamado Hugh de Payens, havia escavado as fundações sob o Monte do Templo, em Jerusalém, e, após procurar diligentemente e em segredo por oito anos, desenterrado exatamente o que a doutrina da Ordem lhes dissera que estaria naquele preciso local.

Pensando no que sabia — e no que seu pai jamais saberia —, André recostou a cabeça naquela noite sentindo-se um estranho na casa de seu pai mais do que nunca se sentira antes.

Na manhã seguinte, pai e filho estavam no pátio de treinamento entre o castelo e seus muros externos, esperando pelo nascer do sol, nenhum dos dois entusiasmado por estar ali ou por reconhecer a presença do outro. Sir Henry estava de pé mais atrás com a pesada balestra nos braços, enquanto André, na penumbra do dia recém-nascido, com o corpo inclinado perto da parede frontal do prédio e uma aljava de pesados dardos de besta pendurada no ombro, examinava cuidadosamente o velho e massacrado tronco de carvalho de 30 centímetros de espessura usado para o treino da espada.

— Por enquanto, este servirá — disse ele, caminhando de volta para juntar-se ao seu pai. — Eu vou atirar lá do outro lado. A luz logo estará suficientemente forte para nós.

Em seguida, ele se adiantou até a extremidade do pátio, a menos de cinquenta passos do espesso poste de treinamento, onde tomou a pesada arma de sir Henry e realizou o procedimento de carregá-la. Observando-o, Henry percebeu que seu filho era um especialista em seu uso, pois a pressionou com a frente para baixo contra o solo e posicionou o pé firmemente no estribo que havia na extremidade e depois se inclinou para a frente, firmando a coronha contra a barriga, enquanto usava ambas as mãos para girar o par de catracas que puxavam a corda do arco, de grosso couro trançado, para trás, em direção à trava do arco de aço, até que ela se encaixou e foi mantida no lugar pela extremidade chanfrada do gatilho que se projetava através do corpo da arma, no final da canaleta que abrigava o dardo guarnecido de penas. Era um trabalho duro, e sir Henry ficou em silêncio, admirando o modo como André desempenhava a tarefa com a facilidade e a habilidade de um mestre.

— Esta é a pior parte — disse André, endireitando as costas e enxugando um filete de suor da sobrancelha com o dorso da mão. — Agora basta carregar o dardo e observar o que ele faz.

— É este mesmo dispositivo que você afirmou que atirará um projétil a quinhentos passos?

— É, este mesmo. Por que o senhor pergunta?

— Porque há menos de cinquenta passos daqui até o poste para o qual você está apontando. O que você espera conseguir ali para impressionar-me?

— Apenas observe. Passe-me um desses dardos.

Henry tirou um dardo da aljava que estava no chão e ergueu-se lentamente, com uma das sobrancelhas erguida enquanto entregava o projétil ao filho, que sorriu e balançou a cabeça enquanto o tomava e colocava na posição de lançamento.

— Sim — disse André depois de fazer isso. — Mais pesado do que o senhor esperava, não é? É assim que tem de ser. Essa coisa é de aço maciço. Agora, observe.

Ele levou o dispositivo até o ombro, mirou rapidamente com um dos olhos fechado e apertou a alavanca que operava o gatilho. Houve um estalo alto e agudo, e Henry viu a extremidade da arma saltar muito alto no ar. Ele sorriu e meneou a cabeça, procurando os olhos do filho.

— Uma pena, isso. A violência do empuxo deve ter acabado com a sua pontaria, não?

— Não, papai. — O sacudir de cabeça de André foi enfático. — Força demais envolvida para que isso aconteça. O dardo foi liberado e partiu muito antes que a extremidade começasse a subir. Veja.

Ele apontou para o poste, mas, por mais que olhasse, Henry não conseguia ver nenhum sinal do dardo.

— Você errou o poste — diz ele.

— Não, senhor, não errei. Veja mais de perto.

Henry avançou, olhando com atenção na direção da trave distante, seu passo acelerando-se à medida que se aproximava dela. Então, hesitou e parou, incapaz de acreditar no que via. O dardo de aço, de 15 polegadas de comprimento e da espessura de seus dedos, estava quase completamente enterrado no poste, rachando verticalmente a madeira desgastada para cima e para baixo a partir de seu ponto de impacto. Apenas a ponta penada do dardo continuava visível, projetando-se a meras três polegadas. Ele se adiantou novamente, estendendo a mão para tocá-la com a ponta dos dedos, e depois se voltou para o filho.

— Este poste é de carvalho maciço.

André balançou a cabeça, sorrindo.

— Eu sei, pai; maciço, idoso e submetido à ação do tempo... e agora massacrado além da sua capacidade de suportar muitos abusos mais. Eu ajudei a escolhê-lo e a posicioná-lo aí, o senhor deve se lembrar, cerca de 12 anos atrás. Agora pergunte-me novamente sobre os quinhentos passos de distância envolvidos num disparo longo.

— Não é necessário — disse sir Henry, sacudindo vagarosamente a cabeça. — Quantas destas Ricardo possui?

André fez uma careta.

— Não o bastante. Nem de longe o suficiente para os seus propósitos. Aí está a dificuldade. Ele tem muito poucas balestras verdadeiras... deste tipo, quero dizer, com o arco de aço. Não há absolutamente nenhuma fora dos domínios de Ricardo na Inglaterra e na Aquitânia. Tenha em mente que ninguém usa estas armas há cinquenta anos; portanto, até mesmo a arte de fazê-las está perdida para a maioria dos armeiros. O homem que fez esta que eu uso é um artesão com habilidades que superam a crença. Ele as fabrica muito bem, mas parece ser o único que consegue fazer isso, e não pode fazer um grande número delas nem produzi-las com rapidez. Até este momento, ele parece ser o único que sabe o segredo de dar flexibilidade aos arcos de metal. Está treinando outros neste momento, aprendizes, mas isso leva tempo. — Ele fez uma pausa por um momento, pensando, e continuou.

— Bestas simples, com arcos de madeira ou chifre laminado e tendão, são mais fáceis de encontrar, mas mesmo elas são raras e preciosas hoje em dia, cada uma valendo seu peso em prata, talvez até mesmo em ouro. E é claro que os soldados ingleses de Ricardo têm seus longos arcos de teixo e que seus fabricantes de arcos continuam a trabalhar como sempre o fizeram. Mas há muito poucas destas novas balestras com arco de aço.

Henry assentiu com a cabeça, aceitando a palavra do filho sem objetar. O segundo papa Inocêncio, usando os poderes de seu ofício, havia banido todas as armas de projéteis — arcos e bestas igualmente — cinquenta anos antes, e a proscrição, a despeito de suas origens papais, havia sido incomumente bem-sucedida, honrada e cumprida, independentemente de crença, por quase todos durante toda a Cristandade. O resultado de tal sucesso, inevitável e, como agora se revelava, desafortunado, havia sido que arqueiros e fabricantes de flechas em todos os lugares fora da Inglaterra e da Aquitânia, privados dos compradores de seus produtos, haviam direcionado suas destrezas para outros ofícios, e as armas com projéteis haviam caído em desuso. Elas raramente, se não nunca, eram vistas naqueles dias, e aquelas que haviam sobrevivido eram objetos antigos e desgastados, mal capazes de abater uma lebre ou um veado.

A explicação oficial para o banimento do papa havia sido que o próprio Deus considerava essas armas ofensivas e anticristãs, e seu uso contra guerreiros cristãos, a partir de então, havia sido proibido sob pena de excomunhão e condenação ao fogo eterno. Mas a verdade subjacente — e a razão pragmática para a proposta original e sua subsequentemente aceitação pela classe dos cavaleiros — era que o poder e a força crescentes das armas haviam tornado possível que um soldado destreinado, despossuído e maltrapilho, e até mesmo um servo, atirasse e matasse um cavaleiro de armadura completa e altamente treinado de uma distância mais do que suficientemente afastada para oferecer imunidade ao assassino.

Entre as cabeças que governavam a Cristandade na época da proscrição, apenas o jovem Henrique Plantageneta, então conde de Anjou, mas que mais tarde se tornaria o rei Henrique II da Inglaterra, havia possuído a perspicácia e a autossuficiência desafiadora para ignorar o decreto papal desde o início, reconhecendo a cínica verdade sob a proibição do papa e rejeitando-a em favor da manutenção das armas em uso — ainda que ostensivamente para caça e propósitos de treinamento — dentro de suas próprias terras e territórios. Ele reconhecia que essas armas eram as mais fortes e letais máquinas de matar já desenvolvidas para o uso de indivíduos, armas capazes de espalhar a morte de maneira impessoal, logo aterrorizadora, de grandes distâncias, de modo que se recusara a privar-se das vantagens que elas lhe ofereciam, como guerreiro e como comandante de exércitos. E mais tarde, aderindo ao seu exemplo quase inevitável, seu terceiro filho, Ricardo, conde de Anjou e Poitou — e depois duque da província materna de Aquitânia —, adotara o entusiasmo do pai com uma aprovação ainda maior de sua própria parte. Foi, porém, a anomalia inexplicável desse comportamento — uma vez que Ricardo raramente imitava ou aprovava qualquer coisa que seu pai fazia — que motivou sir Henry a perguntar:

— Por que, então, se Ricardo tem tão poucas delas, está tornando você responsável por treinar homens para ensinar outros homens a usá-las? Isso parece um desperdício.

— Negativo. — A refutação de André foi instantânea. — De modo algum, senhor. Nós estamos produzindo mais delas o tempo todo... não com uma velocidade atordoante, mas mesmo assim precisaremos de homens treinados para usá-las. Mas é a *ideia* da arma, seu potencial de espalhar o medo e o temor, que excita o rei Ricardo. Seus homens serão os únicos em todas as forças francas a possuir tais armas, e isso lhe dará uma vantagem sobre todos os seus aliados.

— Espere aí! Pense no que está dizendo, rapaz. Você acredita honestamente que o alemão da barba vermelha não terá armas como essas?

— Barba-ruiva? — André encolheu seus ombros. — Ele pode ter... Provavelmente terá, agora que estou pensando a respeito, pois é o único homem na Cristandade que se importa tão pouco quanto Ricardo com o decreto do papa. Mas isso só prova que Ricardo está correto. O senhor pode imaginar a vantagem que o alemão teria, dominando-as sobre todos nós, se Ricardo não tivesse tais armas?

— Humm. — A evidente ausência de interesse no grunhido de sir Henry indicava que seus pensamentos já estavam longe dali, envolvidos com outras coisas. — Então, fora isso, se Barba-ruiva é tão facilmente descartado, você está me dizendo que Ricardo está simplesmente interessado numa vantagem visível sobre seus próprios aliados daqui?

André piscou os olhos, desconcertado.

— Perdoe-me, senhor, mas onde é "aqui"? Acho que posso ter entendido mal a sua pergunta.

— Aqui é *aqui*, André, na Cristandade — seu pai disparou. — Minha pergunta é: o que Ricardo tem em mente, se é que tem alguma coisa, quanto a usar essas armas em Outremer?

— Bem... — André estava claramente confuso. — Ele as usará, com toda certeza...

Henry interrompeu-o com voz tensa, reprimindo uma impaciência súbita e raivosa.

— Eu espero que ele vá usá-las, com *toda* certeza, como você diz, uma vez que o banimento de tais armas estabelece claramente que são proibidas unicamente para serem usadas contra cristãos. Mas o inimigo que vamos enfrentar em Outremer é com toda certeza não cristão, e eu soube, de várias fontes, que eles próprios usam essas mesmas armas... arcos, de qualquer maneira... para assolar e destruir os últimos exércitos francos e cristãos que nós mobilizamos contra eles. Eu peço a Deus que seu rei tenha isso em mente. E se não for esse o caso... embora eu admita que não posso imaginar qual seria... eu terei como minha preocupação assegurar que ele tenha consciência disso...

Ele fez uma pausa, profundamente pensativo, e depois tomou a decisão muito visível e deliberada de mudar de assunto e falar sobre outras coisas, menos incendiárias.

André partiu para reunir-se a sir Robert de Sablé poucos dias depois, prometendo retornar no final do mês, e as três semanas seguintes passaram rapidamente. Na manhã do último dia do mês, com seu elmo e seu escudo e trajando uma armadura completa de cota de malha de aço e perneiras, sir Henry fez a ronda de suas terras, exultando pelo puro prazer de ser quem e o que era — e pela semelhança de juventude que reconquistara ao longo dos poucos meses anteriores de trabalho duro e determinado. Ele já não precisava endurecer-se contra as dores do treinamento, dentro ou fora do campo de exercícios, e naquele dia em particular carregava uma lança inclinada na mão direita e um escudo simples e sem adornos no braço esquerdo. Sua espada pendia da cintura, com o cinto que a suportava frouxamente cingido sobre uma simples sobrecota preta à altura dos joelhos, que, por sua vez, era coberta por seu manto militar com a insígnia dos St. Clair nas costas e sobre o lado esquerdo do peito.

Ele cavalgara em torno do perímetro completo de suas terras naquela manhã, um circuito de mais de 15 milhas, e estava pleno de exultação quando esporeou seu cavalo de batalha encosta acima da última colina, que lhe daria a visão de seu lar e da alta estrada que margeava as extensões orientais de sua propriedade de norte a sul, pois já estava havia oito horas sobre a sela naquele momento e parecia-lhe que mais oito não lhe causariam preocupação alguma. Sentiu-se melhor e mais livre do que havia estado em anos, ansiando com prazer pela chegada de André naquele mesmo dia, depois das semanas intercorrentes que o filho passara em Angoulême, tratando de algum assunto que lhe fora designado pelo cavaleiro De Sablé.

Seu cavalo galgou facilmente a encosta da colina, e Henry puxou as rédeas para detê-lo no início da escarpa de descida do outro lado, sentado tranquilamente na sela enquanto examinava o cenário que se estendia à sua frente. Meia milha adiante, abaixo e à esquerda dele, sobre um outeiro rochoso cercado de faias robustas que ocultavam um rio circundante, assentava-se a fortaleza de sua família, com seu torreão alto, quadrangular e centenário projetando-se para cima a partir da crista de rocha nua, circundado e protegido por altos e espessos muros ameados que podiam acomodar todos os seus arrendatários por trás de suas estruturas sólidas em tempos de perigo, e uma ponte levadiça que atravessava a profunda garganta do rio e podia ser elevada para proteger o próprio torreão em caso de ataque — embora a presença das imensas faias proclamasse que nenhum ataque sério havia tido lugar ali desde que elas haviam sido plantadas, cerca de um século antes. A partir dos portões do castelo, uma estrada dura, larga e batida esticava-se em linha reta por uma milha, até a alta estrada que limitava suas terras a leste. Ele se voltou na sela para olhar para trás em direção ao sul, na esperança de ver André se aproximando por aquele rumo, mas a estrada estava vazia. Voltando-se outra vez, ele olhou indolentemente para o ponto onde a estrada que vinha do norte se elevava numa distante cadeia de montanhas... e então se levantou ereto sobre os estribos ao ver movimento — movimento crescente — onde não esperava ver nenhum.

Três homens montados, dois deles reconhecíveis como cavaleiros por seus escudos e elmos emplumados, já haviam cruzado a cadeia montanhosa e cavalgavam encosta abaixo em sua direção. Atrás deles, o terceiro homem, vestido de maneira menos suntuosa e claramente um subcomandante militar, cavalgava na dianteira de uma forte falange de homens em marcha, em colunas de seis, que só agora apareciam em seu campo de visão, com suas fileiras se estendendo para trás e para fora do alcance da vista por trás do espinhaço. Henry sabia que eles ainda não podiam vê-lo no alto da encosta de sua colina, de modo que ficou montado onde estava, observando-lhes a aproximação. A décima e última coluna da falange de soldados chegou ao topo, as lâminas de suas lanças refletindo a luz, e imediatamente atrás deles o alto compartimento de uma carruagem de passageiros entrou em seu campo de visão, ascendendo rumo ao cume da estrada. Essa carruagem foi seguida por outra e depois por uma terceira, cada uma delas flanqueada por uma dupla de cavaleiros montados que ostentavam as cores de suas casas particulares como pavões. Mais três veículos seguiram as carruagens, carroças pesadas e de fundo chato, puxadas por grupos de mulas e com altas pilhas de carga, cobertas e amarradas com segurança, e uma segunda formação de infantaria, do mesmo tamanho que a primeira e precedida por outra dupla de cavaleiros e um subcomandante, constituía a retaguarda. No momento em que os últimos homens surgiram à vista, os condutores estavam a quase meia milha colina abaixo.

Henry ficou intrigado e curioso, mas não alarmado, pela comitiva que se aproximava, pois, apesar de sua força, era evidente que não se tratava de um grupamento de guerra. A grande estrada na qual eles viajavam fora construída centenas de anos antes pelos romanos. Ela seguia em linha reta para sudoeste em direção a Marselha e, como um rio de pedra, recebia afluentes que partiam de todas as cidades da porção norte da França, da Bretanha e da Normandia, de Artois e mesmo de Paris, o lar do rei Filipe Augusto. Aqueles viajantes obviamente eram abastados e importantes, a julgar pelo número de veículos e pela força de sua comitiva, e ele se perguntou quem precisaria de seis vintenas de soldados, com oficiais e não menos de dez cavaleiros completamente armados. Um prelado superior com seu Estado-maior, talvez um cardeal ou um arcebispo, foi seu primeiro pensamento, ou talvez a esposa de um poderoso barão ou duque, com sua criadagem.

Henry esporeou seu cavalo gentilmente e seguiu em ângulo colina abaixo até onde pudesse chegar a uma distância suficiente para saudar a procissão, depois puxou as rédeas na margem de um pequeno bosque, casualmente oculto a vinte passos da estrada e surpreso de que ninguém desse atenção à sua aproximação. Ele estava em suas próprias terras e em completa armadura de cavaleiro, de modo que não temia se apresentar, mas teve escrúpulos por não ter sido visto, pois isso significava que os homens que lideravam o avanço da comitiva estavam cavalgando de maneira descuidada, e aparecer no seu campo de visão de modo tão súbito poderia provocar uma reação exagerada, de culpa e surpresa.

Momentos mais tarde, o primeiro dos dois cavaleiros da vanguarda apareceu, resplandecente em seus paramentos em preto e amarelo, e as costas de Henry ficaram eretas de espanto antes que seu rosto se abrisse num sorriso. Ele não via aquele homem havia anos, mas o treinara quando jovem e o promovera à condição de seu próprio ajudante 15 anos antes.

— Sir Francis — chamou, sua voz no volume máximo. — O que você faria agora se eu fosse um esquadrão de arqueiros em vez de um simples velho curioso?

O efeito de seu grito foi benéfico, pois os homens que marchavam atrás dos dois cavaleiros instantaneamente se esbarraram e pararam; depois, a um comando disparado pelo seu oficial montado, as primeiras quatro colunas se espalharam pela estrada. Doze homens ajoelharam-se enquanto apontavam suas bestas rapidamente carregadas na direção do som da voz de Henry, e 12 outros, por trás deles, apontaram por sobre a cabeça dos primeiros. O cavaleiro da vanguarda, cujo nome Henry havia gritado, devia estar semiadormecido, pois puxou bruscamente as rédeas e fez com que seu cavalo se empinasse sobre as patas traseiras, e, quando os cascos dianteiros do animal retornaram ao chão, ele tinha a espada nua na mão. Seu companheiro também havia girado o corpo e agora montava seu cavalo com a lança apoiada, o cabo preso firmemente sob a axila.

— Quem vem lá? Mostre-se!

— Com toda a alegria, Francis, se você ordenar que seus homens não me abatam ao primeiro golpe de vista.

O cavaleiro chamado Francis franziu o cenho, claramente perplexo com o fato de que reconhecia a voz, mas não podia ligá-la à pessoa, porém ergueu sua espada e gesticulou para seus homens, ordenando-lhes que se contivessem, em seguida gritou novamente para que Henry se apresentasse. Este esporeou seu cavalo lentamente para a frente e apreciou a surpresa que despontou no rosto de Francis de Neuville quando reconheceu o homem que se aproximava dele.

— Sir Henry? Sir Henry St. Clair? É o senhor?

— É claro que sou eu. Você pensou que eu fosse um fantasma em plena luz do dia?

Ambos escorregaram para fora de suas selas e se abraçaram no meio da estrada.

— Por todos os santos no paraíso, prazer em vê-lo, sir Henry. Quanto tempo se passou, dez anos? O que o senhor está fazendo aqui, tão longe de tudo?

— Doze anos, Francis, e estou cavalgando por meus domínios. Este é o meu lar. Meu castelo está próximo daqui, sobre aquela colina. — Henry apontou e depois indicou a procissão imóvel que se estendia colina acima. — O que você anda fazendo atualmente, escoltando religiosos?

— Religiosos? — Sir Francis pareceu novamente perplexo. — O que o faz pensar isso? Não há religiosos aqui.

Ele fez uma pausa e olhou para o outro cavaleiro que estivera cavalgando consigo.

— William, você me ouviu falar sobre sir Henry St. Clair, que era mestre de armas na Aquitânia quando eu era garoto? Bem, este é o homem. — Enquanto Henry e sir William trocavam acenos de cabeça, sir Francis prosseguiu: — Então o senhor vive nas imediações? Por algum motivo, achei que estivesse no norte, na direção da Burgúndia.

Eles foram interrompidos por um tropel de cascos quando um trio de homens chegou a galope colina abaixo para descobrir a causa da demora. Um deles, um gigante de sobrancelhas negras montado num cavalo enorme, fechou a cara para Henry e depois o ignorou completamente, dirigindo sua contrariedade para Francis de Neuville e exigindo, numa voz rude e desagradável, saber por que a coluna inteira havia sido posta em espera.

De Neuville olhou para seu inquiridor e conseguiu dar a Henry a impressão de que havia respondido com um encolher de ombros muito gaulês, a despeito do fato de estar completamente guarnecido de armadura.

— Eu parei para falar com um velho amigo — disse ele. — E ainda não terminei de cumprimentá-lo. Siga em frente, se quiser. Nós nos poremos de lado e eu o alcançarei quando estiver pronto.

— Você deveria ter feito isso sem esperar que lhe dissessem.

A sobrancelha direita de Neuville ergueu-se enquanto ele suspendia os olhos para encarar o homem a cavalo que o questionava.

— E como você saberia, Mandeville? Eu duvido que você já tenha tido um amigo para o qual parar em toda a sua vida. — Ele caminhou até seu cavalo e tomou as rédeas nas mãos; depois acenou com a cabeça para Henry, sem dar ao homem de face sombria tempo para responder. — Venha, Henry, nós podemos conversar ali adiante enquanto eles passam.

Nenhum dos homens falou até que a coluna tivesse começado a se mover novamente, com o cavaleiro carrancudo na vanguarda em lugar de Neuville, enquanto seus companheiros retornavam às suas próprias posições. A coluna de soldados em marcha avançou penosamente, ignorando os dois cavaleiros à margem da estrada, seus olhos fixos em conformada miséria no chão que se estendia interminavelmente à frente deles.

— Quem era aquele sujeito? — Henry falou primeiro, seus olhos postos sobre a forma do cavaleiro grandalhão que se afastava.

— Mandeville. Sir Humphrey Mandeville. Um boçal. É um inglês normando e um bronco, como a maioria da sua laia. Ignorante e desprovido dos princípios de civilidade. Nascido lá, é claro. Está aqui há menos de três meses, mas acredita-se superior a todos nós.

— Ele é *seu* superior?

Sir Francis soltou uma gargalhada.

— Não, em sentido *algum*, embora eu esteja certo de que ele sonha com isso. Mas e quanto a você, enterrado nesta obscuridade? Há quanto tempo está aqui? Você parece bem.

— Estou bem, agora. Prosperando, Francis. Quem está nas carruagens?

Sir Francis sorriu, sem nenhuma necessidade de responder, pois a carruagem dianteira havia chegado ao local em que estavam enquanto falavam e naquele momento as cortinas de couro estavam sendo puxadas de lado e uma voz imperiosa gritava por sobre os ruídos de cascos e rodas de metal.

— Henry? Henry *St. Clair*, é *você*?

— Bom Deus no Paraíso.

As palavras saíram antes que ele pudesse corrigi-las, mas passaram despercebidas, uma vez que a aparição da carruagem já se inclinava para fora da janela, gritando para que o cocheiro parasse, de modo que mais uma vez a procissão estacou.

— Então, sir? Não tem um cumprimento para mim? Ficou mudo?

— Minha senhora... Perdoe-me, minha senhora. Eu fiquei perturbado. Sua visão me cegou... Eu não fazia ideia... Pensei que a senhora estivesse na Inglaterra...

— Há! Na cadeia, você quer dizer. Bem, eu estive, durante anos. Mas agora estou aqui, em casa. Agora venha, saúde-me como se deve e siga comigo. Você e você, saiam. Encontrem lugar nas outras carruagens.

Neuville, pegue o cavalo de Henry. Você, sir, venha prestar-me seus respeitos, como um cavaleiro de verdade faz para com sua suserana, depois me conte o que tem feito todos estes anos desde que nos encontramos pela última vez.

Enquanto as duas obedientes mulheres corriam às pressas pela porta aberta, agarrando desamparadamente suas roupas desalinhadas, sir Henry St. Clair adiantou-se boquiaberto, ainda lutando com a subitaneidade de estar novamente frente a frente com a mulher que um dia fora a força mais poderosa da Cristandade — Eleanor, duquesa de Aquitânia, antes rainha da França e, depois, da Inglaterra. Ele entrou devagar na carruagem e sentou-se em silêncio, olhando de lado para a mulher à sua frente, e ficou enlevado, como sempre ficara, de admiração pela sua franqueza e pela força inflexível e franca que ela trazia a toda conversa.

— Aí está — disse ela quando ele já estava sentado. — Assim é muito melhor, e você pode fechar a boca e se recompor, Henry, pois temos muito a conversar, e eu preciso que você esteja atento e tão inteligente quanto eu me recordo que você costumava ser... falando nisso, você parece surpreendentemente bem para um velho. Você era muito parecido com meu Henrique naquela época. E parece não ter mudado muito hoje em dia. Vida saudável, arrisco dizer, pois duvido que tenha mudado tanto. Quando jovem, pelo que me lembro, você era bem apetitoso, embora rigoroso, inflexível e muito antiquado em suas noções de fidelidade. Como está Amanda, a propósito?

St. Clair finalmente recuperou a voz.

— Ela morreu, *milady*, cerca de dois anos atrás.

— Ah, posso ver em seu rosto. Você ainda sente falta dela.

— Sinto, *milady*. Às vezes de forma intolerável, mas agora menos do que antes.

— Eu sei. Eu ainda me lamento por Henrique, também, apesar de tê-lo odiado por tanto tempo. O velho porco me manteve trancada numa torre por 16 anos, você consegue acreditar nisso? — Ela fungou de um modo que se aproximava de um riso. — Oh, eles chamam aquilo de castelo, e é rico o suficiente para ser considerado luxuoso, mas uma prisão é uma prisão... — Ela hesitou, pensando, depois sorriu e continuou: — Mas afinal, para dizer a verdade, eu dei poucas opções a ele. Ainda assim sinto falta dele. Sem ele, sobrou-me pouca coisa para criticar atualmente. Por deus, Henry, é bom ver a sua cara honesta. Você está com o cenho franzido. Por quê? Fale. Você sempre fez isso antes, sem se importar com o que eu pudesse pensar.

Encorajado, St. Clair sacudiu a cabeça.

— Estava pensando na minha gente, milady, nada mais do que isso. Estive cavalgando desde antes do amanhecer; por isso eles vão ficar preocupados quando eu não retornar. Ocorreu-me que eu deveria mandar-lhes um recado, dizendo-lhes onde estou. Posso perguntar para onde estamos indo?

— Não muito longe, mas você tem razão, como de costume. Use a janela. Chame Neuville.

St. Clair não perdeu tempo. Movendo-se imediatamente, afastou as cortinas de couro e inclinou-se para fora. Neuville cavalgava pouco atrás da carruagem e adiantou-se a trote quando Henry atraiu seu olhar. Eleanor, que estivera observando, curvou-se para a frente.

— Francis, quanto nos falta ainda a percorrer?

— Menos de 10 milhas, milady. Os batedores devem estar lá agora, montando suas tendas.

— Mande um recado para o pessoal de Henry, dizendo-lhes que ele está retido, mas retornará logo. Pode usar o meu nome. — Quando sir Francis fez uma saudação e se afastou, Eleanor olhou novamente para Henry. — Pronto, agora está sossegado?

— Sim, milady... e agradecido. Mas, se eu soubesse que estava vindo por este caminho, a senhora poderia ter ficado em minhas terras.

Ela sorriu, demoradamente.

— E arruinado as suas posses? Sinta-se grato por não ter sabido de nada, meu velho amigo. Eu tenho mais de duzentos na minha comitiva. Isso não lhe teria causado nada além de pesar... embora, para ser franca, se tivesse me lembrado de onde você vivia, tivesse recorrido a você sem a menor vergonha. Rainhas e pessoas da nobreza fazem isso o tempo todo. — Ela fez uma pausa, olhando-o com olhos não menos espetaculares do que ele se recordava que eram de quase três décadas antes. — Bem, eu já lhe disse o quanto seu aspecto está bom. Agora é sua vez. Que tal lhe pareço, agora que me aproximo da senilidade? Seja cuidadoso.

Henry achou surpreendentemente fácil sorrir para aquela mulher que, na sua esplendorosa corte em Aquitânia, décadas antes, havia abrigado e encorajado trovadores que agora pululavam por todo lado naquela terra, cantando suas cantigas de amor cortês e espalhando as crenças pessoais da rainha quanto aos deveres dos nobres e à supremacia das mulheres em ensinar-lhes tais deveres.

— Antes de pôr meus olhos sobre a senhora hoje, *milady*, não teria achado possível que pudesse estar mais adorável do que era antes, quando a conheci... Mas a senhora está.

Ela o encarou com dureza; depois torceu o nariz.

— Você me desaponta, Henry. Eu sou uma velha, e essa foi a mais grosseira das bajulações. O Henry St. Clair que conheci jamais se curvaria para lisonjas.

— Nem o faria agora, *milady*. Eu falei a pura verdade.

— Então você nunca o fez antes. Eu nunca tive nenhuma suspeita de que você me considerasse adorável.

O sorriso dele se alargou.

— Bem, seu marido, Henrique, se a senhora puder se recordar, era notavelmente ciumento. Se ele suspeitasse que eu via na senhora qualquer coisa que não a minha suserana, teria me servido meus próprios ovos, cozidos em seu saco.

— Há! — O riso de Eleanor foi impressionante, encorpado e pleno de um deleite espontâneo. — Ele teria de disputar com sua mulher, Amanda. Uma bola para cada um; eles teriam de dividir.

— É, eles teriam... — O riso dele decresceu. — Mas isso foi há muito tempo, quando o mundo era jovem...

— Qual é a sua idade agora, Henry?

— Farei cinquenta no decorrer do ano, *milady*.

— Ora, homem, você não passa de uma criança. Eu tenho 67, e meu Henrique tinha 56 quando morreu. — Ela fez uma pausa e depois retomou: — Ricardo está para se tornar rei da Inglaterra. Você sabia disso?

— Sim, *milady*, sabia. Eu o vi recentemente. Ele bateu em minha porta a caminho de Paris quase dois meses atrás.

— Ele fez isso, pelo sangue divino de Cristo? — O rosto de Eleanor tornou-se duro. — E por que ele faria isso?

Henry encolheu um pouco os ombros, seu rosto desprovido de expressão.

— Ele precisava de mim, afirmou. Estou para embarcar com ele para Outremer... como mestre de armas.

— Mestre de... Ela se controlou, pensativa, depois retomou: — Bem, ele obviamente não é um insensato, apesar de todos os seus outros defeitos... Equivocado, certamente, mas não insensato.

Os olhos dela se apertaram, transfixando-o, não menos hipnóticos do que haviam sido décadas antes, quando conseguiu seduzir até mesmo um papa.

— E como um tolo, você pretende ir. Posso ver isso no seu rosto. Você vai com ele. Por que, em nome de tudo o que é mais sagrado? A Terra Santa é um lugar apropriado apenas para os homens *jovens*, Henry... idiotas viris e musculosos, cheios da impetuosidade e da paixão da juventude e com sua infinita avidez por coragem e glória... idiotas e almas perdidas. Lá não é vida para mulheres, e menos ainda para velhos sem coroa nem mitra. Acredite em mim, eu estive lá e vi com meus próprios olhos. Por que, em nome de Deus, você pensaria em tal loucura na sua idade?

Ele ergueu uma das mãos e em seguida a deixou cair em seu colo.

— Eu não tive escolha, *milady*. É meu dever, invocado pelo seu filho, que agora é meu suserano.

— Besteira, Henry. Pelas entranhas de Deus, homem, você passou toda uma vida dedicado a nada mais que prestar o melhor serviço para a nossa casa; para mim, para Henrique e para o próprio Ricardo. Basta, homem. Você fez por merecer o seu direito de morrer em casa, na sua cama. Poderia ter declinado com honra. Nem mesmo Ricardo seria tão... — Ela se interrompeu subitamente, seus grandes olhos apertando-se até se tornarem fendas. — Não, há mais do que isso envolvido. Meu filho manipulou-o de alguma forma. Coagiu-o. Foi esse o caminho... Mas qual foi o seu instrumento? O que ele descobriu sobre você para levá-lo a isso? Conte-me.

Foi uma ordem, peremptória e impossível de se esquivar. Henry suspirou e desviou os olhos para o ponto onde o campo que passava lentamente era visível entre as duas cortinas, vendo a poeira depositar-se espessa e pesadamente sobre as canabrases que margeavam a estrada.

— Eu tenho um filho, *milady*.

— Eu sei. Lembro-me dele quando criança. Seu nome é... André, não é?

Ele fez que sim e olhou de novo nos olhos dela, mais uma vez impressionado com sua aparentemente ilimitada capacidade de recordar tais detalhes.

— Sim, *milady*, André.

— Um homem, agora... e uma arma contra você. Não é assim? Conte-me.

Henry contou-lhe toda a história, incluindo a intervenção e a solução proporcionadas por Ricardo, e ao longo de toda a hora que isso levou ela permaneceu sentada em silêncio, sem que seus olhos jamais deixassem os dele enquanto absorvia cada nuance e inflexão da voz do homem. Quando ele finalmente se calou, ela balançou a cabeça e comprimiu os lábios, mais grossos do que ele se recordava, e o gesto chamou a atenção dele para as bochechas encovadas sob os malares salientes que sempre haviam definido sua beleza perturbadora e ainda estavam presentes. Ele aguardou e viu os olhos dela se tornarem mais suaves.

— E isso, claro, explica por que você parece tão *rudemente* saudável. Você tem treinado nestes últimos dois meses para recuperar sua juventude perdida. Bem, você não perdeu nada com isso, meu velho amigo. Então, o que aconteceu àqueles malditos padres? Ricardo os enforcou?

— Os padres foram julgados perante o arcebispo de Tours e sua culpa claramente estabelecida sem qualquer dúvida, embora, se não fosse a autoridade e a obstinação de seu filho em processá-los, isso pudesse não ter ocorrido com tanta facilidade. Em seguida eles foram relegados pela Santa Igreja e entregues à lei secular do duque de Aquitânia para execução.

— E nesse meio-tempo, você e seu filho estiveram presos a Ricardo pelos inquebrantáveis laços da gratidão e da lealdade...

Se Henry St. Clair percebeu a ironia no seu tom, não deu atenção.

— Sim, *milady*. Pela gratidão mais até mesmo do que pela lealdade, se tal coisa é possível.

— Humm...

Eleanor mudou de posição no banco e depois estendeu a mão para puxar a cortina à sua esquerda, olhando para as longas sombras inclinadas que as árvores na encosta íngreme da colina acima deles lançavam.

— Está ficando tarde, meu amigo. Nós devemos parar logo, mas pode ser muito tarde para você cavalgar de volta para casa sozinho. Você deve jantar conosco e retornar pela manhã. Enquanto isso, venha o que vier, eu tenho um pensamento ao qual você se apegar, Henry, que é o seguinte: nunca houve um laço, de qualquer tipo, que seja inquebrantável, desde que haja vontade e força suficientes. — Ela voltou seu olhar novamente para ele. — Absolva a si próprio de qualquer culpa que esteja sentindo, mesmo que nascida da gratidão. Eu vou conversar com Ricardo sobre isso. Não vou tolerar essa ideia de forçá-lo a embarcar para Outremer. Isso é uma estupidez. Além disso, você conhece meu filho quase tão bem quanto eu. Ficou ao seu encargo formá-lo durante anos. Ele é uma criatura de grandes paixões e entusiasmos, ingovernável e imprevisível para todos, exceto para mim, ao que parece.

Sir Henry balançou a cabeça afirmativamente e depois estendeu as mãos num gesto de desculpas.

— Estou grato por sua preocupação, milady, mas se a senhora estiver de acordo, eu não pretendo me esquivar desse dever. Eu prefiro viajar com meu filho para Outremer a ficar aqui sozinho e me afligir por ele. Ele é a única família que me restou neste mundo, e a vida sem ele conservaria poucos atrativos para mim, agora que estou ficando velho. Posso ser um tolo, como a senhora sugeriu, mas prefiro ser um velho tolo perto do meu filho a ser um ermitão idoso e solitário esperando a morte aqui, sem ele.

Eleanor encarou-o por longos momentos sem falar nada, depois balançou lentamente a cabeça.

— Que assim seja, meu senhor St. Clair. Não direi mais nada sobre isso. Ambos estamos velhos e encanecidos demais para discutir sobre a maneira como vamos morrer. A Ceifeira nos encontrará onde quer que possamos ir...

Ela ficou imóvel por mais alguns momentos, mordiscando o lábio superior entre os dentes num maneirismo que ele há muito havia esquecido, e depois acrescentou:

— Você sabe por que Ricardo estava tão decidido a engajá-lo, não sabe?

Quando St. Clair sacudiu negativamente a cabeça em sincera ignorância, ela fungou.

— Bem, pois deveria. E observe, se for do seu agrado, que eu disse que ele *estava* decidido a isso... conhecendo meu filho como conheço, não me surpreenderia de maneira alguma descobrir que ele esqueceu completamente o seu envolvimento ou mudou de ideia desde então... Há um movimento em curso na Inglaterra para fazer com que ele tome o marechal inglês William Marshall em sua expedição como mestre de armas, mas Ricardo não fará nada disso, e eu ficaria surpresa se ele agisse de outra forma. Marshall era homem de Henrique, criado desde a semente, feroz e fiel como um cão de caça. Aos olhos de Ricardo, Marshall sempre representará o próprio Henrique. E, verdade seja dita, não posso, de todo coração, culpar meu filho por isso. — Ela fez uma pausa, refletindo, e acrescentou: — Além disso, Marshall é totalmente inglês, antes e acima de tudo o mais. Ricardo, por outro lado, tem mais para governar. A Inglaterra não passa de um filho bastardo de seu império, e um filho mirrado ainda por cima. Pela goela de Deus, ele mal fala a língua que eles tartamudeiam por lá.

Ela parou novamente, ruminando suas próximas palavras.

— Suponho que você sabe de Alaïs, não? — Ela leu a resposta no rosto de St. Clair e soltou um grunhido. — Sim, é claro que você sabe. Você teria de ser cego e surdo para não saber. Era inevitável, considerando a realidade envolvida, mas ainda assim eu me surpreendo sentindo simpatia pela pobre criatura, por mais bobalhona que ela seja, pois nada do que acontece a ela está sob seu controle. Ela foi usada e abusada durante toda a sua vida e nunca teve tutano suficiente para se preparar para nada disso. Se fosse eu, teria matado alguém, anos atrás, se algum homem tentasse fazer comigo metade do que foi feito com ela... mas Alaïs não é como eu, e agora ela está na França novamente, desgraçada, e é pouco provável que encontre logo um outro marido... O que é?

— O que é o quê, milady?

— Que se passa em sua mente. Você está com uma cara tola e boquiaberta; portanto, desembuche seus pensamentos, e nós conversaremos sobre eles.

A negativa de cabeça de Henry foi vagarosa, e ele gesticulou levemente com uma das mãos.

— Estou apenas surpreso, *milady*... Não vi nem ouvi amargura ou ódio quando a senhora falou dela.

Um sorriso pequeno e delicado se esboçou num dos cantos da boca de Eleanor.

— Nem deveria, pois não guardo rancor algum em relação a ela. Você não me ouviu quando eu disse que ela foi usada e abusada durante toda a sua vida? Eu tenho amargura aos montes em mim, Henry, não se engane quanto a isso, mas nenhuma parte dela é desperdiçada com Alaïs.

— Mas... Ela roubou seu marido...

— Roubou? *Roubou* Henrique Plantageneta? — O sorriso dela se alargou, mas não se tornou mais quente. — Reflita, meu senhor St. Clair, e lembre-se do homem de quem estamos falando. Ainda não nasceu uma mulher que pudesse roubar Henrique Plantageneta ou curvá-lo à sua vontade por mais tempo que o necessário para que ele pudesse comê-la... e pode me incluir nisso. Henrique era um conquistador em todas as coisas da carne. Ele via, ele desejava, ele tomava. Oh, eu fui sua parceira durante muitos anos, mas tão logo a minha aparência começou a mudar e comecei a envelhecer, ele procurou em outros lugares. E o bode velho foi libidinoso até o dia de sua morte.

Então, ela ficou em silêncio, obviamente recordando o passado, e depois sorriu outra vez e sacudiu a cabeça.

— Não, Alaïs Capeto não roubou meu marido. Longe disso. Ela foi apenas mais uma de uma longa lista de receptáculos para a conveniência dele, usada e descartada quando a próxima da fila dava um passo adiante para atrair o olhar dele. Mas Henrique manteve Alaïs mais junto dele do que todas as outras, por causa de Vexin. Se ele a tivesse descartado, isso teria custado Vexin ou, pelo menos, uma guerra longa e brutal para manter esse território. E no final ele o perdeu de qualquer forma antes de morrer. Mas Alaïs não era uma ladra. E, além disso, na época em que pôs as mãos nela pela primeira vez, ele já havia me largado. Eu estava trancada havia anos então, porque ele disse que não podia confiar que eu andasse livre sem fomentar complôs contra ele com meus filhos. Ele estava certo nisso, também. Posso vê-lo agora, olhando para o passado. Mas odiar Alaïs? Culpar aquela criança pelo que se abateu sobre ela seria o mesmo que odiar o vento norte por trazer a neve.

"Mas o infortúnio dela forçou a mão de Ricardo para fazer o que fez, uma vez que ele foi nomeado herdeiro de Henrique. Dificilmente ele poderia tomar Alaïs como sua rainha, quando o mundo inteiro sabia que ela passara a maior parte do seu período de noivado dormindo com o pai dele. A Igreja da Inglaterra ficou escandalizada e não fez questão de esconder isso. Eles berraram anátema à simples ideia de tal casamento e proibiram Ricardo de prosseguir com isso, sob pena de excomunhão. Portanto, a mão de Ricardo foi forçada. Ele a devolveu para o seu irmão, Filipe, como era de se esperar.

— Como era de se esperar, talvez, *milady*, mas dificilmente para ser bem-recebida por sua família. O rei Filipe deve ter ficado possesso quando soube disso.

— Bobagem. A única coisa que poderia possuir Filipe era seu companheiro de cama do dia em que a notícia chegou até ele. Filipe não se importa nem um pouco com Alaïs, Henry. Nunca se importou, desde o dia em que ela nasceu. Mulheres não ocupam lugar algum nos seus afetos. A única coisa com a qual ele se importava era em recuperar Vexin, e agora que assegurou o território, ele usará sua injustiçada irmã Alaïs como uma arma contra Ricardo por qualquer vantagem que possa obter.

Esse é todo o apreço que ele tem por ela... Alaïs é um instrumento para negociações.

— Isso é... inconcebível.

A voz dele havia sumido na última palavra, abafada pela descrença, mas Eleanor refutou seu assombro com um piparote de um dos dedos.

— Besteira, longe disso. Pode ser uma coisa desnaturada, mas afinal, Filipe Capeto dificilmente poderia ser considerado um modelo de perfeição da natureza.

— É... Suponho que isso seja verdade. Mas e quanto à senhora, *milady*? Esteve em Paris?

— Pela goela de Deus, não! Eu estive em Rouen, tratando dos meus próprios assuntos, e agora estou viajando para casa, pela primeira vez em demasiados anos. Devo ficar lá por algum tempo, acho... pelo menos até que Ricardo seja coroado na Inglaterra.

— Perdoe-me, *milady*, mas a senhora não vai para a Inglaterra para presenciar a coroação de seu filho?

Ela sorriu, um sorrisinho brumoso.

— Absolutamente, não. Ricardo é mais do que capaz de se fazer coroar por conta própria, e a última coisa de que preciso é estar lá para testemunhar isso. A coroação transcorrerá perfeitamente bem e com naturalidade; enquanto isso, eu me dirigirei para o sul e atravessarei os Pireneus até Navarra. — Ela percebeu incompreensão nos olhos dele e acrescentou: — Para *Navarra*, Henry... o reino ao norte da Ibéria. Vou até lá com o objetivo de encontrar uma rainha para a Inglaterra.

— Uma *rainha, milady*?

Ela riu abertamente.

— É, uma rainha. Meu filho está para se tornar o rei da Inglaterra e precisa de uma rainha. A *Inglaterra* precisa de uma rainha. E eu vou encontrar uma rainha em Navarra. Na verdade, o próprio Ricardo a encontrou, três anos atrás. Ele a conheceu na corte do pai dela e escreveu para mim a seu respeito. O nome dela é Berengária, filha do rei Sancho, e agora que Ricardo não está mais noivo, eu pretendo arranjar um casamento. Sancho deve se provar um aliado leal nessa guerra que virá, acostumado como está a combater os mouros que o ameaçam lá nas vastidões da sua Ibéria, e eu me sinto confiante de que ele possa ser persuadido a dotar sua filha com fartura para o seu papel de rainha consorte. E, tenha certeza, Ricardo e a Inglaterra farão bom uso do que quer que ele forneça para a Guerra Santa deles.

— Berengária. É um belo nome. Mas *rei* Sancho? Eu ouvi falar, parece-me, de um *príncipe* Sancho...

Os olhos de Eleanor procuraram os dele, estreitando-se intensamente, mas se ela detectou qualquer conhecimento dos rumores de mau comportamento de seu filho com o jovem príncipe de Navarra, optou por ignorá-lo.

— O príncipe é irmão de Berengária. Quando seu pai morrer, ele se tornará o sétimo rei com esse nome. Por enquanto, ele não tem a menor importância, mas eu tenho grandes esperanças em relação à sua irmã. Ainda não a conheci, mas de acordo com todos os testemunhos, incluindo os de meu filho, ela é uma criatura gentil e dócil... talvez não extremamente bela, do modo como idealizamos a beleza, mas ainda assim dotada de realeza. Por isso, se eu puder arranjar o casamento, vou trazê-la para Ricardo antes que ele parta para Outremer.

Naquele momento a velocidade da carruagem diminuiu até que ela parou, oscilando, enquanto um murmúrio de vozes brotava do lado de fora, com ordens e instruções sendo gritadas por todos os lados. Eleanor escutou por um momento, depois esticou o braço para reunir os poucos pertences espalhados em cada um de seus lados, enquanto St. Clair se mexia para afastar as cortinas, espiando para fora em meio à poeira que se erguia.

— Nós chegamos, obviamente.

As palavras mal haviam deixado a boca de Eleanor quando Neuville se aproximou e curvou-se em seu cavalo para falar pela janela.

— Mais alguns momentos, *milady*, e a senhora poderá desembarcar. Tudo parece já estar preparado, e a julgar pelo cheiro, os cozinheiros fizeram bem o seu trabalho. Descanse aí por mais alguns instantes, se lhe apraz, até que sua carruagem possa seguir em segurança para a sua tenda. Uma centena de passos, talvez menos, e a senhora estará lá. — Ele olhou para St. Clair. — Sir Henry, sua montaria está segura comigo. Meu cavalariço cuidará dela esta noite, bem como da minha própria. — Ele saudou Eleanor e fez com que seu cavalo se afastasse, e a duquesa sorriu para St. Clair.

— Bem, velho amigo, nossa visita está para acabar... a parte mais agradável dela, pelo menos, pois tão logo esta porta se abra, eu terei de voltar a ser Eleanor de Aquitânia, com todo o absurdo presente no fato de ser uma duquesa devolvida às suas terras. — Ela estendeu espontaneamente a mão e o segurou pelo pulso. — Foi *tão* maravilhoso vê-lo, Henry, e passar esse tempo com você... Homens da sua estampa são poucos e atualmente muito raros em minha vida. Possa Deus, se de fato Ele está lá no alto, abençoá-lo e ao seu filho em suas aventuras vindouras e possa Ele perdoar-me por estas próximas palavras. Não deposite sua fé em príncipes. Não sei quem foi o primeiro a dizer isso, mas ele estava coberto de verdade quando o fez. Tenha cuidado com o meu filho. Eu o amo apesar de tudo o que ele é em diversos sentidos, mas alerto-o como uma velha e confiável amiga: faça tudo o que puder por ele, mas não seja muito crédulo, pois ele é governado por fatores que você não pode controlar e guiado por luzes que você jamais desejaria ver ou compreender. — Ela jogou a cabeça para trás, os olhos apertados e os dedos ainda agarrando firmemente o pulso dele. — Eu lhe contei isso por amor, Henry... o amor de uma mulher por um homem admirável que supera o amor de uma mãe por um filho indócil, mas se você disser uma só palavra disto para alguém, eu devo negar o que disse e voltar contra você a punição oficial em retorno. Você me ouviu?

— Ouvi, *milady*, e levo em consideração o seu alerta... ainda que ele não tenha sido dito.

A carruagem começou a se mover outra vez, adernando enquanto se deslocava para fora da estrada, entrando no pasto abarrotado onde as tendas haviam sido montadas. Eleanor começou a erguer suas vestes com uma das mãos, protegendo-se do movimento do veículo com a outra, prendendo-a a uma alça feita com um cordão de seda entrelaçado sobre a parede ao lado da porta, mas quando pararam novamente, ela tornou a olhar para St. Clair.

— Pela goela de Deus, eu lhe desejo bem, meu amigo. Agora, quando a bagunça começar, afaste-se daqui e procure Brodo, meu camareiro. Diga-lhe que eu o mandei, e ele o alimentará bem e encontrará algum lugar apropriado para você dormir. Pode ser que eu não tenha tempo de falar com você novamente e sei que você não deseja perder seu tempo com o bando de gralhas guinchantes e bajuladoras que se arrebanham por todo lugar aonde vou. Coma bem, durma bem, depois cavalgue cedo para sua casa e continue seus preparativos para cumprir seu dever para com meu filho. E agora, adeus.

A porta da carruagem se abriu e sir Henry desceu primeiro em meio à multidão que se aglomerava, voltando-se para estender a mão para que a duquesa desembarcasse em segurança. Ele se curvou sobre a mão dela e pressionou-a sobre seus lábios, e ela sorriu, depois deu um tapinha no topo de sua cabeça com a outra mão, antes de passar por ele e ser engolida pela turba dos seus admiradores.

NOVE

Henry St. Clair descobriu, muito rapidamente, quanto era grande o sacrifício que fizera por seu temperamental suserano, Ricardo Plantageneta. Dias depois de seu encontro com a duquesa Eleanor, ele se viu inundado por novas responsabilidades, tarefas e atividades que jorravam de seu novo cargo de mestre de armas, e logo mal tinha tempo de notar como os dias e semanas estavam passando depressa. Tudo isso teve um ponto culminante um mês depois, quando ele recebeu uma convocação para juntar-se a Ricardo na Inglaterra imediatamente, e daquele momento em diante não pôde mais chamar a própria vida de sua.

— Quanto tempo é imediatamente? — Henry mal havia olhado para os escritos no pergaminho que abrira poucos momentos antes, mas esse olhar havia captado a instrução peremptória.

O cavaleiro do Hospital que havia levado a convocação encolheu os largos ombros e baixou os olhos até o pergaminho que Henry segurava, mas não disse nada e manteve o rosto inexpressivo. Sir Henry encarou-o ainda por um momento, depois olhou novamente para o pergaminho.

— Entendo. Está tudo aqui, hein? Bem, é melhor você se sentar por um instante enquanto eu leio. Já comeu hoje? Não, provavelmente não...

Henry voltou-se para Ector, que estava em pé ao lado da porta, observando e aguardando instruções.

— Traga comida e bebida para sir... — Ele se voltou para o outro homem. — Você tem um nome, mestre hospitalário, ou é apenas uma presença austera e espectral? Fale, sir.

— Meu nome é Gautier, sir Henry. Gautier de Montdidier.

— Montdidier, você diz? Então nós deveríamos nos conhecer. — Henry adiantou-se para se sentar numa cadeira ao lado da lareira, gesticulando para que o outro homem sentasse à sua frente. — Um ancestral seu e um meu estavam entre os membros fundadores do Templo. Você sabia disso?

— Eu sabia.

— Então, por que veste o manto negro do Hospital em vez do branco do Templo?

Os lábios de Montdidier se abriram num sorriso e ele inclinou a cabeça ligeiramente para um dos lados.

— Talvez eu tenha preferido assim, mas na verdade eu seguia a regra do abençoado Bento desde que era um jovem rapaz. Fiquei órfão no nascimento e fui criado num monastério da Inglaterra, de modo que quando cheguei à idade de ser cavaleiro... meu pai havia sido um, morto em batalha antes de eu nascer... era nada mais do que natural que eu me juntasse aos Cavaleiros do Hospital.

— É, suponho que sim... Ector, traga comida e bebida para sir Gautier de Montdidier e cuide para que seus homens também sejam alimentados. Quantos homens trouxe com você, sir, e onde eles estão agora?

— Seis homens, sir Henry, e estão todos no seu pátio, aguardando instruções minhas sobre para onde devem ir em seguida.

— Certo, bem, eles podem ficar aqui por esta noite, mas isso dependerá de quão "imediatamente" eu precise partir; portanto, permita-me ler esta sua missiva, e serei capaz de lhe dar uma resposta.

Na verdade, sir Henry estava pronto havia semanas, tendo posto todos os seus preparativos no devido lugar para certificar-se de que suas propriedades e terras seriam bem cuidadas na sua ausência, presididas por um homem que Henry conhecia e confiava havia anos, o irmão mais velho de sua falecida esposa. Mas as instruções na carta de Ricardo eram sucintas e diretas. Henry era solicitado a seguir seu caminho para a Inglaterra tão logo fosse possível, na companhia de sir Gautier de Montdidier, para lá assumir os seus deveres como mestre de armas *de Aquitânia.* A distinção não lhe passou despercebida, e foi interessante. Não houvera menção a Aquitânia no seu primeiro encontro com Ricardo. A posição que havia sido ordenado a assumir então era a de mestre de armas de Ricardo, nem mais, nem menos. Esse era um pequeno detalhe, sem consequências verdadeiras, uma vez que Ricardo, na qualidade de duque, *era* a Aquitânia, mas Henry achou que sua presença na carta de Ricardo era curiosa. Ele supôs que a situação política na Inglaterra havia mudado desde o regresso de Ricardo — e provavelmente mudado de maneira radical. Mas estava longe de sentir-se insatisfeito com o novo evento. Ele se sentiria muito mais à vontade como mestre de armas de Aquitânia, uma posição que havia mantido e apreciado durante anos a serviço da duquesa, do que se sentiria como mestre de armas de um exército de ingleses, com a guturalidade pantanosa que tinham como língua.

Não havia menção a André na carta, mas Henry não esperava que houvesse. André raramente estava em casa desde que conhecera De Sablé e parecia estar completa e entusiasticamente absorvido pelos preparativos que sua futura admissão nas fileiras dos Cavaleiros do Templo exigia. Henry sabia que iria encontrar seu filho novamente na Inglaterra antes de eles embarcarem e se sentia contente por isso, sabendo que o jovem estava seguro e bem. Ele soltou a ponta do pergaminho, permitindo que se enrolasse outra vez em seu formato cilíndrico, depois o segurou com a ponta dos dedos de ambas as mãos enquanto olhava para Montdidier.

— Por que você, sir Gautier? Por que Ricardo mandou *você* me conduzir para a Inglaterra com apenas seis homens? Ele me julgava incapaz de viajar sozinho?

— Eu duvido, sir Henry. Acredito que foi a vontade do rei que o senhor e eu passássemos algum tempo juntos, de modo que pudéssemos conversar na viagem de volta à Inglaterra.

— Conversar sobre o quê? Eu não desejo depreciá-lo ou insultá-lo, mestre Montdidier, mas duvido que tenhamos algo em comum. Só a nossa diferença de idade já tornaria isso certo.

— Talvez porque ele ache que o senhor pode aprender algo com o que eu tenho a dizer. Sou recém-chegado de Outremer e fui ferido na derrota de Hattin. Eu sei que o rei designou-lhe a tarefa de encontrar novos meios de confrontar e derrotar os exércitos de Saladino. Ele acredita que talvez eu seja capaz de ajudá-lo com isso.

Henry olhou para o hospitalário, agora com muito mais respeito.

— Você pode, de fato. E Deus, em seu paraíso celeste, sabe que eu preciso de toda a ajuda que Ele puder me mandar. Mas como aconteceu de você sobreviver a Hattin naquele dia? Disseram-me que Saladino assassinou todos os membros capturados das ordens militares, templários e hospitalários, depois da batalha.

— Ele o fez. Eu os vi morrer e eu próprio esperei a morte, pois estava seriamente ferido. Mas sobrevivi àquele dia, deitado entre os mortos sem ser descoberto, e consegui rastejar para longe e me esconder depois que a escuridão caiu. Eu tinha uma flecha na virilha e estava ferido demais para ter qualquer esperança de escapar, de modo que me despi de minha sobrecota, pois não desejava ser reconhecido como um hospitalário, e consegui vestir uma sobrecota simples, marrom, que tirei de um morto. Depois me rendi na manhã seguinte. Eles me tomaram cativo, cuidaram da minha ferida, trataram-me de maneira humana e acabaram por me oferecer em troca do resgate de quatro outros cavaleiros, nenhum dos quais era das ordens militares. Eu tive sorte.

As portas se abriram novamente e Ector entrou, seguido de dois servos carregando bandejas de comida e vinho. Eles depositaram o que havia nas bandejas em uma das mesas e depois se retiraram novamente sem dirigir o olhar para nenhum dos cavaleiros. St. Clair olhou para a comida e depois para Montdidier.

— Bem, mestre Montdidier, o rei estava certo, eu desejo falar com você, longamente. Você é a primeira pessoa que conheço que realmente esteve lá em Hattin naquele dia. — Ele se levantou e apontou para a mesa. — Coma. Quando tiver terminado, Ector lhe mostrará seus aposentos, onde poderá descansar por algumas horas. Eu dispensarei seus homens para minha caserna quando me retirar e vou vê-lo mais tarde, mas nesse meio-tempo há coisas que devo fazer. Nós partiremos ao alvorecer de amanhã. Enquanto isso, minha casa é sua.

Ele curvou a cabeça numa saudação e se retirou, fechando as portas atrás de si e deixando o hospitalário com a comida e a bebida. Depois, um momento mais tarde, estava de volta.

— Como chegou até aqui, sir Gautier? Por que rota?

O outro engoliu um bocado de comida antes de responder.

— Pelo oeste. Desembarquei em La Rochelle, depois segui a estrada noroeste através de Niort, até Poitiers, e depois para nordeste até aqui.

St. Clair balançou a cabeça.

— Essa é a melhor rota. Muito mais curta do que viajar para noroeste até Nantes e Saint-Nazaire. Quanto tempo levou?

— De La Rochelle até aqui? Cinco dias... hoje é o sexto. Nós viajamos 20 milhas por dia, do nascer ao pôr do sol.

— Humm. Bem, nós precisaremos de mais tempo do que isso para retornar. Estou levando quatro homens comigo e uma carroça para os meus pertences, o que significa que teremos de viajar à velocidade da carroça. Teremos sorte se fizermos 15 milhas ao dia.

Montdidier balançou a cabeça afirmativamente.

— Então, sete dias.

— É, mas não mais do que isso. Quanto tempo você acha que teremos de esperar por um navio?

— Tempo algum. Nós já temos um navio nos aguardando: o mesmo que me trouxe até aqui. Ele ficará em La Rochelle por mais 14 dias, depois zarpará sem nós, caso ainda não tenhamos chegado. Seremos dados como mortos, então.

— Entendo. Neste caso, é melhor nos apressarmos e fazermos todo o possível para permanecermos vivos. — St. Clair balançou a cabeça, como se concordasse com seu próprio comentário, em seguida tornou a se retirar.

O vento havia cessado subitamente cerca de meia hora antes e agora Henry St. Clair estava em pé na plataforma de popa do navio que o levava, junto com sua comitiva, de La Rochelle para a Inglaterra, inclinado por sobre a amurada de estibordo, mirando as águas abaixo. Estava parado com as pernas afastadas, os joelhos flexionados contra os movimentos erráticos e imprevisíveis do convés do navio e o cotovelo esquerdo enganchado numa corda que se esticava como uma barra de ferro em meio à massa de cordames acima de sua cabeça. Não se incomodava com o movimento de arfagem e ondulação do tombadilho sob seus pés, debruçado em fascínio, elevando o pescoço enquanto observava as águas ondulantes se revoltarem abaixo dele. Num momento elas pareciam próximas o bastante para que ele estendesse a mão e tocasse sua superfície, e então, no intervalo de um instante, elas se precipitavam para trás e para baixo, desnudando todo o costado do navio até que a popa se projetava claramente acima d'água, mantendo-se assim por longos momentos, antes da embarcação se inclinar para a frente e mergulhar na próxima crista de onda, chocando a proa primeiro contra o vale na parte baixa da vaga e lançando vastos mantos de água para varrer o deque, impregnando tudo antes de escoar novamente.

No convés do navio, ele sabia, a tripulação trabalhava como louca, tentando jogar a água do mar empoçada para fora do compartimento de carga mais rapidamente do que ela entrava, mas as condições naquele momento não chegavam nem perto do perigo pelo qual eles haviam passado apenas uma hora antes. Então, com uma ventania uivando acima e em volta deles, arrancando água e espuma da superfície para formar uma neblina impenetrável, não lhe teria sido possível permanecer em pé onde estava agora. As ondas, embora ainda enormes, eram suaves, seus lados marcados por padrões de espuma que se erguiam e caíam placidamente enquanto as águas intumescidas passavam por baixo deles.

— Está se acalmando. Um momento atrás, pensei que estávamos perdidos.

Montdidier adiantou-se para ficar ao lado dele, equilibrando-se contra o movimento do navio enquanto estendia uma das mãos para agarrar uma corda firme. Atrás dele, observou Henry, a visibilidade havia melhorado consideravelmente, mas as nuvens baixas e pesadas que estavam além ainda mascaravam o horizonte, a linha do mar e o céu perdidos na distância lúgubre e brumosa.

Ele balançou a cabeça afirmativamente.

— É, parece ter acabado, mas foi ruim enquanto durou... Eu confesso que por um momento também pensei que iríamos todos morrer. Felizmente, eu estava errado... — Ele olhou em torno do convés e deu um pequeno sorriso contido. — Mas eu tive de subir até esta plataforma para salvaguardar meu estômago. O barulho e o fedor de vômito lá embaixo estavam insuportáveis. Agora parece que você e eu somos as únicas pessoas de nossa comitiva que não estão gemendo e com ânsias, desejando morrer.

Ele soltou a corda que estava segurando e voltou-se para sentar-se com as costas apoiadas na amurada do navio.

— Sente-se aqui ao meu lado. Está molhado e desagradável, mas o mundo inteiro está assim neste momento. Nossa última conversa foi interrompida pela tempestade, você deve se lembrar, e justamente quando estava se tornando interessante.

Montdidier soltou seu apoio e baixou o corpo cuidadosamente para sentar-se ombro a ombro com St. Clair, que pousou as mãos abertas sobre o convés e, com um gemido profundo, deu um impulso para assumir uma posição mais confortável.

— Ahh — murmurou —, assim é... muito melhor. Estes meus velhos ossos sentem falta de um colchão hoje em dia. O desconforto, porém, é um pequeno preço a pagar por ser capaz de se sentar ao ar livre sem enjoar como todos os outros. Você acha que ainda estamos na rota? Eu não vi sinal de terra.

O outro cavaleiro sacudiu a cabeça.

— Não, nem eu, por isso falei com o capitão. Ele me disse que fomos soprados para oeste, para o Atlântico, mas que rumaremos diretamente para o norte usando os remos, agora que o vento morreu, e logo encontraremos terra novamente. Depois disso, navegaremos de novo para noroeste até contornarmos a península da Bretanha, e então seguiremos a nordeste até alcançarmos Cherbourg. De lá poderemos ver a costa da Inglaterra, ao norte. Eu perguntei quanto tempo isso levará, mas a única coisa que recebi em resposta foi um encolher de ombros e um sacudir de cabeça. Isso depende dos ventos e do clima, disse ele. Portanto, pode levar qualquer coisa entre sete dias e três vezes esse tempo. Enquanto isso, pararemos em Brest para obter provisões frescas, depois prosseguiremos em nosso caminho para o norte e para leste de lá até Cherbourg, e dali é uma viagem de um só dia para a Inglaterra.

— Em outras palavras, devemos nos resignar com o que vier e sermos pacientes. — St. Clair sentiu um tremor súbito e puxou seu manto molhado ao redor de si. — Bem, nós devemos ser afortunados, acho, por termos tanto para conversar, você e eu.

Outro calafrio estremeceu seu corpo e subitamente ele estava tremendo como um paralítico, consciente de que se não se livrasse de suas roupas encharcadas corria o risco de cair doente. Os homens mais jovens em volta dele podiam ser capazes de ignorar o frio e o sofrimento físico, mas ele estava velho demais para tolerar tais abusos. Ergueu-se novamente com alguma dificuldade, sentindo a rigidez que já invadia seus ossos, e se segurou com uma das mãos no ombro de Montdidier.

— Isto é loucura — disse ele. — Eu tenho roupas limpas e secas no meu dormitório lá embaixo e pretendo tirar estes trapos encharcados e vestir novamente algo limpo e quente. Você deveria fazer o mesmo. Aqui, tome minha mão.

O hospitalário segurou a mão de Henry e se pôs de pé facilmente.

— Concordo. Sinto-me como se estivesse molhado e com frio durante toda a minha vida, mesmo sabendo que foi somente a partir da noite passada. — Ele fez uma pausa. — Mas se você e eu viermos a nos conhecer melhor no tempo que se seguirá, lembre-me regularmente, se lhe apraz, de que eu não tenho o menor desejo de passar outra noite no porão de um navio escuro como breu, em meio a uma tempestade ululante no mar. Portanto, vamos nos secar o melhor que pudermos, e eu o encontrarei aqui novamente dentro de meia hora.

Era quase uma hora mais tarde quando St. Clair finalmente surgiu de novo no convés para encontrar o hospitalário, que já estava à espera dele. Sentia-se seco e quente pela primeira vez em muitas horas, e o panorama que lhe deu as boas-vindas fez com que se sentisse melhor do que em dias. A cobertura de nuvens pesadas havia se dissipado enquanto ele estava embaixo, e agora o sol brilhava através de uma fresta que se alargava, e ele notou que a tripulação havia se equipado de remos e fazia progresso contra as ondas visivelmente menores. Também percebeu com satisfação que o convés sob seus pés estava começando a secar.

Ninguém prestou qualquer atenção aos dois cavaleiros enquanto eles passavam diante do robusto tripulante que manejava a cana do leme e permanecia olhando diretamente em frente, em direção à proa. Eles se sentaram lado a lado na frente e à esquerda dele, sobre dois grandes fardos do que pareciam ser redes, afastados o bastante do timoneiro para poder falar sem ser ouvidos. Durante um curto período depois disso, conversaram sobre generalidades, mas Henry estava ansioso para falar sobre temas mais específicos e logo foi direto ao ponto.

— A última coisa que você me disse ontem, pouco antes de a tempestade cair e nós termos de lutar por abrigo, foi que os reis que nos conduzirão à Terra Santa necessitam absorver alguns fatos que lhes ficarão entalados na garganta. Fiquei pensando nisso desde então. O que você quis dizer?

Montdidier balançou a cabeça, seu rosto se tornando sombrio.

— Eu quis dizer exatamente o que disse. A armada que está se formando agora, tanto na Bretanha quanto na França, não é de maneira alguma um exército. É uma reunião de fragmentos... facções e seitas estilhaçadas... cada uma das quais com líderes e comandantes que têm seus próprios projetos e ambições, todos de olho em suas vantagens pessoais acima das de qualquer outra pessoa. Mas todos eles, reis, príncipes, duques, condes e quaisquer outros que estejam lá... *todos* eles de alguma forma precisam ser convencidos, e forçados se necessário, a aceitar a realidade atual do lugar para onde irão e o que os espera lá. Eu falei com a maioria deles e disse-lhes no que acredito, o que sei e o que testemunhei com meus próprios olhos, mas de todos eles apenas Ricardo Plantageneta se dignou a ouvir e prestar atenção no que eu disse. Os outros não quiseram escutar. Eles têm suas próprias crenças; suas próprias convicções ilusórias.

Quando o hospitalário não disse mais nada, St. Clair o estimulou:

— E essas convicções... quais são? Acho que posso adivinhar, mas diga-me mesmo assim. Em que eles acreditam?

— Coisas estúpidas.

Montdidier levou a mão ao cinto e sacou uma adaga com uma lâmina longa e estreita. Olhou para ela por um momento, depois largou a empunhadura e a segurou pela lâmina, começando a cavoucar sob as unhas com a ponta.

— E? O que são essas coisas estúpidas?

Montdidier estava irritado, exibindo uma expressão tristonha e truculenta, mas então endireitou as costas abruptamente, aspirou grande quantidade de ar e o segurou por uma contagem de um a cinco antes de expeli-lo ruidosamente, livrando-se de sua raiva carrancuda tão rápida e facilmente quanto outro homem poderia despir uma capa.

— Por que estou ficando zangado com você, pode me explicar isso? Você não está envolvido nisso de modo algum... Não ainda, pelo menos. Mas estará, creia-me. — Ele fez a faca deslizar novamente para a bainha em sua cintura e cruzou os braços sobre o peito. — Todos eles acreditam que esta nova guerra, como todos os outros conflitos que já conheceram, será vencida por cavaleiros montados.

St. Clair ficou olhando para ele, seu rosto demonstrando moderada perplexidade.

— E você preferiria que eles pensassem de outro modo...

— É claro que preferiria, pois quero que eles destruam os exércitos muçulmanos e sobrevivam. Alguém *tem* de fazê-los ver o quanto estão errados... para mudar não apenas seu modo de pensar, mas também seus métodos e táticas de combate. Se não o fizerem, todos morrerão rápida e inutilmente, porque hoje tudo mudou. Todas as assim chamadas guerras de que eles falam, guerras vencidas por cavaleiros montados, foram travadas aqui na Cristandade, e todos eles têm perdido tempo com coisas pequenas... brigas mesquinhas e paroquiais entre barões gananciosos e seja lá que inimigos eles escolham para enfrentar a qualquer tempo.

Ele parou e voltou-se para olhar diretamente nos olhos de St. Clair.

— Nunca houve uma guerra como a que está acontecendo hoje na Palestina, contra os muçulmanos, contra Saladino. Acredite-me quando digo isso, sir Henry. Essa guerra está sendo travada num mundo diferente, longe de tudo o que conhecemos na Cristandade, e as regras de combate que aprendemos e conhecemos foram todas modificadas e anuladas. Você nunca esteve em Outremer, esteve?

— Não, nunca. Meu dever para com a duquesa Eleanor me manteve em minha terra quando poderia ter ido... e nunca tive outra oportunidade para ir, até agora.

— É, foi o que pensei... Bem, acredite em mim quando lhe digo que Outremer é completamente distinta do mundo que conhece. Vocês a chamaram de Terra Santa pouco tempo atrás, mas o próprio Deus sabe que não há nada de santo naquele lugar. É um mundo que essas pessoas que hoje se veem como líderes jamais entenderam e não podem nem começar a imaginar. Todos eles são jovens demais para se lembrar das lições da primeira e da segunda expedições que nós enviamos... e ignorantes demais para se preocupar com a realidade da terra e do clima em que estão destinados a lutar. A maior parte dela é desértica, tão hostil e brutal quanto as pessoas que vivem nela e inimaginavelmente perigosa para recém-chegados. É um lugar maldito, cheio de terrores e cataclismos, onde tempestades de areia podem se erguer sem nenhum aviso e sepultar vilarejos inteiros... *exércitos* inteiros, às vezes... tempestades tão violentas que a areia soprada despirá a carne dos ossos de um homem vivo.

"Mas ainda pior do que tudo isso: é um lugar cheio de fanáticos religiosos... guerreiros ferozes e impiedosos que vivem e respiram o credo de seu próprio Deus e seu profeta, Maomé... e que se sentem felizes e dispostos a morrer a seu serviço. Esses guerreiros muçulmanos... sarracenos, maometanos, árabes, beduínos, chame-os como quiser... podem derrotar os melhores de nós, Henry, por mais que desejemos negar isso. E são em número suficiente para confrontar um exército franco com a força de 3 mil, pondo em campo dez homens para cada um dos nossos, e para destruí-lo, deixando não mais que um homem a cada vinte com vida.

Houve uma longa pausa enquanto St. Clair pensava no que o hospitalário havia dito, e depois de algum tempo, com um minúsculo sacudir de cabeça, ele ergueu uma das mãos em súplica.

— Eu não duvido de você, pois ouvi relatos similares vindos de outros. Mas apesar de tudo isso, e de toda a lógica e discernimento que isso traz, esses números que você cita desafiam a crença. Dezenove homens mortos a cada vinte? Como poderia *qualquer* exército, não importa quão bem treinado ou fanático fosse, lograr tal carnificina?

— Projéteis.

A palavra foi pronunciada de maneira tão brusca que St. Clair não teve certeza do que o outro homem havia dito.

— O quê? Acho que ouvi mal. Você disse *projéteis*?

Montdidier olhou novamente para ele, seus olhos límpidos e convincentes.

— Sim, foi o que eu disse. Projéteis... flechas, se você deseja precisão.

— Ah, flechas... Flechas atiradas por arcos.

As orelhas de Montdidier moveram-se visivelmente para trás enquanto seu rosto se crispava de raiva.

— Sim, isso mesmo: *flechas...* projéteis disparados por arcos. Eles nos dizimaram com flechas. Faziam chover flechas sobre nós, como granizos, constantemente e de todos os lados ao mesmo tempo. E então, à noite, eles atiravam em nossos cavalos, sabendo que um cavaleiro de armadura é indefeso se forçado a lutar a pé, na areia. Flechas, mestre St. Clair. Eles as usaram para nos desmoralizar... para nos enervar e assustar e, no final de tudo, nos destruir, forçando-nos a tomar atitudes desesperadas que não seriam tomadas em outra situação. E estávamos indefesos contra elas.

Henry balançou a cabeça.

— Eu sei, e não estou zombando de você. Ouvi algo a respeito disso antes. Eu estava apenas pensando ainda mais uma vez na loucura do banimento papal contra os arcos na Cristandade. Ele nos custou caro em Hattin. Mas, ainda assim... certamente, uma vez que uma flecha é atirada, ela está perdida. Ela não pode ser usada novamente. E, no entanto, você está descrevendo um número *prodigioso* de flechas. Deve haver *algum* exagero aí.

— É, assim deve parecer a qualquer um que não tenha estado lá. Você não é o primeiro a pensar isso e me questionar. Mas eu vi com meus próprios olhos.

Ele se levantou com um movimento fluido e foi até o costado do navio, sobre cuja amurada pousou ambas as mãos, e então ficou olhando para a água até St. Clair achar que ele devia ter dito tudo o que desejava e que não falaria mais nada. O tamanho das ondas havia continuado a definhar desde que o vento cessara, de modo que o navio agora se movia com muito mais suavidade, de maneira quase gentil, e o céu acima deles havia se tornado quase sem nuvens, com o sol da tarde avançada bastante baixo em sua descida rumo ao horizonte ocidental, que agora era claramente visível além de Montdidier. Mas este se voltou novamente para encarar St. Clair, apoiando as costas no flanco do navio, os cotovelos repousando sobre a amurada atrás dele.

— Já viu um camelo, sir Henry?

Henry balançou a cabeça afirmativamente.

— Sim, de ambos os tipos... com uma e duas corcovas... e diversas vezes. Há um sujeito que traz uma coleção de animais estranhos e selvagens a Poitiers todos os anos para o festival de verão. As pessoas vêm aos montes e pagam bem para ver e se maravilhar com os animais dele.

— Então você entende que o camelo é um animal de carga, muito grande, imensamente forte e capaz de carregar grandes pesos por longos períodos de tempo, enquanto uma flecha é praticamente sem peso. Mesmo uma aljava cheia de flechas... uma vintena ou mais... pesa quase nada comparada com uma espada ou um machado. Por isso deixe-me perguntar-lhe isto: quantas flechas, cuidadosamente acondicionadas e amarradas em fardos, você acha que um camelo completamente carregado é capaz de transportar?

St. Clair pôde apenas sacudir negativamente a cabeça.

— Eu não faço ideia, mas pelo modo como você pergunta, posso deduzir que o número provavelmente seria maior do que eu poderia sugerir.

O hospitalário balançou a cabeça em anuência.

— Muito maior. A única limitação que se aplicaria a tal carga seria o volume físico dos fardos de flechas. Agora imagine uma quantidade delas, todas cuidadosamente amarradas, com cinco grupos de vinte flechas por fardo. Cada fardo teria aproximadamente a espessura de dois punhos.

Ele ilustrou o que queria dizer reunindo os seus punhos fechados, com os polegares posicionados um junto ao outro.

— Agora imagine caixotes feitos de ripas e arame... engradados, todos com largura equivalente ao comprimento de uma flecha e suficientemente longos e fundos para conter dez fardos posicionados lado a lado, empilhados em quatro camadas. Cada caixote, um engradado leve mas resistente, conteria mil flechas, e não seria uma grande façanha de engenharia atar seis desses caixotes de cada um dos lados de um camelo. Isso representa 12 mil flechas, carregadas por um só animal.

St. Clair encolheu os ombros, sorrindo e estendendo as palmas das mãos.

— Uma premissa interessante, eu vou ter de reconhecer — disse ele calmamente. — Considerando, é claro, que alguém pudesse *encontrar* 12 mil flechas.

— Encontrá-las? Sir Henry, o exército que nos derrotou em Hattin era formado quase inteiramente por arqueiros... arqueiros *montados*, em cavalos muito menores do que os nossos, magros e resistentes, mais rápidos e muito mais ágeis. Cada arqueiro levava suas próprias flechas para a campanha, três ou quatro aljavas cheias, pelo menos. Mas Saladino já havia planejado tais coisas com antecedência e visto o que devia fazer. Meses antes ele reuniu sua armada, convocando-os do Egito e da Síria, da Ásia Menor e de todos os outros feudos que ele comanda; espalhou a notícia de que deveriam ser feitas flechas em quantidades nunca antes vistas e que todas elas deveriam ser embarcadas para os locais onde os diferentes contingentes de seus exércitos se reuniriam.

— E carregou todas elas num camelo... é isso o que você vai dizer?

— Não, sir Henry, não é. Isso representaria apenas 12 mil flechas. No momento em que avançou contra nós, vindo a sitiar Tiberíades, Saladino tinha setenta... *setenta* camelos carregados com flechas extras em seu comboio de carga. Não sei quantas flechas eles tinham no total, mas quando o massacre de Hattin acabou, os muçulmanos estavam se gabando entre eles de que haviam transformado os porcos infiéis, de cavaleiros e soldados que eram, em ouriços. Eu nunca vi nada igual à tempestade de flechas que foi atirada contra nós naquele dia.

— Setenta camelos carregados... como você sabe disso?

— Eu fui prisioneiro deles e falava sua língua. Ouvi-os conversando a respeito posteriormente e ouvi sobre as dificuldades que tiveram para coletar novamente as flechas usadas depois da batalha.

St. Clair agora se sentia distintamente incomodado.

— Espere, pois não tenho certeza se entendi o que você acabou de dizer. Você está me contando que o exército cristão em Hattin foi destruído a distância sem sequer se bater contra o inimigo? Se for assim, isso vai contra tudo o que eu ouvi sobre a batalha. E quanto às façanhas particulares de cavaleiros e à carga dos templários?

— Que carga? — zombou Montdidier. — Os templários não fizeram nenhuma carga heroica em Hattin. Tentar se aproximar do inimigo era como tentar capturar a fumaça. Eles nos superavam imensamente em número e cavalgavam em círculos à nossa volta, e cada vez que tentávamos dar carga a eles e combatê-los, suas formações se desintegravam e se espalhavam à nossa aproximação. Eles se afastavam para uma distância segura, permitindo que cavalgássemos na direção deles, e depois se fechavam atrás de nós, isolando-nos de nossas forças e expondo nossos flancos aos seus arqueiros. Os Cavaleiros do Templo mantiveram a retaguarda. Eles reconheceram o que estava acontecendo, depois de várias tentativas de embate, e para dar-lhes crédito eles recuaram para reforçar o acampamento do rei no outeiro que ficava acima do campo de batalha. Mas os homens do rei haviam levantado suas tendas entre a guarda real principal e os templários, de modo que os cavaleiros foram forçados a cavalgar em torno e entre elas, sendo atingidos por trás enquanto se acotovelavam um contra o outro, tentando achar um caminho entre as linhas de tendas e os milhares de cordas que confundiam seus cavalos.

"Nenhuma parcela coesa de nosso exército sequer chegou perto de um confronto corpo a corpo com os inimigos naquele dia. Alguns indivíduos o fizeram, mas eram poucos contra as hordas e foram rapidamente massacrados. À nossa infantaria, com a força de quase 12 mil homens, permitiu-se marchar diretamente através das fileiras muçulmanas... foi a mesma técnica, eles simplesmente se afastaram para os lados e nos deixaram passar sem luta... e depois os soldados foram seguidos e destruídos um a um por ambos os lados enquanto tentavam seguir caminho para o lago. Nenhum deles sobreviveu. E essa, para todos os intentos e propósitos, é a história de Hattin: nós montamos indefesos em nossos cavalos e fomos abatidos. Fomos superados estratégica, numérica e taticamente, e nossa liderança ficou impotente em face da habilidade superior do inimigo. Não foi uma ocasião gloriosa para a Cristandade. — Ele afastou o rosto e depois pigarreou e escarrou, com o desgosto e o ultraje irradiando quase visivelmente de si. — *Liderança*, eu disse. Há! Que Deus me perdoe, mas eu vi mais liderança entre um bando de ratos do que vi naquele dia em Hattin. Arrogância, estupidez, ignorância e orgulho exaltado vi aos montes, mas liderança, habilidade ou comportamento inspirado? Que Deus nos ajude a todos da próxima vez, se formos loucos o bastante para ir.

— Você pode ver a mesma coisa tornando a acontecer da próxima vez?

Montdidier olhou para ele com as sobrancelhas levantadas.

— Você duvida disso? O que mudou entre então e agora? Os velhos cavalos de batalha arrogantes, como Ridefort, se foram, mas nós os substituímos por patetas ainda inferiores. Eu lhe juro, mestre St. Clair, se cavalgarmos para o campo de batalha da mesma maneira nesta guerra vindoura, arrogantes em nossas noções de superioridade, Saladino nos receberá exatamente com as mesmas táticas e obterá precisamente o mesmo resultado. É por isso que se deve fazer ver aos reis que uma mudança é necessária.

St. Clair abriu a boca para falar, mas fechou-a de novo, hesitando claramente antes de dizer o que se passava em sua cabeça, e o Cavaleiro Hospitalário aguardou, com uma das sobrancelhas ligeiramente erguida, até que ele prosseguisse.

— Existe...? — Henry tossiu para limpar a garganta. — Há algo que eu devo perguntar, puramente para apaziguar minha mente. Existe... existe alguma possibilidade de que a derrota em Hattin tenha sido um mero acidente de guerra? Poderia o resultado ter sido diferente caso os dois exércitos se encontrassem em outro lugar, em outro dia?

A negativa de cabeça do outro foi concisa e definitiva.

— Eu duvido. Poderia haver algumas diferenças menores na maneira como a luta foi travada, mas o resultado teria sido o mesmo. Um dia depois da batalha, 5 de julho, quando os médicos sarracenos estavam tratando das minhas feridas, Tiberíades, que estava sitiada, rendeu-se... de maneira nada surpreendente, você pode dizer, uma vez que os cidadãos haviam assistido ao massacre de seus muros no dia anterior, mas cinco dias mais tarde, no dia 10, Acre caiu. E depois, uma após a outra, em rápida sucessão, o exército de Saladino tomou Nablus, Jafa, Toron, Sidon, Beirute e Ascalon. Todas cidades intensamente fortificadas. Depois disso, além de alguns poucos castelos esparsos que ainda se mantêm em lugares remotos, apenas o porto de Tiro e a própria cidade de Jerusalém se mantiveram em mãos cristãs. E então Jerusalém caiu sob Saladino um mês mais tarde, em setembro. Nenhum desses eventos ocorreu por acidente.

— Certo... — St. Clair ficou de pé e esfregou os olhos com os pulsos. Sir Gautier simplesmente aguardou, dando-lhe tempo para pensar, e por fim St. Clair falou: — Eu não sou rei. No entanto, vou dar sustentação ao seu ponto de vista a partir deste momento.

Então ele atravessou o convés até a amurada de estibordo, onde parou de costas para Montdidier, contemplando calmamente o horizonte distante.

O hospitalário se demorou por um momento onde estava, olhando para as costas e o alinhamento dos ombros de St. Clair, virou-se e se afastou.

— Pelas chagas de Cristo, Henry, fale-me abertamente! Se eu quisesse sugestões veladas e mistérios, chamaria um padre. Você é meu mestre de armas, por isso o que exijo de você é conversa franca, sem tolices murmuradas. Esta manhã você viu como pretendemos transportar nosso exército para Outremer, mas até agora não disse nada, nem uma só palavra, sobre como deveremos nos conduzir quando finalmente chegarmos lá e confrontarmos Saladino e seus maometanos. Como devemos abordar essa tarefa, ir até eles novamente sem sofrer o mesmo tipo de destino que Guy de Lusignan e o exército do Reino de Jerusalém? Maldição, homem, eu preciso de orientação nisso, antes de falar com os outros. Filipe de França vai gritar ultrajado se apenas começar a suspeitar que eu ainda não encontrei uma resposta para isso.

Ricardo estava certo, claro. Como duque de Aquitânia, rei da Inglaterra e colíder da nova expedição para reconquistar a Terra Santa, ele esperava e necessitava de alguma informação direta e inequívoca, bem como do conselho de seu recém-designado mestre de armas. Mais precisamente, necessitava saber com exatidão que táticas originais e inovadoras St. Clair estava desenvolvendo para oferecer aos seus exércitos alguma esperança de vitória contra as hordas de Saladino. Henry já estava cavalgando com seu duque havia três dias, esperando por uma oportunidade de apresentar seus achados e propostas sem a ameaça de ser interrompido. Ricardo estava cada vez mais preocupado com os arranjos logísticos preliminares para a vindoura viagem marítima a Outremer. A grande esquadra ainda não começara a se reunir, nem o faria por pelo menos mais dois meses, mas o mestre de esquadra, Robert de Sablé, já vinha trabalhando e planejando com seus contramestres e subordinados havia meses, e a imensa logística da aventura havia sido identificada, categorizada e posta em prática, com embarcações e suprimentos sendo reunidos em mais de uma vintena de portos importantes. Naquela manhã, Henry e Ricardo haviam cavalgado juntos, inspecionando tropas e revendo planos. O tempo passara rapidamente e seu trabalho havia sido produtivo, e Ricardo aproveitava a oportunidade para propor diversas sugestões pragmáticas e sensatas para De Sablé, quanto à alocação de espaço a bordo dos navios para cavalos, selarias e armas, incluindo suas pesadas máquinas de sítio, desmontadas para serem embarcadas em partes.

— Bem, sir? Você tem uma resposta para mim?

Vendo que sua oportunidade finalmente se manifestara, St. Clair falou rapidamente.

— Sim, meu suserano, eu tenho uma resposta. Mas precisarei de pelo menos uma hora completa do seu tempo para explicar meu modo de pensar a questão; depois disso, o senhor próprio provavelmente desejará passar um dia ou dois analisando a ideia.

Eles haviam acabado de deixar a cidade costeira de Plymouth, no sul da Inglaterra, um dos principais portos para a concentração da Esquadra Real, e cavalgavam por um espaçoso campo dominado por árvores enormes e solitárias, carvalhos, olmos e faias, com um largo e agradável curso d'água serpenteando entre elas. Ricardo olhou em volta e puxou as rédeas de seu cavalo, fazendo com que o animal desviasse para a direita, rumo ao ponto onde a correnteza estava mais próxima deles.

— Então venha. Se isso vai exigir de mim um dia inteiro de reflexões, nós agora vamos ficar algum tempo sentados sozinhos ali na margem do riacho e conversar a respeito.

Ele se virou e olhou por cima do ombro para onde seu fiel e companheiro guarda-costas, o taciturno mas ferozmente leal cavaleiro angevino chamado Baldwin de Bethune, cavalgava em seu local de costume, quatro cavalos de distância atrás de seu duque.

— Baldwin, nós temos comida e bebida?

— Sim, senhor.

— Ótimo, então pararemos aqui e comeremos ao lado do rio, quando você estiver pronto.

Ricardo Plantageneta comia da mesma maneira como fazia a maioria das coisas — com total concentração e impaciente rapidez. Observando o duque consumir a ave que segurava com a mão, rasgando-a com dentes sôfregos e devorando pequenos ossos e todo o resto, sua barba e seu queixo besuntados de gordura, Henry quis alertá-lo para comer mais devagar e tirar algum tempo para saborear a carne, mas achou melhor não dizer nada. Uma necessidade de comer havia se interposto entre Ricardo e o que ele desejava fazer em seguida — era um estorvo com o qual ele tinha de se ocupar, e o prazer não fazia parte do processo. Quando Ricardo finalmente acabou, atirando os despojos da carcaça na correnteza e esfregando a gordura dos dedos com um punhado de grama que arrancou do chão, Henry calmamente pôs de lado sua própria inacabada refeição e preparou-se para lidar com o que o duque pudesse lhe lançar. Não teve de esperar muito.

— Montdidier me diz que você e ele passaram muito tempo conversando e que você assimilou a importância do seu ponto de vista mais depressa do que qualquer outra pessoa que ele conheceu, além de mim, é claro. Então, o que você tem para me contar?

— Não mais do que o senhor já terá concluído, *milord*: nós precisamos implantar mudanças radicais no modo como fazemos as coisas nesta campanha que virá... e precisamos começar imediatamente. Verdade seja dita, deveríamos ter começado meses atrás, quando o hospitalário chegou e começou a falar a verdade sobre o que aconteceu em Hattin. Mas naquela época, aparentemente, havia poucos entre os nossos ou seus aliados que acreditavam nele. Admito que a princípio eu próprio achei difícil acreditar que ele era a única voz de alerta e discordância a retornar de Outremer.

— Ah, mas aí está a diferença. Montdidier é um homem de princípios, sem medo de falar a verdade. Não se importa com o que os outros pensam dele. Isso o torna único. Quanto aos que voltaram com histórias diferentes, não tenho dúvida alguma de que alguns deles o fizeram para escapar à punição por seu comportamento covarde, enquanto outros provavelmente quiseram fazer com que suas façanhas e sua sobrevivência parecessem mais heroicas do que foram. E os padres, é claro, têm suas próprias razões e explicações para tudo. Eles procuram nos manter a todos transfixados pela culpa para que retornemos o mais rápido que pudermos a fim de nos redimir e expiar os nossos pecados. Eles nos falam de nossas faltas e pecados, mas são padres; portanto, não podem nos dizer nada sobre como lutar e vencer uma guerra. Mas, agora, nada disso importa, pois temos a verdade vinda de um homem em quem podemos confiar. — Ele fez uma pausa por alguns momentos e depois prosseguiu. — Então, o que você me aconselha a fazer? Que mudanças você tem em mente para nossa linha de batalha?

— Estabilidade e consolidação.

Como sempre fazia quando estavam a sós e conversando sobre estratégias, St. Clair se dirigiu a Ricardo sem títulos honoríficos, embora ele próprio não tivesse consciência de fazê-lo.

Ricardo piscou os olhos.

— Explique isso.

— Com prazer. A armada destruída em Hattin era muito instável e fatalmente vulnerável às táticas que Saladino usou contra eles. Estou convencido de que a disciplina que havia entre os francos estava em pedaços... muitas facções no meio do exército e todas trabalhando umas contra as outras. Os cavaleiros do rei Guy tinham ciúmes dos templários, e, a despeito de sua causa comum, templários e hospitalários não morriam de amores uns pelos outros. Então o próprio rei Guy, por causa de sua fraqueza, temia ser intimidado em público por Ridefort e Chatillon, como já havia acontecido em várias ocasiões. O conde de Trípoli, Raimundo, junto com seus seguidores, ofereceu a voz da razão, mas eles foram desprezados por todos em virtude da antiga aliança de Raimundo com Saladino. E todos estavam buscando glória pessoal, investindo desorganizados tipos de ataque contra o inimigo e fazendo exatamente o jogo de Saladino, que fez tudo para encorajá-los, depois evitou suas cargas e os dizimou a distância. Montdidier contou sobre as flechas extras?

— Setenta camelos carregados, sim, ele contou. Não tenho certeza se acredito nisso. Margem demais para o exagero.

St. Clair sacudiu a cabeça em negativa.

— Acredite e aprenda com isso. Eu estive pensando um pouco mais desde que ouvi a história pela primeira vez e agora estou convencido de que o hospitalário está certo. É uma percepção alarmante de um inimigo que ainda estamos para conhecer... uma medida do quanto o sultão é visionário e original. Ele planejou com meses, talvez anos, de antecedência e fez com que seu povo preparasse aquelas flechas com um propósito claro.

Isso me diz que ele tem grande confiança em si próprio e em seu povo... e também que ele tem pouco apreço por nós, francos de qualquer espécie, como guerreiros. Ele tomou tais passos e preparou aquelas flechas apenas porque viu o quanto os francos seriam previsíveis quando finalmente chegasse a batalha, e então usou essa previsibilidade para destruí-los.

— Então nós devemos nos tornar imprevisíveis. Entendo. — O rei balançou a cabeça, olhando fixamente para algum ponto inalcançável aos olhos. — E eu concordo, mas como você sugere que nós façamos isso?

St. Clair objetou, inclinando a cabeça para um dos lados.

— Não, não imprevisíveis, isso seria suicídio. Simplesmente *menos* previsíveis. Nós teremos de fazer com que Saladino e seus emires... é assim que ele chama seus generais, eu creio... nós teremos de fazê-los ver, e acreditar, que não vamos mais ser induzidos a lançar uma carga selvagem atrás das suas formações. Eles terão de vir até nós desta vez; e quando o fizerem, nos encontrarão preparados para eles.

Ricardo balançou novamente a cabeça, ainda falando de maneira calma, num tom quase reflexivo.

— Isso parece fazer sentido. Mas, na verdade, Henry, como podemos estar preparados, considerando tais números? Pense, haverá mais de nós desta vez do que Guy e sua infortunada equipe foram capazes de pôr em campo em Hattin. Eles mal chegavam a 30 mil, e quando nos encontrarmos com Barba-ruiva, nossos exércitos combinados chegarão a 300 mil. Mas também pode haver um número maior de infiéis arregimentados contra nós, pois os territórios de Saladino são vastos. Só o tempo nos dirá isso. Mas caso repitam sua performance com tempestades de flechas... e eu não consigo imaginar por que eles deixariam de fazer isso... nossos homens não terão defesa contra eles. Nós seremos abatidos aos rebanhos.

— Talvez, mas só se permitirmos que o inimigo chegue próximo o bastante para nos atingir.

A cabeça de Ricardo se ergueu e seus olhos se estreitaram ao ouvir isso. Ele ficou olhando interrogativamente para St. Clair por vários momentos antes de balançar a cabeça em aprovação.

— Muito bem então, conte-me. Como nós os manteremos a uma distância segura?

— Atirando melhor do que eles. Seus arcos longos ingleses, *milord*, e suas balestras angevinas... suas bestas. Ambos superarão facilmente o alcance dos arcos usados pelos sarracenos. Os arcos deles são insignificantes em comparação. Nós os ensinaremos a temer nossas balestras.

— E deveriam. Eles deveriam temê-las. Mas nós nem de longe as temos em quantidade suficiente... nem mesmo bestas comuns, que dirá balestras. E as minhas são as únicas em toda a Cristandade, de modo que não podemos esperar ajuda de qualquer de nossos aliados.

St. Clair simplesmente balançou a cabeça, sem se impressionar.

— Nem precisamos. Eu me permiti pressupor sua anuência e requisitei novos suprimentos de seus armeiros tanto aqui quanto na França.

— Você fez isso, pela cabeça sagrada e aprovadora de Deus? — Longe de demonstrar contrariedade, Ricardo simplesmente arqueou uma sobrancelha, divertido com a audácia de St. Clair. — Quando você fez isso e quantas você pediu?

— Tantas quantas poderiam ser feitas antes de embarcarmos. Inicialmente pedi quinhentas... mas se o prazo permitir. E fiz isso uma semana atrás; mandei um recado para Poitiers por um navio ligeiro, uma vez que é o único lugar onde balestras podem ser feitas hoje. É claro que nem todas elas serão com arco de aço... eu entendo que elas são extremamente difíceis de fazer..., por isso pedi do tipo mais forte depois destas, os pesados arcos com camadas de madeira e chifre. Também mandei recado para a manufatura secundária, em Tours, requisitando quinhentas bestas inferiores, de madeira e tendão... E solicitei ao seus arqueiros ingleses que aumentem sua produção, embora eles me tenham dito depois disso que já estão trabalhando em toda a sua capacidade.

Ricardo inspirou profundamente, depois balançou a cabeça em aprovação à iniciativa de St. Clair.

— Que assim seja — disse ele. — Você agiu bem. Mas como treinaremos mais pessoas para usá-las antes de estarmos de posse das armas? Isso não será simples, Henry, pois nenhum dos recrutas que escolhemos tem qualquer familiaridade com essas armas.

— É verdade, milord... mas o senhor já designou meu filho André para treinar os instrutores, e nós podemos usar os homens que ele já treinou para ensinar os recém-chegados. Quantos besteiros o senhor tem sob seu comando na Aquitânia?

— Na Aquitânia? Não muitos. Tenho mais em Anjou e outros em Poitou... — Ricardo comprimiu os lábios enquanto calculava. — Entre os aquitanos, talvez restem quinhentos, talvez seiscentos. Eu trouxe duzentos deles para a Inglaterra comigo... vinte esquadrões de dez homens.

— E quanto às armas menores, outras bestas?

— A mesma coisa, eu diria, se você está falando da Aquitânia... talvez umas cem ou duzentas mais... digamos, perto de mil. Mas, novamente, tenho mais em Anjou e Poitou. E antes que você pergunte, tenho mil arcos longos ingleses em meu comboio e acrescentarei pelo menos mais mil antes de deixarmos a Inglaterra.

Ricardo agora apoiava os ombros numa árvore às suas costas e contemplava a distância, claramente revisando os números que havia citado. Acima de tudo, eles compunham uma porcentagem muito pequena do exército de 100 mil homens que ele estava levantando contra Saladino com o rei da França e seus outros aliados menores, mas percebeu que isso se devia unicamente a ele e, com relutância, acrescentou crédito ao seu pai, também, de que tivessem até mesmo esse número. Seus espiões haviam trazido a notícia de que Frederico Barba-ruiva, o imperador do

Sacro Império Romano, estava, segundo rumores, reunindo um exército de 250 mil em seus territórios germânicos como sua contribuição à nova guerra do papa, mas Ricardo pusera seus espiões para trabalhar e agora achava improvável que os batalhões do imperador germânico tivessem muitos arqueiros de qualquer gênero.

O olhar de Ricardo focou-se novamente, e ele tornou a olhou para St. Clair.

— Você já pensou como deveríamos posicionar essas novas forças com as quais sonhou?

— Sim, *milord*, eu pensei nisso. A estratégia é bastante fácil de explicar, mas eu ainda não desenvolvi os detalhes táticos exatos. Agora que tenho a sua concordância quanto à necessidade de prosseguir, dedicarei mais tempo a isso.

— E é a isso que você se refere como *estabilidade e consolidação*?

— Sim, é. Como eu disse, os movimentos menores ainda não estão claros... eles ainda não se cristalizaram em minha mente... mas sei que devemos usar os novos armamentos em bloqueios táticos, móveis, mas capazes de permanecer no lugar e repelir um ataque à força, e devemos usá-los em apoio à nossa cavalaria.

— E quanto à nossa infantaria?

— Novamente, será usada em bloqueios, à maneira dos antigos, em que cada homem confia no suporte e na força de seu vizinho.

Ricardo balançou a cabeça com lenta deliberação.

— Os antigos... você se refere às antigas legiões romanas?

— Sim, exatamente: sólidas, inflexíveis, poderosas, autossuficientes, rigidamente disciplinadas e praticamente indestrutíveis.

— Entendo. É uma tremenda lista de atributos.

— Sim, mas é alcançável... e necessária, se devemos ir contra as legiões que Saladino lançará contra nós. Nós podemos fazê-lo, mas não temos tempo a perder.

— E quanto a essas tempestades de flechas?

St. Clair deu de ombros.

— Se a necessidade exigir, nós reinventaremos a formação tartaruga romana e cobriremos nossos soldados com carapaças de sólidos escudos de aço.

Ricardo olhou para Henry por um longo momento, depois fez um gesto de aprovação com a cabeça.

— Muito bem, faça isso. Você tem algo mais em mente?

— Sim, milord, eu tenho. Os sarracenos capturaram todas as fortificações e cidades francas em Outremer, e isso significa que nós teremos de tomá-las de volta pelo cerco. Eu havia pensado em informá-lo da necessidade de máquinas de sítio para isso, mas nós discutimos o assunto esta manhã, e ele parece estar sob controle.

— É. O que nós realmente precisamos é de treinamento e treinadores, tanto para a infantaria quanto para os arqueiros. Portanto, eis o que faremos. Você passará esta noite comigo... a noite toda, se necessário... e nós trabalharemos nos princípios e na logística dessas suas novas ideias até que eu esteja familiarizado com tudo de que vamos precisar. Depois disso, eu próprio cuidarei do restante e me certificarei de que sejam escolhidos os homens certos e encarregados como quadros de oficiais para pôr esses princípios em prática. Você, nesse meio-tempo, retornará para casa assim que puder e começará a treinar unidades novas e muito numerosas de homens para usar essas bestas. Inicialmente use voluntários, uma vez que é mais provável que eles aprendam rápido, mas aliste outros à medida que necessitar deles, de qualquer origem que considerar adequada. Eu lhe darei carta branca para isso. Suspeito, porém, que nossos aliados franceses, e talvez até mesmo muitos dos outros, desejarão mandar alguns dos seus homens para que você os treine, agora que podemos usar abertamente essas armas contra os muçulmanos. Mas o que eles deverão fazer primeiro é mandar seus melhores ferreiros às nossas armarias em

Anjou e Aquitânia, para que aprendam a fabricar balestras... — Ele se deteve no meio da frase, notando a expressão no rosto de St. Clair. — O que foi, homem? O que há?

Sir Henry sacudiu a cabeça, parecendo desconcertado.

— Perdoe-me, senhor, mas o senhor pretende que eu vá para casa antes da sua coroação ou depois dela?

— Você está louco, Henry? Antes dela, é claro. Esta nova necessidade é importante demais para ser adiada por um mês inteiro, especialmente por pantomimas religiosas. Eu quero vê-lo partir ainda esta semana. Eu lhe contarei sobre a coroação da próxima vez em que nos encontrarmos. Agora, vamos nos levantar e partir, pois temos muitas milhas a percorrer, e eu quero começar a trabalhar nesses planos esta noite. — Ele girou o corpo para olhar para Baldwin de Bethune, que estava sentado a alguma distância deles, esperando ser chamado. — Baldwin, nós estamos partindo agora. Reúna o que precisa ser reunido e siga-nos o mais rápido que puder.

Enquanto Baldwin se levantava com agilidade, Ricardo fez o mesmo, depois estendeu a mão para sir Henry e o puxou.

— Você agiu bem, Henry... justificou minha fé em você. Suas faculdades estão mais aguçadas do que nunca e seu olhar para os detalhes que poderiam passar despercebidos é uma das minhas vantagens mais valiosas. Nunca pare de pensar dessa maneira. Agora, monte.

DEZ

Sir Henry St. Clair montou ereto como uma lança em seu cavalo, olhando para baixo a partir de uma rampa escarpada, no topo de uma colina alta e íngreme. À sua frente, estendendo-se de ambos os lados, havia um enorme campo de treinamento, cujos limites se perdiam na distância. Às suas costas, além da extensão do seu fosso de proteção, os altos muros do castelo de Baudelaire erguiam-se acima dele, cobrindo-o com uma longa sombra de final de tarde que avançava muito à frente do ponto onde ele estava. Toda a área à sua direita era destinada a cavalos e cavalariços, grupos de cavaleiros e formações de soldados montados cavalgando de um lado para o outro, todos profundamente envolvidos em seus exercícios, e Henry estava contente em deixá-los à sua própria conta. Estava muito mais interessado no que acontecia na metade esquerda do campo, onde fileiras aparentemente intermináveis de besteiros, os mais próximos diretamente abaixo de sua rampa, atiravam em saraivadas contra alvos enfileirados muito à frente deles. Mais longe, além das concentrações de besteiros, Henry sabia que os arqueiros ingleses de Ricardo trabalhavam com seus mortíferos arcos longos; no entanto, estes estavam tão distantes que St. Clair mal conseguia vê-los, mas apenas adivinhar suas atividades. Naquela tarde, assim como os cavaleiros, eles exigiam pouco de sua atenção, pois ela estava concentrada nos besteiros, a única razão de seu inesperado retorno para a Aquitânia em meados de agosto do ano anterior. Corria a metade do mês de junho do ano de Nosso Senhor de 1190, e dez meses haviam passado por ele como um sonho impetuoso e severamente fraturado.

A tarefa com que se defrontara em seu retorno a Poitiers havia sido formidável: arregimentar e treinar um novo corpo de artilharia equipado com armas cuja linha de tiro superava em poder e performance desde bestas compostas leves, feitas de chifre laminado, tendão animal e madeira temperada, que podiam cravar um dardo com ponta de aço através de cotas de malha finas de uma distância de oitenta a cem passos, até toda uma gama de armas de força e poder crescentes, culminando na mais nova geração de balestras, que tinham arcos feitos de aço temperado flexível e podiam perfurar a mesma cota de malha com um dardo de aço maciço a mais de quatrocentos passos de distância.

No início, ele mal sabia por onde começar, pois as manufaturas das quais havia requisitado seus novos armamentos ainda não haviam encontrado tempo para iniciar a produção. Suas ordens haviam sido entregues apenas dez dias antes de sua própria chegada a Poitiers, e ele não teria ninguém para treinar àquela altura, ainda que as armas estivessem disponíveis. Essa segunda deficiência, pelo menos, foi facilmente resolvida dentro das primeiras semanas. Ele simplesmente mandou grupos de recrutas de Poitiers para visitar cada um dos vassalos de Ricardo em Aquitânia, Poitou e Anjou e executar demonstrações da potência de suas armas. Esses recrutas atuaram em Tours, Angers, Nantes, Nevers, Bourges, Angoulême e Limoges, além de outras centenas de vilas e vilarejos espalhados entre estes locais, e depois de cada demonstração anunciaram que o duque Ricardo estava à procura de voluntários para preencher as fileiras de sua nova corporação de artilharia de elite. Mais de mil homens se adiantaram para Poitiers no primeiro mês daquela campanha, e Henrique pôs seus besteiros angevinos treinados para trabalhar imediatamente, ensinando os recém-chegados. A essa altura, as primeiras armas novas também haviam começado a chegar das manufaturas de Poitiers e Tours, aquela fornecendo balestras e esta, bestas mais simples, leves e versáteis, e, uma vez que a produção começou, a capacidade aumentou gradualmente.

Agora, depois de dez meses de trabalho duro e desgastante, Henry tinha 12 mil novos besteiros totalmente treinados — trezentos deles com balestras — e mais de 2 mil homens armados, em vários estágios de treinamento. Mais de quatrocentos do segundo grupo lhe haviam sido encaminhados pelo rei da França, Filipe Augusto, que solicitara com grande civilidade que sir Henry consentisse em treinar, em benefício de Filipe, um quadro de homens que pudessem, por sua vez, retornar para ensinar outros na França.

Todas as coisas consideradas, Henry sentiu que os esforços que havia expendido tinham sido mais do que compensadores. Naquela manhã, ele havia recebido a notícia da chegada de Ricardo à França na semana anterior, e a mesma missiva alertara-o a de que o duque, agora coroado rei da Inglaterra, poderia ser esperado em Baudelaire em algum momento da tarde daquele mesmo dia. Saber disso motivara Henry a dispor aquele grupamento em massa de suas novas tropas, pois era extremamente incomum que grandes grupos dos novos homens se reunissem em qualquer situação, simplesmente pela grande disparidade entre os níveis de treinamento dos vários influxos de recrutas. Ali em Baudelaire, porém, com um campo de treinamento tão magnífico e espaçoso ao seu dispor para exibir as proezas deles, Henry, feliz por fazer uma exceção à sua regra, olhou novamente ao redor, admirando o espaço.

Este campo de treino, sir Henry sabia, era o que havia motivado o duque, agora rei Ricardo, a impor seu exército inteiro, apenas duas semanas antes, à hospitalidade e ao encargo do proprietário do castelo, Edouard de Balieul, conde das terras circundantes de Baudelaire. St. Clair, que havia entregado a notícia a Balieul, ao mesmo tempo que lhe trazia o exército real, estava amargamente convencido de que o conde sentia ter pouco por que estar agradecido. Mas não havia lugar comparável a Baudelaire numa centena de milhas, e ele era perfeitamente adequado às necessidades de Ricardo; rico em água doce potável para suas tropas e amplos pastos para todo o gado e os cavalos que o exército exigia. Situado magnificamente às margens do rio Loire, perto da pequena cidade de Pouilly, na Burgúndia, que anualmente fornecia a sir Henry o seu vinho branco adorado, também se situava a 40 milhas — três dias de marcha — de Vézelay, o ponto de reunião de todos os vários contingentes para a viagem à Terra Santa.

Satisfeito por tudo estar como deveria, sir Henry esporeou seu cavalo para adiante, começou a descer a rampa até a altura do campo e depois fez o animal virar à esquerda, até onde um grupo pequeno e compacto de homens carrancudos praticava com as balestras mais pesadas, ferozmente concentrados no esforço que carregar aquelas armas trabalhosas, porém mortais, exigia. Cada um deles segurava o corpo do dispositivo firmemente reto com um dos pés enfiado no estribo na extremidade frontal, enquanto se esforçava para girar a manivela para duas mãos na parte posterior, a qual puxava a pesada corda contra a enorme pressão do arco de aço até que estivesse totalmente travada. St. Clair ficou observando-os até que o instrutor carrancudo que os exercitava levantou os olhos, viu-o ali sentado e vagarosamente avançou para se postar ao seu lado, quando então o cumprimentou com um aceno de cabeça.

— Mestre de armas — disse ele num tom de voz baixo e profundo, muito diferente do berro abusivo que empregava para importunar e repreender seus estudantes. — Espero que o senhor esteja satisfeito com tudo o que viu hoje.

Sir Henry retribuiu o cumprimento.

— Bastante satisfeito, Roger. E quanto a você? Seus estudantes franceses estão fazendo progresso?

— Isso depende de como o senhor define a progresso... — Ele ergueu uma das mãos para manter a atenção de sir Henry, depois elevou a voz e, em seu costumeiro tom intimidante, ordenou: — Você aí, Bermond! Ponha sua flecha de volta, homem. Não há tempo a perder com essas coisas. Seja muito lento e morrerá antes que possa apanhá-la de volta. Você deve atirar dois disparos a cada minuto, não um disparo a cada dois!

O homem com quem ele havia gritado agora trabalhava com afinco redobrado, seus braços agitados nas alavancas da manivela. Sir Roger de Bohen retornou à conversa interrompida.

— Isso é parte do que tenho de tratar. Eles acham que estão sendo humilhados por serem franceses e estão sempre resmungando que nossos angevinos dispõem de uma vantagem injusta por terem usado estas coisas durante anos, ainda que estes camaradas em particular sejam tão crus e inexperientes com suas armas quanto os franceses.

St. Clair sorriu e sacudiu gentilmente a cabeça.

— Vamos, Roger, isso não é inteiramente verdade... Os angevinos cresceram vendo as armas serem usadas em toda a sua volta. Pelo menos têm algum grau de familiaridade com elas. Os franceses, por outro lado, nunca puseram os olhos numa besta, muito menos na maior besta de todas.

Roger de Bohen e Henry St. Clair conheciam e respeitavam um ao outro havia duas décadas e falavam-se como amigos.

— Você está se apegando a minúcias, Henry, e está errado — disse Bohen, mantendo a voz baixa para evitar ser ouvido. — Esses franceses estão se sentindo maltratados porque, mesmo começando do zero, sem qualquer vantagem de nenhum dos lados, eles não chegam nem *perto* de ser tão bons quanto os angevinos, e nesse passo levarão meses sendo castigados até chegarem a algum tipo de preparação para a batalha.

— Mas eles aprenderão, não é?

— Sim, eles aprenderão... É claro que aprenderão. — Bohen encolheu os ombros e se afastou, falando por cima do ombro enquanto retornava para seus deveres. — A questão é: aprenderão rápido o bastante?

St. Clair observou enquanto o outro voltava para a sua tarefa, depois golpeou seu cavalo com o joelho e puxou a cabeça do animal até que este se voltasse diretamente para a extremidade esquerda do campo, onde as formações em bloco de arqueiros ingleses de Ricardo estavam disparando rajadas maciças de flechas, que caíam sobre seus alvos como lâminas de chuva soprada pelo vento. Mas mesmo enquanto cavalgava em direção às fileiras inglesas, sua mente ainda estava com os besteiros às suas costas e com o potencial que eles ofereciam de ser capazes de plantar uma espessa rede defensiva de projéteis contra o tipo de ataque que destruíra os cristãos em Hattin. Os arcos ingleses podiam lançar rajadas assombrosas de grandes distâncias, atirando em altas curvas parabólicas por sobre centenas de passos, mas o que St. Clair precisava de seus arqueiros era um poder letal intermediário para fortalecer os arcos: rajadas mais curtas, mas não menos letais, disparadas em linha reta e mantendo-se em trajetórias baixas. Ele trabalhara durante meses treinando formações sólidas e coordenadas de bestas de alcance curto e intermediário que agissem em conjunto com grupos menores, mas muito certeiros, de atiradores de balestra. Essas tropas seriam capazes de gerar uma interferência suficientemente letal para desencorajar qualquer ataque prolongado dos aclamados arcos leves sarracenos e, por conseguinte, aumentariam as chances em favor da infantaria e dos cavaleiros cristãos em qualquer confronto. Essa, pelo menos, era a sua teoria, e Henry estava bem ciente de que havia condicionado sua reputação a esse sucesso.

Um clamor distante, à sua extrema esquerda, chamou-lhe a atenção, e quando ele se voltou para olhar o que causara tal comoção, ouviu um dos arqueiros ingleses próximos gritar o nome do rei. Assim, atiçou seu cavalo para a frente até um local que lhe permitisse ver a aproximação de Ricardo e, como fizera diversas vezes em meses recentes, maravilhou-se com a absoluta confiança e habilidade real que irradiavam do assim chamado monarca *inglês*, que, apesar de ter passado grande parte de sua infância no país, sempre o havia desdenhado, mal falando a língua das pessoas que agora governava, ainda que tivesse cativado todos os guerreiros daquela terra belicosa, inspirando aclamações espontâneas sempre que passava por algum lugar.

Naquele dia, como era seu hábito quando se misturava com seus próprios soldados, o rei cavalgava quase sozinho, desdenhando a escolta formal e acompanhado apenas por dois cavaleiros, um de cada lado, e dois escudeiros, que cavalgavam atrás deles. Um dos escudeiros carregava a espada real, com a empunhadura de ouro e a bainha cintilando com pedras preciosas, enquanto o outro levava o elmo de aço de topo achatado do rei, com o estreito diadema de ouro fixado em torno de sua orla lavrada. Ricardo tinha a cabeça descoberta, seu capuz de cota de malha afastado para pender às suas costas, deixando que seus longos cabelos ruivos fossem soprados livremente pela brisa à sua passagem. Vestia uma magnífica capa de seda carmesim trabalhada com fios de ouro, as bordas jogadas para trás por sobre os ombros, revelando a sobrecota branca com a cruz vermelha do Guerreiro Sagrado, e não o estandarte de São Jorge que normalmente usava no peito de sua túnica — três alongados leões passantes de ouro sobre um campo de cor escarlate vivo. Sob a sobrecota, estava armado com uma indumentária completa de cota de malha reluzente, e seu escudo de batalha cobria-lhe o braço esquerdo, com seu único leão rampante* voltado para a esquerda contra um campo

* Os leões constituíam importantes figuras heráldicas. Aqui são mencionadas duas de suas ocorrências mais comuns: o *leão passante* representava o animal andando, sobre as quatro patas, enquanto o *leão rampante* mostrava-o erguido sobre as patas traseiras, em posição de ataque. Ricardo Plantageneta, o Coração de Leão, introduziu o emblema heráldico com os três leões passantes, que ainda hoje é o brasão de armas da Inglaterra. (*N. do T.*)

vermelho-brilhante. Para seus homens, e para o mundo em geral, cada centímetro de Ricardo Plantageneta era de um rei guerreiro, mas Henry mal o notou depois do primeiro olhar analítico, com o qual avaliou o temperamento do monarca, que julgou agradável. Daí em diante, seus olhos permaneceram fixos no cavaleiro que cavalgava ao ombro direito do rei, seu próprio filho, sir André St. Clair. Ele havia tido esperança que André pudesse retornar, uma vez que agora ele trabalhava permanentemente como uma espécie de interlocutor entre o mestre de esquadra De Sablé e o rei. Havia muitos meses desde que Henry o vira pela última vez, e seu primeiro pensamento, apesar da distância em que se encontravam um do outro, foi que o rapaz parecia mais velho — mais velho e mais maduro, como deveria ser, e felizmente despreocupado, o que era ainda melhor. Também percebeu que seu filho ainda vestia seu próprio manto de cavaleiro, trazendo a insígnia dos St. Clair, o que significava que, qualquer que fosse sua ocupação naquele momento, André ainda não havia se juntado às fileiras dos Cavaleiros do Templo. Por apenas um momento, St. Clair encheu-se de orgulho pelo filho, com a antecipação do simples prazer de sentar-se com ele, ouvir sua voz, escutar suas opiniões. Sentiu um nó se formar em sua garganta, mas o engoliu com satisfação. Depois, controlando sua fisionomia para não demonstrar nada, esporeou seu cavalo para a frente.

Ricardo o viu chegar e o saudou de uma longa distância com um grito. Embora Henry não tivesse entendido as palavras do rei, deduziu, pela amplitude do gesto que Ricardo dirigiu a André, que o rei estava lhe mostrando sua consideração de ter trazido seu filho consigo. Henry respondeu ao aceno, puxou as rédeas do cavalo e desmontou, sinalizando saber que havia sido reconhecido e esperando até que a comitiva do rei o alcançasse. Quando eles chegaram, adiantou-se e levou o punho fechado até o lado esquerdo do peito em saudação ao seu suserano, mas Ricardo já tinha o olhar fixo por sobre a cabeça de Henry, sua atenção sempre cambiante capturada por algo que estava além da linha de visão deste. St. Clair esperou até que o rei se dirigisse a ele e por longos momentos nada aconteceu, mas então Ricardo voltou novamente a atenção para ele e sorriu-lhe.

— Henry St. Clair, velho amigo. Perdoe-me por minha desatenção e minhas más maneiras ao parecer ignorá-lo, mas vi algo que não esperava ver aqui. — Seus olhos vagaram novamente e depois retornaram para Henry. — Mas isso é o de menos. Nós ficamos sobre a sela o dia inteiro e precisamos de algum relaxamento... disso, e também de estímulo. — Ele esticou o braço do escudo e usou a outra mão para soltar o fecho que mantinha sua capa no lugar. — Tomkin! Pegue isto, rápido.

Enquanto um dos jovens escudeiros se apressava para apanhar o escudo e a capa do monarca, Ricardo continuou falando.

— Você parece saudável e forte, Henry, e eu ouvi histórias vindo de todos os lados de que tem feito um trabalho excelente aqui desde que voltou da Inglaterra. Aí está! — Ele finalmente se livrou da capa e do escudo, ergueu-se sobre os estribos, empurrou os ombros para trás e flexionou os músculos das costas. — Lembro-me de que prometi contar sobre a coroação da próxima vez em que nos encontrássemos... e sem dúvida você estará ofegante como um cão para ouvir tudo.

Ele olhou em torno para as expressões no rosto dos outros membros de seu pequeno grupo e depois riu.

— Bem, meu amigo, se for esse o caso, pode pôr sua língua novamente dentro da boca. Você foi o mais sortudo por estar bem longe naquela ocasião. Foi tedioso, Henry, tedioso. Não foi, sir André? A não ser pelo instante único em que senti a coroa descer firmemente sobre minha cabeça, para ser preciso. Esse exato momento tornou a coisa toda memorável e digna de mérito. Mas o restante do evento foi inacreditavelmente entediante, todo balbuciado em latim, entre lamúrias solenes cantadas num mar de incenso fedorento e revoluteante. — Os olhos dele afastaram-se novamente, estreitando-se e avivando-se de interesse. — Ora essa, *é* Brian. Eu achei que era ele quando cheguei, mas depois o perdi de vista. — Ricardo lançou mais um olhar rápido para Henry, com óbvia impaciência para afastar-se. — Eu tenho de trocar algumas palavras com meu capitão inglês, Brian de York, ali adiante, meu amigo, de modo que eu lhe imploro que aguarde aqui com seu filho enquanto faço isso, ou venha comigo, se desejar. Não deve demorar muito.

Ele sorriu e golpeou seu cavalo com as esporas, e sir Henry voltou a cabeça para olhar para o filho, que tinha os olhos fixos nele em expectativa, flanqueado pelo outro cavaleiro que viera com ele e o rei. Henry avaliou que o estranho tinha quase a idade de seu filho, talvez um ou dois anos mais. Ele fez um cumprimento cortês de cabeça para o desconhecido e falou com André.

— Bem, o que você acha? Devemos nos juntar ao rei?

Sir André sorriu e encolheu os ombros. Por um momento, Henry pensou ter detectado um vestígio de algo inesperado, quase uma amargura, nos olhos do filho, mas quando olhou mais atentamente, não havia nada para ser visto ali, de modo que afastou tal pensamento.

— Se ele vai lutar a pé com a soldadesca inglesa — disse André —, como eu suspeito que vai, não podemos perder o espetáculo, pois disseram-me que ele faz isso muito bem. — Ele se inclinou para a frente sobre a sela e estendeu a mão para sir Henry, que a apertou calorosamente. — Um bom-dia para o senhor, pai. Permita-me apresentar-lhe sir Bernard de Tremelay, que nos acompanha desde Orleans.

Sir Henry acenou cordialmente com a cabeça para o recém-chegado.

— Tremelay, você diz, de Orleans? Já não houve um mestre do Templo que tinha o mesmo nome e vinha de Orleans?

— Sir Bernard de Tremelay. — O estranho concordou com um gesto de cabeça, sorrindo. — Sua memória é excelente, sir Henry. Isso foi há mais de trinta anos e ele foi mestre por menos de um ano. Era o irmão mais velho de meu avô. Ouvi muitas coisas sobre ele na minha infância, pois era tido em alta conta, mas nunca o conheci. Vamos nos juntar ao rei?

Os três homens, então, impeliram suas montarias em direção ao local onde o rei e os dois escudeiros que o acompanhavam haviam desmontado diante do pequeno ajuntamento de arqueiros ingleses ajoelhados, os quais Henry estivera observando mais cedo. Eles não ouviram a troca de cumprimentos inicial, mas no momento em que chegaram, Ricardo já estava fazendo com que os homens ajoelhados ficassem de pé, rindo e batendo na desajeitada proteção acolchoada que os homens vestiam.

— ... de pé — dizia ele. — Um homem em combate não precisa se ajoelhar diante de nenhum outro. Um joelho dobrado pode indicar um sinal de lealdade de tempos em tempos, mas um joelho dobrado que permanece dobrado significa submissão, e eu não vou receber nada disso de homens que são meus amigos. Brian! — Ele se voltou e olhou para o instrutor, o único homem entre os arqueiros ingleses que não estava envolto em acolchoamentos. — Escolha-me três dos melhores dentre este grupo... não, espere. Isso seria... insensato. Escolherei eu mesmo os três e arriscarei minhas chances. Você supervisionará a luta.

Ricardo vasculhou com os olhos os 12 homens atônitos diante dele e depois levantou uma das mãos.

— Agora ouçam, todos vocês. Eu escolho três de vocês, e nós lutaremos; três ataques simples, até uma queda ou um golpe sério. Brian julgará. — Ele fez uma pausa e premiou a todos com seu sorriso fascinante, pleno de olhos reluzentes e dentes brilhantes. — Mas estejam avisados, qualquer homem tolo o bastante para conter-se a fim de poupar minha nobre realeza e dignidade se verá cavando latrinas pelas próximas duas semanas. Está claro? É melhor que esteja. Eu quero me bater com todos os três de maneira honesta e justa, porque sou o melhor lutador. E se vocês puderem me vencer, me superar, derrubar-me com a bunda na lama, então é melhor fazer isso, pois eu não os agradecerei por me insultarem contendo a si próprios. Além disso, eu tenho uma moeda de ouro para qualquer homem que consiga me derrubar... três delas, se precisar. — Ele olhou para cada um dos homens novamente, mirando nos olhos de todos eles, depois selecionou seus adversários com três gestos do dedo indicador. — Você, você e você, vamos lutar. Algum dos outros me empreste um bastão, e vamos começar isso.

A notícia espalhou-se rapidamente, pois o comportamento do rei era bem conhecido entre seus soldados, e mesmo antes que ele e seu adversário se enfrentassem no primeiro dos três ataques propostos, uma grande multidão havia se formado, circundando os lutadores tão de perto que os nove arqueiros restantes do grupo de Brian de York tiveram de formar um cordão de isolamento para manter a pressão suficientemente afastada e permitir que os combatentes tivessem espaço para se mover livremente. Mas os nove não foram suficientes para controlar a multidão agitada. Os que estavam no fundo do ajuntamento acotovelavam-se para conseguir uma visão melhor, empurrando as pessoas diante deles para a frente, e sir Henry em pessoa logo teve de requisitar "voluntários" adicionais para conter a multidão.

O primeiro ataque começou de maneira inócua, com ambos os homens fazendo círculos para a esquerda, equilibrando-se com facilidade sobre os calcanhares, seus bastões de prontidão e seus olhos atentos um ao outro. Ambos observavam a mais leve sugestão de um ataque por vir, julgando e interpretando cada nuance de equilíbrio cambiante, cada sombra passageira de expressão. O arqueiro, um jovem alto e de ombros largos chamado Will, que St. Clair juraria ter menos de 20 anos, tinha cabelos cor de palha e brilhantes olhos azuis, com um queixo projetado numa barba rala e esparsa que se tornaria mais espessa e hirsuta quando ele ficasse mais velho. Mas para contrabalançar sua desconcertante juventude, também tinha os enormes braços e pulsos de um arqueiro, uma característica que sir Henry passara a reconhecer numa questão de dias durante sua primeira visita à Inglaterra, e parecia não se sentir impressionado pelo fato de estar face a face com seu rei numa luta. Estava tranquilo e pronto para a ação, sem demonstrar o menor sinal de intimidação enquanto se movia com facilidade em sincronia com Ricardo, deslizando harmoniosamente, seus joelhos ligeiramente curvados em prontidão para o salto.

Henry não se surpreendeu de que fosse Ricardo a fazer o primeiro movimento, dando um bote para a direita, o bastão em sua mão subitamente transformado numa mancha giratória de movimentos violentos pontuados por golpes duros e estrepitosos que teriam quebrado ossos se acertassem em qualquer outra coisa além da arma de seu oponente. Certamente eles teriam forçado a maioria dos homens a cair para trás e ceder terreno, mas o jovem arqueiro ficou firme e recebeu o ataque com força, aparando e absorvendo a rajada de golpes com fluidez e aparentemente sem esforço, de modo que Ricardo logo parou no meio de um golpe e se afastou de um salto, finalizando o confronto e pousando ligeiramente equilibrado na ponta dos pés. O homem mais jovem avançou contra ele imediatamente, sem lhe dar tempo para descansar e, durante um intervalo de golpes turbilhonantes e clangorosos e grunhidos abafados, foi Ricardo quem passou para a defensiva, chegando a ceder terreno para a força inexorável do avanço do jovem Will antes de conseguir recobrar a vantagem fintando engenhosamente e quase desarmando seu oponente com um inesperado corte oblíquo que forçou o arqueiro de olhos azuis a girar agilmente para a direita. Esse giro, uma recuperação miraculosa contra um golpe imprevisto, deveria ter resultado no final da contenda, pois expôs fatalmente as costas do arqueiro ao grande golpe que se seguiu, quando o rei rodopiou numa pirueta completa, continuando o arco de seu corte oblíquo num pesado e amplo golpe descendente. Mas o movimento evasivo do jovem cavaleiro foi tão seguro e veloz que o colocou além do alcance de Ricardo, e, em vez de acertá-lo diretamente entre os ombros, a ponta do bastão do rei apenas arranhou o centro da pesada proteção estofada nas costas de Will e passou de relance, continuando sua trajetória descendente até atingir fortemente o solo, dando ao jovem uma oportunidade de se recuperar e recobrar o equilíbrio.

Depois disso, nenhum dos dois parecia disposto a correr riscos, e por algum tempo a ação oscilou de um lado para o outro, enquanto primeiro um e depois o outro procurava tomar a iniciativa, mas esse estado de coisas não podia durar muito — não com Ricardo Plantageneta sendo observado e julgado por seus próprios homens. Ele fez uma finta para a direita e depois saltou para a esquerda, cutilando novamente de cima para baixo na esperança de apanhar seu adversário com a guarda desprotegida. Will, o arqueiro, estava preparado para recebê-lo e arremessou o bastão para fora das mãos do rei, arrancando um gemido de surpresa, rapidamente seguido por um uivo de aprovação por parte da multidão que assistia.

Desarmado e abalado como estava, Ricardo, no entanto, não deu tempo ao oponente para crescer sobre sua vantagem; em vez disso, lançou-se para a frente numa cambalhota de cabeça em direção à sua arma caída, quase atingindo as pernas de Will em seu mergulho ousado. O arqueiro foi forçado a dar um passo atrás enquanto o rei passava diretamente sob seus braços e agarrava o bastão caído, dando um novo bote sobre os próprios pés. Observando, sir Henry teve de abafar um gemido e reprimir um sorriso de admiração, pois tal ação era puro Ricardo Plantageneta — o tipo de feito espontâneo, imprevisível e brilhante que fazia o homem tão amado por seus soldados de todas as patentes; um movimento tão imprevisto e, ainda assim, tão seguro e súbito que o rei, novamente armado, voltou ao ataque antes que qualquer um, inclusive seu adversário, pudesse se recuperar da surpresa. Ele pôs o jovem Will abaixo com um golpe pesado e poderoso em sua coxa guarnecida de acolchoamento, paralisando sua perna e fazendo-o tombar de lado sobre os joelhos, com as mãos apoiadas no solo e a cabeça pendente, sem qualquer outra escolha a não ser render-se quando a ponta do bastão de Ricardo foi pressionada contra sua nuca.

A soldadesca que assistia delirou de aprovação quando Ricardo sorriu e galantemente ajudou seu adversário surrado e vencido a ficar novamente em pé, dando grande demonstração de estar sem fôlego e quase no limite de suas forças. E ainda assim, enquanto conduzia o jovem Will para fora da arena de combate, o rei já chamava o segundo homem a adiantar-se e enfrentá-lo.

Esse assalto foi muito mais curto e menos excitante que o primeiro, talvez porque Ricardo estivesse inflamado pela vitória e pelo entusiasmo — ou talvez porque o segundo arqueiro se sentisse desalentado pelo que já havia visto. Qualquer que tenha sido a causa ou a razão, o segundo homem desabou pesadamente de costas, suas faculdades mentais e seu fôlego tirados dele poucos momentos depois do início, fracassando em antecipar ou reagir a qualquer um dos três golpes que o atingiram num intervalo de instantes e o deixaram sem sentidos.

O terceiro homem se adiantou lenta e cuidadosamente, mantendo-se ereto salvo apenas por um ligeiro arquear de joelhos, que dava à sua postura uma leve sugestão de agachamento. Segurava o bastão atravessado sobre o peito com ambas as mãos e olhava para Ricardo com olhos fundos, quase convertidos em fissuras. Ricardo, parado diante dele com a cintura projetada para um dos lados, devolvia calmamente o olhar, com seu bastão mantido gentilmente em posição vertical numa das mãos, o comprimento pousado sobre um ombro. Sir Henry já sabia que o nome do terceiro homem era Hawkeye; ouvira-o gritado por seus companheiros mais cedo, quando o sujeito fora um entre os últimos três homens ainda de pé numa peleja, e olhando agora para a expressão do homem, ele entendeu de onde vinha o apelido. Havia algo de ave de rapina naquele tal Hawkeye,* com a linha baixa dos cabelos chegando até o meio da testa, um nariz grande e estreito em forma de gancho e olhos

* O apelido significa, literalmente, "olho de falcão". (*N. do T.*)

incomumente profundos com íris castanho-claras, quase amareladas, e grandes pupilas negras sob sobrancelhas retas, não-arqueadas. Perceber isso divertiu e intrigou Henry, pois seu primeiro pensamento após ver o homem mais cedo havia sido de que ele lembrava um touro, musculoso e de constituição pesada, mas rejeitara essa ideia poucos momentos depois em favor de outro animal, ainda formidavelmente musculoso, porém mais alto e gracioso, embora não pudesse dizer qual fosse a criatura até lhe ocorrer, involuntariamente, que o homem tinha o estilo e o porte de um cavalo de boa linhagem. Portanto, no mais breve intervalo de tempo, o tal Hawkeye havia passado de touro a cavalo e a ave de rapina, deixando Henry com a convicção de que, qualquer que fosse a sua semelhança, aquele homem provavelmente era o mais perigoso dos três que Ricardo havia escolhido.

Não houve disputa por posição entre esses dois; eles pararam eretos, um diante do outro, e respiraram fundo, nenhum dos dois fazendo qualquer tentativa de começar a justa, satisfeitos naquele momento em se avaliar mutuamente e, enquanto os instantes se passavam, um silêncio caiu sobre a multidão que assistia. O cavalo de Henry bufou e bateu os cascos, rebelando-se contra a picada de um moscardo, e o homem puxou brutalmente as rédeas, desejando que ele ficasse quieto e permanecesse imóvel. Os dois adversários não haviam se movimentado até então mas, como se a pisada do cavalo fosse um sinal, ambos explodiram em atividade, saltando um contra o outro através do espaço que os separava. Daquele momento em diante, o ar se encheu de duras pancadas em *staccato* de madeira contra madeira, enquanto eles atacavam um ao outro com rudeza e rapidez, cada um procurando trespassar a cortina impenetrável das defesas do outro. E então, entre um golpe e o seguinte, o homem apelidado Hawkeye saltou para trás, afastando-se da luta, mas pousando em posição agachada e de novo lançando-se imediatamente para adiante, apanhando seu adversário no preciso momento em que este começava a dar o bote atrás dele. A concussão quando seus corpos se encontraram foi quase palpável para Henry, mas Hawkeye teve a vantagem do impulso e da surpresa e Ricardo cambaleou para trás, desequilibrado. Um de seus calcanhares pousou desajeitadamente sobre a superfície irregular, atingindo um grande pedregulho semienterrado, e, incapaz de se endireitar, o rei caiu pesadamente sobre as costas e os ombros, seus braços afastando-se em toda a largura e o pesado bastão arrancado de suas mãos.

A vitória era de Hawkeye e nem uma só pessoa que assistia duvidou disso, mas, ainda assim, no instante do reconhecimento, o homem hesitou. Foi apenas por um momento, o mais breve pestanejar de um olho, mas Henry viu isso claramente, assim como todos os outros homens que estavam ali. Por um brevíssimo instante, o homem chamado Hawkeye lembrou a identidade daquele que estava prestes a derrotar, mas então se recompôs e saltou para o golpe final. Mas já era tarde demais. No intervalo de um piscar de olhos que se passou, Ricardo, impossivelmente bem condicionado a fazer coisas impossíveis, reuniu suas forças e levou os joelhos até o peito, erguendo-se o máximo que podia sobre os ombros, e dessa posição, sem qualquer quebra na fluidez de seus movimentos, jogou-se de novo para a frente, impulsionando sucessivamente as pernas poderosas para cima, para fora e para baixo num gigantesco bote de mola, enquanto, ao mesmo tempo, empurrava o próprio corpo para adiante com os braços estendidos, como um acrobata de solo, e disparava a cabeça frontalmente, movendo todo o corpo de volta à posição vertical. Foi um prodigioso feito de proeza física, mas ele não a completou, pois antes que pudesse recuperar o ponto de equilíbrio, seu corpo em ascensão encontrou o de Hawkeye que avançava, com os braços levantados para o golpe final. Aceitando instantaneamente o revés, Ricardo agarrou a armadura de Hawkeye com ambas as mãos à altura do pescoço, ergueu um dos pés, alojando-o acima da virilha do outro homem, e atirou-se novamente para trás e para baixo, puxando o arqueiro com ele e depois o lançando por cima de si com um poderoso impulso de sua perna dobrada, propelindo-o bem acima de sua cabeça, para cair pesadamente e rolar com a face para baixo, imóvel.

Pela duração do tempo necessário para que Ricardo se recompusesse, sentasse, olhasse em torno e depois ficasse de pé, não houve qualquer som ou movimento no grupo que rodeava a arena. Os únicos ruídos vinham do próprio Ricardo enquanto se levantava e depois se esticava em todo a sua altura, oscilando e olhando para o corpo inerte de Hawkeye. Por fim, ele piscou e franziu as sobrancelhas, apontando com uma das mãos para seu oponente emborcado.

— Bem, pela goela de Deus, vocês todos ficaram mudos de choque? Ele está vivo ou eu o matei?

Suas palavras quebraram o encanto que continha a todos, e num instante havia pessoas pulando em volta do homem caído.

— Ele está respirando — gritou alguém. — Ele está vivo! Aqui, tenham cuidado. Afastem-se e o deixem respirar.

E com isso o ruidoso entusiasmo dos soldados rapidamente voltou ao normal, enquanto eles discutiam os prós, os contras e os detalhes técnicos do que tinham assistido.

No alto do seu cavalo, acima de todos eles, sir Henry St. Clair observava e não dizia nada. Ele viu os dedos do homem inconsciente se contraírem e depois se apertarem num punho fechado, e então viu Ricardo avançar a passos largos e apanhar não apenas o bastão que ele próprio usara, mas também o que pertencia a Hawkeye, antes de retornar para observar o outro homem com sua expressão indecifrável.

Quando o homem chamado Hawkeye abriu os olhos pouco tempo depois, viu-se no centro de um círculo de homens que lhe desejavam melhoras, com Ricardo da Inglaterra em pessoa de joelhos ao seu lado. O rei sorriu para ele e falou, mas as faculdades mentais de Hawkeye ainda não lhe haviam retornado, e ele não entendeu nada do que o monarca disse. Mais tarde, quando voltou a pensar naquilo, soube que Ricardo o havia recompensado com três moedas de ouro — a maior riqueza que Hawkeye já havia segurado em suas mãos ou tornaria a ver —, mas não conseguiu se lembrar de nada do que havia acontecido. Sabia apenas o que seus amigos lhe contaram sobre o incidente e ficou satisfeito ao saber que dera ao Plantageneta uma boa luta e que de fato o derrubara estatelado de costas, numa autêntica queda. Fora isso que o fizera merecer uma das moedas. As outras duas haviam sido acrescentadas unicamente pela qualidade da luta que ele havia proporcionado, de acordo com seus amigos. E, ainda assim, Ricardo fora mais longe e, num ato de inédita magnanimidade, presenteara os outros dois lutadores com um marco* de prata cada um, em sinal de sua gratidão pela lealdade e companheirismo deles, afirmou.

Sir Henry St. Clair estava acostumado com todo o ritual desde muitos anos antes, e os caprichos do que pudesse acontecer em qualquer ocasião há muito haviam perdido qualquer dom de impressioná-lo. No entanto, ele invariavelmente experimentava uma involuntária e até mesmo rancorosa admiração pela pura impudência das performances de Ricardo ao colher as boas graças de seus crédulos seguidores. Seu óbvio e flagrante autoengrandecimento nessas ocasiões nunca falhava em fazer com que Henry prendesse o fôlego, que sempre sacudia a cabeça em desaprovação diante da cegueira voluntária do povo por se permitir ser tão desavergonhada e abertamente manipulado.

* Trata-se, aqui, de uma unidade de peso, não de uma unidade monetária, empregada principalmente para aferição de ouro e prata. Equivalia a 8 onças, ou cerca de 225 gramas, ainda que, durante o período medieval, fossem frequentes as variações nessa medida. A palavra deu origem a algumas unidades monetárias europeias empregadas antes da implantação do euro, como o marco alemão. (*N. do T.*)

No curso normal das coisas, Henry St. Clair achava-se capaz de esperar o melhor em termos de comportamento e atuações honestas por parte daqueles que estavam à sua volta sem nem mesmo precisar realmente exigir isso deles — e raramente se desapontava. Mas em seu trato com a casa dos Plantageneta, e particularmente com Ricardo d'Anjou, ou qualquer outro nome que seu senhor suserano escolhesse chamar a si próprio em cada ocasião em particular, sir Henry se viu sobrecarregado — e algumas vezes protegido — por uma espessa camada calosa de cinismo. Mas no próprio instante em que tal pensamento lhe veio à mente, ele olhou além da aura dispersa da presença real e ficou verdadeiramente surpreso pela expressão no rosto de seu filho André, pois nela, onde teria esperado ver um tolerante divertimento e até mesmo admiração pela flagrante pantomima de Ricardo, Henry encontrou, em vez disso, um olhar ligeiramente carrancudo de desaprovação. Mal se podia identificar a presença de tal expressão, reconhecível apenas para um homem que havia passado uma vida inteira observando afetuosamente a face de seu único filho. O que era aquela expressão? Era desdém, desconfiança, desaprovação, pura antipatia? Henry concluiu que tudo isso se aplicava. Percebeu, então, que ele próprio tinha as sobrancelhas cerradas e devia parecer perturbado a qualquer um que olhasse para ele, por isso virou rapidamente o rosto e limpou sua fisionomia de qualquer expressão. Em seguida, afastou despreocupadamente o cavalo, resistindo à urgência de olhar novamente para o filho, mas determinado a descobrir, na primeira oportunidade, o que alterara tanto a opinião de André sobre seu campeão e salvador, o rei Plantageneta que havia sido, em última instância, seu herói.

O dormitório designado para sir Henry St. Clair era confortavelmente mobiliado, como seria o apropriado para mestre de armas do exército. O aposento era razoavelmente cômodo e livre de correntes de ar, com um piso feito de placas de pedra cuidadosamente encaixadas e espargido de juncos frescos exceto na área ao redor da lareira. Suas altas paredes nuas eram adornadas com tapeçarias espessas e os móveis eram sólidos e bem construídos, a pesada cama de carvalho elevada bem acima do solo. Quando sir Henry abriu a porta pelo lado de fora e segurou-a para que seu filho André entrasse antes dele, encontrou seu camareiro, Ector, já ali, supervisionando o reabastecimento do fogo que ardia no braseiro por um dos servos, enquanto mantinha um olhar admonitório sobre o trabalho de pôr a mesa com comida e bebida, desempenhado por outros dois. Tão logo viu seu mestre entrar, Ector bateu palmas com severidade, sinalizando para que os criados concluíssem as tarefas imediatamente e se retirassem. Assim que a porta se fechou atrás deles, Ector voltou-se e fez uma reverência para sir Henry.

— Mais alguma coisa, milord?

Sir Henry sacudiu a cabeça, dispensando o camareiro com um gesto.

— Vá para a cama, Ector. Não vou mais precisar de você esta noite.

Ele observou o camareiro partir, depois se voltou para o filho, que, já tendo removido a sobrecota e o cinturão da espada, que depositara numa das extremidades da mesa recém-posta, ignorava a comida, mas cheirava de modo apreciativo a boca do jarro de prata de pescoço longo que continha o vinho favorito do pai. Com um meio sorriso diante da cuidadosa preocupação de André, Henry tirou seu próprio manto por cima dos ombros e removeu o cinturão que sustentava sua longa espada, pendurando-os numa cavilha fixada a boa altura na parede ao lado da porta, para depois se sentar numa das duas cadeiras que flanqueavam o fogo.

— Conte-me, então — disse ele sem preâmbulo. — Que tipo de desavença você teve com nosso suserano, Ricardo? E nem pense em fingir que não sabe do que estou falando.

Essa era a primeira vez que os dois ficavam a sós desde a justa de Ricardo com os arqueiros horas antes, por isso as palavras, e a crítica que elas implicavam, fizeram com que André St. Clair se detivesse no ato de servir o vinho em duas das taças de peltre que os homens de Ector haviam deixado sobre a mesa. Ele se virou para olhar cautelosamente para o pai com uma das sobrancelhas arqueada, depois comprimiu os lábios e endireitou-se vagarosamente, abaixando a base bulbosa do jarro e recolocando-a cuidadosamente em cima da mesa. Em seguida, num movimento claramente calculado para dar-lhe tempo para pensar, flexionou os ombros para trás com um lento e exagerado movimento circular e juntou os cotovelos às laterais do seu corpo, erguendo os antebraços simultaneamente até que os nós de seus dedos dobrados se juntassem abaixo do queixo.

Sir Henry observou tudo isso atentamente, admirando a disciplina que mantinha o rosto de seu filho tão inocentemente vazio de expressão, a despeito do fato de que ele deveria estar se perguntando o que motivara a pergunta e o quanto o pai sabia ou havia suposto. Henry contentou-se em esperar, contando em silenciosa cadência até que seu filho optasse por responder, e, de fato, após perscrutar o pai durante uma contagem de um a dez, André inclinou a cabeça ligeiramente para o lado no que talvez fosse o princípio de um gesto de anuência e voltou a servir o vinho. Quando acabou, recolocou o tampão no jarro, largou o recipiente e levou ambos os copos até o lugar onde seu pai se encontrava sentado ao lado da lareira, observando-o. Entregou-lhe uma das taças sem dizer uma palavra e foi sentar-se na outra cadeira ao lado do fogo, olhando para o centro incandescente do braseiro que estava entre eles.

— Após ter estado na Inglaterra, com todos os seus tremores e calafrios, acho estranho que alguém precise da lareira acesa à noite aqui, no verão do interior da França.

— É, mas o *aqui* a que você se refere não é o interior da França; é o interior de um velho castelo de pedra no oeste da Burgúndia, escuro, úmido, cheio de correntes de ar e completamente afastado da luz do sol tanto no inverno quanto no verão. É *sempre* frio aqui. E você está evitando a minha pergunta.

— Não, pai, não estou. — André olhou para o pai e encolheu os ombros. — Eu simplesmente ainda não encontrei as palavras para respondê-la corretamente.

— Como pode ser isso? Ela é tão difícil assim? Nós dois somos os únicos presentes aqui, ninguém mais está ouvindo; portanto, você não corre qualquer risco de ser denunciado por sedição ou deslealdade, não importa o que diga. Que você de alguma maneira está em desacordo, com o rei, isso eu percebo simplesmente ao olhá-lo. Mas Ricardo foi agradável com você quando nos encontramos hoje; assim, qualquer coisa que tenha ocorrido entre vocês deve ter sido algo menor. Caso contrário, você provavelmente estaria na prisão e em desgraça.

— É, ou executado... é verdade, pai. Mas tenha em mente que o senhor me alertou para manter minha desaprovação mascarada, caso alguma vez encontrasse algo que me fizesse incorrer nela. — André encolheu os ombros. — Eu fiz isso. Eu encontrei algo... desagradável. Algo que não procurei, nem pensei em descobrir.

— Desagradável. Não mais forte do que isso?

— Não, a menos que eu pare para pensar a respeito, e eu tento não fazer isso, porque quando o faço, meu desagrado aumenta até o dissabor.

— Humm. Conte-me, então, sobre esse episódio desagradável.

A expressão de André endureceu.

— Não foi um episódio, pai. Foi muito mais do que isso. Eu descobri que tal ato desagradável é uma constante no homem. Uma característica... uma falha que eu não consigo me convencer a aprovar.

Fitando o filho naquele momento — e vendo claramente a gélida e severa desaprovação em seu rosto —, sir Henry sentiu um frio súbito, com ondas de arrepios eriçando seus cabelos da nuca enquanto imaginava o espectro tenebroso e ameaçador do notório homossexualismo de

Ricardo elevar-se acima da cabeça de André e fazer um gesto obsceno. Mas quando seu filho falou novamente, suas palavras estavam longe de qualquer coisa que Henry esperava ouvir.

— O senhor odeia os judeus, papai?

— O quê?

A pergunta foi tão abruptamente diferente do que ele esperava que sua incongruência desarmou Henry por um momento.

— Se eu...? Não, eu não odeio os judeus. — Mas então ele hesitou, antes de perguntar: — Que importância tem isso para você? Por que você me pergunta tal coisa?

André encolheu os ombros.

— Perdoe-me. A maioria das pessoas os odeia, eu acho. Chamam–nos de matadores de Cristo. — Ele fez uma pausa e fechou o cenho. Quando voltou a falar, sua voz estava mais calma. — Ricardo... Ricardo não gosta de judeus.

Em algum lugar no fundo de seu peito, Henry sentiu o alívio brotar como um botão de flor.

— Entendo. E é isso que você acha desagradável? — Ele balançou gravemente a cabeça, reconhecendo seu próprio comentário, sem esperar uma resposta de André. — Bem, dificilmente se poderia considerar essa uma opinião incomum, não é? Mas tendo dito isso, e levando em consideração sua opinião exaltada sobre o homem, suponho que seja compreensível que você possa estar desapontado, particularmente se ele não faz segredo de seu desprezo. Mas odiar os judeus é uma espécie de entretenimento social... e não apenas aqui em Anjou e Aquitânia, mas por toda a Cristandade, um ódio sancionado e com frequência até mesmo fomentado pela própria Igreja. — Ele fez uma pausa, pensativo, e prosseguiu. — Portanto, preciso perguntar-lhe: você acha o entretenimento inequivocamente desagradável por todo lugar em que o encontra ou apenas no comportamento de Ricardo?

— Ele é o rei, pai. Seu comportamento serve de exemplo em todo lugar, para todo o seu povo. E, na Inglaterra, grande parte do povo é judeu.

— Ei, espere aí! — O pai de André levantou a mão. — Espere um pouco aí. Muitos argumentariam enfaticamente contra isso... Você encontrará pessoas aos montes, prontas e dispostas a dizer-lhe em alto e bom som que judeus são judeus, não mais nem menos, independentemente de onde eles estejam. Eles vivem no recesso de sua própria religião estranha e conduzem suas vidas cheias de segredo de acordo com seus propósitos, evitando a companhia de não judeus, mas prosperando com o comércio usurário com o povo cristão sem dever nem oferecer lealdade a nada nem a ninguém que seja cristão. Por esses preceitos, os judeus da Inglaterra permanecerão judeus para sempre e jamais serão ingleses, assim como suas contrapartes aqui nunca serão angevinos, aquitanos ou mesmo franceses.

André, que ficara olhando para o pai, os olhos apertados, enquanto sir Henry falava, balançou a cabeça.

— O senhor poderia, o senhor pode argumentar isso... mas o senhor acredita, pai? O senhor acredita em tal coisa?

Sir Henry afastou a pergunta com um pequeno gesto de uma das mãos.

— Isso não vem ao caso, embora, na verdade, eu não acredite nisso e nunca tenha acreditado em todos esses anos. O que estamos tratando aqui é de você e de suas crenças, uma vez que elas parecem estar em choque com as do seu rei. Portanto, vamos discutir isso.

André desviou os olhos do pai enquanto levantava a taça e bebia do seu conteúdo quase até a metade.

— Discutir isso, o senhor diz... mas eu aparentemente sou incapaz de discutir isso de maneira lúcida, pelo menos neste momento.

Então foi a vez de Henry virar-se para o lado e contemplar as chamas, organizando os pensamentos antes de apresentá-los ao julgamento do filho, mas logo em seguida ele deu um suspiro profundo e esfregou as costas de um dos dedos gentilmente contra a ponta do nariz.

— Eu já lhe contei sobre Karel?

— Karel, o dálmata... o húngaro. Seu tutor na infância. — André agora estava sorrindo. — Sim, o senhor me contou, muitas vezes, mas eu não o ouvia mencionar seu nome há anos, desde que eu era pequeno como um girino. Lembro-me do senhor dizendo com frequência que havia muito mais em Karel do que ele algum dia decidira permitir que as pessoas percebessem.

— A maioria das pessoas olhava para ele e via o estrangeiro: o sujeito de aparência estranha, com cabelos espessos e encaracolados, olhos estreitos e um modo engrolado de falar. Nunca lhes ocorreu tentar olhar através da fachada que ele mantinha. E de fato era isso: um fingimento; uma máscara erguida na frente do verdadeiro Karel para protegê-lo das atenções daqueles que ele considerava tolos.

André inclinou a cabeça para o lado, uma expressão de suave divertimento brincando em seus olhos.

— Suponho, então, que ele julgava tola a maioria das pessoas?

— Sim. E pelo seu ponto de vista, ele estava correto, pois Karel equiparava a tolice à frivolidade, e a maioria das pessoas prefere ser frívola a ser séria o tempo todo. Ele era advogado, você sabe, muito antes de sequer pensar em se tornar soldado. Sua família era rica e poderosa na terra deles, e algum bispo de lá prestou atenção no garoto e, reconhecendo suas habilidades mesmo na infância, mandou-o para Roma, a fim de ser educado na corte papal. Ele tinha pendor para questões legais, descobriu-se, e rapidamente fez o próprio nome, conseguindo ascender a grandes alturas, como ele próprio admitiu anos depois, ainda muito jovem... — Henry interrompeu-se, hesitante, mas logo deu aquele mesmo sorriso irônico. — Eu suspeito hoje, embora *não* passe de mera suspeita, não sustentada por qualquer evidência, que ele talvez fosse um padre ou até mesmo bispo na época em que se retirou, e não ficaria surpreso em descobrir que ocupava um posto ainda mais alto do que estes. Mas em algum momento, algo saiu terrivelmente errado. Algo que ele descobriu ou vivenciou em Roma causou-lhe repulsa, e seu desgosto foi definitivo. Ele partiu; deixou Roma... e tudo o que ela havia significado para ele... e revestiu-se de absoluta obscuridade, no último lugar em que alguém sequer pensaria em procurar por um clérigo e advogado... ou um bispo, afinal de contas. Ele tomou armas como mercenário.

"Isso foi em 1133, na Germânia. Ele assinou um contrato para lutar por um nobre germânico, Conrado de Hohenstaufen, o homem que mais tarde se tornou rei, Conrado III. Karel serviu no exército de Conrado durante 12 anos, depois partiu por razões que eu desconheço. Ele havia aderido ao serviço de Conrado como um advogado fugitivo e emergiu 12 anos depois como um oficial militar altamente conceituado, época em que entrou em minha vida. Meu pai o havia conhecido anos antes em algum lugar da Germânia, e eles haviam se tornado amigos... só Deus sabe como ou por quê. Seja como for, quando ele deixou sua posição junto ao rei da Germânia, veio à procura de meu pai e firmou um contrato com ele, como mercenário, encarregado de treinar os soldados dos St. Clair nos armamentos modernos. Fez isso muito bem, também, mas quando seu contrato expirou, ele continuou a serviço de meu pai, incumbido da tarefa original e da responsabilidade de educar-me, embora como um soldado; não como um clérigo ou um estudante. E durante os dez anos seguintes, ao seu próprio modo único e inimitável, foi precisamente isso o que ele fez.

— Ele o educou, o senhor quer dizer, ou o ensinou a lutar? — André estava inclinado para a frente em seu assento, ouvindo com atenção. Seu pai encolheu um dos ombros.

— Ambas as coisas, e ao mesmo tempo, pois não há diferença. Karel não estabelecia divisões no que fazia... ele não via distinção entre aprender a lutar e aprender a escrever. Os instrumentos que usamos para cada uma dessas coisas podem parecer diferentes, costumava dizer, mas todas elas são controladas por nossa mente, e é a nossa dedicação ao que nossa mente nos diz que faz cada um de nós diferente; torna um homem melhor do que a massa de seus companheiros; faz com que um em cada grupo se sobressaia cabeça e ombros acima de todos os outros, não importa qual possa ser o propósito que estejam seguindo.

André tinha os olhos muito abertos.

— O seu Karel parece-me ter sido um personagem assombroso.

— Duvido que eu pudesse ter encontrado um mentor mais admirável ou um instrutor melhor. E você teria gostado dele, caso tivessem se conhecido. Mas ele morreu antes de você nascer.

— O senhor nunca me contou nada disso antes. — Havia uma nota queixosa na voz de André. Sir Henry deu de ombros, sem levar isso em conta.

— Quando você era menino, tinha seus próprios tutores, e Karel já estava morto. Por que eu desejaria entediá-lo com histórias de um morto? Eu lhe oferecia fragmentos da sabedoria dele de tempos em tempos, pequenas coisas que achava que poderiam diverti-lo.

Sir Henry fez uma nova pausa, seu olhar perdido, depois prosseguiu:

— Você tem de entender que ninguém jamais questionou os ensinamentos de Karel ou me perguntou o que eu aprendia nas minhas aulas. Ninguém se importava, vejo agora, porque meu pai não sabia ler nem escrever; mas ele podia me ver treinando no pátio de armas todos os dias e saber com um simples olhar que eu estava progredindo e me conduzindo bem. Isso era o suficiente para ele. Minha mãe, por outro lado, já estava doente da paralisia que iria matá-la quando eu tivesse 14 anos, por isso não tinha forças nem disposição para verificar minha aprendizagem. E não havia mais ninguém que se importasse. Mas, felizmente, eu nunca fui mais feliz do que quando estava sentado aos pés de Karel, aprendendo maravilhas. E, à medida que eu crescia, ele me falava cada vez mais abertamente sobre o que sentia e acreditava e sobre como via as responsabilidades de um homem... as responsabilidades de qualquer homem... como estabelecidas por Deus. Ele entendia e falava sobre muitas formas e aspectos de Deus e da divindade... retidão e piedade... coisas que a turba dos homens, incluindo a maioria dos padres que eu conheço, jamais poderia imaginar, muito menos aprender. E ele tinha crenças muito rígidas e opiniões severas sobre Deus, os homens e suas relações entre si...

— Como ele morreu?

— De uma pestilência... algo que parecia estar por todos os lugares naquele ano. Ele caiu doente um dia, afundou num sono febril no dia seguinte e simplesmente não voltou a recuperar a consciência. Sua morte deixou um grande vazio em minha vida, que não seria preenchido até eu conhecer e me casar com sua mãe. Mas eu me lembro claramente que, na derradeira ocasião em que o vi com saúde, nós falamos sobre esse mesmo assunto dos judeus e de como eles são tão odiados por toda parte...

— É verdade, papai? — André soou ligeiramente cético. — Isso foi há muito tempo, e sua memória pode estar lhe pregando peças. Eu sei que a minha faz isso de tempos em tempos.

O pai olhou-o de lado, uma das sobrancelhas erguida de maneira divertida.

— Você acha isso? Bem, poderia ser como você diz, se eu fosse tão velho quanto você parece pensar que sou. Mas nesse caso eu sei que não há falha alguma na minha memória, porque a última conversa tornou-se muito especial para mim. Eu a evoco repetidamente, recordando cada palavra porque foi a última vez que conversamos.

"Karel nunca conseguiu se conformar com aquele ódio disseminado aos judeus, pois isso lhe parecia em desacordo com tudo o que ele havia aprendido e passara a acreditar quando criança. Ele me perguntou qual, na minha opinião, seria o motivo por que os judeus sempre levaram a culpa por tudo o que havia caído sobre o Salvador. — Henry sorriu suavemente consigo mesmo, evidentemente recordando a ocasião, e depois continuou a falar. — E antes que eu pudesse apresentar uma só razão, ele prosseguiu, salientando que, se nós concordamos e acreditamos que Jesus nasceu em nosso mundo para sacrificar sua vida em expiação pelos nossos pecados terrenos, então também temos de acreditar, logicamente, que tudo o que aconteceu envolvendo aqueles eventos foi parte do plano divino, e que, sendo Deus por sua própria natureza onisciente, cada eventualidade desse planejamento havia sido prevista e calculada. Por que, então, me perguntou ele novamente naquela última tarde, apenas os judeus eram vilipendiados por terem agido como agiram? O Deus deles e o nosso era um só e o mesmo. Teria Ele os abandonado para acalentar-nos? Ou deveríamos acreditar que os judeus eram os únicos pecadores em meio ao gênero humano, culpados em si mesmos, sem qualquer possibilidade de dúvida, por criar a necessidade do sacrifício do Salvador? Se fosse assim, foi apenas posteriormente que todas as outras raças, incluindo os arrogantes romanos, foram transformadas em pecadoras, contaminadas pelo comportamento dos judeus?

Sir Henry agora sacudia a cabeça em reprovação, como se estivesse perplexo.

— Eu devia ter 12 anos na época, e lembro-me de que mesmo então, ainda tão jovem, fui capaz de enxergar a estupidez que jazia sob aquelas perguntas. Lembro-me de ter minha mente obstinada, também, e de dizer a Karel o que eu pensava, bem como de depois ter ficado surpreso quando ele concordou comigo.

"'É claro que é um absurdo', disse ele, e então estendeu a mão e deu um empurrão na minha cabeça, como fazia quando estava satisfeito comigo. 'Isso é um insulto para qualquer pessoa com capacidade para pensar logicamente e caminhar ao mesmo tempo. Se os judeus sempre tivessem sido os únicos pecadores no mundo, então jamais haveria qualquer razão para que o cristianismo existisse. Os judeus acreditavam que já eram o povo escolhido, de modo que a única coisa necessária era que um Messias judeu viesse à terra e fizesse o que a Lei judaica determinasse que deveria ser feito. Mas não foi isso o que aconteceu. A mensagem se espalhou de Israel para todos os países do mundo, que depois se tornou o mundo cristão. Ninguém discute isso, não é? Então me diga, jovem Henry St. Clair, na sua opinião, qual é o verdadeiro motivo que jaz sob toda a insensatez a respeito dos judeus?'

— O senhor tinha 12 anos, foi o que disse? O senhor teve uma resposta para ele?

Sir Henry apenas levantou uma das sobrancelhas, olhando em silêncio para o filho por vários instantes antes de perguntar:

— Você teria oferecido uma, se tivesse a mesma idade que tem hoje?

André sorriu e inclinou a cabeça, parecendo admitir o argumento do pai, embora o que ele de fato estivesse pensando era que realmente poderia ter respondido à pergunta em grande extensão e para completa satisfação de Karel. O fato de ser membro da Ordem de Sião, porém, eliminava qualquer possibilidade de que ele mencionasse tal coisa, de modo que ele simplesmente balançou a cabeça e perguntou:

— Então, o que ele disse em seguida?

— Eu nunca esqueci o que ele disse. Ele falou que foram os padres... Karel adorava pôr a culpa da maioria das coisas nos padres e na Igreja em geral... que promulgaram a sujeira antissemita para se adequar aos seus próprios desejos em algum momento dos primeiros tempos da Igreja... alguma ocasião horrenda em que eles precisaram encontrar um bode expiatório para desviar a atenção das pessoas do que eles próprios estavam aprontando. Karel acreditava firmemente nisso. Os judeus haviam se mostrado um alvo fácil, disse ele, e a Igreja percebeu e ressaltou isso, de modo que a culpa por associação nunca fosse esquecida.

Uma pausa se prolongou antes que André perguntasse:

— Como o senhor se sentiu quanto a isso, papai... essa explicação sobre o bode expiatório? O senhor apoiou a ideia?

Ele fez a pergunta casualmente, mas estava muito interessado na maneira como seu pai responderia, porque a pergunta também tinha relação com suas próprias crenças enquanto membro de sua Irmandade.

Sir Henry ficou em silêncio, pensando na pergunta. Ele havia deslizado gradualmente em seu assento desde que a conversa começara e agora estava estendido em quase todo o seu comprimento, as pernas cruzadas à altura dos tornozelos diante do fogo, o queixo afundado sobre o esterno. Então ele suspirou e se endireitou novamente, antes de apanhar sua taça que estava no chão.

— Acho que sempre a endossei. — Ele tomou um gole de seu vinho e fez uma careta. — Ohhh! Meu vinho está quente... muito perto do fogo. — Ele se levantou e estendeu a mão para apanhar a taça de André. — Dême isso. A jarra ainda deve estar fria. Mais uma taça antes de ir para a cama, hein?

Quando ele retornou com as taças cheias, André havia jogado lenha nova na lareira e estava contemplando as chamas que faziam volutas em torno dela. Ele aceitou a bebida fresca sem erguer os olhos, e Henry sentou-se novamente e continuou a falar como se não houvesse ocorrido interrupção alguma.

— Eu não duvido que os judeus tenham sido tomados como bodes expiatórios, mas não posso dizer o porquê ou quando isso aconteceu. E *posso* afirmar, por outro lado, que não foi sempre assim. Os judeus da Judeia sempre foram um povo litigioso, que brigava entre si muito antes que Jesus viesse ao mundo, um povo que sempre foi grosseira e arrogantemente intolerante com qualquer um que não compartilhasse sua fé ou reverenciasse seu Deus irado e implacável. É matéria dos registros históricos que os romanos os detestavam por todos os conflitos e revoltas que eles causavam. A província romana da Judeia era um lugar pequeno, afinal, comparada com a totalidade do Império, mas ela fomentava disrupções civis, religiosas e militares muito além do que deveria ter sido o alcance de suas possibilidades, e quando seu povo obstinado finalmente se rebelou a ponto de declarar guerra contra os romanos, as autoridades imperiais acabaram por considerar a situação na Judeia intolerável e destruíram-nos pela raiz.

"Eles enviaram as legiões, que arrasaram a cidade de Jerusalém e esmagaram toda resistência, como apenas os romanos podiam fazer, sempre que encontravam qualquer sinal dela. Eles sitiaram as fortalezas que os insurgentes mantinham nas montanhas e destruíram todas elas, uma a uma, levando o tempo que foi necessário para isso, às vezes muitos anos. E uma vez que a religião do povo estava no centro do seu descontentamento, eles destruíram o foco daquela religião: arrasaram o Templo e atravessaram os sacerdotes com a espada. Foram inexoráveis e completamente impiedosos, porque essa era a maneira romana. Eles mataram ou escravizaram quanto da população puderam capturar e tornaram a província da Judeia generalizadamente inabitável, de modo que os judeus jamais pudessem causar problemas aos romanos novamente. Mas..."

Ele parou de falar, endireitou-se na cadeira e enfiou a ponta de um dedinho no ouvido, que depois removeu e examinou criticamente antes de esfregar o dedo na perna.

— Mas... tudo isso foi uma retribuição pelo pecado de se rebelar contra Roma. Foi uma punição justamente merecida, aos olhos romanos. Não continha nada do tipo de ódio irracional que os cristãos demonstram contra os judeus hoje em dia. — Henry sorveu um gole do vinho, que fez circular em torno da língua, saboreando-o por um longo momento, antes de acrescentar: — Os judeus nos deram seu Deus Único, André. As pessoas tendem a esquecer isso; o Deus que nós louvamos nos veio diretamente das mãos dos judeus. Nós devíamos ser gratos a eles por isso, por nos darem nosso Deus. Mas não, nós decidimos evitá-los, quando não estamos cometendo abusos contra eles e perseguindo-os.

"Karel contou-me uma vez que ele havia conhecido diversas famílias de judeus ao longo de suas viagens e acreditava que eles eram um povo comum, assim como os cristãos, exceto que tinham uma crença diferente quanto ao modo como seu Deus esperava que eles se comportassem. Afinal, Jesus era judeu. Não há como contornar isso, costumava dizer Karel. Então, quando a ruptura aconteceu? Quando a separação aconteceu? Quando se tornou perfeitamente aceitável que Jesus tenha sido judeu durante toda a sua vida e por toda a eternidade, que Seu Pai tenha sido o Deus de Israel, e que o povo cristão sonhe e planeje um retorno ao Sião... que é Jerusalém... e fale ardorosa e apaixonadamente da Israel bíblica, e ainda assim odeie os judeus? Onde, perguntava ele... e perguntava a qualquer um e a todos que demonstrassem o mais leve interesse no que ele tinha a dizer..., *onde* estaria a lógica disso?"

Ele olhou para o filho, como se na esperança de ouvir uma resposta, mas quando ficou claro que André nada diria, Henry prosseguiu, erguendo ambas as mãos quase como se pedisse desculpas e afastando bem os dedos para indicar que aqueles pensamentos eram de Karel e não necessariamente os seus.

— Bem, a resposta *dele* para essa pergunta irrespondível foi que a lógica era coisa de padres... *sacerdotal* foi a palavra que usou... e, por causa disso, era invisível e incompreensível para os homens comuns, pois jazia no repositório da maior parte das outras lógicas dos padres de todo lugar: no fundo dos túneis escuros de seus retos... — Assim que pronunciou essas palavras, vertendo-as oratoriamente de sua boca, sir Henry gargalhou. — Eu adorava quando alguém dizia coisas como esta. Sempre tive medo que algum bando de bispos escandalizados pudesse saltar de algum esconderijo e nos condenar a ambos por nosso comportamento hediondo e imperdoável.

"Ele costumava afirmar... e era *insistente*... que os padres raramente eram espertos e com ainda menos frequência eram inteligentes, mas que a maior parte deles era astuciosa e todos eles agiam em interesse próprio. A maioria dos padres, sustentava ele, aqueles medíocres que eram destinados a jamais se tornarem bispos, prelados ou dirigentes da Igreja, devia suas posições e nomeações ao fato de terem nascido como filhos mais novos de pais que não podiam sustentá-los, o que significava que, quando jovens, todos haviam se defrontado com as mesmas opções limitadas: tornarem-se cavaleiros ou vestirem o hábito da Igreja. Para todos eles, e provavelmente por um vasto leque de razões, a ideia de uma vida militar, com toda a sua dureza brutal, era detestável, por isso eles optavam pelo caminho mais fácil, uma vida em geral desprovida de atribulações e sustentada pelas contribuições alheias. Eles entravam para o sacerdócio."

Dito isso, Henry levantou-se, engoliu o vinho que restava em sua taça e depois atravessou tranquilamente o quarto até a mesa, onde pousou a taça, para a qual continuou olhando por algum tempo.

— E isso, meu filho, é tudo o que posso lhe dizer sobre minhas peculiares crenças a respeito do tratamento dado aos judeus — disse ele por fim, virando a cabeça para olhar na direção de André, que o observava. — Algo do que eu disse lhe foi de alguma serventia no seu dilema acerca do comportamento de Ricardo?

— Eu não tenho um dilema, pai. Tenho repugnância.

Algo que talvez fosse um tique de contrariedade tremulou entre as sobrancelhas de sir Henry.

— Essa é uma palavra forte — disse ele.

— E eu não a usei de maneira leviana — replicou André. — Não se trata simplesmente de um sentimento antissemita da parte de Ricardo, papai. Eu estou falando de crueldade estúpida e desumana, infligida pelo puro prazer de cometê-la para ver os resultados.

Isso pegou sir Henry de surpresa. Ele lançou um olhar penetrante para o filho, tentando decifrar-lhe o rosto, mas, não vendo nada que pudesse identificar, caminhou vagarosamente até a lareira.

— Muito bem, então, conte-me o que quer dizer com isso, pois é uma acusação muito forte. "Crueldade desumana infligida pelo puro prazer de cometê-la para ver os resultados..." Eu esperaria ouvir algo completamente execrável como acusações que sustentem tal afirmação.

— Bem, então deixe-me pensar em algo. O senhor aceitaria um relato de que os guardas do rei foram mandados às ruas para prender quaisquer judeus que encontrassem e levá-los com eles para o entretenimento dos convidados do rei durante um jantar? Isso, em si, talvez não seja qualificado como execrável, a não ser que o senhor considere que o entretenimento consiste em mantê-los imobilizados pelos soldados enquanto seus dentes são arrancados com alicates... todos os seus dentes.

O silêncio que se seguiu pareceu longo, profundo. André sentava-se numa posição tensa, inclinado para a frente na cadeira à espera de uma resposta do pai, mas sir Henry não tinha pressa em responder, resistindo, talvez, a reconhecer que ouvira o que foi dito.

— Você viu isso? Você estava lá?

André inspirou fundo e prendeu o ar por cerca de três segundos antes de expeli-lo por entre os lábios apertados.

— Não, senhor. Eu não estava. Parece que eu tenho o feliz talento de estar ausente em tais ocasiões. Mas aconteceu mais de uma vez... e em todas as ocasiões quem me contou foram pessoas que estavam presentes e em cuja palavra eu confio.

— Que pessoas? Quem são essas pessoas?

André encolheu os ombros.

— O cavaleiro que o senhor conheceu hoje, por exemplo, Bernard de Tremelay.

— Você confia nele, então?

— Irrestritamente, papai. Eu já o conheço há oito meses e ele se tornou meu amigo mais íntimo quase desde o momento em que nos conhecemos.

Sir Henry olhou com firmeza para o filho, uma de suas sobrancelhas ligeiramente levantada.

— Acho isso estranho... você não tem tendência a fazer amigos com tanta rapidez.

— Eu sei. Mas nós gostamos um do outro desde o início... provavelmente por causa do modo como nos conhecemos, verdade seja dita. Nós éramos os únicos jovens num encontro particularmente grande e sério de homens sisudos de barbas grisalhas, e eu temo que encontramos companheirismo no riso silencioso. Foi ele quem me deu a descrição mais detalhada dos abusos sofridos por um desafortunado judeu... o primeiro a sofrer daquele modo, creio. Eu estava fora de Londres na época, mas Bernard me contou tudo, com grandes e vivos detalhes, quando voltei. Ele estava enojado e também me deixou enojado com o que me contou.

— E você diz que Ricardo tolera tais coisas?

André emitiu um som que poderia ter sido o início truncado de uma risada.

— Tolerá-las? Melhor dizer que ele as patrocina. Papai, essa é a noção de Ricardo de um modo excelente de divertir seus amigos... — Ele desviou os olhos por um momento e depois olhou novamente para o lugar onde seu pai permanecia estupefato. — Pelo que eu sei, a primeira ocasião foi quase acidental, uma dessas coisas que simplesmente acontecem sem planejamento prévio. Alguém do Clã Dourado fez um comentário no sentido de que estava tendo problemas com um judeu a quem devia dinheiro...

— O Clã Dourado? O que é isso? Não acho que já tenha ouvido falar disso antes.

André franziu as sobrancelhas e sacudiu a cabeça, claramente arrependido do que dissera.

— Perdoe-me, papai, não é algo cujo conhecimento eu devesse esperar de sua parte, e certamente não é nada que o senhor aprovaria. O termo é pejorativo, recentemente cunhado na Inglaterra... um nome usado para indicar certos amigos do rei Ricardo. Os inaturais, que não veem razão para a existência de mulheres. Eram originalmente chamados de Eunucos Dourados, até que alguém salientou que eles eram tudo menos eunucos...

— Basta. Eu entendo a alusão. Então, o que esse sujeito disse sobre o judeu?

— Algo sobre o homem ter os dentes cravados nele. Seja lá o que for que tenha dito, evidentemente foi o bastante para levar Ricardo a gritar: "Então, vamos arrancar os dentes do filho da puta!", e mandar seus guardas prenderem o judeu em seu escritório e levá-lo até o Salão Real em Westminster. Eles arrancaram seus dentes em público naquela noite, durante o jantar, aparentemente com sucesso tão notável que o entretenimento tem se repetido aleatoriamente diversas outras vezes, sempre que o rei ou algum de seus convidados se sente entediado. Ele simplesmente manda seus homens encontrarem um judeu. A simples condição de judeu é condenação suficiente para justificar sua assim chamada "punição".

— Deus do céu! — O queixo de sir Henry desabou, ele tateou para encontrar o encosto da cadeira e depois baixou o corpo de volta ao assento. — Isso é... — sua indignação era tamanha que a voz lhe falhou; sua boca se moveu, mas ele não conseguiu emitir nenhuma palavra, até que parou de tentar, engoliu em seco e sacudiu a cabeça em desaprovação. — Isso é execrável. E ninguém reclamou? E quanto aos bispos? — Ele fez um gesto cortante com a mão, afastando a ideia tão logo a pronunciou. — Não, isso seria desperdício de tempo e de esforço. Eles não fariam nada, exceto, talvez, dar zurros de encorajamento. Mas certamente algum dos nobres deve ter reclamado de tais ultrajes.

— Reclamado? — A voz de André St. Clair soou como se ele fosse gargalhar ou chorar. — A quem eles reclamariam, papai? Ao rei, sobre sua própria conduta? O senhor ousaria fazer isso? — Ele ergueu uma das mãos com a palma voltada para fora, para silenciar a resposta antes que seu pai pudesse expressá-la. — Sim, o senhor provavelmente o faria, mas o que iria conseguir? Na melhor das hipóteses, atrairia a fúria dele por ofendê-lo e às suas suscetibilidades. E na pior? Quem sabe? Esse é Ricardo *Plantageneta*... Além disso, se o senhor erguesse a voz, todos pensariam que estava louco, ao defender um judeu dessa forma. O senhor seria condenado por isso. Ninguém teria qualquer simpatia pelo senhor, independente do que Ricardo lhe fizesse. O senhor o enfrentaria sozinho... e enfrentaria a condenação.

— Assim como você, caso se pronunciasse. — A voz de sir Henry era comedida, plena de pesar, e algum tempo se passou antes que ele continuasse: — Então, o que você fará agora, meu filho? Parece evidente que você não deseja continuar como está atualmente.

André, no entanto, objetou.

— Não, papai, não é assim, e é isso o que torna esta decisão tão difícil para mim. Pode parecer claro ao senhor, como disse, que eu não deseje continuar como estou, mas está longe de ser claro para mim. Eu tive muitos deveres e responsabilidades depositados sobre mim nos últimos meses, e poucos deles tiveram origem em Ricardo. A verdade é que atualmente muito da minha lealdade está comprometida de bom grado com Robert de Sablé, e ele, por sua vez, está preso a Ricardo e não sabe nada sobre o que estamos conversando esta noite. O mais assustador de tudo, talvez, seja que, a despeito de tudo o que sei, ainda vejo muito para se admirar em Ricardo. O homem é um fenômeno... tanto em suas forças quanto em suas fraquezas. Ele é uma massa de contradições indivisíveis. Cruel e desumanamente injusto que possa ser nessa questão dos judeus, ele possui, ao mesmo tempo, toda a força e as virtudes militares que eu admiro e às quais aspiro. E seu povo... *todo* o seu povo... parece amá-lo, pelo menos de longe, em princípio, estejam eles na Normandia, na Inglaterra, na Bretanha, na Aquitânia, em Anjou ou aqui em nossa própria Poitou. Todos os seus aliados do exército que está se reunindo olham para ele e sentem-se orgulhosos por estarem entre suas hostes, até mesmo Filipe Augusto e o conde de Flandres. Portanto, eu ainda me sinto incapaz de decidir o que devo fazer, mas não vou deixar o exército. Talvez a única coisa que eu possa ter esperança de fazer seja evitar comparecer a qualquer um dos jantares do rei.

Ele parou de falar e olhou em volta, depois foi sua vez de levantar-se e pousar sua taça sobre a mesa.

— Está tarde. O fogo já está quase apagado novamente e, embora eu não esteja cansado, mantive o senhor fora de sua cama por muito tempo. Vou sair e respirar o ar da noite por algum tempo e deixá-lo dormir. O senhor tem de marchar pela manhã e eu não, por isso posso me demorar mais para levantar do que o senhor... mas tenho muito em que pensar antes de ir dormir esta noite. — André sorriu de lado e depois fez um aceno de cabeça e abraçou calorosamente o pai. — Obrigado, papai, por ouvir-me. Durma bem.

Henry ficou olhando até que seu filho tivesse deixado o quarto, fechando suavemente a porta atrás de si, e depois, com o rosto refletindo sua grave preocupação, despiu-se e subiu na cama, soprando a última vela. Não esperava encontrar descanso com facilidade naquela noite, depois de ter ouvido seu filho, mas caiu no sono quase instantaneamente.

ONZE

André St. Clair tinha muitas coisas em sua mente quando deixou seu pai naquela noite, e sem qualquer intenção consciente de procurar as alturas, logo se viu respondendo ao alerta da sentinela nas ameias, no topo da mais alta torre da fortaleza do castelo de Baudelaire. Ele atendeu ao alerta, identificou-se e depois foi se debruçar à beira de uma das seteiras, olhando para a escuridão que a envolvia. Caso se inclinasse para a frente, ele sabia, as fogueiras agonizantes do exército de Ricardo seriam visíveis abaixo, um rio de brasas mortiças estendendo-se de ambos os lados, beirando o curso tortuoso do rio Loire. À sua frente, porém, no ocidente distante, não havia absolutamente nada visível, o que significava que a noite era sem lua ou que a cobertura de nuvens era absoluta, e ele olhou para cima, não se surpreendendo ao ver a vacuidade carregada de um céu sem estrelas. Ele suspirou e deu suas costas para o vazio, apoiando as nádegas no umbral da seteira e cruzando os braços sobre o peito, depois acomodou o ombro esquerdo de encontro ao muro desse lado e permitiu que seus pensamentos fluíssem. Na manhã seguinte, ele se poria em marcha com Ricardo e todo o seu exército para a cidade burgúndia de Vézelay, onde, de acordo com a tradição, os ossos de santa Maria Madalena haviam sido entronizados mil e duzentos anos antes. Ficava a três dias de marcha a oeste a partir de Baudelaire e era o ponto de concentração oficialmente aprovado para os exércitos da Cristandade ocidental desde que o santificado abade Bernard do monastério cisterciense de Clairvaux dali despachara os Soldados de Cristo para a primeira campanha de reconquista da Terra Santa das mãos dos turcos seldjúcidas, noventa e cinco anos antes, em 1095. Agora, naquele mês de junho do ano de 1190, todas as possantes forças da Cristandade franca se reuniriam ali, para que fossem abençoadas e reinvestidas de maneira renovada ao seu propósito pela Santa Madre Igreja, depois do que o grupamento inteiro viajaria para o sul até Lyon, sobre o rio Ródano. De Lyon, o rei francês e seus seguidores tomariam o caminho do sul e depois do leste através dos Alpes de Savoia até Turim e de lá para o sul até Gênova, onde Filipe havia contratado toda a frota genovesa para transportar seu exército para o Oriente. As forças de Ricardo marchariam diretamente para o sul a partir de Lyon, atravessando seus próprios territórios ducais, seguindo o Ródano através de Valença e Avignon até Marselha, onde sua frota inglesa estaria à espera deles sob o comando de seu almirante, sir Robert de Sablé. O embarque seria feito com tranquilidade, André sabia, pois teria o benefício de um longo e cuidadoso planejamento, com atenção dedicada a todas as contingências concebíveis.

Apesar da impressão que havia causado em seu pai pouco antes, ele de fato enfrentava poucas dificuldades, morais ou de qualquer outra natureza, em relação ao pensamento de acompanhar Ricardo em pessoa para a guerra. O André St. Clair que saíra do esconderijo um ano antes, sob ameaça de morte por um trio de padres corruptos, talvez tivesse se recusado a isso, mas aquele não era a mesma pessoa que agora estava sentada no topo do Castelo de Baudelaire, avaliando suas opções. Aquele homem mais jovem, mais ingênuo e talvez mais autocentrado que André St. Clair era atualmente poderia ter sido suficientemente tolo e intolerante para pôr a si mesmo em perigo ao demonstrar sua desaprovação ao comportamento pessoal do rei, mas muito havia mudado no ano que se seguira para embotar a lâmina da impetuosidade do jovem André.

Seu encontro inicial com Robert de Sablé, que despertara o reconhecimento fraterno entre eles, rapidamente havia trazido uma renovação completa de seu compromisso para com a Ordem de Sião, depois de um longo período em que o isolamento e a responsabilidade de administrar a propriedade familiar haviam provocado um afastamento da Irmandade. De Sablé havia dado um fim a isso tudo. André estava em constante deslocamento de um lugar para outro, aparentemente a cargo de negócios relacionados com a tarefa de De Sablé de aprontar a esquadra, mas na realidade servindo como mensageiro entre De Sablé e os outros membros do Conselho Governante da Ordem, cujos componentes agora estavam amplamente espalhados entre as províncias do que um dia havia sido a Gália Romana. Por mil anos, começando nos Pireneus e em Languedoc, depois se espalhando pela Aquitânia, Poitou e Burgúndia, e mais para o leste e para o norte até a Bretanha, Normandia e Picardia, a antiga confederação de clãs que designava a si própria como As Famílias Amigas havia se disseminado através daquelas terras, levando sua influência e a milenar e sagrada fraternidade da sua Ordem consigo. Agora, trabalhando com alguns outros membros da Irmandade como ligação em tempo integral entre os membros mais remotos do Conselho Governante — motivo pelo qual ele encontrara e viera a conhecer seu amigo e irmão Bernard de Tremelay —, André não tinha mais dúvidas sobre sua futura admissão nas fileiras do Templo. Isso já era um *fait accompli*, assegurado pela disposição do Conselho da Ordem, aquele pequeno grupo de homens poderosos que havia, desde o princípio de tudo, ditado os destinos e direcionamentos da Ordem do Templo, a despeito do fato de que a vasta maioria dos templários ignorava completamente sua existência.

As origens dos templários, meros 72 anos antes, em 1118, já eram lendárias. Todo garoto com idade suficiente para se excitar com histórias de aventura e grandes explorações sabia como o veterano guerreiro Hugh de Payens havia reunido em torno de si um minúsculo bando de cavaleiros, nove deles, incluindo ele próprio, e fizera com que se dedicassem a defender e a lutar pelos peregrinos cristãos na Terra Santa contra as abundantes hordas de bandidos árabes que durante anos haviam se emboscado à espera deles em cada curva das estradas. Chamando a si próprios de Pobres Soldados de Jesus Cristo, Payens e seus homens haviam assumido os votos monásticos de pobreza, castidade e obediência e se aquartelado em estábulos abandonados no Monte do Templo, dentro da cidade de Jerusalém, e de lá, em face de desvantagens incalculáveis e aparentemente impossíveis, haviam conquistado vitórias espetaculares e retumbantes contra os bandoleiros saqueadores, tornando as estradas do Reino de Jerusalém relativamente seguras para se viajar pela primeira vez desde a captura da cidade, em 1099.

A partir de então, dentro de menos de uma vintena de anos após a data de sua fundação, defendidos e encorajados por Bernard de Clairvaux, que havia escrito uma regra para sua nova Ordem, seus sucessos e suas proezas heroicas haviam-se tornado tão renomados que o número de recrutas crescera até quase além da conta. Eles passaram a ser amplamente reconhecidos e reverenciados por toda a Cristandade, primeiro como Cavaleiros do Monte do Templo de Jerusalém, depois como Cavaleiros Templários e, finalmente, de maneira mais simples, como A Ordem do Templo, embora seu nome oficial continuasse sendo Os Pobres Soldados de Cristo e do Templo de Salomão. Havia outras ordens militares no mundo naqueles dias, mais notavelmente os Cavaleiros do Hospital e os recentemente formados Cavaleiros Teutônicos do imperador Barba-ruiva, mas os Cavaleiros do Templo haviam sido os primeiros desse gênero, os primeiros monges cavaleiros, e sua glória nunca se apagaria nem perderia o vigor.

Essa era a lenda. A verdade subjacente a ela era tão rarefeita quanto verdades lendárias sempre devem ser. A realidade, um segredo conhecido apenas pelos Iniciados da Ordem de Sião, era que Payens e seus oito primeiros companheiros eram todos irmãos dessa Ordem e haviam sido enviados deliberadamente para Jerusalém a fim de encontrarem e desenterrarem um tesouro. Conforme descrito na doutrina da antiga Ordem, esse tesouro havia sido depositado ali 1.100 anos antes, na época da destruição de Jerusalém e seu povo pelo general romano Tito, filho do imperador Vespasiano. As estimativas do massacre levado a cabo eram variadas, mas poucos duvidavam que mais de 600 mil judeus haviam morrido, e muitas fontes, a maioria delas de registros romanos, alegavam que o dobro desse número havia perecido. Qualquer que fosse o número correto, os judeus deixaram de agir como raça em sua própria terra natal desde aquele tempo.

Não obstante isso, de acordo com a doutrina que havia orientado Payens e seus companheiros em sua busca, um grande número de membros da casta sacerdotal judaica — herdeiros da Assembleia de Jerusalém original, a igreja comunal supervisionada durante seu tempo de vida por Jesus e seu irmão Thiago, o Justo — havia previsto a tragédia e escapado da destruição e do banho de sangue que se seguiu, mas antes enterrara o volume do que não podiam carregar com eles, os registros escritos de sua comunidade, além do alcance até mesmo dos gananciosos romanos.

Em segurança longe da cidade destruída, essas pessoas, algumas vezes chamadas de essênios, haviam então seguido para o estrangeiro, viajando em grupos grandes, mas pouco coesos, para proteção mútua. Para o sul e para o oeste eles caminharam, rumo ao delta do Nilo, ao Cairo e à Alexandria, e depois para o ocidente durante anos, através da imensidão da África, sempre mantendo ao alcance da vista o grande mar Central à sua direita, até alcançarem os estreitos e conseguirem atravessar da África para a Ibéria.

Da Ibéria, muito antes de ela se tornar a Espanha, seguiram para o norte novamente a pé, acabando por cruzar os Pireneus e chegar à Gália, onde se assentaram na região agora conhecida como Languedoc e se estabeleceram entre as tribos locais.

Com uma profunda consciência de quem eram e do que representavam, eles estavam completamente convencidos de que um dia retornariam para sua terra natal a fim de reclamar sua herança e desenterrar o tesouro que haviam sepultado lá. Roma decretara a morte deles, por isso sua segurança e sua própria sobrevivência dependiam de sua habilidade em ocultar sua verdadeira identidade dos outros. Assim, eles se esforçaram para fazer precisamente isso, misturando-se e miscigenando-se indissoluvelmente à primitiva e instável sociedade que era a Gália Romana, menos de cem anos depois da conquista inicial da região por Júlio César. Eles não sabiam que mais de um milênio se passaria antes do seu retorno, mas planejaram cuidadosa e metodicamente ainda assim.

As mais de trinta famílias que lá chegaram, desde o início da nova vida que estabeleceram na Gália, chamaram a si próprias de As Famílias Amigas e fundaram uma integridade comunitária que se adequou facilmente às unidades tribais do mundo gaulês e que persistiria enquanto os séculos se passavam e cada uma das famílias originais se expandia para se tornar um clã amplamente ramificado. Sua assimilação foi tão bem-sucedida que dentro de quatro gerações apenas um pequeno número seleto deles — e absolutamente nenhum intruso — sabia que suas famílias já haviam sido judias.

Eles adotaram a nova religião do cristianismo como todos os outros quando ela cresceu e se disseminou, mas entre eles próprios formaram uma irmandade secreta que chamaram de Ordem do Renascimento no Sião, o *renascimento* antecipando a adoção renovada de sua antiga religião e de seu tradicional modo de vida uma vez que estivessem de volta e em segurança em sua terra de origem, Jerusalém. Os anciãos das famílias decidiram que eles próprios, os patriarcas, seriam os únicos membros de seus clãs a salvaguardar o conhecimento de sua condição judaica, praticando seus ritos e cerimônias em segredo, longe dos olhos e do conhecimento até mesmo de seus entes mais amados, puramente como forma de proteção.

À medida que os anos se passavam — sem incidentes nem situações alarmantes — e o almejado retorno ainda era adiado, eles se decidiram por práticas de recrutamento que garantissem a segurança de seu sagrado e secreto conhecimento. Um representante masculino — e apenas um — de cada geração sucessiva de cada uma das famílias originais seria considerado elegível a ser promovido a membro da Irmandade, e sua compatibilidade seria julgada como um todo pelos membros, sendo as características tanto para sua admissão quanto para sua desqualificação claramente definidas e compreendidas por todos. Um filho homem de qualquer mulher que tivesse se casado com um homem que não pertencesse às famílias era inelegível como membro, e, uma vez que ninguém além da Irmandade da Ordem sabia nada a respeito, ninguém nunca sofreu por isso.

Além da exigência de descendência masculina direta da linhagem das Famílias Amigas, honra e integridade, inteligência e retidão, propósito obstinado e capacidade de manter segredo absoluto em qualquer momento e sob quaisquer condições eram os elementos *sine qua non* da elegibilidade. Dentro de um período muito curto, enquanto as famílias originais aumentavam, nunca houve qualquer falta de candidatos aptos, de modo que na eventualidade de que nem um só membro de uma dada geração de uma ou outra família fosse considerado adequado para pertencer à Ordem por qualquer razão, então nenhum seria escolhido, e a elegibilidade passaria para a próxima geração, sem qualquer tipo de estigma contra a família.

O sistema foi estabelecido com grande cuidado e planejamento e desde o início funcionou de maneira magnífica. Devido à necessidade de garantir os mais altos padrões de comportamento e atuação de cada candidato ao ingresso, o processo de escrutínio e avaliação era lento, exaustivo e progressivo. Ninguém podia ser admitido antes de atingir a idade de 18 anos, mas a entrada frequentemente era conquistada e outorgada muito tempo depois dessa idade, uma vez que cada filho nascido de uma geração tinha de receber sua oportunidade de ser avaliado. Nenhum candidato jamais entendeu nada sobre o que lhe estava acontecendo durante os primeiros estágios que conduziam à sua iniciação; ele entendia apenas que estava sendo preparado para algo momentoso, que isso era secreto, sério e solene e que as pessoas que o preparavam, seus mentores e patronos no processo, eram as pessoas que ele tinha em mais alta conta em sua vida. Apenas depois de sua iniciação, quando fosse Elevado à condição de membro integral da Irmandade da Ordem, seu primeiro treinamento começaria a fazer sentido para ele, e somente então o candidato se daria conta de que ele, talvez o único membro vivo da Irmandade em toda a sua família, era também o único que sabia da existência dela. Com frequência esse era o elemento da Iniciação de mais difícil compreensão para um novo membro: que ele era separado, num sentido muito básico e fundamental, do restante de sua família, conhecendo uma verdade sobre si próprio e suas origens que era proibido compartilhar; para sempre proibido de discutir com eles, ou mesmo de admitir, uma área de sua vida que continuaria indefinidamente a se tornar maior e mais importante para si, enquanto eles permaneceriam ignorantes de sua existência e completamente alheios ao seu significado.

André St. Clair incomodava-se com isso apenas ocasionalmente já havia vários anos, mas naquela noite aquilo lhe viera como o bote de uma serpente venenosa, acentuado pela ironia do fato de seu pai ignorar o que eles estavam realmente discutindo. Sir Henry St. Clair, o nobre angevino, tinha imenso orgulho de sua herança e da sua antiga e honrada linhagem familiar — e era sincero em cada palavra que dizia ao afirmar que não tinha preconceito contra os judeus —, e seu filho não tinha a mais leve dúvida quanto a isso. Mas apesar da integridade de sir Henry e de sua autêntica boa vontade, André também sabia que seu pai ficaria insultado e ultrajado caso alguém tentasse fazê-lo acreditar que corria sangue judeu em suas veias e que seus ancestrais haviam sido sacerdotes judeus. Além do mais, para seu pai seria inconcebível, completa e permanentemente incompreensível, que seu próprio filho pudesse aderir a tais crenças e, em conformidade com elas, devesse dedicar sua vida a garantir que os antigos ensinamentos que elas envolviam viessem a vigorar no mundo atual. Essa realidade seria para sempre estranha ao velho, e André não tinha escolha a não ser cerrar os dentes e se conciliar com isso, pois não havia nada que pudesse fazer para mudar uma pitada disso.

O assunto revoltante da extirpação dos dentes era bastante real, mas tratava-se de um elemento relativamente menor de patifaria, e André usara-o deliberadamente para chocar e consternar seu pai para que ele visse o quanto eram sérias as suas preocupações. Mas a verdadeira vilania, André tinha consciência, residia nas menos ostensivamente brutais, porém muito mais disseminadas e letais, perseguições aos judeus por toda a extensão e largura da Inglaterra nos seis meses precedentes. Aquilo começara no dia da coroação de Ricardo, em 3 de setembro do ano anterior, 1189, no seu notavelmente — alguns diriam escandalosamente — masculino jantar de coroação. A Festa dos Solteirões, assim havia sido chamado o jantar, e nenhuma mulher, de qualquer posição, incluindo a mãe do rei, havia sido convidada ou admitida. Mais para o final dos procedimentos, quando todos estavam bem avançados na bebedeira, uma delegação de mercadores judeus viera oferecer presentes e bons votos ao novo monarca. Mas eles foram detidos na entrada do Salão Real, seus presentes foram confiscados, e depois eles foram despidos e açoitados antes de serem atirados nas ruas, onde foram perseguidos por uma turba que os seguiu até a zona judaica de Londres e lá se pôs a queimar as casas dos judeus que ali viviam.

Ninguém fez qualquer tentativa de parar a multidão até que o fogo começou a se espalhar para o vizinho distrito cristão. No dia seguinte,

Ricardo ignorou publicamente a atrocidade, restringindo-se a ordenar a morte por enforcamento de vários homens que haviam sido atuantes no incêndio das propriedades dos cristãos. O arcebispo de Canterbury, que estava presente no momento, não disse uma só palavra em defesa dos desafortunados judeus, contentando-se apenas em comentar que eles haviam optado por não serem seguidores de Cristo, de modo que deviam estar preparados para ser tratados como seguidores do Diabo.

Com tais exemplos de piedade e tolerância como referências vindas de seu rei e seu arcebispo, poucos ficaram surpresos que a população das grandes cidades da Inglaterra tivesse se entregado a orgias antissemitas nos meses que se seguiram, com sua sede do sangue dos "matadores de Cristo" reforçando sua determinação histérica de arrancar a Cidade Sagrada de volta das mãos dos sarracenos ímpios. André estava a caminho de uma visita ao quartel-general do rei na cidade de York quando a última grande humilhação ali ocorreu nos dias que precediam a Páscoa, apenas um mês antes de seu retorno a Anjou. Já era meio-dia quando ele chegou a York, mas todos ainda falavam naquilo, o único assunto das conversas na cidade.

Ele soube que uma turba vingativa havia se formado por algum motivo e depois caçado um grupo de cerca de quinhentos judeus aterrorizados — homens, mulheres e crianças — até o interior da fortificada Torre de York, a qual então cercaram, gritando para que os judeus saíssem e enfrentassem a sua "punição". E na expectativa da tortura certa e do massacre apavorante, os judeus mais velhos decidiram ser misericordiosos consigo mesmos. Todos os quinhentos cometeram suicídio.

André sabia em seu coração que atrocidades semelhantes ocorriam em sua própria terra natal de tempos em tempos, mas a abrangência, a regularidade e a sede de sangue dos levantes na Inglaterra haviam-no indisposto para sempre contra aquele país, e a evidente tolerância e aprovação tácita de seu recém-coroado rei havia efetivamente matado qualquer entusiasmo e apoio espontâneo que ele pudesse ter manifestado em juntar-se às aventuras militares e aos propósitos de Ricardo. Apenas seu dever maior, suas obrigações fraternais para com a Ordem de Sião, impediam-no de se afastar completamente da companhia e do serviço do rei inglês, e, ainda assim, sabendo da importância do que tinha de fazer pelo interesse da Ordem, o jovem St. Clair vinha achando que superar sua repugnância e conservar um verniz de entusiasmo estava longe de ser uma coisa fácil.

Seus pensamentos foram interrompidos nesse ponto pelo som de movimentação nas proximidades, e ele se virou para olhar na direção do guarda em serviço do outro lado da plataforma da torre, que havia recebido em seu canto a companhia de outro homem. Suas vozes alcançavam-no como não mais que um murmúrio, mas ao olhar, André viu que o recém-chegado voltara-se para ele e depois começara a caminhar em sua direção, sua silhueta recortada contra a claridade da pira acesa do guarda. Ele se endireitou e ficou de pé no tempo exato de reconhecer seu amigo e companheiro de Orleans, Bernard de Tremelay, que o cumprimentou com um erguer de sobrancelhas.

— St. Clair? Pensei que você já estaria adormecido desde há muito, depois de toda a cavalgada que nós fizemos nestes últimos dias.

— Então, claramente me acha mais fraco que você. Por que não está na cama?

O outro cavaleiro meneou a cabeça.

— Eu estava, mas não consegui dormir. Problemas demais em minha mente, suponho. O dia de amanhã chegará bastante rápido, mas eu pensei em adiá-lo um pouco ficando acordado. E, então, em que você estava pensando sozinho aqui em cima?

André despediu-se do guarda de vigia com um aceno de cabeça e seguiu Tremelay pelos degraus estreitos até a passarela sob as ameias, postergando sua resposta até estar fora da linha de visão do guarda.

— A participação na nossa Irmandade às vezes nos vem com grande custo.

Eles haviam começado a descer para o próximo lance, mas Tremelay parou e voltou-se a fim de olhar para André que estava atrás dele.

— Seu pai novamente?

Quando André fez que sim, e Tremelay concordou com ele.

— Bem, é verdade, irmão. É assim. Mas quando você se encontrar aflito por causa disso, lembre-se do seguinte: quando você achar que o custo aumentou de maneira insuportável, ele pode se tornar ainda pior... e se tornará, sem dúvida. Acredite em mim, o desespero é a única estrada ainda aberta para nós.

Então, ele deu uma grande e gostosa gargalhada e recomeçou a descer.

— Bernard, honestamente, alguém já lhe disse que você é um merda?

— Sim, alguns. — Dessa vez Tremelay não parou, e suas palavras foram levadas para trás por sobre seus ombros. — Mas quando você é um merda, as pessoas se desviam de você, em vez de se arriscarem a pisá-lo. Acredite em mim quanto a isso também.

Ele riu novamente enquanto alcançavam o final dos degraus e depois se virou, agarrou uma dobra da sobrecota de André e puxou-o gentilmente, mas com firmeza, de volta para as sombras ao lado da escada, onde não podiam ser vistos nem ouvidos.

— Tenha isto sempre em mente daqui por diante, rapaz — disse ele numa voz baixa que não conservava o menor vestígio de humor —, e jamais esqueça. Em poucos dias, quando chegarmos a Vézelay, você será aceito formalmente nas fileiras inferiores da Ordem do Tempo, como postulante. Depois disso, se você se mantiver longe de encrencas e desempenhar as suas missões, será aceito como noviço e, por fim, se tudo continuar bem, acabará como um pleno Cavaleiro do Templo, compartilhando de todos os seus segredos e da sua assim chamada doutrina sagrada... Você acha isso difícil agora, guardar segredos do seu nobre pai? Bem, essa dificuldade parecerá insignificante, numa mera questão de dias.

"Espere até entrar no Templo e ser trancado entre pessoas cujos pensamentos são, cada um deles, alheios a tudo o que você conhece e acredita. Espere até se ver patinando entre a ignorância tapada e a estupidez cega que você encontrará em meio às fileiras às quais está para se juntar... onde os cavaleiros acreditam firmemente que são escolhidos de Deus e a elite do mundo... e muitos dos sargentos deles pensam da mesma forma... e você não poderá soprar uma só palavra sobre a verdade que conhece: a de que a sagrada e secreta Ordem deles foi inventada pela Irmandade à qual *você* pertence, para salvaguardar os segredos sagrados *desta* Ordem.

"Toda a sua existência nas hostes deles será uma mentira, e você terá isso jogado na sua cara cada vez que eles o acordarem no meio da noite para rezar num ritual que para você não representa verdade alguma. Você não acreditará em nada, mas não terá outra opção além de acatar e observar os falsos ritos deles... e nunca será capaz de dizer uma palavra de protesto ou reclamação. Isso, eu recordo a você, pode lhe causar algumas verdadeiras dificuldades. E tal coisa, ao contrário dessa questão menor com o seu pai, representa o verdadeiro custo de pertencer à nossa Irmandade.

"Felizmente, é claro, o seu isolamento não durará para sempre. Tão logo você passe em todos os testes e apresente todas as qualificações para se tornar um membro integral, as restrições que o cercarão serão atenuadas e os membros da nossa Irmandade no interior das fileiras do Templo cuidarão para que você seja designado para deveres nos quais possa ser empregado da maneira mais proveitosa. — Ele parou e sorriu novamente, apertando os ombros de St. Clair com as mãos. — Mas eu lhe prometo, ainda que nunca tenha estado dentro de uma reunião do Templo, que seus próximos meses estão destinados a ser a mais pura desgraça.

— É. — André suspirou e encolheu os ombros. — Eu já fui alertado sobre isso... mas quero agradecê-lo pelo óbvio deleite que você teve em me recordar do que está por vir.

— Isso está por vir para você, André, mas, quando chegarmos a Outremer, deverá estar acabado, e você voltará para o mundo dos vivos. Agora vá para a cama e durma bem, depois se levante e saúde o dia de amanhã de olhos abertos. Dizem que vai chover; portanto, será uma longa e molhada peregrinação até Vézelay, e nós passaremos por grande tormento antes de encontrarmos conforto novamente.

O sol da manhã se ergueu ofuscante acima dos picos nevados dos Alpes no leste distante, iluminando a grande bandeira da Ordem do Templo, que se erguia orgulhosamente solitária, refletindo os raios cegantes da crista de uma colina com vista para os campos que circundavam a cidade de Vézelay. A bandeira não tremulava na brisa leve, como faziam algumas outras na aglomeração sob a colina; ela pendia rígida, com seu peso concentrado embaixo dela, de uma barra fixada no alto de um mastro imensamente alto, permitindo que sua cruz vermelha com oito pontas e braços idênticos sobressaísse nítida, desafiadora e inconfundivelmente contra a pureza de seu campo branco, proclamando a supremacia da Ordem. Sob ela postava-se sua guarda formal de dez cavaleiros armados vestidos de branco, e em torno deles, cobrindo todo o topo da colina e ordenadamente disposto em padrões retangulares e regulares, estendia-se o acampamento da corporação da Ordem: cavaleiros e sargentos do Templo, a maioria deles novos e ainda não postos à prova, recrutados apenas recentemente para suprir as fileiras depauperadas da Ordem após as trágicas baixas sofridas em Outremer. Mais de mil combatentes estavam organizados em formação ali, no declive da colina diante de sua principal fileira de tendas, e menos de cem deles já haviam estado envolvidos numa batalha real. Os cavaleiros entre eles, menos de seis em cada vinte, usavam sobrecotas brancas simples, adornadas não com a cruz negra do Templo, mas com a longa e viva cruz vermelha que representava sua missão para recuperar a Terra Santa. Os demais homens, os sargentos da Ordem, usavam as mesmas cruzes vermelhas em simples sobrecotas marrons, exceto sargentos veteranos esparsos, que usavam sobrecotas negras distintivas, que representavam seu posto e sua graduação.

Abaixo e à frente dos templários, o restante dos exércitos da Cristandade agitava-se e turbilhonava como um campo de cereais sob um vento forte, salvo que nenhum campo de cereais, mesmo quando abundante em flores silvestres, poderia exibir tal profusão de cores. Eles ocupavam completamente os pastos que se estendiam da base da colina até a pequena cidade de Vézelay, que estava completamente oculta na distância por uma floresta de tendas e pavilhões. À direita dos templários vigilantes, as fileiras dos seguidores de Ricardo Plantageneta se acumulavam em sucessivos blocos compactos, a cavalo e a pé, intercalados por formações dos besteiros e arqueiros do rei, que eram facilmente distinguíveis pelas cores monótonas que exibiam e pela ausência de armaduras formais. Nessa hoste, as cores características das várias divisões podiam ser discernidas em alguns locais entre o rebuliço circundante: os estandartes cor de vinho da Burgúndia erguiam-se firmemente ao lado do rico azul-escuro da Aquitânia; e os verdes e dourados de Anjou e Maine eram visíveis atrás destes, assim como o negro e o escarlate de Poitou, juntamente com as listras azuis e brancas, os pálidos verdes e os amarelos e vermelhos da Bretanha e da Normandia e, é claro, os leões dourados da Inglaterra de São Jorge sobre seu campo escarlate, tremulando acima de todos os outros sobre um enorme estandarte de seda e suportados por ninguém menos que o arcebispo Balduíno de Canterbury, clérigo que havia organizado pessoalmente uma leva de 3 mil galeses, principalmente arqueiros, para se juntarem às hostes de Ricardo.

Do lado oposto a esse arsenal, ordenadas à esquerda dos templários, estavam as forças de Filipe Augusto e seus aliados. Como condizia à dignidade de um rei francês, o estandarte real de Filipe, a flor-de-lis dourada sobre um campo azul-celeste da Casa dos Capeto, parecia ser pelo menos tão grande quanto o de seu aliado inglês, e por trás dele estavam agrupadas as cores de seus maiores aliados e vassalos, incluindo a flor da nobreza da Cristandade. As cores brilhantes de Estevão, conde de Sancerre, eram predominantes ali, como Ricardo lhes dissera que seriam mais de um ano antes. Assim também eram as cores do conde Filipe de Flandres e de Henrique, conde de Champagne, sobrinho de ambos os reis, acompanhado de toda uma comitiva de nobres menores da França. O germânico Louis, margrave da Turíngia, havia cedido seu prestígio para o uso do rei da França, assim como o haviam feito um grande número de cavaleiros individuais da Dinamarca, da Hungria e de Flandres. E havia bispos em todo lugar em meio à aglomeração de ambos os lados, muitos deles agrupados em oração numa grande reunião entre as duas armadas, mas muitos, muitos mais entre os próprios exércitos, vestindo armaduras por cima e por baixo de seus hábitos e equipados para a guerra, sedentos do sangue de qualquer sarraceno louco o bastante para chegar ao alcance de suas mãos.

André St. Clair olhava para o espetáculo de um outeiro na extremidade frontal esquerda da formação templária, vários cavalos adiante da fileira da vanguarda, com seu superior imediato, irmão Justin, mestre dos noviços, à sua esquerda. Justin era um veterano carrancudo e sombrio que cheirava a queijo de cabra rançoso. St. Clair estava a dois cavalos de distância dele, mas o odor acre do velho ameaçava deixá-lo sem fôlego toda vez que ele inspirava. O irmão Justin, por sua vez, tinha ao seu lado esquerdo o taciturno comandante da força expedicionária deles, Etienne de Troyes, cuja austeridade e completa ausência de tolerância para espetáculos públicos como aquele eram legendárias. De Troyes era o que seus confrades da Ordem de Sião chamavam de um varão do Templo — *un sanglier Templier*. Ele não pertencia à Ordem e, consequentemente, não sabia nem suspeitava da existência da Ordem. Um dos templários de posto mais alto em todos os territórios francos do que havia sido a Gália, De Troyes, como tantos outros de sua laia, era completamente intolerante em relação a tudo e a todos que não fizessem parte de seu mundo, e dentro daquele universo estreitamente circunscrito havia apenas uma entidade de alguma significância: a Ordem do Templo. Qualquer coisa que interrompesse ou interferisse em sua intensa dedicação ao Templo e suas prioridades não seria admitida. Nessa ocasião, porém, por mais que lhe desagradasse a restrição, sir Etienne não podia desprezar desdenhosamente os acontecimentos abaixo de si e ausentar-se. Ele era o Mestre do Templo em Poitou, o que o tornava o oficial superior da Ordem presente em Vézelay naquele dia, e, portanto, tinha a responsabilidade de observar tudo o que acontecia. O Templo não devia nem concedia fidelidade ou obediência a qualquer rei ou senhor temporal. Sua lealdade e fidelidade eram devidas inteiramente ao papa, em Roma, e seus representantes estavam ali naquele dia como emissários pessoais do pontífice, embora fossem lutar ao lado de ambos os reis que estavam abaixo deles contra o inimigo comum sarraceno.

O irmão Justin havia designado St. Clair como mensageiro naquela manhã, dada a necessidade de que alguém transportasse despachos ou coletasse informações de qualquer um dos exércitos abaixo. A designação foi extraordinária, todos sabiam disso, uma vez que St. Clair era um mero postulante à Ordem naquele estágio, admitido apenas dois dias antes, mas Justin estava tirando flagrante vantagem, sem que isso fosse surpresa para ninguém, do relacionamento filial de André com o mestre de armas que estava lá embaixo. Às costas deles, atadas pela disciplina do treinamento da Ordem, as fileiras templárias estavam em completo silêncio, os únicos sons produzidos por eles emanando dos incessantes movimentos dos cavalos que estavam parados havia muito tempo. Em contraste, o barulho do exército concentrado à frente deles era caótico, o murmúrio baixo de 100 mil vozes ampliado por gritos mais altos, e às vezes estridentes, de comando, ininteligíveis àquela distância, e o constante zurrar de trompas e cornetas. O cavalo de André bateu os cascos e relinchou, caminhando de lado para mais perto da montaria do irmão Justin e lutando contra as rédeas, enquanto André, quase repugnado pelo fedor do homem, tentava conduzi-lo de volta.

— Onde está seu pai? Eu não consigo vê-lo.

Ignorando a presença carrancuda do comandante de campo à sua esquerda, o irmão Justin havia falado bruscamente pelo canto da boca, sem mover a cabeça, e em resposta, alheio ao que lhe seria permitido naquela situação, André inclinou-se para a frente em sua sela e voltou a cabeça ligeiramente para a direita, para olhar encosta abaixo até onde o estandarte de São Jorge ondulava sobre uma massa turbulenta de corpos reluzentemente guarnecidos, humanos e equinos, que não faziam caso de qualquer tentativa de discernir ordem.

— Ele está lá em algum lugar, irmão Justin — murmurou ele. — Ele estará no grosso da massa, em meio à multidão. Tem de estar. Ele organizou isso tudo ao lado do rei Ricardo... protocolos, procedimentos, ordem de precedência, tudo... portanto, deve estar lá em algum lugar.

Enquanto St. Clair falava, Etienne de Troyes soltou um palavrão de desagrado. Sua paciência com os procedimentos distantes estava exaurida. Puxando selvagemente o freio da montaria, ele fez com que seu cavalo desse uma volta e cravou as esporas no flanco do animal, impelindo-o colina acima, todo o seu corpo irradiando a intensidade do seu desprazer. O irmão Justin observou-o pelo canto dos olhos antes de expirar e falar novamente, no que passava por sua voz normal.

— O marechal está claramente insatisfeito com o que se passa lá embaixo. Também nós deveríamos estar, eu acho. Nós podemos ver tudo o que há para se ver, exceto as coisas que queremos ver... e isso inclui ação... mas entendemos algo do que está se passando? A única coisa que eu consigo reconhecer com alguma certeza é aquele enorme e profano ajuntamento de bispos cobertos de joias mais além, entre os dois exércitos, esperando para representar sua parte nesta palhaçada. Se apenas metade daqueles filhos da puta patéticos e tagarelas fossem autorizados a rezar por nós, todos morreríamos de velhice antes mesmo de sairmos desta colina.

St. Clair ficou estupefato ao ouvir tais palavras saírem da boca do mestre dos noviços, mas teve o bom senso de não demonstrar reação alguma. Apesar disso, porém, sentiu necessidade de dizer algo e por isso limpou a garganta e murmurou:

— Não há por que temer isso, irmão Justin. Ricardo Plantageneta está no comando lá embaixo. Ele não tem mais afeição pelos altos sacerdotes do que o pai dele tinha. Aqueles bispos todos vão rezar, mas rezarão juntos quando a hora das rezas chegar.

O mestre dos noviços deu um grunhido, mas não disse mais nada, evidentemente tendo se lembrado de que estava falando com a mais reles das nulidades. Mas então ele acrescentou, inesperadamente:

— É, eles provavelmente rezarão. O arcebispo de Lyon os liderará... e o abade de Vézelay os assistirá.

Foram interrompidos nesse ponto pelo tropel de cascos quando um dos cavaleiros veteranos, cujo nome André ainda não sabia, veio cavalgando na direção deles e puxou as rédeas ao lado esquerdo do irmão Justin, falando-lhe como se St. Clair não existisse.

— O que está acontecendo lá embaixo? De Troyes está mais furioso que um gato molhado.

— Eu sei disso, mas não está acontecendo nada. Ele simplesmente não suporta a perda de tempo. Ela deixaria até um santo furioso. Há 100 mil homens lá, e todos eles devem partir hoje, mas estão enfiados até o pescoço no meio de bispos, tagarelando para rezar novamente.

O outro cavaleiro grunhiu, pigarreou e escarrou em desagrado.

— Estes últimos três dias têm sido um sonho para os bispos... uma missa interminável e suarenta com paramentos, cantos gregorianos e nuvens irritantes de incenso. Mas já chega. Agora é hora de desmontar todas as tendas, carregar todas as carroças, posicionar os exércitos e cair na estrada.

Ele girou a cabeça, e seus olhos captaram St. Clair, mas descartaram-no instantaneamente como desprovido de importância, e ele balançou afirmativamente a cabeça para o mestre dos noviços.

— Marque minhas palavras: ou nós desceremos desta colina e pegaremos a estrada hoje ao meio-dia ou Ricardo Plantageneta será excomungado... — Sua voz desceu até um resmungo cínico. — E, com a Santa Madre Igreja dependendo dele para liderar toda a sua campanha, exterminar Saladino e seus sarracenos e reconquistar a Cidade Santa para Roma, a excomunhão parece improvável...

— De Chateauroux! — A voz, trovejando das alturas atrás deles como o som de uma rocha se estilhaçando teve um efeito instantâneo e visível no alvo ao qual se dirigia. O cavaleiro ao lado do irmão Justin endireitou-se com um sobressalto.

— Que merda! Fique de olhos abertos. Veja se consegue detectar qualquer movimento entre os acampamentos. Qualquer coisa! Aqui, irmão marechal!

Le Chateauroux deu um grito de acatamento e puxou sua montaria numa dramática volta para trás, cravando suas esporas no animal antes que os cascos da frente atingissem o solo, obviamente desejando evitar provocar o desagrado de De Troyes.

Pelo canto do olho, André viu o irmão Justin virar-se para observar o outro homem partir e depois se dirigir novamente a ele.

— Você fique aqui — rosnou — e se vir qualquer mudança lá embaixo, qualquer movimento de qualquer tipo por um grande grupo, mande me avisar imediatamente.

André ouviu seu tropel sair ao encalço de De Chateauroux, mas não fez qualquer esforço de virar-se e observá-lo. Já se sentia em evidência parado onde estava, um mero postulante, nem mesmo um noviço, e ainda assim lhe era claramente concedido tratamento preferencial. Não havia notado sinais de ressentimento de qualquer de seus companheiros, mas era arguto o suficiente para prever que eles poderiam estar lá em algum lugar, escondidos sob um véu de aparente indiferença, e não desejava tornar as coisas piores parecendo embasbacado ou vaidoso.

Depois de um breve período, durante o qual nada de alguma importância aconteceu abaixo dele, o irmão Justin voltou.

— Você, St. Clair. O marechal De Troyes quer descer lá oficialmente, em sua condição oficial de marechal, para meter as esporas naqueles vadios e fazê-los andar. Você deve cavalgar até lá, encontrar seu pai, o mestre de armas, e informá-lo de que o marechal do Templo deseja conferenciar em particular com os dois monarcas. Você acha que pode arranjar isso?

Quando André não reagiu ao sarcasmo, ele prosseguiu:

— Você vê aquela rocha gigante ali?

— Sim, irmão Justin.

O bloco de pedra era grande demais para não ser visto; uma singular e inexplicável rocha de tamanho gigantesco, que transformava em anões os cavaleiros montados que estavam à sua sombra.

— Bem, você vai cavalgar até lá e vai encontrar seu pai, mas vai escoltado, como um mensageiro formal do marechal, e cavalgará sob o estandarte Baucent.*

O irmão Justin girou sobre a sela, enfiou dois dedos na boca e deu um assobio alto, atraindo a atenção alarmada de um jovem cavaleiro atrás dele, que segurava uma longa lança com a triangular bandeira Baucent do seu esquadrão.

---

* Baucent era a designação do estandarte dos templários. Tinha as cores prata e negro, sobre as quais trazia estampada uma cruz vermelha. (*N. do T.*)

— Você, venha até aqui — gritou ele, depois aguardou, os braços estendidos, até que o jovem portador do estandarte foi juntar-se a ele obedientemente.

Diferente da grande bandeira, a Baucent menor, de formato triangular, era o estandarte de batalha do Templo (uma simples cruz preta de braços idênticos sobre campo branco), e o direito de carregá-la era uma grande honra disputada acaloradamente pelos irmãos que eram soldados rasos de cada esquadrão. O irmão Justin fez um abrupto aceno de cabeça pela cortesia do homem, depois apontou um polegar na direção de St. Clair sem afastar seu olhar do portador do estandarte.

— Preciso de você para um encargo extraordinário, irmão. Você cavalgará até o vale lá embaixo, escoltando este mensageiro, que, embora não passe de um postulante, tem virtudes ocultas. Você ficará com ele até que conclua seus assuntos com o mestre de armas do exército do rei Ricardo, depois o aguardará e retornará com ele até aqui. Eu informarei o comandante do seu esquadrão sobre onde você está e em que está envolvido. — Ele se voltou então para André. — Quanto a você, assim que tiver completado sua tarefa e souber onde os reis decidiram encontrar-se com o marechal, subirá até o topo daquela rocha e nos fará sinal com esta *baucent*. Para o acampamento inglês, segure o estandarte na mão direita; para o francês, na mão esquerda. Se eles optarem por um encontro entre os exércitos, próximo dos bispos, erga-o acima de sua cabeça com ambos os braços. Eu terei os mais aguçados olhos aqui para vigiá-lo, e você se destacará com esse seu manto de virgem.

Ele se referia à túnica de postulante ainda nova e brilhantemente alva que St. Clair estava vestindo. André assentiu com um movimento de cabeça, sem dizer uma palavra.

— Você fará o sinal pessoalmente, está entendendo? A cruz vermelha do portador do estandarte pode se perder de vista entre todas as outras cruzes lá embaixo. O seu manto de virgem vai se sobressair claramente.

— Ele olhou outra vez para o portador do estandarte. — Entendeu isso? Você deve entregar-lhe sua *baucent* e deixar que ele a use para enviar o sinal. Isso é importante. Está claro?

— Sim, senhor. Darei a *baucent* a ele para o envio do sinal. Mas eu a tomarei de volta?

O irmão Justin jogou a cabeça para trás como se tivesse sido estapeado.

— Sim, é claro que sim. É uma *baucent*, em nome de Deus, não um bastão de caminhada... — Ele hesitou, deu um alto suspiro e falou novamente com André. — Assim que você nos der o sinal, o marechal e sua comitiva descerão até o local do encontro, enquanto você seguirá seu caminho de volta para cá e se dirigirá a mim. Está claro? Então vá e não perca tempo... o marechal De Troyes estará à espera de notícias suas... e estará impaciente.

St. Clair assentiu e imitou sua escolta, enquanto o portador do estandarte atava seu escudo numa posição mais alta, retesava as rédeas com a mão esquerda, levantava a lança em saudação ao Estandarte e esporeava seu cavalo para a frente, colina abaixo.

Haviam se passado duas horas quando St. Clair retornou, e a primeira coisa que notou quando alcançou a encosta da colina foi que eles haviam desfeito o acampamento durante a sua ausência; todas as tendas estavam desmontadas e arrumadas para a viagem. Ele saudou o mestre dos noviços, que imediatamente o dispensou com um gesto desdenhoso de uma das mãos. Nada contrariado, André seguiu, sentindo-se grato, para juntar-se aos 15 esperançosos com quem compartilharia sua vida durante o futuro próximo, tanto como postulante quanto como irmão noviço. Não havia futuros irmãos sargentos entre eles; todos eram da classe cavalheiresca e já eram cavaleiros ou estavam avançados no treinamento, graduados ao menos como escudeiros. Seu alistamento formal como noviços, haviam-lhes dito, ocorreria na catedral de Lyon, e até chegarem lá continuariam trajando a veste deselegante conhecida como o manto da virgem. Mas até serem formalmente aceitos como noviços eles continuariam a agir — e a ser tratados — como servos da Ordem. Isso significava prosseguir no caminho do Templo, e nenhum dos postulantes estava insatisfeito com a sua parte. Lyon ficava a não mais de cinco dias de marcha a sudeste de Vézelay, de modo que eles seriam iniciados como cavaleiros do Templo ainda naquela semana.

Em termos de idade, eles variavam de rapazolas magrelos e desengonçados de cerca de 16 anos até um homem de aparência séria e pele escura aproximadamente da idade de André, com quem St. Clair havia compartilhado sua cerimônia de admissão dois dias antes, mas ao qual não dirigira a palavra desde então. Agora, enquanto André se movia em silêncio para sentar-se ao lado dele, o sujeito falou calmamente pelo canto da boca, tomando cuidado para não mover a cabeça e chamar a atenção sobre si.

— O que foi aquilo? Um postulante cavalgando com a escolta de uma bandeira *baucent*? Quem é você?

— Meu nome é St. Clair. André St. Clair.

— Ah! Agora eu sei quem você é. Eles o mandaram em missão até seu pai.

André franziu o cenho, perguntando-se o que teria motivado o tom daquele comentário. Soara como acidez, talvez cinismo, mas não tinha certeza de que fosse qualquer uma das duas coisas. Respondeu de maneira justa, ainda assim.

— Sim, eles me mandaram. Você desaprova isso?

— Não, não é da minha conta. Estava apenas curioso. Não se ofenda com a minha falta de modos. Eu sou um franco.

St. Clair arriscou um rápido olhar de lado para o homem, mais do que convencido de ter escutado um sorriso na voz do sujeito, mas não havia nada para se ver.

— Quem é você?

— Chamam-me Eusebius, em homenagem ao santo. Minha mãe era devota. Sou de Aix. Provença.

— Ah! Isso explica o sotaque diferente. Prazer em conhecê-lo, então. Eu sou de Poitou.

Ele viu a leve inclinação de cabeça do outro homem e depois ambos ficaram em silêncio e continuaram rigidamente sentados em suas selas enquanto um sargento cavalgava por perto, fechando o cenho enquanto seus olhos passavam de um homem para outro. Quando ele se foi, Eusebius arqueou uma sobrancelha e abaixou ligeiramente a cabeça, olhando para uma bolsa de couro que estava presa ao cinto de André.

— O que há na bolsa? Você não a tinha quando desceu a colina.

— Observador. — André sorriu consigo mesmo, intrigado. O estranho era astuto, articulado, inteligente e podia até mesmo ser agradável. — Figos secos, com os cumprimentos de Tristan Malbec, vivandeiro do rei Ricardo.

Tristan Nariz Torto, como era conhecido, era o intendente superior dos exércitos de Ricardo, mas muito antes disso ele fora camareiro-chefe e intendente de Eleanor de Aquitânia durante anos, até que ela havia sido aprisionada na Inglaterra, e ele passara a trabalhar para Ricardo.

O homem chamado Eusebius também sorriu.

— Soa como se você conhecesse o vivandeiro muito bem.

— Bem o bastante para não pedir nada a ele. Eu o conheço desde antes de aprender a andar, e como amigo de minha mãe e de meu pai, ele me alimentava com doces e guloseimas desde antes disso. Ele me avisou para não comê-los todos de uma vez, pois podem se passar anos até que eu veja outro destes. Eu lhe darei um depois, se você quiser.

Eusebius olhava diretamente à sua frente, mas assentiu com a cabeça.

— Meus agradecimentos por isso. Eu vou apreciar. Não como um figo há anos. Então, o que está acontecendo lá embaixo agora? E onde está o marechal?

— Negativo; não é permitido nem mesmo falar. É por isso que estamos sussurrando dessa forma.

St. Clair ficou em silêncio novamente enquanto o sargento, que havia terminado sua inspeção algum tempo antes, dava meia-volta e começava a seguir em direção a eles outra vez, olhando de um homem para outro e claramente torcendo para encontrar alguém que lhe desse uma razão para bancar o tirano. Neófitos que fossem, porém, nenhum deles era suficientemente ingênuo para dar-lhe a mais leve oportunidade de ser contrariado, e quando havia percorrido menos da metade da formação, alguém o chamou e interrompeu sua revista das fileiras. Pelo modo como ele se afastou rapidamente em resposta à convocação, ficou claro para todos que ele estava tão contente em deixá-los quanto eles em livrar-se dele. Mas, ainda assim, a não ser por uma agitação muito pequena nas fileiras, nenhum dos postulantes se moveu, e apenas St. Clair falou, ainda em voz baixa e apenas para os ouvidos de Eusebius.

— Tudo está concluído agora lá embaixo — disse ele, como se estivesse falando desde o começo. — Graças ao nosso mal-humorado marechal De Troyes. A partir do instante do seu primeiro cumprimento dirigido aos reis, levou menos de uma hora para organizar o serviço de encerramento, curto e solene, com apenas um breve *Te Deum* cantado antes da bênção final. E então as trompas começaram a soprar o toque de reunir. Agora, ainda que estejamos muito atrás nas fileiras para ver, os exércitos estão em movimento... e ainda estamos a mais de uma hora do meio-dia. Acho que isso é notável.

— Humm. — Eusebius olhou rapidamente para St. Clair e depois voltou o olhar para onde devia estar. — O que eu acho notável é que não tenho a menor ideia do que você está falando. O que há de notável no fato de os exércitos estarem em movimento?

— Porque nos últimos dois dias estava se tornando cada vez mais improvável que eles um dia fossem fazê-lo. Os reis, Filipe e Ricardo, estavam em divergência, incapazes de concordar em qualquer coisa. Dois dias de incessante parlamentação... e nada no sentido de um entendimento. Mas de acordo com meu pai, muito foi alcançado na noite passada, pelo menos na superfície. Os reis convocaram um conselho privado que se prolongou até por volta da meia-noite, sob forte guarda, com Ricardo jurando que o exército partiria para Lyon hoje, independente do que acontecesse, e que ninguém dormiria até que toda a programação estabelecida pelos bispos estivesse concluída. E assim foi.

O toque de uma corneta chamou-lhes a atenção, e os sargentos menores começaram a se mover para cima e para baixo entre as linhas, retificando as formações e preparando todos para deixarem sua locação no alto da colina. Por um instante não houve mais conversas, pois a atenção de todos estava concentrada na tarefa de uma retirada ordeira. Não foi senão quando seu esquadrão já estava cavalgando encosta abaixo, ainda muito acima do imenso espetáculo dos exércitos que se moviam em turbilhão no vale abaixo deles, que os dois homens conseguiram retomar a conversa interrompida, e outra vez foi Eusebius quem iniciou a discussão, depois de ter olhado em volta para se certificar de que não havia oficiais os observando nem os ouvindo.

— E então, essa reunião na noite passada. O que ela conseguiu?

— Um acordo — respondeu André, mantendo a voz baixa, embora o ruído do movimento das colunas, com o som dos cascos, o retinir clangoroso das armaduras e das armas e o estalar de couro das celas, tornasse impossível bisbilhotar. — Um tratado formal de amizade e de cooperação e confiança mútuas, tudo assinado, selado e testemunhado por um exército de prelados. Uma cessação solene de hostilidades. A Inglaterra, incluindo a totalidade de Anjou, Poitou e Aquitânia, juntamente com o restante dos territórios que pertencem à casa dos Plantageneta, estará em paz com a França e seus aliados daqui por diante, abjurando qualquer conflito enquanto Inglaterra e França permanecerem engajadas num esforço comum a serviço do Senhor Deus. Na eventualidade de que qualquer um dos monarcas, Ricardo ou Filipe, seja morto antes da guerra acabar, outro assumirá o comando de seus exércitos e redobrará seus esforços no interesse de Cristo e da Santa Igreja. Caso qualquer dos dois monarcas quebre essa promessa, será excomungado, e os bispos unidos de ambos os reinos atestarão a justiça da punição.

— Você aí! Você, com os lábios se movendo! Espero que esteja rezando, inseto, mas ainda que esteja, fique em silêncio. Se eu vir seus lábios se mexendo uma vez mais, você limpará latrinas durante todo o próximo mês. Você me ouviu?

— Sim, irmão sargento.

André manteve o rosto imperturbável. Nenhum dos homens vira o sargento se aproximar, mas agora que ele havia escolhido André, os dois se tornaram modelos de decoro e bom comportamento. Durante as quatro horas seguintes, até chegarem ao ponto onde parariam para a noite, ambos se comportaram, fazendo poucas tentativas de se comunicarem entre si. Com isso tudo, uma camaradagem nasceu e tornou-se mais forte ao longo do restante daquele dia.

Depois do jantar daquela noite — um evento caótico, já que era a primeira vez que as cozinhas de campanha faziam turnos para alimentar mil homens de uma só vez —, os dois se sentaram ao lado de uma fogueira durante a hora que antecedeu o toque de recolher. Havia sido um dia longo e cansativo, de modo que eles logo se viram sozinhos, pois seus outros companheiros foram dormir, e eles voltaram ao assunto que estavam discutindo mais cedo naquele dia.

— Então, Filipe e Ricardo concordaram naquele arranjo que você descreveu? — Eusebius estava impressionado e não fazia segredo disso, balançando a cabeça num arremedo de descrença. — Eu não teria acreditado se ouvisse isso ontem. Contaram-me que aqueles dois vêm discutindo como peixeiras ciumentas e mal-humoradas desde que chegaram aqui, uivando e circundando um ao outro como dois gatos de garras afiadas no cio... — Ele se interrompeu de súbito, olhando cautelosamente para St. Clair. — Ouvir tais coisas lhe ofende?

André simplesmente olhou para ele com o rosto impassível.

— Por que deveria ofender-me? Porque eu me considero amigo de Ricardo ou porque você suspeita que eu tenha preferências antinaturais?

Eusebius ficou olhando para ele, incerto sobre como responder e incapaz de decifrar a expressão em seu rosto, e André permitiu que ele ficasse suspenso no limiar da apreensão por vários instantes mais antes de dizer:

— Na verdade, eu acho a imagem de gatos de garras afiadas no cio apropriada. Muito boa. Agora me ouça, meu amigo. Se vamos ser amigos, e parece-me que poderíamos ser, então temos de começar a confiar um no outro. Eu lhe juro que, não importa o que você me diga, eu não vou sair correndo para denunciá-lo para o mestre dos noviços... não por falar o que lhe passa na cabeça. Estamos de acordo quanto a isso? — Ele observou até Eusebius assentir com a cabeça. — Ótimo, então continue o que estava dizendo. Você os descrevia brigando como gatos no cio.

Eusebius ficou piscando os olhos por vários momentos mais, depois balançou a cabeça.

— Excelente. Que assim seja... Brigando feio, era o que eu estava dizendo, com aquele veneno inigualável dos ex-amantes. O lado efeminado da natureza de Filipe esteve em evidência amplamente testemunhada, disseram-me. Provavelmente porque sua realeza não foi tratada a pão de ló. — Ele fez uma pausa, depois sorriu e prosseguiu, prazerosamente: — Veja bem, você dificilmente poderia culpá-lo se parar para pensar a respeito... Ele tem sido o único rei nestas terras há dez anos, e agora seu antigo amante também ocupa a posição de rei. Isso, além de um exército maior, um tesouro mais rico, uma personalidade mais cativante e uma forte e bem merecida reputação de guerreiro, para completar. Sem mencionar que ele possui uma frota maior, ainda mais forte que a esquadra genovesa que Filipe teve de contratar a um alto custo para embarcar seu próprio exército. E nada disso se torna mais fácil de aceitar por ele graças ao fato de Ricardo ser presunçoso e exibicionista demais para sequer considerar poupar a dignidade de Filipe moderando o tom das suas performances. — Eusebius sacudiu novamente sua cabeça em desaprovação. — Deve ter sido um prato indigesto para Filipe Capeto engolir em seco de uma vez só. Deve ter ficado entalado na garganta dele. Mas ainda assim, você está me dizendo que ele engoliu tudo... tanto seu orgulho quanto seu rancor... e se reconciliou? E quanto à questão de Alaïs?

St. Clair estendeu as mãos e fez um muxoxo indicando que sabia apenas o que lhe havia sido contado.

— Resolvida, aparentemente. Ricardo prometeu casar-se com ela.

— Pelo nariz de Cristo! — Eusebius retesou-se, chocado, mas conseguiu conservar a voz baixa, num tom desapaixonado para manter a privacidade deles. — Depois de toda a confusão que se estendeu por todos esses anos, ele vai se casar com ela? Bem, pelos joelhos divinos, eu acho difícil de acreditar, mas aceitarei sua palavra... embora seja capaz de apostar que ele jamais tocará nela de qualquer maneira, esposa ou não.

— Por que você diz isso? Ele tem um filho, você sabe.

— Ele tem a reputação de ser pai, você quer dizer. Ninguém que eu já tenha conhecido viu o fedelho. Além do mais, você não acha que se fosse verdade ele carregaria o pestinha para todo lugar, só para provar que é tão potente na cama quanto no campo de batalha?

St. Clair pôde apenas curvar a cabeça diante disso, incapaz de responder sim ou não, e logo depois as trombetas soaram o toque de recolher, e os dois homens se encaminharam até suas tendas.

Os dois dias seguintes se reduziram a marchar, comer, dormir e começar tudo de novo. Ao final de uma longa marcha através de florestas cerradas e encharcadas de chuva, St. Clair agarrou com gratidão uma grande tigela de ensopado de cervo quente em um dos postos de mantimentos e seguia em direção à fogueira que seus novos camaradas haviam acendido para se proteger da umidade do ar noturno, quando ouviu alguém gritar seu nome. Era seu amigo Tremelay, com um pedaço de pão debaixo do braço e um odre de vinho pendurado no ombro esquerdo. Os dois comeram juntos, compartilhando o que tinham, e os novos companheiros de André foram corteses o suficiente para procurar seus catres logo depois de comer, deixando-os sozinhos para que pudessem conversar durante o curto período que restava antes do toque de recolher. Ambos trocaram suas trivialidades diárias, falando sobre coisas sem importância, e depois de um silêncio momentâneo, Tremelay perguntou:

— E então, o que está achando da dureza de pertencer ao Templo?

— Mal perceptível até agora, pelo que ofereço humildemente os meus agradecimentos. A maior parte das bobagens ligadas ao molestamento dos recém-chegados parece ter sido deixada para trás enquanto estávamos em marcha. Não há tempo para brincadeiras tolas. E eu encontrei um camarada de quem gosto, outro postulante. Bom-senso de humor e intelecto. Seu nome é Eusebius.

— Essa é uma boa coisa, pelo menos. Sinta-se grato por isso. Você acha que a esquadra estará lá quando chegarmos?

St. Clair estava pensando em Lyon, onde eles deveriam chegar dois dias depois, e precisou de alguns momentos para se dar conta do que Tremelay estava dizendo.

— Você quer dizer em Marselha? Por que não estaria?

Com um piparote, Tremelay atirou um pedaço de madeira que estava segurando, fazendo-o rodopiar em direção ao fogo.

— Eu posso pensar em vários motivos. Se fossem corvos, eles poderiam voar da Inglaterra para Marselha em dois dias. Mas são navios, de modo que têm de fazer uma longa volta, todo o trajeto ao longo da costa oeste, através da baía de Biscaia, com os mares mais bravios de toda a Cristandade, passando por Portugal e dali para o leste, contornando a Ibéria moura, e depois novamente para o norte ao longo da costa oriental. Uma tempestade severa pode afundar metade deles e espalhar os outros como folhas numa fonte. Ou eles podem se defrontar com as galés mouras ao longo da costa ibérica ou mesmo nos estreitos da África Setentrional. As frotas dos mouros não podem se equiparar à força dos nossos navios, mas suas galés são mais rápidas e letais e podem causar sérios prejuízos aos nossos planos.

— Não, acho que não... — André meneou a cabeça. — Já estamos em junho e o pior das tempestades de primavera passou há muito. A baía de Biscaia deve estar calma nesta época. Pelo menos, foi o que De Sablé me disse. Além disso, nós estaremos no comando da frota propriamente dita, e ela é uma esquadra de guerra. Seus navios... as dez maiores, melhores e mais rápidas embarcações já construídas na Inglaterra... são vasos de guerra, pura e simplesmente, recém-construídos e destinados exatamente ao tipo de navegação que foram incumbidos de fazer de Londres para Marselha. Não tenho dúvida de que eles estarão lá esperando por nós.

— Bem, tenho certeza de que você está perfeitamente correto quanto a isso. — A voz de Tremelay era pouco mais que um ronco e estava encharcada de sarcasmo. — E eles cuidarão para que sejamos transportados com todo o conforto, também, sem dúvida. Todos teremos um pequeno nicho cômodo em algum lugar dentro do navio, onde poderemos nos encolher em completa miséria entre nossos iguais moribundos e fedorentos e vomitar nossas entranhas por todo o trajeto desde Marselha até seja lá onde aportarmos em Outremer. Onde iremos desembarcar, você sabe?

— Se pudermos desembarcar em segurança, será em Tiro. É o único porto que resta aberto para nós. Saladino e suas hordas controlam todos os outros... Mas antes temos de fazer a viagem; para sudeste a partir de

Marselha e entre a Córsega e a Sardenha até a Sicília, e depois da Sicília até Chipre, e de lá para Tiro, na costa de Outremer.

— É uma viagem longa?

— Não. — St. Clair sacudiu a cabeça, uma ruga começando a se formar entre suas sobrancelhas. — Nós estaremos à mercê dos ventos e das marés o tempo todo, mas de acordo com Robert, se tudo correr bem, não ficaremos mais de um mês no mar.

— Bom Jesus, é um longo tempo para passar mal. Você já esteve mareado?

St. Clair sacudiu a cabeça.

— Não, nunca, embora entenda que não é algo agradável. Você já esteve?

— Sim, várias vezes. É a mais estranha das coisas, pois quando você cai enfermo pela primeira vez, com suas vísceras desabando sobre si mesmas e se coagulando a cada descer e balançar de onda, acha que vai morrer e sente medo. Mas depois, quando está no meio disso e realmente enfermo, percebe que o inferno não pode ser pior do que o que você está atravessando...

— E o seu maior medo passa a ser de que você possa *não* morrer! — St. Clair concluiu o pensamento dele.

Tremelay fez um ar zombeteiro e olhou diretamente nos olhos de St. Clair.

— Dizem que as mulheres não se lembram das dores do parto depois que elas acabam. Acredite, meu amigo, não é assim com o enjoo marítimo. Eu nunca, jamais esquecerei como ele é e não desejo voltar a experimentá-lo, embora saiba que vou senti-lo nesta viagem. Isso deveria ser suficiente para me garantir um lugar no Paraíso, não acha? Mergulhar voluntariamente no inferno para redimir a Terra Santa... Eu vou para a cama. Nós estaremos em Lyon depois de amanhã. Seu pai por acaso mencionou quanto tempo permaneceremos lá?

— Sim. Eu lhe perguntei, e ele me disse que, se nos detivermos, será por uma noite, não mais do que isso. Nós não devemos ficar lá, mas ele está convencido de que será conveniente que fiquemos e que o tempo de nossa chegada e partida terá de ser estabelecido antecipadamente, quando nos aproximarmos da cidade. O exército se dividirá ali, provavelmente na manhã seguinte à nossa chegada, e a força de Filipe se dirigirá para o leste, enquanto nós investiremos para o sul ao longo do Ródano até Avignon e Aix, e depois para Marselha. Quando alcançarmos Lyon, nós, postulantes, devemos chegar a uma vintena, talvez mais. Eu sei que há outra comitiva de cavaleiros a caminho para se juntar a nós. Eles estão vindo do Comando, em Pommiers, poucas milhas a nordeste de Lyon, e devem nos trazer pelo menos mais seis postulantes. Nossa admissão em Lyon será um ritual privativo do Templo, sem efeito sobre nada que tenha a ver com o exército. Eu presumo que tudo será organizado e levado a cabo enquanto estivermos na cidade, durante uma das orações do Ofício Noturno.

— Provavelmente você está certo, mas, se será secreto, então como eu deveria saber? Aproveite, de qualquer forma. Depois que você for iniciado, me verá muito pouco, bem como aos nossos outros confrades por algum tempo. O Templo o manterá ocupado demais para encontrar tempo de se dedicar às nossas necessidades, pelo menos até tomar seus votos iniciais.

Ele se levantou para partir, depois hesitou, claramente desconcertado com algo.

— O que foi?

— Você disse algo que eu não entendi quando estávamos conversando sobre a chegada a Lyon. Algo sobre o planejamento necessário para alcançar a cidade a tempo... O que isso quer dizer?

St. Clair sorriu e se espreguiçou como um gato e se inclinou outra vez em direção ao fogo, com um cotovelo apoiado sobre o joelho.

— Pense nisso, Bernard. Amanhã, em vez de cavalgar às cegas e sentir pena de si mesmo, olhe à sua volta enquanto marchamos e pense nisso. Você já viu qualquer coisa semelhante? Você esteve trabalhando para e com De Sablé, organizando a esquadra de Ricardo, mas isto é ainda maior. Muito maior. Você não pode perceber por um olhar ao acaso, pois não é tão visível quanto uma esquadra com todos os seus mastros... aqui você só pode ver o que está perto... mas estamos cercados, e fazemos parte, de mais de uma centena de *milhar* de homens... além de todos os seus cavalos, carroças, equipamentos e acessórios. É sério, pense com dedicação: qual foi o maior grupo com o qual você já viajou antes deste?

Tremelay encolheu os ombros, o cenho franzido enquanto pensava.

— Cem homens — disse ele, por fim. — Eu cavalguei até Navarra com meu suserano quando era mais jovem, cerca de oito anos atrás, e havia 109 de nós, sem contar os acompanhantes.

— E quantos deles havia, já pensou?

Outro encolher de ombros.

— Cavalariços, servos, cozinheiros, ferreiros... Quem sabe? Vinte, talvez? Talvez um pouco mais do que isso.

— Então a sua comitiva de uma centena chegava perto de 140... Você se recorda se tiveram alguma dificuldade em encontrar locais para acampar naquela jornada?

— Sim, nós tivemos, todos os dias. Eu me lembro bem, porque tive de ser o batedor deles e detestei isso. Tinha de sair em cavalgada todos dias, o dia inteiro, milhas à frente da comitiva principal, procurando bons locais de acampamento. Às vezes tinha de cavalgar o dia todo para encontrar um.

St. Clair levantou-se e correu os olhos pelo acampamento adormecido.

— Este nosso acampamento é enorme, não é? Mais de mil templários... muito mais, como você disse, se contar os servos e os ajudantes. Deve chegar perto de mais 3 mil, contando-os.

"E somos apenas um acampamento — prosseguiu André. — Deve haver pelo menos mais cem como o nosso por aí... duzentos, se cada um deles tiver apenas metade do nosso tamanho. Você realmente se pergunta por que planejar cada aspecto da nossa rota de marcha é importante? Quando começamos a marchar ontem, nem todos o fizemos em linha reta. Muitos de nós marcharam em diagonal para um lado ou outro, até formarmos uma frente em movimento de 2 milhas de largura. Amanhã, faremos o mesmo novamente, espalhando ainda mais nossa frente até termos uma largura de 4 milhas.

— Por que faremos isso?

— Porque se não o fizermos, meu amigo, nossos cascos, rodas e pés em marcha destruirão toda a terra por onde passarmos numa faixa de 2 milhas. Não há nenhuma estrada em toda esta terra que seja forte ou larga o suficiente para suportar nosso peso, e os campos podem levar anos para se recuperar de nossa passagem. Quando encontrarmos florestas, e já o fizemos, nossa passagem por elas as deixará destruídas. Cem mil homens, bem como seus cavalos e carroças. É um milagre que possamos nos deslocar em tal escala, mas, quando alcançarmos Lyon, provavelmente levará pelo menos um dia inteiro de marcha para colocar as colunas em seus lugares por todos os lados... e depois eles terão de acampar nos campos que circundam a cidade. É um empreendimento assustador. Só de pensar nisso me sinto esgotado; portanto, agora é minha vez de lhe desejar uma boa-noite.

Ele ficou de pé exatamente quando o toque de recolher soou pelo acampamento e fez um aceno de cabeça para se despedir de seu amigo.

— Durma bem e tente não se preocupar com que lugar vamos encontrar suprimentos suficientes para nos alimentarmos no caminho.

— Maldito seja, St. Clair. Agora eu vou ficar acordado a noite inteira.

André sorriu e acenou enquanto lhe dava as costas.

— Bem, se ficar, tenha uma boa vigília.

DOZE

André St. Clair não duvidou nem por um momento que sua existência havia mudado de maneira radical com a conclusão formal da cerimônia de admissão em Lyon, pois depois disso nenhum elemento de sua vida diária permaneceu como havia sido antes. A rígida agenda do regime da Ordem, baseada na antiga Regra de São Bento, com variações e extensões acrescentadas especificamente por São Bernardo para a Regra do Templo, estipulava um rodízio invariável de orações formais e leitura das escrituras, que ocupavam a maior parte do dia e da noite dos monges — que se constituíam, apenas, na mais óbvia das mudanças que o afetavam e aos seus companheiros noviços. Mas não havia intervalos nos períodos de trabalho entre essas sessões de oração durante os quais um noviço pudesse encontrar um momento para si próprio. Era como se toda a regra pela qual eles agora viviam tivesse sido projetada para privar os recém-chegados, coletivamente, de qualquer recordação ou conforto que pudessem conservar de tempos anteriores, mais familiares.

André observou a cerimônia se desenrolar com um sentimento próximo da incredulidade divertida, pois reconheceu elementos nos trâmites que ecoavam, e às vezes chegavam próximos de imitar, passagens e fragmentos do ritual pelo qual ele passara anos antes em sua Elevação à Ordem de Sião. Mas embora aquela ocasião ressoasse com pompa e solenidade, ele não experimentou o sentimento de revelação que o havia dominado durante todo o outro ritual. E era, pensou ele — e nesse pensamento reconheceu a verdade —, como se a cerimônia tivesse sido costurada com retalhos por um grupo de homens tateando às cegas em busca de maneiras e meios de transmitir um sentimento de ocasião para um evento de resto estéril. Havia rezas e encantamentos aos montes, oferecidos e entoados por sacerdotes e dignitários do Templo entre nuvens de incenso, e havia rituais formalizados e secretos realizados na semiobscuridade, iluminados apenas por uma ou duas velas, mas era luminosamente óbvio para St. Clair que não havia substância real e nem carne no caldo daquele cozimento. A cerimônia de admissão era um espetáculo destinado a assombrar e intimidar os que dele participavam, mais particularmente os admitidos. No momento em que passavam por todas as variantes do ritual envolvido, eles eram entorpecidos com visões da grandeza do compromisso que haviam assumido e se convenciam de que estavam destinados a viver a partir de então em perpétuo e meditativo silêncio e nunca mais voltariam a ter tempo para propósitos pessoais frívolos.

Nos poucos e furtivos momentos em que conseguiam sussurrar conversas entre si, os antigos postulantes tentavam fingir que as coisas não eram tão horríveis quanto pareciam e que todos os monges dentro da Ordem sofriam as mesmas privações, mas eles podiam ver que isso não era verdade. O noviciado era um período deliberadamente calculado de provação e tormento, destinado a crivar cada leva de recrutas impiedosamente, para peneirar aqueles que não fossem talhados para a vida monástica que se apresentava diante deles.

Bem alertado quanto a isso com antecipação, André estava resolvido a não ser desencorajado; estava determinado a reprimir sua insatisfação e a lutar obstinadamente até o fim do seu processo purgatório. Disse a si próprio que estava preparado para qualquer coisa que os autocratas da Ordem pudessem atirar contra ele e dispôs-se a obedecer todo comando e instrução imediata e meticulosamente, não importando quão degradantes e brutalizantes as tarefas que lhe fossem apresentadas pudessem parecer. E no pouco tempo livre que tinha, fortemente auxiliado por sua capacidade de ler, aprendeu seções imensas da regra do Templo, centenas de parágrafos com números e subseções, de cor. Ainda assim, ficava incrédulo cada vez que lhe ocorria — e isso acontecia diariamente — que as regras sob as quais todos estavam lutando haviam sido muito relaxadas para acomodar os rigores da vida em marcha.

Foram-lhes necessários cinco dias para se livrar de Lyon, quando tudo foi dito e feito. A ponte local sobre o Ródano havia desabado no primeiro dia, entortando e desmoronando sob o peso dos homens e carroças que a atravessavam, matando mais de cem homens. Ricardo então fora forçado a passar os três dias seguintes coletando canoas e botes provenientes de milhas de distância, rio acima e abaixo, para fazer a travessia do restante de suas tropas através da margem sul. Posteriormente, tendo sorte se conseguiam viajar 12 milhas num único dia, os 60 mil homens da corporação de Ricardo seguiram caminho num ritmo constante para o sul por mais oito dias, marchando numa frente de 3 milhas de largura até atingirem a cidade de Avignon e virarem para sudeste em direção a Aix, distante mais um dia de marcha. E enquanto progrediam, para espanto de todos, continuaram a atrair novos recrutas. Naquela oitava noite, porém, para o assombro nos olhos arregalados daqueles entre seus pares que testemunharam o evento, André St. Clair foi sumariamente preso e tomado sob custódia por um esquadrão de irmãos sargentos que agiam sob as ordens do mestre dos noviços. Sem explicação, ou mesmo uma oportunidade de reunir qualquer de suas magras posses, André foi confrontado, seus pulsos e braços foram agrilhoados às suas costas e ele foi levado.

André passou as próximas horas sob forte vigilância, trancado numa cadeia móvel, uma das quatro que viajavam com as grandes corporações de soldados templários. Era uma pesada caixa de madeira de estrutura sólida e sem janelas, montada sobre uma carroça e ventilada unicamente por uma abertura com grades de ferro. Ninguém lhe informou por que havia sido aprisionado nem de que era acusado, e ele sentiu a desesperança e o desânimo como bolas de chumbo na boca de seu estômago, pois, depois de menos de duas semanas como noviço do Templo, sabia que não tinha voz nem identidade — nem uma autoridade para a qual protestar contra aquela injustiça.

Então, no meio da ronda da noite, depois da *vigília* e muito antes das *matinas*, quando a escuridão ainda era absoluta, ele foi levado diante de um tribunal de cavaleiros veteranos reunidos à luz de tochas na tenda do marechal. Ali ele foi acusado pelo irmão Justin, o mestre dos noviços. Ele leu o nome completo de St. Clair em um rolo de pergaminho que trazia vários lacres de cera ornamentados e de aparência oficial — apenas o seu nome —, antes de levantar a cabeça e olhar André de cima a baixo em silêncio. André estava ereto, sua cabeça bem erguida, nauseado pela tensão, à espera do que poderia vir em seguida. Podia sentir o odor nada puro da notória santidade de Justin de onde se encontrava, a quatro passos de distância do homem, que estava parado com os ombros caídos e a expressão enfurecida, seu lábio inferior pendurado frouxamente e sua pança sobressaindo sob o tecido engordurado de sua sobrecota.

— Você é acusado de perfídia, André St. Clair; acusado de crimes tão torpes que anulam qualquer pretensão que você pudesse sustentar de ter algum direito como membro desta grande Ordem. — Ele fez uma pausa e abaixou a cabeça, consultando o pergaminho novamente antes de prosseguir. — Mas ainda assim... parece haver algumas dúvidas... algumas dúvidas *menores*... em relação aos detalhes das acusações. — Ele abaixou abruptamente o pergaminho, deixando que este se fechasse sobre si mesmo antes de começar a torcê-lo num rolo mais apertado. — Você está para ser levado sob escolta para Aix, até a Casa do Comando do Templo, para responder às acusações contra si, na tênue esperança de demonstrar que elas são falsas e que você foi caluniado e que na verdade continua fiel aos testemunhos que fez ao juntar-se a esta Ordem. Que Deus o ajude. Levem-no.

Ninguém mais no tribunal dissera uma só palavra, mas quando St. Clair deu as costas, viu um rosto que reconheceu no fundo da tenda, atrás da assembleia; um dos postulantes com o qual ele fora admitido. Designado àquela hora insalubre para algum tipo de incumbência subalterna por interesse do marechal, o sujeito agora se afastava às pressas, a cabeça abaixada, mas André estava convencido de que ele não havia perdido nada do que fora dito. Surpreendeu-se pelo fato de que o malhumorado irmão Justin não o tivesse notado e expelido desde o início. Mas neste exato momento um de seus guardas tomou-o pelo cotovelo e conduziu-o para fora, fazendo-o dar uma guinada para a direita do lado de fora das abas da tenda do marechal, até ele ver o volume da cadeia móvel novamente, delineado à luz bruxuleante das tochas e dessa vez atrelada a um cavalo robusto. Seus guardas o empurraram para a frente, e então ele foi levantado e empurrado, quase jogado, caindo de joelhos num canto da jaula enquanto as pesadas portas batiam às suas costas e a carroça se punha em movimento com um safanão. Ele estava fraco e trêmulo, suas pernas subitamente privadas de força, e teve de lutar intensamente contra a urgência de vomitar. Numa miséria mais abjeta do que qualquer outra que ele já havia sequer imaginado, sentiu seu coração disparar em direção ao pânico quando ele se engalfinhou com a única explicação que lhe ocorria para tudo aquilo: de algum modo, contra todas as probabilidades, o falso-testemunho dos três padres renegados mortos devia ter voltado à tona, de modo que ele era novamente acusado de assassinato.

Ele procurou acalmar-se praticando a nova disciplina que havia sido forçado a adquirir como noviço do Templo, recitando o *pater noster* de suas orações diárias. Apagou tudo de sua mente, exceto o zumbido repetitivo das palavras, até ela ficar entorpecida e manteve a contagem numerando os nós de seu cordão de orações até ter repetido a reza no número diário prescrito de 148 vezes. O dia ainda não havia rompido no momento em que ele acabou. A cela era estreita demais para permitir que ele se deitasse, e o movimento sacolejante da carroça era tamanho que não havia a possibilidade de ele dormir. Por isso ele voltou a se instalar ereto e começou uma nova contagem dos seus nós de oração contra o total requerido para o dia seguinte.

Ele havia recitado 1.026 pais-nossos, dez a menos que a cota completa de uma semana, antes da carroça parar novamente aos trancos, e no intervalo que havia se passado descobrira, para grande surpresa sua, uma estoica serenidade interior que se assemelhava à segurança. Também havia calculado que 150 orações, repetidas com deliberação e clareza, preencheriam aproximadamente um período de uma hora. André teve de fechar os olhos com força em reação à claridade cegante da luz quando a porta de sua cela se abriu e ficou contente ao permitir que seus guardas o deslocassem e conduzissem lentamente para baixo, até que ele estivesse novamente pisando o solo. Sentiu o calor do sol sobre o rosto e os braços e depois eles o fizeram mover-se para adiante em direção ao frescor da sombra, e ele abriu os olhos com cautela.

Estava ciente da chegada deles a uma cidade que presumiu ser Aix, pois ouvira e sentira o rumor das pedras do pavimento sob as rodas da carroça algum tempo antes, e o som de vozes altas ecoando nas construções amontoados havia sido inconfundível. Agora podia ver que estava em algum tipo de pátio fechado, com edificações em todos os quatro lados, um deles atravessado por portas duplas através das quais a carroça havia entrado. Os dois guardas que o haviam escoltado do acampamento templário na noite anterior agora se movimentavam de um lado para o outro, ocupados com tarefas menores e sem prestar atenção nele por aquele momento. Bem à sua frente havia um largo pórtico, emoldurado por pedras amarelo-claras em cuja frente havia um amplo lance de degraus estreitos, feitos do mesmo tipo de pedra. Inserido no arco acima do pórtico, um escudo contendo as armas do Templo fora entalhado em baixo relevo, e dois guardas vestidos de branco, ostentando a cruz vermelha de braços alargados do Templo do lado direito do peito, estavam postados sob ele, flanqueando as grandes portas de carvalho. Um deles olhou com indiferença para St. Clair, enquanto seu companheiro observava os homens que o haviam escoltado.

Ainda que não soubesse o destino deles, St. Clair teria reconhecido os detalhes que podia ver. Ele sabia que aquela devia ser a nova Casa do Templo do Comando de Aix, pois a ouvira ser descrita com admiração vários anos antes, por alguém que assistira à sua construção e se vangloriara do rico colorido das pedras, retiradas de suas próprias terras que ficavam nas proximidades.

Ele fechou os olhos, acalentado pelo calor da tarde, e sentiu-se balançar, mas antes mesmo que pudesse se endireitar, sentiu as mãos dos guardas que o escoltavam novamente em seus braços e foi propelido gentilmente em direção ao pórtico, onde as sentinelas se curvaram para empurrar as pesadas portas. O interior era escuro e frio, e seus guardas conduziram-no adiante por cerca de vinte passos antes de o deterem novamente, dessa vez diante de uma mesa larga e ladeada por outros dois guardas da Casa do Templo, atrás dos quais um amplo corredor seguia para a direita e para a esquerda. Sua escolta ficou em posição de sentido e cumprimentou um cavaleiro que estava de pé atrás da mesa e agora observava St. Clair com face inexpressiva. O cavaleiro escutou enquanto o guarda mais velho explicava quem eles eram e por que estavam ali, depois pegou a ordem de prisão que o homem oferecia, ergueu uma das mãos e balançou a cabeça. Ele agradeceu aos dois homens com cortesia, fazendo um gesto de cumprimento para cada um deles respectivamente, e depois despachou um de seus homens para acompanhá-los até o refeitório em busca de alimentos. Quando eles partiram, ele se voltou vagarosamente e olhou para St. Clair por vários momentos, até que o som dos passos que se afastavam deu lugar ao silêncio. Então ele falou para o único guarda remanescente.

— Encontre o irmão Preceptor e diga-lhe que o prisioneiro chegou.

O homem fez uma rápida saudação e girou nos calcanhares para sair marchando, e o olhar do cavaleiro retornou para o local onde St. Clair permanecia com as costas eretas, encarando-o desafiadoramente.

— Siga-me.

Ele deu as costas e saiu, seguindo o largo corredor à direita de St. Clair, movendo-se com o andar autoritário de um homem que nunca duvidou do seu próprio poder. André vacilou, tentado pelo mais breve momento a firmar pé e agir de maneira tão desafiadora quanto era a sua vontade, mas então se lembrou de que não sabia em que tipo de problema estava metido e se deu conta de que o desafio poderia não atender aos seus melhores interesses. O homem à sua frente afastava-se rapidamente e sequer olhara ao redor para ver se estava sendo seguido. Então André deu um grunhido e saiu atrás dele. Ele caminhou rapidamente, surpreso ao se sentir apreciando o simples ato de movimentar-se. Vinte passos adiante, outra passagem atravessava aquela que estavam usando, e logo depois desse cruzamento o corredor que seguiam terminou num par de portas que o preenchiam inteiramente tanto na altura quando na largura. O cavaleiro empurrou uma delas e se pôs de lado, segurando-a para St. Clair, que hesitou diante da cortesia inesperada, olhando para o homem, depois seguiu direto através dela e parou abruptamente. Um segundo conjunto de pesadas portas agora bloqueava seu caminho, exatamente semelhantes às primeiras e separadas delas por uma distância de três passos.

— Isolamento acústico — disse o homem que estava com ele, enquanto passava por André para abrir o segundo conjunto de portas. André piscou e caminhou, passando novamente por ele, e em seguida se deteve logo ao entrar, olhando em torno. A única necessidade que podia imaginar para um isolamento acústico era preservar os ouvidos sensíveis dos inocentes dos gritos dos culpados submetidos à tortura, e o pensamento baniu instantaneamente a calma estoica que ele conseguira atingir com seus pais-nossos.

A câmara em que eles haviam entrado era grande e parecia desprovida de janelas, mas ainda assim havia luz derramando-se de algum lugar. Ele inclinou a cabeça para trás e ergueu os olhos, mas mesmo assim não pôde ver janela alguma. Altas paredes de ambos os lados eram revestidas com painéis de madeira e guarnecidas com ricas tapeçarias bordadas. À sua frente, de cada um dos lados de uma parede de pedra em que havia uma imponente lareira, mais portas que chegavam até o teto davam acesso aos aposentos seguintes, e ele se deu conta de que a luz do dia também escorria por ali.

Em uma enorme cesta de ferro no interior da lareira via-se um braseiro crepitante que emanava calor até o local onde St. Clair estava parado, diante da porta, e três amplos divãs estofados estavam de frente para o fogo, dispostos na formação de um cercado aberto, com a pele de uma grande fera que St. Clair sabia (de pinturas que tinha visto) ser de um tigre estendida no chão entre eles e o fogo. Espalhados pela sala, enormes candelabros de ferro, alguns deles com vários braços, continham o que pareciam centenas de velas finas e incandescentes. À sua esquerda, encostada numa parede, uma mesa longa e pesada continha um arranjo de copos e altas jarras decorativas, bem como o que aparentava ser um abundante suprimento de gêneros alimentícios cobertos por um tecido. A simples visão o fez salivar, e ele refletiu, com amargura, que era improvável que aquela dádiva fosse de algum benefício para ele em qualquer sentido. Era um prisioneiro ali, atolado na ignorância do que havia feito, mas sem qualquer ilusão acerca da seriedade com que sua transgressão era vista.

St. Clair ouviu claramente as portas se fecharem com calma às suas costas e virou-se para ver o cavaleiro desconhecido no ato de retirar um molho de chaves do cinto que cingia sua cintura. Sem dizer uma palavra, o homem deu um passo adiante, virou St. Clair gentilmente e destrancou os grilhões que o prendiam, removendo-os e atirando-os descuidadamente contra a parede ao lado do fogo, onde se chocaram com o solo. Libertado, St. Clair se retesou e preparou-se para o que poderia vir em seguida. Se a chance de defender a si próprio se apresentasse, ele não hesitaria, mas estava completamente despreparado para o que ouviu a seguir.

— Subterfúgio, sir André, subterfúgio... Elaborado pela necessidade. Isso tudo lhe será explicado após a chegada dos outros. Enquanto isso, eu aposto que apreciará uma taça de vinho.

Sem aguardar resposta — e claramente não esperando nenhuma — ele caminhou até a mesa e apanhou dois pesados jarros de gargalo longo, voltando-se para arquear uma das sobrancelhas para St. Clair, que estava observando a condição desgastada e batida da pesada espada de lâmina larga que pendia da cintura do templário. Este ergueu um dos recipientes ligeiramente mais alto do que o outro.

— Nós temos uma escolha, graças ao bispo de Aix. Um destes contém o profundo néctar vermelho-sangue da Burgúndia; o outro, o puro âmbar mágico do Reno. Qual deles você prefere? Eu sou Belfleur, a propósito. Simplesmente Jean Belfleur, de Carcassonne. Tinto ou branco?

— *O quê?* De que se trata isto? Por que eu estou aqui? O que...

— Como eu disse, tudo será explicado. Aceite o tinto. — Belfleur ocupou-se em servir o vinho e entregar a St. Clair uma taça cheia até a borda. — Mas devemos esperar até que os outros se juntem a nós.

— Que outros?

— Paciência, meu amigo, contenha sua curiosidade, eu lhe rogo. — Ele apontou para os três divãs diante do fogo. — Venha, sente-se. Não lhe perguntarei sobre a sua viagem até aqui, pois ela não pode ter sido agradável, mas garanto-lhe que, quando nosso assunto aqui estiver concluído, você terá acesso a um banho quente para lavar o fedor do seu aprisionamento, tanto literal quanto simbolicamente, e roupas limpas, apropriadas para o seu posto. Suas armas e armaduras lhe serão restituídas.

St. Clair não pôde fazer mais nada além de balançar a cabeça com relutância, manifestando seu reconhecimento da boa vontade do outro e sentindo-se estranhamente envergonhado de seu sentimento de rancor. Mas deslocou-se, obediente, até um dos divãs e sentou-se vagarosamente, relaxando de modo gradual e gentil durante o quarto de hora seguinte, enquanto o encorpado vinho tinto espalhava seus bons sentimentos por dentro dele. Nenhum dos homens voltou a falar, mas o silêncio entre eles não tinha nenhum traço de tensão. Ambos estavam contentes, por diferentes razões, em aguardar o desenrolar dos acontecimentos.

O efeito do vinho, o calor do fogo e a longa noite sem dormir combinaram-se para seduzir André, que não se deu conta de ter cochilado até ouvir as portas se abrirem às suas costas e levantou-se de um salto, derrubando a taça vazia que ainda segurava quando se virou para se defrontar com o imponente grupo de homens que agora entrava na grande câmara e se espalhava em crescente, encarando-o. Havia oito deles, de diversas idades, alguns deles, embora não todos, usando armadura, e um, templário e obviamente o homem no comando ali, era meia cabeça mais alto que todos os outros. De cabelos ruivos e face rubicunda, com brilhantes olhos azul-claros, havia algo naquele homem que fazia com que St. Clair se lembrasse imediatamente de Ricardo Plantageneta. Aquele homem era um soldado e um guerreiro em cada centímetro de seu corpo e exalava o mesmo tipo de temerária autoconfiança.

— Sir André St. Clair. Bem-vindo à nossa Casa. Eu sou Benedict de Roussillon, conde de Grenoble e preceptor do Comando do Templo em Aix.

Ele estendeu a mão, e André deu um passo adiante para curvar-se sobre ela, mas, antes que pudesse começar a se inclinar, sentiu a inconfundível pressão do aperto da mão de Roussillon na sua, detendo-o, e o devolveu, com seus olhos se arregalando de assombro. O preceptor do Templo de Aix era um irmão da Ordem de Sião. Mas o conde já estava se virando para indicar os outros de seu grupo, o primeiro deles sendo outro templário.

— Aqui você tem Henri Turcot, castelão de Grenoble e meu mais convicto aliado, que também é preceptor auxiliar deste Comando. Henri acabou de chegar, após cavalgar a noite toda desde Villeneuve-les-Avignon. E com ele veio este jovem, Henrique, conde de Champagne, um irmão de nossa antiga Ordem, mas muito afastado de seu lar.

O jovem conde sorriu e inclinou a cabeça para St. Clair, que respondeu curvando-se profundamente. Henrique de Champagne era-lhe conhecido por sua reputação, sobrinho tanto de Filipe Augusto da França quanto de Ricardo da Inglaterra pelo primeiro casamento de Eleanor de Aquitânia com o pai do rei Filipe.

Enquanto o conde Benedict prosseguia com as apresentações dos outros membros em sua companhia, alguns dos quais eram muito mais avançados em idade, St. Clair viu-se cada vez mais golpeado pelo espanto à medida que aumentava sua consciência de que as pessoas que estava conhecendo de maneira tão informal eram os mais poderosos e influentes homens nos territórios governados pelos dois monarcas que lideravam aquela terceira grande expedição à Terra Santa, e que todos eram membros do Conselho Governante da Ordem de Sião. Seus nomes soavam-lhe familiares, pois já eram lendários dentro da Ordem, honrados e reverenciados por toda a Irmandade, mas estava se tornando evidente de maneira cada vez mais perturbadora para André que todos eles haviam se reunido ali naquele lugar para se encontrar com *ele*.

Reconhecendo a confusão e a perplexidade de St. Clair, um digno membro daquele quadro militar cujo nome era Germain de Toulouse e que parecia ser o mais velho deles, chamou os demais à ordem e lembrou-os de que seu convidado ainda não havia sido informado sobre o que estava acontecendo ali, e em alguns momentos todos tiraram suas indumentárias exteriores e se acomodaram onde puderam achar lugar. Quando já estavam sentados, Benedict de Roussillon ficou em pé novamente e, falando de modo claro e cortês, descreveu as circunstâncias daquela estranha situação em prol de St. Clair.

André havia sido levado até ali, explicou ele, porque o Conselho da Ordem havia-lhe designado uma tarefa extremamente importante; uma tarefa para a qual ele era o único habilitado por diversas razões, todas as quais lhe seriam explicadas mais tarde. Devido à sua importância, porém, também era uma tarefa que demandava completo segredo, muito acima dos padrões e entendimentos ligados ao segredo já exigido pela própria Irmandade. A ninguém, enfatizou Roussillon, além dos nove veteranos ali presentes mais um — o homem a quem St. Clair se reportaria no subsequente cumprimento de sua tarefa —, seria permitido ter qualquer indicação do que ele estaria realmente fazendo em Outremer depois de sua chegada lá. Roussillon reiterou, dirigindo o argumento não apenas para St. Clair, parecia, mas para toda a assembleia, que ninguém deveria jamais ter qualquer indicação de que André St. Clair tivesse qualquer outro propósito para estar em Outremer que fosse acima e além do âmbito de seus deveres como Cavaleiro do Templo. Tão importante e tão sensível era essa missão, que se havia considerado crucial que St. Clair fosse levado até ali para receber instruções.

Após ter estabelecido o tom de gravidade apropriado para o que estava por vir, sir Benedict acrescentou que o aposento onde estavam sentados naquele momento era seguro contra qualquer possibilidade de distúrbio ou infiltração. Todas as instruções e discussões relativas ao assunto em foco seriam mantidas atrás de portas fechadas e bem guardadas, e St. Clair receberia uma completa e meticulosa explicação sobre os antecedentes implícitos em sua missão, além de instruções explícitas e inequívocas sobre como proceder, uma vez que estivesse comprometido em atingir os objetivos que lhe fossem postos.

Quando terminou de discorrer sobre isso, sir Benedict perguntou diretamente a André se ele havia entendido tudo o que fora dito, e quando St. Clair respondeu que sim, Roussillon imediatamente decretou um intervalo de meia hora para a refeição, uma vez que muitas das pessoas ali reunidas ainda não haviam comido naquele dia. Depois disso, explicou ele, todas as refeições seriam servidas formalmente e como de costume, no refeitório da Casa do Templo com os outros irmãos templários, e seriam ingeridas em silêncio, com o acompanhamento da leitura das escrituras do Ofício do dia. Naquela ocasião única e inicial, comer juntos e em particular permitiria que os vários confrades trocassem e debatessem notícias e informações de seus diversos locais de origem. O encontro foi interrompido nesse ponto, e todos foram até a mesa, onde a comida foi descoberta e revelou-se, embora estivesse fria, tratar-se de um verdadeiro banquete.

André St. Clair entreteve-se inteiramente, mantendo conversas polidas com todos que se dirigiam a ele e absolutamente atento ao fato de que poderia nunca mais ser capaz de comer, beber e relaxar em tão augusta e distinta companhia. O tempo do intervalo passou rapidamente e ao final dele o encontro foi retomado e o assunto sério da instrução de André St. Clair começou...

O cavaleiro de barbas brancas Germain de Toulouse começou os procedimentos, falando de seu lugar no centro do semicírculo de assentos voltados para a cadeira isolada onde André estava sentado.

— Sir André St. Clair, bem-vindo a esta sessão formal de instrução, iniciada com a concordância do plenário do Conselho Governante da nossa Ordem. Estamos cientes das circunstâncias sob as quais você foi trazido até aqui, e não seria surpresa encontrá-lo enraivecido e frustrado. Infelizmente, foi necessário removê-lo de sua situação sob a ameaça de desagrado e investigação oficial, para fazer com que esses eventos fossem testemunhados e noticiados. Você é um membro do noviciado do Templo, e se fosse convocado até aqui de outro modo, o simples fato de ser convocado poderia atrair precisamente o tipo de atenção que queremos e buscamos evitar. Quando nosso negócio aqui tiver sido completado, você retornará como um cavaleiro livre, com sua honra inocentada e sua reputação imaculada. Você deseja falar algo? Eu disse algo engraçado?

André havia levantado uma das mãos, indicando que desejava interrompê-lo, e agora fazia um aceno lacônico de cabeça, sorrindo de maneira constrangida com a pergunta do veterano.

— Perdoe-me, irmão, por minha temeridade. Eu não desejava sorrir, mas o pensamento de retornar ao irmão Justin, o mestre dos noviços, com minha reputação imaculada tem uma certa... ressonância... que atraiu minha atenção. O sorriso foi meramente descrença involuntária... misturada, talvez, com uma pequena dose de terror.

— Ah, o irmão Justin. É claro. — Germain de Toulouse sorriu e balançou a cabeça. — Ele é amedrontador, não é? Mas você não precisa ter medo do mestre dos noviços. A lealdade fraterna dele está fora de questão.

— Fraterna? Ele é um de *nós*?

A pergunta foi involuntária, impulsionada pela surpresa.

— É claro que ele é um de nós, e de valor incalculável, considerando o posto que detém e a influência que exerce nas fileiras do Templo. Ele não terá a menor ideia daquilo em que você está envolvido, sob os cuidados dele, mas fará tudo o que estiver ao alcance de seu poder para ajudá-lo sempre que solicitado, e, se você precisar se ausentar por qualquer período de tempo, será o irmão Justin quem tornará isso possível para que você faça o que tem de fazer.

St. Clair ficou pasmo, evocando uma imagem mental do irascível mestre dos noviços, com seu corpo de cheiro vil, suas roupas engorduradas e esfarrapadas e seu lábio inferior caído, quase tão saliente quanto sua barriga intumescida que esticava a túnica, mas o veterano havia voltado a falar, e ele rapidamente expulsou todos os outros pensamentos de sua mente, concentrando-se nas palavras do velho.

— Você tem um primo em Outremer, já com o Templo, não é?

— Sim, eu tenho. Um primo pelo lado de meu pai, da Escócia. Sir Alexander Sinclair.

— E você conheceu esse homem?

— Sim, embora brevemente. Ele morou conosco por algum tempo quando eu era menino.

— E vocês dois eram amigos.

Não era uma pergunta, mas André pensou por alguns momentos antes de responder:

— Não, senhor, não posso dizer que isso seja exato. Nós gostávamos um do outro, creio... Eu certamente gostava dele. Mas eu era um mero rapazola, menos de 12 anos de idade, e ele já era um cavaleiro treinado e dedicado, comprometido sob juramento com o Templo. Ele era gentil comigo... e generoso, pois falava comigo livremente e com cortesia, e sempre demonstrava grande consideração para comigo... Não me lembro dele me tratar nem uma única vez com condescendência ou menosprezar-me por algo que eu lhe dissesse. Eu o admirava imensamente, mas estaria me gabando se dissesse que éramos amigos.

— Entendo. E então, se algum dia o visse novamente, acha que ele se lembraria de você?

André encolheu os largos ombros.

— Eu não sei, irmão Germain. Gostaria de pensar que ele me reconheceria, mas não posso ter certeza, depois de tanto tempo.

— Você o reconheceria?

— Novamente, penso que sim... e adoraria ser capaz de jurar que o faria... mas pode ser que não. Ele pode ter mudado além de qualquer possibilidade de reconhecimento.

— É, ele pode... — As palavras do velho foram quase um suspiro, e ele ficou em silêncio pelo intervalo de vários instantes antes de balançar a cabeça, como se fosse para si mesmo, e prosseguir. — A verdade é que ele pode estar morto. — Ele suspirou com força e olhou diretamente para St. Clair, sua voz adquirindo mais força e clareza. — Nós simplesmente não sabemos, assim como ninguém com quem pudemos entrar em contato em Outremer. Sir Alexander Sinclair lutou em Hattin e não foi visto desde então. Ninguém o viu morrer; e ninguém viu seu corpo no campo de batalha posteriormente. Tampouco ele foi contado entre os cavaleiros chacinados por ordem de Saladino depois da batalha. Ele pode muito bem estar vivo em algum lugar, prisioneiro de algum xeque ou emir árabe, sendo mantido como escravo ou talvez por um resgate, embora já tenha se passado mais de um ano, quase dois. Sua primeira missão ao chegar a Outremer será encontrá-lo. Encontrar sir Alexander Sinclair. Encontrá-lo... ou confirmar sua morte sem qualquer dúvida.

St. Clair havia observado o rosto dos outros confrades enquanto Germain de Toulouse fazia essa proclamação, e o que viu neles motivou-o a fazer um comentário que normalmente não teria considerado pronunciar em tal companhia.

— Vocês o fazem parecer muito importante, mestre Germain.

— E ele é. Seu primo, sir André, é um dos mais valiosos agentes em toda Outremer. A reputação dele entre seus pares é lendária, assim como suas proezas militares, mas ele tem outras qualidades, nem sonhadas por seus colegas cavaleiros. Dotado de bom ouvido para idiomas, ele foi educado por um trio erudito de filósofos muçulmanos xiitas de Alepo, Damasco e Cairo, os quais, por suas próprias razões, ensinaram-no não apenas a falar árabe fluentemente e sem sotaque identificável, mas também a escrever nessa língua belamente e sem esforço. Também o ensinaram sobre o Islã e as diferenças entre as facções xiitas e sunitas, depositando grande ênfase, como era não mais que natural, nas desvantagens sofridas pela sua própria, a facção minoritária *shi'a*, e sua perseguição nas mãos dos califas sunitas. Você sabe alguma coisa disso?

St. Clair fez que não.

— Na verdade, não. Eu sei que o Islã tem dois tipos de seguidores, sunitas e *shi'a*, e que eles não sentem muito amor uns pelos outros. Sei também que os sunitas são mais numerosos, superando grandemente os outros... — Ele hesitou e depois acrescentou: — Também me disseram que as diferenças entre eles originaram-se com a morte do profeta, Maomé, criadas pela disputa sobre quem seria seu sucessor. Os califas sunitas tomaram o manto da liderança dele, mas os xiitas acreditavam que o próprio profeta havia nomeado seu genro para sucedê-lo e que os califas desrespeitaram a vontade dele e usurparam a liderança de seu legítimo reclamante.

O velho concordou com a cabeça, visivelmente impressionado.

— Você sabe mais do que a maioria dos seus companheiros de viagem, pois o grosso deles acredita simplesmente que todos os sarracenos são partidários do Diabo, existindo unicamente para que sejam atravessados pela espada. Mais do que isso, como cristãos, eles não têm interesse em saber nem em aprender. O propósito dos exércitos, creem eles, é objetivo e pontual: eles estão indo para Outremer para matar o inimigo e varrê-lo da Terra Santa de Deus e, fazendo isso, eles devem tomar terras e territórios que enriquecerão seus reis e líderes, e então esses líderes agradecerão... com humildade, supõe-se... a Deus. Para os guerreiros francos, há um único inimigo: o muçulmano infiel. O fato de que ele pode ser muçulmano sunita ou muçulmano *shi'a* permanece ignorado... — Germain fez uma pausa, depois retomou: — É claro que as lideranças cristãs encaram essa diferença, esse cisma, como prova da falsidade da religião do Islã. Que deva haver uma fissura tão profunda na própria base da sua existência, dizem eles, demonstra claramente que seus fundamentos são fatalmente imperfeitos... e isso, é claro, é uma prova da pureza e da integridade do cristianismo, pois não há diferenças comparáveis de crença ou bases filosóficas em suas fileiras.

A boca do velho se torceu num sorriso e ele encolheu levemente um dos ombros, inclinando a cabeça ligeiramente para o lado a fim de incluir seus amigos da audiência.

— As diferenças entre os ritos orientais, ortodoxos de Bizâncio, e os ritos romanos de nossas terras natais não são, é claro, diferenças de modo algum, de acordo com esses teólogos. São apenas nuances interpretativas. E, obviamente, esses mesmos teólogos nem sequer suspeitam da existência da nossa Ordem; portanto, como poderiam imaginar uma diferença em nossa filosofia ou nossas crenças? Nós devemos educá-los um dia, meus amigos, para o próprio bem deles...

A maioria dos homens que o escutavam ainda sorria dessa pequena piada quando ele se voltou novamente para St. Clair:

— Mas eu estava falando sobre o seu primo e o quanto ele é importante para os nossos afazeres em Outremer.

"Ao final do período que passou com seus tutores, seu primo havia se transformado num homem que podia sem esforço passar por um muçulmano entre os muçulmanos. Ele viajou para Outremer e passou mais três anos vivendo e trabalhando como um mercador civil ligado a uma casa comercial sediada no Cairo, viajando com frequência para fora daquela cidade, levantando informações e fornecendo-as a nós.

"De lá ele mudou-se para o reino latino de Jerusalém, abandonando sua máscara de negociante e assumindo os deveres de um Cavaleiro Templário sob o abrigo de Jerusalém, deslocando-se bastante através do reino, aparentemente trabalhando como um mensageiro de alto nível, mas, na verdade, atuando como ligação entre a Irmandade e certas seitas ativas, mas igualmente secretas, no seio de uma disseminada, porém pequena, comunidade *shi'a*... atividades que ele sabia que não o tornariam de modo algum benquisto com o sultão Saladino e seus apoiadores sunitas, entre os quais sua atual companhia deve figurar.

"É uma das maiores ironias de nossa existência que, a despeito da avassaladora importância de Jerusalém e da Palestina por tudo o que ela representa e sustenta, nossa Ordem seja, e por enquanto deve permanecer assim, muito pobremente representada lá. Se fôssemos descobertos, se sequer suspeitassem de nossa existência, a Igreja nos extirparia e destruiria como hereges. Assim, essa necessidade de segredo torna quase impossível que atuemos em Outremer. Lá nós fomos lançados numa situação em que tivemos de fazer uso de qualquer vantagem disponível, o que incluiu nos aproximarmos e nos tornarmos amigos da comunidade *shi'a*, que em Jerusalém é quase tão pequena e ameaçada quanto a nossa. O sultão sarraceno, Saladino, é sunita, assim como toda a sua hoste. Nós, portanto, temos procurado ativamente fazer amizades e alianças no seio da comunidade *shi'a*, agindo de acordo com a antiga teoria de que o inimigo do meu inimigo é meu amigo. Seu primo Alexander era nosso maior elemento de ligação em tais atividades, principalmente em nosso trato com uma sociedade que opera no interior da comunidade *shi'a* de modo muito semelhante à forma como a própria Ordem à qual pertencemos opera dentro da nossa. Eles chamam a si próprios de *Hashshashin*, os Assassinos. Vejo que você já ouviu falar deles.

Os olhos de St. Clair se arregalaram de surpresa ao ouvir tal nome, e ele balançou afirmativamente a cabeça, mudo. Germain de Toulouse devolveu o gesto em resposta.

— Bem, não deixe que o que você ouviu o indisponha contra eles Como costuma acontecer em tais questões, quando pouco se sabe e muito se teme, o que se espalha raramente chega sequer perto da verdade. Os sunitas têm usado sua superioridade numérica e sua vontade perversa, tanto política quanto religiosa, para sujar o nome e a reputação dos Assassinos. Mas isso não tem importância aqui. O que importa é que os Assassinos não representam ameaça para nós. Ao contrário, eles e nós somos aliados naturais e temos interesses mútuos, um dos mais importantes dos quais é um fascínio pela geometria e pela doutrina arcana dos Antigos. Como nós, os Assassinos são uma sociedade fechada e secreta, e deles é o repositório de uma vasta riqueza de conhecimentos que esperamos um dia compartilhar em igualdade. Nós suspeitávamos que fosse assim havia décadas, mas Alex Sinclair determinou isso sem qualquer dúvida... Vejo que você tem uma pergunta. Faça-a.

— Mas... — St. Clair franziu o cenho, sacudindo muito ligeiramente a cabeça em sua impaciência — como podemos determinar tal coisa além de qualquer dúvida sem...?

— Sem trair a existência de nossa Ordem? Nós já estávamos conscientes havia algum tempo de que, para conquistar a confiança e a estima dos Assassinos, talvez tivéssemos de demonstrar nossa própria confiança, expondo-lhes nossa existência. Sir Alexander tinha a autoridade, ao seu próprio alvitre, de agir de acordo com esse princípio. Quando chegou o momento apropriado, ele decidiu fazê-lo, e seu julgamento tem sido amplamente recompensado...

— E se ele tivesse julgado mal? E se ele houvesse confiado sua informação a pessoas erradas, o que teria acontecido?

Germain encolheu os ombros.

— E daí? A única coisa que qualquer um teria seria a palavra de um só homem, não sustentada por provas. Que ameaça poderia se seguir a isso? Não, tudo havia sido avaliado e reavaliado. Nada de irreparável poderia ter ocorrido.

— E agora, então, caso ele esteja morto? O senhor está me dizendo que não sabe como proceder a partir daí?

— Não. Ao contrário. Sabemos que seu primo deixou um relatório completo e atualizado para nós antes de partir para Hattin. Sabemos até mesmo onde ele o deixou. Mas os mensageiros, e havia três deles, que foram encarregados de coletar esses relatórios e enviá-los para nós foram todos mortos em decorrência de Hattin. Até onde sabemos, o relatório ainda deve estar onde sir Alexander o deixou. Se você não for capaz de encontrar seu primo quando chegar a Outremer, terá essa localização em seu poder, de modo que, na pior das hipóteses, poderá encontrar o relatório e enviá-lo para nós.

— E se eu encontrar meu primo em pessoa, o que devo fazer?

— Então você lhe entregará os despachos do Conselho e trabalhará com ele a partir de então, auxiliando-o em seus esforços.

— Entendo. — St. Clair balançou lentamente a cabeça, seus olhos percorrendo cada um dos outros membros do grupo reunido, embora continuasse a se dirigir a Germain de Toulouse. — Posso fazer outra pergunta? Uma pergunta que vocês talvez considerem arrogante?

— É claro. Nós estamos pondo sua vida em risco; portanto, pergunte tudo o que desejar saber.

— Por que isso é mais importante agora, no dia de hoje, do que era um mês atrás? Eu fui detido e trazido até aqui às pressas. Poderia ter sido contatado de maneira mais sutil semanas e mesmo meses antes, sem riscos nem dificuldades. Eu estive trabalhando com membros do Conselho por pelo menos esse mesmo período, sob o comando de sir Robert de Sablé.

Germain hesitou e depois anuiu com um movimento de cabeça.

— Correto. E você teria sido chamado aqui um mês atrás... não fosse porque ocorreram vários novos acontecimentos por volta dessa época, acontecimentos que tiveram de ser verificados e depois levados em consideração em grande extensão por sua... importância *política*. Teria sido inútil envolvê-lo antes de estarmos certos sobre qual teria de ser o nosso caminho. Agora temos certeza, e nossas decisões foram tomadas. Mas eu não sou o homem certo para lhe contar o que elas envolvem. Mestre Bernard, você pode continuar a partir daqui?

Germain de Toulouse afastou-se e sentou-se, deixando o caminho aberto para outro locutor, apenas ligeiramente mais jovem que ele. André St. Clair sentiu o coração acelerar levemente quando o recém-chegado se adiantou e sorriu para ele, antes de começar a falar. André sabia, por informações que havia recebido de Robert de Sablé, que aquele era o mestre Bernard de Montségur, um dos membros da tríade que formava a junta de mestres que controlava e coordenava as atividades da Ordem de Sião dentro dos três antigos territórios nos quais ela funcionava. A primeira e mais velha dessas três "regiões" era Languedoc, que cobria toda a área norte dos Pireneus, incluindo as províncias de Aquitânia e Poitou e as cidades muradas de Montségur e Carcassonne; as outras duas eram conhecidas como Poitou e Champagne, e juntas cobriam a área remanescente do que um dia fora a Gália Romana, com a região de Champagne englobando o terço norte e Poitou toda a área central. As fronteiras geográficas de cada região eram arbitrárias e bastante indefinidas, dotadas apenas da mais genérica relação com os condados sob os quais pareciam ser nomeadas, mas cada membro da Ordem envolvido com qualquer uma delas sabia a qual jurisdição pertencia. E cada um dos três mestres que as supervisionava — sendo seu posto eleito e mantido por toda a vida — era responsável pelos afazeres da Ordem dentro de sua própria região e atuava como coordenador do Conselho Regional. Dos três membros da junta de mestres, contara De Sablé a André, Bernard de Montségur era o mais influente. Também era o que mantinha e conduzia a ligação direta com a Ordem do Templo e a rede de Irmãos do Sião que atuavam dentro do Templo por interesse de seu avatar muito mais antigo.

— Como meu irmão Germain falou — começou Bernard —, muita coisa mudou nos últimos meses e, como sempre, mais uma vez estamos atrasados na aprendizagem dessas mudanças. Todos os meus irmãos aqui presentes sabem do que estou falando, mas julgamos importante que você também, sir André, deva ter ciência do que está envolvido.

Ele ficou em silêncio por alguns momentos, pensativo, depois retomou.

— Um navio chegou a Marselha vindo da Sicília um mês atrás, trazendo uma informação que poderia, em si mesma, ter sido encorajadora, caso não estivesse ligada ao desenrolar de outro fato, mais problemático. O nome Conrad de Montferrat significa alguma coisa para você?

St. Clair fez que não com a cabeça.

— Não, mestre. Não significa nada.

— Humm. Bem, você sabe da expedição de Barba-ruiva?

— Para a Terra Santa. Sim, eu sei. Todos sabem. Ele cavalga à frente de um exército de 200 mil homens, viajando da Germânia para o estrangeiro. Suas hostes sozinhas superarão em número os exércitos somados dos dois reis, Ricardo e Filipe.

— Correto. E você sabe como o homem denomina a si próprio?

— Barba-ruiva? — St. Clair balançou a cabeça afirmativamente. — Frederico de Hohenstaufen, Sacro Imperador Romano Germânico, chamado Barba-ruiva por sua barba vermelha. É a isso que o senhor se refere?

— Sim, é. Mas como Sacro Imperador Romano, ele governa uma entidade que não é sacra nem romana... e que nem mesmo é um império. É uma massa poliglota; uma federação irregular de tribos germânicas bárbaras e decididamente ímpias. E ela é muito mais grega do que jamais poderia ter sido romana. — Bernard viu a confusão estampada no rosto de St. Clair e acrescentou: — Eu agora falo de religião, sir André, não de raça. Barba-ruiva é fiel aos ritos orientais da Igreja ortodoxa, como ela denomina a si própria, e a Sé de Jerusalém sempre foi mantida pela Igreja oriental, encabeçada por um arcebispo patriarca.

St. Clair balançou a cabeça.

— Sim, mestre, eu sabia disso. Warmund de Picquigny era o patriarca quando tomamos Jerusalém pela primeira vez. Foi ele que, junto com o segundo rei Balduíno, deu a Hugh de Payens sua carta de autorização para estabelecer-se com seus cavaleiros. No entanto, eu percebo algo no seu tom de voz que sugere um atrito, e, até onde meu conhecimento permite chegar, nunca houve tal atrito.

— Novamente correto. Não havia nenhum. Não na época... e certamente não na superfície. A presença da Igreja em Jerusalém era então dominada pelo rito oriental, mas o poderio militar era inteiramente franco, o que significa que era romano. O conflito armado que os levou até lá era chamado de a Guerra do Papa Urbano, afinal de contas. Mas agora as coisas mudaram, como eu disse. Depois de retomar Jerusalém, Saladino permitiu que os cristãos ortodoxos retornassem à cidade, no ano passado, sem qualquer outra penalidade além de um leve imposto, bem como permitiu que eles mais uma vez assumissem a administração dos lugares sagrados. Isso significa que todos os sítios sagrados cristãos em Jerusalém agora estão novamente nas mãos do patriarca, e a iminente chegada de Barba-ruiva e suas hordas põe tudo em risco, pois quando eles chegarem e Saladino for derrotado e novamente expulso, o peso e o poder predominantes lá serão os do rito oriental, e o poder de Roma será eclipsado.

Ele se interrompeu, observando com os olhos apertados enquanto St. Clair pensava naquilo tudo. Mas, antes que o cavaleiro pudesse comentar, ele prosseguiu.

— Por que deveríamos nos preocupar com isso? Rito oriental ou romano, eles são ambos cristãos e, portanto, equivocados aos olhos da nossa Ordem, correto?

St. Clair concordou com um movimento de cabeça, e Bernard uniu suas mãos num único e alto bater de palmas.

— Não, sir André. Errado. No momento em que Barba-ruiva tomar o poder em Jerusalém... e não pense nem por um momento que ele fracassará em fazer isso... uma de suas primeiras preocupações será estabelecer a primazia de seus cavaleiros teutônicos. Eles assumirão todos os deveres e responsabilidades das ordens existentes lá... os templários e os hospitalários. Podem deixar alguns hospitalários em seu lugar, os servis irmãos beneditinos que cuidam dos enfermos e dos feridos, mas removerão os irmãos militares e com toda e definitiva certeza expulsarão os templários. Eles não têm escolha; se vão estabelecer a precedência de sua Ordem Teutônica, os templários têm de ir embora. E, uma vez que o Templo constitui o véu que disfarça e viabiliza nossa presença na Terra Santa, isso significa que nós, a Ordem de Sião, também seremos deportados, nossos trabalhos em andamento, na verdade toda a nossa missão interrompida em estado inacabado, adiada e abandonada. Você começa a entender por que seu primo é tão importante para nós atualmente?

St. Clair agora tinha o cenho francamente fechado, evidentemente sem compreender.

— Não, mestre.

Mestre Bernard balançou a cabeça.

— Sua falta de entendimento nasce apenas das enormes dimensões do próximo passo lógico. Se sir Alexander Sinclair foi suficientemente bem-sucedido em forjar alianças com suas contrapartes *shi'a*, pode ser capaz de estabelecer uma presença sólida de nossa antiga Ordem lá, mesmo depois que os templários forem desterrados.

— Perdoe-me — St. Clair levantou uma das mãos numa súplica. — Ainda estou lutando com o que o senhor falou sobre o Templo ser expulso de Outremer... Acho difícil... não, mais do que difícil, acho impossível... imaginar uma coisa dessas. Seria necessário uma ação de guerra aberta por parte de Barba-ruiva para conseguir tal coisa. — St. Clair percorreu a assembleia com os olhos, procurando apoio, mas encontrou apenas expressões solenes. — O Templo não vai renunciar docilmente ao seu poder em Outremer e simplesmente partir... Vai?

— Não, não vai. Isso era o que nos teríamos dito até meras semanas atrás. Mas então o navio que mencionei anteriormente chegou a Marselha, trazendo notícias que alteraram tudo o que sabíamos. O homem que trouxe a informação até nós tinha domínio sobre o que descreveu e trazia um testemunho por escrito de outros homens para reforçar suas alegações. E aqui está o que agora sabemos ser verdade...

Ele parou de falar, beliscando o lábio superior bem barbeado enquanto procurava as palavras apropriadas para o que diria em seguida, mas por fim balançou a cabeça, endireitou-se e inspirou profundamente antes de começar a falar novamente.

— Pelo que fomos capazes de concluir com base nos relatórios, nós nos convencemos de que Guy de Lusignan, o rei de Jerusalém, é um tolo e um fraco. Guy foi levado à loucura da batalha em Hattin por conselhos conflitantes, todos eles ruins, do mestre do Templo, Gerard de Ridefort, e seu arrogante e desagradável apoiador, Reynald de Chatillon. Tivesse Guy sido algo menos do que um poltrão, poderia ter ignorado ambos e tomado suas próprias decisões, mas não o fez. E sua loucura não terminou em Hattin. Ele foi capturado lá por Saladino, que o tratou bem e mais tarde o libertou, sob a promessa de Guy de não mais lutar e retornar para a França.

"Nem bem ele se viu livre, porém, quebrou sua promessa, sob o argumento nada surpreendente de que um juramento feito sob coação para um infiel não pode ser obrigatório. Então ele se proclamou rei por sua própria conta. Mas já estava atrasado e mais uma vez foi inepto, pois um novo ator havia chegado a Outremer. Você sabe alguma coisa sobre Tiro?

St. Clair encolheu os ombros e sacudiu negativamente a cabeça.

— É uma cidade. Não sei nada além disso.

— Uma cidade costeira e um grande porto. Já foi uma ilha, até que Alexandre, o Grande, a tomou após ter construído um dique até ela a partir do continente. O dique ainda está lá, formando um istmo e agora cercado por um grande muro defensivo que torna a cidade quase inexpugnável pelo lado do continente. Saladino sitiou Tiro fortemente dias depois de ganhar a batalha de Hattin, e tão desesperançados estavam os defensores que já negociavam os termos de rendição quando o navio chegou ao porto que existe lá. A bordo desse navio estava um aventureiro chamado Conrad de Montferrat. Ele e seus companheiros foram enviados rumo a Jerusalém e não sabiam nada sobre a guerra nem sobre Saladino ou Hattin. Haviam procurado terra em Acre no dia anterior, mas foram alertados para se afastar, com a notícia de que os sarracenos haviam capturado a cidade quatro dias antes, e por isso navegaram para Tiro.

"Assim que soube o que estava acontecendo, Conrad assumiu o comando. Ele interrompeu as negociações de rendição imediatamente e preparou a cidade para um longo período defensivo. Saladino, quando viu que então se defrontaria com um prolongado cerco em vez de uma fácil capitulação, prontamente deixou Tiro e marchou para o sul com seus exércitos, para tomar Jerusalém e Ascalon. Sabia que Tiro estava isolada e não representaria ameaça imediata para ele, enquanto Jerusalém era um prêmio maduro, pronto para ser colhido.

"Conrad, agora reconhecido como comandante de Tiro, tornou-se líder de fato dos francos, mas o próprio Guy chegou a Tiro, tendo quebrado o juramento que fizera a Saladino, e exigiu ser reconhecido como rei. Conrad fechou os portões para ele. A questão do trono estava em aberto, afirmou Conrad, e deveria aguardar uma resolução quando os exércitos dos reis francos chegassem a Outremer.

"Na primavera seguinte, Guy liderou uma pequena armada, apoiado por poucos navios, num ataque a Acre, costa abaixo... — O velho mestre fez uma pausa e sacudiu a cabeça em desaprovação, sem olhar para ninguém em particular. — Isso foi a mais pura estupidez... Um gesto inteiramente digno de Guy de Lusignan, a quem ninguém, nem mesmo nos seus melhores momentos, jamais acusou de ser sensível ou sábio. A guarnição de Acre sozinha, disseram-me, tinha mais de duas vezes o tamanho de todo o seu exército, e Saladino, que descansava a não mais do que uma curta marcha para o sul, poderia ter dado o bote a qualquer momento e aniquilado o rei arrivista e seus seguidores como alguém esmagaria uma mosca... Mas Guy não tinha outra opção disponível para si; se falhasse em atacar Acre, fazendo uma última, desafiadora e insana tentativa de travar combate contra o inimigo e vencê-lo, encararia a própria extinção. E por isso ele fez a única coisa que poderia fazer, por mais estúpida e insana que pudesse parecer. Talvez ele esperasse um milagre. Certamente necessitava de um. E, pelo Deus vivo de Moisés, foi o que ele encontrou...

"Como único embate travado diretamente contra os muçulmanos em Outremer, o tolo sitiozinho de Guy atraiu a atenção. Uma esquadra de navios dinamarqueses e frísios chegou mais tarde naquele ano, rapidamente seguida de outra vinda de Flandres e do norte da França, e então Louis, o margrave da Turíngia, chegou da Germânia, liderando outro contingente. Todos foram diretamente para Tiro, mas parece que Conrad, sem que ninguém pudesse determinar a razão, por algum motivo tornou-se intolerável para todos eles, de modo que finalmente todos marcharam ou navegaram para o sul a fim de juntar-se a Guy fora dos muros de Acre, para onde Saladino finalmente havia se deslocado para atacar o pequeno exército franco. Foi então que nosso informante partiu para trazer as notícias do que havia ocorrido, e a última coisa que ele ouviu antes de deixar Outremer foi que Conrad finalmente condescendera em juntar-se aos outros francos e ceder a Guy seu apoio contra Saladino.

Enquanto as palavras de mestre Bernard se desvaneciam, André teve uma visão da cena diante dos elevados muros de pedra de Acre, das tendas e bandeiras dos sitiantes francos, mas não teve tempo de prolongar-se nisso antes que outra voz exigisse sua atenção.

— Então, aí está a situação atualmente em vigor... pelo menos até o ponto em que podemos compreendê-la.

Essa foi a primeira vez que Henrique, o jovem conde de Champagne, falou desde sua chegada, e St. Clair virou-se para olhá-lo enquanto o nobre se levantava e prosseguia.

— A situação parecia tolerável quando tudo com que tínhamos de nos preocupar era a ameaça crescente de Barba-ruiva, ainda a 500 milhas de distância... mas a adição deste novo elemento alterou tudo.

St. Clair teve consciência de sentir-se estúpido, como se houvesse perdido algo que era evidente em si mesmo, e, irrefletidamente, decidiu confessar sua ignorância.

— Perdoe-me, meu senhor conde...

— Nada de seu senhor. Dirija-se a mim como um irmão. Nós todos somos confrades aqui.

— Sim, perdoe-me. Mas eu estou deixando passar algo. Qual é a relação entre o sítio de Acre por Guy e a ameaça de Barba-ruiva?

Henrique sorriu, uma ampla e atraente exibição de seus dentes brancos, ao mesmo tempo que inclinava a cabeça para um dos lados.

— Sinto-me feliz que tenha perguntado isso. Eu sabia que você deveria perguntar, mas estava começando a duvidar que o faria... Bom homem. Na superfície, não há absolutamente nada ligando as duas coisas, até que se comece a pensar a respeito, irmão. Nós tivemos tempo para fazer isso; você, não.

"O sítio de Acre, em si, não é importante para nós, mas as pessoas envolvidas na sua execução, sim... e mais particularmente os recém-chegados: Louis, o margrave da Turíngia, e o próprio Conrad de Montferrat. Ambos são bem-nascidos, germânicos e orgulhosos à maneira arrogante daqueles de seu gênero. Ambos, por nascimento e lealdade feudal, são vassalos jurados de Barba-ruiva. Conrad é um primo. A mera presença deles em Outremer antes da chegada dele prepara o terreno para a sua conquista e para o nosso desterro. — Ele ergueu uma das mãos rapidamente, a fim de evitar qualquer pergunta que St. Clair pudesse fazer. — Você deve ter em mente que os templários de Outremer mantêm a frente de batalha a nosso favor, mas não são mais o Exército de Jerusalém, como têm sido há oito décadas. Agora eles são simples guerreiros lutando por uma vitória e uma pátria, como todos os outros no campo de batalha. E não interessa o que as pessoas aqui na França possam pensar deles e sua suposta invencibilidade, os templários hoje têm competidores que não existiam nos primeiros tempos: os teutônicos de Barba-ruiva. Ele os criou e moldou. Aqui no ocidente, sabemos pouco sobre eles, mas o que sabemos é preocupante.

"Não temos parâmetros pelos quais avaliar suas verdadeiras dimensões neste momento, mas sabemos que ele tomou como modelo de seus Cavaleiros Teutônicos especificamente os Cavaleiros do Templo e bem como do Hospital, sabemos que entre sua própria gente a reputação deles é sem máculas. Mas as motivações deles, desconhecidas e obscuras para nós, mas ditadas e designadas por Barba-ruiva, são, tememos, muito diferentes das motivações daqueles nos quais eles se inspiraram. A lealdade dos templários e dos hospitalários é para com o papa e a Igreja romana; os teutônicos são leais a Barba-ruiva e à Igreja ortodoxa... E nada, irmão, *nada* nesta terra de Deus é mais perigoso que campanhas militares embasadas em diferenças religiosas...

O conde Henrique cruzou os braços sobre o peito e arqueou uma das sobrancelhas para André, quase sorrindo, mas sem o fazer inteiramente.

— Você disse que seria necessário um ato de guerra declarado de Barba-ruiva para desterrar o Templo, mas falou isso num tom que deixou claro acreditar que isso não seja possível. Minha sugestão agora é que você queira rever essa opinião e considerar claramente o que está em jogo aqui, quando tudo está dito e feito. Você realmente acredita que tal guerra seja impossível, ao passo que reconhece abertamente a atual guerra entre a Cristandade e o Islã e a guerra fratricida em andamento entre os ramos sunita e *shi'a* do próprio Islã? Você crê que seja impossível que cristãos romanos e ortodoxos entrem em choque do mesmo modo e por mais ou menos as mesmas razões... mera questão de forma e cerimonial... que os sunitas e os *shi'a*? Como você pode pensar de maneira tão ilógica?

Lembre-se, nós estamos discutindo uma potencial luta pela hegemonia definitiva, irmão André, tendo como prêmio a mente e a alma do povo cristão de todo o mundo... além, é claro, de tudo o que eles possuem em termos de bens mundanos... e a força do vencedor certamente estará depositada sobre a administração e a posse de Jerusalém e da Terra Santa. — O conde fez uma pausa e olhou novamente para St. Clair com a mesma expressão que havia usado anteriormente. — Você está convencido disso agora? Ou devo procurar outras palavras para trazê-lo ao entendimento?

— Não, irmão, eu entendo. Como poderia não entender depois disso? Mas ainda assim é algo desalentador de se ouvir.

— Sim, é, mas o fato de você dizer exatamente isso torna alentador que seja um de nós. Portanto, agora que você tem um entendimento básico, embora nebuloso, do que está envolvido, eis o que acontecerá em seguida. Você passará os próximos três dias ouvindo todas estas coisas novamente, relatadas sob outras perspectivas e tornadas relevantes por outros de nossos confrades aqui presentes, de modo que no momento em que partir, ainda que não esteja inclinado a acreditar em mim neste momento, você terá completa consciência daquilo em que está envolvido e do que deve fazer quando chegar a Outremer. A partir do momento em que deixar este lugar depois disso, você tratará apenas com um único homem, totalmente ligado a esta tarefa para a qual nós o designamos. Você já conhece esse homem. É Robert de Sablé e será a sua ligação com este Conselho. Ele próprio terá dois assistentes, nenhum dos quais saberá o seu nome, a não ser e até que algo aconteça com De Sablé, caso em que o primeiro deles abrirá instruções escritas e descobrirá a sua identidade...

"Nesse meio-tempo, você retornará ao seu destacamento levando documentos que o exoneram completamente de todas as acusações e explicam, oficialmente, que você foi preso num caso de confusão de identidades. Então você partirá para Outremer conforme previsto, e sua principal tarefa começará no momento em que puser os pés naquelas terras. Até lá você já será um Cavaleiro do Templo totalmente investido, com sua aceitação formalizada durante a viagem, mais provavelmente na Sicília, onde Ricardo deve parar para se reabastecer. Mas você também terá outro dever, que lhe será de importância crucial. Tão logo embarque para Outremer, antes mesmo de deixar Marselha, você começará a aprender a falar e a escrever árabe. Isso já foi arranjado, e nós já sabemos que você tem bom ouvido e talento para aprender idiomas. — Ele fez uma pausa e olhou para seus companheiros. — Algum de vocês quer acrescentar algo, ou posso determinar a agenda do irmão André para os próximos dias antes de interrompermos a reunião novamente?

Ninguém tinha nada a acrescentar, de modo que André St. Clair recebeu suas instruções e entrou num mundo de intensa tutela, como jamais havia imaginado.

Parte Três

Transições: 1190/91 d.C.

As Ilhas de Sicília e Chipre

TREZE

A viagem de navio de Marselha para a Sicília foi lastimável para todos, e André navegou entre seus pares como um noviço do Templo, o último dos últimos, todos designados para as entranhas de uma antiga embarcação cheirando a mofo, para viverem em penitência, na imundície e na sordidez cada momento de seu confinamento, exceto por um único período de uma hora a cada dia, quando lhes era permitido subir ao convés para que recebessem ar fresco e se exercitassem.

Teoricamente, ele e seus companheiros noviços deveriam passar o tempo sob o convés do navio em oração, ouvindo a leitura das Escrituras e da regra do Templo, recitando e aprendendo os artigos e seções dessa regra de cor. Na realidade, porém, todos os irmãos que deveriam fazer as leituras ficaram mareados, incapazes de se sentar imóveis para ler, com a cabeça abaixada, no inferno fétido e ondulante do tombadilho inferior. Portanto, a maioria dos homens a bordo passou a viagem inteira gemendo, vomitando, sofrendo ânsias e se contorcendo em agonia.

Embora André St. Clair tivesse sido poupado da pior parte disso tudo, no momento em que jogaram as âncoras em Messina, ele não tinha uma conversa inteligente com uma alma viva havia semanas. E quando finalmente foi autorizado a pisar em terra, para ir até o Comando do Templo em Messina, saiu sem a menor ideia de onde poderia encontrar seu pai.

Sabia, no entanto, que sir Robert de Sablé, o grande mestre da Esquadra Real, era o elo que lhe havia sido designado pelos membros do Conselho em Aix en Provence, o homem que o orientaria em tudo o que fizesse em nome da Ordem de Sião em Outremer, bem como sabia que De Sablé o informaria onde encontrar sir Henry. Assim sendo, com a permissão do irmão Justin, ele se dirigiu imediatamente ao mestre da Esquadra Real.

E foi assim que naquela noite acabou jantando no refeitório da grande edificação que havia sido confiscada para o quadro administrativo do exército e da esquadra, ao lado de seu pai e do próprio rei.

O rei estava inquieto — tempo demais no mar, disse ele, e tempo demais enclausurado desde então com reis, príncipes e clérigos. Sir Henry sorriu ao ouvir isso, mas não disse nada, e Ricardo voltou-se parcialmente para ele.

— Ria se quiser, Henry, mas posso ver no seus olhos que você sabe exatamente do que estou falando. Foi bastante ruim no mar, mas desde que aportamos eu me sinto sufocado, ansioso por um pouco de ar, cercado de padres choramingando e bispos balindo... Juro pelo sorriso de Cristo... incenso demais pode entupir os pulmões de um homem, deixá-lo engasgado, incapaz de respirar. Pelos colhões de Deus, eu pensei que fosse enlouquecer lá no mar se ficássemos engaiolados a bordo de um navio por mais um dia. Pessoas vomitando e tendo ânsias por todo lado, e o cheiro disso tudo ameaçando corromper cada pedaço de comida que nós tínhamos. Mas agora, graças ao doce e gentil Jesus, a reza e a tagarelice parecem ter ficado para trás como que por encanto.

"Agora eu sinto necessidade de montar um cavalo e deixar que o ar fresco do bom Deus sopre o sal para longe dos meus cabelos e pulmões... e de esquecer as patetices e responsabilidades de Estado por algum tempo... Oh, eu sei que elas são necessárias e louváveis por uma centena de razões... e dão aos clérigos e eclesiásticos todas as razões para continuar respirando... mas são intoleravelmente entediantes, Henry. Você não vai concordar comigo? Então! Meus cavalos foram desembarcados dias atrás e meu mestre de estábulos diz que já estão recuperados da viagem e prontos para uma cavalgada, por isso vou sair com um grupo de caça ao alvorecer, para trazer carne fresca e não corrompida, livre do cheiro de vômito, para todos nós. Vocês dois se juntarão a nós, hein?

Ambos se limitaram a balançar a cabeça, sem sequer olhar um para o outro. Não havia motivo para correr o risco de contrariá-lo ou desagradá-lo, uma vez que Ricardo Plantageneta havia concentrado sua mente numa coisa como aquela.

A caçada transcorreu bem, e toda a comitiva — dez homens, excluindo-se os servos — conduzira-se bem quando Ricardo ordenou a interrupção na metade da manhã e os liderou de volta a Messina. Haviam percorrido menos da metade do caminho de volta, porém, quando encontraram sinais de problema iminente. Um mensageiro chegou a galope, seu cavalo ofegante e hiperventilando, para contar a Ricardo que Filipe de França havia retornado a Messina e estava convocando uma audiência imediata. Isso deixou o rei inglês desconcertado, pois Filipe Augusto havia partido para Outremer dois dias antes num acesso de orgulho ferido, zangado — e provavelmente enciumado — pela maneira como a multidão siciliana havia se reunido para receber a chegada espalhafatosa de Ricardo dois dias depois de sua própria chegada ter passado despercebida. Mas Filipe, que notoriamente era propenso aos enjoos marítimos, havia navegado de encontro a uma violenta tempestade poucas horas depois de sua partida, e isso havia feito com que seu navio danificado levasse quase dois dias para voltar a custo até Messina, onde ele agora batia o pé, impaciente, e aguardava o retorno de Ricardo.

O rei fechou o cenho e praguejou baixinho; depois, voltou para sir Henry, que cavalgava à sua direita.

— Dane-se o homem! Eu nunca vou me ver livre dos seus ataques de raiva? Achei que ele estivesse seguramente longe daqui e fora das minhas preocupações por algum tempo, e agora ele está de volta, reclamando e choramingando que ninguém lhe demonstra o respeito que ele exige. O maldito bobalhão simplesmente não sabe que não se pode exigir respeito, que é necessário merecê-lo. Que ele seja lançado no Hades.

Henry ficou em silêncio, ciente de que Ricardo estava simplesmente dando vazão à sua frustração e não precisava de seu estímulo, e o rei irascível continuou, cada vez mais acalorado em sua questão e, por baixo de tudo aquilo, alheio até mesmo à presença de Henry.

— Pelo rabo santificado de Cristo! Como se eu não tivesse o bastante com que me preocupar, lidando com Tancredo, esse novo-rico imbecil que é rei da Sicília. Agora há motivo amplo e suficiente para fazer com que um monarca amaldiçoe a própria sorte. Tancredo, o Rei! Tancredo, o Beberrão; Tancredo, o Alambique; Tancredo, o Ladrão! Que Deus amaldiçoe sua alma ladra! Eu vou usar suas tripas secas e esticadas na minha nova balestra. — Ele olhou novamente para sir Henry. — Eu não posso descansar enquanto não der um jeito no tolo arrivista e mostrar a ele o que merece. Ele roubou o reino de minha irmã, atirou o rabo real dela numa de suas cadeias e agora se recusa a devolver-lhe o dote, ao qual ele não tem o menor direito. Juro por Deus, eu venho pensando num meio de estripá-lo, mas agora não posso, até ter consolado meu voluntarioso primo Capeto. Filipe Augusto uma ova... Já vi corvos mais augustos que esse francês efeminado.

Sir Henry sabiamente se recusou a encontrar os olhos de seu filho quando se deu conta de que André o olhava fixamente. Tancredo era o atual rei da Sicília, um arrivista que havia tomado o trono dois anos antes com a morte do rei Guilherme, o Bom, marido da irmã mais jovem de Ricardo, Joana Plantageneta. Ao subir ao seu novo trono — e sem imaginar sequer por um momento que Ricardo poderia ir à Sicília sob qualquer circunstância —, Tancredo havia aprisionado Joana e apreendido seu substancioso dote. Ele a libertara às pressas vários dias antes, imediatamente após a chegada inesperada de seu irmão, mas deixara ostentosamente de liberar seu dote, e Ricardo estava se preparando havia dias para abordar e reparar essa situação. Numa questão de horas após o desembarque, ele despachara esquadrões com forças de elite, algumas da Inglaterra, outras da Aquitânia, para assegurar diversas locações importantes, defensivas e agressivas, cercando Messina. Simultaneamente, num movimento inesperado e com a rapidez de um relâmpago, na véspera ele havia tomado e guarnecido um forte monastério em La Bagnara, no lado extremo do estreito de Messina, instalando sua irmã Joana ali, em segurança e sob guarda. Já garantira nove décimos de um *fait accompli* em suas mãos, e a última coisa de que precisava naquele momento era de um grau adicional de dificuldade, como o que se apresentava com o temperamental reaparecimento de Filipe de França.

Quando os muros de Messina começaram a ganhar vulto na distância, o grupo de caça encontrou um contingente de arqueiros ingleses de Ricardo, todos discutindo em voz alta e, obviamente, bastante contrariados. Tensões no interior da cidade, ao que parecia, haviam explodido naquela manhã em franca hostilidade entre a soldadesca inglesa e os mercadores sicilianos locais. Os sicilianos tradicionalmente não gostavam de estrangeiros e não faziam segredo disso. Eles haviam começado a depreciar os soldados ingleses com a expressão "os de caudas longas", insinuando, sem qualquer sutileza, que cada um deles ocultava a cauda do diabo sob as roupas. Mas no início daquela manhã um soldado inglês havia discutido com um padeiro local sobre o preço e o peso de um pedaço de pão, e a multidão ao redor se erguera contra ele, pisoteando o sujeito até a morte numa demonstração espontânea de ódio e hostilidade, que rapidamente evoluíra para um motim de rua no qual mais de vinte soldados ingleses haviam sido linchados e seus corpos atirados em latrinas públicas como um insulto adicional.

Ricardo acenou para que sir Henry se posicionasse ao seu lado e esporeou seu cavalo na direção da cidade, mas muito antes de alcançarem

Messina eles começaram a encontrar grupos cada vez maiores de suas tropas angevinas. Os ingleses, disseram eles — aqueles que não haviam sido mortos no tumulto da manhã —, haviam sido expulsos da cidade, e os grandes portões haviam sido trancados para mantê-los do lado de fora. Os *griffones*, o termo insultuoso dos soldados ingleses para os sicilianos locais, agora estavam enfileirados sobre os muros da cidade, zombando e gritando ofensas para os arqueiros ingleses, os quais Ricardo e sua comitiva agora podiam ver circulando no espaço diante dos muros.

Quando eles se aproximaram do cenário, ficou claro para André que os pouco mais de cem arqueiros ingleses naquele grupo em particular ansiavam por vingança e estavam apenas esperando um líder que os agrupasse para o ataque. E, naturalmente, eles se arrebanharam em torno de Ricardo quando este se aproximou, esperando que ele fosse esse líder. Mas Ricardo tinha outras preocupações que fluíam mais profundamente que a corrente emocional que afetava seus homens. Ele ficou em pé sobre os estribos, chamou-lhes a atenção e esperou até que todos ficassem em silêncio. Quando teve certeza de que tinha a atenção integral deles, sacou sua espada e sentou-se novamente na sela, erguendo muito alto a magnífica arma.

— Todos vocês conhecem esta espada — disse-lhes, mantendo a voz baixa o bastante para que eles tivessem de apurar os ouvidos para escutá-lo. — Vocês acham que eu a sujaria aceitando insultos desses broncos e deixando sua lâmina perder o fio por falta de uso? Nós vamos ensinar esses *griffones* a observar bons modos, rapazes, tenham certeza disso, mas devemos fazê-lo à minha maneira... a maneira pela qual sou obrigado a agir. É muito fácil para vocês, bravos touros, gritar e correr para um combate a mãos nuas, mas eu tenho de pensar e agir como um rei... e ver isso pelo ponto de vista de um rei... Então, eis o que devemos fazer.

Ele fez uma pausa então, percorrendo com os olhos a multidão que o encarava, olhando nos olhos de todos os homens que estavam ali, ainda que por um breve momento. Ninguém se moveu nem emitiu qualquer som, e ele se levantou sobre os estribos de novo e ergueu sua voz com mais força dessa vez.

— Há ingleses mortos nas ruas de Messina hoje. Isso é verdade?

Um rugir intenso de uma centena de gargantas confirmou que era, e Ricardo cortou-o com um golpe descendente de sua espada até que um silêncio absoluto se fez.

— Então, pelas barbas de Deus Todo-Poderoso, eles serão vingados, cada um deles. A morte desses homens não passará impune. Messina e seus cidadãos violentos pagarão caro por todos os cidadãos ingleses levados à morte em suas ruas neste dia, ou eu não sou Ricardo da Inglaterra! Eu vou fazer justiça. *Nós* vamos fazer justiça! Eu lhes juro.

Por longos minutos houve um caos de ruidosa aprovação, e sequer por um momento Ricardo dirigiu o olhar para qualquer dos membros de sua comitiva de caça enquanto pacientemente aguardava que o tumulto se acalmasse. Em vez disso, concentrou-se em avaliar o instante preciso em que o ruído começou a se dissipar e levantou o braço bem alto, ordenando atenção quando o silêncio desceu sobre eles outra vez.

— Enquanto isso, eu peço a sua confiança e a sua compreensão. Eu estou aqui como o rei da Inglaterra, mas vocês *são* a Inglaterra, e estão aqui por um propósito ao qual se comprometeram por juramento. A Terra Santa de Deus espera a sua chegada, gemendo sob os pés das hordas infiéis. Então, pensem nisso... É nosso dever sagrado para com o nosso Deus chegar com cada homem intacto para lutar contra os sarracenos, e cada homem que perdemos, entre aqui e lá, é uma espada a menos para se erguer a serviço de Deus. Nós poderíamos devastar Messina aqui e agora, mas os portões estão trancados e os muros guarnecidos contra nós, e não temos nada aqui para usar contra eles... nenhuma escada, nada. Eles, por outro lado, nos receberiam com torrentes de flechas, lanças, pedras e óleo fervendo. Nós perderíamos homens demais, e eu não posso permitir isso.

"Mas eu lhes juro neste momento, pelas entranhas de Cristo, que amanhã tudo será diferente. Esta noite será para discussões, mas se eles não tomarem senso e pedirem desculpas pelo que fizeram, então, quando a manhã chegar, estaremos aqui novamente, mas dessa vez preparados de acordo, e Messina e seu povo chorarão pela loucura de hoje. Então, nós beberemos sangue de *griffones*.

Novamente, ele esperou que os gritos morressem antes de continuar.

— Mas vocês devem saber, na verdade — disse-lhes ele —, que eu não pretendo derramar nem mais uma gota de sangue inglês aqui na Sicília se isso puder ser evitado.

A última voz queixosa se calou enquanto essas palavras atingiam seu alvo, e Ricardo concluiu em meio a um profundo silêncio:

— Cada homem que deixarmos morto na ilha da Sicília — ele apontou para seus quietos ouvintes — será um homem perdido inutilmente para o nosso grande e sacro empreendimento... Portanto, eis o que quero que vocês façam agora. Eu quero que todos vocês, cada um de vocês, voltem para seus acampamentos e esperem até receber notícias minhas. Eu lhes mandarei um comunicado ao alvorecer sobre o que está acontecendo. E enquanto estiverem a caminho, contem a todos que encontrarem o que eu disse e os levem de volta com vocês. Acima de tudo, confiem em mim e acreditem no que eu digo. Agora vão, e que Deus esteja com vocês.

Ricardo, então, sentou-se e observou os arqueiros decepcionados se retirarem relutantemente rumo aos seus acampamentos. Apenas quando o último deles já havia desaparecido de vista ele se virou para encarar os muros de Messina. Estava muito zangado, a evidência de sua fúria estampada em seu rosto, mas para André também era claro que ele estava determinado a manter suas paixões sob controle. Os olhos de Ricardo agora percorriam o cenário à sua frente, abrangendo o amplo espaço aberto que levava aos enormes portões e então os desviando de lado para examinar as fileiras densamente abarrotadas de barracas vazias e abandonadas de ambos os lados, antes de erguer o olhar para a multidão de perfis que se alinhava no alto dos muros. Por fim, ele falou.

— Vou avançar até os portões para falar com o capitão da guarda... supondo-se que haja algum... Até mesmo uma gentalha como esta deve ter alguém no comando do portão principal. Henry, você e André virão comigo, bem como Baldwin, mas não nos aproximaremos diretamente e em campo aberto. Isso seria desafiar a sorte, um convite ao ataque de algum imbecil desmiolado. Venham, nós deixaremos nossos cavalos ali, sob aquele grande toldo marrom, onde estarão a salvo das flechas, e seguiremos caminho a partir dali sob a proteção das tendas do mercado... ou da proteção que elas podem oferecer. Quatro de nós bastarão. Um enviado e sua escolta. Qualquer coisa maior do que isso pode ser provocativa, e não é hora para provocações desnecessárias. O restante de vocês ficará aqui com os cavalos e aguardará nosso retorno.

Eles desmontaram sob o largo toldo que Ricardo indicara e depois seguiram na direção dos portões, movendo-se com cautela enquanto abriam caminho entre as mesas, carroças e barracas do mercado, conscientes de que se tornavam cada vez mais vulneráveis a um ataque de cima à medida que se aproximavam dos muros. Mas ninguém os molestou nem impediu seu caminho, e logo eles chegaram diante dos portões e se aproximaram do pórtico, onde ficaram ocultos dos que estavam acima deles pela alta arcada protuberante sobre o lintel.

No entanto, em instantes ficou claro que não havia nada que Ricardo ou qualquer outra pessoa pudesse fazer ali. A barreira alta e uniforme dos portões de carvalho permaneceu trancada à sua intimação, e ninguém respondeu ao seu desafio de abri-las e falar com ele. O rei estava literalmente falando às paredes — e corria um risco muito concreto de parecer tolo e ineficiente. Seu rosto se aproximou da madeira da porta, ele inspirou pelas narinas, depois balançou a cabeça secamente e aceitou o inevitável.

— Que assim seja. Não temos nada a fazer aqui; portanto, vamos voltar. Henry e André, assumam a dianteira. Eu os seguirei, e Baldwin guardará nossas costas.

— Sim, *milord*.

André voltou a cabeça e olhou para o rei antes de começar a se afastar, e por um momento seus olhos se detiveram em Baldwin de Bethune, o fiel guarda-costas e companheiro de Ricardo. Fiel à sua natureza, o gigantesco e taciturno cavaleiro de Anjou naquele dia não dissera uma só palavra que André tivesse ouvido, assim como não disse nada naquele momento, limitando-se a sacar a espada da bainha. André também sacou a sua, viu pelo canto de um olho seu pai fazendo o mesmo e então deu um passo em direção ao campo de visão dos que estavam acima dos portões e começou a liderar o caminho de volta em meio às tendas do mercado até onde haviam deixado seus cavalos e os outros membros da comitiva.

Foi somente quando reentraram no labirinto das tendas do mercado que André teve a primeira consciência do perigo. Eles haviam passado pelo mesmo caminho ao se aproximar dos portões, mas agora algo tinha mudado. Ele segurou sua espada com mais firmeza e caminhou com cautela redobrada, seus olhos movendo-se incessantemente, vasculhando os retalhos alternados de luz e sombra entre as tendas e os toldos que os cercavam. Seu pai, com a espada em punho, movia-se paralelamente à sua direita, talvez a dois passos de distância e meio passo atrás, e Ricardo estava quase diretamente às costas de André, talvez afastado apenas um passo. Atrás de Ricardo, André sabia sem precisar olhar, Baldwin estaria caminhando de costas, seus olhos examinando as alturas atrás deles à procura de ameaças. E os maus pressentimentos de André aumentaram; alguma coisa estava errada ali.

Ele começou a dizer algo, a fim de dar algum tipo de alerta — e já estava virando a cabeça sobre o ombro —, quando um leve movimento à sua esquerda lhe chamou a atenção. André girou o corpo imediatamente para olhar naquela direção, apertando com mais força a empunhadura de sua espada, mas não havia nada ali. Apenas uma tenda vazia, como todas as outras, exceto pelo fato de que essa tinha a parede dos fundos de tecido preto. Mas quando seus olhos se ajustaram à escuridão, ele viu outro movimento nas sombras e reagiu instintivamente ao reconhecer, tarde demais, o que via: um homem, completamente vestido de preto, pronto para disparar um dardo de besta. André gritou e brandiu sua espada para o lado o mais rápido que pôde, tentando alertar Ricardo e empurrá-lo para trás, mas sabia que estava se movendo e reagindo devagar demais. E então ouviu um estalo ressonante e sentiu uma enorme concussão atingi-lo de frente. Teve a visão de um clarão brilhante, a impressão momentânea de ser arremessado para o lado e cair sobre si mesmo, e depois disso não soube mais nada.

Posteriormente, muito tempo depois do evento em si, quando o furor e a excitação haviam diminuído e finalmente ele foi capaz de pensar a respeito, André St. Clair tentou encadear a série de eventos e circunstâncias que o levaram a estar onde estava naquela manhã, precisamente posicionado para salvar a vida do rei nos corredores juncados de detritos que separavam as tendas do mercado, comprimidas no espaço diante dos altos muros nus da cidade de Messina. Ele sabia que, se estivesse posicionado à distância de um pé para qualquer lado de onde estava parado no momento crucial, não teria sido capaz de fazer o que fizera, e Ricardo da Inglaterra teria morrido ali, no chão repleto de resíduos do mercado deserto.

Levou algum tempo para que André St. Clair recuperasse a consciência e, quando o fez, viu-se num mundo de agonia, sua mão e seu braço direitos inteiramente tomados por uma dor enlouquecedora. A espada em movimento ascendente de André havia interceptado a trajetória do dardo letal da besta com precisão, e o projétil de aço atingira o centro exato de sua lâmina, a cerca de um palmo da guarda em forma de cruz, e a jogara em toda a sua extensão violentamente para trás até chocar-se com o peito e os ombros do rei e fazê-lo girar e cair no chão. No trajeto desse violento movimento giratório, a espada de Ricardo descrevera, por reflexo, um movimento ascendente e golpeara com força a nuca de André, deixando-o desacordado.

Foi necessário muito mais tempo para que André começasse a perceber que, junto com essa nova dor, ele havia adquirido a reputação, no intervalo de poucos momentos, de uma proeza extraordinária, muito acima de qualquer coisa normal. O próprio Ricardo Plantageneta, o rei herói de coração de leão da Inglaterra, testemunhou, eloquente e entusiasticamente, a verdade do que havia acontecido: vendo que o tiro letal havia sido disparado de muito perto, sir André St. Clair dera um grito de alerta e deliberadamente lançara sua espada sobre o peito desprotegido do rei, diretamente sobre o seu coração, para interceptar e desviar o que sem dúvida teria sido um disparo fatal, encerrando a expedição à Terra Santa antes que ela verdadeiramente tivesse começado. A espada do cavaleiro havia sido destruída pelo impacto, a extensão de sua lâmina retorcida e deformada irreparavelmente, e o forte projétil de aço, disparado a não mais de cem pés de distância, fizera um buraco perfeito, atravessando a lâmina temperada de meia polegada de espessura e abrindo uma rachadura dali até a borda do aço temperado. O rei, atingido pelo pleno impacto da lâmina impulsionada pelo dardo, ficara inconsciente durante algum tempo pelo choque, e os elos de sua túnica de malha leve, a única armadura que ele havia usado durante a caçada, foram perfurados até a carne de seu peito, deixando uma esfoladura. Infelizmente, parecia que a mão direita, os dedos e o pulso de sir André St. Clair haviam sido fraturados, talvez irreparavelmente, pela violência do impacto.

Tudo isso, o ataque e suas consequências, ocorrera muito depressa e em meio a uma grande agitação. Momentos depois do ataque, Ricardo e seu pequeno grupo foi cercado pelo restante da sua comitiva de caça, e logo em seguida o local do atentado ficou aglomerado pela soldadesca inglesa. Quando Baldwin retornou carregando o aspirante a assassino inconsciente sobre o ombro, Ricardo e André já haviam sido postos em padiolas e estavam sendo transportados em uma carroça para a área de acampamento do rei, onde os médicos reais se ocuparam imediatamente em cuidar do conforto de Ricardo e seu corpulento defensor.

O interrogatório ao qual Baldwin submetera seu prisioneiro havia sido breve, simplificado pelo fato de o sujeito não ser um herói e não ter tolerância à dor, em especial quando aplicada fria e sistematicamente por alguém como o grande cavaleiro de Anjou. O pretenso regicida confessara imediatamente, cuspindo todos os detalhes do que havia ocorrido. O homem era uma espécie de sargento a serviço do rei Tancredo. De algum modo ele descobrira que Tancredo e Ricardo estavam em sério desacordo um com o outro e consequentemente havia decidido, de maneira espontânea e sem planejamento, eliminar Ricardo como uma ameaça ao bem-estar do seu rei.

Os médicos acabaram por concluir que não havia nada realmente fraturado na mão e no braço de André, afinal. Mas concordaram que toda a região estava comprometida e que poderia levar semanas, talvez até meses, para que sir André fosse capaz de usar o braço novamente. Cada osso e tendão de sua mão, de seu pulso, cotovelo e até mesmo de seu ombro havia sido seriamente torcido e distendido, não a ponto de romper os ligamentos, mas quase o bastante para provocar cenhos gravemente franzidos e negativas de cabeça dos augustos médicos reais. A contusão, concordavam eles, era muito grave — o membro inteiro já havia começado a enrijecer —, e nenhum deles desejava especular quanto tempo os efeitos durariam, mas todos estavam absolutamente de acordo que o único agente curativo eficiente que podiam oferecer era o tempo — todo o tempo que se fizesse necessário —, de modo que imobilizaram todo o braço do cavaleiro numa rígida estrutura de talas, abrindo os dedos da mão e posicionando e fixando as várias articulações do braço, de tal modo que não poderiam ser movidas antes que os próprios médicos julgassem apropriado tentar movimentá-las. E então, como estava sofrendo dores muito fortes — e porque o rei em pessoa estava em grande débito com o cavaleiro —, lhe deram uma pesada dose de opiáceos durante três dias inteiros.

Quando André St. Clair finalmente voltou a abrir os olhos e sentir-se são e normal, seu pai estava sentado à beira de sua cama, contemplando-o com olhos absortos. André imediatamente se mexeu para sentar-se, mas descobriu que não podia mover um músculo, e seu esforço produziu apenas um gemido, que serviu para chamar a atenção de sir Henry de volta para o momento presente. O mestre de armas empertigou-se imediatamente em sua cadeira e depois se curvou para a frente, suas sobrancelhas enrugadas de preocupação.

— André? Você voltou? — Ele se interrompeu abruptamente, piscando os olhos em dúvida, depois prosseguiu. — Você está aí, acordado?

André forçou-se a relaxar, sem tentar mover nem mesmo a cabeça. Ele havia fechado os olhos quando grunhia e agora jazia imóvel, dominando sua respiração e se perguntando se sua voz estaria tão desobediente aos comandos de sua mente quanto seu corpo. Mas enfim, quando se sentiu pronto, conseguiu que sua língua revolvesse alguma saliva na boca seca, engoliu-a e depois falou.

— Pai? O que o senhor está fazendo aqui? — Ele piscou e olhou em torno, percebendo imediatamente que não estava no Comando do Templo. — Onde eu estou?

— Você está nos aposentos pessoais do rei Ricardo, na sua enfermaria.

— Há quanto tempo estou aqui?

Sir Henry suspirou profundamente e depois balançou a cabeça, como se estivesse satisfeito com algo, embora não fizesse qualquer tentativa de responder à pergunta do filho.

— Ótimo — disse ele em vez disso. — Você está bem. Nós sabíamos que estava, mas a equipe médica do rei estava preocupada apenas com o seu conforto, por isso eles o mantiveram drogado. Eles tiraram as talas ontem. Agora você tem apenas ataduras.

André contou silenciosamente até cinco, absorvendo aquilo.

— E quanto tempo estive aqui?

— Quatro dias, desde que foi... ferido. Três deles inconsciente, atado a uma estrutura especial, construída para você sob a orientação de Lucien d'Ambosie, chefe da equipe médica do rei... Um dispositivo surpreendente; manteve-o completamente fora do chão, suspenso no ar por polias; nunca vi nada parecido.

— Eu estava delirando?

André foi subitamente golpeado pelo medo do que poderia ter dito enquanto estivera enfermo, pensamentos sobre a Ordem de Sião e seus segredos passando em turbilhão por sua cabeça, mas as sobrancelhas de seu pai se ergueram em surpresa.

— Delirando? Não, de modo algum. Você ficou como morto a maior parte do tempo... a maior parte do tempo em que estive aqui, pelo menos, e passei a maior parte dos últimos dias aqui, com a permissão do rei Ricardo. Eu lhe disse, você foi drogado... Mestre Lucien contou-me que lhe deu poderosos opiáceos das reservas do próprio rei, a fim de deixá-lo insensível e evitar que você ferisse ainda mais a si mesmo.

— Ainda estou drogado?

— Não. Perguntei isso a mestre Lucien esta manhã. Você não recebe drogas desde ontem ao alvorecer. Ele avaliou que você deveria acordar naturalmente... — sir Henry olhou em volta em moderada surpresa. — ...

mais ou menos a essa hora... Ele falou no meio da manhã, e é o horário em que estamos. Como se sente?

— Não consigo me mover.

— Não, você não consegue porque ainda está amarrado para evitar que se mova de maneira descuidada ou acidental. Tirando isso, como se sente?

— Melhor do que antes. Lembro-me de vomitar... Doía abominavelmente. E recordo-me de não ser capaz de pensar com clareza... ter estranhas visões e ouvir ruídos igualmente estranhos. Sinto-me melhor agora... e sinto alívio por saber que não estou paralisado. Achei que estivesse quando acordei. Tirando isso, sinto-me bem. Você pode desatar estas cordas?

— Nada de cordas, são tiras de couro. Mas creio que é melhor você mantê-las até que mestre Lucien decida que elas podem ser removidas. — Sir Henry ficou em silêncio por um momento, depois, num tom de voz tomado de admiração, perguntou: — Como você fez aquilo?

— Hum? Fiz o quê?

— O que fez no mercado. Como você pôde ser tão rápido, erguer sua espada daquele modo para colocá-la exatamente onde tinha de estar?

André virou ligeiramente a cabeça no travesseiro até conseguir olhar diretamente para o pai, esperando vê-lo rindo para ele, provocando-o, mas o rosto de sir Henry não revelava humor algum, e então foi a vez de André franzir o cenho.

— Bloquear o disparo, o senhor quer dizer? Não pude. Eu não fiz isso, papai, não intencionalmente. Foi um acidente... uma casualidade. Eu tentei dar um grito de alerta e acenar para que Ricardo recuasse, mas fui muito lento... Muito, muito lento. Como está ele, o rei?

Sir Henry inclinou a cabeça, apertou os olhos enquanto ponderava consigo mesmo sobre o que seu filho havia dito e então murmurou:

— Sua Majestade está em perfeita saúde... e todo mundo acredita que ele deve essa saúde à sua brilhante defesa do corpo real em face do ataque.

André sacudiu a cabeça ligeiramente, rolando-a com delicadeza de um lado ao outro do travesseiro.

— Não é assim. Ele a deve à Fortuna, a deusa romana do acaso, pois foi a pura boa fortuna que fez com que eu estivesse lá e agisse no momento em que agi. Eu não vi o dardo se aproximando. Ele foi disparado de uma distância de trinta passos, rápido demais para ver, e eu mal enxerguei o homem que o disparou... O que aconteceu a ele, foi preso e executado?

— Preso, mas não executado. Ele foi um idiota e agiu sozinho, pensando que seria recompensado por Tancredo após fazer aquilo. Baldwin capturou-o e Ricardo o perdoou, dando-lhe cinco peças de prata, aparentemente em gratidão por sua má pontaria, e o deixou ir. Ricardo saiu do incidente bem aos olhos de todos, tanto dos sicilianos quanto dos nossos, por perdoar o sujeito e não fazer caso do atentado que sofreu. Mas veja...

André aguardou, mas quando seu pai não disse mais nada, estimulou-o.

— Veja o quê, papai? O que o senhor ia dizer?

Sir Henry encolheu os ombros.

— Eu... eu ia dizer algo que parece não fazer sentido, mas acho que precisa ser dito mesmo assim... Você está convencido... — ele hesitou, depois continuou. — Sim, você está convencido de que o salvar a vida do rei foi um acidente. Posso ver isso. Mas discordo. Você não podia ter feito o que fez se não estivesse preparado para isso, se não estivesse posicionado para fazer algo. Você fez o que fez porque estava pronto para isso, para reagir ao que viesse. Acredito nisso tão intensamente quanto você crê na sua própria explicação, mas o mais importante é que *Ricardo* acredita nisso, bem como todos os demais... Se você se levantar da cama agora e declarar que a coisa toda foi um acidente e que suas ações foram completamente sem mérito, prestará a si mesmo um grande desserviço, meu filho.

— Como assim? Parece-me ser a coisa mais honrada a fazer... falar a verdade.

— Honrada, talvez, mas tola neste caso. Pense onde estamos e no que você tem pela frente.

Essas palavras atingiram o alvo, mas não do modo como sir Henry poderia ter suposto.

— Olhe para as pessoas à sua volta, André, neste nosso empreendimento. Você vê muita honra aí? Ou nobreza e integridade? Acho que não... não do modo como você e eu fomos ensinados a pensar em tais atributos. — Ele parou, sacudiu a cabeça em frustração e depois prosseguiu. — Ouça, eu falo como seu pai que o ama e não tenho nada além do seu bem em minha mente, ainda que pareça estar dizendo coisas... André, nenhum de nós pode se permitir negligenciar ou renunciar a qualquer vantagem que nos seja oferecida. Cada um de nós é uma simples alma em meio a um exército grande demais para ser contado, marchando contra outro exército que alguns dizem que nos supera numericamente como os grãos de areia do deserto superam as pedras...

"Você tem uma oportunidade de melhorar suas próprias condições aqui, talvez uma oportunidade de sobreviver aos seus companheiros e sair desta guerra que vem por aí vivo e com honra, embora isso esteja, como sempre, nas mãos de Deus. Você salvou a vida do rei! Não importa que você acredite que tenha sido por acidente. O fato de você estar lá foi um acidente; o fato de Ricardo estar parado onde estava naquele preciso momento foi um acidente, assim como também foi um acidente que o besteiro siciliano reconhecesse que o homem que atravessava o mercado era o rei da Inglaterra. Mas resta o fato de que quando o projétil do sujeito saiu em busca do coração de leão do rei da Inglaterra, ele atingiu e perfurou a lâmina da sua espada, abrindo um buraco perfeito no metal da sua arma. Se a sua lâmina não estivesse posicionada ali, aquele dardo teria partido o coração de Ricardo ao meio e aberto um corte em sua espinha.

Essa. É. A Verdade! E essa verdade pode atuar a seu favor. Conhecido como o Salvador do Rei, você caminhará separado dos outros homens. A notícia da sua velocidade e da sua habilidade correrá à sua frente e alertará os homens de menor envergadura para que o tratem com respeito. Mas só se você guardar consigo o que acredita ter acontecido. Ninguém dará um figo podre por um cavaleiro comum que teve um momentâneo golpe de boa sorte e depois o jogou fora.

— Sim, papai, eu entendo...

O tom de André foi suficiente para interromper o aviso de sir Henry, que ficou em silêncio, olhando para o filho e aguardando que ele falasse. André, enquanto isso, ficou pensando sobre o que de fato o esperava em Outremer e como sua tarefa lá poderia ser simplificada se os homens pensassem nele nos termos que seu pai havia descrito. Ele ruminou seus pensamentos por mais alguns momentos e depois inspirou fundo pelas narinas.

— Muito bem, então, que assim seja. O senhor me convenceu, e eu estou persuadido. Não vou mais falar em acidentes... — Ele fez uma pausa e depois sorriu. — Então, o que acontecerá agora? Modelo de perfeição ou não, eu ainda sou a mais reles criatura do mundo: um irmão noviço da Ordem do Templo.

Sir Henry sorriu.

— É, pode ser, mas isso não durará por muito tempo. Suas dificuldades serão mais fáceis de suportar depois disso, eu creio.

Deitado de costas, André levantou uma sobrancelha irônica.

— O senhor acha? Eu imagino que o irmão Justin, o mestre dos noviços, não esteja impressionado com a minha fama recém-adquirida.

Eles foram interrompidos nesse momento pela chegada do médico do rei, Lucien d'Ambosie, acompanhado de dois de seus colegas. Eles entraram agitadamente e com arrogância, e os três juntos amarraram André numa espécie de estrutura de contenção antes que mestre Lucien rapidamente se pusesse num meticuloso exame de seu encargo especial, olhando, cutucando, espetando, escutando e por fim passando os dedos por toda a extensão do braço avariado de André, do pescoço até a ponta dos dedos. André achou os procedimentos dolorosos a ponto de ter de apertar os dentes e respirava pelas narinas enquanto tentava não sibilar, mas ao fim de tudo os médicos libertaram-no das amarras que o mantinham imóvel e partiram com um aviso sucinto do que ele podia esperar caso se movimentasse sem cuidado e atenção. Quando os médicos se foram, retirando-se da enfermaria com o mesmo ar de grande importância que havia marcado sua entrada, André fez uma careta e voltou-se tristemente para o pai.

— Aquilo doeu como as penas do inferno. Eu sei que eles estão me dando o melhor dos cuidados, mas ficarei feliz quando puder sair daqui. Não sei quanto dessa atenção carinhosa eu posso assimilar. O senhor acha que ficaremos muito mais tempo aqui na Sicília?

— Bem, ontem eu teria apostado que não ficaríamos muito tempo aqui. Ricardo já intimidou completamente Tancredo e sua ralé, e estou certo de que uma longa estada aqui em Messina, com Filipe chorando e se lamentando a cada desfeita imaginada, não o seduz em nada. Mas tudo isso mudou esta manhã, com a chegada de uma notícia tremenda... Barba-ruiva está morto e seu exército dispersado. O mundo inteiro está desequilibrado agora e terá de ser reparado. Duvido, agora, que partamos daqui antes da primavera.

Durante vários momentos André não conseguiu falar nem reagir ao que havia escutado. Frederico Barba-ruiva, o rei germânico que havia ostentado o título de Sacro Imperador Romano por mais de três décadas, era um leviatã entre os homens, agora avançado em anos, mas dificilmente menos apto e pronto para a batalha do que havia sido quando reclamara pela primeira vez seu império, 35 anos antes. Com mais de 60 anos, ele detinha poder e influência suficientes para recrutar um exército com a força de mais de 200 mil homens e liderá-lo pessoalmente, seguindo por terra, via Constantinopla, até Outremer. Ele era uma lenda sob qualquer parâmetro, realmente um nome para ser invocado, e agora, sem qualquer aviso, aparentemente estava morto e seu poderoso exército derrotado. Por fim, André piscou e sacudiu a cabeça, recompondo-se.

— Barba-ruiva está morto? Como? O que aconteceu? O senhor está dizendo que Saladino o derrotou?

Sir Henry encolheu os ombros e fez um gesto negativo com a cabeça, indicando sua própria estupefação.

— Não, de modo algum. Barba-ruiva nunca chegou à Terra Santa. Aparentemente, ele se afogou em algum lugar perto de Bizâncio... atravessando um rio montanhoso, dizem. Caiu de seu cavalo na água gelada, completamente armado, e o choque deixou-o inconsciente. A armadura o manteve no fundo, e ele estava morto no momento em que o puxaram para fora. Ele era velho, você sabe. Estão dizendo que foi o choque que o matou... a água gelada...

— Santo Deus!

A voz de sir Henry agora estava firme.

— Nós recebemos a notícia esta manhã, por um navio que veio de Chipre. A embarcação estava abarrotada de homens de Barba-ruiva... os de alto posto: barões e condes, senhores e cavaleiros, todos seguindo seu rumo para casa. Aparentemente, o exército começou a se desfazer no momento em que o velho morreu... Ninguém forte o bastante ou politicamente aceitável perante os outros para reorganizar as forças e mantê-las juntas. Uma semana depois de sua morte seu exército praticamente havia desaparecido. Mais de 200 mil homens.... todos espalhados pelo vento, soprados para o nada.

— E quanto ao seu filho, o suábio, Frederico? O que aconteceu com ele? Ele não teria simplesmente abandonado o corpo do pai e fugido. Deve haver mais coisas do que o senhor está me contando.

Sir Henry deu de ombros.

— Ninguém parece saber de nada ao certo. Ninguém sequer sabe se alguma parcela do exército continuou em marcha rumo a Outremer, mas ninguém parece disposto a acreditar nisso.

— Humm. — O grunhido de desdém de André foi eloquente. — Ninguém naquele navio está disposto a dizer o contrário. Se Frederico da Suábia ou qualquer dos outros líderes estão marchando para a Palestina, os que estão a bordo desse navio, e todos os outros que como eles fugiram para casa, parecerão covardes, o senhor não acha?

Nenhum dos dois respondeu durante um intervalo, cada um pensando no significado dessas notícias, até que André falou:

— Isso altera tudo...

— Como assim, tudo?

— Bem, não tudo... Mas certamente altera as urgências políticas que têm causado tanta preocupação a Ricardo, a Filipe e ao papa. Com Barba-ruiva morto, a ameaça da Igreja ortodoxa oriental ao predomínio papal em Jerusalém está bastante atenuada, o que se traduzirá diretamente em espaço para respirar para nós e nossos exércitos.

— Não estou entendendo. Isso não muda nada em Outremer. Conrad de Montferrat ainda estará na garganta do rei Guy, tentando tomar seu lugar.

— É, mas o ardor dele diminuirá consideravelmente quando souber da morte de seu primo imperial. Enquanto ele detinha a ameaça do poder de Barba-ruiva para dar sustentação aos seus movimentos, pavoneava-se lindamente. Na ausência dela, acho que ele pode ser mais condescendente em abrir mão do que tem sido até agora. Eu tenho por certo, porém, que quando a notícia da morte de Barba-ruiva e da dissolução de seu exército chegar à Palestina, Guy e seus seguidores serão suficientemente encorajados a manter suas posições e aguardar a chegada de Ricardo, por mais que isso demore. E, portanto, eu não vejo falhas no seu pensamento. Nós provavelmente ficaremos aqui durante o inverno e zarparemos novamente com a primavera...

— Isso gerará um conjunto inteiramente novo de complicações, mas não há nada que você, eu ou qualquer um possa fazer para alterar isso, de modo que temos de aceitá-lo. — Sir Henry deu as costas. — É melhor eu ir. Ultimamente, dediquei tempo demais às minhas próprias preocupações. E o rei provavelmente há de querer falar comigo quando tiver absorvido essas notícias e decidido como deseja reagir a elas. Se ele decidir que nós ficaremos aqui até a primavera, vou ter de determinar a construção de alojamentos de inverno para todo o maldito exército. Santo Deus, isso será um exercício penoso, neste lugar abandonado por Deus... Você, continue na cama e concentre-se na sua recuperação. Até breve. Eu o verei novamente amanhã.

Foram necessários longos dez dias para que a mão e o pulso direitos de André sarassem o suficiente para ele conseguir fechar o punho, e mesmo assim os dedos ainda estavam muito fracos e os ossos da mão muito doloridos para permitir que ele impusesse qualquer força consistente ao aperto. Seu antebraço, o cotovelo e o ombro estavam completamente recuperados a essa altura, a cor quase normal outra vez, mas a mão ainda era uma visão assustadora, uma massa de contusões multicoloridas.

Quinze dias depois de ser ferido, ele finalmente pôs os pés fora da cama, plantou-os no chão e depois se ergueu até ficar ereto com o auxílio de um forte bastão na mão esquerda. Ficou parado por um momento, oscilando suavemente até dominar o equilíbrio novamente, depois respirou fundo e deu um passo afastando-se da cama. Pelo menos foi isso que tentou fazer, mas seus pés não se moveram, e ele caiu para a frente como um pedaço de madeira, precisando ser auxiliado para voltar para o catre.

Três dias depois, André caminhava com facilidade, mas levou mais uma semana para que sua mão ficasse forte o bastante para que ele voltasse a empunhar uma espada com alguma firmeza, e somente então foi considerado apto a ser dispensado dos cuidados de Lucien e retornar à companhia de seus companheiros noviços, cujo treinamento havia prosseguido na sua ausência. Na manhã do dia em que recebeu alta, Ricardo em pessoa abriu a porta que dava para o quarto onde André estava sentado tomando seu desjejum com dois outros cavaleiros e pôs a cabeça para dentro.

— Tome — gritou ele para André. — Você vai precisar disto.

Ele ergueu o braço num movimento de varredura de baixo para cima e atirou uma longa espada embainhada para o local onde André já se levantava. Este apanhou a arma e a segurou com os braços estendidos, vendo que nela estava enrolado um cinto grosso, mas flexível. Ele se voltou para a porta, mas Ricardo já havia partido, deixando que a porta batesse atrás de si. André voltou-se para cada um de seus companheiros de desjejum e viu que ambos olhavam apalermados para ele, por sob sobrancelhas levantadas. Ele deu de ombros e sorriu um tanto ruborizado.

— Eu perdi a outra — disse ele, depois desenrolou o cinto da arma embainhada e sacou a lâmina. A espada era magnífica, um presente de rei, e André levou-a à altura dos olhos para admirar a luz ondulante que brincava nos padrões pregueados da gloriosa lâmina. Não era uma arma elaborada nem vistosa em sua ornamentação, mas simplesmente soberba em cada detalhe, e até mesmo o couro pesado de sua bainha era trabalhado e sutilmente gravado em relevo, com a parte interna em pele de carneiro raspada até que não houvesse mais do que uma sugestão de lanugem. André lembrou-se da espada que possuía antes, uma arma útil e despretensiosa que lhe prestara honrados serviços durante anos. Ele sabia que esta valia cem vezes o valor que aquela tivera. Era uma espada apropriada para um rei, que lhe fora dada por um rei. Não tinha o menor escrúpulo em aceitá-la, pois sabia que faria bom uso dela nos tempos que viriam.

Devolvido às suas funções, ele logo se perdeu na urgência de recuperar o terreno que havia perdido para os outros noviços, e sua mão ferida enrijeceu rapidamente sob a disciplina diária do treino para a batalha. Seus dias estavam cheios novamente, mas muito mais do que já haviam sido antes, com os rituais monásticos e as orações diárias da regra do Templo, e quando ele não estava rezando, estava completamente preocupado com o treinamento, aguçando suas habilidades guerreiras e readquirindo força no braço que empunhava a espada. Os dias, as semanas e os meses se passaram sem que ele realmente se desse conta disso e, mais importante, sem uma real consciência de sua participação no mundo que ficava além do Comando do Templo. Ele soube do Natal e da Festa da Epifania no período em que ocorreram, mas apenas por causa do impacto litúrgico que tinham sobre a disciplina diária dos noviços. E então perdeu novamente a consciência da passagem do tempo até o começo da Quaresma, no início de março de 1191, quando as atividades normais dos noviços eram suspensas para acomodar um período de três dias de orações e jejum intensificados, chamado de retiro. Durante esse tempo os noviços não deviam fazer nada além de rezar e meditar em silêncio penitencial, permanecendo ajoelhados o tempo todo, exceto nas poucas horas em que lhes era permitido dormir.

Na manhã em que eles foram dispensados do retiro, logo depois das matinas e muito antes da primeira falsa alvorada começar a iluminar o céu, André foi convocado pelo irmão Justin.

Com a consciência absolutamente limpa, ciente de que não fizera nada errado, André apresentou-se ao mestre dos noviços, com a suspeita e a esperança de que aquilo pudesse ter algo a ver com a Ordem de Sião. E tinha. O irmão Justin parecia mal-humorado e intolerante como sempre, mas não disse nada depreciativo, fazendo um mero aceno de cabeça para André e informando-o sem preâmbulos de que fora instruído a mandá-lo prontamente a sir Robert de Sablé, cujos alojamentos ficavam dentro da cidade de Messina.

André assentiu com um movimento de cabeça e então, atingido por um pensamento súbito, olhou para a sobrecota imunda que vestia havia meses.

— Devo ir como estou, irmão, vestido assim?

Justin fechou o cenho, mas depois confirmou com um balançar de cabeça.

— Sim, deve, é claro que deve. De que outro modo deveria ir? Sir Robert sabe que você é um noviço do Templo e você não tem nada a esconder. Se fosse vestido de modo diferente e fosse reconhecido, isso levaria ao tipo de questionamentos que não queremos que as pessoas façam. Mas escolha um cavalo nos estábulos... De Sablé deve ter outro trabalho para você. Aqui está. — Ele estendeu a mão e entregou um pequeno pergaminho que estivera segurando todo aquele tempo. — Dê isto ao mestre dos estábulos e ele lhe entregará uma montaria decente. E se alguém lhe perguntar aonde está indo ou o que vai fazer, diga-lhes que está em missão incumbida por mim para encontrar seu pai, o mestre de armas do rei Ricardo. É o que está escrito no pergaminho. Agora caia fora e, seja lá o que for que sir Robert possa exigir de você, seja cuidadoso.

Era quase meio-dia daquela manhã quando sir Henry St. Clair finalmente conseguiu retornar aos seus aposentos, todos os seus deveres cumpridos por aquele momento, e ficou surpreso e satisfeito ao encontrar seu filho à sua espera na sala de visitas, empoleirado no banco de madeira que percorria a parede onde Tomas, o leal assistente de sir Henry, se sentava permanentemente em guarda contra aqueles que desperdiçariam o tempo do mestre de armas. Haviam-se passado várias semanas desde que pai e filho se falaram pela última vez, e o encontro deles foi cordial, mas sir Henry não perdeu tempo em conduzir André até sua câmara particular e fechar a porta com firmeza às suas costas.

— Qual é o problema, papai? O senhor parece preocupado.

— E estou. Por que você está aqui? Estou feliz em vê-lo, é claro, mas sei que deve estar aqui por alguma razão específica, uma razão séria o bastante para justificar sua liberação para vir me visitar neste estágio de seu treinamento.

As sobrancelhas de André se ergueram de súbito.

— Como o senhor sabe disso? Os detalhes do nosso treinamento supostamente são secretos.

— É, como tantas outras coisas. Sente-se.

Enquanto André se movia para obedecer, tomando uma das duas cadeiras ao lado da única grande mesa de trabalho no quarto, sir Henry prosseguiu:

— Eu tenho muitos amigos, meu filho, como convém a um homem de idade avançada, e alguns deles são Cavaleiros do Templo. Acontece que eu compartilhei uma jarra de cerveja com um deles após o jantar poucos dias atrás, e nós conversamos sobre muitas coisas, dentre as quais o treinamento deste último grupo de noviços templários... Ele sabia, é claro, que você é um deles e estava apenas querendo consolar-me por não poder vê-lo. — Ele fez uma pausa, olhando para o filho atentamente. — Então, vamos logo, vomite o que tem para dizer. Por que você está aqui?

— Judeus, papai.

André pronunciou a palavra deliberadamente com brusquidão, observando para ver que efeito isso teria sobre o pai, mas, fosse qual fosse a reação que previa, sir Henry não reagiu. Apenas piscou os olhos e depois se sentou do outro lado da mesa.

— Judeus? O que há com eles?

— É por isso que estou aqui.

— Você não está fazendo sentido, filho.

— Não, papai, temo que não, pelo menos aos meus próprios ouvidos. O senhor se lembra da última vez que falamos sobre judeus e o tratamento que o rei dá a eles? — Ele não esperou a resposta do pai. — Eu vim até aqui diretamente de sir Robert de Sablé e por insistência dele. Ele mandou me procurar esta manhã e fez com que eu fosse liberado dos meus deveres por este dia, apenas para que pudesse lhe comunicar, por meu intermédio, as graves preocupações que ele tem pela sua segurança.

Quando André fez uma pausa, sir Henry falou.

— Bem, embora eu esteja devidamente grato à preocupação de sir Robert pela minha segurança e pelo meu bem-estar, creio que o que eu faço e o modo como me comporto não têm absolutamente nada a ver com ele e deveria estar além da sua atenção. Tenha a gentileza de passar esta informação para ele, com a minha gratidão, é claro.

— Não, papai, com todo o respeito, eu não vou fazer tal coisa. O senhor está sendo obtuso. Sir Robert não tem interesse em tratá-lo como a uma criança que tem mau comportamento. Ele teme pelo seu bem-estar, pois acredita sinceramente que este é do interesse dos exércitos e do empreendimento ao qual estamos engajados. Ele poderia ter enviado algum tipo de alerta ao senhor por outros meios, mas optou por fazê-lo por meu intermédio em virtude de uma variedade de razões, a última delas sendo o fato de que ele e eu somos amigos. Mas os assuntos que o preocupam são muito maiores do que qualquer amizade pessoal.

Sir Henry comprimiu os lábios, franzindo ligeiramente as sobrancelhas.

— Que tipo de assuntos?

— Diplomacia, ambições, política e conspirações; William Marshall, marechal da Inglaterra, e Humphrey, barão de Sheffield.

Sir Henry apoiou um cotovelo na borda da mesa, batendo nos lábios comprimidos com dois dedos da mão.

— Explique.

— Preciso explicar, papai? Não foi necessário um grande esforço de entendimento quando ele me explicou esta manhã. Ricardo é o rei da

Inglaterra, mas também é o duque de Aquitânia e da Normandia e conde de Anjou, Poitou, Bretanha e de um monte de outros territórios, nenhum dos quais é inglês e todos os quais ofereceram seus homens para esta missão de libertar Outremer. O senhor tem o título de mestre de armas do rei, mas, na realidade, é mestre de armas do seu suserano Ricardo, duque de Aquitânia, e como tal representa a identidade e as esperanças de todos os soldados do exército de Ricardo e Filipe que não são ingleses. Se o senhor cair em desgraça e for demitido, então William Marshall assumirá seu lugar e este exército inteiro cairá sob controle inglês. Não se pode permitir que isso aconteça.

Sir Henry balançou a cabeça lentamente, concordando, mas não admitiu nada.

— Eu consigo entender como isso pode ser preocupante, mas e quanto a Humphrey de Sheffield?

— Fico surpreso que o senhor tenha de perguntar. Eu conheço o sujeito, papai. Ele é um porco grosseirão e negligente, destituído de honra e indigno de seu título de cavaleiro, que dirá da baronia. Chegou à atenção de sir Robert, por uma fonte que ele alega ser inquestionavelmente segura e bem informada, que o senhor cruzou o caminho desse suíno... que, na verdade, chegou perto de cruzar espadas com ele.

Sir Henry sacudiu a cabeça num rápido gesto negativo.

— Não é verdade. Eu não gosto do homem, mas não tive qualquer querela ativa com ele.

— O senhor pode ter certeza disso, papai? Ele concordaria? A informação que sir Robert recebeu foi de que o senhor atraiu a atenção de Humphrey, negativamente, quanto à questão de um certo judeu chamado Simeon, aqui em Messina. Aparentemente, Simeon é uma figura conhecida nesta cidade; um mercador, mas não um agiota; contudo, ele sumiu de vista, com toda a sua família, num momento inoportuno e não foi visto desde então.

— Um momento inoportuno, você diz. Inoportuno para quem?

— Para Sheffield. Quem mais se importaria? Humphrey é um violento e dedicado antissemita. Essa é uma das coisas... e provavelmente a única significativa... que torna propícia a manutenção da amizade, se é que se trata de uma amizade, que compartilha com Ricardo. É responsabilidade de Humphrey, ao que parece, embora não seja algo abertamente conhecido, providenciar judeus para os espetáculos de entretenimento dos jantares de Ricardo. De acordo com o informante de sir Robert, esse Simeon havia sido identificado e designado para um desses espetáculos, depois de uma altercação com um dos associados de Humphrey a respeito de um débito. Mas ele desapareceu, como eu disse, juntamente com sua família. O nome do senhor foi citado como estando envolvido nesse desaparecimento... Algo a respeito de um aviso antes de uma visita noturna dos soldados do barão de Sheffield. Humphrey acreditou nesse comunicado e o levou ao rei. Felizmente para todos nós, o rei estava... preocupado e não teve tempo de ouvir o relatório. Nesse meio-tempo, sir Robert, após ter ouvido o assunto de seus espiões, tomou para si a responsabilidade de intervir, providenciando uma explicação não solicitada para a sua conduta, explicação esta que entrava em contradição direta com a história que o barão Humphrey havia recebido. O barão, que está profundamente em débito com sir Robert e não tem motivos para suspeitar que o mestre de esquadra sequer conheça o senhor, acreditou no que lhe foi dito, e, portanto, isso não dará em mais nada. Mas sir Robert deseja que o senhor saiba o que aconteceu, e embora ele não tenha a pretensão de lhe dizer como agir, implora que o senhor seja pelo menos mais circunspecto no futuro.

Sir Henry ficou sentado em silêncio por vários momentos, digerindo o que André lhe havia dito, depois suspirou e balançou a cabeça, abaixou o queixo até a altura do peito e ficou em silêncio novamente, beliscando os lábios entre as pontas de dois dedos enquanto André contava as batidas de seu próprio coração até chegar ao número de cinquenta. Por fim, o mestre de armas ergueu os olhos e balançou novamente a cabeça.

— Que assim seja. Eu reconheço. Agi de maneira imprudente, embora não parecesse ter sido assim na época. No futuro, serei mais... cuidadoso. Mas foi realmente apenas medo pela minha posição política que fez seu amigo agir como agiu?

— O senhor duvida disso, papai? Pense no que está envolvido.

— Eu fiz isso, e ele está correto. E, observadas por esse ponto de vista, minhas responsabilidades são maiores e mais complexas do que eu acreditava. Devo ser mais cuidadoso a partir de agora.

— Não, papai. Se isso lhe agrada, eu gostaria que o senhor se mantivesse afastado de qualquer envolvimento com judeus no futuro. Tudo que os envolve está repleto de perigos que chegam até a insanidade.

— É, mas apenas porque o nosso rei decidiu que fosse assim.

— Nosso rei e os seus bispos. A Igreja compactua com isso.

— Meu filho, a Igreja *fomenta* isso. Mas deveriam os homens comuns de boa vontade esconder a cabeça e, também, compactuar com tal coisa dando consentimento tácito para atrocidades que desagradariam o bom Jesus em quem eles foram ensinados a acreditar? — Ele sacudiu sua cabeça uma só vez e com determinação. — Não me peça para fazer isso, André. Isso não condiz com minha natureza nem com minha honra; portanto, não vamos mais falar nisso. Você me entregou a sua mensagem, e eu prestei atenção... — Ele hesitou, mas depois acrescentou: — Você disse que seu amigo lhe contou que o rei estava preocupado e não ouviu o relatório de Sheffield, mas ele disse o porquê? Quando isso aconteceu?

— Eu não sei, papai. Não pensei em perguntar. Eu estava preocupado com as implicações do que ele dizia... Mas olhando em retrospectiva para isso agora, para a urgência que sir Robert exibia, tenho a nítida impressão de que isso tudo aconteceu muito recentemente.

— Humm. Nos últimos dias. Tem de ter sido então. — Sir Henry consultou a própria memória, inclinando a cabeça para o lado do filho. — Você ouviu falar nas confissões de sodomia? Não, vejo que não ouviu. Provavelmente há muito de bom a ganhar vivendo a vida do claustro. — Ele pensou por um momento e depois prosseguiu. — Menos de três semanas atrás, Ricardo decidiu, por razões que só ele e Deus conhecem, confessar ser um pervertido homossexual. Ele se fechou com uma delegação inteira de bispos numa capela particular aqui em Messina, que pertence a um dignitário local, e lá, entre nuvens de incenso, fez uma completa e aparentemente pública confissão de seu vício pela sodomia, implorando perdão a Deus e à Santa Igreja e suplicando por forças para resistir à tentação e corrigir seus modos luxuriosos, ímpios e inaturais a partir de então. Amém.

— Meu Deus! Isso não é uma piada, é? Ele realmente fez isso?

— Fez. Inicialmente pensei que pudesse ter sido por isso que ele estava preocupado e impossibilitado de lidar com o relatório de Sheffield, mas depois me dei conta de que o caso de Simeon aconteceu depois disso... Então De Sablé devia estar descrevendo os eventos dos últimos dias quando falou da preocupação de Ricardo... O que significa a chegada de Eleanor, quatro dias atrás.

— A chegada de Eleanor? O senhor se refere à duquesa Eleanor, a mãe do rei? Ela está aqui na Sicília?

— Está. Chegou anteontem, e o lugar ficou agitado como uma colmeia desde então. Você e seus colegas noviços devem ser as únicas pessoas na Sicília que não sabem disso.

— Mas por quê? O que ela está fazendo aqui? Pensei que ela tivesse retornado para a Inglaterra.

— Não, nem vai retornar. Ela voltou a morar na Aquitânia, em Rouen e às vezes em Chinon, que ela sempre amou. Veio até aqui simplesmente para entregar um presente para Ricardo.

— Um presente. — A voz de André soou monótona, e seu rosto estava inexpressivo enquanto ele tentava entender o que acabara de ouvir. — Que tipo de presente a faria atravessar todo esse percurso até a Sicília para entregá-lo pessoalmente?

— O presente a cujo encontro ela estava indo quando eu a vi pela última vez. Uma esposa.

As palavras caíram como tijolos num poço de águas estagnadas, e por um longo tempo nenhum dos dois falou nada.

— Uma... esposa... — A voz de André estava muito mais baixa agora, deliberadamente abafada, e a resposta de seu pai acompanhou-a por pura cautela, a despeito do fato de as pesadas portas às suas costas estarem solidamente fechadas.

— Sim, de Navarra, ao sul dos Pireneus. A princesa Berengária. Eleanor foi até a corte do pai dela e cortejou o enlace pessoalmente, com sucesso. O rei Sancho será um forte aliado para Ricardo. Anos de experiência lutando contra os mouros lá na Espanha.

— Sim, mas... Esse rei, Sancho, o senhor disse? Ele não sabe o que... o que Ricardo é? O que eles esperam alcançar com isso, e qual é a reação de Ricardo?

— Na verdade, ele parece ter reagido muito bem, para surpresa da maioria das pessoas. Momento propício, creio, considerando há quão pouco tempo ele foi absolvido e perdoado por todas as abominações de seus antigos modos. Com tudo isso ficando confortavelmente para trás, estou bastante certo de que ele se vê renascido e novamente disposto à coabitação e à paternidade. Mas, na verdade, uma alma não caridosa poderia se perguntar se o nosso monarca não teria sabido... digamos... aproximadamente um mês antes... que sua mãe estava para visitá-lo com a noiva a reboque e então decidira se preparar adequadamente.

— Sim, talvez tenha sido isso. Nada me surpreenderia nesse aspecto. Mas em nome de Deus, papai, a mera ideia... O senhor conhece Ricardo ainda melhor do que eu. Então nós devemos agora dar crédito, todos nós, graças unicamente às bênçãos verbais e ao perdão de uma capela cheia de bispos, à máscara pública de Ricardo Plantageneta *casado* e *pai de família*?

— Não importa que você ou eu acreditemos ou não, André. Será feito, tenha certeza. A Inglaterra terá uma rainha e talvez, no decorrer do tempo, um príncipe real, e Ricardo será visto como um homem. Não há como contestar o fato de que um herdeiro para a Inglaterra é a primeira prioridade de Ricardo, algo que está acima de todos os outros deveres e responsabilidades que tem. Se ele falhar em gerar um filho, o trono irá para seu irmão imprestável, João. E até mesmo eu, que passei menos de um mês na Inglaterra e não tenho desejo de voltar... até mesmo eu sei que essa é uma perspectiva que ninguém deseja considerar.

— Por Deus! — André sacudia a cabeça de um lado para o outro. — Este é o rei que não quis sequer uma mulher no seu banquete de coroação! E agora ele está para se cercar voluntariamente de mulheres... Eleanor, Joana e essa, qual é o nome dela, Berengória? Mãe, irmã e esposa. Elas vão enlouquecê-lo.

— O nome dela é Beren*gária*, e na minha opinião ela é uma coisinha calada, discreta e... complacente.

— Complacente? Espero que ela seja, por todos os deuses. Ela precisará ser.

— Além disso, Eleanor estará partindo para casa novamente dentro de poucos dias... na verdade, antes para Roma, depois para Rouen. Ricardo certificou-se disso sem perda de tempo. E Joana pode ser bastante maleável, com o tratamento apropriado. Ela não causará problemas longe da presença materna. Depois, ela fará companhia à pobre noiva, uma vez que o marido tenha partido para a guerra.

— Então, quando será o casamento?

— Não durante a Quaresma. Nisso podemos confiar. Mas depois dela, quem sabe? A comitiva matrimonial está toda aqui, embora eu duvide que Filipe Augusto compareça, e há uma profusão de bispos santificados prontos e salivando ao pensamento do pontificado quando Ricardo Plantageneta for trazido de volta ao seio da ortodoxia sexual. Que Deus nos ajude a todos.

— O senhor comparecerá?

— É claro que sim. Eu não tenho escolha, como mestre de armas. Mas você deverá ser um Cavaleiro Templário até lá; portanto, não deverá estar presente.

André deu um pequeno sorriso e sacudiu a cabeça.

— Talvez não, mas nós teremos de esperar para ver. Como Filipe está recebendo tudo isso? O senhor sabe? Ele deve estar transtornado... seu amante prestes a casar e sua irmã desprezada ao mesmo tempo, a despeito de uma diocese cheia de juramentos sagrados afirmando o contrário...

— Ah, bem, como você deve esperar, ele não está feliz. Mas Filipe tem sido rei durante toda a sua vida e, portanto, é um pragmático. Ele aprenderá a conviver com as realidades envolvidas.

André concordou com a cabeça.

— Sim, sem dúvida... e com as irrealidades, também. — Ele pensou por mais um momento, depois contorceu o rosto numa careta. — Que assim seja, então... Não há nada que qualquer um de nós possa fazer, como o senhor disse. Mas eu tenho a sua promessa de ser mais cuidadoso em seus tratos com os perseguidores de judeus? — Ele devolveu o gesto afirmativo de cabeça de seu pai e ficou de pé. — Excelente, então. Eu vou retornar até sir Robert e contar isso a ele; depois devo voltar ao Comando. Passe bem, papai. Espero vê-lo novamente em breve.

André adiantou-se para abraçar o pai, e sir Henry segurou-o pelos braços, olhando em seus olhos.

— Quando o seu noviciado estará completo? Quando você vai se juntar à Ordem?

André sorriu.

— Eu realmente não sei, papai. Eles não nos contam essas coisas... Eles nem mesmo deixam de se persignar por tempo suficiente para lhe dizer se você vai se juntar à Ordem. Mas eu posso lhe prometer que, como o casamento do rei, não será antes da Páscoa, porque não pode acontecer durante a Quaresma. Enquanto isso, eu às vezes me preocupo com os votos... — O sorriso dele se alargou quando olhou nos olhos de sir Henry, e, antes que o cavaleiro mais velho pudesse dar forma à pergunta que brotava de seus lábios, ele acrescentou: — A pobreza e a obediência são simples. Essas fazem parte da vida que eu escolhi, mas a castidade me preocupa, porque eu não escolhi isso...

Ele estava tentando ser divertido, mas seu humor se manchou de decepção ao ver que seu pai o havia tomado literalmente. Fez uma careta e sacudiu abruptamente a cabeça em desaprovação e apertou de novo a mão do pai por um momento, segurando-a entre as suas.

— Isso foi uma piada, papai... Ruim, percebo agora, mas eu estava tentando fazê-lo sorrir. E agora tenho de ir. Até a próxima vez, fique bem. E lembre-se, nada mais de riscos tolos por causa de judeus... De riscos eu não posso proibi-lo, mas a tolice é controlável, não é? *Adieu*.

QUATORZE

No dia 10 de abril de 1191, que naquele ano caiu na quinta-feira da Semana Santa, sir Henry St. Clair, desfrutando da elevação de um convés de navio sob seus pés, estava pronto a acreditar que ainda podia se tornar marinheiro. O céu estava claro, de um azul cerúleo, o mar sob o casco era liso e calmo, e um vento suave, forte o bastante apenas para inflar as velas acima e por trás dele, parecia pastorear a gigantesca esquadra do rei Ricardo à sua frente como um rebanho de carneiros. Talvez a meia milha de distância em mar aberto de onde ele estava, de pé na proa do vaso de guerra pessoal do rei Ricardo, uma enorme fileira de 64 navios se espalhava de lado, parecendo preencher o mar de um horizonte a outro, e ainda assim ele sabia tratar-se apenas de uma minúscula parcela da esquadra real. O vaso no qual ele se encontrava, uma longa e elegante galé em que estava hasteado o estandarte real da Inglaterra, impulsionada por velas e por remos, era parte de uma subfrota com dez navios de guerra idênticos que eram o orgulho e a alegria marítimos do rei Ricardo. Todos os dez haviam sido construídos no mesmo estaleiro e ao mesmo tempo, a partir de severas especificações determinadas em conjunto pelo próprio Ricardo e por sir Robert de Sablé, mestre de esquadra.

Projetadas desde o início como navios de batalha, cada uma das dez galés fora construída para ser autossuficiente. Cada uma transportava

13 âncoras, prevendo a súbita, rigorosa e talvez até mesmo frequente necessidade de cortá-las para fugir, e além disso cada uma levava três lemes sobressalentes, uma vela de reserva e uma tripulação de 15 homens, comandados por um capitão ou mestre. Cada uma também carregava 13 remos e três conjuntos completos de cabos e cordames e proporcionava acomodação para cem homens fortemente armados e seus equipamentos. Eram embarcações longas e estreitas, cada uma tendo à proa um mastro em ponta para golpear o inimigo, e eram propelidas por duas fileiras de remos. Haviam sido construídas para navegar rente à água e, ainda assim, ter força e resistência suficientes para enfrentar mares encapelados sem dificuldade. Rápidas, versáteis e predatórias, seu propósito primeiro era a defesa e a proteção do restante da esquadra.

Apanhados numa tempestade cruel no mês anterior, na primeira escala de sua longa viagem de Dartmouth para Lisboa, os dez navios haviam se dispersado e um deles se perdera. Agora cinco dos nove restantes, incluindo o navio do próprio rei, formavam a oitava e derradeira fileira da esquadra de 219 navios completamente carregados, transportando todo o exército de Ricardo por mar até Outremer. Os outros quatro tinham localização livre, manobrando entre as fileiras de navios à frente. Os 64 vasos imediatamente adiante da linha de retaguarda formavam a sétima fileira, e seis outras fileiras se estendiam além dessa, fora do alcance da visão de Henry, cada fileira mais estreita e contendo menos navios, até que a primeira delas, a vanguarda, continha apenas três robustos e imponentes navios chamados dromundas, lentos e por vezes desajeitados, mas enormes, resistentes e sempre confiáveis... *navegáveis* foi uma palavra que sir Henry ouviu ser aplicada a eles com grande respeito por Robert de Sablé.

Henry sabia, pois lhe fora dito, que, se alguém pudesse planar acima dela como um pássaro, a imensa formação teria parecido um gigantesco triângulo sobre a superfície do Mediterrâneo, possivelmente a maior aglomeração de navios já reunida desde a época da Guerra de Troia.

Atrás de si, sir Henry pôde ouvir a voz do rei erguer-se em zombaria e achou fácil imaginar os sorrisos forçados e incertos nos rostos de Robert de Sablé e dos outros oficiais da esquadra agrupados em torno do monarca no convés da popa. Julgou-se afortunado por não fazer parte da reunião. Embora as coisas parecessem estar correndo bem naquele dia, ninguém, isso era sabido por todos os homens daquele grupo, podia se permitir uma aposta sobre quanto tempo a calma relativa duraria. Ricardo parecia um urso enfurecido já havia quase duas semanas, desde o dia 30 de março, quando Filipe Augusto tivera um acesso de raiva, aparentemente ultrajado diante da possibilidade de acidentalmente se encontrar face a face com a mulher chamada Berengária, "a puta bovina de Navarra", como ele a chamava, que havia "comprometido e desapropriado sua irmãzinha, Alaïs". Que Berengária nunca tivesse encontrado nem conhecesse a irmã dele e não tivesse nada nem remotamente a ver com a longa queda de Alaïs durante anos do antigo estado de graça, era irrelevante para Filipe, que estava apenas sendo indulgente consigo mesmo, dando livre vazão à sua petulância e ao seu ciúme. Mas do alto de sua indignação, com sua passionalidade alimentada por seus próprios ataques verbais, ele confundira todos ao inesperadamente emitir ordens detalhadas e específicas para convocar sua esquadra veneziana, que estava aguardando em alto-mar, e depois organizar e embarcar a guarnição completa das suas forças francesas e aliadas. Ele, então, zarpou para a Terra Santa sem dizer uma palavra a ninguém que não pertencesse ao seu próprio círculo e sem consultar seu colega e colíder inglês.

Ricardo, tomado de surpresa, não tivera outra escolha a não ser reagir como a situação exigia, abandonando todos os planos em que estivera trabalhando e emitindo suas próprias ordens de organizar suas tropas e proceder ao embarque o mais rápido possível. A alternativa, que envolvia não fazer nada e deixar Filipe agir como desejava, entrando em Outremer como Salvador de Jerusalém, no seu próprio ritmo e sob suas próprias condições, era simplesmente impensável. Agora que o rei e imperador germânico Barba-ruiva estava morto, só poderia haver um Salvador de Jerusalém: Ricardo Plantageneta.

E então a mobilização do rei inglês avançou da desordem para o caos, começando de maneira inesperada e precariamente organizada desde então, a despeito de toda a experiência e perícia de Robert de Sablé em tais coisas. A verdade impalatável era que ninguém, incluindo o próprio Ricardo, esperava agir por pelo menos mais um mês, e todos eles, do mais alto ao mais humilde, haviam sido apanhados de surpresa. No decorrer de vários dias, nada parecia correr com tranquilidade e ninguém pareceu atuar com distinção digna de elogios: navios foram carregados e embarcados e depois descarregados novamente devido a lastreamento desigual ou provisões inadequadas — falta de água apropriadamente carregada e armazenada ou falta de comida em quantidade suficiente e de reservas para manter a tripulação, os soldados e o rebanho alimentados durante o tempo requerido. O próprio porto de Messina, bem como todas as pequenas angras e enseadas costa acima e abaixo em ambas as direções, havia-se reduzido à condição de completo caos durante dias a fio, com dificuldades crescentes de tráfego que davam lugar a outros problemas mais recentes à medida que eram resolvidas.

Por fim, no entanto, as iniquidades e carências haviam sido todas superadas e anuladas; a ordem havia retornado à esquadra e naquela manhã de Quinta-feira Santa eles finalmente zarparam, com todo o arsenal da frota ao mar apresentando um espetáculo esplendoroso aos boquiabertos sicilianos que se enfileiravam no alto dos rochedos para vê-los partir. Deus e Seus santos haviam sorrido para as hostes inglesas durante todo o dia da partida, e agora, tendo assumido suas posições individuais em relação à totalidade da esquadra, os 219 navios da força de Ricardo vinham navegando para sudeste durante a maior parte de um dia inteiro, sob os planos de navegação compilados e distribuídos por toda a esquadra por sir Robert de Sablé. O dia seguinte seria a Sexta-feira Santa, e sir Robert havia estimado no início daquela tarde que eles deveriam lançar âncoras em Creta a tempo de celebrar a regozijante missa do domingo de Páscoa.

Nesse meio-tempo, a princesa Berengária estava instalada em segurança numa das três enormes dromundas da primeira fileira, acompanhada de sua dama de companhia e futura cunhada Joana, a ex-rainha da Sicília, e compartilhando a segurança da grande embarcação com a maior parte das barras de ouro do cofre de guerra de Ricardo, vigiadas por um forte contingente de guardas pessoais do rei. Ricardo, sabendo que sua noiva e sua irmã estavam instaladas com conforto e segurança, sentiu-se no direito de novamente desfrutar de algum grau de liberdade com seus amigos e companheiros favoritos, umas boas 3 milhas atrás das damas e seguramente fora das vistas delas. Não era à toa, pensou sir Henry cinicamente, que o rei tivesse humor para piadas.

— Sir Henry! Como você adquiriu o privilégio de poder passar seu tempo sozinho aqui em cima, admirando as belezas da nossa esquadra?

Henry reconheceu a voz e girou o corpo até poder sorrir para sir Robert de Sablé sem retirar os cotovelos do lugar onde estavam na amurada do navio. O mestre de esquadra havia deixado o grupo do rei, que ainda falava em voz alta em direção à popa, mas havia avançado para a proa do navio.

— Sir Robert, um bom dia para você. Eu ganhei esse privilégio, como você o chama, nas praças de armas de Messina, movimentando grandes números de corpos pesadamente armados, suados e sujos com rapidez, em exercícios em massa, até que eles não servissem para mais nada além de cair em seus catres e dormir como os mortos, para grande alívio daqueles oficiais responsáveis por seu comportamento e bem-estar. Agora que estamos ao mar, não posso mais fazer isso e, portanto, permito-me descansar e me recuperar, restaurando minhas forças esgotadas como preparação para usá-las novamente quando desembarcarmos.

— E era nisso que estava pensando quando cheguei?

St. Clair sorriu novamente e sacudiu a cabeça.

— Não, na verdade eu estava pensando que quase ficaria contente em ser um marinheiro, se a vida fosse sempre assim.

— É, sem dúvida, sir Henry, sem dúvida quanto a isso. E, se fosse esse o caso, nós não teríamos problemas em encontrar tripulantes. Mas a triste verdade... a verdade que os marinheiros e mercadores tentam em vão esconder... é que, para cada dia como este que temos, podemos ter vinte de outra laia, quando o mundo inteiro parece virar de cabeça para baixo, inundado em torvelinhos de salmoura e jorros de vômito, esbofeteado por ventos assustadores e uivantes como aqueles que nos espalharam como folhas secas e custaram um dos nossos dez navios a caminho de Lisboa no último Dia da Ascensão do Senhor.

Sir Henry assentiu com a cabeça e voltou-se novamente para olhar na direção onde o sol começava sua descida rumo ao horizonte ocidental.

— Você deve agradecer a Deus, então, por dias como este — disse.

— Sim, e faço isso sempre que vejo um... mas nunca me permito tornar-me complacente. Eu jamais confio no clima, sir Henry. Jamais. Nem mesmo quando posso ver o céu azul e sem nuvens em toda a minha volta. Ele pode mudar, numa questão de minutos, de sorrisos para gritos, mais rápido que o humor de uma mulher voluntariosa.

St. Clair levantou uma sobrancelha, seu sorriso se abrindo muito ligeiramente.

— Certamente você não se sente desta forma hoje, certo? Hoje o dia está perfeito.

— É, está, e é por isso que não confio nele. Ainda estamos no início de abril, sir Henry. Mal nos livramos do inverno e o verão ainda está a meses de distância. Acredite em mim, se este clima se mantiver durante a noite, eu serei grato. Se ele continuar conosco por dois dias inteiros, ficarei ainda mais grato... e profundamente surpreso. E agora, se me perdoa, tenho de cuidar dos meus deveres.

Reassumindo o papel de mestre de esquadra, De Sablé fez um cortês aceno de cabeça e se afastou, chamando sir Geoffrey Besanceau, o mestre do navio real, com um gesto do indicador e depois caminhando com ele até onde se encontrava o timoneiro, na popa, debruçado sobre o timão. Sir Henry observou-os se afastarem, comprovadamente os dois homens mais importantes de toda a esquadra, e não viu ironia ao sentir uma ponta de gratidão de que, como mestre de armas, suas responsabilidades fossem muito menos onerosas do que as deles. Ele virou-se para olhar de novo em frente, onde a larga fileira de embarcações parecia não ter mudado. O rei Ricardo, notou casualmente, havia ficado em silêncio, e agora o único som perceptível era o contínuo sussurrar dos remos que propeliam a galé.

Alguém, numa das embarcações muito adiante dele, gritou alto, e o som foi transportado com clareza através da água, embora as palavras fossem ininteligíveis. St. Clair perguntou-se brevemente se isso se devia ao fato de estar longe demais para ouvir com clareza ou se as palavras haviam sido ditas num idioma que ele não conhecia. Presumiu que devia ser a segunda hipótese, pois ela constituía a espinha dorsal de uma de suas maiores reclamações como mestre de armas. Ele batia constantemente na mesma tecla, não apenas com Ricardo, mas com todos os reis e líderes aliados e qualquer comandante intermediário que quisesse ouvir, sobre a crescente urgência determinando a necessidade de comunicações nítidas, diretas e concisas.

Os árabes — Henry sempre pensava neles primeiro como árabes e só posteriormente como sarracenos, o nome correntemente em voga para eles — tinham duas grandes vantagens, sublinhava ele a cada oportunidade. Primeiro, eram tão numerosos quanto os grãos de areia do deserto, recrutando seus guerreiros numa enorme área geográfica que se estendia desde a Arábia, a Síria e a imensidão da Babilônia e da Pérsia, passava pela Palestina e rumava para o oeste através do delta do Nilo para incluir o Egito e seus territórios vizinhos por todo o norte da África. Relatos de Saladino pondo em campo 100 mil homens e até mais eram lugares-comuns. E aparentemente eles eram inexauríveis, capazes de gerar novas multidões de guerreiros tão logo as hostes mais antigas, tendo cumprido os deveres que se esperava delas, começavam a ir para casa e visitar suas famílias e supervisionar seus negócios antes de retornar num outro dia.

A segunda e maior vantagem de que os árabes desfrutavam sobre os francos, porém, era que todos falavam a mesma língua, e St. Clair constantemente se surpreendia assombrado com tal coisa. Independente de onde eles viessem nas terras islâmicas, todos falavam, e a maioria deles lia, árabe. Havia diferenças regionais, obviamente, mas apenas na língua falada, e nenhuma dessas variações impedia a comunicação fluente. A linguagem escrita, claro, era imutável por todo o império sarraceno. St. Clair algumas vezes se desesperava por sempre apontar a importância desse fato simples e desconcertante perante a atenção da liderança franca. Aos olhos deles, os sarracenos eram infiéis e, portanto, selvagens, eternamente indignos de nota, a não ser pela necessidade de combatê-los e destruí-los. Mas quem se importava com o fato de que todos falassem uma só língua? Que importância isso podia ter? Eles falavam uma algaravia aos civilizados ouvidos cristãos.

Henry St. Clair fora levado à fúria em muitas ocasiões por essa indiferença arrogante e ignorante. Parecia sem importância àqueles tolos, pensava ele com frequência na privacidade de sua mente, que seus próprios homens muitas vezes não pudessem falar um com o outro... E essa incapacidade não era simples questão de diferenças brutais, como a dos franceses serem incapazes de falar com alemães, ingleses, dinamarqueses ou italianos. Era algo muito pior e mais sério do que isso: um francês de Paris simplesmente não conseguia entender um marinheiro de Marselha, e poucos daqueles provenientes de Marselha podiam falar oc, a língua da região que denominava a si própria com o seu idioma, o Languedoc.

O mesmo acontecia na Inglaterra e em todos os outros países da Cristandade — pessoas de diferentes regiões do mesmo país raramente podiam entender umas às outras.

Henry deu um grunhido de desgosto e afastou o pensamento da mente. Era uma linha de pensamento velha e sem propósito, que só prometia frustração e má vontade. Mas permitiu que seus pensamentos retornassem ao seu amigo há muito perdido, Torquil, o mercenário dinamarquês. Embora nenhum deles algum dia tivesse entendido a língua do outro, haviam desfrutado de muitas aventuras juntos, antes de Torquil acabar sendo morto por um dardo de besta perdido numa pequena e sórdida escaramuça no sopé dos Alpes. Torquil havia sido um grande glutão e um renomado catador de lixo que podia achar comida, dizia-se, até num caixão de defunto vazio, e seu maior feito havia sido a "captura" de um leitão "desgarrado" fora da cidade sitiada de Le Havre, em uma das várias guerras entre o rei Henrique da Inglaterra e seus filhos rebeldes. O leitão ainda estava mamando quando Torquil o apanhou, o leite da porca ainda escorrendo pelos cantos de sua boca, e naquele dia o cheiro de porco assado trouxe de volta visões daquela noite e da suculência daquela carne, a primeira que Henry e seus amigos haviam comido em mais de um mês. Pensando naquilo agora, e recordando aquela ocasião, Henry sentiu os primeiros espasmos da fome e foi em busca de sua bagagem, onde armazenara sua ração pessoal: uma grossa e fortemente apimentada salsicha, vários bastões de queijo de cabra, uma jarra de azeitonas conservadas em salmoura e um pedaço de pão ainda fresco. Comeu sozinho na proa da galé e assistiu ao sol se pôr, notando como a temperatura caía rapidamente assim que a luz se retirava. Pouco depois, na escuridão que se formava, bebeu um pouco de água e desceu até o convés, onde se enrolou num cobertor, apoiado na lateral da embarcação, protegido do frio da noite de abril e fora do caminho de qualquer pessoa que pudesse subir ali.

Caiu no sono com o balanço suave das ondas e quando acordou, ainda no escuro, soube instantaneamente que algo estava diferente, mas levou vários instantes para identificar qual era a diferença. Primeiro veio o silêncio, mais profundo e intenso do que quando ele pegara no sono, e enquanto Henry o absorvia, ele foi quebrado por vozes baixas e movimentos enquanto outros homens também começavam a despertar e a se levantar; e então o silêncio se desdobrou ainda mais, tornando-se a quietude da absoluta ausência de movimento. Alguém havia prendido uma lanterna acesa num suporte metálico na proa do navio acima de sua cabeça depois que ele adormecera, e a chama dentro dela ardia com perfeição, uma folha dourada do mais puro fogo circundada por um halo reluzente que não continha nem mesmo um lampejo de variação. Enquanto permanecia deitado olhando para aquilo, com uma crescente sensação de maravilhamento, Henry percebeu que o movimento reconfortante do convés sob ele, o balançar que o acalentara até o sono, também havia desaparecido. Em algum lugar atrás dele, no convés dos remadores, houve uma alta algazarra, seguida por uma sequência de pragas, maldições e outros sons menos reconhecíveis, que cresceram em volume e variedade enquanto ele escutava. E por fim, sacudindo a cabeça para clareá-la e esfregando os olhos com os pulsos, ele sentou-se e olhou à sua volta, seu peito tomado por uma apreensão inominada.

Sua primeira reação instintiva foi consultar o céu por sinais de mau tempo, mas não havia nada ameaçador para ver lá no alto. O firmamento inteiro parecia sem nuvens, tingido de rosa-claro e violeta, e as poucas estrelas que continuavam visíveis apagavam-se rapidamente à luz da aurora. Reconheceu que a fonte da luminosidade estava atrás dele e se pôs de pé, voltando o rosto para o leste bem a tempo de ver o primeiro fulgor da borda do sol tocar a orla distante do horizonte. Era uma cena de impecável, comovente beleza, e ele se lembrou de que era Sexta-feira Santa, o dia em que o Abençoado Salvador havia sido crucificado para a salvação da humanidade. Todos os auspícios, pareceu-lhe naquele momento, prenunciavam o bem da raça humana naquela manhã. Ele se voltou ligeiramente para a esquerda, na direção do corpo do navio, para ver se mais alguém havia notado a beleza do alvorecer, e ficou discretamente surpreso ao ver que o parapeito tinha uma fila dupla de homens, todos olhando silenciosamente para fora. Depois de um momento sorrindo-lhes e não recebendo qualquer sorriso de nenhum deles em resposta, Henry percebeu que não estavam olhando para ele nem para o sol nascente, mas miravam fixamente à frente do navio, para o sul. Desconcertado, seguiu o olhar deles e sentiu sua boca se escancarar de assombro diante do fato de que podia ter olhado para aquela direção anteriormente e deixado de ver o que agora era tão notoriamente óbvio.

A superfície do mar parecia de vidro, imperturbada pela mais leve ondulação ou sugestão de movimento, e estampadas pela sua superfície por todo lugar havia réplicas perfeitas dos navios que flutuavam imóveis sobre elas. Nada se mexia em lugar algum; nem mesmo uma ave marinha de passagem turvava a total perfeição da imagem. E então alguém tossiu em algum ponto da popa do navio, e o som assinalou o fim do silêncio reverente que os prendia a todos. Os homens, então, começaram a falar e a se mexer, e os primeiros movimentos hesitantes rapidamente assumiram propósito e intenção.

Sir Henry dobrou seu cobertor, atirou-o dentro de seu saco de viagem e alojou o saco em segurança sob o parapeito do navio antes de voltar para a popa, onde mestre Besanceau se aconselhava com vários de seus oficiais. Enquanto se aproximava da plataforma de popa, o tamboreiro do navio chamou a atenção para si e começou a bater uma cadência muito regular e aguda em sua pele de tambor fortemente esticada. Era claramente algum tipo de convocação, e St. Clair supôs que ela seria respondida pelos comandantes das outras quatro galés da linha de retaguarda.

— Já viu algo parecido, mestre de armas?

O interlocutor, que chegara por trás sem ser notado, era um homem chamado Montagnard, um dos oficiais de St. Clair, encarregado dos cem homens alojados na galé. Uma pessoa estranha e taciturna, pensou sir Henry, que passaria dias a fio sem dizer uma palavra desnecessária, e então quebraria repentinamente seu silêncio, falando com fluidez e revelando uma formação variada e intrincada. Estava claro que aquele era um desses dias. Sir Henry encolheu os ombros gentilmente.

— O clima, você quer dizer? Não, nunca vi. É quase sinistro. O que está acontecendo, você sabe?

— Estamos numa calmaria.

— É, eu posso ver isso. Mas é uma coisa comum? Quanto tempo ela dura?

— Não é incomum. Eu passei por uma antes, na baía de Biscaia, quando estávamos tentando chegar a La Rochelle e o vento cessou subitamente e não voltou a soprar por dois dias. Foi uma experiência assustadora, quase religiosa, pois não há razão lógica para isso. Ninguém sabe nem mesmo o que causa uma calmaria nem quanto tempo ela vai durar. É estranho, porém, não é? — Ele apontou com a cabeça para o local onde os dois mestres conferenciavam profundamente. — Até eles ficam perturbados, e é preciso muito para conseguir isso. Você sabe o que dizem a respeito, não sabe?

— Não, o que dizem?

— Que Deus está contendo a respiração. — Montagnard então virou o rosto para sir Henry. — E o que acontece quando você prende a respiração? Você tem de soltá-la novamente, mais cedo ou mais tarde. Mesmo que seja Deus. E dependendo de quanto tempo você tenha segurado a rajada de ar, quando você a solta ela pode ser forte.

— Você quer dizer que haverá uma tempestade?

— Não necessariamente, mas pode haver. Enquanto isso, estamos entre as poucas pessoas na esquadra que podem se locomover. Nós temos nossos remos. A maioria dos outros só pode se sentar e esperar que o vento volte. Isso deve agradar os padres, de qualquer modo.

— O que você quer dizer com isso? Por que os padres deveriam ficar contentes?

— Olhe em volta, mestre de armas. É Sexta-feira Santa e o dia está lindo, sem um sopro de vento... condições perfeitas para recordar aos homens o quanto eles são vulneráveis e sujeitos ao risco em face da onipotência de Deus. Observe, toda embarcação desta esquadra será um vaso soante para o abençoado Jesus neste dia. Você ouvirá hinos sendo cantados de todas as direções antes do sol se pôr, escreva as minhas palavras.

Henry sorriu e estava prestes a replicar quando percebeu movimento na água e caminhou até o parapeito para observar que barcos a remo se aproximavam, vindo de cada uma das outras quatro galés. Momentos depois, o primeiro deles atracou ao lado do navio e seu passageiro, um comandante de galé, subiu a bordo e juntou-se ao grupo em torno de sir Robert, seguido logo depois por seus três colegas. Eles não ficaram a bordo por muito tempo; dentro de meia hora, todas as quatro galés da linha de retaguarda começaram a avançar, como cães pastores, rumo às embarcações presas pela calmaria adiante delas, espalhando conselhos e encorajamento para seus companheiros menos afortunados enquanto remavam entre elas. Somente a galé de Ricardo, que também era, e não por acaso, a galé do mestre de esquadra, ficou para trás, formando uma retaguarda de uma só embarcação. Quando foi passada a ordem de recolher os remos e descansar, St. Clair rapidamente se deu conta de que De Sablé preferia ficar sozinho ali, onde podia prever qualquer coisa que o mar pudesse atirar contra ele, em vez de permanecer no meio da esquadra, onde poderia ficar em séria desvantagem no caso de um súbito revés da sorte.

Montagnard havia se afastado e não estava em nenhum lugar ao alcance da vista quando sir Henry olhou em volta à sua procura, e quando o mestre de armas se voltou novamente para a popa, ainda teve tempo de ver as amplas costas de De Sablé desaparecendo dentro de sua cabine, deixando o convés estranhamente calmo. Tripulantes silenciosos descansavam por toda parte, alguns deles olhando fixamente para lugar nenhum, outros sentados ou deitados de encontro às laterais do navio, os olhos fechados, apenas aguardando os acontecimentos. Sir Henry deu um sorriso débil e balançou a cabeça consigo mesmo em aprovação. Podia ver que era tempo de aguardar e ser paciente, pois nada que qualquer um deles pudesse fazer alteraria a quantidade de tempo que Deus decidira segurar Sua respiração.

A Sexta-feira Santa transformou-se no mais longo dos dias que sir Henry já havia vivido, pois no minúsculo mundo de bordo do navio em que estava confinado não havia absolutamente nada que pudesse fazer para afastar sua mente do ócio forçado. Ele cochilou um pouco, mas logo se cansou até mesmo disso, e tamanho era seu tédio que realmente recebeu com prazer a diversão proporcionada quando os três bispos de bordo emergiram para o convés de popa do navio com seus acólitos, cerca de uma hora depois do meio-dia, e começaram a conduzir os serviços litúrgicos da Sexta-feira Santa. Imediatamente ficou claro que nem todos a bordo podiam assistir à cerimônia ao mesmo tempo, mas alguns oficiais rapidamente elaboraram um plano segundo o qual os homens podiam subir para o convés em grupos de vinte de cada vez e passar um quarto de hora rezando, comungando e respirando o ar fresco do Senhor antes de retornar aos caixotes densamente abarrotados que eram sua única acomodação. Algum tempo depois, confirmando a previsão de Montagnard, vozes começaram a se erguer em orações e cantos de todas as direções, algumas delas emanando claramente de navios identificáveis, enquanto outras eram meras vibrações no ar, etéreas e vacilantes pela distância. E então, à terceira hora depois do meio-dia, um silêncio caiu, profundo como a quietude que os havia envolvido durante todo o dia. Jesus estava morto, e o mundo permaneceria em trevas espirituais até o alvorecer do terceiro dia, quando sua Ressurreição proclamaria a salvação universal.

O que nenhuma das cerca de 100 mil almas da esquadra possivelmente teria imaginado naquela tarde perfeita de Sexta-feira Santa era que todos estavam prestes a mergulhar numa escuridão que lhes afastaria da mente todos os pensamentos sobre a Páscoa.

Sir Henry St. Clair notou isso pela primeira vez quando uma pequena rajada de vento movimentou os cabelos de sua nuca. Ele havia cochilado novamente, encostado na amurada do ponto mais à proa do convés, e a sensação, a primeira movimentação de ar que havia sentido o dia inteiro, despertou-o instantaneamente, de modo que ele se ergueu em toda a sua altura, perguntando-se o que havia acontecido. E então ouviu vozes se erguerem às suas costas e o martelar de pés correndo quando alguém lhe deu uma cotovelada e tomou seu lugar. O homem, quem quer que fosse, inclinou-se para a frente, seu corpo tenso, olhando diretamente para a frente, para o horizonte, e então rosnou "Ah, merda!" e girou sobre os calcanhares outra vez, correu de volta em direção à popa e gritou para o mestre do navio, Besanceau. Henry observou-o afastar-se e notou a maneira como todos os outros também o olhavam, e então se virou de novo para ver o que o sujeito havia avistado para fazê-lo reagir daquele modo. Não pôde ver nada além do que parecia ser um leve espessamento acima da linha do horizonte, como se alguém tivesse passado um bastão de carvão de forma desigual por cima da linha que separava céu e mar, borrando-a em algumas partes. Ele estreitou os olhos, mirou com mais cuidado e teve a impressão, por um breve momento, de que a linha manchada era púrpura. Não pôde mais sentir qualquer agitação no ar e a quietude era profunda como sempre. Mas então, no alto do mastro de um dos navios à frente e à direita, uma bandeira se pôs em movimento e tremulou várias vezes antes de se aquietar novamente e pender tão flácida quanto estivera antes. Sir Henry sentiu que seu coração começava a bater mais forte e suas vísceras se agitavam com uma apreensão indefinida. Havia alguma coisa ao largo, sabia, e o grito que agora aumentava às suas costas reforçava o que estava sentindo.

A linha púrpura no horizonte engrossou ainda mais enquanto ele observava, e logo se tornou discernível como uma linha de nuvens que avançava. Outra rajada de vento se ergueu, mas morreu rapidamente, apenas para ser seguida, minutos mais tarde, por outra que soprou mais forte e durou mais tempo. Henry observou em silêncio enquanto três tripulantes abaixavam completamente as velas e dobravam-nas com grande cuidado antes de amarrá-las bem apertadas à verga que as sustentava. Depois foi a vez de amarrarem a verga, prendendo-a firmemente ao mastro do navio. Momentos depois, suas vísceras ficaram tensas novamente quando o tamboreiro que marcava a cadência das remadas assumiu sua posição no convés do navio e os remadores se posicionaram, sete de cada lado, prontos para começar a impulsionar ao sinal dele. O sinal veio, e os homens se curvaram ao trabalho, puxando de forma regular enquanto lutavam contra a inércia do navio e punham-no em movimento com agonizante lentidão. Uma vez que ele se pôs em movimento, porém, sua velocidade aumentou rapidamente, e os remadores pareceram ter menos dificuldade para desempenhar sua tarefa. Um movimento no convés da popa atraiu a atenção de Henry, que olhou para lá e viu o próprio Ricardo, resplandecente em sua cota de malha completa e sua sobrecota escarlate, parado com as pernas abertas ao lado e ligeiramente atrás do ombro direito de sir Robert de Sablé, seus braços maciços cruzados sobre o peito. À esquerda de De Sablé, com o rosto contorcido numa carranca feroz, sir Geoffrey Besanceau lançava uma adaga para o ar, fazendo-a girar, apanhando-a e atirando-a novamente a cada vez que a empunhadura atingia a palma de sua mão aberta. Ele nunca olhava para a arma, cada palmo de sua atenção dedicado a espreitar a escuridão que se concentrava à frente deles.

Uma porta se abriu no alojamento dos soldados e homens começaram a emergir para o tombadilho estreito, evidentemente atraídos pela atividade depois de um dia tão calmo. O pequeno espaço do convés rapidamente ficou congestionado, e a aglomeração ameaçou interferir no funcionamento ordenado do navio, de modo que os homens receberam ordens de voltar para seus alojamentos. Quando o último deles deixou o tombadilho, claramente insatisfeito, Henry aproximou-se do rei, que o cumprimentou cordialmente, mas pareceu pouco inclinado a conversas amenas. Henry conhecia aquele homem bem o suficiente para se orientar por tais sinais, por isso simplesmente permaneceu ali em silêncio, até que Robert de Sablé voltou-se e o viu ali.

— Henry — disse ele, contorcendo um dos lados da boca num sorriso sem humor. — Lembra-se do que nós falamos ontem sobre não confiar no clima?

— Sim, lembro-me muito bem. Aquela linha lá no horizonte é o que estou pensando?

— Sim, é, se você está pensando que ela indica problemas em fermentação. É a frente de uma tempestade que se aproxima rapidamente.

— Quão rapidamente?

Novamente a contorção num dos lados da boca do outro.

— Meia hora, na melhor das hipóteses... na pior, 15 minutos.

— O que podemos fazer, então?

— Nada, meu amigo. Nós já fizemos tudo o que podíamos. Mandamos ordens por toda a esquadra esta tarde para que se preparassem para tudo: um vendaval, uma tormenta, uma simples tempestade. Quando essa coisa que se aproxima de nós chegar, cada mestre de navio será responsável por sua própria embarcação e tripulação, se ele fizer o que lhe foi ordenado, cada uma estará tão bem preparada quanto a outra. Pode ser uma simples borrasca, ou uma série de borrascas, mas parece grande demais para isso, e daqui, de qualquer forma, não há como dizer. A única coisa que podemos fazer é esperar e aguentar o que vier. Ninguém tem perícia quando o vento sopra com força e o mar começa a se revolver em espuma e ondas. Nós mal podemos tentar manter nossas proas dirigidas para as ondas encapeladas; então, rezamos. Você deveria começar a rezar desde agora, meu amigo, e já que é um homem de terra firme, deveria encontrar um lugar seguro ao lado dos embornais da proa e se amarrar firmemente no lugar. Remadores!

A última palavra foi alta e urgente, um grito imperativo, e os remadores rapidamente levantaram os remos em posição vertical, respingando água sobre si próprios quando o movimento do navio mudou de repente.

— Ahá — disse De Sablé, quase para si próprio —, então começamos!

O tombadilho adernara acentuadamente e sem aviso, fazendo com que a proa subisse muito alto para o ar, e De Sablé estendeu a mão para se agarrar em algo e acenou ao mesmo tempo com a mão livre para o mestre do navio enquanto a embarcação mergulhava novamente. Os remos voltaram para a água, e De Sablé dirigiu-se outra vez a St. Clair, dessa vez sem olhar para ele.

— Agora vá, Henry, rápido, e faça o que eu lhe disse; amarre-se com força e segure-se bem. Meu senhor rei, o senhor deveria fazer o mesmo.

— O que, amarrar-me? Não, eu vou amarrar uma corda na minha cintura e prendê-la num parapeito, mas vou ficar aqui com você. — Ricardo voltou-se e olhou para sir Henry. — Mas você, Henry, deve fazer como Robert lhe recomendou. Você não tem mais a força que tinha na juventude e eu preciso de você em Outremer. Ponha-se em segurança e amarre-se bem. Eu não quero vê-lo arrastado pelas ondas. Vá.

Sir Henry voltou para onde havia guardado sua bagagem, amarrou-se ao lado dela, prendendo-a a si com um pequeno pedaço de corda, e atou-se ao parapeito do navio, perto de um dos orifícios na lateral da embarcação que permitiam que a água das ondas aprisionadas a bordo fluísse com segurança de volta para o mar. Mal teve tempo de terminar o último nó quando a tempestade se derramou sobre eles, e daquele momento em diante ele viveu num inferno uivante repleto de vento e água, sem noção do tempo, do dia ou da noite e nem mesmo de qualquer outra coisa capaz de tornar a vida humana sadia ou desejável. Ele tinha consciência da mudança na coloração dos destroços de nuvens de tempos em tempos, e numa das ocasiões viu-se dolorosamente surrado e agredido por enormes granizos, que se amontoavam nos lugares abrigados do convés como bancos de gelo estilhaçado. Depois foi a chuva que lhe ferroou o rosto, açoitada verticalmente pelo vento uivante, e algum tempo mais tarde ele se deu conta de que a temperatura havia despencado e que ele corria o risco de congelar, já que sua roupa encharcada havia esfriado até adquirir a consistência de uma tábua áspera. Ele pensou que devia ter estado inconsciente até aquele momento e não tinha noção de quanto tempo poderia ter se passado, mas por fim tornou a despertar para se ver jogado de um lado para o outro, sua cabeça batendo dolorosamente contra a lateral do navio a cada balançar. Suas roupas ainda estavam geladas, mas agora havia luz suficiente para que ele visse que as dobras de sua sobrecota estavam grossas de neve recente. Então, foi invadido por um crescente surto de medo quando sentiu algo cair sobre ele pelo lado direito — e novamente perdeu a consciência de tudo.

Tornou a acordar algum tempo mais tarde e a tempestade ainda ululava acima dele, e depois disso Henry passou a derivar entre a consciência e o desfalecimento, medianamente cônscio, em algum lugar de sua mente, de que a tempestade parecia estar se extinguindo, atenuando-se. Acordou novamente quando sentiu alguém segurar seu rosto, beliscar ambas as suas bochechas e sacudir gentilmente sua cabeça. Abriu os olhos e viu um dos membros da tripulação ajoelhado sobre ele, examinando-o atentamente.

— Ah, ele está vivo — murmurou o sujeito, de cenho franzido e aparentemente alheio aos olhos abertos de Henry. — Este corte na cabeça dele, todo esbranquiçado e aberto desse jeito, eu não tinha certeza, mas... Certo, vamos lá, velho, vamos cortar essas cordas e ver se podemos colocá-lo de pé novamente...

Era domingo de Páscoa, a tarde já avançada, e se alguns padres celebravam missa ou davam graças por terem se salvado da tempestade, faziam isso privativamente e em silêncio, em qualquer dos alojamentos de que haviam conseguido se apropriar na esteira da destruição. Sir Henry St. Clair sabia que ainda estava vivo, mas sabia pouca coisa mais além disso que tivesse alguma importância, e ainda não decidira entre ser grato pela sua sobrevivência ou lamentar a oportunidade perdida de morrer na tempestade e se livrar das dores, dos sofrimentos e dos pesares que agora o acossavam.

Ele estava sentado sobre um rolo de corda, contemplando a junção no ponto onde as laterais do navio se uniam na proa. Tinha pelo menos duas costelas trincadas ou quebradas, cuja dor tornava-lhe impossível ficar de pé e debruçar-se sobre a amurada, de modo que era forçado a ficar sentado ali, incapaz de olhar por sobre as laterais de madeira diante de si. Suas costas eram escoradas e sustentadas por dois outros rolos de corda menores equilibrados sobre o primeiro, e ele se obrigou a ignorar a dor de suas costelas e o inconveniente de não conseguir ver nada, concentrando-se, em vez disso, na pequena quantidade de informação que havia conseguido coletar até aquele momento. O homem que o encontrara semimorto nos embornais sabia quem ele era e chamara outro homem para ajudá-lo a carregá-lo para o fundo do navio, onde alguma outra pessoa havia tratado de suas feridas — Henry não tinha ideia de quem havia sido, uma vez que suas pálpebras estavam encrostadas com sangue coagulado do ferimento que tinha na cabeça. Quem quer que fosse, havia imobilizado suas costelas e atado uma faixa apertada sobre o corte em sua têmpora direita antes de limpar seus olhos para que ele pudesse abri-los novamente, depois o mandara de volta, apoiado por dois tripulantes, para sentar-se onde havia passado a maior parte dos dias anteriores, no ponto mais à frente da proa do navio, fora do caminho da maior parte da tripulação do navio.

Eles haviam perdido 21 homens. Henry sabia disso com certeza porque ouvira um relatório sobre as baixas sendo passado a alguém, que presumira ser Besanceau, no convés da popa enquanto seus ferimentos estavam sendo tratados. Presumira que os homens perdidos eram seus, homens de terra firme como ele, que não estavam acostumados ao mar, enquanto da tripulação do navio se esperava que fossem razoavelmente capazes de sobreviver a uma tempestade oceânica. Além disso, ele lembrava que a galé tinha uma tripulação de apenas 15 membros. Mas, se isso fosse verdade e todos os homens perdidos fossem seus, então isso significava que eles haviam perdido um quinto de sua guarnição a bordo sem que sequer tivessem tido uma oportunidade de dirigir um só golpe contra o inimigo. Esse pensamento deprimiu-o e ele se virou, movendo-se muito discretamente e com grande dificuldade, para olhar por cima dos ombros para onde outro homem estava debruçado sobre a lateral da proa, olhando para fora.

— Ei — gemeu Henry, chamando a atenção do homem. — O que você está vendo lá fora?

O sujeito olhou para ele, medindo-o da cabeça aos pés, depois olhou novamente por sobre a amurada.

— Nada — murmurou ele. — Um oceano vazio. Nenhum navio à vista em lugar algum, exceto um naufrágio, próximo o bastante para ser visto, virado de cabeça para baixo e arrastando o mastro. Deve haver ar aprisionado dentro dele, fazendo com que flutue... — Ele se virou, sua cabeça inclinada, e olhou para Henry por sob espessas sobrancelhas negras. — Como está se sentindo? Melhor do que parece, eu espero. Você está amarrado como um cisne empalhado. Quem é você, a propósito?

Henry voltou à posição anterior e olhou de novo para a frente, na esperança de conseguir algum conforto.

— Meu nome é St. Clair — arfou ele, tomando fôlego e quase assobiando com o esforço do movimento. — Disseram-me que quebrei algumas costelas... e eu... ahh... eu acredito. Venha até aqui onde eu possa vê-lo, por favor.

O outro homem se adiantou e foi até onde era possível apoiar o cotovelo direito sobre o parapeito e olhar para Henry, fazendo um cumprimento de cabeça em sinal de solidariedade.

— Quebrar costelas não é agradável — disse ele. — Eu quebrei duas das minhas, no ano passado em Chipre... Escorreguei numa tábua engraxada quando estava carregando um saco e caí de encontro a uma trave que estava no chão. Levei meses para melhorar. Eu me chamo Bluethumb.* Sou um dos remadores. — Ele levantou um polegar azul-escuro, quase roxo, e Henry não soube dizer se a coloração era uma marca de nascença ou resultante de um velho ferimento, mas, antes que pudesse perguntar, Bluethumb prosseguiu: — St. Clair, hein? O mestre de armas? Esse St. Clair?

— Sim, esse mesmo. Você pode me ajudar a levantar até onde eu possa enxergar, só por um momento? Não posso me mover por conta própria... amarras muito apertadas, como você disse.

— Vamos ver, então.

O homem chamado Bluethumb dobrou os joelhos e se agachou, segurou Henry pelas axilas e depois o ergueu suavemente, com um forte impulso de suas coxas. Henry respirou fundo, mas sentiu uma dor surpreendentemente pequena e depois perdeu toda sensação de qualquer outra coisa quando olhou para o vazio das águas à frente deles. Uma coisa ele viu com clareza: o mastro projetado para cima do naufrágio que

* Literalmente, Polegar Azul. (*N. do T.*)

Bluethumb descrevera anteriormente. No entanto, não havia mais nada visível na superfície do mar em qualquer direção que os olhos pudessem alcançar.

— Meus agradecimentos — disse ele, por fim. — Você pode me sentar novamente.

Quando ele voltou para o seu banco improvisado, apoiado pelas cordas, por um breve momento permitiu-se imaginar o que poderia ter acontecido com seu filho, mas havia pouca coisa a ganhar com isso, de modo que ele inspirou fundo e depois expeliu o ar com força antes de falar novamente com Bluethumb.

— E quanto ao rei, ele está bem?

O outro homem lançou-lhe um olhar estranho, uma das sobrancelhas levantada como se surpreso por ouvir a pergunta.

— Ricardo, você quer dizer? Claro que ele está bem. Por que não estaria? Ele pode caminhar sobre as águas, aquele homem. Amarrou-se no parapeito da popa e disputou o leme com o timoneiro durante toda a tormenta. Não admira que seu povo olhe para ele da maneira como olha. O homem parece um deus.

— É. — Henry balançou a cabeça. — Ele pode ser magnífico algumas vezes... muito mais do que os homens comuns... Então, o que faremos agora, você sabe?

Bluethumb sorriu e levantou o dedo arroxeado novamente.

— Eu lhe disse. Sou um remador. Eles não pedem o meu conselho. Eles me dizem para onde ir, quando ir e a que velocidade. E é melhor eu voltar.

Ele se endireitou para partir, mas Henry o deteve com um gesto de mão.

— Se puder, caso veja sir Robert de Sablé lá atrás, por favor, apresente-lhe meus respeitos e diga-lhe onde estou e que gostaria de conversar com ele quando puder encontrar um momento livre.

O remador inclinou a cabeça interrogativamente.

— Eu? Ir lá e falar com De Sablé, simplesmente assim? Ele vai fazer alguém me atirar pela amurada.

— Não, não vai. Mencione o meu nome ao se aproximar... sir Henry St. Clair... e diga-lhe que fui eu quem pediu, que eu o mandei até ele. Tome, deixe-me...

Ele começou a tatear à procura de sua bolsa, mas o remador fechou o cenho e levantou uma das mãos para ele.

— Eu não quero o seu dinheiro, mestre de armas. Eu vou contar a ele o que você disse, e passe bem.

Ele foi embora sem dizer mais uma palavra.

Incapaz de se virar com facilidade para vê-lo, sir Henry flexionou cautelosamente os músculos das costas e tentou encontrar algum conforto sobre a pilha de cordas duras. Ele ainda não havia se permitido pensar sobre o significado do vazio que estava para além das amuradas do navio, mas agora começava a tentar visualizar o poder cataclísmico da tormenta à qual haviam sobrevivido e a se perguntar quantos navios poderiam ter afundado por completo, simplesmente desaparecendo sob as ondas e levando suas tripulações e passageiros com eles. Descobriu muito rapidamente que não tinha estômago para tais elucubrações — e que não havia meios pelos quais pudesse controlar os saltos e guinadas doentios de sua imaginação —, de modo que ficou muito feliz quando ouviu a voz de De Sablé às suas costas.

— Bem, mestre St. Clair. Você está muito seriamente ferido? Vi-o ser atendido no convés da popa, mas naquele momento não tinha tempo nem mesmo para cruzar o convés e descobrir o que havia com você.

— Não há nada de errado comigo, sir Robert... nada sério, eu digo. Uma batida na cabeça que cortou minha pele e algumas costelas trincadas... Fico feliz em vê-lo com tão bom aspecto. Mas e quanto ao rei? Eu soube que ele atuou como timoneiro durante a tempestade.

— Durante toda ela. — Sir Robert endireitou-se e juntou as mãos, apertando-as do modo como o próprio Ricardo fazia com frequência. Ele agora sorria largamente e sacudia a cabeça em admiração. — Ele atravessou a tempestade com a presença de espírito de um navegante veterano que já viu de tudo que Netuno tem para lançar sobre ele. Foi realmente notável. Eu não teria acreditado se não estivesse lá para testemunhar pessoalmente. O rei se amarrou a um banco de remador e operou o leme com o timoneiro durante horas a fio. Certamente, se ele não tivesse feito isso, nós poderíamos ter ficado em condições ainda mais lastimáveis do que nos encontrávamos. Eu pensei que todos morreríamos quando os alojamentos dos soldados começaram a se desmanchar sob os golpes das ondas... — Ele se deteve, hesitante. — Você soube disso?

— Sim, eu ouvi o relato. Vinte e um homens perdidos.

— É, eles foram varridos para fora do barco quando a estrutura que os sustentava começou a ceder e a adernar para fora... Nós guinamos, desequilibrados pelo peso pendente da estrutura solta, e chegamos o mais perto que podíamos de voltar nosso costado para as ondas. Foi unicamente a força feroz de Ricardo, combinada com a habilidade do timoneiro, que nos salvou. Eu havia sido lançado nos embornais por uma onda, onde fiquei caído, vendo-o lutar e resistir para colocar a proa novamente alinhada. — Ele fez uma pausa, olhando em torno para ter certeza de que ninguém mais o escutava, e quando se certificou de que não seria ouvido, acrescentou: — Você e eu deveríamos ambos cair de joelhos hoje e dar graças pelo nosso rei, Henry, e perdoá-lo por todas as falhas que frequentemente encontramos nele.

— Amém — disse sir Henry, concordando com um gesto de cabeça.

De Sablé havia se afastado até a amurada da proa, onde Henry podia olhar para ele sem ter de contorcer o corpo. Ele olhou para fora, em direção ao horizonte, e emitiu um ronco, em parte um rosnado, em parte um riso amargo.

— Aquele clima... o que nos atingiu... bem, meu amigo, aquilo foi algo jamais sonhado; algo saído dos nossos pesadelos. Eu nunca encontrei nada como aquilo... foi uma tormenta para manter os mais aventureiros e intrépidos marinheiros na segurança de suas casas, em terra, para sempre.

Henry pôde ouvir ordens sendo gritadas atrás dele, seguidas pelo rumor de pés correndo e o ranger de cordas retesadas acima e atrás de sua cabeça, os gemidos rítmicos de homens puxando em uníssono de ambos os lados do deque e o guincho das cordas correndo pelas polias, e quando viu De Sablé olhando na direção do som, falou.

— O que há atrás de mim agora? O que está acontecendo?

— Estamos nos preparando para aumentar a velocidade, içando as velas para podermos ir em busca dos outros.

— Que outros? Quantos homens e navios nós perdemos, você sabe?

— Nós perdemos todos eles, Henry. — De Sablé fez um gesto abrangente em direção ao horizonte. — Todos eles se foram, espalhados ao vento como cinzas. Levará dias para reunir todos novamente.

Os olhos de Henry se arregalaram.

— Para reuni-los...? Você quer dizer que nós vamos encontrá-los novamente? Não estão todos destruídos?

Então foi o rosto de De Sablé que demonstrou surpresa.

— Destruídos? Bom Deus, não, eles não estão destruídos. Nós podemos ter perdido alguns deles, em função de colisões e calamidades, mas isso é apenas o que se pode esperar quando se tem tantos navios em posições tão próximas em condições tempestuosas... há um à deriva nas proximidades que eu posso ver daqui, virado e sem os mastros, mas os outros foram simplesmente espalhados e soprados à frente do vento e das marés. Eles são navios, Henry, construídos por homens que conhecem, amam e odeiam o mar em iguais medidas. Eles são projetados para climas tempestuosos e sobrevivem a eles, mesmo a tempestades tão longas e violentas quanto esta foi. Eles encontrarão a terra mais próxima de onde estiverem e depois começarão a se reunir.

— Humm. — Henry ficou um tanto desconcertado, enquanto tentava visualizar a cena que, se De Sablé estivesse correto, tinha de estar se desenrolando além do horizonte. — Onde fica a terra mais próxima?

Sir Robert deu de ombros e sacudiu a cabeça, um meio sorriso repuxando seus lábios.

— De onde estamos agora? Neste momento, seu palpite seria tão válido quanto o meu. Mas eu poderei responder-lhe com facilidade tão logo descubra onde estamos. Nós fomos soprados para fora do curso. Isso é certo. Mas a que distância, e em que direção, é o que agora temos de tentar descobrir.

Ele ergueu a palma aberta de uma das mãos para antecipar a pergunta seguinte de Henry.

— Nós estamos no mar Jônico e estávamos navegando para leste pelo sul, saindo da Sicília em direção a Creta quando a tempestade nos atingiu. Isso foi dois dias atrás. Sabemos que a costa da África está a nosso estibordo neste momento, pois estamos voltados para o leste, diretamente no rumo do sol nascente, mas não sabemos a que distância ela está. Mas pelo mesmo cálculo, sabemos que a costa da Grécia e suas ilhas estão à nossa frente, por isso prosseguiremos para o sul e para o leste em nossa presente rota até avistarmos terra. Se tivermos sorte, será Creta... mas, por outro lado, pode ser qualquer grupamento de ilhas, todas as quais nos servirão bem, uma vez que a partir de qualquer uma delas poderemos estar em Creta numa questão de dias... — Ele hesitou e depois sorriu novamente, aquele mesmo meio sorriso vacilante. — É claro, nós podemos ter sido soprados totalmente para trás, e a próxima terra que avistarmos talvez seja a Sicília outra vez. Só o tempo dirá. Enquanto isso, temos nosso tripulante de olhos mais aguçados sobre a verga, espreitando em todas as direções. Logo ele avistará terra e no momento em que o fizer, nossa sorte vai melhorar.

Sir Henry balançou a cabeça, expressando sua gratidão.

— Obrigado por isso. Eu sempre penso que não pode haver nada pior do que a carência de informações sobre as quais basear uma decisão. E, falando em informação, posso perguntar se você sabe em qual navio meu filho estava? Eu estava achando que ele devia estar morto... e ouvir você dizer o contrário é um enorme alívio.

— Posso dizer-se que ele estava num dos quatro navios templários, e todos os quatro estavam posicionados na segunda fileira, imediatamente atrás das três dromundas do rei. Era onde eles estavam quando zarpamos. Onde eles podem estar agora não passa de um palpite. E agora eu devo retornar ao meu posto. Você está confortável? Há algo que eu possa providenciar para você?

Sir Henry fez que não com a cabeça e agradeceu cortesmente ao mestre de esquadra; depois voltou a se acomodar com cuidado sobre as cordas e fechou os olhos, sentindo o frescor de uma brisa gentil desalinhar seus cabelos e niná-lo até fazê-lo dormir, enquanto à sua volta os sons da atividade de bordo voltavam ao volume normal. E o último pensamento claro que atravessou sua mente antes de ele cochilar foi a noção de que o rei não ficaria satisfeito se alguma coisa desagradável tivesse acontecido com alguma de suas três grandes dromundas, pois entre elas transportava seus maiores tesouros: seu cofre de guerra, sua irmã e sua futura rainha.

O olheiro no topo do mastro avistou a primeira embarcação desgarrada numa questão de horas após eles se porem ao largo, com o casco na linha do horizonte ao sul de onde estavam, e De Sablé imediatamente emitiu ordens para interceptá-la. Era um cargueiro bojudo e chafurdava como uma velha porca, mas, desajeitado que fosse, havia sobrevivido à tormenta em bom estado e mudou seu curso tão logo tomou ciência da galé tentando alcançá-lo. Uma hora mais tarde, encontraram outro navio, e depois outro, e o processo continuou com frequência crescente, até que haviam reunido mais de uma vintena de seguidores ao final do dia. Algumas das embarcações haviam se dado muito melhor que outras, e havia umas poucas que estavam em condições de risco, mas De Sablé manteve-as juntas por toda a noite e não houve mais alarmes.

No dia seguinte, como sua presença e magnitude haviam se tornado substanciais, eles atraíram mais sobreviventes, e o número de embarcações cresceu para mais de três vintenas. Três dias depois disso, avistaram terra diretamente à frente no seu curso para o leste e chegaram a Creta naquela tarde, ancorando ao pé do monte Ida. Contavam mais de cem vasos a essa altura, incluindo sete das oito galés restantes, e enquanto se aproximavam do seu local de ancoragem, os vigias no alto do mastro avisavam que mais navios estavam se aproximando de todos os lados a cada minuto que passava. Mas nenhum, em lugar algum, podia fornecer alguma informação sobre o paradeiro das três dromundas.

Ricardo manifestou grave preocupação, e sir Henry não tinha dúvida de que tal preocupação era sincera, mas surpreendeu-se indagando cinicamente consigo mesmo se o monarca estaria mais preocupado com a perda de seus baús de tesouro do que com sua esposa e sua irmã, e ainda se perguntava sobre isso quando Ricardo despachou todas as oito galés recuperadas naquela mesma noite, quatro para vasculharem a costa das ilhas gregas ao norte e a noroeste, acima e atrás de sua atual posição, enquanto as outras quatro zarparam para leste, rumo a Chipre.

Sir Henry ficou aliviado por poder deixar o navio e pisar em terra firme em Creta, pela simples razão de poder deitar-se e se estender num catre bem esticado, para grande alívio dos músculos doloridos de seu peito. Ele ficou na cama durante os três dias seguintes, dando ao seu corpo tempo para se recuperar, mais uma vez sob a insistência dos médicos de Ricardo, até que lhe chegou o recado mandado pelo rei de que eles partiriam na manhã seguinte para a ilha de Rodes, onde um grande número de suas embarcações perdidas havia aterrado. Sabendo que o tempo que passara na cama lhe havia feito bem, ele sentiu-se suficientemente recuperado para se levantar e se movimentar... e até mesmo caminhou para o porto, a uma distância de cerca de meia milha, antes de sentir a primeira pontada de dor.

Eles navegaram para Rodes sem incidentes no dia seguinte e encontraram o restante da frota já ali, à espera deles. A reunião foi motivo de uma celebração modesta, uma vez que eles haviam comprovado que não mais do que sete embarcações das 219 originais — excluindo-se, é claro, as dromundas extraviadas — haviam sido irremediavelmente perdidas. Henry St. Clair mais uma vez se postou na proa da galé real enquanto eles se aproximavam do antigo porto no extremo norte da ilha, famoso no mundo inteiro por seu grande farol, e enquanto o navio entrava no abrigo da baía, seus olhos se moviam incansavelmente entre as mais de cem embarcações que os aguardavam ali, à procura dos quatro navios de guerra recém-construídos que pertenciam à Ordem do Templo, mas na ausência da insígnia que os distinguia, era incapaz de diferenciá-los do restante do conjunto esfarrapado. André estaria ali em algum lugar em meio à floresta de mastros, mas Henry não tinha ideia de como poderia arranjar um encontro com ele. Tinha certeza de que ficariam em Rodes por pelo menos uma semana, talvez duas, pois toda a esquadra tinha de ser abastecida ainda mais uma vez e muitas das embarcações haviam sofrido sérios danos que teriam de ser reparados antes que eles pudessem seguir para qualquer lugar. Por isso Henry se concentrou em suas próprias responsabilidades por aquele momento, voltando-se para o estabelecimento de um regime diário de programas de treinamento que se destinariam a resolver o problema crônico de afastar um número muito grande de homens da ociosidade e das tentações, mantendo-os ocupados e empregados em algo lucrativo.

A única dificuldade que restava — e essa sempre era uma grande dificuldade — envolvia encontrar e assegurar um campo de treinamento, ou mesmo vários deles, grande o bastante para acomodar seu enorme contingente e próximo o suficiente tanto do acampamento central do exército quanto do porto, de modo a tornar o deslocamento regular entre os dois locais viável e relativamente simples. Ele emitiu ordem para que seus oficiais treinadores se reunissem e então, depois de rever as prioridades que se apresentavam diante de todos eles, mandou-os em duplas para vasculhar os campos nos arredores, em busca de locais apropriados.

Quando finalmente três grandes espaços haviam sido identificados como campos de treinamento, o som de pés em marcha se fez audível por todo o lugar, enquanto os milhares de soldados a pé partiam da esquadra e seguiam caminho até lá em ordens-unidas. Os homens a cavalo eram distribuídos em diferentes locais e horários para se apresentar, pois muitos cavalos ainda estavam sendo desembarcados dos navios recém-chegados. E, dessa forma, a transição foi cumprida; a continuidade, assegurada e a novidade rapidamente se transformou em rotina.

Dez dias depois, enquanto Ricardo e alguns de seus barões ingleses inspecionavam a cavalaria em um dos três campos de equitação que Henry havia estabelecido, um mensageiro chegou a galope com um recado para o rei de que duas das galés que ele enviara para encontrar a princesa Berengária haviam sido avistadas retornando pelo leste, usando velas e remos, e sua entrada no porto era aguardada dentro de uma hora. Ricardo abandonou imediatamente a inspeção para estar presente caso a necessidade de uma decisão imediata estivesse implicada e insistiu para que Henry o acompanhasse.

Eram quase duas horas quando as duas galés se aproximaram do cais do porto, mas o comandante saltou pela proa assim que seu navio chegou próximo o bastante e seguiu diretamente para o local onde o rei e seu séquito aguardavam. A princesa Berengária e a rainha Joana estavam a salvo, relatou ele, mas seus navios, talvez por serem os maiores da esquadra, haviam recebido a maior parte do vento e sido soprados muito mais para o sul do que todos os outros, indo parar, quando a tempestade finalmente se extinguiu, além da ilha de Chipre. Todas as três dromundas haviam permanecido juntas até o fim, mas enquanto se aproximavam do porto de Limassol, ao sul da costa cipriota, uma delas havia encalhado nos recifes conhecidos como rochedos de Afrodite e ido a pique, com a perda de muitas vidas.

Dois dos grandes navios permaneceram intatos e seu precioso tesouro a salvo, mas a urgência do comandante da galé estava toda voltada para o destino do terceiro. O governante de Chipre, comunicou ele, era um homem chamado Isaac Comneno, um bizantino que se intitulava imperador, mas que vinha se comportando mais como um chefe de bandoleiros naquela questão. Isso foi o mais longe que o comandante conseguiu chegar na entrega formal do seu elaborado relatório, pois Ricardo interrompeu-o com um aceno de braço.

— Pare aí. O que você quer dizer com... um chefe de bandoleiros? Fale claramente comigo agora, pois isso é importante. Esqueça todas as palavras bonitas e os floreios e conte-me como um homem o que aconteceu e o que esse tal Comneno fez.

O comandante pigarreou, obviamente sem esperar por isso, e foram necessários dois falsos começos até que ele dominasse sua língua e tivesse confiança suficiente para falar com clareza.

— Ele se comportou de maneira mesquinha, meu senhor rei. Seu povo saqueou e despojou os mortos que foram lançados à praia depois do naufrágio, e uma vez que as ondas se acalmaram e descobriu-se que o navio naufragado podia ser alcançado da margem, os sobreviventes foram levados para a terra firme e confinados como prisioneiros, recebendo pouquíssima ajuda ou cuidados. E então eles descobriram que havia baús de ouro a bordo, e as pessoas de lá se tornaram selvagens. Antes que elas pudessem levar muita coisa para a praia, porém, o imperador Isaac Comneno e seus homens chegaram e confiscaram tudo...

A voz do homem sumiu, e ele ficou com o cenho franzido, obviamente sem ter acabado.

— O que foi, homem? Há mais, não há? E quanto às minhas damas a bordo do outro navio?

— Elas estão bem, *milord*, mas...

— Ele não fez mal a elas?

— Não, *milord*. Mas de início ele não permitiu que elas desembarcassem. Ameaçou-as de prisão caso elas aportassem em suas praias. Ele mudou de ideia mais tarde, quando achou que poderia haver ouro naqueles navios também, mas então as duas damas haviam decidido que estavam mais seguras a bordo do que estariam em qualquer outro lugar. Por mais que esse sujeito chame a si próprio imperador, não tem um exército digno desse nome e tampouco navios. Mas, majestade, há mais...

— Mais? — Ricardo balançou a cabeça, seu rosto momentaneamente ensombrecido. — O que você me contou já é suficiente. Eu tenho algumas coisas a dizer a esse Comneno quando nos encontrarmos, pois ele não me parece um monarca cristão, muito menos um imperador. O que mais poderia haver?

— Seu vice-chanceler, *milord*.

— Nevington. O que há com ele? Está morto?

— Sim, *milord*. Ele se afogou no naufrágio do navio e foi uma das pessoas lançadas à praia pelo mar.

Ricardo tinha as sobrancelhas ligeiramente franzidas, parecendo intrigado, mas então seu cenho clareou.

— O Selo! Ele o mantinha consigo o tempo todo. Está a salvo?

Lorde Nevington, como vice-chanceler da Inglaterra, sempre portava o Grande Selo preso a uma fita em volta de seu pescoço, pois era sua responsabilidade mantê-lo consigo em todos os momentos, para que, na eventualidade de o rei necessitar assinar e selar um documento oficial de qualquer espécie, o selo estivesse por perto e pronto para uso.

— Aqueles que o encontraram despojaram-no dele, sem saber o que era, mas Comneno apoderou-se dele e agora o usa em torno de seu pescoço.

— Pelos bagos de Cristo, homem, diga-me que você está brincando comigo! — A voz de Ricardo havia se transformado num rugido de fúria. — Você está dizendo que esse... esse corcunda imbecil e encrostado de imundícies agora detém o Grande Selo da Inglaterra, além do ouro que eu trouxe para pagar os meus homens?

O marinheiro simplesmente balançou a cabeça, seus olhos arregalados.

— Então, por Jesus Cristo ressuscitado, eu vou mandar curtir o escroto do filho da puta e fazer dele um saco para guardar meu Selo desse dia em diante! — Ele deu meia-volta para olhar diretamente para St. Clair. — Henry, ponha as coisas em andamento agora, hoje. Emita ordens para levantar acampamento imediatamente e encarregue um dos seus oficiais de encontrar Robert de Sablé e mandá-lo procurar por mim em meus alojamentos. Eu quero a esquadra carregada amanhã à noite, todos os homens, cavalos e itens de estiva prontos para a primeira maré do dia seguinte. E então nós iremos para Chipre e ensinaremos a esse imperador farejador de rabos e infestado de pulgas que, quando ele optou por nos roubar, escolheu a vítima errada em Ricardo Plantageneta. Agora vá. E você... — o rei apontou para o comandante da galé, que endireitou os ombros, preparando-se para o que poderia vir em seguida, mas Ricardo simplesmente lhe fez um aceno de cabeça. — Você agiu muito bem, vindo para cá tão rapidamente e tão bem informado. Agora eu espero outras coisas de você. Não permita que seus homens desembarquem esta noite, pois eu preciso que você parta novamente amanhã, antes do restante de nós. Eu preciso que você retorne imediatamente para Chipre, você e seus companheiros, conduzindo os quatro navios do Templo que eu designarei aos seus cuidados. Os templários protegerão minha irmã e minha noiva até o momento em que nós chegarmos. E você pode prometer à sua tripulação, em meu nome, que todos terão algum tempo em terra... e dinheiro para gastar lá... como recompensa pelos deveres extraordinários que lhes estou atribuindo.

Ele olhou para o pequeno grupo de nobres que o haviam acompanhado e fez um gesto chamando um esplêndido jovem cavaleiro de cabelos loiros que poderia facilmente ser descrito como belo.

— D'Yquiem, se lhe apraz, apresente meus respeitos ao marechal do Templo e pergunte-lhe se ele poderia fazer a gentileza de procurar-me em meus aposentos dentro de uma hora.

O jovem cavaleiro saudou-o com presteza e deu meia-volta para cumprir sua tarefa, enquanto Ricardo fez um aceno abrupto de cabeça, dispensando todos os outros com um gesto de mão antes de virar-se e se retirar rumo à edificação que havia tomado como seu alojamento pessoal.

Henry St. Clair continuou onde estava, olhando para o rei até que ele desapareceu de vista, e então suspirou e foi cuidar de seus próprios afazeres, já selecionando e revendo em sua mente todas as coisas que teriam de ser feitas dentro das próximas horas e minutos.

QUINZE

O comodoro do Esquadrão Naval Mediterrâneo do Templo, Jean Pierre Tournedos, havia nascido numa família de comerciantes que possuía uma modesta frota de navios mercantes e, assim, crescera com a visão, os sons e os cheiros dos navios e do mar estampados em sua personalidade. Aos 26 anos, Jean Pierre assumira a responsabilidade pelas nove robustas embarcações da família, mas, antes que pudesse assumir o comando propriamente, vendavais de primavera nos mares entre o norte da França e a Inglaterra naquele ano haviam posto a pique o maior de seus navios na baía de Biscaia, enquanto piratas mouros tomaram dois outros na estreita passagem que separa a Ibéria da costa setentrional da África. Os seis vasos restantes, com suas cargas combinadas, eram insuficientes para atender às responsabilidades da companhia, e os credores da família caíram sobre eles de todos os lados como abutres carniceiros.

Tournedos, então, vendera tudo o que restava das posses familiares e deixara Marselha sem remorsos para buscar sua fortuna em outro lugar.

Não havia avançado país adentro muito além de Carcassone, no entanto, quando entreouviu numa taverna a notícia de que a Ordem do Templo estava se expandindo na marinha e procurava por navegantes experientes para ajudá-los a adquirir embarcações apropriadas para o alto-mar. O resultado final foi Jean Pierre Tournedos ter sido convidado para juntar-se à Ordem do Templo como um irmão adjunto, o que significava que seria recompensado por seu tempo e sua assistência, bem como por dedicar seu conhecimento e suas habilidades ao projeto e à construção de um navio protótipo que combinasse várias funções e permitisse à Ordem em rápida expansão afastar-se de seu total comprometimento com as bases em terra.

Trabalhando com os dados obtidos de vários construtores navais e viajantes experientes, Tournedos e um pequeno grupo de colegas projetaram uma grande embarcação com capacidade para transportar homens e carga, incluindo rebanhos. Mas o que distinguia o navio e o tornava único era o fato de ter sido desenhado para abrigar uma tripulação altamente disciplinada de monges, acostumados a viver em austeridade penitencial em alojamentos fechados que marinheiros normais não conseguiriam nem teriam tolerado. Guarnecida com uma tripulação tão disciplinada e de tamanha obediência religiosa, a embarcação também era capaz de servir como navio de guerra caso a necessidade se apresentasse, com triplas fileiras de remos, plataformas de combate e uma proa de ataque revestida de metal. Também incorporava modificações específicas que lhe permitiam por vezes funcionar como uma embarcação monástica, embora esse conceito, o de um navio monástico, fosse tão revolucionário em sua época quanto a noção de monges militares havia sido noventa anos antes, quando a Ordem do Templo fora concebida por Hugh de Payens. Desde o início providenciou-se espaço a bordo para que os irmãos da Ordem se reunissem para as orações e os serviços religiosos comuns. Esse comprometimento era extraordinário, num tempo em que cada centímetro de espaço a bordo de um navio era precioso, mas havia sido considerado necessário para o bem-estar espiritual e físico dos monges que comporiam a tripulação do vaso, uma vez que o cumprimento à regra da Ordem era absolutamente importante na vida diária dos irmãos, e, sem a possibilidade de se congregar para orar e comungar, havia um perigo muito real para as almas da tripulação. Assim, um espaço adicional fora criado dentro do casco, diretamente abaixo do convés dos remadores e adequado ao seu formato de proa a popa. Era um espaço reduzido e apertado, inteiramente desprovido de conforto, e somente ao longo do estreito corredor central um homem poderia parar ereto sem se inclinar, mas os homens que usariam esse lugar não tinham apreço pelo conforto físico e ofereceriam de bom grado seu desconforto a Deus, como penitência. O corredor central oferecia o único acesso àquele espaço e estava situado exatamente abaixo da passarela elevada que percorria a extensão do navio, entre as fileiras de remadores de cada um dos lados. Os irmãos entrariam pelo corredor, depois rastejariam ou subiriam até os lugares que lhes cabiam nos espaços que o flanqueavam, onde dormiriam durante a noite, e em outros momentos se sentariam e, às vezes, se ajoelhariam, para as orações e leituras diárias da regra da Ordem.

Nos anos que se passaram desde então, três navios irmãos haviam sido construídos, e cinco outros estavam agora em preparação com o mesmo propósito, formando o que os templários agora chamavam de esquadra mediterrânea, baseada no porto de Brindisi, na parte mais externa do calcanhar da Itália continental. Um dos primeiros preceptórios construídos pela Ordem na Itália, nos últimos anos Brindisi havia começado a assumir significativa importância para os interesses náuticos emergentes dentro da Ordem do Templo, situada como estava a uma distância facilmente navegável de um grupamento de estaleiros navais que estava ali, diziam alguns, desde o tempo dos romanos. Os vasos que eles produziam eram caros e altamente valorizados. Tournedos, agora o comodoro da esquadra, navegou para o sul e para o oeste, de Brindisi até Messina, para juntar-se à grande frota reunida por Ricardo da Inglaterra para a expedição à Terra Santa, e em Messina ele deu boas-vindas a bordo do seu próprio navio aos membros superiores dos mais recentes reforços da Ordem para a expedição a Outremer, incluindo alguns dos mais altos postos templários em toda a Cristandade, todos os quais estavam ansiosos para inspecionar os navios dos quais haviam ouvido tantas coisas. E, ao mesmo tempo, eles também receberam a bordo a mais nova safra de reforços, incluindo os últimos entre os últimos templários — o mais recente contingente de novos recrutas e noviços de posição inferior.

Agora Tournedos estava parado no convés de popa de seu navio, olhando em volta para a paisagem que o circundava. Haviam ancorado naquela manhã, depois de entrarem em Limassol durante a maré alta, e a ilha de Chipre se erguia acima dele, com suas colinas escarpadas parecendo não oferecer qualquer sugestão de acolhimento ou refúgio. Olhando para a paisagem e para o porto de Limassol, Tournedos, que de algum modo conseguira visitar a ilha apenas duas vezes antes em todos os seus anos de navegação, mais uma vez concluiu que a ilha de Chipre, por mais bela que fosse, não guardava sedução alguma para ele. Tournedos desviou o rosto e olhou para a sua direita, onde, talvez a um quarto de milha terrestre de distância, mas não mais próximos da margem, dois imponentes navios, as dromundas que ele havia sido mandado para encontrar e proteger, faziam com que sua própria embarcação parecesse uma anã. Entre ele e as dromundas, movendo-se a remos rápidos em direção ao mais próximo dos dois navios, um jovem notável, cuja existência Tournedos ignorara até o dia anterior, estava de pé na popa do escaler de seu navio, olhando à frente para onde uma espécie de rampa de acesso era baixada de uma das grandes embarcações a fim de esperar sua chegada. Tournedos suspirou e coçou distraidamente o queixo barbado com a ponta de um dedo e se voltou outra vez para olhar para a ancoragem afastada que estava atrás dele, onde mais três recém-chegados estavam em processo de chegada. Ele os examinou uma vez mais, talvez pela sexta vez desde que fora alertado de sua aproximação, à procura de símbolos reconhecíveis pelos quais pudesse identificá-los. Era possível reconhecê-los como navios cristãos, facilmente distinguíveis das galés baixas e extravagantes usadas pelos piratas muçulmanos, e aproximavam-se pelo leste, talvez vindo da própria Outremer, o que explicaria sua incapacidade de identificá-los. Ele suspirou, sabendo que descobriria quem eles eram dentro de uma hora ou pouco mais, e virou-se mais uma vez para espiar através de olhos apertados as altas e densamente aglomeradas edificações que rodeavam a frente do porto de Limassol.

De acordo com o que haviam dito a Tournedos, o autointitulado imperador daquele lugar, Isaac Comneno, havia desperdiçado uma oportunidade menor de vantagem por um desastre que se avolumava sobre ele e seus compatriotas. Como uma opção claramente aberta para que ele conquistasse favores e aprovação quando os sobreviventes da grande tempestade foram soprados pelo vento até seu porto à procura de auxílio, Comneno havia optado, em vez disso, por ofender, afrontar e insultar a futura rainha da Inglaterra e sua dama de companhia, a outrora rainha da Sicília, apresentando, assim, uma ofensa intolerável ao homem implacável que era futuro marido da primeira e irmão da segunda. Ricardo da Inglaterra, o homem que se tornava cada vez mais conhecido como o Coração de Leão, estava muito mais ao alcance da mão do que o desafortunado e pessimamente informado Isaac poderia ter imaginado, e agora este pagaria por sua tolice e ganância. A esquadra de Ricardo, transportando seu exército inteiro, chegaria a Limassol no dia seguinte. Quando isso acontecesse e o exército desembarcasse, a vida se tornaria extremamente interessante para todos naquela região... e mais particularmente para o pretenso imperador de Chipre...

André St. Clair estava parado nervosamente, posicionado na ponta dos pés e pronto para saltar assim que o homem na proa de seu barco desse ordem para isso. Ao seu lado e bem perto, apesar do fato de que o espaço entre ambos variava constantemente em distância, altura e angulação, uma plataforma inclinada balançava perigosamente, sustentada por correntes suspensas e com ripas de madeira amarradas no espaço destinado aos pés para tornar a subida de sua superfície inclinada mais fácil. André engoliu em seco e flexionou os dedos, seus olhos novamente se voltando em movimentos ligeiros para o timoneiro que operava hábil e facilmente o leme na popa.

— Espere — rosnou o homem corpulento, mantendo a pressão no leme enquanto conservava os olhos na extremidade da plataforma suspensa. — Ela não vai a lugar algum sem você. Espere... Espere... Atenção... *Agora*!

André saltou, seus pés pousando solidamente na rampa inclinada enquanto sua mão esquerda agarrava com firmeza a corrente que fazia as vezes de corrimão. Ele exalou ruidosamente, mas sem mudar a expressão de seu rosto, e olhou novamente para o mestre do barco, fazendo um gesto de cabeça em agradecimento. Quando voltou a desviar o olhar, levantando os olhos, o navio acima dele, o maior que já vira, inclinou-se para o lado com a ondulação, avultando-se acima dele, e André sentiu seu coração ameaçando saltar pela garganta. Ele engoliu em seco com determinação e lançou-se à tarefa de içar a si próprio acima da íngreme superfície inclinada, certificando-se de que suas botas estivessem firmemente ancoradas nas ripas presas por correias antes de dar cada passo, pois a plataforma de madeira estava úmida e escorregadia, e ele não desejava deslizar para o mar vestindo uma cota de malha completa. Na metade do caminho para cima do grande costado balançante da dromunda, onde a rampa se dobrava sobre si mesma no segundo segmento quase nivelado da subida, ele descobriu uma plataforma plana e articulada entre os lances e parou para se certificar de que estaria apresentável quando surgisse no tombadilho da embarcação. Ricardo não o havia alertado sobre isso exatamente, não com todas as palavras, mas mencionara a plataforma intermediária e observara que ela parecia ser um lugar natural para fazer uma pausa e certificar-se de que a própria aparência estaria...

apropriada... antes de prosseguir até o convés do navio. Damas eram criaturas temperamentais e muito influenciadas pelas aparências, pareceu ser a sua mensagem, e André estava em sintonia com ela.

Enquanto se ocupava em alisar suas roupas e tornar-se apresentável, havia uma voz mesquinha em algum lugar bem no fundo de sua mente que murmurava contra o pecado da vaidade pessoal e da escandalosa inadequação de qualquer irmão do Templo ter qualquer intercâmbio com qualquer espécie de mulher. Ele sabia que, quando chegasse o tempo de assumir seus votos definitivos, lhe seria exigido abjurar a todo contato com mulheres. Por ora, no entanto, contentou-se em ter em mente que ainda não era um Cavaleiro Templário; que ainda respondia, e era obrigado a obedecer, às vontades de seu suserano, o duque Ricardo; e que haveria tempo suficiente no futuro para a penitência e a abnegação. Assim, ele remexeu os ombros e ajustou o manto até que este pendesse de maneira confortável, e, enquanto o fazia, também olhou para as três novas embarcações que entraram na ancoragem. Não conhecia nenhuma delas, mas não esperava conhecer. Tudo o que sabia sobre navios e navegação se estendia a ter um convés sob seus pés a qualquer momento... e aí acabava. André St. Clair não era e jamais seria um marinheiro. Ele sabia que cada olho treinado em cada navio da ancoragem estaria voltado para os recém-chegados, e eles seriam bem-vindos ou repelidos. De qualquer forma, essa não era uma preocupação imediata para ele.

Seu manto por fim se assentou confortavelmente sobre os ombros, e ele se pôs a subir de novo, escalando rapidamente até o portão no topo da rampa, onde era esperado por um grupo vivamente vestido de cinco dignitários, três dos quais estavam mais ricamente trajados que os outros, e todos trataram-no como se tivessem descoberto um rato se esgueirando pela beirada do tombadilho. Um dos três mais bem vestidos seria, André sabia, sir Richard de Bruce, o oficial inglês normando no comando do grupo de três dromundas. Os outros dois, ele suspeitava, seriam os capitães de cada uma das duas embarcações restantes, e os dois oficiais ajaezados de maneira menos vistosa seriam tenentes superiores. Um rápido exame do tombadilho demonstrou-lhe que não havia mulheres à vista. Ele imediatamente atravessou o portão que um dos marinheiros comuns mantinha aberto para ele. Fez sua opção instintivamente, escolhendo o mais alto e de aparência arrogante do grupo, e chamou a atenção para si, saudando-o ao mesmo tempo.

— Sir Richard de Bruce? Eu lhe trago cumprimentos do rei Ricardo e saudações pessoais por escrito para a noiva dele, a princesa Berengária, e sua amada irmã Joana, rainha da Sicília. Meu nome é André St. Clair e sou um cavaleiro de Poitou, vassalo de meu príncipe enquanto duque de Aquitânia e conde de Poitou.

Cumpridas as apresentações e amenidades da maneira mais breve possível, De Bruce, o típico sujeito arrogante e autoritário que deixava St. Clair pisando em ovos, informou-lhe, em frases curtas e formais, que as damas haviam se retirado para seus aposentos para a refeição do meio-dia e que ele as informaria da chegada de sir André. Enquanto isso, ele ordenou a um dos tenentes superiores, apontando com a mão que continha a carta que lhe fora enviada pelo rei, que conduzissem sir André até um local abrigado no convés de popa, fora da superestrutura, onde ele poderia sentar-se e se recompor em privacidade enquanto aguardava ser chamado para apresentar-se perante as damas. Atento à advertência de Ricardo, André não disse mais nada — simplesmente fez um aceno formal de cabeça e deu as costas para De Bruce e seu grupo, a fim de seguir o tenente naval de sorriso afetado até o ponto indicado, de onde ficou olhando para os três navios recém-chegados, expurgando a raiva que sentia em face da recepção insultuosa pela lembrança da conversa que tivera no dia anterior com Ricardo Plantageneta.

Ricardo havia convocado André até o convés de popa de sua galé — um lugar de onde eles aparentemente não poderiam ser ouvidos. Lá ele se sentara em mangas de camisa, trabalhando intensamente. Precisava de alguém, explicou ele, para uma tarefa que não poderia ser confiada a qualquer homem que cruzasse seu caminho.

— E então eu me lembrei de você — disse ele —, rezando na solidão de sua cela penitencial a bordo de um dos navios templários. — O rosto dele se abriu num sorriso e sua voz subiu de tom. — Eu sei que o braço com que você maneja a espada já está bom o bastante a esta altura, mas seus joelhos ainda funcionam, depois de ficarem dobrados em oração num chão de madeira por tanto tempo?

Ele enviaria André, explicou, com a esquadra do Templo até Limassol, em Chipre. Ricardo e os outros seguiriam com a maré, um ou dois dias mais tarde.

— Limassol é o lugar onde minhas dromundas foram parar, com toda a sua carga: minha futura esposa, minha irmã e meu tesouro de guerra... e todo o dinheiro que eu levantei para lutar esta guerra. Todos estão lá, à mercê de seu imperador demente.

— Imperador, meu suserano?

— Sim, algum louco insignificante que governa em Chipre, um bizantino que roubou o trono, está ameaçando a segurança das minhas mulheres e pôs suas mãos desonestas no Grande Selo da Inglaterra, usando-o em torno de seu pescoço como um penduricalho. Eu estou navegando para lá a fim de extirpá-lo e chutar seu traseiro fedorento para fora de Chipre, direto para o fundo do mar. Preciso de velocidade, e o marechal do Templo, Etienne de Troyes, concordou em me emprestar seus quatro navios mais rápidos... é claro, somente depois que eu mencionei o perigo ao nosso tesouro de guerra e como a perda dele traria severas restrições à nossa campanha da Terra Santa. De sua parte, os templários, atados aos seus deveres, guardarão as damas... eles as guardarão com a própria vida... e manterão sua distância sagrada, aterrorizados pelo medo de contaminação.

"André, eu devo ser sempre cuidadoso com aqueles com quem lido. O potencial para traição e jogo duplo, para alianças secretas e sub-reptícias e complôs em meio a toda esta sublevação é enorme. Filipe sozinho, eu sei, estaria disposto a pagar qualquer coisa para qualquer um que tomasse para si a tarefa de dissolver ou destruir a possibilidade deste casamento que minha mãe arranjou entre Inglaterra e Navarra. E ele é apenas um dos inimigos que eu tenho entre nossos amigos... Até mesmo o marechal do Templo deve ser suspeito aos meus olhos neste caso, pois a lealdade de sua espada é para com o papa, e o papa adoraria com todo o seu coração pôr as mãos em algum modo de deixar a Inglaterra sem um herdeiro e, consequentemente, à mercê da França e de Filipe Capeto com sua convicta aliada, a Santa Madre Igreja. A Igreja ainda não me perdoou pelo pecado de meu pai ao matar Thomas Becket... E Filipe nunca me perdoará por rejeitá-lo... primeiro ele, e depois sua triste irmã...

Ele suspirou e depois prosseguiu:

— Eu não posso tomar a palavra de nenhum outro homem sobre o que aconteceu ou o que está acontecendo, porque os riscos envolvidos são tão enormes que eu sempre vou me perguntar se o que me é contado é verdadeiro ou se alguém foi subornado e subvertido com a finalidade de me pôr em um caminho errado... Você não fará tal coisa. Isso não está na sua natureza.

André devia retornar ao seu navio imediatamente, levando cartas de Ricardo, que entregaria à irmã do rei, Joana, e à sua futura esposa, Berengária. Elas, por sua vez, iriam informá-lo de tudo o que havia acontecido, de acordo com sua experiência e atendimento.

— Eu não conheço bem a princesa, mas minha irmã Joana tem sido rainha há anos e nunca foi boba, mesmo quando não passava de uma fedelha atrevida e sem peitos. Na verdade, ela saiu mais à mãe que qualquer outro de nossa linhagem. Se houver algo de podre perto dela, Joana já terá farejado e dado jeito a esta altura. Ela terá informações e opiniões que me serão inestimáveis. Você sabe ler e escrever, também. Eu me lembrei disso com grande satisfação. Isso triplica e quintuplica o seu valor neste caso. Ouça atentamente tudo o que Joana tem a dizer e depois tome nota de tudo o que julgar importante.

André também levaria uma carta para sir Richard de Bruce, a quem Ricardo descreveu como "um bom marinheiro e um comandante capaz, mas distante, nada amigável e arrogante". De Bruce seria instruído especificamente para prestar a André um relatório completo e sua avaliação da situação em Chipre, bem como para fornecer-lhe dinheiro, que Ricardo acreditava que ele pudesse precisar com o propósito de pagar subornos para conseguir informação.

— Quando eu chegar a Limassol, quero você lá, esperando por mim. Você e eu, então, nos recolheremos, e você me informará de tudo o que descobriu... Tudo, André. Está claro? Você entendeu exatamente o que eu quero?

André concordou com um gesto de cabeça.

— E agora, pelas tripas sagradas de Deus, eu tenho de me encontrar com os bispos, que sem dúvida desejarão rezar pela segurança de minha futura noiva. — Ele fez uma pausa, hesitando, mas depois um sorriso de pura malícia transformou seu rosto. — Confessarei a você, mas nunca a eles, que na noite passada pensei sobre a segurança de minha prometida. Se ela fosse violada e retornasse para mim providencialmente grávida, isso me pouparia de muito desprazer, você não concordaria? — Ele piscou então maliciosamente, seu sorriso esmorecendo, mas sem desaparecer totalmente. — Não, aparentemente você não concordaria. Muito bem, sir André, ponha-se a caminho e mantenha sua boca fechada, seus ouvidos abertos e sua inteligência alerta.

André fez uma saudação e depois partiu, esforçando-se com determinação para ocultar o choque que havia sentido diante das observações cínicas de Ricardo sobre a segurança de sua futura noiva, tentando se convencer de que Ricardo não tivera a intenção de dizer uma só daquelas palavras.

Quando finalmente chamaram André, ele foi levado até uma porta na popa do grande navio, onde um guarda bateu e depois se pôs de lado. André ocupou o lugar dele enquanto a porta se abria para o lado de dentro, então um guarda armado o examinou e depois também se afastou, acenando-lhe para que entrasse. A porta era baixa e André teve de se curvar para atravessá-la, espremendo-se ao passar pelo guarda, que chupou a barriga e tentou se fazer o menor que pôde enquanto o visitante passava por ele. Uma vez no interior, André ficou surpreso ao perceber que a câmara em que havia entrado era minúscula e que o teto baixo mal lhe dava espaço suficiente para permanecer ereto. Ali também estava escuro, a única iluminação natural sendo um padrão quadriculado de brilhantes raios de sol que pintavam o chão com quadrados de xadrez vindos de uma claraboia superior, o que tornava as sombras ainda mais escuras por comparação. As poucas lamparinas fumarentas que ele podia ver montadas sobre suportes presos às vigas do navio pouco faziam para dissipar a penumbra. Ele sentiu, mais do que viu, perfis humanos — silhuetas femininas — de ambos os seus lados e contou três num canto escuro à sua direita e duas à sua esquerda. Duas damas estavam sentadas a pequena mesa que continha os restos de uma refeição simples. Por suas atitudes, ele pôde perceber que ambas estavam olhando para ele, mas elas estavam numa sombra densa, e ele não tinha meios de saber qual delas seria Berengária e qual delas seria Joana, por isso se curvou profundamente e se dirigiu a ambas.

— Imploro para que me perdoem, minhas damas, pois não sei qual das senhoras é qual e a luz aqui é muito fraca. Meu nome é St. Clair, André St. Clair, cavaleiro de Poitou, e trago-lhes cumprimentos e palavras escritas de meu senhor suserano, o rei Ricardo, que me mandou até aqui em grande pressa para lhes trazer a promessa de que ele está a caminho, com o restante da sua esquadra, e estará aqui amanhã para conversar com as senhoras pessoalmente.

— Uh-lá! Ricardo arranjou um dos espertos.

Quem falou foi a mulher à sua direita, e alguma coisa no tom de sua voz, uma medida de maturidade que ele não teria esperado da jovem princesa, levou-o a apostar consigo mesmo que aquela era a voz de Joana Plantageneta, a rainha viúva do rei Guilherme, o Bom, da Sicília. Ele forçou os olhos para o canto escuro onde ela estava sentada e decidiu assumir o risco de parecer estúpido em vez de ficar ali parado de boca fechada, como um garoto desajeitado. Ele sorriu, exibindo os dentes, e ergueu uma sobrancelha inquisitiva.

— Esperto, *milady*? Posso perguntar o que a leva a pensar assim?

— Ora, o modo perspicaz como você se esquivou da armadilha de ter de adivinhar quem era quem entre nós, pois esse era um jogo de adivinhações que você não poderia ganhar sem ofender uma de nós ou ambas. St. Clair, você diz? Você é parente de sir Henry St. Clair, que era mestre de armas de minha mãe?

— Sim, *milady*. Ele é meu pai.

— Então eu o conheço, conheci-o quando você era criança. Venha para mais perto.

André obedeceu, aliviado ao saber que seu palpite havia sido correto. Enquanto se aproximava, Joana ergueu o véu frágil e escuro que havia obscurecido suas feições e seu rosto se expôs à visão, quase reluzente na obscuridade que o circundava. Ele também se recordou dela, de sua infância, pois Joana era muitos anos mais velha que ele, e, desde o tempo em que era um bebê até ter idade suficiente para fugir e se esconder, ela e suas amigas o haviam usado impiedosamente em suas brincadeiras sempre que podiam. Nunca havia pensado nela, naquela época, como uma mulher bonita, mas agora se dava conta de que Joana devia ter sido bela, e ele apenas era jovem demais para notar isso. O rosto dela, ele agora via, era impressionante, e André recordava-se vagamente de que os homens um dia a haviam chamado de linda, antes de ela se casar, mas a palavra que brotou em sua mente ao ver-lhe o rosto desvelado pela primeira vez foi *força*.

Ela usava uma touca branca que ocultava seus cabelos e delineava seu rosto, e o véu por cima desta, agora jogado para trás de sua cabeça, era preso por um pente ornamental. Emoldurada pelas bordas da touca, sua testa era larga, alta e sem rugas — ela mal chegava aos 30 anos, André sabia, vários anos mais jovem que seu irmão Ricardo —, suas sobrancelhas e seus cílios eram de um dourado pálido, emoldurando olhos de um azul profundo sobre pômulos salientes e de constituição firme, seu nariz reto e forte e sua boca larga e expressiva. Mas havia pequenos pés de galinha nos cantos de seus olhos e de sua boca, e André recordou-se de ter ouvido dizer que ela fora uma rainha bem-casada, embora seu marido mais velho não tivesse sido capaz de gerar-lhe um filho. Joana já era viúva havia vários anos.

Tudo isso passou pela cabeça de André enquanto ela acenava para que ele se aproximasse, e ele percebeu que Joana examinava seu rosto tão atentamente quanto ele havia feito com o dela. Mas então ela balançou muito ligeiramente a cabeça, e a pele de suas bochechas e sob seus olhos pareceu alisar-se, como se ela de algum modo a tivesse esticado deliberadamente.

— Eu me lembro de você. Você era um garotinho muito bonito e cresceu para se tornar um homem muito bonito.

Havia algo na voz dela, algum tipo de inflexão, que chamou sua atenção por ser estranha, mas ele não fez caso disso quando a rainha continuou a falar.

— Você ainda não conheceu minha futura cunhada, conheceu? Berengária, este é sir André St. Clair, um dos... amigos de Ricardo.

Novamente ele captou aquele estranho tom, uma nota que se aproximava do desdém, mas dessa vez, quando ele se voltou com um sorriso para olhar para Berengária, identificou-o com precisão, e as implicações caíram sobre ele imediatamente, de modo que se sentiu corar de mortificação por todo o seu rosto desde a nuca. André deteve-se instantaneamente, o sorriso morrendo em seus lábios, e então endireitou o corpo com raiva, ferido para além da prudência. Ele se virou e olhou novamente para Joana, interrompendo-a exatamente quando começava a dizer mais alguma coisa para a princesa Berengária.

— Madame, a senhora está me julgando de maneira errada — disparou ele, ultrajado com o fato de que alguém pudesse pensar em classificá-lo como um dos membros do grupo degenerado de dândis que se aglomerava em torno do rei. — Seu irmão é meu suserano, e eu, seu leal vassalo. Ele ocasionalmente me honra com a sua confiança, e eu não vejo desonra no fato de ele me considerar um amigo. Mas eu *não sou* um dos seus... *amigos*.

A ênfase que André deu à última palavra não deixou margem para erro de interpretação quanto ao que pretendia dizer, e ele viu Joana Plantageneta recuar bruscamente como se reagisse a uma súbita ameaça. Apenas então, muito tarde, ele reconheceu a precipitação e a rispidez de sua reação ao comentário que ela havia feito e se deu conta de que poderia ter interpretado mal o que *ela* pretendera dizer, mas o dano já estava feito. Ele se preparou para a repreensão da rainha, mas durante um longo momento ela não disse absolutamente nada, limitando-se a olhá-lo com atenção, com uma pequena ruga de perplexidade entre as sobrancelhas. Então, quando respondeu, posicionando-se muito ereta em sua cadeira, sua voz era suave.

— Perdoe-me, sir André.

Aplacado e surpreso pela brandura e a tolerância da reação dela, André curvou-se, posicionando uma das mãos abertas sobre o peito.

— Já está esquecido, *milady*.

Mais uma vez a outrora rainha fez uma pausa, olhando pensativamente para ele, sua cabeça coberta pela touca ligeiramente inclinada para um lado, e depois ela balançou a cabeça em sinal de aprovação.

— Que assim seja, então. Berengária, vamos começar de novo. Apresento-lhe sir André St. Clair, um cavaleiro de Aquitânia a serviço de meu irmão e obviamente um homem a ser altamente considerado e digno de confiança... Sir André, esta é a princesa Berengária de Navarra, a futura esposa de seu suserano, meu irmão, o duque Ricardo. Nomeio-o como duque para você, pois tenho em mente que a posição dele como rei da Inglaterra pode significar pouco para você pessoalmente... — Ela deixou que a sentença se dissipasse, e André curvou-se de novo, dessa vez para a princesa, mas ainda achou oportuno sorrir novamente para Joana.

— Eu lhe juro, *milady*, que fosse seu irmão rei de Aquitânia em vez de duque, isso poderia soar como uma posição mais elevada, mas não poderia influenciar nem aumentar o dever ou a lealdade que hoje reconheço e dedico a ele enquanto duque. — Ele então se voltou para a princesa e fez uma profunda mesura antes de dobrar a perna direita para ajoelhar-se diante dela. — Minha senhora princesa, devo agora pedir o seu perdão pelo que acabei de dizer. O título de seu futuro marido como rei da Inglaterra pode significar pouco para mim enquanto cavaleiro de Aquitânia e Poitou, mas eu de bom grado jurarei fidelidade à senhora e à sua honra quando se tornar rainha da Inglaterra e duquesa de Aquitânia.

Então foi a vez de a princesa Berengária levantar seu véu e desnudar o rosto para a inspeção dele, e quando ela o fez, ele percebeu e depois tentou ignorar a maturação e a formosa plenitude de seus seios enquanto eles se mexiam e se erguiam em resposta à elevação de seus braços. A consciência dos olhos de Joana sobre ele era tal que André quase podia senti-los perfurando-o, avaliando a sua reação ao que via, e ele concentrou-se intensamente em manter seu olhar nas mãos da princesa enquanto ela arrumava as dobras de seu véu em torno da cabeça. Ao mesmo tempo, porém, sua mente estava tomada pelo pensamento de que desperdiçar uma beleza tão fartamente dotada com um homem como Ricardo Plantageneta devia ser um crime e um pecado, pois a própria plenitude de um corpo feminino tão opulento causaria repulsa ao rei, que se fazia rodear o tempo todo de belos jovens de musculatura firme e definida. E o que o deixou instantaneamente perplexo e preocupado depois disso foi se a própria Berengária suspeitaria ou teria sido avisada com antecedência do que estava diante dela, como rainha de um homem que não tinha preferência ou desejo por mulheres...

A princesa, que agora lhe sorria, inclinava afavelmente a cabeça. Antes que lhe dissesse uma palavra, porém, ele voltou-se para o guarda, que permanecia postado com as costas apoiadas à porta da cabine, fingindo estar alheio a tudo o que se passava à sua volta.

— Deixe-nos, se lhe apraz. Espere do lado de fora. — Ela olhou na direção das outras três mulheres, que se sentavam reunidas no canto oposto. — Vocês também podem se retirar, damas. Nós as chamaremos se tivermos necessidade de algo.

O guarda se perfilou, fez uma saudação e acenou para que as damas de companhia saíssem na frente dele, deixando as damas reais a sós na escuridão da cabine com André, que permaneceu ajoelhado aos pés da princesa. Quando a porta se fechou firmemente atrás do guarda que se retirava, a princesa voltou seu sorriso novamente para André.

— Mestre St. Clair, você é mais do que bem-vindo aqui — disse ela —, como amigo e confidente de meu prometido, Ricardo, e não há necessidade de que sofra apoiado sobre seus joelhos. Levante-se, sir. Você não disse, ao entrar, que trazia palavras escritas vindas do rei?

A voz dela soava vagamente estrangeira, ligeiramente exótica em suas cadências e nos sons vogais, mas não de maneira agressiva, e passou pela mente de André que ele nunca havia se aventurado além dos

Pireneus até o reino do pai dela, em Navarra. Seu povo, ele sabia, vivera sob constante situação de guerra por centenas de anos, com os mouros muçulmanos ao sul de sua terra, e essa condição de constante prontidão para o conflito havia sido uma das coisas que tornaram a perspectiva de uma aliança com o rei Sancho V de Navarra tão atraente para a mãe de Ricardo, levando-a a intermediar aquele casamento.

— Eu trago, *milady*. Perdoe-me, eu as tenho aqui, no meu bolsilho.

Ele ficou de pé e apalpou a algibeira à sua cintura, retirando os dois pequenos cilindros e apertando os olhos para vê-los na fraca iluminação antes de entregar os tubos apropriadamente endereçados para cada uma das mulheres, que imediatamente se puseram a abri-los. Berengária olhou para André outra vez, sorrindo distraidamente, e acenou para indicar o aposento atrás dele.

— Ponha-se à vontade, sir André, enquanto lemos estas cartas. Há uma cadeira confortável atrás de você que eu uso com frequência... Isto não levará muito tempo.

André inclinou a cabeça obedientemente e se deslocou até a cadeira que a princesa havia indicado, e enquanto se virava para sentar, viu Joana baixar os olhos rapidamente para sua carta e percebeu que ela o estivera observando. Teria sorrido para ela, mas a rainha não deu mais sinais de saber que ele estava ali, de modo que André voltou sua atenção para a princesa Berengária, grato por seus olhos estarem então plenamente ajustados à penumbra da sala, o que o fazia capaz de vê-la com clareza, e ainda mais grato por aquela oportunidade de olhá-la com mais atenção enquanto ela lia a carta de Ricardo, que parecia ser longa e substancial.

O que Ricardo Plantageneta teria a dizer, mesmo por escrito, que pudesse atrair a disposição e a curiosidade de alguém como você?, perguntou-se ele, olhando para o modo como um pequeno cacho de cabelo negro havia aberto caminho para fora da prisão de sua touca e agora se encaracolava deliciosamente sobre a pele de seu pômulo direito, e quase como se sentisse seus olhos sobre ele, Berengária levantou a mão esquerda distraidamente, sem tirar os olhos das páginas que lia, e tirou o cacho errante do alcance da vista, enfiando-o outra vez sob o linho branco.

Cabelos negros, pensou ele então, vendo como suas sobrancelhas se destacavam sobre a palidez morena de sua pele. Cabelos negros e olhos tão escuros que também pareciam negros como tinta. Naquele momento, porém, enquanto ela lia, aqueles olhos estavam voltados para baixo, e a única coisa que André podia ver deles era o volume arrebatador de cílios longos e curvos, que pareciam pousar diretamente sobre a palidez de suas bochechas.

A rainha de Ricardo, concluiu André St. Clair então, era bela de um modo que ele jamais encontrara antes em suas incursões amorosas por seus territórios natais. Ela era vibrante, concluiu, e viva com a promessa de grandes alegrias, e o pouco familiar tom moreno de sua pele dava-lhe um ar de estranhamento que sugeria outras terras e climas mais quentes. Ele conhecera muitas mulheres com cabelos e olhos escuros, de modo que não era apenas sua cor que a tornava diferente; na verdade, em toda a sua vida, percebeu ele agora que parava para pensar a respeito, André conhecera apenas quatro mulheres que de fato podiam ser chamadas de loiras, com cabelos cor de linho e brilhantes olhos azuis; quatro, entre... Ele se deteve aí, desagradavelmente surpreso ao descobrir que não sabia precisar esse número, sequer para o seu próprio uso. Quatro entre quantas? Quantas mulheres ele conhecera em qualquer grau de intimidade? Ou mesmo conhecera bem o suficiente para sentir-se atraído por elas? Muito poucas, ele sabia, e se pôs a contá-las, a começar por Eloise de Chamberg, que morrera nos bosques das terras de seu pai e indiretamente causara o acesso de André às fileiras do Templo. De muitas ele se lembrava bem e com facilidade, incluindo todas as quatro mulheres de cabelos de linho, de nenhuma das quais, surpreendeu-se mais uma vez ao descobrir isso, ele se recordava com muito prazer. Mas então, quando

Berengária se mexeu novamente e largou a carta, ele abandonou esses pensamentos e voltou a se concentrar nela.

Ela não fez mais do que dirigir um breve olhar na direção dele. Seus lábios, cheios, vermelhos e ligeiramente projetados, ele agora via, estavam suavemente contraídos, os cantos de seus olhos levemente enrugados enquanto ela contemplava alguma distância invisível e particular, perdida em algum pensamento inspirado pelo que havia lido. Gentil e distraidamente, ela arranhou de leve com a ponta de um dedo o tecido de seu corpete, sob a intumescência súbita de seus seios, atraindo involuntariamente a atenção de André para sua abundante feminilidade. Ela sabia, poderia saber, que seu futuro marido era um amante de homens? E se soubesse, poderia ludibriar a si própria com o pensamento de que conseguiria mudá-lo?

André realmente não tinha experiência em tais coisas e não fazia julgamentos morais sobre o assunto. Alguns desses homens ele podia aceitar facilmente como amigos e camaradas, ignorando suas inclinações sem mal-estar, enquanto outros desse gênero — e parecia haver mais deste tipo do que do primeiro — ele preferia evitar por completo, achando-os menos tolerantes com os outros do que desejavam que os outros fossem com eles. De modo geral, porém, ele se contentava em viver a própria vida e deixá-los viver as deles. Mas a partir de suas próprias observações ele aprendera, indiscutivelmente, que tais homens tendiam a formar grupos entre si, florescendo da atração mútua, e tinham pouco tempo, e menos propósito, para as mulheres. Também havia visto vários deles suficientemente avançados em idade para provar que aquela não era uma condição que alguém abandonava. Não era uma fase a ser superada e esquecida. André estava convencido de que tal condição... ele não conhecia outra palavra para descrevê-la... era algo permanente, um modo imutável de ser, e suspeitava que o amor de uma simples mulher, independentemente de seu ardor ou fidelidade, seria impotente para mudá-la. Ele não tinha dúvida de que Ricardo cumpriria seu dever e providenciaria um herdeiro com Berengária, mas tampouco duvidava de que, uma vez que a tarefa estivesse cumprida, o rei deixaria a mulher com a educação da criança, enquanto ele sairia para fazer travessuras com seus amigos. Esse era o quinhão de muitas mulheres, ele sabia, mas ainda assim...

Sentiu-se enrugando o cenho de perplexidade, intrigado pela aparente ausência de preocupação de Berengária com algo tão evidentemente destrutivo. Poderia ela de fato estar alegremente alheia àquilo tudo? Ela não passava de uma recém-chegada ali, vinda de um lar acolhedor, a julgar por tudo o que ele ouvira... embora esse pensamento causasse uma comoção desconfortável no fundo de sua mente, uma lembrança residual de rumores que ouvira vários anos antes, rumores que ligavam romanticamente Ricardo com o irmão de Berengária, Sancho. Ele afastou esse pensamento e recomeçou...

Ela era recém-chegada ali e ainda não fora suficientemente exposta a estranhos a ponto de ter seus pensamentos poluídos quanto ao seu futuro casamento. Ninguém ousaria se arriscar a tal ofensa, não contra Ricardo Plantageneta, e não por sussurros furtivos. Quem mais além de Joana, agindo desinteressadamente como amiga, futura irmã e conselheira, poderia ter-lhe contado?

Além disso, esta esposa era uma rainha, nascida e criada com deveres sempre presentes em sua mente, e o dever de uma rainha era gerar filhos, assim como o dever de um rei era fecundá-la. Ricardo havia se comprometido publicamente a abandonar seus gostos luxuriosos antinaturais e gerar um herdeiro para a Inglaterra, e André, graças à alta consideração que conservava pelo rei enquanto um herói, não tinha dificuldade, quando pensava a respeito sob esse enfoque, para acreditar que ele o faria.

Joana, tendo então terminado a leitura, voltou-se para André.

— Meu irmão diz que eu devo confiar completamente em você e contar-lhe tudo sem reservas... — Ela olhou por sobre a mesa para Berengária. — Ele disse o mesmo a você, Berry?

A princesa confirmou com um aceno de cabeça e Joana tornou a voltar-se vagarosamente para André, inclinando um pouco a cabeça para um dos lados e olhando-o com olhos muito abertos.

— Estou me perguntando: você consegue ter alguma noção das dimensões do tributo que ele lhe presta ao afirmar isso? Eu nunca, jamais, soube que meu irmão Ricardo dissesse tal coisa a respeito de qualquer outro homem. Você deve ser um jovem muito notável e singular, sir André St. Clair... Mas temos muito a discutir; portanto, vamos a isso. Ricardo me fez várias perguntas sobre o que aconteceu aqui desde que chegamos e quer que você ouça minhas respostas. Posso apenas presumir que ele pediu o mesmo a Berengária.

— Sim — concordou a princesa.

— Está bem, então você prefere conversar com cada uma de nós em particular ou podemos fazer isso juntos, nós três?

André sacudiu a cabeça.

— Juntos provavelmente seria melhor, *milady*, a não ser que a senhora objete pelo mesmo motivo. Nós estamos instalados confortavelmente e é improvável que sejamos perturbados ou ouvidos.

Ele olhou para a claraboia aberta no teto acima da cabeça dos três e apontou para ela com um dedo.

— Desde que, é necessário dizer, mantenhamos a voz baixa. Essa abertura dá para o convés acima de nós, e eu sugiro agirmos como se houvesse um espião à escuta com ouvidos apurados empoleirado ali, com as mãos posicionadas em concha sobre cada orelha. Minha senhora Joana, gostaria de falar primeiro?

Eles ficaram sentados e conversaram em voz baixa, todos os três, enquanto o padrão formado pelos raios de sol rastejava pelo chão da cabine, e quando ele por fim se apagou rumo ao nada, André pediu auxílio ao tombadilho, e eles interromperam suas discussões até que velas e novas lamparinas fossem trazidas e acesas. St. Clair tinha muito em que pensar quando as deixou e retornou ao seu navio, onde imediatamente se pôs a tomar notas sobre o que haviam discutido. Quando finalmente procurou seu catre naquela noite, ele estava quase exausto e pegou no sono pensando nas duas mulheres, vendo suas diferentes belezas separadamente com os olhos da mente e lamentando, possivelmente pela primeira vez, que sua condição de templário em breve fosse separá-lo de qualquer oportunidade subsequente de passar um interlúdio tão agradável e desprovido de culpa em companhia de mulheres.

A galé de Ricardo não chegou senão no final da manhã do dia seguinte, e quando apareceu veio acompanhada de duas outras das galés reais, mas não havia sinal de serem seguidas por qualquer frota no horizonte atrás delas. André subiu a bordo do barco que Tournedos providenciara para o seu uso e seguiu até o navio do rei tão logo este lançou a âncora, mas mesmo antes de alcançá-lo pôde ver que fora antecedido por um barco maior, que saíra de um dos três navios desconhecidos que ele vira chegar no dia anterior, e murmurou para o seu timoneiro que mantivesse distância entre eles e os estranhos. A embarcação destes era um batel de tamanho médio, pintado de vermelho e verde-escuro e tripulado por uma equipe de oito remadores. Tinha uma plataforma de popa capaz de assentar dez homens, pois André contou todos eles, todos cavaleiros e completamente armados, ostentando suas identidades heráldicas, nenhuma das quais ele reconheceu.

Sua curiosidade estava agora completamente comprometida, pois pareceu-lhe, enquanto observava os cavaleiros desconhecidos subirem a bordo da galé real, que eles tinham um ar de intensa exaustão: seus escudos, os poucos que ele podia ver, pareciam peculiarmente velhos e desgastados, quase aos farrapos, como se em consequência de um longo uso, e suas cotas de malha também tinham um aspecto igualmente escovado, quase um polimento, o que o intrigou. Os apetrechos individuais de suas insígnias pessoais pareciam igualmente desbotados, com as cores lavadas e desleixadas. Ele viu os cavaleiros armados se aglutinarem no tombadilho da galé, parecendo absorver cada centímetro de espaço, e fez sinal para que seu timoneiro se afastasse ainda mais e esperasse.

O tempo passou lentamente depois disso, mas momentos após a comitiva que fizera a abordagem ter subido a bordo, o batel que os havia transportado se afastou da galé para abrir caminho para um barco muito menor que emergiu do outro lado do navio e avançou lentamente para esperar mais outro passageiro, este de partida. André aprumou-se em seu lugar quando viu o homem se aproximar da lateral do navio e reconheceu o rosto severo, carrancudo e eternamente mal-humorado de um de seus compatriotas mais bem conhecidos e menos apreciados, Etienne de Troyes, o Mestre do Templo em Poitou e o membro de mais alto posto da Ordem do Templo na expedição em curso. Troyes desceu para o seu barco sem olhar em volta, depois se sentou na popa e puxou o capuz de seu manto sobre a cabeça, enquanto seu único remador dava um forte impulso para se afastar da galé.

Era quase uma hora mais tarde quando o grupo de dez visitantes retornou ao seu batel, e o próprio Ricardo acompanhou-os e ficou olhando para eles até que se afastassem. André sabia que o rei o vira, mas ficou esperando até que Ricardo olhou na sua direção e depois o chamou com um gesto antes de dar as costas.

Os últimos vestígios da tempestade tinham cedido havia muito, mas a água ainda estava agitada e as ondas eram suficientemente perigosas e imprevisíveis para que André avaliasse mal o momento certo de se lançar de seu barco para as redes no costado da galé. A beirada do barco adernou exatamente quando ele saltou, e ele errou o pulo, arranhando as redes penduradas e evitando por pouco cair no mar. Ele subiu a bordo do navio real com as pernas encharcadas dos joelhos para baixo e, com água do mar esguichando entre seus artelhos, deixou um rastro de pegadas enlameadas no tombadilho enquanto caminhava em direção à popa, onde Ricardo agora estava sentado, ditando para um dos clérigos. Atrás dele, pairava um bando de oficiais, observadores e parasitas, olhando para St. Clair enquanto este se aproximava e não fazendo segredo de seu desdém pela aparência molhada dele. André manteve o rosto inexpressivo e ignorou todos eles, pois a presença do rei forçava-o a resistir ao impulso de lançar sua mão à empunhadura da espada.

Ricardo levantou os olhos quando St. Clair se aproximou e ergueu uma sobrancelha inquisidora quando viu o rastro molhado, mas não disse nada a respeito, limitando-se a fazer um cumprimento de cabeça e erguendo um dedo numa muda solicitação de mais alguns momentos para que pudesse terminar seu assunto com o clérigo. Numa voz baixa que André teria de se esforçar para ouvir, caso fosse curioso, o monge leu para o rei o que havia escrito, e depois de ouvir tudo Ricardo balançou cabeça em aprovação e dispensou o homem antes de se voltar para André.

— André. Você tem a informação de que preciso?

— Sim, *milord.*

— Excelente. — Ele ergueu a voz para ser ouvido pelo ajuntamento às suas costas. — Deixem-nos, todos vocês, pois já têm o suficiente sobre que falar, e alguns de vocês têm muito a fazer... mas não se esqueçam de que, se eu os vir entre este momento e o instante em que tiver concluído com sir André, é melhor que seja de uma distância em que o pensamento de ser ouvido, por acaso ou intencionalmente, jamais possa me ocorrer. Fora daqui. — Ele levantou uma das mãos para detê-los quando os homens começavam a se afastar e acrescentou: — Esperem! Percy, você tem suas instruções e eu quero que as passe aos seus homens agora, para que, quando o esquadrão que me segue chegar, tudo esteja em prontidão para ele. Ninguém desembarca até eu dar a ordem, mas uma vez que o façam, quero que os desembarques ocorram sem percalços.

Neuville, a você compete a tarefa de armar a minha tenda e guardá-la. Desembarque seus guardas das dromundas imediatamente e certifique-se de que eles sejam bem apoiados por companhias de arqueiros e besteiros, depois os instale naquela saliência mais elevada, ali à direita, com vista para a praia e para o portão principal da cidade. O suposto imperador deste triste lugar ainda deve estar lá, dentro dos portões; portanto, cuide para que ele não possa nos causar nenhum incômodo...

"E você, meu senhor de Richmond, leve o meu batel real para o outro lado da baía daqui a uma hora, mas nem um minuto antes ou depois, e cuide para que o rei Guy seja levado a bordo, mas não com muita rapidez, e transportado para a margem exatamente uma hora depois disso, de modo que, no momento em que vocês plantarem o pé dele em terra, nosso recinto real esteja preparado e guardado com segurança... Neuville, isso deve lhe dar três horas a partir deste momento. E agora vão, todos vocês, e deixem-me tratar de meus assuntos com sir André.

Enquanto seu cortejo se dispersava, murmurando entre si e não poucos deles lançando olhares para André que variavam da simples curiosidade, passavam pela suspeita e chegavam à franca hostilidade, o rei acenou para que ele se adiantasse e indicou-lhe a única cadeira ao lado da sua própria diante da mesa.

— Venha, sente-se e converse comigo. A maior parte da frota se atrasará por mais um ou dois dias, pelo menos... Muitos frangos machucados e velhas galinhas enferrujadas no galinheiro... Mas um esquadrão dos nossos vasos mais velozes, carregados com algumas das minhas melhores tropas, estará aqui ao cair da noite. — Ele olhou para o porto diante deles e mudou de assunto. — Então, vendo que não há construções incendiadas na cidade, presumo que meus guardas ainda estão a bordo das dromundas e ambas as minhas damas estão bem e gozando de boa saúde. Estou certo?

— Elas estão, *milord*, e ansiosas para se reunir ao senhor.

— E quanto a essa criatura, esse Comneno, ele ameaçou-as ou as molestou de alguma forma?

— Não, não diretamente. Lady Joana mantém o seu bom-senso sempre alerta e é uma ótima juíza dos homens e suas motivações. Foi ela quem viu e interpretou as primeiras ações de Isaac e decidiu, quando ele começou a se aproximar com gestos conciliatórios e convites para ir em terra, que seria mais seguro e prudente manter a distância entre ele e tudo o que há a bordo das duas dromundas remanescentes.

— Bom para Joana. Ela nunca foi tola. Mas pode-se apenas presumir que De Bruce teria chegado à mesma conclusão por sua própria conta, caso ela não estivesse lá... — Ele hesitou, observando o rosto de André. — Você não acha?

André sacudiu a cabeça.

— Não, *milord*, com todo o respeito, eu não acho. Eu conversei demoradamente com o comodoro esta manhã, e ele me deu a clara impressão de que não aprova o rumo que a rainha tomou. Ele acredita que, se tivesse tido liberdade para aceitar o convite inicial de Comneno para parlamentar, muita coisa poderia ter sido alcançada sem hostilidades. Ele considera a postura de sua irmã uma interferência em seus assuntos e uma afronta à sua autoridade.

— Humm. E você acredita que ele está certo, que ele poderia ter resolvido as coisas amigavelmente com Comneno?

— Não, *milord*. Comneno já havia rejeitado os pedidos de auxílio quando nossos navios chegaram e procuraram autorização para usar seu porto; na ocasião, ele já havia despojado nossos mortos e se apoderado de nosso tesouro no naufrágio sobre os recifes. Foi apenas depois disso, quando ele achou que os navios sobreviventes guardavam mais tesouros, que se tornou conciliador. Ele não tinha navios capazes de atacar nossas dromundas, nem um exército suficientemente organizado para montar um ataque baseado em terra. Portanto não tinha outra opção a não ser tentar ganhar nossos navios pela astúcia. Sua irmã acertou em fazer o que fez. Se não tivesse agido assim, ninguém pode dizer ao certo o que poderia ter acontecido, mas há uma real possibilidade de que agora estivéssemos em meio a uma situação envolvendo reféns reais e um Tesouro de Guerra mantido como resgate.

— É, tenho poucas dúvidas de que isso seja verdade. — As palavras saíram como um profundo rosnado. — Conte-me sobre esse Comneno. Eu poderia lhe falar sobre ele, mas tudo o que ouvi foram rumores e relatórios distanciados. Eu presumo que você tenha reunido informações mais imediatas.

— Sim, *milord*, tantas quantas consegui descobrir.

St. Clair se recostou em sua cadeira e posicionou os dedos em torre sob o queixo, organizando seus pensamentos numa sequência e apenas ligeiramente atento ao frio de seus pés dentro das botas pesadas e úmidas.

— Ele é um homem estranho. Achei isso imediatamente; um tirano, é claro, e louco, dizem alguns. Ele é amplamente detestado... não apenas desaprovado... por seu próprio povo, a quem trata com selvageria. Ele é bizantino, e nós sabíamos disso, mas parece que um tio seu realmente foi imperador em Constantinopla. É o que Isaac jura, pelo menos. Ele chegou aqui seis meses atrás, vindo de Constantinopla, e quase imediatamente conseguiu... ninguém parece saber exatamente como... arrebatar o controle de toda a ilha das mãos do império. Aparentemente, foi esse feito, assim como sua suposta ligação com a família imperial, que o inspirou a nomear-se imperador...

"Como eu disse, todos parecem odiá-lo, mas, ainda assim, ele mantém o poder em suas mãos com punhos de ferro. Seu próprio povo fala de sua ávida ganância e de seu caráter traiçoeiro, e sua crueldade é considerada inacreditável. Esta manhã, eu soube por De Bruce e ele ouviu anteriormente de um grande número de pessoas na cidade de Limassol, que muitas das mais prósperas e abastadas famílias da ilha fugiram por mar desde que ele tomou o poder seis anos atrás. E aquelas que ficaram só o fizeram porque não podem escapar. Elas estão atadas às suas posses aqui e vivem em estado de desespero por causa das demandas insaciáveis e das espoliações de suas propriedades promovidas por Isaac.

— O homem parece um monstro — grunhiu Ricardo, sublimemente alheio ao fato de que poderia estar ouvindo uma descrição de seu próprio método de elevar impostos para sustentar sua guerra em Outremer. St. Clair, porém, não notou qualquer ironia.

— Isso não é nada — acrescentou ele. — Há mais. Aparentemente, ele trata seus próprios oficiais e subordinados de maneira tão perversa, fustigando-os e penalizando-os a todo momento, que eles o odeiam quase sem exceção.

— Então, por que eles não o matam? Isso não faz o menor sentido. O imbecil não sabe nada sobre liderança? Que tipo de loucura levaria um homem... um líder de qualquer espécie... a abusar das mesmas pessoas de que ele mais precisa para mantê-lo no poder? O sujeito é claramente um maluco, sentado no topo de seu império de uma ilha. Como esta insensatez, com as dromundas... Ele pensou por um só momento que ninguém viria procurar por tamanhos tesouros perdidos? Ele pensou, mesmo que por um piscar de olhos, que os que viriam nessa busca seriam fracos e sem astúcia? O homem é um idiota.

— Talvez sim, talvez não — replicou St. Clair. — Dizem... e é algo amplamente aceito... que, quando ele era muito mais jovem e aparentemente um guerreiro forte e extremamente capaz, foi para a guerra na Armênia entre os soldados bizantinos do império e foi capturado e vendido como escravo. De acordo com essa história, que persiste apesar do fato de Isaac raramente falar a respeito, ele passou muitos dos anos que se seguiram em terras estrangeiras, sempre agrilhoado em pesadas correntes como um animal selvagem por ser tão forte e rebelde. Ele saiu dessa experiência com um ódio violento, profundo e constante por ocidentais como nós... ele nos chama de latinos... por o termos mantido acorrentado durante todos aqueles anos. — André parou por um momento e depois acrescentou: — Isso pode explicar seu ódio inicial e sua reação nada hospitaleira diante da descoberta de dois navios latinos estranhos ancorados além de suas praias, à procura de auxílio.

— Certo, quando você fala nesses termos, eu me sinto tentado a pensar que ele poderia... mas isso não me torna menos ansioso do que antes para esmigalhar o desgraçado até que se torne uma pasta, como eu faria com uma aranha rastejante. O que mais você tem? E quanto aos primeiros acontecimentos que levaram a tudo isto?

André deu de ombros.

— Tudo acidental e nada fora do comum, pelo que eu pude descobrir. A tempestade acabou por ceder aqui em Chipre, e as três dromundas foram sopradas por todo o trajeto dos fortes ventos... De Bruce acredita que isso se deveu puramente ao tamanho dos navios; a amplitude de seus costados e a superfície da popa agiram como velas, apanhando volumes de vento maiores do que qualquer outro navio poderia utilizar, consequentemente conduzindo seus grandes cascos para mais longe e mais rápido que qualquer um de seus companheiros. Seja como for, eles avistaram a ilha ao alvorecer do terceiro dia de tempestade, quando o vento e as ondas haviam acabado de ultrapassar seu clímax, mas ainda eram imensamente poderosos. As dromundas já estavam perto demais da praia então, e a que estava mais próxima da terra foi levada para os baixios e bancos de areia que os ilhéus chamam de rochedos de Afrodite. Uma vez lá, fortemente encalhado, ele foi feito em pedaços pelas ondas e ventos, e não havia nada que qualquer um dos outros navios pudesse fazer para interferir ou ajudar. O máximo que podiam fazer era se manter afastados do desastre e se proteger contra o mesmo perigo de serem soprados de encontro aos rochedos.

"O navio foi totalmente destruído, e a fúria dos vagalhões que quebravam entre as rochas era tal que muito poucos a bordo do navio sobreviveram para chegar à praia... E durante os dias que se seguiram os pescadores locais e os ilhéus desceram até a praia, como é de rotina, para pilhar o que puderam. Mas os pescadores encontraram ouro entre os despojos, e a notícia logo chegou a Comneno.

"Disseram-nos que, de início, ele não sabia muito, apenas que se havia achado ouro, moedas atiradas na praia e entre as rochas, mas isso foi o bastante para fazê-lo investigar. Ele viu o seu Grande Selo em torno do pescoço de um pescador e confiscou-o, sem saber o que era. E em seguida, mais tarde, um de seus homens que sabia nadar mergulhou e comunicou ter descoberto baús e caixas cheias de ouro entre os despojos no fundo do mar...

"Horas depois disso, ao que parece, chegou-lhe a notícia de que mais dois navios, coisas enormes sopradas pelo vento oeste, haviam chegado a Limassol e pediam permissão para atracar... 'Oeste' significa 'latinos' para Isaac, e ele imediatamente mandou ordem para negar a entrada dos navios estrangeiros. Ao mesmo tempo, ele aprisionou todos os que haviam sobrevivido ao naufrágio. Foi somente mais tarde, quando interrogou alguns dos observadores locais e teve a oportunidade de refletir, que ele começou a entender que os 'outros' dois grandes navios desgarrados descritos pelos cipriotas provavelmente eram os que estavam fora de Limassol e que, portanto, deviam ter mais dos mesmos tesouros que seus homens haviam recuperado dos destroços do primeiro.

"A primeira reação dele foi vir às pressas para Limassol com a finalidade de apreender e confiscar os dois navios... um de seus capitães nos contou isso. Mas ele não ousava deixar o local do naufrágio até estar certo de que cada fragmento do tesouro havia sido encontrado e recuperado. Ele não confiava em ninguém e não esperava lealdade nem honra de sua própria gente, uma vez que jamais demonstrou nenhuma das duas coisas para com eles. Por isso esperou, endoidecendo de impaciência, até que todas as moedas fossem recuperadas, e muitas pessoas repararam nessa ansiedade.

"Vários dias mais tarde, ele retornou a Limassol, apenas para descobrir que era impotente para agir contra as duas dromundas. Disseram-lhe que aqueles navios eram enormes, mas como ele nunca vira um navio muito maior que um barco de pesca... a dromunda nos rochedos havia sido destroçada até se reduzir a gravetos antes que ele chegasse lá... ele não tinha meios de saber o que realmente a palavra 'enormes' significava até pôr os olhos nelas. Ele, então, imediatamente viu que não tinha nada com que ameaçar aqueles leviatãs...

Ricardo estava ouvindo atentamente, seu cenho franzido, mas sem dizer nada. Então, ele suspirou de impaciência e André retomou:

— Foi nesse ponto, depois de haver examinado todas as suas outras alternativas e tê-las descartado, que ele se tornou conciliador, oferecendo amizade, ajuda e hospitalidade aos seus visitantes inesperados. Para dar-lhe credibilidade, ele havia pelo menos mandado um recado anteriormente para De Bruce, informando que não estava em Limassol, pois havia sido detido no interior do país, cumprindo obrigações em Nicósia, e isso poderia ter dado certo, caso ele não fosse desmentido por seu próprio povo, que nos contou tudo o que sabia. De Bruce estava inteirado da situação até os mínimos detalhes; ele sabia quando Comneno voltara de sua visita ao naufrágio, bem como sabia com exatidão o que havia sido recuperado dos destroços e o que fora feito com os sobreviventes e com os corpos dos mortos.

— Espere. Você diz que os próprios homens de Comneno contaram tudo isso a De Bruce? Por que então ele discordou da decisão de Joana? Ele devia saber que ela estava certa.

— Não, *milord*, ele sabia que ela era uma mulher, com pouco entendimento das realidades da guerra e da política...

— Pelas tripas do Senhor, homem! Joana foi uma rainha governante durante anos. E na Sicília! Ela sabe mais de política e do seu funcionamento do que De Bruce jamais conseguirá aprender.

St. Clair concordou com a cabeça.

— Sim, isso provavelmente é verdade. Mas De Bruce, para lhe fazermos justiça, acreditava que podia tratar Comneno com a força. Chipre não tem poderio naval digno desse nome, e a coisa mais semelhante a um exército que há ali está em triste ruína, uma ralé destreinada sem orgulho nem bravura. Não há um cavaleiro em toda a ilha, por incrível que isso possa parecer. O imperador os expulsou a todos para outras terras, temeroso de que pudessem conspirar para depô-lo. Em resumo, De Bruce acreditou que poderia impor facilmente sua superioridade.

— Não a partir de um navio; isso ele não poderia. Antes teria de descer em terra.

— Sim, senhor, e ele poderia tê-lo feito. Ele tem uma companhia completa de seus guardas a bordo... Dois terços de uma companhia, pelo menos. Duzentos homens disciplinados. Ele crê que poderia capturar Chipre inteira com eles, pois os homens de Comneno o teriam abandonado completamente.

Ricardo pareceu em dúvida, inclinando a cabeça.

— Talvez... mas talvez não. De qualquer forma, isso não é relevante. Joana bateu o pé. E depois?

St. Clair encolheu os ombros.

— Essa é a maior parte, *milord*. Há mais coisas, mas são todas incidentais e surgirão em resposta às perguntas que o senhor me propuser. Por enquanto, isso é tudo o que eu tenho.

O rei assentiu com a cabeça, coçando pensativamente a barba, e balançou novamente a cabeça, decidido.

— Que seja. Você agiu bem, providenciou o que eu precisava. Agora, eu posso tomar decisões com base em uma análise concreta da situação.

Eu não poderia fazer isso uma hora atrás, mas agora, dentro de uma hora, caso eu queira, posso lançar minhas forças contra esse imperador tolo, nascido da ralé, com bons motivos e plena convicção. Receba meus agradecimentos por isso. Agora vá e encontre algo para comer, e nós conversaremos novamente mais tarde, quando eu tiver tido tempo para pensar em tudo o que você me contou... Não, espere. A princesa Berengária... o que você achou dela? Seu estado de ânimo, quero dizer. Ela estava...?

— A princesa estava bem, *milord*, em boa saúde e disposição. Ela estará aguardando sua chegada no dia de hoje com grande ansiedade.

— Sim, imagino... ela estava... o que achou dela? Não é adorável de se ver?

— De se ver... Sim, *milord*, ela é. Adorável. Ela será uma linda noiva e uma rainha magnífica.

— Ela será... Ela será, tenha certeza. Mais uma vez, você tem minha gratidão, mestre St. Clair. Por enquanto, até breve.

André curvou profundamente a cabeça, virou-se para sair, perguntando-se por que Ricardo consideraria necessário pedir sua opinião sobre a futura rainha, e concluiu que as inseguranças do monarca se revelavam na sua incerteza. O cavaleiro sorriu consigo mesmo e se apressou, refletindo que havia contado ao seu rei uma verdade simples... em toda a sua complexidade.

DEZESSEIS

André St. Clair realmente esperava que o rei lançasse um ataque contra Isaac Comneno de imediato, mas outra vez Ricardo surpreendeu-o ao demonstrar bom-senso e autocontrole em vez de investir cegamente rumo a uma batalha. Ele escreveu e enviou uma carta a Comneno no começo daquela mesma tarde, compilada com o auxílio de uma equipe de bispos, que era incrivelmente suave, dada a provocação que havia recebido. Se Isaac soltasse os sobreviventes da dromunda naufragada, com todos os seus bens, e restituísse os tesouros perdidos de Ricardo, incluindo o Grande Selo da Inglaterra, que era inútil para qualquer outra pessoa, então Ricardo não tomaria nenhuma outra atitude contra Chipre ou seu imperador, mas zarparia outra vez para a Palestina com todas as suas forças e não retornaria.

E enquanto a carta era escrita, composta e remetida, o rei Guy de Jerusalém foi levado à terra em segurança e sem incidentes e instalado no pavilhão real de Ricardo, uma milha a leste dos portões da cidade, sobre uma colina fortemente guardada, e os navios e demais homens do esquadrão avançado de Ricardo apareceram no horizonte, na certeza de chegar antes do cair da noite, conforme previsto. Mas mesmo antes de a esquadra ter lançado âncoras nos vários locais que lhe haviam sido designados, a resposta de Comneno à carta de Ricardo chegou e, enquanto o emissário que a levava remava até a galé de Ricardo, Isaac Comneno em pessoa apareceu na praia diante da cidade, desfilando na presença de uma aglomeração esfarrapada de soldados que erigiram barricadas portáteis diante dos portões, o que André St. Clair, observando do convés de seu navio e ignorando a existência da carta do rei, tomou como uma demonstração de provocação e desafio.

E era exatamente isso.

A resposta de Isaac à carta conciliatória do rei foi tão abrupta e ultrajantemente arrogante que os conselheiros de Ricardo que a leram puderam apenas sacudir a cabeça e murmurar sobre a óbvia insanidade do sujeito. Ele não libertaria os cativos, afirmou Isaac, nem devolveria uma só peça de ouro. Os intrusos latinos, disse ele, haviam ofendido a sua reputação ao invadir seus territórios e ameaçá-lo como se ele fosse indigno do respeito deles; portanto, mereciam sua raiva e o confisco que lhes havia imposto. Eles agora deviam aceitar a humilhação e as perdas que tão justamente haviam merecido. Esperava não ter mais notícia deles, sentenciou, além do relato de sua partida no futuro imediato, e lembrava-os de serem gratos pelo fato de tê-los respondido, uma vez que nenhum imperador normalmente se dignava a tratar com um mero rei.

Várias pessoas mais tarde contaram a André que Ricardo ficou de olhos arregalados com o choque quando seu chanceler leu aquela resposta em voz alta; em seguida, ele deu uma gargalhada selvagem e vociferante e ordenou o desembarque imediato de trezentos soldados, protegidos de qualquer ataque por duzentos arqueiros e besteiros, na praia onde Comneno desfilava.

Eles desembarcaram dentro de uma hora, e embora os defensores de Isaac avançassem com bastante bravura para recebê-los, nunca antes haviam encontrado nada tão aterrorizante ou eficaz quanto a saraivada intensa de dardos e flechas que os homens de Ricardo despejaram sobre a cabeça dos navios ancorados perto da costa. Os defensores, incluindo o próprio Isaac, dispersaram-se rapidamente, correndo de volta para dentro da cidade que estava às suas costas e atravessando-a, deixando o campo de batalha para as tropas de Ricardo.

Ao longo daquele entardecer e do restante da noite, Ricardo deu prioridade ao desembarque de seus cavalos de guerra. Alguns deles haviam passado de pé durante um mês no mar, e nenhum estava em condições de ser cavalgado, que dirá de correr para uma batalha, mas muito antes do nascer daquela manhã, circulou a notícia de que Ricardo precisava de voluntários — quarenta deles — para partir com ele antes do romper do dia ao longo da costa de Kolossi, a 5 milhas de distância, onde Isaac e seus homens supostamente haviam ido parar na noite anterior.

Assim que ouviu a notícia ser gritada para um dos guardas na proa por uma das sentinelas noturnas no cais, André, que estivera no tombadilho durante a maior parte da noite, inquieto e incapaz de dormir, foi à procura do comandante de seu navio, invocando seu direito, como um dos vassalos de Ricardo, de atender ao chamado por voluntários. Mas Tournedos, mal se levantando de seu beliche para encarar o dia, franziu o cenho e sacudiu a cabeça, negando qualquer competência, como comandante naval, de conceder tal pedido a um cavaleiro. Mandou-o, em vez disso, pedir permissão ao oficial superior templário a bordo do navio, e André não teve escolha a não ser obedecer.

O homem em questão, um renomado e popular cavaleiro chamado Don Antonio Del'Aquila, nascera nas terras ibéricas abaixo de Navarra, mas vivera toda a sua vida em Navarra e na França, porque sua terra natal havia sido invadida e ocupada pelos mouros logo depois de seu nascimento. André nunca havia falado com o homem, mas sabia quem ele era e o vira muitas vezes desde que subira a bordo do navio. Encontrou-o no longo convés de popa, debruçado sobre a amurada do lado esquerdo do irmão sargento que guardava o leme, conversando em tons sussurrados com outro cavaleiro de face sombria. Era óbvio que eles estavam preocupados, mas o cavaleiro ouviu a solicitação de St. Clair, ainda que com impaciência, de cenho fechado e claramente contrariado por ter sido interrompido, jamais tirando os olhos do homem com quem estava conversando quando André chegou. Mas então, sem ter olhado nenhuma vez para ver quem se dirigia a ele, recusou sumariamente sua permissão, dispensando André apenas com o tom de sua voz.

Surpreso pela peremptoriedade da resposta do homem, e mais do que ligeiramente ressentido porque ele próprio ainda não estava totalmente comprometido como membro da Ordem do Templo, o que significava que ainda detinha o direito de cumprir suas obrigações feudais para com seu suserano, André contestou o direito do templário de impedi-lo. Ele insistiu com persistência no fato de que ainda não havia tomado os votos de obediência à Ordem e, portanto, não podia ser obrigado a anuir ou obedecer a qualquer ordem que não fosse um comando direto.

Del'Aquila, que era afetuosamente conhecido no interior da comunidade templária simplesmente como Aquila, estava em pleno ato de dar as costas para retomar sua conversa interrompida, estendendo a mão para apertar fraternalmente o ombro de seu companheiro, mas então se deteve e endireitou ligeiramente o corpo, levantando um dedo em sinal de desculpas para o outro homem, antes de voltar-se novamente para encarar seu desafiante. A luz bruxuleante de uma lamparina sobre o tabique lançava sombras em seu rosto, e André esperava ver raiva estampada nele, mas não encontrou nenhuma. Em vez disso, Aquila olhou-o calmamente por longos momentos, sem exibir nenhuma emoção discernível. Era um homem jovem, no auge do seu vigor para a luta, e André estimou que tivesse 32 ou 33 anos. Tinha uma espessa barba castanho-arruivada, embora parecesse preta na penumbra que antecede o amanhecer, e a mantinha aparada rente sob o capuz de cota de malha de sua armadura. Sua sobrecota branca trazia a cruz vermelha de braços longos dos Cavaleiros Templários de Outremer na frente e nas costas, mas no quadrante superior esquerdo da cruz frontal, entre o lado esquerdo do peito e o ombro, também usava a cruz negra de braços equiláteros com as extremidades dilatadas, a cruz *patté*, que havia sido o emblema original da Ordem antes de sua investidura com a imponente cruz representando o Sangue de Cristo. Muito poucos homens usavam ambas as insígnias, e todos estes eram cavaleiros que haviam distinguido a si próprios — e, portanto, à Ordem — em batalha.

Aquila continuou encarando St. Clair, seus olhos espremidos, os dentes mordiscando gentilmente o lábio superior, e depois ele deu um suspiro profundo e sibilante pelas narinas e voltou-se para o outro homem.

— Perdoe-me, *signor* Loranzo, mas eu devo atender... este rapaz. Se desejar esperar-me em meus aposentos, devo retornar assim que puder.

O outro homem, que parecia italiano, agora que André ouvira seu nome, fez uma profunda reverência e se afastou, e Aquila olhou novamente para André e o chamou com um gesto do indicador.

— Venha. Caminhe comigo.

Enquanto André se punha a caminhar ao lado dele, Aquila perguntou:

— Por que você quer partir com Ricardo?

— O duque é meu suseran...

— Eu sei disso, mestre St. Clair, mas por que você quer partir com ele?

— É meu dever, como seu vassalo.

— Não, seu dever como vassalo dele é obedecer a todos os comandos. Ele não emitiu nenhum comando quanto a isso. Seu chamado foi por voluntários. Agora me deixe perguntar novamente: por que você quer partir com ele?

— Para... — André refletiu, ciente de que estava procurando uma mentira para justificar suas vontades, sorriu a contragosto e admitiu a derrota. — Para sentir um cavalo entre minhas pernas novamente.

— Depois de tanto tempo no mar, você quer dizer.

Aquila não estava olhando para ele e não vira o seu sorriso.

— É.

— E você acha que é o único?

— Não, eu não...

— Perfeito.

Eles haviam dado a volta e passado diante da cana do leme desarmada e agora caminhavam lentamente ao longo da borda direita do convés da popa, cientes dos olhos e ouvidos atentos do guarda no leme atrás deles, mas então, no ponto mais distante do local onde o guarda estava de pé observando-os, Aquila parou, girou sobre si mesmo de modo que ele e St. Clair ficassem quase nariz a nariz e, enquanto o fazia, segurou André pelo pulso e franziu o cenho, como se rosnasse de raiva para ele, baixando drasticamente a voz.

— Não se mova — disse ele. — Não tire os olhos do meu rosto. Ouça o que eu tenho a lhe dizer. Escute, como se estivéssemos sendo ouvidos! Vamos supor que eu lhe desse permissão para partir com seu senhor. Você cavalgaria talvez por 5 milhas num animal que poderia, ou não, se demonstrar pronto para aguentar tal distância depois de um mês no mar. E você poderia, ou não, encontrar esse imperador cipriota e sua horda de tolos, depois do que você poderia, ou não, lutar com eles. Mas suponha que essas coisas venham todas a acontecer, e você acabe montado num cavalo que não esteja preparado, num terreno incerto, lutando contra homens cujas habilidades guerreiras são ridículas e ineptas, mas que, ainda assim, tenham o potencial de ser letais, dependendo da ocasião. Suponha que um desses guerreiros ineptos seja afortunado o bastante para derrubá-lo e matá-lo por acidente... — Ele fez uma pausa, permitindo que suas palavras tranquilas, porém enfáticas, ecoassem entre ambos, enquanto seus olhos não se afastavam dos de André. — Então, lá está você — continuou ele, e agora sua voz estava ainda mais calma do que antes, pouco mais que um sussurro mais intenso e mal audível, ainda que clara. — Sir

André St. Clair, morto num pedaço desconhecido de terra no meio do nada, sem ter alcançado nada, e tudo pelo que você passou neste último ano devidamente anulado... uma perda de tempo e esforço... e não apenas do seu tempo e do seu esforço, mas dos esforços de todas as pessoas que trabalharam com você durante todo esse tempo para prepará-lo para a tarefa que lhe foi designada em Outremer.

Ele se deteve, observando a confusão e em seguida a compreensão florescerem nos olhos de André St. Clair, depois arqueou uma sobrancelha e balançou a cabeça, confirmando o que percebera, embora falasse sobre outras coisas, agora numa voz mais alta.

— Nós já havíamos decidido, aqueles entre nós que estão no comando aqui, muito antes dessa chamada por voluntários feita pelo rei Ricardo, que os assuntos do Templo devem, como sempre, ter precedência sobre aqueles de um simples rei. Nossa tarefa, o dever ao qual nos dedicamos, é chegar à Terra Santa com vida e reabastecer as forças e o sangue guerreiro que nossa sagrada Ordem perdeu nas batalhas dos últimos anos. Nossas reservas lá foram severamente depauperadas, nossa força e a continuidade da nossa existência foram postas em perigo; portanto, nós não podemos nos permitir perder, ou mesmo arriscar, a vida ou o bem-estar de um só homem antes de estarmos face a face com Saladino e seus enxames de homens. O destino do próprio cristianismo, na terra do próprio Cristo, pode depender de cada um de nós, ou mesmo de um só homem entre nós... E quem pode dizer quem seria esse homem?

"Então, nós permanecemos a bordo dos nossos navios ou desembarcamos no seio da nossa própria comunidade. Nós nos mantemos intatos e evitamos nos envolver em tais escaramuças mesquinhas, sem importância e movidas pela vaidade, pois elas podem matar bons homens sem um propósito vantajoso. Você me entende?

A única coisa que André verdadeiramente havia entendido até aquele momento era que mais uma vez, e inesperadamente, havia encontrado um companheiro que pertencia à Ordem de Sião que tinha ciência de sua verdadeira identidade e de seu propósito secreto ao visitar Outremer. Ele havia se perguntado desde o princípio desse incidente como Del'Aquila sabia seu nome, mas isso não era mais um mistério. Também havia recebido e compreendido a mensagem de Aquila sem qualquer dúvida, e agora não tinha a menor dificuldade em perceber o sentido e a força do argumento que estava por trás da recusa do homem ao seu pedido — e tal percepção fez com que se sentisse tolo e egoísta. A tagarelice sobre o destino do próprio cristianismo depender do Templo não era mais do que isso... tagarelice destinada aos ouvidos de quem os pudesse estar escutando. A verdadeira mensagem que André havia recebido era que ele estava sob constante guarda e vigilância, mesmo contra si próprio, por seus preocupados confrades do Sião. Ele suspirou profundamente, e ergueu a cabeça e balançou-a de maneira decidida em acatamento.

— Sim. Eu entendo... inteiramente. Lamento ter chamado sua atenção sobre mim por um assunto tão trivial. Perdoe-me.

— Não é necessário, pois nenhum mal foi cometido. Mas você permanece a bordo daqui por diante, a não ser que o rei Ricardo o convoque diretamente.

André conseguiu encontrar um sorriso e inclinou a cabeça.

— Eu posso melhorar ainda mais a sua afirmação, *señor* Del'Aquila, pois já discuti isso comigo mesmo em outras circunstâncias. Eu atenderei ao chamado do rei Ricardo apenas se e quando ele me convocar como meu suserano, o duque de Aquitânia. Caso contrário, devo permanecer aqui e não correr riscos insensatos. Eu não devo lealdade ao Reino da Inglaterra.

Enquanto os dois conversavam, Ricardo e sua comitiva já estavam se pondo em marcha para o oeste rumo à cidade de Kolossi, e ao ouvi-los partir, pois ainda estava escuro demais para vê-los, André não sentiu a mais leve pontada de remorso por ficar para trás. A admoestação de

Aquila lembrara-o das prioridades que agora governavam sua vida, e ele passou a manhã dedicando-se às suas armas, mais particularmente à sua besta, limpando-a do sal e da corrosão que haviam se acumulado sobre ela durante os meses anteriores no mar, depois limpando e polindo seu suprimento de dardos e certificando-se de que sua provisão de cordas para o arco estava em perfeitas condições, todas as cordas secas e protegidas contra a umidade.

Depois da refeição do meio-dia, seduzido pela visão e pelos sons das barricas onde outros besteiros haviam instalado postes de tiro e alvos, ele desembarcou com dois outros cavaleiros e passou uma hora praticando, até que Ricardo e sua comitiva retornaram de sua incursão militar, carregados com a pilhagem. A história de seu sucesso espalhou-se rapidamente e foi motivo de grande júbilo. Eles haviam encontrado o acampamento de Isaac sem defesas, com todos os seus ocupantes adormecidos, já que nenhum deles havia considerado que o inimigo pudesse segui-los naquela noite. Ricardo atacara de imediato, e o combate que se seguira não havia passado de uma debandada desde o início, o inimigo saltando do leito em pânico e fugindo para as colinas imediatamente, sem fazer qualquer esforço para vestir as roupas ou armas descartadas, sem lutar nem se defender, mas apenas abandonando tudo o que havia levado consigo. Isaac havia desaparecido e supôs-se que fugira com a gentalha, de acordo com as informações do povo da ilha, dirigindo-se para o interior, rumo ao norte através das montanhas de Troodos, até Nicósia, a mais de 70 milhas de distância, e Ricardo estava de excelente humor. O dia era um domingo, 12 de maio, dia de São Pancrácio, do ano de 1191, um dia que se demonstrou grandioso em vários sentidos além da derrota do indefeso Isaac, o primeiro deles sendo o avistamento do restante da esquadra no horizonte muito antes do dia programado.

André já havia escutado várias versões dos eventos da manhã quando soube da chegada da frota e estava voltando para o local onde havia deixado seu escaler na praia quando ouviu uma voz familiar gritar seu nome e voltou-se para ver o rei em pessoa a meio-galope atrás dele. A disposição de Ricardo era elevada e estava muito claro quão satisfeito consigo mesmo ele se sentia. O rei desceu de sua sela e passou um braço em volta do ombro de André, puxando-o com força e sem resistência para baixo e para a frente de encontro ao seu peito, como se lhe desse um golpe de luta romana.

— Senti falta do seu rosto esta manhã — começou ele, antes de retirar o braço. — Pensei que você estaria comigo quando convoquei voluntários, mas então vi que o seu não era o único semblante templário ausente daquela aglomeração. Nenhum de vocês foi comigo. Por quê? Os templários têm uma mensagem da qual desejam que eu me dê conta?

André deu um sorriso melancólico e flexionou o ombro direito, que, meses depois de seu recente ferimento, às vezes ainda ficava sensível.

— Sim e não, *milord* — disse ele. — Eu tentei juntar-me ao senhor, mas fui lembrado, assim como todos os outros que procuraram obter permissão, de que meu primeiro dever nesta expedição é a reconstrução da presença da nossa Ordem em Outremer. Foi-me apontado que uma morte inglória e inútil nas mãos de um bufão num pequeno campo de batalha em Chipre pouco faria em benefício do Templo, enquanto minha presença na Terra Santa poderia alcançar grandes coisas em nome de Deus.

— Ah! — A gargalhada de Ricardo confirmou que nem mesmo as políticas do Templo poderiam vencer seu bom humor naquele dia. — Como eu imaginei... Mas você continua meu vassalo, não é? Você não jurou qualquer voto enquanto eu estava fora, jurou? — Ele viu André menear a cabeça em negação, e seu sorriso ficou mais largo. — Então, isso é maravilhoso, porque hoje, antes da esquadra aportar e de Deus reclamar a sua lealdade, eu preciso que você alcance grandes coisas em *meu* nome, meu rapaz.

Com seu sorriso ainda no lugar, ele olhou em volta de maneira quase furtiva, como um garotinho contemplando uma travessura, estendeu a mão e agarrou a manga de André, puxando-o de lado até pararem num ângulo abrigado entre dois galpões de madeira de lados abertos.

— Há algo que eu preciso que você faça para mim, sozinho e neste mesmo minuto, enquanto a decisão ainda ressoa em minha mente.

— É claro, *milord*. O que é?

O rei olhou-o nos olhos, parecendo hesitar, se lançou em frente, suas palavras tropeçando umas nas outras em sua pressa de livrar-se delas.

— Eu preciso que você requisite um barco.

— Isso já está feito, *milord*. Eu tenho um aqui, nas proximidades.

— Ótimo, então pegue este barco e vá até as dromundas na baía. Apresente-se à minha prometida e informe-a de que ela e eu nos casaremos hoje, esta noite, antes da hora do jantar. Eu mandarei uma escolta para ela e minha irmã quando chegar o momento. Nesse meio-tempo, ela deve se vestir e ficar pronta. Ela terá várias horas para se preparar... duas horas, pelo menos, talvez três. Eu já falei com o padre Nicolas, meu capelão, no caminho de volta de Kolossi. Ele conduzirá os ritos matrimoniais, como é de seu direito, e neste exato momento está fazendo os preparativos necessários para o restante do cerimonial. Ele usará a Capela de São Jorge, Matador do Dragão, no castelo de Limassol, que já é nosso, e os bispos dos nossos vários domínios reunidos... nós temos o bispo de Evreux aqui e outro de Bayonne, assim como alguns arcebispos... a nomearão e ungirão formalmente como rainha da Inglaterra, bem como depositarão a coroa sobre sua testa tão logo sejamos marido e mulher. Conte tudo isso a ela. E alerte Joana para que ela cuide para que tudo esteja como deve ser. Solicite que ela traga suas damas de companhia e também as de Berengária, para isolar a rainha daquele amontoado sufocante de clérigos carrancudos e mal-humorados... E não se esqueça de informar o homem de De Sablé, Coutreau, de quantas mulheres vão desembarcar, pois ele vai precisar providenciar um transporte adequado para elas... um batel, para que elas fiquem estáveis, e com um toldo, a fim de manter seus cabelos e toucas livres da ação do vento e para assegurar que suas roupas fiquem secas durante a travessia... Pouco bem me faria transportá-las num barco a remos debaixo do vento e da chuva, para aparecerem aqui como uma ninhada desgrenhada em meio às fileiras de pavões que se reunirão quando esta notícia se espalhar.

Ele parou abruptamente e depois estendeu a mão para apertar novamente o ombro de André, e o beliscão de seus dedos penetrou até mesmo a camisa de cota de malha sob a sobrecota de André.

— Você entendeu tudo o que eu lhe disse?

— Sim, *milord.*

André matraqueou rapidamente todas as instruções que lhe haviam sido dadas, enumerando-as sucintamente para o rei, embora pensando o tempo todo, em outro nível de consciência, que aquilo havia sido muito repentino e sem um verdadeiro aviso. E perguntou-se por que seria isso. A quaresma acabara havia muito tempo, e o natural período nupcial após a Páscoa, com todas as suas sugestões de renascimento, renovação e fecundidade, havia passado sem comentários, graças à tempestade pascal e à dispersão da esquadra. O noivado poderia então se prolongar indefinidamente, sem ocasionar nem mesmo um erguer de sobrancelhas, uma vez que a urgência da iminente campanha em Outremer agora eclipsava todo o resto e ficava maior a cada dia. Então, por que, indagou André consigo mesmo, Ricardo agora tinha tanta urgência para celebrar seu casamento, no intervalo de um só dia? Não houvera menção alguma disso no dia anterior, depois da visita de André à princesa. Poderia isso ser um imperativo tão súbito, imaginava ele agora, porque o rei, cavalgando na alta onda da vitória que conseguira sobre o tirano daquela ilha, precisava dar o salto em pleno voo, antes que sua coragem o abandonasse por completo? Ele procurou sinais de pânico ou desespero nas maneiras de Ricardo e descobriu que podia ver evidências dos dois sentimentos, e em profusão, embora ambos mudos e mantidos sob controle.

Ricardo, completamente alheio ao escrutínio de André, estava falando novamente.

— Ótimo. Diga à minha dama que será esplêndido. Há um monastério aqui em Limassol, uma fraternidade beneditina, e disseram-me que eles cantam maravilhosamente bem, de modo que teremos música e luz... densos conjuntos das mais lindas velas brancas... e copiosas e revoluteantes nuvens de fragrante incenso. Conte-lhe isso, para que ela não acredite estar recebendo um pastiche de casamento real. Certifique-se de que ela saiba do contrário... Música, luz e incenso para deixar todos os sentidos trôpegos... e um banquete de núpcias para ficar na história, sem sombra de dúvida, bois, carneiros e leitões já estão rolando no espeto, e peixes e aves estão sendo preparados enquanto nós falamos... — O rei se interrompeu repentinamente e olhou para trás, seu rosto subitamente tomado pela dúvida. — Pelo menos, eu creio que estão... Eu falei com... — Ele se voltou rapidamente para André. — Que assim seja. Vá e faça como eu mandei. Eu tenho outras coisas para resolver e outras pessoas para instruir. Agora vá, rápido. Há pouco tempo a perder e absolutamente nenhum para desperdiçar.

Antes que André pudesse concluir sua saudação, Ricardo se foi, subindo em sua sela e fazendo sua montaria dar a meia-volta bruscamente, esporeando-a e incitando-a rumo à multidão na praia e através dela, dispersando-a sem consideração por sua segurança enquanto fazia pressão por passagem. André observou-o partir e depois sacudiu ligeiramente a cabeça em desaprovação e de novo se pôs a procurar seu barco.

Dessa vez sua chegada ao costado da dromunda foi inesperado, e depois que o capitão de seu barco chamou a embarcação à fala André teve de aguardar sua vez em silêncio até alguém finalmente lhe atirar uma escada de cordas para que ele pudesse subir a bordo. Então, consciente de que sua aparição evidentemente havia sido considerada de importância insuficiente para justificar o esforço de baixar a pesada rampa de acesso, ele teve de ficar de pé com dificuldade no barco instável, enquanto seus dois remadores operavam a pequena embarcação com grande habilidade até que um deles conseguiu enroscar o remo entre dois degraus da escada pendurada e puxá-la para a frente para que André pudesse pegá-la. Ele agradeceu com um movimento de cabeça e agarrou as cordas laterais da escada; depois se inclinou para trás em reação ao puxão provocado pelo peso dela e ergueu os olhos para o costado bojudo da enorme embarcação, perguntando-se como conseguiria subir até lá usando uma armadura de malha completa.

— Nós vamos ajudá-lo a subir — disse-lhe o remador mais experiente. — Agarre a escada o mais alto que puder e espere pelo meu grito. Quando o ouvir, salte bem alto e mantenha os pés bem afastados de encontro ao costado do navio. Não tente colocar os pés na escada ainda. Quando eles estiverem apoiados, puxe o corpo para cima e erga a perna bem alto, pelo menos três degraus, até que seus pés estejam livres da água. Então dê um impulso com as pernas e posicione os pés na escada sob você. Depois disso, deve ser fácil, se você não se atrapalhar e acabar pendurado de cabeça para baixo.

André fez que sim com a cabeça, engoliu em seco e alcançou o mais alto que pôde para reajustar seu apoio e aguardou, com um sorriso tenso, pelo sinal.

— Meus agradecimentos — disse ele antes que o aviso viesse. — Se eu não afundar, não devo demorar muito.

Quando chegou ao nível do tombadilho, ele pelo menos estava seco e consolou-se com o fato de que apenas seus homens, abaixo dele, poderiam ter visto sua luta indigna para içar a si próprio pelo costado do navio, mas sentia-se enraivecido por ter sido posto numa posição em que precisara correr o risco de cair no mar sem ser observado por ninguém acima dele. Um marinheiro no convés abriu o portão na lateral do navio para que ele entrasse, e dois oficiais no tombadilho voltaram-se casual e insolentemente, pensou André, para inspecioná-lo quando ele caminhou para adiante. Um deles, o mais graduado dos dois, a julgar pelo galão em sua túnica, abriu a boca para dizer algo, mas André interrompeu-o, erguendo um dos braços diante de si de modo que a palma de sua mão quase se chocou no nariz do sujeito.

— Sentido e atenção quando fala com um mensageiro do rei, seu grosseirão sem modos — rosnou ele. — Eu estou aqui representando o rei Ricardo da Inglaterra, em pessoa, e trago notícias dele para sua noiva e sua irmã Joana, rainha da Sicília. Seria necessário o próprio Ricardo para sofrer a sua insolência e falta de consideração para com a chegada dele? Ele seria forçado a se arrastar com as suas próprias mãos para bordo de seu navio? — Ele ignorou a crescente palidez na pele do desafortunado oficial e continuou falando, impondo-se implacavelmente contra a face do sujeito. — Tenha certeza de que eu o informarei dessa possibilidade quando voltar a ter com ele esta tarde. E jamais torne a perder de vista o fato de que este não é, e nunca será, o seu navio. É um navio do rei. O navio do rei Ricardo. — Ele virou a cabeça bruscamente para o lado e apontou um dedo para o segundo oficial, o mais jovem. — Você! Seu mentecapto! Feche sua boca babona e traga sir Richard de Bruce aqui, neste instante. Agora! — Ele rugiu a última palavra, interrompendo a tentativa do homem de responder, e o sujeito girou nos calcanhares e correu por uma porta na parede da popa. André ficou olhando para ele, sem fazer nenhum esforço para relaxar suas feições rígidas.

— Senhor... Mestre St...

— Cale-se. Você teve sua oportunidade de falar quando eu me aproximei do navio e decidiu permanecer indiferente e oferecer insultos silenciosos em vez de auxílio ou cortesia. Agora você aprenderá o que é usar trapos molhados e empurrar o remo como um marinheiro comum; portanto, faça o possível para se preparar.

Enquanto o oficial continuava parado com a boca aberta em consternação, a porta atrás dele se abriu, e o comodoro De Bruce surgiu, seu olhar movendo-se curiosamente de um para o outro, de modo que André soube que ele já havia sido informado sobre o que estava acontecendo pelo oficial menos graduado.

— Mestre St. Clair — disse ele, com o começo de uma ruga se formando entre suas sobrancelhas —, eu não esperava vê-lo novamente.

— Isso está claro. Nem o seu macaquinho de estimação, aqui. Eu quero este homem destituído de seu posto e de suas funções agora, por preguiça e desrespeito, insolência grosseira contra um mensageiro do rei e lesa-majestade, um insulto contra o rei em pessoa. — Ele ergueu rapidamente uma das mãos com a palma para fora para impedir o protesto de De Bruce. — Faça o que eu digo, mestre De Bruce. Não tente me influenciar nem desculpar a conduta deste homem, eu lhe advirto. Ele é indigno de ser um oficial de qualquer tipo, mesmo um oficial de navio, e se estivesse sob meu comando eu o faria açoitar e o forçaria a servir nas fileiras. Portanto, cuide para que minha vontade neste caso seja cumprida. Eu vou esperar para ver isso feito antes de partir, o que deverá acontecer dentro de uma hora, e pretendo fazer um relatório completo do que aconteceu ao rei Ricardo em pessoa.

— Eu não tenho tal autoridade a bordo deste navio, sir. O comandante do navio...

— Você não é o comodoro destas dromundas, então?

— Sim, eu sou, mas...

— Sem mas, mestre De Bruce. Ou você está no comando ou não está. O que eu devo contar ao rei Ricardo?

Os ombros de De Bruce desabaram ligeiramente.

— Muito bem, então, eu vou instruir o capitão... Mas, sir André, este homem é o tenente mais graduado deste navio.

— Ele era! Por Deus! Como caíram os poderosos! Agora, se lhe apraz, comunique às damas Berengária e Joana que eu estou aqui à disposição delas com notícias urgentes do rei.

De Bruce assumiu uma postura ereta e assentiu ligeiramente com a cabeça, enraivecido, mas incapaz de fazer qualquer coisa a respeito.

— É claro. Imediatamente. — Ele voltou um olhar gélido para o oficial condenado. — Você, sir, vá esperar nos meus aposentos.

Quando ambos partiram, deixando apenas o oficial menor no tombadilho, extremamente subjugado e cabisbaixo, André deu-lhe as costas e contemplou a distante proa do navio, consciente de que o marinheiro que havia aberto o portão para ele estava parado rigidamente em posição de sentido, com os olhos em André e o rosto absolutamente sem expressão.

"Eu me pergunto o que você pensou daquilo", disse a si mesmo, começando a se indagar se poderia ter sido duro demais com o tenente, fazendo caso apenas para enfatizar sua posição e ao mesmo tempo purgar sua própria raiva. O pensamento mal durou um instante, porém, pois ele sabia que estava certo e subitamente relembrou a maneira como o sujeito havia desdenhado de sua aparência na véspera da primeira vez que André subira a bordo do navio. Não houvera real ofensa imposta ou sofrida naquela ocasião, mas a atitude de desdenhosa intolerância do homem havia sido perceptível e, André agora se dava conta, memorável. Ele balançou a cabeça para si mesmo em aprovação e afastou o sujeito de sua mente no momento exato em que a porta se abriu às suas costas e De Bruce tornou a surgir para lhe dizer que as damas o receberiam imediatamente.

Desde o princípio André St. Clair havia se impressionado com o caráter repentino da determinada resolução do rei de se casar imediatamente — e começara a pensar desde então, ouvindo a conversa de Ricardo sobre monges cantores e velas em profusão, bispos reunidos e arcebispos, que a precipitação de tudo aquilo provavelmente estaria causando enormes inconvenientes a todos os envolvidos; de cozinheiros a camareiros e intendentes, quase todos deviam ter sido apanhados tão desprevenidos quanto ele próprio pela decisão impetuosa e imperiosa do monarca. Estava completamente despreparado, no entanto, para a tempestade de apaixonada descrença e protestos que suas notícias precipitaram entre as mulheres na dromunda. Ela desabou de um límpido céu azul sobre sua cabeça e deixou-o aturdido e cambaleante, com a boca escancarada e começando a perceber, ainda que incapaz de compreender, a enormidade do crime que fora persuadido a perpetrar contra, e perante, as mulheres de Ricardo. Não importava que ele fosse apenas o mensageiro, inocente de cumplicidade ou transgressão; alguém tinha de sofrer o impacto de seu ultraje coletivo, e ele era o receptáculo mais próximo e mais qualificado para o seu desprezo e feroz indignação.

Mais tarde ele se daria conta, com gratidão, de que o pior daquilo tudo teve vida curta, unicamente porque as mulheres não tinham tempo a perder com ele, uma vez que a gravidade da situação delas começou a se fazer sentir. Elas foram mergulhadas, sem qualquer aviso, num frenesi de atividades e preparativos, todos os quais muito rapidamente identificados e nenhum dos quais possível de ser adequadamente resolvido no tempo disponível. Poucos momentos depois disso, St. Clair viu-se parado no meio de um turbilhão de ruídos inspirados pelo pânico, dentro de uma nevasca fervilhante de roupas femininas que pareciam preencher completamente o ar, e instantes mais tarde ele foi expurgado da cabine, atirado no meio do tombadilho, recapitulando tudo que havia dito a elas e o que descobrira em retorno. Não havia perdido nada de importante, acreditava ele, e conseguira saber do que mais necessitava: nove mulheres no grupo seriam recolhidas pelo batel de De Sablé — a princesa levaria sua *dueña* idosa, que fora sua babá desde a infância, e duas jovens damas de Navarra; Joana estaria acompanhada por sua principal dama de companhia e servente, Maria, e por três mulheres sicilianas, duas delas viúvas e a outra solteira, que haviam sido suas damas de companhia quando ela era rainha em seu próprio trono.

Perguntando-se então onde seria mais provável encontrar o conde de Coutreau, o delegado de sir Robert de Sablé no comando em Limassol até que o próprio sir Robert chegasse com o restante da esquadra, ele caminhou por uma espécie de labirinto em direção ao portão de saída no costado do navio, notando, apenas quando chegou ali, que a rampa de acesso havia sido desdobrada e abaixada até o seu lugar, e a visão disso fez com que se lembrasse do outro assunto que havia sido posto em marcha anteriormente. O mesmo marinheiro estava postado ao lado do portão na parte lateral do navio, observando-o, e André fez um cumprimento de cabeça para ele e disse-lhe para alertar a tripulação de seu barco de que logo ele estaria lá. Então se voltou para o local onde o tenente subalterno o olhava com cautela, equilibrado sobre os calcanhares.

— Chame sir Richard para mim.

— Sim, sir André.

A resposta foi tão firme e lacônica quanto qualquer um teria esperado numa parada militar e o tenente girou prontamente o corpo e afastou-se para entregar a convocação. Sir Richard de Bruce surgiu de seus aposentos momentos depois e, com o rosto tenso, seguiu diretamente até André, que fez um aceno brusco de cabeça.

— E o outro sujeito, o que você fez com ele?

— Eu o confinei em sua cabine, sir André.

— Não basta. Dispa-o de sua túnica, ponha-o a ferros e mantenha-o sob guarda, publicamente, ali naquele canto, para aguardar o veredicto do rei. Não fará mal ao seu idiota vaidoso ver o mundo durante algum tempo através dos olhos dos menos favorecidos do que ele. Aquele homem precisa ser lembrado de que, como um oficial insignificante a bordo de um dos navios do rei, seu posto é apenas ligeiramente superior ao dos rufiões que ele comanda e não lhe permite causar ofensas a ninguém, muito menos a alguém que em algum momento pode estar em posição de se vingar dele. Qual é o nome dele, a propósito?

— De Blois, sir André. Seu nome é De Blois.

— Pelas sobrancelhas cerradas de Deus! É mesmo? Diga-me se o seu primeiro nome não é Antoine.

— Não é. — De Bruce agora parecia intrigado. — É Stephen... Etienne, na sua língua. Isso é importante para você?

André fez um muxoxo e sacudiu a cabeça.

— Não de fato... mas um de seus parentes distantes, Antoine de Blois, fez o máximo que podia para me matar pouco tempo atrás. Ele falhou, é claro, mas eu decididamente achei desagradável tê-lo por perto, e agora parece-me interessante que este sujeito aqui seja outro De Blois. Traços de família, sir Richard... Traços de família.

André deixou o comodoro olhando-o pelas costas e seguiu diretamente para o portão, que o marinheiro em serviço manteve aberto para ele. Seu barco estava à espera no final da rampa, e dessa vez ele saltou a bordo com facilidade e acomodou-se na popa enquanto os remadores se afastavam do grande navio. E então André aprendeu outra lição sobre as estranhezas da fraternidade marítima. Ele perguntou ao mestre de seu barco, o timoneiro, se tinha alguma ideia de onde poderiam começar a procurar pelo conde de Coutreau, o delegado do mestre de esquadra, e o sujeito olhou em volta dos navios reunidos e depois apontou sem hesitar para um dos recém-chegados.

— Ali, senhor — murmurou ele —, a bordo daquele inglês.

— Como você pode saber disso? — André estava realmente impressionado, e o grande timoneiro sorriu e bateu ligeiramente na aba de seu nariz.

— O estandarte, senhor, a bandeira alta lá no topo do mastro, mais alta que todas as outras, com os três triângulos verdes sobre o campo branco e as coroas gêmeas. Aquele é o estandarte do comandante da frota. Vai com ele de navio para navio, para que o restante da esquadra saiba onde ele está a todo momento. Triângulos verdes indicam o delegado e significam que o próprio mestre não está. Os triângulos do estandarte dele são azuis... a bandeira é a mesma, exceto por isso.

André estava tolamente impressionado.

— Não me diga — disse ele. — Mas é sempre assim?

— Sempre, senhor. Sem falhas. Onde o mestre de esquadra vai, seu estandarte vai, e é montado no topo do mastro. É apenas uma questão de bom-senso, senhor, se pararmos para pensar. Em tempos de dificuldade, ou em guerra, quando as pessoas procuram orientação ou comando, elas olham para os mastros à procura do navio com a bandeira que ostenta o estandarte do mestre. É onde o mestre está e onde o comando é mantido.

— Pelas sobrancelhas do Senhor, isso é algo inspirado! Quem pensou nisso?

O grande timoneiro tornou a sorrir, vagarosamente, e inclinou a cabeça, batendo na aba do nariz outra vez.

— Alguém mais esperto do que eu, senhor... e alguns anos mais velho. Não acho que já tenha havido um tempo no mar em que esse não fosse o modo de fazer as coisas... Como eu disse, quando se para pra pensar, é apenas uma questão de bom-senso, não é?

— É, você está certo, é mesmo. — O rosto de André se abriu num lento sorriso. — O mesmo tipo de bom-senso que mantém os homens longe das mulheres quando há um casamento iminente... Leve-me até o mestre de esquadra agora, diretamente.

Vários membros de alta patente da Ordem do Templo compareceram às núpcias reais naquela noite para testemunhar o casamento e a coroação da nova rainha, e de acordo com todos os relatos foi uma grande ocasião, com conjuntos maciços de velas que deixaram o ar da capela dourado, enquanto o incenso produzia volutas e os monges de não menos do que cinco monastérios se combinavam com os da Cristandade para produzir cânticos litúrgicos como jamais haviam sido ouvidos em Chipre. O grande número de bispos na assistência, todos eles adornados com suas mais belas batinas bordadas de joias e auxiliados por seus cortejos de acólitos suntuosamente vestidos, transformou o cenário numa profusão cintilante de cores e tecidos, mas, ainda assim, a noiva e suas damas de companhia, apesar de não terem sido avisadas com antecedência, tiveram sucesso, a despeito de todo aquele esplendor episcopal, em deslumbrar os olhos de todos os homens profanos presentes — e, sem dúvida, os de muitos clérigos também —, mas André e seus companheiros nem sequer ouviram os cantos da multidão de monges. Como quase todos os outros no porto de Limassol que não estavam envolvidos nas festividades de casamento propriamente ditas naquele dia e naquela noite, seu tempo foi inteiramente tomado pela chegada da frota. Eles tiveram todos os seus deveres distribuídos entre si horas antes dos primeiros navios chegarem ao porto, e sua tarde e noite transcorreram sob trabalho brutal e exaustivo, que se prolongou até as horas mais escuras da noite. Trabalharam ombro a ombro uns com os outros, em turmas ou grupos, embora os templários formassem suas próprias equipes de trabalho e se mantivessem separados de todos os outros, e a cada grupo foi designada uma tarefa específica por oficiais responsáveis pela disposição ordenada e sistemática dos navios que chegavam e de suas cargas. A maioria desses oficiais havia chegado a Chipre com o esquadrão que seguira Ricardo e vinha trabalhando com graus variados de diligência e sucesso desde sua chegada, de modo que o caos provocado pela vinda da frota foi, ao menos em parte, neutralizado pelos preparativos.

Mas no momento em que as primeiras levas de trabalhadores das docas caíram no sono naquela noite, fossem eles empregados engajados localmente ou soldados e marinheiros incumbidos de maneira arbitrária, estavam todos exaustos e atordoados pela falta de repouso. Os ânimos haviam ficado gravemente desgastados e sangue fora derramado em mais de uma briga nas docas. Ainda assim, o trabalho de desembarque continuou, com as várias tarefas sendo assumidas por novas equipes e turmas.

Como de costume, St. Clair levantou-se para as orações matinais, mas havia dormido pouco nas 36 horas anteriores, de modo que não se sentiu culpado por depois se encostar num canto escuro e se encolher para dormir novamente sem ser visto, enquanto seus companheiros tratavam dos afazeres diários para os quais estavam designados. Acordou renovado cerca de uma hora antes do meio-dia e descobriu que o dia havia sido declarado de descanso e celebração para assinalar o casamento do rei. Então, atraído por vozes altas e pelo delicioso aroma de carne assada nas proximidades, seguiu até o costado do navio, onde viu várias dezenas de homens reunidos em torno de um grupo de fogueiras na praia perto de seu navio. Havia um tonel de cerveja montado sobre cavaletes na areia, e a visão daquilo depositado ali, sob a brilhante luz do sol, deixou sua boca seca, despertando-lhe o desejo de sentir o sabor fresco da bebida na garganta. Ele foi até o seu alojamento, quase vazio àquela hora do dia, tirou a armadura de malha e vestiu-se com uma túnica simples e perneiras pela primeira vez em semanas. Então, feliz como um menino por estar sem armadura, caminhou pela margem e seguiu diretamente para as fogueiras e a celebração que acontecia ali. Serviu-se de um jarro de cerveja e depois alguém lhe cortou um pedaço de carne de uma das três carcaças que assavam nos espetos, que ele enfiou entre duas grossas fatias de pão fresco antes de procurar um lugar para se sentar e comer com conforto. Ao lado de uma das fogueiras havia um tronco grande o bastante para duas pessoas se sentar, apropriado para comer e escutar.

A conversa em torno dele era sobre o banquete de casamento da noite anterior e a chegada da força vinda de Outremer, com seus três navios trazendo o rei Guy e sua comitiva de dignitários de alta patente, além de 160 cavaleiros. André tinha pouco interesse em ouvir sobre o casamento, ciente de que logo descobriria mais do que precisava saber a respeito, mas o assunto dos visitantes de Outremer interessou-o bastante, pois ele vira alguns dos cavaleiros na véspera e ficara impressionado com sua aparência circunspecta e desgastada. Não podia sequer tentar imaginar por que o rei Guy, o soberano por direito de Jerusalém, teria deixado o território em tempo de guerra, acompanhado por tantos cavaleiros prontos para a batalha, a não ser que tivesse sido expulso de alguma maneira que desafiava o entendimento, mas descobriu mais coisas sobre aquela situação na primeira meia hora depois de sua chegada às fogueiras do que poderia ter aprendido em uma semana em qualquer outro local pois os homens em volta do fogo, por um puro golpe de sorte, segundo seu ponto de vista, eram membros da guarda pessoal de Ricardo. Assim, eles inevitavelmente tinham acesso a informações mais privilegiadas do que muitos dos mais bem-nascidos seguidores do rei, pois estavam presentes em torno da pessoa do rei o tempo todo e, portanto, eram aceitos com naturalidade, ignorados e quase esquecidos pelas pessoas que deviam vigiar.

A primeira coisa que lhe chamou a atenção entre tudo o que estava ouvindo foi que Filipe de França, ao aportar em Acre, decidira apoiar Conrad de Montferrat contra Guy de Lusignan na questão referente às suas reivindicações conflitantes com a coroa do Reino de Jerusalém. Isso realmente surpreendeu André, pois fora-lhe esclarecido por sua Irmandade, meses antes, que Conrad era primo e vassalo de Barba-ruiva, o Germânico, autointitulado Imperador do Sacro Império Romano, e que ambos eram adeptos do ramo ortodoxo oriental do cristianismo e o apoiavam. Anos antes, cada um deles havia manifestado publicamente sua dedicação no sentido de sustentar e reforçar a Igreja ortodoxa no interior do reino e da cidade de Jerusalém, afirmações coligadas que haviam sido vistas com alarme e depois condenadas pelo papado romano e que haviam resultado no fervoroso apoio papal que fomentara e reforçara a atual campanha franca para retomar a Cidade Sagrada. Mas o próprio Filipe era um dos dois líderes dessa campanha. Barba-ruiva agora estava morto e seu exército não era mais uma ameaça às ambições de Roma, mas, se Filipe de França naquele momento estava se alinhando abertamente com Conrad de Montferrat em oposição à legítima reclamação de Guy de Lusignan ao Reino de Jerusalém, então o rei francês estava torcendo o nariz, intencional e deliberadamente, para o papa... o que significava, por associação direta, que estava incluindo Ricardo, nominalmente seu parceiro e igual, naquele desafio e desdém. Isso, André sabia, era um sério erro da parte de Filipe, pois forçaria Ricardo a fazer uma escolha — e a assumir um compromisso — que provavelmente não beneficiaria nenhum dos dois.

André tinha pouca simpatia pessoal pela situação do rei Guy, pois Lusignan não era o ideal de líder heroico de ninguém, especialmente quando seu histórico era comparado ao de Ricardo. Guy havia demonstrado repetidas vezes, com deprimente reincidência, que sua inconsistência era sem limites e que ele era incapaz de sustentar e conservar — por qualquer período de tempo — uma posição ou opinião que fosse exclusivamente sua e não influenciada pelo pensamento de alguma outra pessoa. A despeito disso, porém, e apesar do fato de que seu comportamento deplorável em nada havia contribuído para fortalecer a sua situação, a reivindicação de Guy à coroa era legítima, ainda que decididamente frágil.

A reclamante inquestionável à coroa do Reino de Jerusalém, ou do Reino Latino, como a maioria das pessoas agora o chamava, era a esposa de Guy, Sibila, irmã e única herdeira sobrevivente do rei Balduíno IV, o Rei Leproso. Ninguém havia questionado a sucessão de Sibila ao trono depois da morte do único herdeiro masculino de seu irmão, um sobrinho doente que não havia sobrevivido à infância, mas todos ficaram ultrajados com sua escolha de um consorte. Ela havia escolhido seu amante, Guy de Lusignan, para governar ao seu lado e coagira o idoso patriarca de Jerusalém a coroar o sujeito não apenas como um príncipe consorte da rainha, mas como o rei legítimo por seu direito próprio. Seus barões, a totalidade da nobreza do reino, ficaram escandalizados, pois consideravam Guy um intruso, um aventureiro e um oportunista desavergonhado.

Ele havia chegado ao reino algum tempo antes, um desconhecido vindo da França, supostamente bem-nascido, mas com antecedentes que eram obscuros e manchados por rumores, e de algum modo fora bem-sucedido, a despeito disso, em integrar-se suficientemente aos padrões locais para convencê-los a confiar nele e apontá-lo como regente durante a menoridade do jovem herdeiro. Sua regência não havia sido nada espetacular, e na única ocasião em que havia tido de fazer uma demonstração de força contra os sarracenos, num lugar chamado Tubania, ele nada mais fizera do que fugir ao confronto. Essa bufonaria havia-lhe custado a regência, embora o jovem herdeiro tivesse morrido pouco tempo depois, apresentando a controvérsia da anulação, mas também havia custado a Guy toda a sua credibilidade aos olhos dos barões do reino.

André engoliu o último bocado de comida e limpou a gordura dos lábios com as costas de uma das mãos, depois tomou um longo gole e se voltou para olhar para seu vizinho mais próximo, um homem franzino e bem barbeado, que tinha um nariz recurvo, malares salientes e um rosto encovado que parecia totalmente desprovido de lábios e dentes. O sujeito, que também tinha ombros enormes, quase excessivamente largos, havia se sentado silenciosamente ao lado de André apenas momentos antes e agora atacava diligentemente uma enorme e suculenta fatia de leitão. De início ele não prestou atenção a ninguém, mas quando André o cumprimentou, olhou para ele e grunhiu, enfiando a carne que tinha na boca em uma das bochechas. André havia notado que ele não trazia consigo nada de beber.

— Bom porco — disse o sujeito. — Você experimentou? — Ele falava baixo, mal abrindo a boca, de modo que sua pronúncia (André não tinha ideia de que região se originava) soava tensa e nasal, mas suas palavras pelo menos eram inteligíveis, e André ficou satisfeito, pois a probabilidade na primeira tentativa, de encontrar alguém com quem pudesse conversar abertamente em meio àquela enorme força militar era muito menos do que boa. Ele conteve uma arroto e balançou a cabeça.

— Não, acho que o que comi foi gado, mas estava bom. Quando o dia de descanso foi declarado? Eu não soube nada até acordar e sentir o cheiro de carne assada, cerca de uma hora atrás.

Seu vizinho suspirou.

— Na noite passada à meia-noite — disse ele, balançando a cabeça para trás por algum motivo, talvez apenas (e o pensamento passou espontaneamente pela mente de André) para demonstrar que de fato possuía dentes, dentes muito pequenos, na arcada superior.

— E quanto às pessoas que estão descarregando os navios?

— O que têm elas? Alguém tem de descarregar os navios. Eu trabalhei a tarde toda ontem e tive de fazer a vigilância à noite. Vi você lá também, com uma das equipes templárias, não vi? Você é um deles?

André grunhiu e levantou sua caneca vazia.

— Sim... um noviço. O mais baixo entre os mais baixos... ainda não um templário, mas também não um anônimo comum, de modo que não saio ganhando em nenhuma das situações, em lugar nenhum. Vou pegar mais cerveja. Posso trazer para você?

O homem olhou em volta como se surpreso por descobrir que não tinha um caneco, e então fez menção de se levantar.

— Eu vou com você.

— Não, ou nós perderemos nossos lugares. Fique aqui e termine. Eu vou trazer cerveja para nós dois.

Quando ele retornou, seu novo companheiro havia terminado de comer e estava contemplando indolentemente a fogueira diante dele. André entregou-lhe um caneco de cerveja e sentou-se ao seu lado.

— Interessante que o rei Guy tenha aparecido aqui, tão longe de onde se esperaria que ele estivesse, quando nós deveríamos estar a caminho para ajudá-lo. Você não acha?

— Interessante? — O soldado da guarda deu de ombros. — Não. Quero dizer... Suponho que seja, se você der atenção a isso. Mas quem se importa? Além disso, nós não estamos indo até lá para ajudá-lo. Nós estamos indo para chutar os sarracenos para fora da terra de Deus, não estamos? Para tomá-la de volta para a Igreja... — Ele sacudiu a cabeça. — Não posso ver muita coisa favorável a uma possível ajuda nossa a ele, quando penso a respeito... *se* eu pensasse a respeito... ele não é grande coisa como rei, afinal, se você me perguntar. Quer dizer, nosso garoto, Ricardo, ali está um rei. Ele parece um rei, veste-se como rei e se comporta como rei. É assim que um rei deve ser... um guerreiro. Um lutador, entende o que eu digo? Alguém que sabe o que é seu e que é capaz de arrancar sua cabeça se você simplesmente olhar de maneira errada para o que pertence a ele. Isso é um rei. Essas outras figuras... Bem, quero dizer, olhe para Filipe... Ou não. Eu preferiria não olhar. Você olha para ele e imediatamente vê um rei? Acho que não. Ah, todos nós sabemos que ele *é* rei... e ele fala como um rei e usa roupas finas, mas é muito afetado. Também é muito... Eu não sei o que ele é... qual a palavra para isso... mas ele é *alguma coisa* demais para o meu gosto... Alguma coisa que ele precisa ser, mas não é. É certo, ele faria com que você fosse assassinado em sua cama ou esfaqueado num beco escuro se você cruzasse o seu caminho, mas jamais se poria diante de você para amaldiçoá-lo na sua frente antes de arrancar sua cabeça com as próprias mãos, como Ricardo faria... E esse rei Guy é do mesmo modo, pelo que eu soube.

André contou silenciosamente até cinco, antes de perguntar:

— O que você soube? Qual é o seu nome, a propósito?

— Nickon... Nicholas, na verdade, mas eu prefiro Nickon. Qual é o seu? — André disse-lhe seu nome, e ele balançou a cabeça com um ar sensato. — Certo, bem, André, pelo que me contaram, esse tal de Guy, esse rei de Jerusalém, aparenta ser bom numa luta, mas não vai à luta com muita frequência, se você entende o que quero dizer. Não são muitos os homens que confiam na sua liderança... Foi ele quem levou toda a culpa pela grande batalha de Hattin, quando a sua gente e os hospitalários foram dizimados e nós todos fomos chutados para fora de Jerusalém. Dizem que ele foi o único culpado dessa derrota, porque não soube diferenciar sua bunda do cotovelo e não pôde decidir o momento de parar e lutar ou de fugir e se esconder... Seja como for, um dos nobres que ele trouxe consigo esteve conversando com o rei... o nosso rei... anteontem, e eu estava de serviço, bem ali perto deles. De qualquer forma, esse sujeito, algum grande barão de Jerusalém, dizia que foi Guy quem sitiou Acre, dois anos atrás, e que ele vem mantendo a gente de Saladino presa ali desde então.

Ele parou e inclinou a cabeça, olhando de lado para André.

— Ele foi capturado e mantido prisioneiro pelo velho Saladino em pessoa, você sabia disso? — André fez que não com a cabeça, comprimindo os lábios, e Nickon balançou solenemente a sua. — Bem, ele foi... por mais de um ano... Imagine, ser prisioneiro e rei provavelmente não é a mesma coisa que ser prisioneiro e um simples guarda velho e suado, pois depois disso Saladino o deixou ir, mas com a condição de que Guy prometesse não lutar contra ele novamente. Guy prometeu, foi libertado e depois começou a levantar um exército imediatamente... Bem, uma promessa feita a um pagão sem deus não é de fato uma promessa, é? Especialmente se for feita sob... você sabe...

— Coação. Feita sob coação.

— Certo. De qualquer forma, levou algum tempo, mas ele finalmente levantou um exército e sitiou Acre...

Nickon parou e inclinou a cabeça para o lado, olhando para André de uma posição angular, aparentemente sentindo necessidade de se afirmar depois do lapso com a palavra *coação*.

— Você ouviu falar de Acre, não ouviu? Você sabe o que é?

— Sim... e não... Eu me recordo de ter ouvido algo... vagamente... mas foi há muito tempo e não prestei muita atenção... Eu na época não tinha noção de que algum dia iria para lá. Conte-me a respeito. O que há de tão importante em Acre?

— Bem, é um porto, não é? Um dos lugares que Saladino invadiu e engoliu logo depois de Hattin. Naquela época, o único lugar que ele não tomou foi Tiro, outro porto, bem mais ao norte, que ele também teria tomado se não fosse por Conrad de Montferrat. Eu nunca tinha ouvido falar dele até ontem, mas ouvi muito a respeito do filho da puta desde então, vou lhe dizer. Ele é germânico, uma espécie de barão ou senhor de alta posição, um dos homens de Barba-ruiva, e foi parar na Terra Santa por acidente... — Ele refletiu. — Bem, não por acidente, não de fato, mas ninguém por lá sabia que ele estava para chegar, e ele navegou diretamente para o porto de Tiro com uma frota de navios cheios de cavaleiros e soldados no mesmo dia em que as pessoas responsáveis pela cidade estavam para se render. Ele pôs um fim nisso, o tal Conrad, e rapidamente, e o resultado foi que Saladino se retirou. Ninguém sabe realmente por que ele se retirou, mas ele o fez de imediato. Virou-se de costas, marchou para o sul e tomou Acre em vez de Tiro. E seu exército ainda a mantém, mesmo estando sitiado há dois anos, e o rei Guy foi o sujeito que começou o cerco.

André franziu o cenho, como se estivesse tendo dificuldade para entender o que lhe havia sido dito.

— Espere, agora... Eu entendo tudo isso, mas o que isso tem a ver com fato de Conrad e Guy serem inimigos?

— Nada, meu velho... e tudo. Posso ver por que você ainda é um noviço. Conrad e Guy são dois gatos brigando pelo mesmo rato... O rato é o Reino de Jerusalém... que eles atualmente estão chamando de Reino Latino... e não há nada que aconteça na Terra Santa que não diga respeito a isso. Conrad navegou para Tiro por acidente e a resgatou. Agora, ele é o marquês de Tiro. Guy navegou para Jerusalém e cobriu sua rainha, embora ela não fosse a rainha na época, não ainda, e agora é o rei de Jerusalém. Conrad tem inveja. O reino é maior do que um portinho de merda e ele o quer para si. E de acordo com o que esse nobre estava dizendo para o rei ontem, ele pode consegui-lo qualquer dia destes. Veja bem, ele está dizendo... e parece haver uma porção de gente lá para endossá-lo... ele está dizendo que Guy só era rei lá porque sua esposa Sibila era a rainha de direito. Sibila morreu no ano passado... ela se foi. Portanto, de acordo com Conrad e aqueles que gostariam de vê-lo no trono, Guy não tem mais direito a reclamar a coroa.

— Mas Guy foi coroado legalmente, não foi?

O soldado da guarda olhou para André por sob sobrancelhas arqueadas, levantando os braços num apelo.

— Eu não sei. Alguém se esqueceu de me convidar para a coroação.

— Sim, bem, ele foi, pelo velho arcebispo patriarca de Jerusalém.

Nickon lentamente projetou os lábios num muxoxo que era muito mais expressivo pelo fato de ele não ter lábios propriamente ditos — sua boca era pouco mais que uma fenda horizontal entre suas narinas e seu queixo. Ainda assim, ele conseguiu transmitir grande ceticismo, talvez por causa disso, e quando André ia começar a lhe perguntar o porquê, ele ergueu uma das mãos e sacudiu a cabeça vagarosamente de um lado para o outro.

— Faça uma pergunta a si mesmo, rapaz. Você realmente acredita que Montferrat e seus chegados se importam só por um momento com o que algum bispo trêmulo possa ter feito cinco anos atrás? Há um reino em jogo aqui, rapaz. As ações de um bispo, patriarca ou não, não se sustentarão nem por um piscar de olhos diante da urgência desse fato... — Ele fez uma pausa, depois seu rosto se abriu num sorriso cheio de rugas e ele acrescentou: — E eu posso lhe dizer isso com certeza, pois ouvi o tal barão de Jerusalém falar a mesma coisa, palavra por palavra, para o rei Ricardo ontem, depois de o rei dizer o que você disse sobre a coroação do rei Guy...

"Veja, eles não se importam com o que é legal. A única coisa que lhes importa é sentar Conrad no trono e jogar Guy no meio do deserto. Desde que Conrad pôs os pés pela primeira vez em Tiro e soube o que acontecera em Hattin, ele vem trabalhando para minar Guy e tomar o lugar dele. Nunca parou... nem por um momento. Quando Guy ganhou a liberdade de Saladino e foi para Tiro, a primeira coisa que fez foi pedir as chaves da cidade para Conrad, pois ele era o rei e aquilo era a única coisa que restava do seu reino. É claro que não as recebeu. Conrad acusou-o, naquele mesmo lugar e momento, de ser um inútil e um covarde e disse a Guy que com a desgraçada derrota em Hattin ele havia perdido o direito de chamar a si próprio de rei. E então, pouco depois disso, ele foi mais longe e reclamou o reino para si próprio e chutou Guy para fora da cidade. Não sentiu pudores em reclamar a coroa para si. Já havia se transformado de um ninguém em marquês de Tiro; portanto, o passo até o reinado não poderia parecer um grande desafio.

"Depois disso, em vez de ir embora... pelo fato de não ter lugar algum para ir... Guy simplesmente ficou do lado de fora de Tiro e recrutou seu exército fora dos muros, e Conrad não fez nada para desencorajá-lo... Na verdade, mandou-lhe homens, pois tinha mais gente dentro da cidade do que podia alimentar. Guy acabou por reunir cerca de setecentos homens, a maioria deles templários e muitos vindos de dentro de Tiro, inclusive o Mestre do Templo, Rid-alguma-coisa.

— Gerard de Ridefort.

— Sim, ele mesmo, e isso fez toda a diferença, pois uma vez que Guy teve o apoio dos templários por trás dele, outros continuaram chegando para juntar-se às suas tropas, e logo ele passou a ter vários milhares pegando em armas, todos ansiosos por uma luta, e no mês de agosto ele marchou com eles para o sul e sitiou Acre. Pouco tempo depois, temendo perder a vantagem para Guy, Conrad cedeu alguns de seus homens para juntar-se ao cerco. Ele e Guy conseguiram cooperar por algum tempo, e, para seu crédito, Guy segurou a sua ponta da corda muito bem no único grande embate que tiveram com as forças de Saladino fora da cidade. Mas o exército logo se dividiu em facções... os homens de Guy contra os de Conrad, e é assim que tem permanecido por mais de um ano...

— E? Há mais coisas. Posso ouvir isso na sua voz.

— É, há mesmo... E então o rei Filipe apareceu com sua metade do exército... este exército. Ele se encontrou com os dois homens em diversas ocasiões, pesou um em comparação com o outro e escolheu Conrad. É por isso que o rei Guy está aqui. Ele decidiu que não poderia esperar que Ricardo fosse até ele, pois Filipe tem dito a todos que Ricardo tem mais interesse em vadiar com seus amigos do que em chegar à Terra Santa. Por isso Guy deixou Filipe e Conrad no front de Acre e navegou para cá com a elite de seus melhores cavaleiros, na esperança de convencer Ricardo da necessidade de apressar-se para Acre e botar Filipe na linha.

— E ele vai conseguir, você acha?

— Se ele vai conseguir convencer o rei? É isso que você quer dizer? — Nickon sacudiu a cabeça e contorceu seu rosto. — Os conselheiros do rei Ricardo podem lhe dizer que sim. Pessoalmente, acho que ele já conseguiu, pois Ricardo escutou com muito cuidado tudo o que o homem tinha a dizer e, quando ele terminou de falar, presenteou-o com novas roupas e armadura... As velhas roupas de Guy estavam em farrapos, e sua cota de malha, enferrujada e se desmanchando. Também lhe deu 1.500 libras em peças de prata e vários outros tesouros para substituir o que ele havia perdido... Agora, eu tenho estado a serviço do rei há vários anos, e nunca soube que ele fizesse uma coisa como essa para alguém de quem não gostasse ou que não pretendesse ajudar.

— Humm. E tomando por base essa familiaridade e a sua experiência, o que você acha que ele vai fazer em seguida?

Ele nunca recebeu uma resposta a essa pergunta, pois no momento em que a fez um dos amigos de Nickon chegou caminhando apressado em direção à fogueira diante deles com uma notícia que fez ambos os homens darem um pulo. Aparentemente Isaac Comneno havia enviado emissários até Ricardo, suplicando paz e uma resolução para as suas diferenças, e Ricardo, precipitado como sempre, já havia concordado com uma trégua e se comprometido a encontrar o autoproclamado imperador fora dos portões de Limassol ao meio-dia. O rei sairia em sua panóplia completa, e Nickon e seus companheiros estavam sendo chamados ao dever imediatamente para escoltá-lo, todos com armadura de gala completa. Numa questão de instantes, Nickon havia desaparecido, evaporado rapidamente na direção dos portões da cidade, e André ficou outra vez sozinho, ruminando o que eles haviam discutido e tentando decidir o que fazer em seguida. Resolveu que não queria perder o confronto entre Ricardo e Isaac Comneno, por isso, voltou para o navio, apanhou sua besta (na esperança de arranjar tempo para praticar mais tarde daquele dia) e se pôs a caminho — com a besta e a aljava balançando em seu ombro — do local de encontro designado, sobre um platô levemente elevado nas terras planas a oeste dos portões da cidade.

DEZESSETE

André St. Clair chegou ao local escolhido para o encontro a tempo de conseguir para si um ponto de observação privilegiado, no topo de um bloco de rocha grande e solitário, próximo o bastante das atividades para observar ambas as comitivas se aproximarem e para ver e ouvir tudo o que acontecesse em seguida.

Isaac chegou primeiro, o que ele supôs ser um esplendor pleno e impressionante, cavalgando um garanhão magnífico que fez com que André erguesse as sobrancelhas de admiração. Mas quando Ricardo chegou, montado num animal igualmente esplêndido, estava adornado de maneira tão suntuosa com armas de ouro e pedrarias, com vestes magnificamente trabalhadas e acessórios inestimáveis, que o imperador cipriota foi calado de maneira fulminante pelo seu esplendor e sentiu-se tão envergonhado que literalmente se humilhou diante do rei inglês.

Os procedimentos foram breves. Com grande humildade, Isaac implorou para ser perdoado por suas transgressões. De maneira submissa, ele ofereceu todos os castelos de Chipre para alojar os soldados de Ricardo e prometeu contribuir com cavaleiros, arqueiros montados e infantaria para a campanha franca. Ele ofereceu 15 mil libras de ouro em recompensa pelas riquezas que havia roubado da dromunda naufragada e ofereceu-se para ceder sua única filha como refém de seu futuro bom comportamento. Ricardo, ainda disposto a ser magnânimo, por quaisquer que fossem as razões, aceitou graciosamente a capitulação de Isaac e depois, convocando o capitão de sua guarda pessoal, ordenou a devolução imediata do magnífico pavilhão que ele havia apreendido no acampamento abandonado do imperador em Kolossi. Os dois governantes selaram seu tratado com o beijo de paz, e Ricardo retornou ao seu castelo em Limassol, enquanto Isaac continuou no lugar para observar o hasteamento de seu grande pavilhão no ponto onde eles haviam assinado seu tratado. André deixou-o ali e seguiu para o campo de treino dos arqueiros, pensando que, para um homem cuja reputação em tais assuntos era de uma pessoa impetuosa e de cabeça quente, Ricardo havia tratado com o imperador cipriota extremamente bem.

Antes que pudesse alcançar os alvos, ele foi interceptado por um dos soberbos jovens cavaleiros de Ricardo que lhe ordenou de maneira brusca que comparecesse perante o rei de imediato, depois deu meia-volta e afastou-se, deixando André seguir seu próprio caminho até o castelo. Ofendido pelas maneiras péssimas e grosseiras do jovem, André deu um assobio alto às suas costas e, quando o sujeito se voltou, chamou-o à ordem, fez-lhe uma reprimenda por sua atitude arrogante e ofensiva e depois exigiu saber o local onde o rei esperava ser encontrado. Como St. Clair já esperava, o outro respondeu-lhe que deveria ir aos aposentos do rei, mas no momento em que ouviu a resposta André já havia se emparelhado com o presunçoso jovem cavaleiro e tinha seu tornozelo ao alcance da mão. Segurando com força o tornozelo do cavaleiro, ele puxou seu pé para fora do estribo; depois lançou a palma aberta de sua outra mão sob a sola exposta de sua bota e empurrou-a para cima, com força e em linha reta. O cavaleiro, apanhado completamente desprevenido e desequilibrado, voou por cima e para fora da sela e chocou-se ruidosamente contra o solo, onde ficou tossindo, incapaz de tomar fôlego. Antes que o jovem dândi pudesse sequer começar a se recuperar, St. Clair já estava sobre ele, o calcanhar de sua bota pressionando gentilmente mas com firmeza a garganta do homem caído, e a ponta de sua adaga desembainhada balançando para riscar levemente o nariz do homem.

— Agora, sir — murmurou André, com palavras tranquilas mas claramente audíveis. — Está dolorosamente claro que alguém precisa lhe falar sobre boas maneiras e comportamento e dar-lhe uma correta demonstração de modéstia e tolerância. Você é um cavaleiro jovem e tolo, que olha para um homem como eu, vestido como estou, com uma simples túnica e perneiras, e não vê nada de admirável... nada digno de nota... nada que indique que a minha amizade mereça ser cultivada ou mesmo que eu seja ligeiramente digno de respeito. — A ponta da adaga bateu de maneira gentil, mas pungente, na borda do nariz do cavaleiro. — Isso, sir, é por você ser um idiota que tem muito a aprender e evidentemente pouco em sua cabeça com que absorver qualquer destas coisas. — André inseriu a ponta de sua lâmina numa das narinas e puxou-a delicadamente para cima, erguendo pelo nariz todo o corpo do homem caído. — Ouça com atenção, agora, sir Ignorância, o que eu tenho a lhe dizer. Eu também sou um cavaleiro, há mais tempo, com mais experiência e provavelmente status mais alto que você. Isso faz de você um tolo ainda maior, por não ser capaz de ver isso sem exigir que lhe seja apontado. Meu nome é André St. Clair. Lembre-se disso. André St. Clair. E eu sou um angevino de Poitou, vassalo e feudatário do rei Ricardo, que me sagrou cavaleiro, pessoalmente, cinco anos atrás. Portanto, se meu senhor algum dia me convocar novamente e mandá-lo me encontrar, não se esqueça de se aproximar de mim com o devido respeito; caso contrário, eu o transformo num corcunda pelo simples ato de chutar o seu traseiro mal-educado para o meio do espaço entre os seus ombros. Você me entendeu, meu belo? — Ele empurrou a ponta da faca com mais força de encontro à narina. — Entendeu?

Ficou claro que o sujeito queria ansiosamente balançar a cabeça, mas não podia fazê-lo sem cortar o próprio nariz; por isso André o manteve assim por mais alguns momentos e depois o liberou, dando um passo para trás e permitindo que ele se esforçasse para ficar de pé.

— Você percebeu que eu não perguntei o seu nome? — indagou André. — Isso é porque eu não tenho interesse em saber. Mas também faz com que você saiba que eu não vou falar a respeito disso posteriormente. Eu não sei o seu nome; portanto, não posso manchá-lo ou insultá-lo. Sinta-se satisfeito com isso e nem pense em procurar uma revanche... Eu me fiz entender? Pois se você tentar, que Deus assim me ajude, eu lhe causarei uma grande aflição. Agora volte até o rei e diga-lhe que eu tenho de me vestir, mas estarei nos seus aposentos dentro de uma hora. Vá.

— O que você fez com o jovem Dorville?

Mais de uma hora havia se passado desde a chegada dele aos aposentos do rei, e por uma ocasional referência velada que Ricardo fizera, e na qual não insistira, André suspeitara que essa pergunta viria de um modo ou de outro, de modo que foi capaz de manter o rosto inocente e vazio de expressão.

— Dorville, *milord*? Não conheço ninguém chamado Dorville. Deveria?

— Você sabe muito bem de quem eu estou falando. O cavaleiro que eu mandei para convocá-lo.

— Ah, aquele sujeito. Eu apenas lhe dei uma pequena lição de humildade, *milord*. Ela não deveria passar em branco.

— Humildade. Dorville. Como você fez isso? E nem pense em mentir para mim. Eu quero a verdade.

— Eu apenas deixei claro para ele que acredito merecer mais respeito do que ele me estava demonstrando, *milord*.

— E onde exatamente ele estava enquanto você lhe esclareceu isso?

— Ele estava caído de costas, senhor, aos meus pés. Seu pomo de adão estava sob o meu calcanhar.

— O que mais lhe agradou ao fazer isso a ele?

— A expressão em seu rosto quando ele percebeu onde estava, *milord.*

— Humm. E o que você menos gostou nele?

— O perfume dele, senhor... Era muito... doce, muito feminino.

— Vou fazer com que ele troque. Também vou gostar de fazer isso. Você percebeu que ele não é um de nós?

André franziu o cenho.

— Não é um de nós? Eu não entendo.

— Não há razão por que você devesse entender, mas ele é um dos homens de Filipe, nascido e criado em Vexin, durante a ocupação de meu pai. Eu realmente acredito que ele detestava meu pai, o velho Leão, ainda mais do que eu. De qualquer forma, ele foi deixado aqui conosco quando Filipe partiu batendo os pés, para servir como mensageiro e como ligação entre a França e nós, caso a necessidade se apresentasse. Ele é arrogante, tende a ser excessivamente... crítico; parece acreditar que tudo o que fazemos e tudo o que temos não é adequado aos padrões que ele imporia, caso tivesse a oportunidade. Mas afinal ele é muito jovem. Algumas vezes eu o acho duro de engolir, mas é agradável de se contemplar. Agora, eu preciso que você leve as damas para caçar pela manhã.

André ficou imóvel por longos momentos, apanhado de surpresa pelo caráter inesperado do que acabara de ouvir e sentindo-se incapaz de responder, mas então recuperou a voz e a presença de espírito e, começando a agir novamente, sacudiu negativamente a cabeça.

— Não, *milord* — disse ele —, perdoe-me, mas não posso fazer isso... Eu estou proibido, como noviço da Ordem, de me relacionar com mulheres. Isso é expressamente proibido, uma das exigências mais rígidas da Ordem. O fracasso em observar isso desqualificaria a minha aceitação.

— É, pode ser. Mas isso realmente o incomodaria? Eu tenho trabalho suficiente para mantê-lo empregado a meu serviço para sempre, bastando para tanto que você diga uma palavra.

— Não, *milord,* isso não é possível... embora eu tenha consciência de que até mesmo dizer tal coisa é imperdoável. Mas não posso, por uma questão de honra, recuar de minha situação presente. Eu já estou comprometido, não ainda sob juramento, mas entende-se claramente que eu esteja a um centímetro de consumar por completo o meu compromisso... Além disso, não posso entender sua objeções agora; foi sua a ideia de que eu deveria me juntar à Ordem.

— É, foi mesmo. Mas isso foi antes que eu tivesse a oportunidade de pensar as coisas de maneira mais completa... e aqueles malditos padres ainda estavam vivos. Tudo mudou desde então, e agora eu preciso de você.

André começou a sacudir a cabeça, mas Ricardo levantou imperiosamente a mão, interrompendo-o antes que pudesse dizer mais alguma coisa.

— Basta, agora não diga mais nada. Eu estava apenas brincando, embora não de todo. Talvez meio brincando. E talvez testando... Reserve algum tempo para pensar detalhadamente neste assunto a partir de agora. Você ainda tem tempo antes que qualquer um possa exigir que você assuma votos formais, o que significa que ainda pode mudar de ideia por boas e suficientes razões. Enquanto isso, eu ainda preciso que você leve as mulheres para caçar pela manhã. Eu posso conseguir uma dispensa especial para você por intermédio do Mestre do Templo em Poitou, o tal de Troyes, e o farei. Você não tem escolha quanto a isso, André. Não é um pedido, é uma ordem. Eu não posso aguentar isso por muito mais tempo... estar cercado constantemente por mulheres... Isso me deixa louco. Joana decidiu que quer ir caçar, e eu conheço minha irmã. Ela não vai parar de bater nessa tecla até fazer as coisas do seu jeito, mas eu quero que ela vá caçar e leve minha esposa Berengária consigo. Ela caça bem, disseram-me; cavalga como um homem e mata como uma raposa, assim como Joana. Você vai gostar delas, acredito, depois de superar sua relutância monacal, mas é assim que tem de ser...

"Eu ofereci mandar meus guardas com as duas, mas Joana não quer nem ouvir falar nisso. Ela quer alguém com quem possa conversar... alguém com cérebro suficiente, como ela disse, para caminhar e conversar ao mesmo tempo sem arregaçar o prepúcio. O principal é que ela não quer guardas de modo algum... ela quer simplesmente caçar; sem pompa, sem panóplias e sem presença visível. Ela se vestirá como uma caçadora, como sempre faz, e ninguém que a vir a mais de dez passos de distância poderá suspeitar que é uma mulher. Berengária fará o mesmo, aparentemente. Ela tem sua própria armadura de caça, contou-me Joana. Minha irmã diz, e eu concordo, que não há necessidade de qualquer escolta ostensiva. Mas ao mesmo tempo, Berengária é minha esposa, a rainha da Inglaterra; portanto, eu não posso permitir que ela saia pelo campo sem assistência, à completa mercê dos deuses. Deve haver alguém com ela, alguém confiável e responsável, para a eventualidade de elas encontrarem uma emergência ou sofrerem um acidente. — O rei encolheu os ombros. — Assim, você se tornou minha escolha natural para custodiar minha esposa.

André estendeu as mãos espalmadas em protesto.

— Mas por que eu, *milord*? Deve haver...

— Joana pediu você pelo nome, André. Portanto, há um propósito para isso. Você obviamente a impressionou muito.

— Impossível, senhor. Eu estive com ela e lady Berengária durante menos de uma hora.

O rei olhou para ele e deu um ligeiro sorriso, fazendo com que seus olhos se enrugassem.

— Isso, meu jovem amigo, é tempo mais do que suficiente para as mulheres tecerem complôs e fazerem planos. Eu informarei minha irmã de que você a esperará nos estábulos ao alvorecer. Você estará lá, não estará?

— É claro que sim, *milord*, se o senhor insiste.

— Excelente, eu realmente insisto. E você jantará conosco esta noite. Está na hora de você conhecer o rei Guy, de qualquer forma, e encontrar-se com alguns dos seus cavaleiros. Você vai gostar deles. São nosso tipo de gente, André, honrados, francos e sem medo de falar o que lhes vai na mente. Além disso, seu pai estará à mesa esta noite. Eu o mandei até Famagusta alguns dias atrás, à frente de uma expedição de varredura, e ele retornou esta tarde. Ele está ansioso para ver você, assim como você para vê-lo, de modo que será uma noite proveitosa. Vejo-o à mesa.

Ricardo talvez tenha visto André à mesa naquela noite; o jovem não tinha meios de saber, mas os dois certamente não se falaram. Havia barulho demais para conversar sem gritar, afinal, e gente nova em demasia para conhecer. André gostou de quase todos os cavaleiros latinos que encontrou e perguntou se algum deles tinha notícias recentes de seu parente, sir Alexander Sinclair, dos templários. Três deles recordavam-se mais ou menos claramente de Alex, embora nenhum deles pudesse se lembrar de tê-lo visto depois da batalha de Hattin. André engoliu seu desapontamento e continuou fazendo perguntas, dessa vez não sobre Alex Sinclair, mas sobre toda e qualquer coisa em que pudesse pensar a respeito de Saladino, dos sarracenos e de suas maneiras de guerrear. Ele comeu bem, uma vez que se tratava da mesa do rei, mas bebeu muito moderadamente, pois não queria perder uma só palavra do que estava acontecendo à sua volta. Viu-se fascinado por aqueles homens e pelo que eles tinham a dizer em resposta às suas perguntas, pois eram todos veteranos das guerras do deserto e cada um deles havia enfrentado o inimigo face a face.

Ele foi à procura do pai mais tarde, naquele estágio da noite em que a quantidade do que se bebeu começa a ditar o volume e a intensidade das discussões, dos debates e dos desentendimentos abertos que tinham lugar por toda parte, mas não conseguiu encontrar sir Henry em lugar algum, e concluiu que ele havia simplesmente se retirado para os seus aposentos, satisfeito com o fato de que tanto sua presença quanto sua ausência passariam despercebidas àquela altura da noite. Apesar de exercer a profissão das armas, sir Henry sempre fora decididamente arredio e em geral evitava expor-se em ocasiões como aquela, em que havia sempre o perigo de ser derrubado por um golpe inesperado vindo de alguém nas proximidades, inflamado pelo álcool.

Então, sóbrio e olhando ao redor com desprendimento, André concluiu que seu pai era um homem sábio e que seu exemplo era digno de ser seguido. Além disso, lembrou a si mesmo, teria de estar de pé muito cedo no dia seguinte, para levar as duas rainhas à caçada, embora achasse que preferiria ter espinhos cravados nos olhos a ser obrigado a isso. Ele sabia, sem ter de pensar a respeito, que a atividade o indisporia com seus companheiros, independente do quanto a dispensa de Etienne de Troyes pudesse ser pública e feita em alto e bom som. Mulheres, ele estava aprendendo depressa, eram anátema para o Templo. Mesmo a breve ligação que tivera com a rainha Joana e a rainha Berengária, uma simples conversa iniciada por insistência pessoal do rei, havia sido notada e vista de maneira desfavorável. A saída do dia seguinte tampouco passaria despercebida, ele sabia, mas não tinha escolha. André aceitou isso, deu de ombros e afastou-se de todo o barulho e farra exatamente quando dois cavaleiros estavam começando a circular um em volta do outro com as lâminas nuas num espaço aberto às pressas no salão.

A noite estava agradável, e no momento em que ele atravessou os portões da cidade rumo ao porto, deixou os sons do salão de jantar muito atrás de si. Mas então percebeu outras vozes se elevando à sua frente e novamente ouviu o som de metais em choque, mais prementes que os sons que havia deixado para trás no salão. Os cavaleiros no salão de jantar estavam lutando por esporte, num assalto arranjado; caso contrário, não poderiam sacar suas armas na presença do rei. Os homens à sua frente, e ele não fazia ideia de quem eram, não tinham tal comedimento e, com toda probabilidade, não sabiam nem se importavam com o local onde o rei pudesse estar. Ele podia dizer, pela altura com que os xingamentos eram atirados de um para o outro, que muito em breve haveria sangue derramado — e talvez de maneira copiosa. Também sabia que os lutadores seriam soldados e que se chegasse mais perto deles seria obrigado, como oficial e cavaleiro, a intervir. E àquela hora da noite, confrontar soldados de infantaria desconhecidos, raivosos e bêbados e tentar intimidá-los seria loucura. Ninguém além de um completo louco se exporia a tal risco; um solitário oficial desconhecido e desacompanhado no escuro podia ser um alvo irresistível para um rufião enraivecido e desencantado.

André parou e ficou à escuta, espiando a escuridão à sua frente. Estava próximo o bastante para ouvir o que acontecia, mas longe demais para ver ou ser visto. Ele hesitou por mais um momento, organizou as ideias e virou à direita, afastando-se dos sons da briga, e poucos momentos depois percebeu que caminhava em direção ao pequeno platô onde Ricardo e Isaac Comneno haviam se encontrado mais cedo naquele dia. Quando reconheceu o local, a forma imponente do pavilhão imperial de Isaac surgiu em seu campo de visão, circundada e iluminada pelas tochas bruxuleantes dos guardas de Ricardo, que haviam sido designados para salvaguardá-lo e garantir o conforto e a segurança de seus outrora inimigos.

Sabendo que certamente seria intimado se prosseguisse naquela rota, St. Clair tornou a virar à esquerda para se dirigir novamente à praia, o barulho da briga agora apagado, muito à sua esquerda e distanciando-se dele. Uma lua cheia surgiu inesperadamente por trás de uma nuvem, e sua luz inundou toda a planície, tornando-a quase tão clara como o dia, de modo que ele pôde ver a floresta de mastros no porto à sua frente, delineada contra o céu. Algo se moveu na periferia de seu campo de visão, na direção do pavilhão de Isaac, e ele olhou naquele sentido apenas para descobrir que não havia nada ali para ser visto. Intrigado então, pois sabia ter visto algo se mover num dos espaços iluminados entre as sombras, André parou e ficou observando por um instante, um dos pés erguido e apoiado num bloco de rocha à altura do joelho, a perna dobrada servindo como apoio para o cotovelo, para ver se o que avistara se moveria novamente. Não se moveu, e enquanto ele estava parado ali, arqueado para a frente e imóvel, um dos guardiães de Ricardo veio marchando nas suas imediações. O homem passou solenemente e seguiu seu caminho sem sequer uma breve pausa para verificar alguma irregularidade — e logo voltou a sumir de vista por trás de uma curva no terreno.

E então, um instante antes que André se endireitasse para retomar sua caminhada, uma figura se projetou das sombras de uma pilha de rochas e começou a se mover rápida, mas furtivamente, direto em sua direção. Quem quer que fosse o homem, estava quase em fuga, agachado e passando depressa de um retalho de sombra para o seguinte e voltando-se para olhar para trás a cada poucos passos. André não se moveu. Continuou curvado, observando o homem que corria e perguntando-se o que estaria testemunhando, consciente de que se ficasse ereto e o corredor o visse, ele teria de sair em perseguição e poderia perder o sujeito. Mas quem poderia ser e o que estaria fazendo?

Evidentemente ele viera do pavilhão de Isaac Comneno, bem como era evidente que estava fazendo tudo que havia ao seu alcance para evitar ser visto pelos guardas do rei. Mas isso não fazia sentido, pois a implicação óbvia era que o homem em fuga tinha de ser um dos cipriotas de Isaac. Se Ricardo desejasse ter qualquer coisa a ver com Isaac, simplesmente teria mandado alguém levá-lo até ele. E ninguém no exército de Ricardo ousaria se arriscar a ofender o rei cometendo alguma estupidez contra o imperador cipriota. Mas e se um dos próprios homens de Ricardo, acreditando que Isaac era uma ameaça maior do que realmente era, tivesse pensado em eliminá-lo, achando estar cumprindo um serviço valioso ao absolver o rei da necessidade de quaisquer assuntos futuros com o homem? Não era um pensamento tão bizarro. A mesmíssima coisa havia acontecido no mercado da Sicília com Ricardo. Isaac Comneno, André agora se dava conta, poderia já estar morto, caído em seu pavilhão, assassinado pelo homem que agora corria diretamente em sua direção, completamente alheio ao fato de que ele estava ali. A lua havia se escondido novamente atrás de uma nuvem e a noite agora parecia estar mais escura do que estivera antes.

André ergueu-se e avançou rapidamente para interceptar o homem, mas então ouviu uma súbita respiração em sobressalto, seguida pelo veloz deslizar do aço para fora de uma bainha e então o silvo agudo da lâmina de uma espada brandida com força. Não teve tempo de sacar a sua própria arma e apenas seus reflexos salvaram sua vida. Ele se deixou cair, lançando-se num movimento giratório para a frente, mergulhando por baixo da lâmina em movimento e derrubando seu adversário por cima dele, fazendo-o perder o apoio das pernas. Então ele girou sobre os ombros, enquanto sentia o outro homem voar, e lançou-se para cima, sacando sua adaga enquanto se levantava. O outro homem, que havia aterrissado bem e não derrubara sua arma, já se agitava para ficar novamente de pé, com um braço esticado apoiado ao solo e o outro, o braço da espada, estendido para se equilibrar. André fez menção de investir para adiante, pretendendo chutar o braço de apoio e derrubar o sujeito outra vez, mas o outro era ágil como um gato, espantosamente rápido e muito forte, e brandiu sua arma de novo para dentro e para baixo, num cortante movimento de foice que teria seccionado ao meio qualquer coisa que encontrasse pela frente. Felizmente, André vira o perigo e mudara de direção, saltando para trás em vez de para a frente, e a ponta da lâmina passou perto de seu joelho direito, errando-o por um triz. Ele imediatamente voltou a se lançar para a frente, passando a adaga para a mão esquerda e saltando outra vez tão logo seu calcanhar esquerdo tocou o solo, atirando o braço esticado contra o pescoço do outro homem numa enorme investida e chutando sua perna para a frente num movimento circular destinado a chutar as pernas do espadachim uma segunda vez. Quase teve sucesso, mas o outro já saltava para trás, esquivando-se. O pé de André acertou-o no tornozelo, fazendo-o cambalear, e no momento em que ele recuperou o equilíbrio, André já tinha sua espada na mão.

Os sons de suas lâminas se chocando fez com que os guardas viessem correndo do pavilhão logo em seguida, e perceber a aproximação deles incitou o fugitivo a um esforço maior. Ele desferiu uma rajada de golpes que obrigou André a recuar com grande esforço. Avançou um passo e chocou um dos ombros contra o peito de André, fazendo-o cambalear, de modo que seu calcanhar atingiu uma pedra e ele caiu para trás, deixando que a espada escapasse de sua mão. Lançando um rápido olhar para os guardas que vinham correndo a fim de certificar-se de que eles ainda estavam suficientemente longe, o outro homem inverteu a posição da espada, segurando-a com as duas mãos acima da cabeça e apontando-a para baixo como uma lança, preparando-se para estocá-la num movimento descendente e atravessar o peito de André com cota de malha e tudo. Mas quando alcançou a altura de seus braços esticados e hesitou, mirando o golpe, o cabo de ferro da adaga de André, que ele havia atirado de baixo para cima com toda a sua força, atingiu-o na garganta, chocando-se contra seu pomo de adão e derrubando-o como um touro atingido por uma marreta.

Momentos depois, três guardas chegaram correndo e se agacharam, todos com as armas desembainhadas, em volta dos dois homens caídos, mas quando André tentou se levantar, um deles deu um passo adiante e posicionou a ponta da espada em seu pescoço. André retrocedeu e levantou as mãos, olhando sucessivamente para cada um dos três guardas.

— Eu não tenho armas. Meu nome é St. Clair. Sir André St. Clair de Poitou, vassalo do rei Ricardo. Vocês têm um sargento entre vocês chamado Nickon. Ele me conhece. Ele está de serviço com vocês esta noite?

— Sim — rosnou um dos homens, lançando-lhe um olhar truculento. — E daí?

— Leve-me até ele. Mas antes deixe-me olhar para este sujeito.

Ele se levantou devagar e os guardas se aproximaram, mantendo as armas de prontidão. André não lhes deu atenção e inclinou-se sobre o fugitivo caído, estendendo a mão para tentar sentir a pulsação sob a mandíbula. Sentiu, e ela parecia forte e constante, mas quando a lua saiu novamente, ele viu o rosto do homem que havia tentado matá-lo e que possivelmente poderia ter assassinado Isaac Comneno. Era Dorville, o cavaleiro francês com o qual ele havia entrado em choque anteriormente. Mais desconcertado do que nunca, André ficou de pé e afastou as espadas ameaçadoras dos guardas com um gesto cansado.

— Venham — disse ele. — Eu preciso conversar com Nickon imediatamente. Um de vocês pode segurar uma arma apontada para mim, caso precisem ter certeza de que não tentarei escapar, mas quero que os outros dois mantenham atenta vigilância sobre este sujeito aqui. Eu suspeito que ele tenha assassinado o imperador de Chipre, o homem que vocês deveriam estar guardando. Eu o vi passar pela suas patrulhas como se vocês não estivessem ali, e ele veio do pavilhão. Por isso, até que saibamos o que ele fazia lá, mantenham-no aqui, no chão e sob vigilância. E se ele tentar partir, amarrem-no. Agora, um de vocês leve-me até Nickon.

Eles encontraram Nickon rodeado por seus guardas, debatendo acaloradamente alguma coisa, e o mistério logo se aprofundou. St. Clair interrompeu a discussão dos guardas, lembrou a Nickon quem ele era e o que haviam conversado mais cedo naquele dia e se lançou imediatamente ao que acreditava que seu prisioneiro pudesse ter feito, mas a incredulidade raivosa no rosto do guarda rapidamente esvaziou suas suspeitas de qualquer certeza e ele parou de falar, quase no meio de uma palavra.

— Isaac não está morto — rosnou o guarda. — Ele se foi, com toda a sua gente, no lombo de um cavalo, dirigindo-se para as montanhas a pleno galope. Passou por cima de dois dos meus guardas em sua fuga e matou um deles, um dos meus melhores. Meus rapazes estavam olhando para a frente; jamais poderiam esperar ser atingidos por trás... especialmente pelas pessoas que estavam protegendo. Eu não sei o que está acontecendo, mas aquele cipriota filho da puta vai sufocar até a morte na sua própria bile se algum dia eu puser meus olhos nele novamente.

André falou com Nickon, apontando o polegar para trás por cima dos ombros.

— Eu tenho um prisioneiro ali atrás, um cavaleiro francês. Eu o peguei fugindo de seus guardas. Estava vindo deste pavilhão. Dois de seus homens o estão contendo agora, e eu quero que você o mantenha por perto e leve-o diretamente ao rei. Eu sei quem ele é, mas não nos fará bem algum se ele escapar. Ele desapareceria nas montanhas de maneira tão rápida e fácil quanto Isaac, e talvez nós jamais o agarrássemos novamente. Seja lá o que estiver acontecendo aqui, esse homem tem a chave para resolver isso. Portanto, Ricardo desejará interrogá-lo. Nesse meio-tempo, vocês vasculharam o pavilhão? Têm certeza de que Isaac se foi?

Nickon deu um gemido, um som de pura contrariedade, e rosnou:

— Sim, tenho certeza. Nós não tivemos tempo de fazer uma busca completa, pois os filhos da puta só fugiram poucos minutos antes de você aparecer aqui, mas eu mandei homens lá para dentro a fim de verificarem isso tão logo aconteceu. Não há corpos lá, nada de sangue, mas eu não sei o que mais há lá ou o que pode ter sido deixado para trás.

A única coisa que sei é que eles se foram, e, pela velocidade com que partiram, não devem voltar. Você diz que esse cavaleiro que capturou é francês?

— Sim, um dos homens de Filipe, deixado aqui como elemento de ligação com Ricardo.

— Então é melhor nós arrastarmos o rabo dele até Ricardo o mais rápido que pudermos e deixar que os torturadores descubram o que ele sabe e o que estava fazendo.

Nickon voltou-se para um de seus subordinados e começou a disparar ordens para reunir seus homens, deixando apenas quatro para trás a fim de proteger o pavilhão magnificamente ornamentado, que Ricardo ficaria satisfeito em reclamar, contra os saqueadores.

Ricardo estava furioso. Ele ouviu com perplexidade a narrativa de André sobre como tinha visto e depois interceptado e capturado o cavaleiro francês, e suas sobrancelhas se ergueram quando André descreveu como Dorville havia tentado matá-lo. Só então Ricardo fez com que o francês fosse levado sob guarda à sua presença, e André sentiu, enquanto observava e escutava de sua posição num canto ao fundo da câmara de audiências, que o rei se encontrava relutante em pensar mal do camarada. À medida que o interrogatório do cavaleiro francês progredia, porém, ficava claro que a paciência e a tolerância do monarca, notoriamente de curta duração mesmo em seus melhores dias, estava sendo notavelmente testada pela truculência e pelo desdém de Dorville.

Por fim, Ricardo perdeu toda a paciência.

— Pelos colhões de Cristo, você me toma por um idiota, sir? — rugiu, depois de uma resposta sarcástica a uma pergunta direta. — Você pretende rir à minha custa? Bem, por toda a alegria de Jesus, você vai descobrir que eu não gosto que almofadinhas de nariz empinado riam de mim. — Ele estalou os dedos para o capitão da guarda que estava de prontidão. — Leve este homem para o subterrâneo e descubra as respostas às perguntas que eu fiz a ele. Veja se o ferro em brasa vai afrouxar a língua dele mais do que as perguntas civilizadas conseguiram.

Não demorou muito para que Dorville mudasse de atitude. Um encontro com um atiçador quente pousado em seu ombro esquerdo foi o necessário para dissipar sua arrogância, e a mera ameaça de desfiguração facial com o mesmo atiçador afrouxou sua língua completamente. A seu favor se poderia dizer, como o próprio Ricardo ressaltou para André mais tarde, que ele acreditava ter tido sucesso em suas atividades e que seus esforços não poderiam ser desfeitos, de modo que, com toda a lógica, ele não via benefícios tangíveis em sofrer desfiguração ou mutilações depois do fato consumado. Assim sendo, uma vez que ele se recompôs e teve algum sucesso em juntar as tiras esfarrapadas de sua dignidade em torno de si, abriu-se completamente sobre o que havia feito, evidenciando até mesmo orgulho pelo seu feito.

Ele fora até Isaac protegido pela escuridão, confessava agora, e disse-ra-lhe que Ricardo o havia enganado e pretendia retornar naquela noite, enquanto os seguidores do imperador estivessem dormindo, e prendê-los todos para depois colocar Isaac em correntes. Ao fazer isso, havia jogado deliberadamente com o conhecido terror de Isaac de ser acorrentado, sabendo que só em ouvir a palavra "corrente" ele perderia de vista tudo o mais em sua luta por escapar.

Dorville alegou ter agido puramente por sua própria iniciativa. Seu único intento era ajudar seu mestre, o rei Filipe Augusto, a alcançar seus próprios desígnios em Outremer com Conrad de Montferrat. Ao envolver Ricardo numa luta prolongada e de grande demanda de tempo ali em Chipre — e, portanto, adiar a partida da frota inglesa, Dorville havia achado que proporcionaria mais tempo para que Filipe avançasse em seus propósitos. Mas agira sozinho e sem cúmplices, afirmou, e foi enfático quanto ao rei Filipe não ter conhecimento do que ele havia planejado e executado.

Ricardo ficara ouvindo isso tudo com uma das mãos apoiando seu queixo, o cotovelo repousando sobre o braço da cadeira. Quando Dorville terminou de falar, ele continuou assim, pensando no que o cavaleiro francês lhe contara. Por fim, levantou-se e olhou para o prisioneiro por sob sobrancelhas baixas, o queixo enterrado no peito.

— Então — rosnou ele por fim, num tom de voz ameaçadoramente baixo —, você pagou minha hospitalidade com jogo duplo no interesse do seu mestre... e atirou-me numa guerra que eu não procurava. Que seja, então. Você passará essa guerra nas correntes que usou para ameaçar Comneno. Um duplo conjunto de correntes, creio, como recompensa por sua cortesia e como um símbolo da minha gratidão. — Ele ergueu o queixo e estreitou os olhos enquanto observava a reação de Dorville. — Você acha que eu estou me divertindo com você, não é, com esta conversa de gratidão? Não estou. Se não estivesse grato, você estaria a caminho da execução agora mesmo. Tal como as coisas são, eu decidi ser leniente e permitir que você viva um pouco mais. — O rosto dele se abriu num pequeno sorriso. — Você me deu uma razão perfeita para apreender o garanhão do judeu. Ele é feio demais para possuir criatura tão magnífica, e eu a cobicei desde a primeira vez que a vi.

— *Milord*? — Um dos homens parados perto de Ricardo se pronunciou, e sua voz era alta e queixosa.

Ricardo olhou para ele.

— O que é, Malbecque?

— *Milord*, Isaac Comneno não é judeu. Ele é bizantino.

O rosto de Ricardo começou a enrubescer de raiva.

— Não é *judeu*? Isaac não é um judeu? Você ficou louco, meu senhor Malbecque? É claro que ele é judeu. Você já conheceu algum Isaac que não fosse judeu? Envergonhe-se por sequer sugerir tal coisa. É claro que ele é judeu. Eu soube disso na primeira vez que pus os olhos nele. Ele tem a palavra judeu escrita sobre todo o seu corpo, do nariz curvado até o cabelo crespo e áspero. Mas isso não tem a menor importância. Ele era um usurpador quando chegou aqui, apoderando-se do trono, e agora eu o estou tomando dele. A terra é fértil e alimentará bem os nossos exércitos. E os impostos que Isaac coletou anteriormente ajudarão o nosso grande empreendimento, enquanto a ilha em si será uma base de lançamento perfeita para as nossas incursões rumo a Outremer...

"Aí está a fonte da minha gratidão e clemência, mestre Dorville, pois você depositou todas essas riquezas em minhas mãos, quando eu não poderia tê-las conseguido legalmente por qualquer outro meio. Portanto, reflita sobre isso durante a sua prisão... Pense em tudo o que você proporcionou a mim e aos meus exércitos, capacitando-nos a frustrar e confundir o seu mestre de maneira mais completa do que antes. — Ele estalou os dedos. — Levem-no e mantenham-no longe das minhas vistas. E lembrem-se: algemas e correntes nas pernas, dois conjuntos de cada. Vão.

Enquanto o prisioneiro e sua escolta se retiravam em marcha, Ricardo pediu um conselho de guerra com todos os seus conselheiros e despachou sir Henry, como mestre de armas, para que este enviasse mensageiros a fim de convocá-los a comparecer perante o rei imediatamente. Depois se voltou para conversar com alguns dos outros notáveis à sua volta. André aproveitou a oportunidade para escapar silenciosamente. Ricardo parecia estar profundamente envolvido numa conversa com um dos veteranos barões ingleses, e André chamou a atenção sobre si, fez uma profunda reverência de cabeça para o monarca e girou nos calcanhares para se retirar. Deu menos de três passos antes de parar abruptamente e dar meia-volta quando Ricardo chamou seu nome.

— *Milord*?

Ricardo avançou diretamente para ele, e pousou uma das mãos no seu ombro se inclinou para a frente a fim de sussurrar confidencialmente:

— Ouvi dizer que é provável que chova forte amanhã de manhã. Um dos meus caçadores me disse isso, e raras vezes eu soube que ele tivesse errado em tais coisas. É melhor levar uma carroça e tendas com você.

— *Milord*? — André mal podia acreditar no que ouvira. — O senhor está dizendo que eu devo prosseguir com a expedição de caça mesmo depois do que houve, quando estamos em estado de guerra?

— É claro que estou. O que mais você queria que eu fizesse? Duvido que tenhamos de lutar batalhas campais amanhã de manhã nas florestas onde vocês estarão caçando. Isaac não tem exército, deixe-me recordá-lo disso, e meu palpite é que ele vai fugir para Nicósia, embora talvez tenha ido para o leste na esperança de encontrar algum de seus navios em Famagusta. Eu vou enviar um esquadrão de galés para lá amanhã de manhã, e elas estarão à espera dele se e quando ele chegar. De qualquer forma, ele não representará risco a você ou ao seu encargo, minhas duas damas... O que me recorda que eu mantenho a filha dele aqui, como refém, por insistência do próprio Isaac. Tenho de pensar no que fazer com ela... — Ele pensou nisso pelo intervalo de quatro ou cinco segundos e afastou o tema com um impaciente gesto de mão. — Não importa. Enquanto isso, não se esqueça de levar tendas consigo e uma carroça para carregá-las, assim como qualquer outra coisa de que possa precisar, incluindo homens extras, servos, para o caso de vocês terem de passar mais tempo lá do que o previsto. Se chover forte e as mulheres se molharem, elas podem tornar a sua vida mais do que simplesmente miserável. Seque-as, mantenha-as aquecidas, faça com que fiquem confortáveis, alimente-as bem... — A pausa que se seguiu pareceu preocupantemente longa, mas então ele prosseguiu: — ... e mantenha-as lá o máximo que puder.

O estômago de André se contraiu, pois ele podia sentir o cheiro de problemas vindo em sua direção enquanto o rei prosseguia:

— Você terá a minha gratidão por todas as horas adicionais que puder ganhar para mim. Oh, eu discuti isso com o mestre Delegado, Troyes.

Ele entende minha situação aqui e, uma vez que você ainda não é um irmão devotado à Ordem, aceitou a minha vontade neste caso, de modo que você pode ir com a consciência tranquila. Aí vem seu pai novamente, por isso vou liberá-lo agora. Ele e eu temos muito a discutir antes que os outros cheguem, e esta pode acabar se revelando uma longa sessão. Sinta-se aliviado por estar fora disto. Passe bem.

Ele deu um tapinha no ombro de André e mandou-o seguir seu caminho, e pai e filho trocaram sorrisos, acenos de cabeça e cumprimentos ao passar um pelo outro.

Momentos depois, André estava novamente sozinho — e cada vez mais desanimado —, tentando analisar a onda de infortúnios que o vinham atormentando, o primeiro e mais problemático deles originando-se diretamente das lealdades conflitantes entre suas obrigações para com o rei e a Ordem de Sião. Não tinha qualquer dificuldade em relação à Ordem do Templo, pois o fato de ser membro dessa organização era apenas uma camuflagem protetora que ele usaria para facilitar o que tinha de fazer em benefício da Ordem de Sião. Mas ainda se sentia culpado quanto a Ricardo, seu senhor feudal, a quem não seria permitido suspeitar de nada, jamais, sobre as verdadeiras lealdades e crenças de André. St. Clair há muito decidira o que fazer quando o momento chegasse, mas a inevitabilidade disso tudo ainda o fazia sentir-se culpado de tempos em tempos.

E depois, refletiu ele, havia a questão das mulheres do rei, que, ele havia começado a pensar nos últimos dias , o enchiam interiormente de um vazio lacunar e reverberante e de agitações de tentação e ansiedade. Não experimentava verdadeira culpa por isso, mas por algum motivo sentia que deveria experimentar, pois achava ambas as mulheres atraentes, cada uma a seu modo, e algo dentro dele alertava-o de maneira sibilante sobre violações de confiança.

E, ainda assim, a confiança de quem ele estaria violando se, de fato, fosse mais longe na perseguição de seus desejos, até aquele ponto majoritariamente informe e desfocado que recentemente vinha nadando preguiçosamente nos recessos mais profundos de sua mente? Caso cedesse à sua atração pela princesa, agora rainha, Berengária, que confiança ele trairia? Certamente não a de Ricardo. Duvidava que o rei Ricardo se importasse muito, se é que de algum modo se importaria. E seria sua admiração uma traição da confiança de Berengária, recusada e mal tolerada por um marido antinatural e olhada com desprezo pelo resto do mundo? Antes de conhecê-la, ele ouvira que ela não era nada bela, e não tinha problemas em admitir, ao se lembrar disso, que quando a viu pela primeira vez chegara a pensar que tal julgamento era acurado. Mas então, com uma velocidade assombrosa, ele se dera conta de certas coisas nela... seu sorriso, a maciez de sua pele, a absoluta ausência de máculas em seu rosto... e não conseguia recordar em que momento ela passara a ser bonita em sua mente, embora tudo isso tivesse acontecido numa questão de horas, nem mesmo de dias...

O mesmo valia para a rainha Joana. Ele não conseguia encontrar violação de confiança no pensamento de segurá-la carinhosamente dentro do círculo de seus braços, fosse vestida ou despida. Essa mulher era uma viúva e uma rainha, talvez um pouco passada de seu auge aos 30 anos, ele teria dito dias antes, tomando por base o que entendia de mulheres, mas certamente ainda não era velha e, além disso, não tinha de dar satisfações de seus atos a homem algum.

Ele subitamente se deu conta de que ficara excitado pelos pensamentos que estava se permitindo ter, de modo que endireitou as costas e alinhou os ombros, sacudindo a cabeça de um lado para o outro como se repelisse tais imagens à semelhança de um cachorro que sacode a água do pelo. Ele era um Cavaleiro Templário, e, independente de quão pouca relevância pudesse depositar nessa distinção, havia considerações a serem levadas em conta ali que não podia ignorar. Sua honra estava envolvida. Se estava para se tornar um templário, então lhe seria exigido que fizesse os votos. Dois deles eram variantes dos votos que já havia feito ao se juntar à Ordem de Sião: o voto de total obediência ao seu Mestre e aos superiores; e o voto de não conservar bens mundanos em seu poder pessoal, mas compartilhá-los todos em comunidade com seus irmãos da Ordem. Apenas o terceiro voto seria inteiramente novo para ele, mas esse, um voto de castidade, era o que lhe causava mais preocupação. Deixado à sua própria decisão, ele jamais teria considerado fazer tal voto. Mas, se fosse forçado a fazê-lo, então viveria por ele, e esse pensamento tornava sua especulação casual sobre as damas do rei impensável. Então, lutando com determinação para esvaziar a mente de todos esses pensamentos, rumou diretamente para o porto, para o seu alojamento a bordo do navio.

A verdade era que, apesar de toda a agonia de André quanto às suas responsabilidades para com a nova rainha, sua lealdade e dever para com o rei e o direto conflito de interesses em que havia sido lançado com relação aos ditames da regra do Templo, ele era impotente para influenciar qualquer das coisas que vinham acontecendo consigo. As linhas gerais do que ele viria a pensar mais tarde como a Guerra das Mulheres estavam além do seu controle desde o dia — havia meses e várias semanas antes que eles deixassem a Sicília — em que o rei Ricardo passara uma tarde com dois de seus amigos mais íntimos, o fisicamente belo e heroico jovem cavaleiro de flandres chamado Gautier d'Yquiem e um brilhante, insolente e corrupto jovem arquidiácono chamado Jean-Luc Sonorac — um padre dominicano armado de espada, semivestido de armadura e totalmente fanático, que também era assistente pessoal e conselheiro do idoso bispo de Evreux. André não sabia de nada disso — e jamais saberia sobre esse encontro em particular —, mas este ocorreu um dia depois da grande e altamente imprevista chegada de Eleanor de Aquitânia à Sicília com a princesa a tiracolo, como uma potencial rainha para o seu filho. Caso André estivesse em posição de ouvir o que foi dito entre os três homens naquela tarde, teria ficado estarrecido, mas também estaria prevenido, e sua vida depois disso poderia ter sido muito diferente.

O arquidiácono havia interrompido Ricardo e seu então amante d'Yquiem naquela tarde, assobiando alto e fora de tom enquanto caminhava para o quarto de dormir do rei com a finalidade de dar ao casal tempo suficiente para se recompor, caso fosse necessário. Sua chegada, porém, foi bem sincronizada, pois quando ele entrou os dois homens estavam vestidos, ainda que informalmente, e repousavam em cadeiras, bebendo vinho da Burgúndia resfriado. Ricardo fez-lhe um simples aceno de cabeça, nada surpreso em vê-lo, e Sonorac sorriu para ambos antes de seguir diretamente para a mesa lateral e servir-se de um copo do claro vinho branco, depois do que se voltou, ergueu sua taça cheia e brindou a eles.

— Confio que vocês dois estejam apreciando viver juntos, pois não? — Ele tomou um gole longo e vagaroso de sua taça e a ergueu novamente na direção de Ricardo. — Vi sua mãe, meu suserano, no meu caminho para cá. Ela estava fazendo sua presença visível, como sempre, passeando num carro aberto com outra mulher. O que vocês farão quanto a ela?

— O que qualquer filho dedicado pode fazer quanto à sua mãe? Encarcerá-la como fez meu pai? Tratarei com minha mãe no devido tempo.

— E é isso o que deve fazer; mas não, eu estava falando da outra, a vaca sacrificial.

Ricardo suspirou, a sugestão de um sorriso contorcendo seus lábios.

— Tenha cuidado, Jean-Luc, ou você cometerá lesa-majestade. Você está falando da princesa de Navarra, a quem a senhora minha mãe escolheu especificamente para ser a minha futura rainha... Poderia causar-me desagrado, caso eu pensasse que você está insultando tal dama.

— É, estou certo que sim. — A voz e a postura de Sonorac demonstravam que ele não estava impressionado. — Mas você não respondeu à minha pergunta: o que vai fazer quanto a ela?

— Imagino que posso ter de desposá-la.

As palavras, faladas com franqueza e sem sugestão de relutância de sua parte, deixaram os outros dois sem fala por algum tempo, e, como de costume, foi Sonorac quem se recuperou primeiro, escolhendo suas próximas palavras com cuidado e falando-as sem ênfase.

— Isso me soou... convincente, meu suserano. Foi essa a sua intenção?

— Você quer dizer como seu suserano ou como um homem comum? Em qualquer dos casos, sim. Minha mãe e eu conversamos longamente na noite passada, e pela primeira vez na minha vida muito do que ela disse fez sentido para mim. Ela também conseguiu me causar grande surpresa... algo que eu acreditei que minha divina mãe jamais realizaria novamente... e tirou o chão de sob os meus pés quando eu tentei reclamar da sua interferência. Em resumo, ela me fez ver que eu tenho pouca escolha neste caso... e que, na verdade, será altamente vantajoso para mim casar-me e suportar o fardo...

— Casar-se? Mas isso significaria que você teria de ir para a cama com a vaca! — O jovem d'Yquiem estava ultrajado e não fazia qualquer tentativa de ocultar o ciúme que o pensamento lhe inspirava, e Ricardo sorriu e inclinou a cabeça para um dos lados.

— É, significaria, por algum tempo. Mas mamãe, que Deus abençoe sua alma anciã e lasciva, mostrou-me um modo de sair desse dilema.

— Sua *mãe* fez isso?

— Sim, ela fez. E por que não? Ela é humana, como todos nós, e mais humana em sua enérgica fragilidade do que qualquer um de nós. Ela me conhece bem, conhece os meus... gostos... — ele sorriu preguiçosamente, olhando bem dentro dos olhos de d'Yquiem antes de se voltar para Sonorac — ... meus pontos fracos e minhas preferências sexuais... Ela gostaria de chamá-las de fraquezas, mas nunca o faz, e eu considero isso muito diplomático da parte dela. Mas ela não entendeu a verdade e o significado de Filipe... meu Filipe, quero dizer... meu filho. Ela absolutamente não entendeu.

Os olhos de Sonorac se arregalaram e suas sobrancelhas se ergueram perceptivelmente, enquanto a face de d'Yquiem se tornou uma máscara carrancuda de consternação. Sonorac pigarreou.

— Você quer dizer que ela acha...

— Ela não apenas acha, Jean-Luc, ela acredita nisso de maneira absoluta. Não é um caso clássico de pensamento baseado no desejo?

Os olhos de Ricardo voltaram-se para d'Yquiem, que estava curvado para a frente, seu cenho mais franzido que antes enquanto tentava compreender o que ouvia, e o rei lembrou o quanto o cavaleiro era jovem e quão recentemente caíra em suas graças.

— Você sabe que eu tenho um filho bastardo, Gautier, não sabe?

O outro sacudiu a cabeça, evidentemente perplexo, e Ricardo continuou:

— Bem, eu tenho. O nome dele é Filipe. Foi batizado assim como uma espada de dois gumes em homenagem a Filipe Augusto, e o mundo inteiro, incluindo minha amada mãe, acredita que ele de fato é meu. Apenas Sonorac e a mãe do garoto... e agora você... sabem da verdade. Eu me permiti ser visto com a dama, cortejando-a. Quando ela deu à luz, eu reconheci a criança como meu bastardo.

— Mas... — as palavras falharam para o jovem cavaleiro, e o rei sentiu pena dele.

— Mas... ele não é?... Absolutamente.

— Mas por quê?

Ricardo sentou-se numa posição mais ereta e atirou sua cabeça num gesto firme, indiferente.

— Porque era necessário. O povo... o rebanho sujo e corriqueiro... exige que seus heróis sejam heroicos na cama, assim como no campo de batalha. E ser heroico na cama, naquele sentido básico, vulgar, envolve a sedução de mulheres e a formação de casais férteis. As classes baixas não entendem a verdadeira irmandade nem o inefável amor entre homens nobres e combatentes. E, portanto, para pôr as línguas soltas para descansar, eu tive de dar passos deliberados e previamente planejados para contê-las. Daí, uma aventura com uma jovem mulher de Cognac... uma região suficientemente afastada dos lugares que eu frequento para servir admiravelmente bem aos meus propósitos... e o consequente nascimento de um belo garoto.

D'Yquiem agora tinha os olhos arregalados de relutante admiração.

— Então você... como conseguiu? Isso deve ter sido apavorante.

— O pensamento da coisa foi, meu querido. Mas a ideia do estratagema veio de Jean-Luc, aqui, o nosso Sonorac, e foi realmente digna de um clérigo. Eu simplesmente deixei os arranjos dos detalhes funcionais para ele, que contratou outro homem para montar a égua... um jovem cavaleiro sem tostão e com uma reputação ilibada, que desempenhou sua função admiravelmente bem em troca de uma grande quantia em dinheiro e depois tornou a desaparecer na obscuridade, deixando-me para reclamar meu filho. Todos ficaram satisfeitos com o resultado: a mãe é agora rica e independente, a presumida matrona de um herdeiro reconhecido do meu nome e dos meus títulos, e eu tenho um símbolo vivo da minha virilidade, da minha sexualidade e do meu amor pelas mulheres para desfilar perante as multidões, caso assim eu deseje.

— Mas e quanto ao pai de fato? Você não teme que ele possa se manifestar algum dia desses e contar o seu caso, quando descobrir a verdade?

Então Ricardo deu um sorriso largo.

— Por que ele o faria? O que ele ganharia com isso, além da perda de tudo o que possui, incluindo sua cabeça? Além disso, o pobre sujeito sofreu um acidente fatal logo depois de completar com sucesso a sua missão. Caiu de um cavalo, disseram-me.

Sonorac, que já conhecia cada detalhe amarrotado da história que Ricardo contava, pouco antes começara a andar de um lado para o outro, os braços cruzados e o queixo afundado no peito, enquanto pensava na surpreendente revelação de Ricardo.

— Então — disse ele por fim, na esteira da última palavra dita por Ricardo e mal evitando interromper o monarca —, nós devemos acreditar que sua mãe realmente o acha capaz de gerar uma criança... *outra* criança?

Ricardo encolheu os ombros largos.

— Aparentemente é assim. Ela *parece* acreditar que sou capaz, e eu creio que ela realmente acredita.

— Acho isso... surpreendente.

— Eu também, mas foi assim que ela escolheu pensar; e se ela acredita ou não, é irrelevante. Ela quer que eu, seu filho favorito, tenha sucesso como rei da Inglaterra, e para que eu consiga isso da melhor maneira, está convencida de que preciso ter uma rainha. E ela está certa. Não posso culpá-la por isso, pois é a verdade pura e sem retoques... novamente o ponto de vista do povo, as hordas fedorentas e venenosas clamando por retidão. Não importa a Eleanor o fato de que eu abomino as mulheres e seu sexo frouxo, escancarado e malcheiroso. Ela vê a paternidade como um dever real que eu tenho de cumprir e ponto final. É por isso que ela é capaz de se convencer de que eu realmente inseminei aquele moleque na vaca de Cognac. Mas por mais iludida que possa ser, ela selecionou Berengária com cuidado, como a que tem mais probabilidade de ser... dócil, devo dizer? Sim, dócil às minhas... predileções pessoais...

Ricardo levantou-se e foi até onde uma veste púrpura e de frente aberta, semelhante a uma túnica, pendia nas costas de uma cadeira, depois chacoalhou a roupa e enfiou-se nela, esticando-a até que assentasse de maneira confortável. Mas então, quando ia amarrar a faixa ao redor da sua cintura, olhou para baixo e franziu as sobrancelhas. Toda a frente da vestimenta estava coberta de pelos amarelados de cão. Ele fez um som de desaprovação e contrariedade e tentou sem sucesso limpá-los com a palma da mão, mas depois se rendeu ao inevitável e começou a catá-los um a um.

— Lembro-me de que conheci a putinha anos atrás — disse ele, olhando para o que estava fazendo. — Foi quando lutei num torneio no reino de seu pai, em Navarra, e a achei divertida na época. Ela era muito jovem e tinha um senso de humor raro e peculiar, que me agradou naquele tempo... Devo tê-la mencionado à minha mãe algum tempo depois de voltar para casa... dito-lhe que havia gostado da companhia da fedelha... porque ela obviamente enfiou a informação em algum lugar de sua intrincada memória. *Berengária de Navarra*, posso vê-la anotando isso: *uma esposa para Ricardo.*

Ele retirou o último pelo, amarrou a faixa e voltou-se para d'Yquiem.

— Pronto, está melhor? — Dirigiu-se novamente a Sonorac. — Seja como for, de acordo com minha mãe, a mulher é um tanto singela e complacente em sua natureza. Eleanor descreveu-a como sendo bem-educada e cortês, mas não bonita... nem mesmo, disse-me ela, para homens que gostam de mulheres. E o casamento parece ter passado longe dela... Portanto, conforme minha mãe, ela será uma esposa dedicada e grata, que não me causará problemas. Posso apenas supor que ela quer dizer sexualmente.

— Como sua mãe pode saber isso? — A voz de Sonorac era dura, desconfiada e cética. — Ninguém pode prever o que qualquer mulher fará de uma hora para a outra. Nem mesmo outra mulher.

— É verdade, Jean-Luc, mas, ainda assim, esse é o padre falando em você, reagindo com desaprovação. — Ricardo apanhou um cacho de uvas pretas e maduras de uma bandeja sobre a mesa e avaliou-o especulativamente na palma de uma das mãos antes de selecionar uma e jogá-la dentro da boca, onde a mastigou e saboreou para depois a engolir e estalar os lábios. — Uvas maravilhosas... Na verdade, essa é outra razão para Eleanor ter escolhido Berengária... e é uma dessas brilhantes demonstrações de lógica e iniciativa que tornaram minha mãe famosa ao longo de toda a sua vida por sua genialidade política... Também é uma das razões com mais forte apelo para mim por ser uma questão de realidade política, mais do que qualquer outra coisa. Eu tenho atribulações incontáveis na Gasconha e nenhum tempo para lidar com elas.

Ricardo levantou o cacho de uvas, suspendendo-o agora pela haste para ilustrar o número incontável de problemas de que estava falando, e voltou a pousá-lo na bandeja.

— A região inteira... toda a Gasconha... é um ninho de ratos cheio de bandidos traiçoeiros. Eles chamam a si próprios de proprietários de terras e nobres, mas não passam de bandoleiros que não têm amor algum pela Aquitânia... e ainda menos por mim e minha Casa, quer ela se chame Plantageneta ou Poitiers. E a leste da Gasconha encontra-se Toulouse, inimiga tanto da Gasconha quanto de mim. Esse simples fato, de que não há amor entre Toulouse e Gasconha, é a única coisa que contém a rebelião franca de ambos os poderes contra as minhas terras e a minha autoridade... e só Deus sabe quanto tempo isso vai durar antes que algum jovem comandante brilhante e faminto de poder veja a oportunidade possibilitada por uma aliança, por mais difícil de forjar que tal compromisso possa ser. Chegará um dia, no entanto... é só uma questão de tempo e ocasião propícia... e ela provavelmente virá mais cedo que mais tarde... Mas a interferência de minha mãe forneceu-me os meios para afastar essa ameaça. — Ele fez uma pausa para organizar seus pensamentos, e retomou numa voz mais forte: — O que vocês acham disso? Se eu me casar com a princesa Berengária, vou dotá-la com os títulos de todas as minhas terras e propriedades na Gasconha.

Ricardo sentiu, mais do que observou, seus ouvintes enrijecerem pelo choque provocado por suas palavras, mas ignorou-os e continuou falando.

— Por que, vocês poderiam querer perguntar... mas, em vez disso, deveriam ignorar a aparente loucura do ato e olhar para os benefícios de tal mudança... o sul da Gasconha faz fronteira com o norte dos territórios governados pelo pai de Berengária, Sancho VI, rei de Navarra. Ele é um homem leal e íntegro, um rei forte com uma poderosa e experiente armada, mantida em campo por anos de campanha militar contra os mouros muçulmanos em Granada, ao sul de suas terras. Em retribuição ao fato de sua filha receber o título de posse da Gasconha, Sancho tomará como seu interesse certificar-se de que Gasconha e Navarra permaneçam unidas contra Toulouse, consequentemente domando os bandidos da Gasconha em nome de sua filha e formando uma proteção sólida entre a Aquitânia angevina e qualquer ameaça de seus vizinhos orientais.

— Isso é conciso e lógico — Sonorac balançava a cabeça em aprovação enquanto falava —, e eu posso ver que até mesmo Gautier aqui entende; por isso, não tenho dificuldade com os aspectos políticos de tal coisa. Estou apenas preocupado com o que começamos a discutir no início desta conversa: os aspectos físicos do relacionamento... o que alguém poderia chamar de realidades carnais. Você ainda é o mesmo homem que não podia suportar o pensamento de copular com a camponesa de Cognac, a viúva Celestine, ainda que ela fosse graciosa o suficiente para agradar dez em cada quaisquer dez homens que gostam de tais coisas... Você acha que será algo diferente aqui, com essa tal Berengária? Você vai desempenhar com ela? Você poderia se sentir atraído por ela de modo convincente o bastante para enrijecer a sua determinação?

— Não, pelos colhões de Cristo — zombou Ricardo. — É claro que eu não poderia. Ela é uma mulher, não é? Então como eu poderia sentir desejo por ela ou enrijecer minha determinação, que dirá meu pau? Mas ainda que eu pudesse, o simples fato de fazer isso poderia prejudicar minha habilidade para desempenhar com vocês dois, queridos, e isso eu jamais faria... Não, eu devo simplesmente cuidar para que minha complacente rainha tenha sempre alguém à mão para manter um sorriso em seus lábios.

— Maldição, Ricardo, você não pode fazer isso! — O arquidiácono ficou escandalizado diante da simples ideia. — Deus sabe que eu não me importo com a mulher, mas ela será a rainha da Inglaterra. Você não pode fazer da sua rainha uma puta simplesmente para satisfazer suas próprias necessidades.

— Por que não? Elas são todas putas, não são? Eu ouvi você dizer exatamente isso pelo menos uma centena de vezes. Mas eu já lhe disse, segundo minha mãe, ela é *complacente*, Jean-Luc... *complacente*... e minha mãe nunca usa grandes palavras como essa sem saber exatamente o que pretende transmitir. Por isso minha crença é que, enquanto Berengária tiver algum tipo apropriado de amor, ardente o bastante para manter seus pruridos femininos bem coçados, ela continuará complacente. Ora, ela pode até mesmo ter seus próprios gostos que poderiam chocar *a nós*... Talvez ela seja uma devota de Safo, tão atraída pelo seu próprio sexo quanto nós pelo nosso. Ainda não a conheço bem o suficiente para avaliar tais coisas, mas eu o farei, prometo-lhes, e quando o fizer providenciaremos qualquer coisa que possa mantê-la feliz e contente.

— Sem levá-la você próprio para a cama...

Ricardo olhou novamente para o zeloso jovem cavaleiro e sacudiu a cabeça, sorrindo.

— Gautier, Gautier... O que eu devo dizer para convencê-lo de que seus ciúmes, embora lisonjeiros, são despropositados? Eu não tenho a intenção de levá-la... nem qualquer outra mulher... para a cama, eu lhe juro.

D'Yquiem piscou os olhos e depois franziu o cenho, claramente desconcertado e incerto sobre o que ouvira ali, suspeitando vagamente que, em sua hostilidade contra mulheres, talvez estivesse deixando passar uma referência velada a outros homens... Sonorac, porém, já estava falando sobre o que o preocupava naquilo tudo.

— Ricardo, eu não gosto disso. Não vai funcionar do mesmo modo que o último truque funcionou.

— É claro que vai, Jean-Luc. É exatamente o mesmo.

— Não, senhor, não é. Na época, você era um participante que não devia satisfações a ninguém, pavoneando-se e envaidecendo-se sem a menor vergonha com a sua conquista. Você era o protagonista, o herói da peça, na tradição dos antigos gregos. A mulher era uma nobre madura, porém obscura, uma viúva das guerras, e o macho reprodutor era um jovem joão-ninguém, sem nome e sem tostão, interpretando um papel silencioso e despercebido...

"Tudo isso está diferente hoje. Tudo. Nada é sequer vagamente similar. Você agora é o rei da Inglaterra, colíder desta poderosa e sagrada expedição, e a mulher envolvida será sua esposa, a rainha da Inglaterra. O potencial para a catástrofe simplesmente é grande demais. Um escândalo dessa dimensão poderia valer a sua excomunhão, caso isso se tornasse de conhecimento geral... Eu devo lembrá-lo de suas próprias observações de poucos momentos atrás sobre a horda suja do povo. Eles perdoarão um rei herói de grandes, até mesmo heroicos, pecados, mas esse de que você fala não é um deles.

— Ahh! — Ricardo, que havia acabado de se sentar, pôs-se novamente de pé e atravessou a sala até o braseiro vazio da lareira, para o qual ficou olhando mas então endireitou o corpo se e se virou para encarar os outros. — Não há a questão do perdão nem possibilidade de escândalo. Está tudo arranjado. Eu conheço o homem que se tornará o amante dela, porque eu mesmo o selecionei, e ele será perfeito. Ele nunca pôs seus olhos na mulher, nem ela nele, e o homem não tem consciência do que eu planejei para ele, mas é suscetível e logo ela também será. Eles agirão conforme o esperado, eu lhes prometo.

Uma careta repuxou o canto da boca de Sonorac.

— E depois? — perguntou ele. — Quanto tempo esse caso vai durar e como você o manterá em segredo? E o que você fará quando ele tiver terminado? Uma morte acidental pode ser arranjada, mas não tão facilmente quanto antes. Nós vivemos numa comunidade pequena atualmente, compartilhando tetos de lona. Mortes e desaparecimentos não passarão despercebidos por muito tempo. E a própria rainha pode fazer uma tremenda confusão, caso fique enamorada dele. Quem é esse homem que você escolheu e até que ponto é provável que ele se torne proeminente? Todos os olhos estarão concentrados na rainha dia após dia, e ela estará em companhia feminina o tempo todo... sua irmã Joana e sua mãe, acima de todas... e cercada por um exército de homens.

— Que se dane isso! Com minha irmã eu posso lidar, e minha mãe vai embora daqui dentro de uma semana, de volta para Poitiers e para a França. Você tem minha palavra quanto a isso, meu amigo. Ela tem muito a fazer lá em seu próprio interesse, e eu tenho muita coisa para que ela faça em meu interesse. Eleanor ficará contente em ir tratar dos seus afazeres novamente, uma vez que eu tenha prometido desposar a fulaninha. Quanto ao exército, eles verão o que eu quiser que eles vejam.

Sonorac não deu atenção.

— Por que seria dessa forma com sua mãe? Por que ela acreditaria na sua promessa, quero dizer? Você nunca se mostrou muito ansioso para desposar Alaïs e estava prometido a ela...

— Tenha cuidado! — As palavras de Ricardo foram um rosnado, e Sonorac corou, calando-se instantaneamente, consciente de quão perto chegara de provocar uma terrível ofensa.

— Perdoe-me, meu suserano.

Ricardo respondeu como se Sonorac não tivesse falado.

— Foi a vontade de Eleanor, ideia dela, de modo que ela nunca duvidará que vou até o fim com isso. Ela cuidou do problema de Alaïs para mim tão logo ela própria se viu livre, mantendo a puta cativa em Rouen, naquela torre que há lá, e poupando-me da necessidade de brigar com Filipe por causa disso, pelo menos. Agora, quando eu digo que vou fazer isso em obediência às suas vontades, ela acreditará que eu vou calçar minhas esporas e cavalgar rumo ao cumprimento do meu dever para com meu povo, concebendo um herdeiro.

— Sim, mas essa é outra questão. Você também vai reconhecer esse bastardo?

Ricardo olhou para Sonorac como se o outro homem estivesse louco.

— É claro que sim! Esse é o único objetivo da ação toda. Mas este será um herdeiro legítimo... nada de bastardia para ele... e a produção de um herdeiro requer a concepção e a geração de uma criança viva, você não concorda?

— Sim, mas... a criança não será sua. Quero dizer, o sangue desse filho não será o seu, e ele será o rei da Inglaterra algum dia; talvez até mesmo de Navarra. Quem sabe a que alturas ele pode se alçar?

— Correto, ele será meu filho e reconhecido como meu herdeiro. Por isso, quem sabe a que alturas ele pode se alçar? Mas você realmente acredita que eu deveria me preocupar com o fato de ele não ter o meu sagrado e real sangue, o sangue que, pela mistura do sangue de meus pais, sujou e deteriorou minha vida inteira? Essa foi uma mistura fermentada, cozida e depois vomitada no inferno, meu amigo; a mesma imundície nociva e maligna que anima meu imprestável irmão João, que ele apodreça em vida. Melhor que ela morra comigo, seja lá onde e quando for que isso aconteça, e que sangue fresco e sem máculas siga em frente para governar a Inglaterra depois da minha morte. Eu já conheço o sangue que vai substituir o caldo que emporcalha as minhas veias, e ele é bom, pleno de nobreza e livre de corrupção... sangue limpo e novo para governar uma terra limpa e nova. Que assim seja. Eu não tenho escrúpulos quanto a essa questão, nem você deveria se afligir com ela. Portanto, mantenha sua confiança em mim e no meu julgamento, que nunca o deixou na mão até agora, e abrigue, se desejar, uma nova confiança em Deus, que me inspirou neste assunto.

Sonorac encolheu os ombros e balançou a cabeça em aprovação:

— Que assim seja, então, se é o que você deseja, mas eu tenho mais uma pergunta; depois, não direi mais nada. — Ele fez uma pausa, e quando Ricardo balançou a cabeça, aguardando, prosseguiu: — Eu ainda gostaria de saber sobre o término, pois temo que ele seja desordenado. Para onde esse homem irá, e como você lidará com ele?

— Ele irá para a guerra, como todos nós, e pode muito bem morrer lá. Mas ainda que viva, nós não o veremos mais. Ele pretende... juntar-se a uma das Ordens.

Se naquele momento alguém perguntasse a Ricardo por que subitamente ele decidira não ser mais aberto na resposta, ele não teria sido capaz de responder; simplesmente lhe pareceu que seria de alguma astúcia política esconder pelo menos em parte a identidade de seu futuro substituto, até mesmo de amigos tão próximos e íntimos quanto aqueles dois. Por isso, ele sonegou o nome e a condição de templário de André St. Clair, o homem que havia escolhido para a tarefa de conceber um filho para ele em Berengária.

DEZOITO

A manhã seguinte nasceu cinzenta e sob o peso de nuvens densas que tomavam o céu de um horizonte ao outro, mas as duas rainhas estavam nos estábulos na hora marcada, escoltadas cada uma por apenas um caçador. Como Ricardo havia prometido, ambas estavam vestidas apropriadamente para o dia que se seguiria e praticamente indistinguíveis dos homens que as cercavam. Elas se comportavam como os homens, também, àquela hora da manhã, movendo-se em silêncio e sem se manifestar, guardando-se contra intrusões até que tivessem banido completamente a nebulosidade do sono e se ajustado à chegada do novo dia.

André observou-as com mau humor enquanto elas se moviam pelas imediações, cada uma verificando seus próprios apetrechos de sela e nenhuma das duas fazendo contato visual com ele. Ainda que a contragosto, surpreendeu-se admirando rancorosamente a concentração de ambas em suas tarefas e a competência com que verificavam fivelas e tiras, selarias e o couro dos estribos. Até mesmo a opulência inconfundivelmente feminina de Berengária estava invisível naquela manhã, banida com tudo o que normalmente ornamenta a feminilidade e o flerte, as rendas e babados, os véus e vestidos drapeados que elas vestiam quando eram simples mulheres. Naquela manhã, ambas eram inconfundivelmente aristocratas, filhas de seus pais, imperiosas e autoconfiantes, nascidas para a caça e inteiramente confortáveis em seus calçados pesados, botas à altura dos joelhos, seus calções de couro, suas túnicas e os mantos de equitação simples e sem atrativos, feitos de lã grossa e encerada, que as cobriam completamente. Cada uma delas carregava uma aljava com flechas, com um arco de caça curto e pesado atravessado sobre os ombros guarnecidos pelo manto, e era acompanhada de um caçador cujo trabalho era carregar seus arpões e armas sobressalentes, mas nenhuma das mulheres parecia prestar uma isca de atenção aos auxiliares silenciosos.

A carroça de quatro rodas que André havia requisitado na noite anterior, seguindo as instruções do rei, estava parada na estrada do lado de fora dos estábulos, atrelada a um par de robustos cavalos de tração. Coberta por um toldo arqueado de couro finamente curtido e bem esticado sobre arcos fixados às laterais da carroça, seu leito estava empilhado de tendas firmemente enroladas, feitas de couro e de um pesado tecido em camadas, e com fardos volumosos que André ainda não havia examinado, embora presumisse que muitos deles fossem os cobertores extras que ele havia pedido. Também havia diversos baús na carroça, e embora ele não soubesse o que eles continham, tinha o palpite de que talvez abrigassem artigos pessoais de mulheres, levados para o caso de necessidade. A carroça era tripulada por três membros do quadro doméstico de Joana, o mais velho deles sendo seu camareiro de muitos anos, um lúgubre siciliano conhecido apenas como Ianni, e por algum motivo André sentiu que havia sido Ianni quem tivera a ideia de levar os baús. Uma segunda carroça, essa maior, puxada por um grupo de quatro cavalos, estava parada ao lado da primeira e era ocupada por uma equipe de açougueiros sob a supervisão de um cozinheiro experiente. Esse veículo e sua tripulação iriam limpar e transportar toda a caça obtida, esfolando-a e cortando a carne — e até mesmo cozinhando parte dela, caso fosse necessário alimentar a comitiva.

O grupo de caça inicialmente cavalgaria apenas até a entrada da extensão de floresta que era cercada e reservada ao uso pessoal de Isaac, a uma distância de pouco menos de 3 milhas. Além desse ponto, poderiam cavalgar ou caminhar, dependendo das condições e das presas disponíveis para serem abatidas, que poderiam variar de caça pequena, como lebres e corças, até grandes veados, javalis selvagens e até mesmo ursos. André foi até onde Sylvester, o mestre caçador, fazia sozinho a sua avaliação preparatória final, correndo os olhos por toda a comitiva, um membro por vez e sem perder um só detalhe da lista que ele carregava gravada em sua memória depois de muitos anos supervisionando comitivas como aquela. Ele viu André se aproximando com o canto do olho e voltou-se para ele, arqueando uma das sobrancelhas.

— Pronto? — perguntou André, e o caçador fez que sim com a cabeça, não julgando necessário falar. André balançou a sua em resposta. — Que seja, então. Vamos pô-las em marcha. Você acha que vai chover forte?

Sylvester começou a se dirigir para a larga entrada do estábulo, e André foi com ele, pensando que a reputação de taciturno do homem era bem merecida, mas quando chegaram à porta aberta, Sylvester apoiou uma das mãos na parede de um dos lados e inclinou-se para a frente, levantando os olhos para o céu cinza-chumbo.

— O problema com nuvens como estas — disse ele em voz baixa — é que você nunca pode dizer realmente o que elas vão fazer. É uma cobertura espessa, não há grandes chances de que o sol apareça... não antes do meio-dia, pelo menos. Mas também são altas; portanto, não há perigo de que chova dentro de uma hora, tampouco. Isso irá depender do que os deuses do vento fizerem. Se eles decidirem soprar da direção certa, nós poderemos caçar toda a tarde à luz do sol... se não o fizerem, e soprarem na direção contrária, podemos todos nos afogar tentando voltar para casa. — Ele olhou para André. — Seu palpite vale tanto quanto o meu. Mas é a sua caçada.

André deu um grunhido e depois balançou a cabeça, fazendo uma careta e olhando para trás por cima do ombro para ter certeza de que ninguém apareceria às suas costas para ouvir o que eles estavam dizendo.

— Bem, nunca houve a opção de não ir. O rei estava inflexível em querer que as damas ficassem longe de suas vistas hoje; portanto, vamos fazer com que se mexam.

— Mestre St. Clair, você pretende cancelar nossa saída de hoje?

A voz era de Joana e soou com clareza das profundezas do estábulo, fria e imperiosa. André voltou-se com naturalidade, forçando-se a um amplo sorriso enquanto o fazia.

— Não, *milady*, eu estava apenas consultando o clima aqui com mestre Sylvester. Nós estamos todos prontos, e o clima está nas mãos de Deus como deveria ser; portanto, queira montar, se for do seu agrado, e vamos a isso.

Momentos depois eles saíram em tropel para a superfície pavimentada da via que conduzia aos portões da cidade, a comitiva principal de Joana, Berengária e seus dois caçadores, com André e Sylvester, cavalgando à frente dos outros. Em seguida vinha sua escolta militar, ali presente para manter o protocolo e as aparências mais do que por qualquer necessidade de proteção, um esquadrão de 12 lanceiros providos de armaduras, conduzidos por um sargento e um porta-estandarte que carregava a bandeira pessoal de leões rampantes de Ricardo. Atrás destes, fechando a retaguarda, vinham as duas carroças. Os olhos de André moviam-se incessantemente à procura de sinais de atividade militar enquanto ele se deslocava dos estábulos em direção aos portões, mas, embora visse soldados movendo-se resolutamente aqui e ali, não sentiu nenhuma ansiedade que indicasse preparativos em larga escala para a guerra ou mesmo para uma batalha, e rapidamente concluiu que se quaisquer acontecimentos importantes fossem iminentes, eles não teriam lugar até mais tarde naquele dia. Assim, ele parou de procurar sinais de alarme e voltou sua atenção para a atividade em curso.

Por volta da metade da manhã a caçada estava bem adiantada, e André achava-se surpreendentemente impressionado com as habilidades de caça de ambas as mulheres. Espreitando a floresta no início da atividade, poucos minutos depois de começar a caçada, enquanto deslizava vagarosa e silenciosamente através da imobilidade nebulosa e úmida de orvalho de um emaranhado de árvores, Joana subitamente havia estacado e acenado com um gesto de pulso para que seus companheiros silenciassem. André, agachado atrás dela e à sua direita, virara a cabeça suavemente para olhar para Sylvester, que ficara paralisado no meio de uma passada e agora olhava para ele, a expressão em seu rosto mostrando claramente que não fazia ideia do que Joana havia sentido ou descoberto. Mas quase no mesmo instante, e em completo silêncio, um veado magnífico erguera-se sobre as patas traseiras no baixo grupamento de arbustos em que estivera passeando e parara à escuta, sua cabeça inclinada para o norte, para o lado oposto aos caçadores, e seu corpo posicionado para a fuga. Eles estavam ligeiramente atrás e à esquerda do animal, e menos de quarenta passos o separavam de Joana, na dianteira. Abruptamente, André começou a ouvir as batidas de seu próprio coração enquanto lutava para evitar qualquer movimento... e então sentiu uma coceira na narina, os primeiros sinais de uma urgência de espirrar.

Joana, percebia agora ele, estivera movendo-se com uma flecha posicionada no arco em sua mão esquerda, mantendo a haste no lugar com o indicador, e então, com infinita lentidão e paciência, ela começou a mover-se, erguendo o arco até a posição de disparo. Isso pareceu durar para sempre, e o veado ficou onde estava, olhando para o lado oposto a ela em perfil de três quartos, as narinas levantadas, farejando o ar à procura de qualquer coisa que se assemelhasse a perigo. André olhou para Sylvester novamente e notou que o caçador tinha o cenho levemente enrugado e olhava para baixo, na direção dos pés de Joana. Ele virou o seu rosto para ver o que o outro homem estava olhando e percebeu que Joana também havia parado a meio passo. Ela mantinha o arco levantado agora, mas estava mal equilibrada, com os pés posicionados de forma errada para suportar o puxão da pesada arma, e ele viu que ela não conseguiria dar o tiro. Mas, no mesmo momento em que ele notou que seu pé direito estava onde o esquerdo deveria estar e que, portanto, ela não poderia puxar a corda do arco, Joana conseguiu o que naquele momento ele teria afirmado ser impossível: ela endireitou-se suavemente e deu um passo à frente sobre o pé esquerdo, empurrando o tenso arco com o braço esquerdo esticado e puxando a corda suavemente para trás até tocar seu queixo. O veado se encolheu e saltou para se afastar do som que ouvira, mas a flecha já havia sido disparada e voava com precisão. Ela cravou-se com força no peito do animal, atrás do ponto de encontro das escápulas, e lhe atingiu o coração, fazendo com que a magnífica criatura caísse onde estava. André não conseguiu nem mesmo se recompor para congratular Joana pelo que ela havia feito; ele ficou parado ali, encarando-a de boca aberta, e ela devolveu seu olhar com uma das suas sobrancelhas inquisitivamente erguida e depois balançou a cabeça como se dissesse: "Então, está vendo?"

Cerca de uma hora mais tarde, ele testemunhou outra demonstração do mesmo tipo de virtuosidade, dessa vez de Berengária, quando uma grande lebre inesperadamente rompeu a cobertura de arbustos. Eles não sabiam que ela estava ali, pois naquele momento rastreavam um javali, mas subitamente lá estava a lebre, ricocheteando sobre suas enormes patas traseiras e saltitando agilmente e sem esforço de um lado para o outro enquanto corria para a segurança do extremo oposto da clareira em que eles haviam entrado. A princesa foi a primeira a vê-la e a reconhecer do que se tratava e então girou o corpo facilmente para segui-la, com o arco já completamente tensionado enquanto o apontava e avaliava o tempo e a direção dos saltos, e no momento em que percebeu o que estava acontecendo, André também aceitou o fato de que ela estava muito atrasada. Mas Berengária atirou com tranquilidade, e sua flecha atingiu a lebre no meio de um salto, perfurando-a de maneira limpa e perfeita e derrubando-a meio segundo antes que ela estivesse a salvo e fora de alcance em meio às longas folhas de capim à margem das árvores.

Logo depois disso, perto do meio-dia, Sylvester sugeriu que eles parassem para comer. Haviam perdido o rastro do javali no solo pedregoso momentos antes e ficaram satisfeitos em interromper a caçada para se servir das cestas de pão, frutas e frios que os cozinheiros haviam preparado para eles. O céu acima deles ainda estava coberto por nuvens altas e opacas, e Sylvester perguntou às mulheres se elas desejavam continuar caçando ou se já haviam conseguido o suficiente e estavam prontas para ir para casa. Não houve discussão. Não deixariam o local, disse Joana, até que tivessem algum bom porco selvagem para levar com elas. Ela olhou para Berengária à espera de confirmação, e a princesa balançou a cabeça em assentimento, sua atenção concentrada no faisão assado frio que segurava com ambas as mãos. André viu e ouviu isso tudo, contentando-se em não dizer nada e bastante surpreso com o quanto estava aproveitando a excursão.

Começou a chover enquanto eles se preparavam para retomar a caçada, e a princípio a chuva foi relativamente leve, uma garoa que todos acreditaram que logo passaria. No entanto, com o passar do tempo a precipitação aumentou, de modo que em breve eles estavam bastante incomodados. Haviam-se aprofundado na floresta, em terreno montanhoso, e o rugir do aguaceiro sobre a cobertura acima de suas cabeças era ensurdecedor, mas as massas de folhas acima deles apenas interceptavam a chuva e a desviavam, de modo que em vez de cair sobre o chão da floresta em quotas normais, ela tendia a empoçar-se nas superfícies das folhas largas e depois se derramar de uma folha para a outra, ganhando impulso e volume até cair em firmes fluxos, encharcando-os e penetrando até mesmo a rija lã encerada de suas capas contra o mau tempo. Em dado momento, André inclinou-se para Sylvester e gritou em seu ouvido.

— Foi você quem previu chuva forte para Ricardo?

O caçador voltou-se e posicionou as mãos em concha sobre a boca, gritando contra o barulho da chuva:

— Sim, mas não me referia a nada semelhante a isto. Isto é pior do que eu tenho visto há anos. Há uma caverna a cerca de meia milha à frente, no alto da escarpa rochosa, na face de um rochedo. Eu a usei anteriormente... encontrei-a algumas semanas atrás, na primeira vez que vim caçar aqui. É necessário esforço para chegar até lá, mas é um lugar grande e seco e podemos acender uma fogueira, se não houver ursos lá dentro.

— Uma fogueira? Há lenha lá?

— Provavelmente. Depende de quem esteve ali nos últimos tempos. Os nativos vêm usando o lugar como abrigo há centenas de anos, e a maioria deles provê o local com madeira seca antes de partir. Havia uma pilha quando eu encontrei o sítio pela primeira vez, e por isso eu agora sempre carrego um pouco de madeira lá para cima antes de ir embora, na esperança de que haja um suprimento seco da próxima vez que voltar. — Ele encolheu os ombros. — É claro que algumas pessoas consomem até o refugo da madeira que há ali sem repor um só graveto. Você quer tentar?

— Conduza-nos até lá! Qual é o tamanho dela, afinal?

— Ah, é grande, muito maior do que parece vista de fora, pois a entrada é realmente muito pequena, mal chegando a três passos de um lado ao outro, comparada com o espaço interior, que é de cerca de dez vezes essa largura. E profunda, também, com o teto alto. Há três grandes câmaras interligadas, uma atrás da outra como contas de um rosário. A frontal é a maior, aberta para o lado de fora; a do fundo tem um pouco de luz durante o dia... alguma penumbra que desce como um tênue raio de sol de algum lugar acima... e a do meio é sempre escura.

André olhou para o caçador e sorriu.

— Como um tênue raio de sol... Gostei disso. Vamos esperar que não haja ursos lá dentro hoje.

Eles se aproximaram da boca da caverna com grande cautela, após terem trilhado seu caminho cuidadosamente pela traiçoeira encosta pedregosa, e quando estavam todos de prontidão, com flechas posicionadas e prontas para disparar, Sylvester atirou uma sequência de grandes pedras na caverna escura, fazendo uma pausa depois de cada uma delas para ficar à escuta de sons que pudessem indicar que a gruta já tinha inquilinos. Nada surgiu, nada se moveu e nenhum som perturbou a escuridão silenciosa além da boca da caverna. Por fim, o próprio Sylvester, carregando uma pesada balestra com propulsão a mola, carregada e pronta para uso à altura da cintura, caminhou vagarosamente e com cuidado entrada adentro e depois se demorou ali, emoldurado pela abertura e iluminado por trás, convidando qualquer animal do lado de dentro a investir contra ele. Permaneceu ali pelo tempo de uma contagem até dez, endireitou ligeiramente o corpo e avançou escuridão adentro.

Poucos minutos depois, tendo-se certificado de que nenhum animal estava à espreita nos recessos mais remotos das três cavernas coligadas que se estendiam para o fundo por pelo menos sessenta passos rochedo dentro, os dois homens estavam novamente juntos, dessa vez olhando para fora através da chuva torrencial. Atrás deles, na primeira caverna, podiam ouvir o som de um dos outros caçadores picando madeira seca em gravetos, enquanto outro de seu grupo trabalhava pacientemente com pederneira, aço, casca de árvore finamente cortada e triturada e palha para acender o fogo. As duas mulheres tinham ido até a mais afastada das cavernas, que era fracamente iluminada pela luz que se infiltrava de algum lugar acima delas, e lá Sylvester lhes mostrara uma fissura no chão da caverna sobre uma corrente subterrânea, que se oferecia como uma latrina natural e agradável. Então ele as deixou juntas para fazerem qualquer coisa de que necessitassem.

— A que distância estamos das carroças, você sabe?

Sylvester apontou para a direita deles, abaixo da encosta pedregosa.

— Meia milha, se você for naquela direção, atravessar diretamente o mato e cruzar uma ravina íngreme com o riacho no fundo, mas será um trajeto difícil nesta chuva. — Então ele moveu a mão bruscamente para a esquerda, para o caminho pelo qual tinham vindo. — Se você voltar por aquele caminho, por outro lado, ainda que se afaste delas no início, há uma trilha fácil... nós a atravessamos em certo momento, você deve lembrar... ela dá uma volta até onde elas estarão agora... Uma milha e meia, talvez 2 milhas.

— Uma trilha fácil, você disse. Fácil o bastante para que as carroças sigam por ela se nós as mandarmos vir até aqui?

— Sim, até a base da encosta, pelo menos, mas se você quiser qualquer coisa além disso terá de carregá-la nas costas ladeira acima. — Sylvester voltou-se vagarosamente e olhou para ele. — Agora, por que você iria querer fazer isso?

André sustentou diretamente o seu olhar.

— Porque esta chuva não dá sinais de abrandamento, e nós temos duas mulheres conosco. Elas podem não parecer mulheres, vestidas como estão, e não têm se comportado como mulheres durante isto tudo, pois nenhuma delas fez uma só queixa, mas tenho certeza de que você não precisa ser lembrado de que uma delas foi a rainha da Sicília e a outra é a rainha da Inglaterra. Mais cedo, e não mais tarde, o desconforto deste clima penetrará a tranquilidade delas, que tem sido admirável até agora. A chuva pode diminuir logo... certamente tem de fazer isso, pois não pode continuar desta maneira para sempre... mas, caso isso não ocorra, então nós temos de estar preparados para qualquer eventualidade que possa surgir. E uma dessas eventualidades, creio eu, é que lady Joana talvez não tenha mudado de ideia sobre permanecer aqui até caçar um porco. Se isso acontecer, então nós podemos acabar passando a noite aqui.

— O rei não ficaria satisfeito com isso — resmungou Sylvester, mas André sacudiu negativamente a cabeça.

— Eu não sei, meu amigo — disse ele. — Acho que você pode estar errado quanto a isso. Você próprio pôs a ideia na cabeça de Ricardo ontem, quando lhe disse que poderia chover forte hoje, e foi por isso que nós trouxemos uma carroça cheia de tendas e cobertores... foi ideia do rei que nós talvez ficássemos retidos pelo clima, e ele ordenou que eu me certificasse de trazer tudo o que fosse necessário para conservar as damas secas, aquecidas e confortáveis. Ele confia implicitamente em nós dois para isso. Nós temos homens suficientes para guardá-las e trouxemos o cozinheiro para alimentar a todos. Então, faça-me o favor de mandar seu melhor homem para encontrar as carroças e a escolta e trazê-los até aqui o mais breve possível. Eu vou informar as rainhas sobre o que está acontecendo. — Ele hesitou. — A propósito, a terceira caverna, no fundo, com a latrina... Há alguma corrente de ar ascendente lá? Seria possível manter uma fogueira acesa ali sem sufocar até a morte?

Sylvester pensou por um momento e encolheu os ombros.

— Eu não sei. Nunca pensei nisso. Sempre uso a cavidade para o fogo na primeira caverna.

— Humm. Bem, nós logo descobriremos. Deve haver algum tipo de chaminé no teto. Se a luz pode entrar, então o ar deve ser capaz de sair pelo mesmo trajeto.

O aguaceiro não havia diminuído até o meio da tarde, mas a temperatura caíra tão vertiginosamente que mais parecia um dia de inverno na Inglaterra do que qualquer coisa que alguém pudesse esperar encontrar em Chipre. E então chegou o vento, de início gradualmente, depois aumentando até uma ventania e mais tarde ainda mais, até adquirir uma fúria uivante e letal como nenhum deles jamais vira. Na floresta abaixo da face do rochedo onde estavam, árvores inteiras eram arrancadas e levadas pelos ares, enquanto outras, mais velhas e estáveis, eram estilhaçadas e partidas ao meio pela força do vento, os ramos mais fracos eram arrancados e grandes troncos e galhos eram quebrados e transformados em armas voadoras. O assombro os atingiu, mas, molhados, cansados e sentindo-se miseráveis demais para realmente se importar com as razões por trás do fenômeno, ninguém pôde explicá-lo nem tentou. Quando se cansaram de observar a catástrofe, eles simplesmente concentraram todas as suas energias em secar a si próprios e suas roupas e em ficar aquecidos.

As carroças haviam chegado e sido descarregadas muito antes do vento aumentar, cada homem fisicamente capaz na comitiva assumindo a tarefa de transportar a carga para cima da traiçoeira encosta de argila e rochas móveis sobre a face do rochedo e armazená-la na primeira caverna, onde uma autêntica fogueira agora crepitava. Quando tudo havia sido transferido em segurança, André mandou que todos saíssem de novo, dessa vez para encontrar um local abrigado no qual pudessem esconder as carroças e os cavalos, depois do que deveriam reunir lenha para afugentar o frio que aumentava depressa. St. Clair saiu com eles, assim como Sylvester, deixando para trás apenas um homem idoso da equipe de cozinha para atender as damas, caso elas precisassem de algo. Isso também havia acontecido antes que os ventos tempestuosos de fato se impusessem, e eles ainda estavam reunindo pilhas de madeira quando uma rajada brutal e congelante de vento em torvelinho, muito mais forte do que qualquer coisa que já pudessem ter experimentado até aquele momento, arrancou um membro do grupo de corpo inteiro e o atirou pela encosta pedregosa para aterrissar inconsciente, com um braço quebrado e a cabeça sangrando, de encontro a uma rocha. Isso fez com que eles interrompessem a coleta de combustível e se pusessem a transportar o que já haviam reunido para a segurança das cavernas o mais rápido que conseguiam se deslocar.

A partir daquele momento, ficara fora de questão continuar a caçada, ou mesmo fazer a jornada de volta para Limassol, pois todos haviam visto com seus próprios olhos o que aquele vento poderia causar, e nenhum deles se daria ao trabalho de arriscar um encontro com um galho atirado pelo vento ou uma árvore tombada. Em vez disso, St. Clair havia aceitado o inevitável e feito com que todos se preparassem para uma noite na caverna. Os 12 soldados foram postos para trabalhar imediatamente, construindo uma parede inclinada de pedras e cascalho na entrada estreita da caverna principal, a fim de bloquear e dissipar a força das rajadas que uivavam através da abertura, e à custa de muito trabalho pesado eles tiveram sucesso em construir uma barreira eficiente. Seu topo ainda ficava à metade da altura de um homem do ponto mais alto da entrada, mas a barreira era alta e forte o bastante para fazer aquilo para que havia sido planejada, e a força uivante do vento foi reduzida a níveis toleráveis graças a ela. No interior, atrás da parede, num amplo círculo em volta da fogueira central — o chão da caverna principal atingia facilmente trinta passos de comprimento e quase o mesmo de largura —, eles haviam acomodado o homem ferido o mais confortavelmente que puderam, agasalhando-o e acomodando-o perto do fogo, e tinham armado quatro tendas de couro como aposentos de dormir, onde ficariam a salvo das rajadas de vento que ainda se derramavam caverna adentro de tempos em tempos. Não podiam cravar estacas no chão de pedra, mas conseguiram erguer as tendas com firmeza ainda assim, prendendo os tirantes com pedras pesadas. Enquanto tudo isso acontecia, o cozinheiro e sua equipe preparavam a refeição, assando um quarto de cervo num espeto que haviam posicionado sobre uma segunda fogueira.

André também havia ordenado que pequenas fogueiras fossem acesas nos salões central e posterior, e a que estava na câmara do fundo ardia clara e bem, como ele achou que arderia, enquanto a que ficava na câmara central teve de ser extinta imediatamente, antes que a fumaça os expulsasse a todos para a tempestade. Então, após ficar provado que a câmara do fundo podia ser mantida quente e ventilada, ele ofereceu às duas rainhas a opção de dormirem na caverna principal com o resto da comitiva, numa das quatro tendas, ou dormirem sozinhas na câmara do fundo. Não ficou surpreso quando elas escolheram a última opção, pois Ianni, o camareiro, já estava trabalhando duro, improvisando camas e assentos ao lado do fogo com pilhas de tendas e cobertores, de modo a tornar o espaço generalizadamente adequado para o uso das mulheres, chegando a ponto de acender velas de sebo em candeeiros apoiados nas paredes e fazendo tripés portáteis arrumados como lavatórios, com jarros de água quente para as suas abluções.

André fez uma mesura de cabeça para as rainhas e disse-lhes que havia comida sendo preparada e que mandaria alguém avisá-las quando estivesse pronta, mas quando se virou para deixá-las, Berengária chamou-o de volta e o agradeceu, embora, ele não soubesse dizer pelo quê. A cortesia dela o surpreendeu, pois eles mal haviam trocado dez palavras o dia inteiro, mas ele fez um ligeiro cumprimento de cabeça em reconhecimento e devolveu-lhe o agradecimento — e depois ficou realmente surpreso quando Joana ergueu a voz e pediu-lhe para sentar-se por um momento, pois tinha várias coisas para contar-lhe e pedir sua opinião.

Alguém havia arrastado quatro blocos de pedra da altura de um joelho para junto do fogo que André havia acendido perto da parede do fundo da câmara, de onde a fumaça se erguia veloz e limpa numa trajetória ascendente, desaparecendo nas alturas sem causar qualquer desconforto, e dois deles haviam sido transformados em bancos pela simples adição de um estofo de algodão a cada um. André pensou que o estofo talvez tivesse sido feito com tendas de couro dobradas, mas no momento em que olhava para as pedras, um dos homens de Ianni adiantou-se com uma terceira pilha de acolchoados e a colocou em cima de outro bloco, comprimindo-a para dar forma. André agradeceu o homem com um movimento de cabeça e dirigiu-se ao assento, lançando um olhar inquiridor para a rainha Joana, que correspondeu abertamente ao seu olhar, e se sentou em frente a ele, cruzando as pernas calçadas de botas e perneiras de couro e segurando o joelho entre os dedos entrelaçados.

No ato mesmo de dobrar-se para sentar, o efeito daquele simples movimento atingiu André diretamente abaixo das costelas, tirando-lhe o fôlego. Ele havia olhado para ambas as mulheres o dia inteiro e acreditava que tinha se acostumado ao fato de que elas eram mulheres vestidas como homens, mas ambas haviam usado pesadas capas de lã durante todo o dia, também, e todos, incluindo ele, haviam estado concentrados em outras coisas, o que, em grande parte, havia dissipado o impacto da aparência delas. Agora, porém, as duas haviam posto de lado as capas e as couraças que vestiam para a caçada, e ambas evidentemente haviam encontrado tempo para escovar os cabelos, embora ainda não tivessem tido a oportunidade de trocar de roupa completamente e vestissem apenas túnicas leves que lhes chegavam à altura do joelho, bastante semelhantes a sobrecotas, sobre calções de couro que revelavam, chocantemente, os contornos de suas pernas e quadris, de modo que, erguendo o joelho encouraçado e segurando-o do modo como havia feito, Joana Plantageneta instantaneamente ocupara a mente e a visão dele com a consciência da presença de seu corpo. Ao desviar os olhos rapidamente, André se arruinou ainda mais, porque a rainha Berengária, similarmente vestida — embora a palavra que de pronto lhe ocorreu tenha sido despida —, caminhava em sua direção, curvando-se ligeiramente para adiante, de modo que o contorno e a opulência de seus seios foram enfatizados.

Ele fechou os olhos instintivamente, sentindo o fluxo quente do rubor rastejar por sobre seu rosto, mas para seu espanto nenhuma das duas mulheres pareceu ter notado nada fora do normal.

— Eu fiquei mais do que impressionada com você hoje, mestre St. Clair — disse Joana claramente. — A tarefa que lhe foi dada é uma imposição que poderia facilmente ser posta sobre os ombros de alguma outra pessoa. Eu sei disso, porque fui eu quem pediu que ela lhe fosse dada, por minhas próprias e egoístas razões. Mas você a cumpriu admiravelmente, com grande paciência e sem um só franzir de cenho como reclamação, apesar da tarefa ter se revelado muito mais perigosa e demorada do que qualquer um de nós poderia ter imaginado. Você cumpriu seu dever e desempenhou suas obrigações maravilhosamente, e meu irmão ouvirá isso diretamente de mim. Minha cunhada aqui pensa o mesmo e somará sua voz à minha. E por tudo o que você fez por nós no dia de hoje, nós agora lhe agradecemos.

— Era meu dever, *milady*, como a senhora disse, mas também foi prazeroso. Posso... — ele fez uma pausa e depois recomeçou. — Posso perguntar por que a senhora pediu por mim?

Joana lançou um rápido olhar para Berengária e olhou novamente para St. Clair, sua cabeça ligeiramente inclinada para um dos lados e uma pequena ruga de contrariedade — ou talvez de perplexidade — vincando a pele entre suas sobrancelhas.

— Porque achei que você tivesse miolos, sir — disse ela —, e pudesse ser capaz de uma conversa sensível. Portanto, por que prejudicar essa opinião fazendo uma pergunta tão tola agora?

Quando ela viu o aspecto vazio e desentendido que emanava dele, a ruga entre suas sobrancelhas se aprofundou, e ela sacudiu a cabeça.

— Eu achei... — mas ela não disse o que havia achado. Em vez disso, sentou-se mais ereta. — Certamente não pode ter fugido à sua atenção, sir André, que a maioria de seus colegas cavaleiros mal consegue falar, uma vez que os assuntos sobre exercícios, treinamento, mortes e combates tenham-se exaurido... Meu irmão me conta que você sabe ler e escrever com fluência. Isso é correto?

— Sim, *milady*.

— Então, só isso já o distingue de todos os seus assim chamados iguais. Eu tive consciência durante anos de uma verdade desanimadora, mas ouvi-a ser afirmada novamente pelo bispo Charles de Beaulieu menos de um mês atrás, e mais uma vez ela me chocou: nenhum cavaleiro, em quaisquer duzentos escolhidos aleatoriamente, sabe ler ou escrever... E eles nem sequer se importam! Na verdade, eles escarnecem de pessoas que o sabem, e por razões óbvias a maioria destes é composta de clérigos, que devem ler e escrever para cumprir suas obrigações. Portanto, o abismo entre cavaleiros e clérigos é aprofundado e reforçado com constante e absurda estupidez. O fato de você ser letrado, mestre St. Clair, assinala-o como diferente da turba de seus companheiros e levanta a possibilidade de que você possa ser capaz de conversar sobre outras coisas que não a guerra e a atividade militar... assuntos que uma mulher como eu, ou minha real cunhada aqui presente, podem gostar de ouvir e falar a respeito... Foi por isso que eu o pedi pelo nome. Fiz isso na esperança de usufruir de alguma conversa particular e agradável.

— Entendo. — André balançou a cabeça. — E também entendo por que minha pergunta a contrariou. Perdoe-me, *milady*, eu não estava pensando com clareza. Com toda a honestidade, nunca me ocorreu que alguém pudesse considerar a capacidade de ler e escrever como uma característica admirável... Sofri insultos por conta disso por tanto tempo que hoje em dia tento manter tal capacidade secreta. — Ele fez uma pausa e depois continuou: — A senhora disse que tinha algumas coisas a me dizer e a me perguntar... Estou à sua disposição.

— Ah, se ao menos você fosse... — O rosto dela não traía nenhum dos seus pensamentos, e ela continuou a falar enquanto André se engalfinhava com o significado do último comentário, abandonando-o, por fim, quando o continuar da fala da rainha exigiu sua atenção. Elas queriam saber sua opinião, disse ela, sobre até que ponto ele achava que Ricardo poderia ficar preocupado com o fracasso deles em voltar para Limassol naquela noite, dada a severidade das condições climáticas. St. Clair, por acaso, havia pensado em mandar alguém de volta com notícias sobre o bem-estar delas?

Ele negou com um movimento de cabeça e disse-lhes que havia considerado a possibilidade de mandar um dos caçadores de volta com a notícia de que estavam bem e retornariam no dia seguinte, mas decidira não fazer isso devido ao extremo perigo para o mensageiro. Se mandasse um caçador de volta, disse André, e esse homem fosse morto ou ferido no caminho, então nada se conseguiria além da perda de mais um homem valoroso. Ninguém sabia onde eles estavam agora, além deles próprios, mas quando alguém conseguisse organizar uma expedição de busca no dia seguinte, eles estariam bem e a caminho de casa outra vez... e interceptariam os homens que os buscavam.

Conversaram sobre mais amenidades por algum tempo depois disso, até que um dos cozinheiros pigarreou na entrada da câmara e anunciou que a comida estava pronta e seria levada até eles e servida dentro de alguns momentos. André rapidamente ficou de pé e deixou que as mulheres se preparassem para sua refeição e depois seguiu de volta para o salão principal para juntar-se a Sylvester e aos outros caçadores.

Havia sido um dia longo e cansativo, e quando todos estavam de estômago cheio ninguém pareceu querer se afastar do fogo, embora alguns audazes tivessem saído para se aliviar. André e Sylvester estavam entre estes, e quando parou ao abrigo da parede que os homens haviam construído, encolhendo-se para se proteger de qualquer rajada de vento errante, André notou que os ventos de tempestade não haviam amenizado nem ligeiramente. Também notou que desde a decisão das duas rainhas de ocupar a última câmara, nenhum homem havia reclamado por perder o acesso à latrina natural no chão da caverna. Quando retornou ao seu assento ao lado do fogo, porém, reconheceu a grande probabilidade de que ninguém nem mesmo soubesse que havia aquela fissura no chão.

Ao lado da fogueira, a conversa era, na melhor das hipóteses, digressiva, e logo os homens começaram a deixar pender a cabeça aqui e ali, bem como a se dirigir para as tendas, de modo a se afastar do caminho das ocasionais rajadas de vento que ainda irrompiam caverna adentro, assobiando e fustigando as alturas abobadadas acima deles. Em pouco tempo, os primeiros roncos prolongados começaram a ribombar, e quando André se surpreendeu cochilando ao calor do fogo, lutou para ficar de pé e serviu-se de uma braçada dupla de cobertas, depois voltou para a câmara onde as mulheres estavam.

Tossiu para que elas soubessem que ele estava do lado de fora de seus aposentos e lhes disse que manteria guarda ali, dormindo atravessado na passagem, apenas para se certificar de que ninguém do salão externo fosse tentado a sair perambulando no meio da noite. Essa possibilidade, André sabia, era muito pequena, mas ele fez sua cama no chão com uma camada dupla de tendas de couro dobradas, pousou sua espada desembainhada ao lado dela e embrulhou-se confortavelmente em cobertores antes de se deitar. Momentos depois ouviu o som de alguém atirando lenha na fogueira das mulheres e depois ouviu alguns breves sussurros, e Ianni, o camareiro, saiu da caverna carregando uma vela e passou cuidadosamente por cima do corpo de André, deitado de costas, desejando-lhe boa-noite com um sussurro ao fazer isso.

Por algum tempo depois disso, André ficou ouvindo o som das duas rainhas conversando e, embora não pudesse entender uma só palavra, perguntou a si mesmo o que estariam fazendo e qual seria a aparência delas enquanto se preparavam para ir para a cama. Mas logo pegou no sono, apesar da sua imaginação lasciva.

Ele acordou num surto de pânico, circundado pela bruxuleante luz amarela e lutando para sentar-se ereto e alcançar sua espada ao mesmo tempo. Não sabia onde estava; apenas que a mão de alguém havia coberto sua boca e suas narinas enquanto dormia. Antes que ele se levantasse ou gritasse, porém, a mão apertou mais, pinçando suas narinas e empurrando-o para trás, e uma voz aguda sussurrou em seu ouvido, dizendo-lhe para ficar quieto. Era uma voz de mulher, e ele imediatamente se lembrou de onde estava e sua visão clareou, de modo que viu o rosto da mulher perto do seu e imediatamente congelou. Era Joana, e seus olhos estavam muito abertos, como se estivessem com medo. Ele relaxou, e ela imediatamente o soltou e recuou, posicionando a mão entre os seios e respirando fundo e trêmula.

— *Milady* — disse ele, agora se sentando depressa, mas mantendo a voz baixa e virando a cabeça para examinar a passagem à sua esquerda. — O que houve? Qual é o problema?

Ela acenou uma das mãos para ele e sacudiu a cabeça sem falar nada, e ele se deu conta de que ela havia se ajoelhado ao seu lado para acordá-lo e agora estava sentada sobre os calcanhares, encarando-o com os olhos arregalados, sua mão ainda tremendo apreensivamente sobre o peito. Ela vestia roupas femininas apropriadas, André agora percebia, ainda que fossem trajes de dormir. Volumosos e ocultadores, eles escondiam o corpo dela dos olhos dele, mas, ainda assim, tornavam-no instantaneamente consciente de que o corpo estava ali, macio e feminino... e próximo o bastante para que ele o tocasse, caso estendesse a mão. Enquanto ele pensava isso, ela parou de agitar os dedos, ergueu sua mão imóvel, com a palma levantada para ele, e respirou fundo outra vez.

— Meu Deus, sir André, você me assustou. Eu não esperava que você acordasse de maneira tão violenta... Ou tão ruidosa. Por um momento, pensei que você faria com que todos viessem correndo para ver se estávamos sendo atacados e assassinados durante o sono.

St. Clair ergueu-se mais, encontrando uma posição mais confortável, sentindo o frio da noite no ponto onde os cobertores haviam caído de seus ombros. Estava completamente acordado agora, mas esfregou os dedos e o polegar nos cantos de seus olhos, limpando-os dos últimos vestígios de sono enquanto Joana recomeçava a falar.

Não havia nada errado, disse-lhe ela. Apenas não conseguia dormir e, não desejando perturbar Berengária, viera ver se St. Clair seria gentil o bastante para conversar com ela por algum tempo. Reavivara o fogo antes de se aproximar dele, disse, e sussurrara o seu nome, mas ele não respondera, de modo que ela pensara em acordá-lo.

Confuso, porém sentindo-se mais lisonjeado do que qualquer outra coisa, St. Clair balançou a cabeça e se livrou dos cobertores antes de se levantar e caminhar até a fogueira, onde, durante os momentos seguintes, ambos se esforçaram muito para superar o constrangimento que sentiam quanto ao que havia ocorrido. Berengária não se mexera, portanto, parecia que eles não haviam feito muito barulho, mas mesmo assim St. Clair levantou-se e caminhou silenciosamente até a câmara do meio, levando uma das velas. Não encontrou ninguém e não ouviu nada além do vento do lado de fora da entrada principal, de modo que logo retornou para onde Joana estava sentada ao lado do fogo, olhando para ele.

Conversaram calmamente por mais de uma hora depois disso, e St. Clair deleitou-se por completo com isso, pois Joana começou perguntando a opinião dele sobre Guy de Lusignan, tanto como governante quanto como homem, e quando ele a compeliu a isso, ela respondeu dando-lhe sua própria opinião, que era muito diferente de qualquer outra coisa que ele já tivesse ouvido alguém dizer sobre o assunto. Como mulher, disse ela, sentia-se atraída pelo homem, pois ele se apresentava como um retrato de muitas das coisas que as mulheres procuram em um homem: alto e de constituição forte, ainda que de proporções agradáveis, ele era comparável ao seu irmão, se não tão robustamente musculoso quanto ele. Seus dentes eram excelentes, observou ela, brancos e alinhados, sem nenhum faltando, sem espaço evidente entre eles e nenhum visivelmente podre. Ele também mantinha os cabelos e a barba escuros limpos e caprichosamente cuidados, disse ela, o que era suficientemente incomum para ser notável, sua pele era intensamente bronzeada e agradável de se contemplar, as costas de suas mãos, seus dedos e pulsos eram cobertos por uma perceptível dispersão de pelos finos, escuros e encaracolados que ela e muitas outras de seu sexo achavam atraentes e até sedutores.

Ele havia passado por várias provações nos últimos anos, disse ela, mas ainda assim suas roupas, embora desbotadas e esfarrapadas, haviam sido bem cuidadas e conservadas limpas. Ricardo, claro, havia providenciado novas vestes para ele, roupas condizentes com o seu status, mas, ainda assim, as condições do antigo vestuário falavam por si mesmas. Aquele era um homem exigente e meticuloso quanto à aparência. Mas dito tudo isso, prosseguiu ela, sua atração por ele, de mulher para homem, era puramente superficial.

— Se ele tivesse me impressionado além da superfície, se realmente tivesse exercido algum apelo para mim, profundamente, como homem, eu nunca teria tido tempo de examiná-lo mais atentamente como fiz. Mas quanto mais atentamente eu o observava, menos coisas via para gostar. Ele é fraco. Tendo crescido com Ricardo como irmão e depois passando anos como esposa de meu querido marido William, eu entendo e reconheço a força. Também reconheço a falta, a ausência dela, com grande facilidade. No fundo, nosso nobre rei Guy não é confiável. E, obviamente, esse é o motivo por que ele adquiriu a reputação que o germânico Montferrat, e agora Filipe Augusto, procuram usar contra ele... — Ela se deteve e deu um suspiro fundo e sibilante. — Mas ele é o rei por direito, e isso é... inconveniente, para dizer o mínimo, para o meu querido irmão.

Ela estivera sentada, olhando para o fogo, mas então virou a cabeça para olhar André diretamente nos olhos.

— Você entende por que eu digo isto? — perguntou ela. — Você já falou com alguém sobre a política que envolve este negócio todo?

Ele balançou a cabeça afirmativamente.

— A política religiosa, a senhora quer dizer? Sim, eu conversei. Mas não posso me convencer de que ela seja tão importante quanto todos os demais parecem pensar.

— Você...? — Joana interrompeu o que dizia e olhou fixamente para ele, com assombro. — Não acredito que ouvi você dizer isso. Você não a acha importante? Então, você não acredita em Deus?

St. Clair riu de maneira espontânea.

— É claro que acredito, mas o que está em jogo aqui, nesta rixa entre Lusignan e Montferrat, não tem nada a ver com Deus. É uma disputa entre dois grupos de homens... grupos muito grandes, é bom que se diga, todos os quais professando a adoração ao mesmo Deus. Mas um grupo chama a si próprio de Igreja ortodoxa oriental e é governado pelo arcebispo patriarca, enquanto o outro se denomina de Igreja católica romana, e é chefiado pelo papa. Cada um jura, invocando a autoridade plena dos céus para atestar sua correção, que detém o único, correto e indiscutível meio de atingir a salvação. E ambos desejam governar a terra onde Jesus viveu, pois ambos acreditam que ela é sagrada; e os dois grupos creem que há um tesouro mundano a ser acumulado ao controlá-la. Acha que eu sou muito cínico, *milady*?

Ela o estivera olhando através de olhos apertados, mas então sorriu e sacudiu a cabeça no que parecia admiração.

— Não — disse ela lentamente —, não cínico, não de fato. Mas acho que você é um homem muito perigoso.

— Como pode ser isso, *milady*? Eu não passo de um simples cavaleiro.

— É, mas um simples cavaleiro com suas próprias ideias e sua própria maneira de ver coisas de que a maioria das pessoas jamais tomaria consciência... Isso, senhor cavaleiro, o torna muito perigoso para as pessoas que gostariam que você se comportasse da maneira que elas consideram apropriada. O que você acha que meu irmão deveria fazer neste caso?

— Eu creio que ele já está comprometido, *milady*. Ele reconheceu Guy e deu-lhe apoio e sustento. Não posso afirmar que ele teria agido assim com tanta boa vontade se a França não tivesse lançado seu apoio por trás de Montferrat, mas agora a sorte está lançada. Antes disso, eu sei que o rei estava sob uma pressão sempre crescente de Roma... ele está cercado por uma praga de arcebispos e bispos, como sabe... para salvaguardar os interesses papais em Outremer... e mais particularmente em Jerusalém, caso nós consigamos reconquistá-la. Mas esta guinada de Filipe, passando a apoiar Montferrat e o campo ortodoxo, pareceria ser atirada deliberadamente na cara do papa, e isso me desconcerta, pois eu não julgaria Filipe bravo ou rebelde o bastante para ir diretamente contra a vontade e a autoridade do papa.

— Talvez ele tenha conseguido algum tipo de acordo com a Igreja oriental em Constantinopla. Eu ficaria muito surpresa se descobrisse que há menos intrigas entre os seguidores da ortodoxia do que entre os de Roma. — Ela ficou em silêncio por um momento e acrescentou: — O que foi? Eu disse algo engraçado? Do que você está sorrindo?

O sorriso de St. Clair ficou mais largo:

— Não, *milady*, a senhora não disse nada engraçado. O que me diverte é que eu ainda tenho de ouvir um homem dizer o que a senhora acabou de falar. Eles são todos, de uma maneira geral, por demais temerosos da Igreja e seu poder para um dia ousar dizer tais coisas. Eu concordo plenamente com a senhora, mas ouvi-la expressar sua opinião surpreende-me; é só isso. Não pude evitar um sorriso.

— Humm. Passe mais tempo comigo, sir André. Eu logo o porei arquejando no chão, apertando suas costelas doloridas de tanto rir. Uma das coisas mais tristes em ser mulher é que não se espera que você pense... ou que seja até mesmo capaz de pensar. Até meu irmão Ricardo adere a essa crença... uma das poucas percepções masculinas sobre mulheres que ele compartilha inteiramente com todos os outros homens. Mas a Igreja... tanto a oriental quanto a ocidental... é governada por e para homens. Então o que pode uma simples mulher fazer, além de ter suas próprias opiniões e expressá-las quando pode?

André balançou a cabeça em concordância.

— É verdade. Bem, seja lá o que tenha movido Filipe a alinhar-se com Conrad, isso traçou uma forte linha divisória entre as facções, de modo que Ricardo agora se posiciona inteiramente no campo de Guy... embora eu ouse dizer que ele declararia que é Guy quem se posiciona no seu...

Antes que Joana pudesse responder a isso, eles foram interrompidos por um ronco explosivo que veio do leito atrás deles, e ambos se viraram para ver Berengária, de olhos bem fechados e a boca fazendo sonolentos ruídos de sucção, virar-se de frente para eles e depois ceder novamente ao sono, seus cabelos soltos ocultando muito da parte superior de seu rosto e seu pescoço nu claramente visível na cavidade sob a orla do cobertor.

— Você acha que essas linhas continuarão traçadas quando chegarmos a Outremer? — Joana olhava novamente para ele, e St. Clair encolheu os ombros e sacudiu a cabeça.

— Eu acho, *milady*, que grande parte disso dependerá de Saladino e da situação que encontrarmos em vigor quando chegarmos lá. Se os sarracenos vierem contra nós com força e rapidez, então eles podem conseguir o efeito de fundir nossas forças em um todo efetivo. Mas se Saladino apenas começar a suspeitar da disputa que nos assedia agora... e o homem não se tornou sultão de todo o Islã por ser um tolo cego e tapado... ele recolherá seus exércitos e deixará que nos destruamos a nós mesmos, cristãos contra cristãos, ortodoxos contra romanos, por meio de disputas mesquinhas, ciúmes venais e politicagens gananciosas. Reze para que ele nunca descubra.

— Eu o farei, pois eu própria estarei lá. Você não precisa duvidar disso. Posso até mesmo rezar por você, também. Não que seja muito de rezas... Sou em grande parte parecida com você, suponho, pois tenho minha própria cabeça e prefiro pensar por mim mesma, o que desagrada um número surpreendentemente grande de pessoas. Pelo que sei, isso pode desagradar até mesmo Deus. Seja como for, eu posso rezar por você.

St. Clair deu um sorriso pálido.

— Eu ficaria grato por isso, *milady*.

— Ah, não diga isso, sir André. Por um momento, eu estava considerando a possibilidade de seduzi-lo... e por isso você verdadeiramente teria ficado grato a mim. Mas decidi, em vez disso, que gosto de você, de modo que decidi deixá-lo ao seu próprio destino, que pode ser suficientemente complicado para confundi-lo sem qualquer contribuição da minha libertinagem dirigida a você.

— Eu... — A boca de André continuou aberta e seus olhos se arregalaram, e ela sorriu preguiçosamente para ele, deleitando-se com o jogo de emoções e reações que ele não podia controlar nem chegar a entender. Ele ouvira o que ela havia dito, mas sua mente imediatamente o rejeitara, de modo que convenceu a si mesmo de que por alguns momentos ele havia escutado mal, até que seus olhos no rosto dela lhe disseram o contrário. Ela sentiu vontade de rir alto da confusão beirando o pânico de André, mas conseguiu controlar-se por benevolência, e quando ele pareceu ter se dominado e superado a urgência de dizer algo, por medo de parecer estúpido, ela falou novamente, com sua voz calma e gentil.

— Você não vai me perguntar o que eu quis dizer com deixá-lo ao seu destino complicado?

Ele tinha o cenho franzido para ela agora e sacudiu a cabeça num gesto negativo quase imperceptível.

— Não, *milady*, acho que não.

— Você está consciente, então, de ter um destino?

— Todos os homens têm destinos, *milady*.

— Não, sir André, não é assim. Enfaticamente, não é assim. Todos os homens... a maioria dos homens... podem ter fatalidades esperando por eles, mas poucos, muito poucos têm destinos. Destinos mudam os caminhos das pessoas e dos impérios, André. Eu creio que você tem tal destino. Assim como, acredito, o meu amado irmão, à sua maneira distorcida.

Agora ele olhava diretamente para ela, sua expressão perturbada.

— Perdoe-me, *milady*, mas eu não faço ideia do que a senhora está falando.

— Eu sei. É por isso que eu o acho tão atraente.

O olhar fixo de Joana foi tão direto, tão desafiador, que St. Clair se sentiu incapaz de enfrentá-lo e desviou os olhos dela, pensando furiosamente e sem se dar conta de que seu próprio olhar havia se voltado diretamente para Berengária.

— Você a considera bonita, não é?

Foram necessários vários segundos para que o significado do que Joana havia dito penetrasse sua consciência, pois ele ficara olhando para o rosto adormecido de Berengária completamente alheio ao que fazia, mas então ele se enrijeceu e endireitou os ombros.

— Acho que não a ouvi direito, *milady*.

— Eu não sou sua *lady*, André. Posso agradá-lo, e você a mim, mas jamais poderia ser sua *lady*. Mas Berengária poderia, e provavelmente será, ainda que em segredo e muito silenciosamente. Você levaria uma rainha para a cama? Poderia levar nós duas, bastando para tanto apenas dizer a palavra certa. Então nós três ficaríamos bastante satisfeitos com a vida, e a vida poderia seguir em frente sem que jamais uma só ruga maculasse sua tranquilidade.

André não ousou nem sequer tentar responder, pois estava convencido de que a rainha da Sicília havia perdido a sanidade, e o trovejar de sua própria pulsação ensurdecia-lhe os ouvidos. Ficou sentado imóvel, sem fazer qualquer tentativa de olhar para ela, que se inclinou para a frente e tocou o pulso direito dele, puxando-o.

— André, olhe para mim. Olhe para mim e ouça! Olhe para mim!

Ele voltou os olhos com dolorosa lentidão para vê-la e encontrou-a com o cenho franzido para ele, sacudindo a cabeça.

— Santo Cristo — disse ela, mais para si própria do que para ele. — Você é ainda mais inocente do que eu suspeitava. Você não deveria ser autorizado a sair sozinho e sem guarda. André, ouça-me, e se você nunca ouviu nada antes, em toda a sua vida de trato com mulheres, ouça isto. — Ela agora apertava seu pulso com ambas as mãos, dessa vez com força suficiente para causar dor, e ele se encolheu e olhou diretamente para ela. — Você está me escutando? Ótimo. Agora ouça isto, de uma mulher que não deseja enganá-lo e de uma rainha sem necessidade de mentir. Berengária está aí para ser colhida por você. Eu também, mas para mim não há nada em jogo além de prazer. Para você e Berengária há muito mais em jogo. Você deve gerar um filho nela, um herdeiro para Ricardo.

Ela já esperava pela reação dele, e quando ele se levantou de um salto, ela saltou diante dele e o empurrou de volta ao seu lugar.

— Ouça, seu estúpido! — disse ela. — Acha que eu brincaria com você em tal questão? Ricardo planejou isto; ele arranjou tudo com grande cuidado, e não há nada que você ou qualquer outra pessoa possa fazer para alterar isso. Se necessário for, ele vai usar o pleno poder do direito de suserano sobre a sua lealdade e ordenará diretamente que você cumpra a tarefa de fazer isso como um dever. Acredite-me, eu sei do que estou falando. Ele se deitou com Berengária na noite de núpcias, mas não fez tentativa alguma de copular com ela. Berengária não é virgem, nem se esperava que fosse, mas é virgem do marido, porque Ricardo é um homem que gosta de homens, no sentido mais antinatural da expressão, e isso significa que a rainha dele será uma mulher sem homem pelo resto da vida.

"Mas, ainda assim, meu irmão não é totalmente desprovido de consciência. Ele contou à pobre criança como a vida deles seria antes de se retirarem em sua noite de núpcias... e disse-lhe que não teria objeções de que ela satisfizesse suas necessidades discretamente com algum homem cujo silêncio fosse confiável. E depois ele foi ainda mais longe. Disse-lhe que se ela ficasse grávida, ele aceitaria a criança e a reconheceria como sua. E depois ele selecionou você para a tarefa. Eu soube disso semanas atrás, pelo modo como ele o punha em evidência cada vez que nos encontrávamos. Você é perfeito: jovem, vistoso, dedicado e honrado, seu sangue vem de uma linhagem irreprochável e seus antecedentes são impecáveis. Ricardo ficaria mais do que feliz em ver um filho da antiga casa dos St. Clair assumir seu patrimônio e seu nome com uma cepa sem máculas...

Ela ficou em silêncio por um longo tempo e esperou a resposta dele. Uma pequena pedra explodiu no centro da fogueira, fazendo com que fragmentos saltassem em várias direções, mas St. Clair pareceu alheio a isso. Por fim, pensando que ele poderia nunca mais voltar a falar, ela o provocou.

— Bem? — perguntou. — O que você pensa disso?

Ele respirou fundo e voltou-se para olhá-la, com os olhos bem abertos.

— E se eu fizer essa... essa coisa, como a senhora sugere... então eu também terei acesso à senhora?

O olhar que ela lhe lançou então foi franco, de olhos arregalados e sério, sem o menor sinal de divertimento.

— É claro que sim. Não foi o que eu falei? Caberá a mim ser sua acompanhante, a companheira mais experiente da rainha e sua dama de companhia, presente em todos os momentos de sua real vida. Sou uma viúva e uma matrona, e espera-se que eu esteja seca e gasta. Mas tenho 31 anos e estou na plenitude da minha feminilidade. Não preciso de amor eterno nem de nenhum jovem ofegante e de olhos brilhantes, mas tenho grande necessidade de prazer carnal. Faça-me feliz nesse aspecto, e eu serei a sua melhor amiga, pois quem algum dia sonharia que você se deitaria com a rainha da Inglaterra enquanto ela compartilha um quarto comigo? Você viverá como o sultão em pessoa, em seu próprio harém.

— E... a senhora diz que Berengária sabe disso?

— Ela sabe. Ela não decidiu inteiramente como proceder e acredita que você ainda não sabe de nada, mas já está... favoravelmente inclinada a seu favor, e os olhos dela quando olham para você estão cheios de maravilhamento.

O silêncio cresceu e se estendeu outra vez, enquanto André St. Clair lutava para manter sua expressão indecifrável e reprimir a náusea que se agitava dentro dele, uma náusea causada não pela perspectiva de ter duas amantes reais, mas pelo imaturo, insensível e absoluto desprezo por sua honra exibido por Ricardo Plantageneta e sua irmã. Consciente de que deveria falar e agir com extrema cautela nos minutos que se seguiriam, ficou novamente em silêncio enquanto contava suas próprias pulsações, e quando sua contagem chegou a vinte, ele se endireitou em seu assento e pigarreou.

— Bem, *lady* — disse ele. — Eu... eu devo pensar sobre isso. Eu havia... eu havia planejado fazer outras coisas, muito diferentes, com minha vida na futura campanha. Eu estou para me juntar aos Cavaleiros do Templo... ou estava, até este momento. Agora não sei o que devo fazer a respeito disso, além de refletir e decidir o que deve ser feito primeiro. Pois como atingiremos essa... essa condição que a senhora descreve? Ela não pode começar a existir enquanto eu ainda for um noviço do Templo. Eu vou ter de me libertar... e felizmente ainda não assumi meus votos... e voltar a me dedicar ao serviço de seu irmão. Depois disso, eu presumo, as coisas podem ser arranjadas para fluir com mais naturalidade.

— Sim, isso elas podem. — A voz de Joana era pouco mais que um sussurro quando ela se inclinou na direção dele e puxou-lhe o rosto para a sua boca faminta, cobrindo seus lábios com os dela. Ele estremeceu e sentiu um espasmo, vibrando subitamente com um desejo avassalador do qual não se tinha dado conta até aquele momento, e já havia começado a avançar sobre ela quando alguém tossiu e pigarreou alto na caverna do meio, separando-os alarmados. André ficou de pé, sacando sua espada e caminhando a passos largos até a outra câmara, onde ouviu o som de urina respingando contra uma parede, enquanto um dos soldados, ainda mais do que semiadormecido, aliviou-se e voltou arrastando-se para a caverna principal. A distância, além da outra câmara, a noite estava silenciosa, o uivo do vento finalmente mais calmo.

Ele voltou para a caverna do fundo e desejou boa-noite a *lady* Joana, retirando-se novamente para a caverna frontal, furioso consigo mesmo e perguntando a si próprio se teria sido um tolo tão grande quanto imaginava por não tê-la levado para a cama quando teve a oportunidade. Mas nem bem formulara a pergunta em tais palavras quando se deu conta de que fora obrigado pelo choque a fazer a coisa certa, salvaguardando, desse modo, sua própria honra a despeito de suas piores intenções. Com a morte na alma, voltou a deitar-se em sua cama improvisada e pensou na perfídia da princesa, certo de que seria incapaz de dormir pelo resto da noite. Então, como um lampejo de luz refletido numa lagoa distante, um rosto bem conhecido surgiu em sua mente, acelerando seus batimentos cardíacos, e ele imediatamente sorriu, divertido, apesar de tudo, pelo modo como o absurdo frequentemente pode tornar-se realidade. Sabia o que deveria fazer em seguida e voltou a sorrir. Momentos depois, começou a roncar.

DEZENOVE

— Ah, aí está você, St. Clair. Em que Hades você andou? — A voz veio da porta aberta, e André ficou de pé, voltando o rosto para enfrentar a aparição que se arrastava em sua direção, embora sem olhar para ele. O irmão Justin, mestre dos noviços, espiava com olhos contraídos um pergaminho que tinha na mão, mas estava cegado por passar da brilhante luz do sol além da porta para a penumbra do interior, onde André estava sentado à sua espera, e agora agitava o pergaminho em frustração e procurava o noviço com olhos míopes, até avistá-lo no extremo oposto da enorme sala.

Flanqueando St. Clair por ambos os lados, dois escrivães supostamente trabalhavam duro na transcrição de documentos, mas ambos ouviam com avidez, inclinando a cabeça para captar as nuances de tonalidade e ênfase, pois sabiam que havia algo em andamento. St. Clair entrara tempestuosamente algum tempo antes e exigira que dois dos companheiros deles saíssem separadamente à procura do mestre dos noviços e o trouxessem até ele o mais rápido que pudessem. Os dois haviam tentado objetar, alegando não ter tempo para tais condutas, mas St. Clair reagira furiosamente a isso, sacando sua espada longa e fazendo-os correr para obedecer-lhe. Nenhum deles havia retornado ainda, mas agora Justin estava ali e claramente soubera, antes de entrar, que o cavaleiro St. Clair estaria ali à sua espera. A visão de Justin evidentemente se ajustava com rapidez, e em seguida ele se dirigiu aos dois escrivães num tom de voz que gotejava sarcasmo.

— Continuem trabalhando, irmãos — disse ele. — O trabalho de Deus não termina nunca, e o de vocês não suportará interrupções. St. Clair, venha comigo.

André seguiu o monge irascível até o hall de entrada e depois ao longo de um corredor que conduzia até a sala com paredes de pedra da qual Justin se apossara para seu próprio uso. Quando o velho homem abriu as portas com um empurrão e marchou para dentro, apontou com um dos polegares para um banco alto que ficava ao lado de uma longa mesa de trabalho sob as janelas altas e arqueadas.

— Sente-se.

Enquanto St. Clair se movia para obedecer, Justin foi até a extremidade oposta da mesa e apanhou três missivas pequenas e bem enroladas, evidentemente deixadas ali para receber a sua atenção, e falou enquanto examinava cada uma delas, quebrando os selos e passando os olhos brevemente pelo seu conteúdo.

— Seu primo apareceu em Acre, com vida e aparentemente bem, embora alguns de seus irmãos templários pareçam discordar dessa opinião. A notícia chegou até nós dois dias atrás... um mensageiro de um navio mercante a caminho de Malta. Tenho pessoas no seu encalço desde a noite retrasada, de modo que sei que você não estava no castelo, nem a bordo de um navio no porto, nem mesmo em Limassol. Isso seria considerado deserção por algumas pessoas que eu conheço, e na melhor das hipóteses indica falta de responsabilidade. Onde você estava?

— Sendo responsável. Eu estava a serviço do rei.

O irmão Justin largou cuidadosamente as três mensagens e ergueu-se em toda a sua altura, olhando diretamente para André St. Clair pela primeira vez desde que entrara em atropelo vindo da claridade do dia do lado de fora. Havia algo novo na voz de St. Clair, algo que atraíra o seu ouvido imediatamente, e agora Justin falava devagar, num tom calmo e comedido.

— E desde quando o interesse de qualquer rei tem precedência sobre os interesses da nossa Ordem?

— Nunca antes, irmão. Nem agora. É por isso que estou aqui.

O irmão Justin puxou um inclassificável pedaço de trapo de dentro de sua manga e usou-o para limpar migalhas do encardido e quase inteiramente manchado hábito branco retesadamente esticado sobre sua enorme barriga. Em seguida, claramente precisando de mais tempo para pensar, esfregou os cantos da boca com ele, chamando a atenção para o seu nariz bulboso e sarapintado e para o lábio inferior pendente, antes de enfiá-lo de volta no lugar de onde havia saído e balançar a cabeça com ponderação.

— Você ainda não me disse onde estava, e como seu mestre de noviços eu devo insistir em saber.

— Eu estava caçando, a cerca de 10 milhas além da cidade, nos campos de caça de Isaac Comneno. Nós fomos apanhados pela tempestade de ontem e tivemos de passar a noite numa caverna. Voltamos esta manhã, pouco depois do alvorecer.

Justin olhou para ele com uma expressão de estranhamento.

— O interesse do rei fez com que você fosse caçar com ele? Isso parece estranho. Eu vi o rei na noite passada aqui neste castelo.

— Não duvido que o senhor o tenha visto. Ele não estava conosco. Ele me mandou acompanhar e atender sua esposa e sua irmã, as *ladies* Berengária e Joana, ambas as quais são excelentes caçadoras, melhores que qualquer homem que eu conheço.

O irmão Justin estremeceu repentinamente e olhou à sua volta, esfregando uma das mãos contra o braço.

— Está frio aqui — murmurou ele. — Eu deveria acender o fogo. Não importa o quanto o calor do dia esteja intenso do lado de fora, estas velhas paredes de pedra mantêm-no lá fora e conservam estes grandes aposentos frios. Eu senti distintamente a temperatura cair outra vez aqui momentos atrás... — Ele se virou de costas e ergueu os olhos para olhar para o teto abobadado e ogival acima de sua cabeça. — Eu sei que você tem muitas coisas que deseja me contar, sir André, mas primeiro eu devo pedir-lhe esclarecimento sobre um pequeno assunto: devo acreditar que você passou uma noite numa caverna com a rainha Berengária e a rainha Joana? Sozinho com duas mulheres, exceto por alguns caçadores?

— De modo algum sozinho, irmão Justin. Havia 26 de nós lá, além das duas rainhas.

— Vinte e seis. E quantos deles eram mulheres?

— As únicas mulheres lá eram as duas rainhas, e mesmo elas estavam vestidas como homens.

— Entendo. E essa... expedição tem alguma coisa a ver com o fato de você me procurar agora?

— Tudo.

— Então está claro que você tem muito para me contar. Mas antes que o faça, e enquanto eu ainda tenho voz para falar, há algo que você queira me perguntar?

— Sim, irmão. Onde meu primo esteve por tanto tempo?

— Na prisão, nas mãos dos sarracenos. Ele estava em Hattin, mas conseguiu escapar com vida, apenas para ser aprisionado posteriormente.

— Então, por que não soubemos disso mais cedo? Nós sabíamos o nome da maioria dos que foram mortos e capturados, não sabíamos?

— Sim, mas aparentemente seu primo mudou de nome... mudou completamente de identidade, na verdade. Ele soube que Saladino havia executado todos os templários e todos os hospitalários capturados em Hattin, por isso ocultou o fato de que era um templário. A batalha acabara havia muito tempo quando ele foi aprisionado, e ele havia se desfeito de tudo que poderia identificá-lo com o Templo. Ele até mesmo adotou o nome e o posto de seu melhor amigo, um escocês como ele que foi seu companheiro de infância, um sujeito chamado Douglas, que também era um cavaleiro e morreu em Hattin, mas não era de nenhuma ordem militar.

— Então Alex negou o Templo?

— Ele negou, pelo bem maior da nossa Ordem de Sião.

— Como o senhor sabe disso?

— Porque a notícia que recebemos foi mandada para mim, não para o Templo. Ela não foi escrita por um templário.

— Entendo... E suponho, portanto, que não me será permitido saber nada sobre esse bem maior que ele objetivou.

— Eu não diria isso. Na verdade, você saberá tudo a respeito, bem como sobre as tarefas e os deveres de sir Alexander para com a Irmandade. Mas antes quero ouvir sobre as preocupações que o fizeram vir até aqui, à minha procura. Você nunca veio diretamente a mim antes. Então por que o faria agora? Confesso que estou bastante curioso.

St. Clair, então, contou-lhe tudo, sem omitir absolutamente nada, de modo que durante a hora ou pouco mais que se seguiu, Justin permaneceu arrebatado, olhando para os lábios de André sem perder nem uma única nuance da história que era desfiada diante dele. Quando o noviço finalmente ficou em silêncio, nenhum dos dois fez qualquer tentativa de se mover ou falar por um longo tempo, mas foi Justin quem acabou quebrando o silêncio.

— Humm — grunhiu ele, ficando em silêncio outra vez por pouco tempo, antes de acrescentar: — Bem, então, por que você está aqui? Por que você simplesmente não foi em frente e aceitou o que lhe foi oferecido? Você não jurou votos nem assumiu obrigações até o momento que pudessem impedi-lo de fazer isso. A maioria dos homens teria feito qualquer coisa para ganhar o que lhe foi oferecido. Você não recusou essa honra, recusou?

André tinha o cenho fechado, evidentemente confuso pelo que estava ouvindo. Ele sacudiu a cabeça vagarosamente.

— Não, eu não recusei. Não ainda, mas...

— Então, por que me contar, em nome de Deus? Por que você hesitaria nisso?

— O senhor mesmo usou a palavra que me deteve poucos momentos atrás.

— Eu usei? — Justin agora tinha uma ruga entre as sobrancelhas. — Que palavra foi essa?

— Honra, irmão. É um ideal, e uma realidade, que eu valorizo muito, em particular desde que ela parece estar bastante fora de uso e em desgraça atualmente.

— Ahh... Honra, eu entendo. Sim, a honra pode ser inconveniente.

St. Clair sacudiu a cabeça.

— Não, eu discordo, irmão Justin. Eu creio que a honra nunca é inconveniente, e a carência ou ausência dela em qualquer situação me repele. Eu não vejo honra alguma, nem o mais leve traço dela, no que lhe descrevi aqui.

— E, portanto, você não aproveitará nada disso. É isso que você está me dizendo?

— Sim, senhor. É isso.

— Você impõe um alto padrão para que outros sigam, então.

— Não, eu não imponho. Os padrões que eu possa adotar são unicamente meus, para que eu os siga. Não espero que ninguém mais aceite meus ditames. Eles são meus, como minha honra.

Justin comprimiu os lábios e balançou a cabeça.

— Bom homem. Então que assim seja. Não esperava menos de você. Tem meu total apoio. Mas conte-me, por que não foi diretamente a De Sablé com isso? Ele considera os seus interesses da maior importância e ocupa um posto maior na Irmandade do que eu. Também exerce maior influência em questões como essa.

St. Clair havia começado a sacudir a cabeça tão logo Justin pronunciara o nome de De Sablé.

— Eu não ouso. Sir Robert é um bom homem e eu o conheço bem e acredito que ele confia em mim, mas é amigo íntimo de Ricardo... tem sido amigo dele durante anos. Eles são até mesmo parentes, primos em algum grau... Eu simplesmente não ouso assumir esse tipo de risco com ele. É perigoso demais... Não que eu pense que ele pode me entregar a Ricardo. Ele nunca faria isso, eu sei, mas pode trair a si próprio inadvertidamente e causar sua própria destruição ao demonstrar sua desaprovação. A honra dele também é grande e rigidamente mantida, o que tornaria difícil para ele ocultar seu desagrado pelo tratamento dado por Ricardo à rainha. — Ele encolheu os ombros. — Eu não me perdoaria se ele fosse morto por alguma coisa que eu lhe contasse quando não havia necessidade de fazer isso.

— Humm. Você provavelmente está certo. É perigoso demais. Nós talvez nunca saibamos com certeza se você estava certo ou errado, mas temos outras opções, e creio que você agiu bem ao tomar a decisão que tomou. Qual é o problema?

St. Clair estivera franzindo o cenho, mas então sacudiu negativamente sua cabeça.

— Nada, exceto que o senhor não parece surpreso com coisa alguma do que lhe contei.

— Deveria estar? Você quer dizer que eu deveria estar chocado e escandalizado com a depravação e a carnalidade, a lascívia destes homens e mulheres? O que o faz pensar isso? Eu me juntei à nossa Irmandade quando tinha 18 anos, irmão André, como você, e desde então estudei sem descanso para ascender no interior da nossa Ordem e encontrar o verdadeiro caminho para estar com Deus. E a maior parte do que aprendi tem-se baseado no abismo criado entre Deus e os homens quando nosso antigo caminho se perdeu com a destruição de Jerusalém no tempo dos romanos, depois da morte de Jesus e seu irmão Tiago. Depois disso, como nossa antiga doutrina nos ensina, a humanidade foi deixada para vagar no deserto, tentando inutilmente encontrar seu caminho até Deus seguindo os passos errantes de simples homens, que eram tão mortais, fracos e tolos quanto aqueles que os seguiam, não importava que grandes nomes e títulos eles conferissem a si próprios. Despida da divindade, nada resta na natureza humana além de uma humanidade débil, frágil e egoísta. Portanto, não, eu não estou surpreso. Minha tarefa é encontrar algum caminho para fazer uso do que me foi dito na Ordem para benefício dos propósitos almejados pela nossa Irmandade. Por isso estou feliz que você tenha vindo primeiro até mim, pois a ajuda que agora devemos procurar reside no interior da própria Ordem do Templo, e De Sablé ainda não pertence a ela...

"Nós precisamos manter você aqui de hoje em diante longe do alcance de Ricardo, mas na melhor das hipóteses isso pode ser um alívio temporário, uma vez que ele ainda pode vir à sua procura como seu suserano. Nós podemos ter esperança de que toda a atenção dele esteja absorvida nos próximos dias pela bobagem de Isaac Comneno, mas a única maneira verdadeiramente efetiva de manter você além do alcance dele é investi-lo oficialmente como Cavaleiro do Templo. Para esse fim, eu convocarei alguns dos irmãos para nos reunirmos o mais breve possível.

— O senhor quer dizer investir-me sozinho, sem os outros noviços? Como isso pode ser feito?

— Com pressa e discrição, nascidas da necessidade. E não apenas pode ser feito, mas pode ser feito com rapidez. Nós temos razão e motivo para isso. A única coisa de que precisamos agora é de um número suficiente de cavaleiros para conduzir a cerimônia.

St. Clair sacudiu a cabeça, fazendo uma careta de desaprovação.

— Razão e motivo, o senhor disse. Meramente me salvar das garras do rei, na questão de uma travessura de que não podemos falar, é suficiente para prover ambos? Como o senhor justificará isso para os outros?

— Facilmente. Em primeiríssimo lugar, o rei não tem nada a ver com tal coisa. Tenha isso claro desde o início e não tire da cabeça de agora em diante. Eu lhe contei, quando começamos a falar de seu primo, que ele parece estar vivo e bem, mas que vários dos seus companheiros templários podem questionar isso... Você se lembra? — Ele viu André balançar a cabeça e prosseguiu. — Certo. Bem, sir Alexander, não pela primeira vez, está causando pesar entre seus companheiros templários, algumas vezes desafiando seus padrões e outras zombando deles. Ele sempre foi um homem irascível, o seu primo, irascível e inflexível em sua retidão... mas raramente errava, um fato que, embora se reflita muito bem sobre o seu nome, faz pouco para torná-lo querido entre seus pares menos descomprometidos. Mas agora ele voltou do cativeiro entre os sarracenos derramando alegações de incompetência e corrupção dentro da hierarquia do Templo, juntamente com outras ideias que não contribuem muito para prestigiá-lo entre seus companheiros, e quando eles o desafiaram a respeito do que estava dizendo... intimaram-no muito asperamente, pelo que entendi, ele desapareceu novamente, deserto adentro. Os outros templários por aqui agora dizem que ele foi subornado e seduzido por Saladino e suas crenças ímpias e querem-no destituído de seu posto e de sua filiação à Ordem.. e depois banido, excomungado.

— Santo Deus! Que tipo de sublevação ele esteve fomentando? Eles podem fazer isso?

— Sim, se virem necessidade disso. Eles são monges cristãos... homens de Deus e, portanto, estão habilitados para punir transgressões ou abandono do dever impiedosamente. Eles podem fazê-lo, nunca se iluda quanto a isso.

— Há quanto tempo ele está livre? Ele foi libertado sob resgate?

— Não. De acordo com o que eu li, ele foi libertado em troca de prisioneiros. Mas seja isso tudo o que for, ele tem informações de que nós da Irmandade necessitamos muitíssimo, informações que ele foi incumbido de reunir naquele lugar anos atrás, e já faz muitos anos desde que qualquer integrante do Conselho da Irmandade teve contato direto com ele. Alexander Sinclair não confia em ninguém pela aparência e nunca confiou. Agora nós temos alguém para mandar até ele, alguém de dentro do Templo, a quem ele será instintivamente inclinado a confiar. Você e ele já foram amigos, por isso ele o conhece e confiará em você com mais facilidade do que em alguém que nunca viu. Portanto, você será promovido e despachado para trazê-lo de volta ao seio da Ordem, onde ele pode ser examinado por seus pares do Templo. Este, pelo menos, será o propósito manifesto sob a sua investidura e o seu rápido envio para Acre... As exigências do Templo e seu dever de satisfazer e executar tais exigências, envolvendo uma dispensa especial e uma rápida investidura e promoção, justificadas pelas suas ligações familiares e sua antiga amizade com Alexander Sinclair.

"Obviamente, se você pode convencê-lo a retornar e ser julgado é algo a ser visto. Seus objetivos reais, porém, quando tudo estiver dito e feito, não terão nada a ver com o Templo, *per se*. Sua verdadeira tarefa será restabelecer a comunicação entre ele e o Conselho Governante da Irmandade e efetuar a recuperação e a transferência das informações que Alexander detém para nós.

— E essas informações consistem em quê?

Justin sorriu, um contorcer vulpino e oblíquo de suas feições repulsivas.

— Se eu pudesse responder isso, mestre St. Clair, não haveria necessidade de mandá-lo até Acre com tanta urgência, haveria?

— Humm. E quanto aos votos, quando eu os farei?

— Dois deles você já fez, apenas com diferenças menores. Você simplesmente os repetirá. Eu serei um dos que o conduzirão através dessa etapa, de modo que porei as palavras em sua boca e você simplesmente responderá. Aqueles são iletrados, em sua maior parte. Ninguém que não seja da nossa Ordem notará que as palavras dos primeiros dois votos são diferentes.

— Eu não me preocupo com esses dois. É o terceiro deles que me preocupa.

O irmão Justin ergueu as sobrancelhas, como se estivesse surpreso.

— O voto de castidade? Mas você já fez sua escolha quanto a esse aspecto, quando decidiu rejeitar as duas rainhas. Em breve, numa questão de meras semanas, você estará em Acre... ou fora dela... e acredite em mim quando digo que encontrará pouca coisa entre aquelas filhas dos devotos a Alá para ameaçar a sua castidade. Somando-se a isso, é claro, haverá os incentivos à castidade proporcionados pela própria regra do Templo... Não, você fará seus votos no decorrer da cerimônia de admissão, e pode ser que nunca mais pense neles depois disso. Troyes vai oficiá-la, na qualidade de membro superior da Ordem aqui em Chipre.

— Troyes? Ele não é um membro da Irmandade.

— Não, não é, graças a Deus. Ele é exatamente o que precisamos neste momento, em termos de probidade e credibilidade. Nem mesmo Ricardo Plantageneta ousará desafiar a conduta do Mestre do Templo aqui em Chipre. O senhor de Troyes é *un sanglier du Temple*, um varão do Templo, sem qualquer outro interesse na vida além do Templo e suas formalidades e rituais. É por isso que ele vai oficiar a sua investidura, pois, uma vez que eu tenha lhe explicado a situação, ele imediatamente verá a necessidade de embarcá-lo para que você afaste o perigo muito real ao seu amado Templo que seu primo parece representar.

— Como o senhor pode ter certeza de que ele acreditará em tudo o que lhe disser, sem questionar? Nós temos pouco em que nos amparar, além de boatos.

— Boatos e imaginação, irmão André, e você jamais deve subestimar o poder da imaginação. Homens como Troyes não têm nenhuma. Vivem uma vida enfadonha e árida, presa à trivialidade diária da monótona existência cotidiana. Eles vivem num mundo sem cores, de modo que quando encontram alguém como você ou eu, com o poder de falar de maneira persuasiva e evocar e descrever retratos envolventes com suas mentes e vozes, eles se perdem e são facilmente ludibriados. Quando tiver acabado de conversar com Etienne de Troyes, ele acreditará que seu primo é uma ameaça maior para o Templo do que o próprio Saladino e se ressentirá do tempo necessário para iniciá-lo na ordem cavalheiresca do Templo, tão grande será sua necessidade de vê-lo a caminho de Acre. Então, enquanto o entusiasmo ainda estiver sobre ele, eu o mandarei até o rei Ricardo com a notícia de sua promoção e de sua partida.

St. Clair inclinou a cabeça.

— Que assim seja. O senhor obviamente acredita no que diz. Portanto, seria grosseiro da minha parte continuar duvidando. Quando tudo isso terá lugar?

— Tão logo eu possa arranjar tudo. Hoje é o 15º dia de maio. Eu vou ter de consultar alguns outros membros da Irmandade antes de poder estabelecer um momento específico, mas imediatamente depois disso, se puder reunir corpos suficientes.

— Então, quanto tempo demorará para isso acontecer?

— Amanhã; é quase certo que eu conseguirei proceder a isso até amanhã à noite.

André concordou com um movimento de cabeça. Investiduras sempre ocorriam à noite.

— Eu poderei visitar meu pai antes de partir?

— Não, porque você não pode sair daqui antes de se tornar um templário sob juramento. Mas sir Henry pode visitá-lo aqui, se conseguir encontrar tempo para isso. Se nós o investirmos amanhã à noite, você partirá no dia seguinte; portanto, é melhor mandar recado para que ele o visite amanhã. E alerte-o para que não diga nada ao rei. — Ele fez uma pausa, observando André balançar a cabeça, acrescentou: — Esqueça.

Eu próprio cuidarei disso. Há mais alguma coisa o incomodando? Você parece... preocupado.

St. Clair pensou por um momento, encolheu os ombros.

— A cerimônia, eu suponho. A Elevação. Eu não faço ideia do que esperar. Ela é complexa?

Ele pareceu decididamente aliviado quando viu o veterano mestre dos noviços recostar-se no banco, sorrir para ele e depois negar com a cabeça.

— É uma cerimônia secreta, mestre St. Clair. Você sabe disso... Mas não é uma Elevação. Aceite minha palavra quanto a isso, se lhe apraz, e esteja certo de que não há nada complexo ou significativo nela.

Justin levantou-se e foi até um armário encostado na parede, cuja porta abriu para retirar um frasco de fundo chato e dois copos de chifre. Serviu duas doses generosas do ouro líquido que o recipiente continha. Depois levou os dois copos até a mesa antes de voltar para arrolhar o frasco e fechar a porta novamente.

— Hidromel — disse ele, então, entregando um dos copos a André. — Deus criou-o para momentos como este.

Ambos sorveram com deleite, e Justin sentou-se novamente.

— Lembre-se de onde essa cerimônia se originou, antes de mais nada. No princípio eram os nove Irmãos Fundadores, e todos eles eram confrades da Ordem... a única Ordem que existia naquele tempo: a Ordem do Renascimento no Sião. Por meio de seus próprios esforços, os Fundadores completaram a tarefa que se apresentava a eles, a escavação dos tesouros da Ordem, e consequentemente alcançaram o renascimento pelo qual ela havia sido nomeada. Depois disso, ela se tornou simplesmente a Ordem de Sião, embora seu trabalho, ao contrário de seu renascimento, esteja longe de se completar... — Ele tomou mais um gole. — É claro, quando eles retornaram à Europa com o que haviam encontrado, conseguiram impressionar... e aterrorizar... a todos nos altos escalões da Igreja, de modo que, no seu afã de aplacar os irmãos e garantir que eles mantivessem o segredo que envolvia o que haviam encontrado, amontoaram enaltecimentos e louvores sobre os homens que chamavam a si próprios de Pobres Soldados de Cristo, mas eram conhecidos por todos os outros como os Cavaleiros do Monte do Templo. E logo recrutas começaram a se arrebanhar em volta do estandarte, exigindo juntar-se à nova ordem cavalheiresca, como São Bernardo a chamou...

"E assim nasceu a Ordem do Templo. Mas nenhum dos recrutas que então afluíram para o Monte do Templo eram confrades da Ordem de Sião, e o sigilo dos nove irmãos originais era bem conhecido, embora, uma vez que era secreto, ninguém soubesse o que ele implicava. E então, unicamente para defesa própria e proteção da Irmandade, Hugh de Payens e seus oito amigos conceberam um novo ritual que satisfazia as pessoas que clamavam por admissão e pelos ornamentos do segredo e dos ritos arcanos. Eles decretaram que todas as iniciações seriam feitas à noite, na escuridão, e cunharam novas cerimônias do nada, cerimônias que desde então se tornaram arraigadas e quase santificadas em sua observância. Noventa anos de uso fizeram-nas parecer portentosas, mas começaram como disparates, e disparates elas continuam sendo... — Ele hesitou, mas depois prosseguiu: — Veja bem que, tendo dito isso, não desejo repudiar todos os meus irmãos templários de maneira desrespeitosa. Eles podem não ser letrados nem bem-educados em boas maneiras sociais, mas muitos deles, incluindo até mesmo os Varões do Templo, devotam a vida e suas vocações à busca da santidade, embora no sentido clerical cristão. E isso é altamente admirável, mesmo aos olhos daqueles entre nós que veem seus erros do nosso ponto de vista antigo e privilegiado... Nós podemos ver que eles estão equivocados, mas não podemos tomá-los por tolos, uma vez que sua sinceridade é indubitável, e seu erro, aquele que consumiu o mundo...

"Você, irmão, foi afortunado o bastante para ser elevado à Ordem de Sião e teve de trabalhar e estudar com diligência para alcançar cada passo da sua progressão até a sua situação atual. Não encontrará nada desse trabalho, ou qualquer coisa que o recorde, dentro do Templo. Os ritos que você experimentará são completamente desprovidos de sentido, e o único trabalho que o homem precisa fazer para progredir através das fileiras é militar... treino e combate. Você já é um adepto em tais áreas e, acredite em mim, não precisa temer os ritos de iniciação. No momento em que entrar na Câmara Capitular para a cerimônia, terá passado por todos os testes apresentados a você e sua aceitação estará assegurada. O ritual na Câmara é simplesmente uma confirmação, para satisfazer a congregação do Templo. Haverá outros ritos que você pode ter de cumprir de tempos em tempos, sempre que a oportunidade se apresentar, mas esses também serão secretos e ocultos em meio ao sigilo do templo, compartilhados apenas pelos nossos confrades. — Ele ergueu seu copo numa saudação, e André o acompanhou. Então ambos secaram seus copos do doce e ardente líquido, depois do que Justin arrotou alto e ficou de pé. — E agora eu tenho de começar a fazer os preparativos. Mandarei um dos irmãos até o seu pai, convidando-o a vir aqui amanhã no meio da tarde e alertando-o para não dizer nada sobre isso a absolutamente ninguém, incluindo o rei. Você acha que ele se comprometerá a fazer isso?

— Sim, irmão Justin, ele se comprometerá.

André St. Clair encontrava-se no pátio de treinamento de lanças do castelo na tarde seguinte — e já se encontrava ali havia uma hora —, treinando intensamente, golpeando e brandindo sua espada contra um poste ereto até começar a acreditar que talvez nunca mais conseguisse voltar a erguer os braços, quando foi abordado por um irmão sargento que lhe disse que o irmão Justin queria vê-lo imediatamente.

Encontrou o mestre dos noviços onde o havia deixado no dia anterior, debruçado sobre a longa mesa de trabalho em sua sala, e no momento em que pôs os olhos nele soube que algo havia saído errado.

— O que foi? — perguntou ele. — O que há? Troyes vetou sua ideia?

O olhar que Justin lhe lançou então era parte raivoso, parte desconcertado.

— Do que você está falando? — disse ele. — Não, Troyes não vetou nada. Tudo está nos eixos até o momento. Mas seu pai não virá visitá-lo.

— Por que não? Ele disse que estaria aqui no meio da tarde.

— É, ele disse, mas isso foi antes que a loucura eclodisse na cidade.

— Que loucura? O que está acontecendo?

— Você não sabia? Não, é claro que não. Bem, não é nada incomum. Seu suserano simplesmente lembrou mais uma vez que odeia judeus, razão pela qual está virando toda a cidade de cabeça para baixo, arrancando-os de qualquer lugar onde possam ser encontrados.

— Arrancando quem, os judeus? Não há judeus em Limassol.

— Há judeus em todo lugar, mestre St. Clair, se você se dispuser a olhar com bastante atenção, mas a perseguição deles é um crime aos olhos de Deus. Algo disparou esta mais recente loucura em algum momento antes do meio-dia, mas eu não sei o que foi. Sei apenas que Ricardo ficou irado ao ouvir tal coisa e ordenou a prisão de todos os judeus de Chipre. E uma vez que ele acredita que Isaac Comneno é judeu, movimentou todo o seu exército e reuniu-o nas praias entre os portões da cidade e o porto, preparando-se para caçá-lo. Isso é verdadeiramente uma loucura. De qualquer forma, como mestre de armas, seu pai está envolvido no meio disso tudo, mas encontrou tempo para mandar um recado até aqui e desejar-lhe sorte na eventualidade de que você não o veja antes de partir para Acre.

— Como ele sabia que eu estou indo para Acre?

— Eu fiz com que meu homem contasse a ele ontem, como explicação de por que você queria vê-lo hoje.

— Então, por que o senhor está zangado com isso?

— Zangado? Eu não estou zangado. Estou apenas frustrado por não ter sido capaz de encontrar algumas das pessoas que queria que estivessem presentes na sua cerimônia de hoje à noite. Nós podemos dar prosseguimento, de modo que esteja preparado uma hora depois do anoitecer, mas haverá cinco, talvez seis pessoas ausentes que eu gostaria que estivessem lá. Ah, bem, nós conversaremos depois. E amanhã você partirá para Acre numa galé rápida, uma das melhores do Templo, portando despachos para o oficial superior do Templo lá, que neste momento é, eu creio, o próprio marechal, um cavaleiro de Languedoc que compartilha do seu nome de batismo, André. Ele é André Lallières de Bordeaux. Você conhece esse nome?

— Não. Deveria?

— Achei que conhecesse. Ele é um de nós, elevado no mesmo dia que eu, e sua família é uma das originais. Prepare-se para hoje à noite. Você será convocado por dois cavaleiros.

— O que eu devo vestir?

— Exatamente o que está vestindo agora. Seu manto de virgem. Eles o despirão dele e você será vestido formalmente depois da investidura. Agora vá e deixe-me fazer o que tenho de fazer até lá.

O restante daquele dia passou numa lentidão que St. Clair não podia acreditar, mas afinal passou, e ele estava pronto e esperando com impaciência tão logo a escuridão caiu sobre a cidade.

Oito horas depois, quando o dia 17 de maio rompeu, ele parou de pé num dos cais do porto, flanqueado por dois cavaleiros cujo vestuário não era tão novo e vistoso quanto o seu. Ele vestia a sobrecota branca completa com a cruz vermelha, radiantemente nova e sem uso, de um Cavaleiro Templário totalmente guarnecido. Ela cobria um traje de cota de malha de tal modo novo que estava tão rígido quanto as igualmente novas botas à altura do joelho que envolviam seus pés e pernas. O capuz de malha que abrigava sua cabeça parecia estranho e apertado, mas o elmo que usava sobre ele era resistente e confortável. Sua própria espada, o presente de Ricardo, pendia de sua cintura, e atrás dele postava-se o seu assistente pessoal, um irmão sargento que lhe fora designado naquela manhã pelo tempo que fosse necessário, cujo primeiro dever era manter a armadura de sir André e a sua própria, os equipamentos e as armas em condições impecáveis e prontos para a batalha a qualquer momento. André esticou-se e flexionou os ombros sob o retesamento da armadura de malha. Ele não usava um traje de malha completo desde que se juntara ao noviciado e, enquanto observava a aproximação do navio que lhe fora mandado, perguntou a si mesmo quanto tempo levaria para acostumar-se novamente àquilo.

O barco chocou-se com o cais perto de seus pés e André virou-se para seus dois acompanhantes e despediu-se deles, enquanto seu assistente passava os dois baús que continham suas posses para a embarcação e depois subia atrás deles. O irmão Justin, incomumente esplêndido numa sobrecota branca nova e uma armadura polida, fez-lhe um cumprimento de cabeça e desejou-lhe que viajasse com a velocidade de Deus, e o outro cavaleiro, Etienne de Troyes em pessoa, pendurou um cilindro de couro rígido contendo despachos em torno do pescoço de André, postou-se ereto numa saudação formal e desejou ao novo cavaleiro todo o sucesso em sua missão à Terra Santa. Então ambos permaneceram no cais e observaram até que o barco de St. Clair desaparecesse por trás da popa de um grande navio mercante que escondeu a galé que transportaria André St. Clair e seus despachos para Outremer.

VINTE

Crííí...

O distante grito lúgubre e agudo atraiu o olhar de André St. Clair para o alto, até o ponto onde o falcão pairava a uma altitude impossivelmente elevada acima dele, visível apenas como uma pinta flutuante contra o azul impecável do céu da manhã. Imóvel, com o pescoço acentuadamente inclinado para trás, André então observou a ave planar silenciosamente nas correntes de ar que a sustentavam lá em cima, fazendo-a ascender e derivar sobre um colchão de ar pressionado gentilmente, mas com firmeza, contra suas asas estendidas. Enquanto ele observava, prendendo a respiração, a silhueta negra se alterou e depois se lançou para baixo descrevendo um grande arco, até que as asas começaram a bater outra vez, transportando a criatura facilmente para cima até sua altitude anterior.

— Que tamanho você acha que aquela coisa tem?

A voz veio de trás dele, e André sacudiu negativamente a cabeça.

— Difícil dizer — murmurou ele. — Não há nada lá em cima com o que compará-la, nem mesmo outro pássaro. Visto daqui, aquele bicho pode ter asas tão largas quanto a envergadura dos seus braços, bem como pode ter menos da metade desse tamanho e estar apenas à metade da distância que nós imaginamos.

— Você acha que alguém pode estar controlando-a?

— Duvido. — St. Clair manteve seus olhos na ave distante. — A maioria dos falcoeiros conserva seus pássaros encapuzados até avistarem uma presa e só então os liberta, diretamente sobre a caça. Eles são bichos selvagens e retornarão à natureza se lhes derem oportunidade suficiente para isso, não importa o quanto possam ser bem treinados. É por isso que os falcoeiros têm tanto ciúme deles. Não gostam de ver seus preciosos matadores voando soltos por aí por grandes períodos de tempo.

— Falando em tempo, é quase meio-dia, e parece que nós fizemos papel de bobos.

Em vez de responder, St. Clair desviou o olhar do falcão e ficou de pé sobre os estribos, esticando os braços bem acima da cabeça e contando em voz alta vagarosamente até vinte. Então ele dobrou os cotovelos e sustentou os braços em posição horizontal, mantendo a cabeça reta enquanto girava o corpo lentamente de um lado para o outro várias vezes, puxando cada cotovelo o mais para trás possível a cada vez, gemendo suavemente com o esforço. Feito isso, esticou o pescoço, virando a cabeça numa extensão bastante exagerada, três vezes para a direita e mais três para a esquerda, e só então retomou suas rédeas e respondeu ao comentário do outro homem. Era o 30º dia de maio do ano de 1191, e ele já estava em Acre havia dez dias, durante os quais enviara pedidos de informação sobre o paradeiro de seu primo, sir Alexander Sinclair, explicando quem ele era e oferecendo uma substancial recompensa a qualquer um que conseguisse arranjar um encontro entre os dois. Não tivera escrúpulos em fazer isso, nem medo de que alguém pudesse questionar seu direito de se conduzir da maneira que considerava mais apropriada. A carta de Etienne de Troyes que trouxera havia explicado sucintamente aos oficiais no comando do Templo no cerco a Acre que St. Clair estava em Outremer em missão especial para o Templo e deveria ser-lhe concedida plena cooperação e toda a assistência que solicitasse. Agora ele tinha um meio sorriso e falava por cima do ombro.

— Nós não fizemos papel de bobos, Harry. Eu posso ter feito, mas você não. Você está aqui a meu convite, para me fazer companhia, e não há nada de tolo nisso... a não ser, é claro, que você se considere bobo por ter aceitado o convite. Nosso anfitrião pode simplesmente ter sido retido por algo inesperado. Isso acontece a nós todos vez por outra.

André estava sorrindo quando fez com que seu cavalo desse uma volta até que ele pudesse olhar para o homem que estava às suas costas, mas sir Harry Douglas não estava disposto a retribuir o sorriso e rir do problema. Ele continuou sentado em sua sela com o cenho fechado, desaprovando tudo o que estivesse envolvido naquela excursão, que ele acreditava não autorizada, rumo a um perigo desnecessário.

Muito antes do alvorecer daquela manhã, sem contar a ninguém sobre a partida deles ou para onde estavam indo, eles haviam deixado seus colegas cavaleiros acampados no oásis conhecido como Jappir, a apenas uma hora de cavalgada da linha de cerco em volta de Acre. Eles haviam rumado dali para o interior e nesse momento estavam profundamente infiltrados em território inimigo, a mais de três léguas de onde haviam partido e confrontando uma paisagem que Harry jamais teria imaginado antes de pôr os olhos nela naquela manhã. Estavam completamente cercados por um oceano de rochas, uma vasta planície de blocos perfeitamente arredondados de várias formas e tamanhos, alguns deles grandes como casas, outros do tamanho de castelos e outros ainda, os pedregulhos do cenário, apenas do tamanho de carroças de feno ou choças de camponeses. Qualquer um deles poderia esconder um grupo inteiro de homens, e Harry e André não tinham olhos suficientes entre eles para manter uma vigilância adequada. A única coisa que Harry podia fazer era resistir à tentação de manter seu cavalo em constante movimento para que pudesse varrer o horizonte com os olhos sem parar.

Harry impeliu seu cavalo para a frente com um golpe de joelho e cavalgou vagarosamente em torno do agrupamento de pedras enormes que coroavam o minúsculo topo da colina, o ponto mais alto em milhas. Parecia não haver mais de seis delas no conjunto, mas ocupavam o centro exato do pequeno cume e estavam empilhadas como se tivessem sido ajuntadas e depositadas no lugar por um gigante. Também eram altas o suficiente para ser visíveis a milhas de distância, a mais alta delas erguendo-se muito acima da cabeça de Harry, um monólito pontiagudo esculpido pela areia com mais de duas vezes a altura que ele alcançava sobre o lombo de seu cavalo.

— Ria se quiser, St. Clair — disse ele calmamente, seus olhos vasculhando o horizonte —, mas eu não gosto nem um pouquinho disso. Acho que você está louco por estar aqui, e eu sou ainda mais louco por ter vindo com você. Gosto da sua companhia e você pode ser um filho da puta engraçado às vezes, mas isto é uma insanidade. Pode haver legiões de cães pulguentos por aí neste mesmo instante, vigiando-nos de trás de cada uma dessas pedras que estamos vendo, até mesmo apontando para nós, e nós nem mesmo os veríamos antes de morrer. Vamos embora, em nome de Deus. Assim, mesmo atingidos por todos os lados, nós podemos pelo menos manter a ilusão de que somos capazes de fugir por entre as rochas e nos salvar...

André St. Clair fez uma careta, balançando negativamente a cabeça de modo quase imperceptível.

— Não duvido de que você possa estar certo, meu amigo. E Deus, no Seu paraíso celeste, sabe que sua habilidade de conservar a santidade e a integridade de sua pele frágil e covarde é lendária... mas eu creio, ainda assim, que pode ser um erro partir tão cedo. O homem a quem viemos encontrar aqui, como eu disse, tem razões perfeitamente válidas para estar atrasado.

— Você chama isso de atraso? Isso já passou várias horas de um atraso.

— Uma hora, Harry, uma hora no máximo. Não mais do que isso. Nós chegamos cedo.

— Bem, pelo menos fico feliz de que você não o tenha chamado de Sinclair.

André dirigiu rapidamente o olhar para ele.

— O que isso pretende significar?

— Esse sujeito, o que nós estamos esperando. Ele pode ser qualquer um... pode até mesmo ser um bandido muçulmano que pretende capturá-lo por um resgate. Nós não temos prova de que ele seja o homem que você procura.

— Não, nós não temos; nem temos prova de que ele não é quem procuro. Portanto, vamos esperar. E com a graça de Deus, nós veremos.

Ele puxou as rédeas e deu meia-volta outra vez, cutucando seu cavalo em direção à borda da colina, e Harry adiantou-se para se juntar a ele, olhando para a lúgubre monotonia das incontáveis pedras daquele peculiar trecho do deserto. St. Clair arqueou as costas novamente, levantando os cotovelos dobrados até a altura do ombro, depois os forçando para trás.

— Mestre Douglas — disse ele —, eu pretendo descer desta sela agora, para esticar minhas pernas e aguardar confortavelmente por um sinal. Você deveria fazer o mesmo. Mas nesse meio-tempo, pense em algo diferente para falar... algo agradável e positivo.

Douglas não respondeu nada, mas ambos os cavaleiros desceram de suas montarias e ocuparam-se em afrouxar as cilhas de suas selas para permitir que seus cavalos tivessem um breve tempo para respirar.

— Ninguém nunca avisou à sua gente para jamais abaixar a guarda?

A voz veio diretamente de trás deles, tão perto que o homem que falara não precisara gritar, e ambos os homens se voltaram tão rapidamente, levando as mãos às suas armas, que qualquer um que os visse poderia rir de sua consternação. Harry Douglas reagiu mais rápido que St. Clair. Sua espada livrou-se da bainha enquanto ele completava o giro e estava semierguida para atacar antes que o significado do que via se tornasse claro para ele. André estava menos equilibrado quando ouvira as palavras do estranho, de modo que tivera de mudar os pés de lugar rapidamente antes de poder começar a se virar, mas suas mãos mal haviam se fechado em torno da espada quando ele identificou quem via e endireitou o corpo imediatamente. Ele não aliviou a pressão de seus dedos sobre a empunhadura — a tolice de um comportamento tão ingênuo fora inculcada em seu crânio anos antes —, mas sentiu a tensão escoar dele tão depressa quanto havia brotado, enquanto seu olhar percorria de um lado a outro, à procura de outras pessoas. Não havia ninguém. O homem diante deles estava sozinho.

— Quem é você? — Harry fez a pergunta antes que St. Clair pudesse formulá-la.

O estranho simplesmente devolveu-lhe o olhar.

— Quem haveria de ser? Quem vocês esperavam encontrar aqui, num lugar tão distante no meio do deserto, a esta hora do dia? Eu sou Alexander Sinclair.

Era tudo o que ele precisava dizer, e André sentiu seu coração saltar de alívio no peito, não porque tivesse duvidado de quem se tratava, mas porque duvidara de sua própria capacidade de reconhecer o primo depois de tantos anos. Ele poderia, sentia agora, não ter reconhecido o rosto, mudado como estava, mas a voz, profunda e ressonantemente estrangeira com sua entonação escocesa, era inconfundível e inalterável. Antes que pudesse dizer uma só palavra, porém, o estranho desviou os olhos de Harry para ele.

— Você é jovem, André, posso ver. Lembro-me dos seus olhos e da pequena curvatura do seu nariz. Se não tivesse mencionado isso na mensagem que me mandou, eu jamais teria respondido. Eu tenho muito pouco envolvimento com pessoas hoje em dia.

André sorriu, sentindo-se eufórico, pois não ouvira falar muito bem daquele homem desde sua chegada a Outremer e começara a suspeitar que seu primo realmente talvez tivesse se afastado de tudo o que ele conhecera um dia. Naquele momento, porém, poucos instantes depois de pôr os olhos nele, soube no fundo de seu coração que Alec Sinclair não era nada menos (nem estava diferente) do que o homem que sempre fora. Alec era alto e esguio, tinha olhos escuros, rosto encovado e longas pernas, com ombros enormemente largos. Sua barba era cinza como aço e aparada curta, e em conjunto com as bordas do justo capuz de cota de malha que ele usava sob o elmo, enfatizava as linhas profundamente sulcadas de seu rosto. Ele usava o traje completo de um Cavaleiro Templário, com a cruz negra de braços equiláteros bordada no lado esquerdo de seu peito, no quadrante superior da sobrecota branca que ostentava a longa cruz vermelha na frente e nas costas. A malha de ferro de sua armadura e de seu capuz tinha o aspecto polido que André já sabia ser resultado de anos passados na aridez do deserto, sendo friccionada e polida todos os dias pela areia soprada pelo vento, e ele carregava uma espada de lâmina extremamente longa, arranjada de algum modo para pender às suas costas, entre os ombros. Nesse simples lançar de olhos, André registrou que as perneiras de Sinclair também eram diferentes: desciam até a altura do tornozelo em vez de cobrir metade da canela e eram mais largas a partir dos joelhos, de modo que podiam ser vestidas sobre as pesadas botas de sola grossa para cavalgar.

— Então fico feliz por ter mandado a mensagem da maneira como o fiz — disse ele em resposta, ainda exibindo seu largo sorriso. — Mas ela não foi nada sutil. Eu apenas pensei que você poderia se lembrar do incidente. Saudações, primo. Faz um longo tempo, anos demais. E cumprimente meu amigo do peito aqui, um de seus compatriotas, Harry Douglas. Harry, este é meu primo, sir Alexander Sinclair.

Ele estendeu o braço, e Alec apertou-o com firmeza, sorrindo com os olhos receptivos e espantosamente brilhantes, castanho-escuros com manchas da cor de grãos de avelã, de que André se lembrava bem. Mas então André subitamente torceu seu braço e agarrou a mão do seu primo nas suas, e, depois de um momentâneo pestanejar de surpresa, Alec não traiu reação alguma, mas correspondeu com o aperto de mão correspondente exigido pela Irmandade. Então ele se voltou para Harry e apertou as mãos dele também, iniciando ele próprio o cumprimento dessa vez, mas não recebendo reação alguma.

— Prazer em conhecê-lo, sir Harry Douglas — disse ele. — Você sabe do que estamos falando, seu amigo e eu?

Quando Harry fez que não com a cabeça, Sinclair riu, um som único, no fundo de sua garganta, e engoliu-o antes que pudesse emergir completamente.

— Esse bico dele — disse. — Com a curvatura para baixo. Fui eu que fiz isso a ele, numa tarde de verão, quando ele ainda era muito pequeno para fazer qualquer outra coisa além de sangrar. Eu me virei muito rápido, para ver o que André estava fazendo, e ali estava ele, bem atrás de mim. A ponta do cabo da lança sob o meu braço apanhou-o de lado quando eu me voltei e achatou seu nariz no meio do rosto... Foi uma melhora marcante, pois mesmo quando garoto ele era belo demais, mas eu fiquei atormentado pela culpa por aquilo por pelo menos uma hora... — Ele fez uma pausa, dramaticamente, e prosseguiu: — ... Bem, pareceu uma hora. Mas, honestamente, pode ter sido menos. — Ele parou, depois olhou para cada um dos outros homens e seu rosto ficou sério. — Vocês, sem dúvida, devem ter ouvido falar de como eu mudei desde que retornei do cativeiro entre os infiéis.

Ele havia falado para ambos, mas estava olhando para André, que devolveu o olhar abertamente, assentindo com a cabeça.

— É, nós ouvimos algumas palhaçadas, mas como você vê, isso não nos impediu de vir à sua procura.

— Sim, e se eu não soubesse com certeza que era você quem me procurava, talvez não o tivesse trazido tão longe deserto adentro para este encontro. Mas aprendi que muito poucos homens são dignos de confiança nos dias de hoje, e nunca acreditei muito nas pessoas, para começar. Pensei, apenas pelo modo como a sua mensagem foi redigida, que você podia ser quem dizia que era, mas não tive notícia alguma de você desde a última vez em que nos encontramos, há mais de 12 anos. Não era inconcebível que você pudesse ter contado a história para alguém, que então se lembrara dela e pensara em usá-la como um chamariz para me atrair para fora do esconderijo. E também era possível que você estivesse sendo usado contra mim. Mas aqui está você em carne e osso, um Cavaleiro do Templo, e posso ver que você ainda é o rapaz que eu conheci e de quem gostei. Como está a sua mãe? Eu nunca deixei de ser grato a ela pelo modo como me recebeu naquele ano.

— Ela morreu poucos anos atrás, mas lembrava com carinho de você. Falava de você com frequência, anos depois de ter partido. Mas meu pai está bem, e com a idade que tem está vindo para Outremer com Ricardo, como seu mestre de armas. — Ele interrompeu o que estava dizendo e então, antes que Alec pudesse reagir, prosseguiu: — Por que alguém quereria atraí-lo para fora do esconderijo, Alec? Por que você está escondido, afinal?

— Ah, essa é uma longa história e deve ficar para outra hora e lugar. Mas entristece-me saber sobre sua mãe. Era por isso que você estava tão aflito para me encontrar? Tem a ver com assuntos de família?

— Sim.

— Amigáveis, eu presumo?

— Oh, sim, inteiramente. Eu tenho muito a lhe contar.

O uso da palavra "amigável" por Alec fora uma mensagem em código, indicativa de que ele sabia que Harry Douglas não pertencia à Irmandade do Sião, e que André viera à sua procura por interesse do Conselho da Ordem, as Famílias Amigas. Após ter passado a informação de que tinha muito a comunicar, André mudou de assunto.

— Mas antes de eu lhe contar qualquer coisa, você tem de me contar como fez isso, como conseguiu rastejar até onde estamos tão silenciosamente.

— Silenciosamente? Vocês dois estavam fazendo tanto barulho que eu poderia ter vindo a cavalo atrás de vocês com uma tropa inteira sem que vocês ouvissem.

— Por alguns momentos, talvez, fizemos barulho, mas onde você estava antes disso? De onde você veio?

Alec Sinclair sorriu e assentiu com a cabeça.

— Eu estava escondido, observando-os e ouvindo. Perto, como você suspeita, mas você vai me perdoar se eu não lhe contar exatamente onde... Eu lhe contarei, porém, que foi por isso... pela oportunidade que me oferecia de esconder-me e observar... que escolhi este lugar.

Seu primo pensou naquilo por alguns momentos, olhando especulativamente em torno, e sorriu outra vez e balançou a cabeça.

— Perdoado. Caso o segredo fosse meu, eu tampouco o revelaria.

— E falando em segredos — interveio Harry Douglas —, eu sei que vocês dois têm coisas para discutir... confidenciais, assuntos de família que não me dizem respeito, por isso vou deixá-los a sós para conversar. Agora que você está aqui eu estou preparado para acreditar que não há cães pulguentos nos vigiando e esperando para atacar. Vou tirar as selas das nossas montarias e dar-lhes um pouco de aveia para comer, depois vou dar uma caminhada por entre as rochas e tentar encontrar o seu cavalo, pois presumo que você não fez todo o trajeto até aqui caminhando com uma armadura de cota de malha completa... Se eu me perder, assobiarei alto; portanto, se vocês mantiverem o um ouvido atento, eu ficarei grato. E então, em que direção eu devo procurar o seu cavalo?

Sinclair levantou um dos braços e, numa mímica lenta e elaborada, apontou diretamente para o norte, e Harry assentiu com um gesto de cabeça e começou a se afastar, conduzindo os dois cavalos, até que Sinclair o deteve de novo.

— Eu sei que você já está aqui no reino há algum tempo, mas duvido que tenha estado *neste lugar* antes. Seja cuidadoso ao caminhar entre estas rochas. Mantenha os olhos abertos e a cabeça alerta e não enfie as mãos nuas em buracos abertos. Este lugar é o paraíso das víboras.

Harry sorriu e fez um aceno de cabeça.

— Agradeço por isso. Prometo que manterei minhas mãos onde posso ver o tempo todo.

— Ele parece ser um bom homem — disse Alec Sinclair momentos depois, observando enquanto Harry desaparecia atrás de um bloco de rocha, puxando os dois cavalos. — Mas afinal, ele é um escocês; portanto, eu não deveria ficar surpreso. Mas veja bem, ele não fala como um.

— Ele é um bom homem em todos os sentidos e é dono de seu próprio nariz, o que é muito mais importante e parece ser um atributo incomum aqui — replicou André calmamente. — Os irmãos do Templo, tanto cavaleiros quanto sargentos, comportam-se de maneira um tanto temerosa em relação a ele, e isso deixa Harry desconfortável, de modo que na maior parte do tempo ele também evita as pessoas. Ele sempre foi um homem calado, pelo que eu soube, mas agora é um dos mais celebrados cavaleiros em toda Outremer, e isso contribui pouco para aumentar seu conforto...

Sir Alexander olhou em volta e apontou para um par de pedras menores. Depois levou as mãos às costas por cima do ombro e sacou a grande espada que tinha nas costas.

— Nós não podemos nos sentar enquanto conversamos? Eu estive de pé durante horas. Você me perdoará, espero, por sacar minha espada, mas eu não posso me sentar com esta coisa no lugar dela.

Ele caminhou para um lado e apoiou a arma de lâmina longa cuidadosamente numa pedra.

— É uma arma impressionante. Não creio que já tenha visto uma igual.

— Então você nunca esteve na Escócia. Montantes para duas mãos. Elas são comuns por lá.

— Qual é o comprimento da lâmina?

— Longa o suficiente para manter as moscas afastadas quando você a brande em volta da cabeça.

André riu e olhou outra vez para a esplêndida lâmina, avaliando sua largura como a do diâmetro de um palmo completo no ponto onde ela encontrava a enorme guarda em dupla cruz, balançou a cabeça.

— Sobre o que estávamos falando?

— Sobre o seu amigo Douglas. Você disse que ele estava intranquilo. Por quê?

André deu de ombros e sacudiu a cabeça, cruzando os braços sobre o peito.

— Bem, ele é um monge, e alguns deles fazem do desconforto uma religião. Mas se eu tivesse de arriscar seriamente uma razão realista, diria que ele sente culpa por ter perdido o desastre em Hattin. Ele estava nas fontes de La Safouri com o resto do exército poucos dias antes da batalha, mas foi mandado com despachos para a guarnição de Ascalon na noite anterior a De Chatillon e seus amigos convencerem o rei Guy a abandonar o oásis e marchar diretamente para Tiberíades. Por isso a maioria de seus amigos acabou morta e Harry sobreviveu.

— E ele sente culpa por causa disso, você acha? Então eu tenho de falar com ele. Eu estava lá naquele dia, e acredite em mim quando digo que Harry não precisa censurar a si próprio por sua boa sorte em estar em outro lugar... Então, como ele veio parar em Acre?

— Ele abriu seu caminho à força para fora de Ascalon pouco antes de ela cair e passou os meses seguintes se familiarizando com a terra palestina, às vezes a cavalo, na maior parte do tempo a pé. A região toda estava caótica, pois depois de Hattin os muçulmanos eram invencíveis e nosso lado mal podia pôr em campo uma força de cavalaria. Todas as cidades do Reino Latino caíram, como você sabe, e parece que Harry estava presente na maioria delas, geralmente no grosso da luta. Ele foi ferido algumas vezes, mas escapou com vida em todas elas, e os homens começaram a dizer que ele era indestrutível. Num tempo em que não havia oficiais superiores em lugar algum para planejar ou assumir o comando, os homens se agrupavam em torno de Harry, forçando-o a ser um líder apesar de sua própria falta de vontade. E por fim ele liderou um pequeno exército cansado e em farrapos de volta a Tiro.

— Quanto tempo atrás aconteceu isso, você sabe?

— Não, mas Harry pode lhe dizer. Deve ter sido seis meses após Hattin, no mínimo.

— É, no mínimo. Então ele chegou até Tiro. Eles devem ter festejado sua chegada, depois de tanto tempo.

— Eles tentaram, contaram-me, pois os homens que estavam com ele cantavam-lhe louvores por todo lugar onde iam, e o próprio Deus sabe que os francos precisavam de heróis naqueles dias... primeiro heróis conquistadores, mas na falta destes, heróis desafiadores. Especialmente em Tiro.

Alec Sinclair fez que sim com a cabeça. Tiro continuava a única cidade mantida pelos cristãos na Terra Santa, o único lugar que não havia sucumbido aos sarracenos, e nas semanas e meses que se seguiram a Hattin ela estava cheia até transbordar com os remanescentes do exército cristão. Conrad de Montferrat, o barão germânico que havia arrancado a cidade das garras de Saladino poucos momentos antes que ela se perdesse para sempre, governava-a com uma disciplina de ferro, reclamando soberania até mesmo sobre os últimos templários que havia ali, o que em si mesmo era uma medida do quanto a estrela do Templo havia caído depois de Hattin.

— Havia menos de cem templários na cidade, incluindo cavaleiros e sargentos, quando Harry chegou, e ele levou apenas mais três entre seus seguidores. Mas Gerard de Ridefort já estava lá.

— E não inteiramente satisfeito com a situação, eu deduzo.

— Aparentemente.

Não havia necessidade de que qualquer dos dois dissesse mais nada sobre esse assunto. Ridefort, notoriamente colérico e intolerante em seus melhores momentos, havia-se reduzido a uma furiosa impotência em Tiro, ressentindo-se com amargura de sua subordinação a Montferrat e da obrigação que vinha com ela de aceitar ordens do germânico e obedecê-lo docilmente, sob pena de expulsão da cidade com seus cavaleiros. Não havia a mais leve dúvida na mente do mestre de que Conrad o expulsaria, bem como sua congregação, para fora de suas vistas ao primeiro sinal de insubordinação ou oposição, e ele disse isso aos seus templários. Também não fazia segredo de quanto lhe causava náuseas o fato de ele, como personificação da Ordem do Templo, não poder fazer nada para resistir ou mudar aquela situação, pois perdera toda a sua estrutura de comando, sem mencionar quatro quintos de todo o seu contingente, durante e depois da batalha de Hattin. Ele foi reduzido a um observador impotente, aguardando pacientemente, com a expressão carrancuda e os dentes rilhando por reconhecer isso.

Montferrat era um recém-chegado ao Reino Latino, um germânico cuja lealdade primeira era para com o Sacro Império Romano, o que equivalia a Constantinopla e seu cristianismo ortodoxo. Por extensão, e não havia necessidade de grandes saltos de entendimento para avaliar as sutilezas envolvidas, a ordem militar ideal de Montferrat era a Ordem dos Cavaleiros Teutônicos, do imperador Frederico Barba-ruiva, o que significava que as outras Ordens, especialmente os hospitalários e os templários, eram inferiores e nada ideais. Aos olhos de Conrad, era nada mais que correto e apropriado o fato de que os cavaleiros teutônicos deveriam e iriam proporcionar a futura força e proteção da presença cristã — cristãos *ortodoxos*, ficando claramente entendido — no Reino Latino... E com o devido tempo, acreditava ele, o próprio Reino Latino poderia muito bem se tornar o Reino Germânico ou Teutônico. Nesse ínterim, ele estava determinado a fazer com que o ganianciosamente ambicioso e politicamente inaceitável cristianismo *papal*, o catolicismo romano, como era agora conhecido, fosse expulso de Jerusalém e forçado a retornar para Roma, levando seus cavaleiros e seus adeptos franceses com ele. E nem os templários nem os hospitalários, ambos inextricavelmente ligados à Igreja católica romana, seriam autorizados a operar em Outremer depois disso.

— A morte de Barba-ruiva deve ter sido um choque para Conrad — refletiu Sinclair, e seu primo concordou com um movimento de cabeça.

— Sim, e um choque indesejável.

— Completamente. Pense nisso do ponto de vista dele, se puder. Lá está ele, sentado firmemente no trono que construiu com suas próprias mãos, esperando a chegada de seu primo, o imperador, com um exército de 500 mil homens, com força suficiente para habilitá-lo a mandar todos às favas, de Saladino a Ricardo Plantageneta ou Filipe de França. Ele deve ter-se sentido onipotente, invencível... E então, num tropel de cascos, chega um cavaleiro esgotado com a notícia de que seu universo desmoronou: seu imperador está morto, seu poderoso exército está disperso, e todas as suas esperanças e promessas não passam de fumaça soprada pelo vento. — Alec sacudiu a cabeça em admiração. — Eu não sei como me ajustaria a tal revés, a um revés tão *grande*... Mas, afinal, eu não sou Conrad de Montferrat. Ainda assim, para qualquer homem, ir das alturas para as profundezas tão rapidamente... E depois, nem bem ele foi derrubado e o próximo golpe o atingiu: Saladino libertou Lusignan. A confluência dos fatos é incrível.

— Sim, é... literalmente incrível. Duvido que tenha sido coincidência, Alec, não importa o que tantas pessoas afirmem. Saladino não é bobo de ninguém. Ele libertou Lusignan sob a promessa de que ele não tomaria mais armas contra o Islã. Todos sabem disso e, consequentemente, riem dele, consideram-no tolo por não saber que nenhum cristão precisa se sentir obrigado por um juramento dado sob pressão para um infiel. Mas pense nisso por um momento, se lhe apraz. Saladino vem nos combatendo há anos e realizou muitas transações com nossos oficiais e potentados dos mais altos postos. Você realmente acredita que ele é estúpido o bastante para não se dar conta do desprezo sarcástico que todos os francos têm por ele e os seus? Tenha isto em mente: esse é o homem que uniu todo o mundo islâmico, da Síria até o Egito, em uma só entidade, fundindo e amalgamando dois califados e pondo em campo o que provavelmente é o maior exército já reunido por qualquer homem em toda a história... Maior que o de Xerxes ou Dario, talvez maior até mesmo que o de Alexandre. Você não acha que faz mais sentido acreditar que esse sultão, vendo o risco à sua supremacia que havia em Tiro na pessoa de Montferrat, poderia julgar vantajoso libertar o rei Guy, sabendo sem dúvida que este quebraria sua promessa imediatamente e marcharia sobre Tiro, exigindo lá o seu reino e seus demais direitos de volta das mãos de Conrad?

Alec Sinclair sorriu, olhando para a distância.

— É, isso faz perfeito sentido, e eu nunca pensei o contrário. Funcionou de maneira perfeita, também, não é? Guy e Conrad estavam com a faca na garganta um do outro numa questão de dias.

— Mas não por muitos dias. O vento mudou e a fumaça da fogueira que Saladino acendeu soprou de volta para o seu rosto quando Conrad atirou Guy para fora de Tiro e Guy marchou para o sul para sitiar Acre. Lusignan levou os templários com ele, sob as ordens de Ridefort, e isso me traz ao fim da história de Harry.

— O *fim* da história de Harry? — Sinclair cruzou o tornozelo direito sobre o joelho esquerdo e segurou-o com ambas as mãos, inclinando-se para trás. — Como pode ser isso? Harry ainda está conosco.

— É verdade, mas tenha paciência comigo. Ridefort, sendo o homem que era, percebeu que conquistaria uma grande e imediata vantagem promovendo Harry a um alto posto dentro do Templo. Harry era popular entre os confrades e igualmente bem conhecido e apreciado entre os outros elementos do exército, de modo que Ridefort pensou em elevá-lo a uma das posições-chave deixadas vagas e não preenchidas depois das perdas em Hattin. Assim, ele chamou Harry e contou-lhe o que havia decidido, e Harry declinou, de maneira graciosa, mas com firmeza. Ele não queria tal distinção, disse, e quando Ridefort se recusou a aceitar isso, Harry, de maneira igualmente inflexível, recusou-se a ser coagido ou intimidado de modo a mudar de ideia. Ele era um monge, disse a Ridefort, e havia se juntado ao Templo para ser simplesmente isso, um monge, aderindo à regra do Templo e buscando a salvação numa vida de orações e deveres.

— Harry ganhou a discussão, obviamente.

— Sim, ele ganhou. Ridefort ficou possesso, mas não havia nada que pudesse fazer. Diante da simplicidade da argumentação de Harry, e com todas as luzes da atenção do público que ele próprio havia acendido sem jamais pensar que poderia receber uma recusa, ele não teve escolha. Por isso, possivelmente pela primeira vez em sua vida de templário, ele aceitou o que não podia mudar. Mas fez com que se soubesse, em termos que não deixavam margem para dúvida, que considerava que sir Harry Douglas violara seu voto de obediência...

— O que era verdade.

— ... Talvez, isso é discutível... mas também que ele fora negligente em sua preocupação para com o bem-estar da Ordem e fundamentalmente indigno da alta consideração que lhe fora concedida por tantas pessoas equivocadas.

— Palavras duras, mas próprias de Ridefort. Ele é um homem vingativo.

— Vingativo? Talvez. Eu nunca o conheci, mas provavelmente ouvi mais sobre ele do que sobre qualquer outro homem desde que cheguei aqui. Havia muitas qualidades negativas ligadas a ele: implacável, destituído de humor, intolerante, irascível, intratável, mas eu agora acredito que todas elas eram uma consequência natural de suas crenças e convicções extremas. Ele era um gigante entre os homens e uma inspiração como líder, passional, dado a excessos, e sua maior paixão era a lealdade à sua religião, até mesmo acima e além da sua lealdade ao Templo. Ele nunca sofreu zombarias de bom grado e nunca tolerou qualquer ameaça ao que verdadeiramente acreditava ser o Reino de Deus na terra, mas dentro desses termos, a integridade de Gerard de Ridefort era ilimitada.

Alexander Sinclair considerou seu primo calmamente, seu rosto vazio de expressão, e depois balançou lentamente a cabeça.

— É... — disse ele. — Bem, como você disse, você nunca o conheceu. — O tom dele era tão brando quanto sua expressão facial, e André pôde apenas continuar olhando para ele, perguntando a si mesmo se estaria sendo repreendido, enquanto Alec prosseguiu: — Então, como a morte do mestre mudou seu amigo? Ele parece diferente, agora que está livre da desaprovação?

— Não, Harry é o mesmo. Ele viveu em isolamento durante meses, no interior da fraternidade templária, pois havia muitos que o desprezavam do lado de fora, temerosos de que se agissem de outro modo pudessem atrair o desagrado de Ridefort, e então, quando Ridefort foi morto, naquele mês de outubro, Harry descobriu que preferia permanecer sozinho, contente com sua própria companhia. Ele havia observado e visto os que o evitaram anteriormente, e não tinha vontade de se associar a eles outra vez apenas porque eles não tinham mais medo de Ridefort. Então, por algum motivo, quando eu cheguei, ele e eu nos conhecemos e nos tornamos amigos, e temos sido amigos íntimos desde então.

— Há quanto tempo você chegou?

— Há dez dias.

— Humm. Você sabe que eu ouvi sobre a morte de Ridefort na época. Eu ainda era um prisioneiro então, mas as notícias da morte do Mestre do Templo varreram todo o mundo sarraceno, e houve celebrações por todo lado. Eu sei que ele foi executado, decapitado, mas nunca descobri como ele foi capturado. Ele estava morto havia muito quando eu fui libertado, e eu tinha outros assuntos para me preocupar então.

— Bem, ele foi capturado exatamente do modo como você poderia esperar: no calor dos fatos. — André se levantou e foi até o lugar onde a espada de Alec estava apoiada numa pedra. — Posso? — Quando Alec assentiu com a cabeça, ele tomou a espada em suas mãos, segurando a lâmina longa e reluzente diante de si e olhando-a enquanto falava. — Houve uma luta naquele dia, uma luta selvagem, mas não grande o suficiente para ser considerada uma batalha, pois ela brotou de maneira súbita, fora dos muros de Acre; um conflito espontâneo, mais do que um confronto estratégico... e, estranhamente, foi a única luta desse tipo de que eu tive notícia que Guy comandou de maneira brilhante e na qual se distinguiu. — Ele deu um passo para o lado, brandindo a longa espada ao fazê-lo, vagarosamente, avaliando seu peso e equilíbrio. — Ainda mais estranho foi o fato de que Conrad também estava lá naquele dia e a dupla formada por eles conseguiu cooperar de maneira efetiva. Era 4 de outubro de 1189, e eu só me lembro da data porque foi o dia em que Gerard de Ridefort morreu. — St. Clair sorriu melancolicamente e sacudiu a cabeça, devolvendo a espada ao local onde estivera apoiada na pedra. — Bela arma — disse ele, depois voltou a sentar e retornou ao assunto.

"Classicamente perfeito o comportamento de Ridefort: uma investida frontal direta contra uma superior... não, uma avassaladora concentração da cavalaria inimiga. Foi a terceira vez registrada em sua carreira de Mestre do Templo que o homem abriu mão de todo o bom-senso, na crença cega de que Deus protegeria a ele e sua retidão, e comprometeu suas forças de maneira suicida contra chances impossíveis. E como numa das duas ocasiões anteriores, o inimigo simplesmente dividiu sua formação e fluiu em volta da carga dada por ele, sem ceder absolutamente nenhum terreno ou vantagem, contentando-se em se afastar e abater a carga de monges enquanto passavam por eles, e então sufocar os remanescentes unicamente com sua massa numérica. E Ridefort sobreviveu novamente. Ele sempre sobrevivia. E foi tomado prisioneiro. Mas dessa vez os sarracenos o executaram sumariamente.

— *Sic transit gloria mundi.*

— Algo do gênero. Você não gostava dele, gostava?

— De Ridefort? — Alec Sinclair sacudiu com força a cabeça, sua boca comprimida em repulsa. — Não gostava dele, não confiava nele, não podia tolerá-lo. Ele me custou muitos bons amigos ao longo dos anos, com sua teimosia e seu fanatismo perversos e hipócritas. Você pode chamar isso de inspiração, mas eu chamo de truculência e idiotice obstinada. O homem era o perfeito varão do Templo. Não tinha nem um único pensamento em sua cabeça que não tivesse a ver com o Templo, sua glória, seus ditames, seu dogma, suas necessidades e quando ele poderia lhe exigir o próximo banho. Esse é um caminho muito estreito para se trilhar ao longo da vida. — Ele hesitou, balançou a cabeça e mudou de assunto. — Então você está aqui por interesse do Conselho. Quando você foi Elevado e onde?

O rosto de André se contorceu num meio sorriso.

— Como você, no meu 18º aniversário. E num conclave em Tours, na casa de um dos membros do Conselho.

— E quando você decidiu juntar-se ao Templo?

André meneou a mão de um lado para o outro.

— Eu nunca decidi... não de fato. Essa decisão foi tomada em meu nome, pelo rei Ricardo.

— O homem em pessoa, você quer dizer? O Coração de Leão? Estou impressionado.

— Não precisa ficar. Ele é meu suserano. E esta também é uma longa história para outra ocasião. Mais importante agora, tenho despachos para você... uma fortuna em informação e instruções, eu creio. Eles estão nos alforjes da minha sela; portanto, vou dá-los a você quando Harry voltar.

— Você tem alguma ideia do que tratam?

— Sim e não, mas certamente são para você, do Conselho. Eu estava fartamente suprido de despachos quando cheguei, alguns para o comandante do Reino de Jerusalém, de seus superiores do Templo na França, mas a maioria para você. Pelo lado de fora todos parecem semelhantes, e por isso tive de ter cuidado para não misturá-los. Os seus, porém, foram rotulados em árabe. Eu passei muito tempo recebendo cuidadosas instruções em árabe...

— Você fala árabe? — A surpresa na voz de Sinclair recompensou todo o tempo, todas as dificuldades e todo o esforço que André havia empregado, e ele se permitiu um minúsculo sorriso.

— Um pouco. Eu entendo muito melhor do que falo, mas falo um tanto... atrozmente, disseram-me.

— E você aprendeu lá?

— Sim, com um bom número de distintos professores, a maioria em Poitiers, alguns em Marselha.

Alec Sinclair imediatamente mudou de idioma.

— Conte-me, então, o que você aprendeu.

— Muitas coisas, numa ampla variedade de temas. O Corão, é claro, acima de tudo, as palavras de Alá e Seu Profeta, sem as quais nada no mundo árabe faz sentido; depois muita coisa sobre a diversidade e a complexidade da sociedade islâmica em si, bem como sobre os vários elementos dentro dela. Posso também falar com autoridade, e de qualquer dos dois pontos de vista, sobre as diferenças entre as seitas xiita e sunita.

— Isso é assombroso. — Sinclair estivera sorrindo enquanto ouvia, mas agora falava num tom de voz baixo e sério: — Primo, juro-lhe que este provavelmente é o pior árabe que eu já ouvi alguém falar, mesmo para um *ferenghi* templário, mas, ainda assim, você fala com a entonação de Damasco. Como conseguiu isso?

André sorriu de novo.

— Talvez porque meus três professores favoritos eram todos de Damasco.

— Então, por que você foi mandado para encontrar-me? Você, eu digo, e não qualquer outro?

— Porque os membros do Conselho sabiam que nós somos primos e nos conhecemos. E porque ninguém havia tido notícia suas por muito tempo e havia uma preocupação muito real de que você pudesse estar morto. Minha interpretação é que você havia sido incumbido de algum assunto de grave importância para a Irmandade e esteve engajado no cumprimento dele por anos, antes da eclosão da guerra e do seu desaparecimento. Minha tarefa era encontrá-lo, adquirir a informação que você havia reunido e repassá-la ao Conselho.

— Se isso era tudo o que eles exigiam de você, então você não tinha necessidade de aprender árabe. O que você sabe sobre essas informações que eu coletei?

André sacudiu a cabeça.

— Nada, de fato. Absolutamente nada.

Sinclair olhou atentamente para ele e depois desviou o olhar.

— Então algo está faltando aqui... algo que nenhum de nós dois sabe. Que tamanho têm esses despachos que você trouxe para mim? São pesados? Volumosos?

— Eles são pesados, considerando que são apenas missivas escritas. E estão em duas grandes carteiras, ambas cheias.

— Ah! E o que você teria feito com essas missivas no caso de eu estar morto?

— Eu as leria e depois tentaria completar sua missão.

— Mas então você teria de começar do início, do princípio de tudo... E eu estive trabalhando nisso durante anos... Mesmo falando árabe, você não teria sido capaz de fazer nada.

— Talvez não, mas eu tinha... eu tenho... uma lista de nomes... três nomes ao todo... de pessoas com as quais você sabidamente teve ligação no passado. Eu entraria em contato com elas e tentaria reconstruir as suas atividades, na esperança de encontrar qualquer relatório que você pudesse ter deixado para trás... em um esconderijo.

— Humm. — O simples som era indiferente, talvez desdenhoso, mas Sinclair havia tomado uma decisão. — Muito bem, então. É melhor nós apanharmos essas suas carteiras e seguirmos cada qual seu caminho. Qual é o tamanho delas?

André levantou as mãos, indicando que as carteiras tinham cerca de dez centímetros quadrados e espessura equivalente a aproximadamente o comprimento de um polegar, e Sinclair balançou a cabeça.

— Muita coisa para ler — disse ele —, e creio que, quanto mais rápido eu me puser a cumprir essa tarefa, melhor será. Você pode assobiar para chamar seu amigo? Eu cavalgarei de volta com vocês até o mais longe que puder, mas vou deixá-los antes de nos aproximarmos dos acampamentos em Acre, pois não desejo ser visto. Quando tiver lido tudo e entendido o que se espera de mim, eu os mandarei para você, pois se vai correr o risco de ser morto comigo, deve entender o que nós estamos tentando fazer... Eu presumo que algo é exigido de nós dois em qualquer caso, embora haja pouco a ganhar especulando o quê. Mas eu também mandarei instruções sobre onde me encontrar da próxima vez. Não será tão difícil ou longe nessa ocasião, eu prometo. Agora, chame Harry.

Harry voltou cavalgando seu próprio cavalo e puxando os outros dois, os escudos brancos com a cruz vermelha que pendiam dos cepilhos das três selas retinindo alto enquanto os animais apareciam a meio-galope, e no momento em que se juntou a eles ficou óbvio que considerava lhes ter concedido tempo o bastante para suas reminiscências e, portanto, merecera o direito de atacar Alexander Sinclair nos seus próprios termos. Começou perguntando de que lugar da Escócia Alec viera, e revelou-se que ambos eram provenientes da mesma região, no lado oriental do país, a extensão de terra conhecida como sendo a entrada para as Highlands. Os normandos haviam construído dois castelos lá, cem anos antes e a 20 milhas de distância entre si, em Edimburgo e Stirling, em reconhecimento à importância estratégica do local. Sinclair havia nascido à sombra da colina sobre a qual se erguia o castelo de Edimburgo, enquanto Douglas era nativo do sul de Stirling.

Depois de terem tratado das amenidades, e cada homem sabendo algo mais do que sabia antes sobre o outro, a conversa se expandiu para incluir André. Mas então, depois de 1 ou 2 milhas conversando sobre generalidades, Harry se virou de lado em sua sela e lançou um olhar desconfiado para Alec.

— Posso fazer-lhe uma pergunta, sir Alexander? Uma pergunta que não tenho o direito de fazer?

Alec olhou de um modo engraçado para André antes de responder.

— Uma pergunta impertinente, você quer dizer. Você pode perguntar, mas se ela soar portentosa ou formal, então eu posso decidir não respondê-la. Pergunte.

— Uma das primeiras coisas que você nos disse hoje, sobre não saber se nos encontraria ou não, foi... Bem, você disse algumas coisas, na verdade, que vêm me incomodando desde então, mas começou falando que poucos homens são dignos de confiança nos dias de hoje e que achou que a historinha de André sobre o nariz dele podia ter sido usada como uma isca para atraí-lo para fora do esconderijo.

— Está correto. Então, o que você quer me perguntar?

Harry piscou os olhos, parecendo perplexo, e atirou as mãos para o alto em exasperação.

— Você é um monge, como eu, como André aqui. Nós todos somos templários, e isso significa que, tirando nossas proezas contra o inimigo, temos pouco com que causar preocupação ou inveja entre nossos companheiros, que são todos tão pobres quanto nós, tendo assumido os mesmos votos. Você dizia que seus companheiros templários lhe desejam o mal? E, se não são eles, então quem? Espere, espere... — Ele diminuiu a marcha deliberadamente e depois retomou. — O que eu estou perguntando, mestre Sinclair, é por que um cavaleiro honrado como você, um veterano com anos de serviço aqui, deveria ter tanto temer dos seus iguais a ponto de sentir necessidade de viver só e escondido. Essa é a minha pergunta.

André havia ficado em silêncio durante tudo isso e não fez nenhum esforço para interromper quando seu primo fungou e cutucou delicadamente a ponta do nariz com a unha de um dedo mínimo.

— Não há uma resposta curta para essa pergunta, Harry — disse ele, por fim. — Sim, há alguns entre meus companheiros templários que, se não me desejam o mal, certamente não me desejam o bem... E há outros que compartilham das preocupações deles, de suas opiniões e de sua desaprovação a mim. Mas nem todos neste exército são monges que juraram pobreza e não têm ambições, e, quer você prefira acreditar ou não, eu tenho razões excelentes e defensáveis para viver só e escondido... Isso não é algo muito afastado do modo de vida que escolhemos, se você parar e refletir, Harry. Eu vivo sozinho, por isso acho que estou livre de tentações na maior parte do tempo. Também vivo de maneira muito simples, alimentando-me do que consigo pegar, trocar ou, com pouca frequência, cultivar, e tenho tempo de sobra para as orações e a contemplação do vale de lágrimas em que vivemos... Eu vivo, de fato, menos como um monge do que como um anacoreta... ou mesmo um eremita.

Ele ficou em silêncio então, e ninguém mais tentou falar.

Por algum tempo depois disso não havia nada para ouvir além do tropel dos cascos e o ranger das selas de couro, e St. Clair surpreendeu-se pensando sobre a ausência dos sons de arreios metálicos. Nenhum dos cavaleiros usava arreios de metal. Essa foi uma das primeiras coisas que ele reparou ao chegar. Sons viajavam longe no ar do deserto, e muitos cavaleiros haviam morrido inutilmente nos primeiros dias da conquista por causa de um arreio tilintante. André foi trazido de volta à consciência pelo som de seu primo pigarreando antes de começar a falar novamente.

— Muitos dos problemas que eu tive no passado recente surgiram do fato de eu ter sido aprisionado pelos sarracenos. Você deve ter ouvido alguma menção a isso antes. Na verdade, eu próprio mencionei, não foi?

— Sim. — André balançou a cabeça.

— Bem, colocado de maneira simples, essa é a fonte dos meus problemas.

— Seu cativeiro... Perdoe-me, mas eu devo ter entendido mal; como pode o fato de você ter sido um cativo causar-lhe problemas agora? Você se converteu ao islamismo? — André estava meio brincando, mas forçou-se a parecer perturbado ainda assim, e Alec sorriu e fez que não com a cabeça.

— Não, eu não me converti... não totalmente... mas fiz algo quase tão repreensível. Eu gostei de alguns aspectos do meu cativeiro.

A perturbação de André se intensificou, e ele olhou de lado para Harry, como se quisesse ter certeza de que o outro estava ouvindo a mesma coisa.

— Você gostou? Do seu cativeiro?

— De *aspectos* dele.

— Que aspectos teriam sido?

— As pessoas, por um lado, os sarracenos comuns, aldeões, mulheres, crianças e velhos. Sempre que nós, francos, pensamos neles... e raramente o fazemos, porque nossa atenção está tomada pelos homens, os guerreiros... pensamos como nômades, homens errantes sem lares permanentes. Mas nem todos eles são nômades. A vila em que eu fui mantido é próspera, à sua maneira, e a tribo vive lá desde os dias do avô do emir local, criando cabras e semeando em quantidade suficiente, no curso normal das coisas, para se manter vivos e produzir um pequeno excedente para o comércio. Mas sua vila foi construída sobre uma nascente subterrânea de água, e eles têm muitas tamareiras, e essa era a fonte de sua prosperidade e permanência. Uma vez que me acostumei a estar lá, incapaz de fugir, vi-me gostando cada vez mais deles. Eu entendia e falava a sua língua, embora nenhum deles soubesse disso, mas tal coisa me ajudou muito a entender quem eles eram e como viviam.

"Eu era um prisioneiro, e, portanto, eles naturalmente me puseram para trabalhar, trabalho escravo em sua maior parte, embora diferisse pouco do trabalho deles. Todo mundo naquela vila trabalha de algum modo, pois não há espaço para corpos improdutivos. Vigiavam-me de perto no início... desconfiados e hostis, e provavelmente com medo que eu pudesse ficar louco e assassinar todos eles numa noite qualquer, enquanto dormissem e seus homens estivessem ausentes pela guerra. Mas conforme o tempo passava e eles viam que eu trabalhava bem e não era ameaça para ninguém, começaram a demonstrar pequenas gentilezas: uma tigela extra de caldo ou uma porção adicional de pão ou homus. Um dos velhos, a quem eu uma vez ajudei voluntariamente a transportar uma carga pesada, entalhou-me um travesseiro de madeira para meu uso pessoal. E então, quando o tempo me pareceu apropriado, eu me permiti "aprender" a língua deles, repetindo palavras selecionadas em voz alta e com muita cautela, fazendo grande esforço para pronunciá-las corretamente, ainda que soando de forma ligeiramente forasteira.

"Senti-me um tanto culpado, recordo-me, pois todos eles ficavam maravilhados com meus esforços, e particularmente com o fato de que eu ao menos tentasse aprender sua língua. Mas eles eram muito prestativos, e no espaço de vários meses eu fui capaz de conversar com eles.

Tive de ser cuidadoso, de início, para não me trair por 'aprender' demais, muito rapidamente, mas tal disciplina provou-se benéfica, e logo eu podia tagarelar sobre a maioria das coisas, embora eu defendesse que não sabia absolutamente nada sobre o Corão. Eu era um *ferenghi*, afinal, um estrangeiro e um cristão. E então, finalmente, eu fui libertado e retornei para cá, para Acre. E foi aqui que pela primeira vez encontrei problemas.

Foi a vez de Harry virar-se para fazer uma pergunta.

— Como? Por quê? O que você fez?

— Nada de mais. Eu nunca fui muito de falar, por isso eu ouvia enquanto os outros falavam; e desagradei-me com algo que ouvi... com a maior parte, na verdade... e disse isso... E cada palavra que eu falei foi tomada, repetida e distorcida até ficar irreconhecível... e então atirada de volta contra mim na forma de acusações. Eles disseram que eu fora subvertido pelo inimigo; que eu era um amante dos sarracenos; que eu não era mais digno de confiança e devia ser posto em quarentena, isolado dos cristãos decentes que poderiam ser influenciados e subornados por minhas crenças heréticas.

— Heréticas? Essa palavra foi usada, herege?

Sinclair deu um gemido de desgosto, mas então rosnou:

— É claro que foi usada. Mas o imbecil que a usou nem mesmo sabe o que isso significa... sabia apenas que a ouvira ser usada de modo a causar impressão por algum padre raivoso que estava decidido a assustar alguém. Você sabe ler, Harry? Você sabe escrever?

Harry mudou de expressão.

— Sim, eu sei escrever o meu nome, Harry Douglas, e posso lê-lo também. Mas não muito mais do que isso.

— Então você está em melhor situação do que cada outros cem dos seus companheiros. André aqui lê e escreve, eu sei, porque já sabia fazer as duas coisas quando o encontrei pela primeira vez, e ele não tinha mais de 10 anos de idade. Mas André é incomum quanto a isso, para alguém que não seja um homem da Igreja. A maioria dos cavaleiros não sabe ler. Nem um em cada cem deles pode ser considerado letrado.

Ele fez uma pausa por apenas um momento — e quando continuou, seu tom assumiu uma cadência oratória, adotada deliberadamente, de modo que, à medida que continuava a falar, sua voz aumentava em volume e articulação, até Sinclair estar declamando, suas palavras soando por sobre as orelhas apontadas de seu cavalo.

— Cavaleiros não têm necessidade de ler nem de escrever. Eles não têm tempo a perder com tais coisas. Eles são educados apenas em técnicas de guerra e de luta e não saberão mais nada durante toda a vida. E, ainda que sejam homens, são estúpidos demais para reconhecer ou aceitar a apavorante vastidão de sua ignorância, razão pela qual, na esperança de parecerem sábios e aparentarem inteligência, eles citam, e citam errado, os que são melhores do que eles e, muito frequente e infelizmente, também citam os seus obtusos pares, que infectam o ar com os arrotos vazios de sentido de sua ignorância belicosa citada equivocadamente pelos tolos e ignorantes. Essa é a grandiosa totalidade, a suma contribuição às nossas existências, da maioria dos homens que compõem este exército. E, posicionados acima destes, somos solicitados a acreditar, estão os melhores entre eles... os formadores de opinião militar e artífices da crença. Mas, tristemente, eles também são cavaleiros em sua maior parte, não mais bem informados ou educados que seus subalternos.

Ele parou, dramaticamente, e retomou numa voz muito mais calma e mortalmente séria.

— Então vieram os clérigos, depois de todos os outros, mas poderosos além da crença; os sacerdotes... os eclesiásticos... os chamados Homens de Deus. Mais do que todos os outros combinados, estes, eu creio, são os verdadeiros malfeitores do nosso tempo... sua ignorância é de outra ordem: malignos, opressores e tirânicos, eles são consumidos por seu próprio orgulho e com demasiada frequência são tão tragicamente cegos e intolerantes quanto o mais ignorante dos seus seguidores.

Harry Douglas olhava para Sinclair com olhos arregalados e tomados de assombro, sua boca ligeiramente aberta como se estivesse prestes a falar mas não pudesse mover a mandíbula, o que durante vários momentos era exatamente a verdade. Mas então ele recuperou o domínio de sua língua e conseguiu dizer:

— Você lhes disse isso? Você disse isso aos padres?

O início de um sorriso repuxou o canto da boca de Alec, mas ele objetou.

— Não, eu não fiz tal coisa. Você acha que eu sou doido? A única coisa que fiz foi observar em voz alta que, tendo vivido durante anos entre os inimigos, eu nunca havia visto nenhum deles comer carne humana, fornicar de maneira inatural com animais ou associar-se voluntariamente a demônios com o objetivo de conjurar derrotas mágicas para os exércitos cristãos sob suas mãos. Eu disse que os sarracenos eram, de muitas maneiras surpreendentes e esclarecedoras, notavelmente semelhantes ao povo de nossa própria terra, ao amarem suas crianças e honrarem seus idosos, cumprirem seus deveres cívicos, produzirem divisas para seus governantes e voluntariamente deixarem suas famílias e partirem para a guerra quando chamados. E tendo dito isso, recusei-me a mudar minhas opiniões e meu testemunho. — Ele deu de ombros. — Isso foi suficiente para ultrajá-los e fazer com que me excluíssem do convívio da minha sociedade supostamente civilizada. E por isso eu parti, quase três meses atrás.

— Você gostaria de retornar agora, conosco?

Outro encolher de ombros.

— Não, acho que não. Eu já estou sozinho há quase tanto tempo quanto permaneci em campo depois de meu retorno... e descobri que prefiro assim... Além disso, não estou completamente só, não o tempo todo. Eu tenho amigos que me visitam de tempos em tempos. — Ele olhou em torno. — Vejam, nós já saímos. Isso sempre me surpreende, a velocidade da mudança.

Isso era verdade, eles haviam cavalgado abruptamente para fora do campo de pedras e agora estavam em pleno deserto de solo arenoso, escassamente pontilhado por arbustos ressecados e mortos havia muito tempo, entre os quais os maiores pedregulhos visíveis mal chegavam ao tamanho de um polegar humano. À frente deles, então, talvez à distância de uma milha, a areia começava a se inclinar para o alto em dunas, mas naquele ponto não havia nada abaixo deles além de terra e argila arenosa, e às suas costas uma linha reta, quase um muro sólido, de blocos de rocha, parecendo construídos pelo homem por seu aspecto regular e pela retidão da linha de demarcação. St. Clair sentiu-se subitamente exposto e vulnerável, altamente atento à vastidão que o cercava, e involuntariamente ficou mais ereto em sua sela, deixando sua mão esquerda descer até o cabo de sua espada e esticando a perna esquerda para a frente até tocar o escudo que pendia do cepilho de sua sela. Ao seu lado, precisamente no mesmo momento, Harry Douglas fez o mesmo, e Alec Sinclair sorriu consigo mesmo, olhou para a frente, para o ponto onde as dunas distantes pareciam uma nuvem baixa no horizonte, agitou suas rédeas e fez com que sua montaria disparasse a meio-galope.

Atrás dele, Harry Douglas esporeou seu cavalo para alcançá-lo e, enquanto se alinhava a ele, seguido por André, gritou:

— Por que você tem tanta aversão a bispos e padres? Quero dizer, eu próprio não tenho uma grande opinião sobre eles, mas você realmente parece detestá-los.

Sinclair mal dirigiu o olhar para Harry quando gritou em resposta:

— Você me julga mal. Eu não falei nada sobre bispos e padres. Eu disse Homens de Deus... Isso é muito mais complexo que padres e bispos.

Harry puxou as rédeas inesperadamente e parou com o cenho franzido de perplexidade até que os outros dois detiveram suas montarias e cavalgaram de volta até onde ele estava.

— Como pode ser isso? Qual é a diferença? — perguntou Harry quando eles chegaram, e Sinclair sacudiu a cabeça, sorrindo mais de remorso que de divertimento e sem tentar fazer com que seu cavalo se virasse novamente, de modo que os três se posicionaram num triângulo de homens montados, a cabeça de seus animais formando o ponto central.

— Você já viu um formigueiro, Harry? Um formigueiro desfeito? É um cenário de caos, com milhares de formigas correndo desesperadamente para todo lado, tentando salvar e resgatar todas as coisas que sentem que são importantes. Você concorda?

— Sim. Sei a que você se refere.

— As pessoas são como formigas. Elas são criaturas sociais, e há certas coisas de que elas necessitam, e certas coisas que elas chegarão a qualquer extremo para alcançar. E de todas essas coisas, uma das mais importantes é o senso de ordem e desígnio. Isso faz parte da natureza humana... uma necessidade premente de ter ordem e desígnio. Isso se aplica a tudo o que fazemos. E em nenhuma outra coisa isso é tão verdadeiro quanto na adoração a Deus. Deus pode ser onisciente e todo-poderoso, mas Seus interesses neste mundo são governados e organizados por homens, e tem sido sempre assim. No princípio era Deus, e quando o primeiro homem teve consciência Dele, o primeiro sacerdote deu um passo adiante para interpretar o Uno para os demais. Pode ser que a mão estendida do sacerdote tenha sido fortuita, mas desse dia em diante todos os sacerdotes têm subsistido da generosidade das pessoas comuns.

"Na segurança de nossos lares na França e na Inglaterra, nós tendemos a pensar nos Homens de Deus unicamente em termos do papa e seus arcebispos, seus bispos e seus padres. Poucos de nós já pararam para pensar que no Oriente, em Constantinopla, há outra Igreja, também cristã, mas diferente da que há em Roma, ainda que organizada e governada por sacerdotes como aqueles de Roma. Catolicismo romano e cristianismo ortodoxo... o mesmo Deus, em praticamente todos os sentidos, mas diferente em cada reino, porque os Homens de Deus que governam as duas Igrejas diferem em suas crenças e em suas interpretações da vontade e dos propósitos de Deus. Portanto, nós temos amigos cristãos e supostos aliados, que adoram um só Deus, mas matam uns aos outros por diferenças no que cada um deles acredita ser a Verdade, de acordo com os Homens de Deus nos quais procuram orientação. Deus é piedoso, é o que nos ensinam, mas os Homens de Deus não precisam ser: a missão deles é converter o mundo às suas crenças particulares...

Ele ficou em silêncio por um momento então, olhando para seus ouvintes, e acrescentou:

— Isso vale para o cristianismo e sua suposta unidade. Mas olhem também para o islamismo. Ele é diferente? Não, não é, não no sentido em que estou falando, pois também é governado pelos Homens de Deus. Eles chamam a si próprios de imãs, mulás e uma variedade de outros nomes, mas são padres e bispos de todas as maneiras que nós reconheceríamos, no sentido de que buscam controlar a mente e o comportamento dos homens durante toda a vida e sobrevivem da boa vontade e da prosperidade das pessoas comuns. E mesmo eles, desde o início, têm abrigado divergências em sua luta por poder. Nem bem o profeta Maomé foi declarado morto e seus seguidores começaram a brigar sobre quem o sucederia e controlaria o poder do Islã. E marquem essa palavra, *controlar*... é notável com quanta frequência vocês a verão aflorar, em se tratando dos Homens de Deus.

"De modo que hoje, no interior do Islã, há muçulmanos xiitas e sunitas, cada um deles cortando a garganta do outro na primeira oportunidade, todos convencidos, porque seus Homens de Deus insistem que tem de ser assim, que Alá é grande, assim como Maomé é seu Profeta, mas que os outros, sejam eles sunitas ou xiitas, adulteraram a vontade de Deus e se tornaram o inimigo, para ser amaldiçoado e obliterado pelo sagrado nome de Deus. Muçulmanos xiitas e muçulmanos sunitas; católicos romanos e cristãos ortodoxos... intolerância, ciúmes e derramamento aterrorizante de sangue entrincheirados entre todos os quatro, e quatro pescoços curvados sob os tacões dos Homens de Deus. Vocês gostariam de ouvir mais sobre o que eu acredito ou eu já falei o suficiente para incitá-los, talvez, a pensar por conta própria? — Ele olhou para o rosto de ambos, um a um. — É o bastante? Excelente. Nós três podemos nos encontrar novamente ou não, mas, se algum dia nos encontrarmos, eu lhes pediria que evitassem direcionar meus pensamentos novamente para os doces Homens de Deus. Vamos seguir adiante? Ainda estamos longe do fim da jornada.

No dia seguinte, tendo encontrado Alex Sinclair e completado a primeira parte de sua missão, André convenceu seu novo amigo Harry Douglas a levá-lo numa turnê pelos trabalhos do cerco, que eram enormes, longe e além de tudo o que St. Clair havia esperado ou imaginado. Nos dez dias que haviam se passado desde a sua chegada, ele vira pequenas partes e seções de várias atividades, mas todo o seu foco de interesse durante sua primeira semana em Outremer havia sido rastrear e encontrar seu primo errante, de modo que realmente não tivera tempo para olhar em volta e observar as condições em vigor ali. Mas agora ele estava assombrado pela amplitude das atividades.

Acre estava sitiada havia dois anos, e o assalto à cidade há muito havia perdido toda a sua excitação e impulso inicial, acomodando-se numa rotina opressiva e nos prolongados períodos de tédio comuns a todas as formas estáticas de operação militar, apenas com breves e terríveis choques ocorrendo ocasionalmente entre as duas forças opostas. E a extensão dos trabalhos de sítio era tão vasta que ele tinha grande dificuldade para compreender a complexidade das estratégias envolvidas de ambos os lados. Acre, em si, agora mantida por um obstinado destacamento misto de guerreiros sarracenos, era um dos mais antigos portos da Palestina. Construída para a prosperidade pelos fenícios centenas de anos antes, ela havia desenvolvido uma comunidade poliglota e extremamente abastada, atraindo mercadores e navios mercantes de todo o mundo, e antes de sua tomada por Saladino, em 1187 d.C., era renomada como um dos mais notórios entre todos os locais de prazeres.

Sob o governo das leis muçulmanas, tudo isso mudou. As casas de prazer desapareceram da noite para o dia, as igrejas cristãs foram despidas de suas cruzes e sinos e as mesquitas da cidade foram restauradas e reabertas, mas o exército sarraceno conquistador imediatamente voltou sua atenção principal para o fortalecimento dos muros e defesas da cidade, e já havia quatro anos que esse trabalho estava em andamento.

Então, quando o exército franco original chegou, dois anos depois, sob o comando de Guy de Lusignan, um novo impulso se estabeleceu. As frotas cristãs, compostas principalmente por navios de combate provenientes de Gênova e Pisa, que eclipsaram os *dhows** e as galés árabes, imediatamente assumiram o comando dos mares que cercavam a cidade e estabeleceram um bloqueio naval, e coube a Guy e seu pequeno exército bloquear o lado da cidade voltado para a terra, um empreendimento mais fácil de ser descrito do que alcançado.

A cidade de Acre tinha um formato vagamente triangular e era construída sobre um promontório em forma de gancho, com seu eixo norte-sul inclinado ligeiramente para nordeste e sudoeste, de modo que o mar a confrontava pelo oeste e pelo sul, e ostentava tanto um porto interno quanto um externo, o interno defendido por uma gigantesca corrente que

* Os *dhows* eram embarcações árabes de velas triangulares e popa elevada, semelhantes a caravelas, porém com castelo de popa pequeno, muito ágeis e de grande manobrabilidade, mas com limitado poder de combate. (*N. do T.*)

podia ser levantada contra navios de chegada. Pelo lado terrestre, a cidade era protegida por um colar de altos muros paralelos reforçados por barbacãs e torres, as últimas posicionadas suficientemente próximas para permitir que um contundente fogo cruzado fosse lançado para baixo contra qualquer atacante. Esses muros, com suas torres e barbacãs, haviam sido construídos pelos templários e pelos hospitalários, cuja presença na cidade nos anos anteriores à batalha de Hattin era ubíqua. Nos primeiros dias de cerco, os atacantes francos foram apreciar quão bem os muros haviam sido construídos e rapidamente aprenderam a loucura de uma tentativa de travar combate contra o inimigo atacando-o diretamente. Em vez disso, montaram suas máquinas de sítio e suas catapultas e concentraram todo o seu poder de fogo mais pesado no que foi avaliado como o ponto mais forte porém mais vulnerável das muralhas, um canto em ângulo reto na protuberância nordeste, controlada por uma alta torre conhecida como a Torre Amaldiçoada. Estabelecidos para o cerco, no entanto, eles tinham plena consciência de que suas costas eram vulneráveis, toda a sua retaguarda exposta a ataque caso o sultão trouxesse seus exércitos para socorrer Acre.

Foi a essa altura, explicou Douglas a St. Clair, que o "fosso" foi concebido, e por mais de um ano os latinos trabalharam para construir uma enorme trincheira fortificada que se estendia 2 milhas terra adentro a partir do mar e isolava a cidade de qualquer ajuda pelo lado terrestre. O exército de Saladino começou a chegar aos poucos depois disso, mas seus homens foram incapazes de impor desafio aos sitiantes latinos, que permaneceram dentro da segurança de seu fosso, atacando Acre por um lado e defendendo-se do ataque de Saladino pelo outro. Mas Saladino estabeleceu seu próprio bloqueio, no lado da trincheira que dava para a terra, estabelecendo uma presença numerosa ao longo de uma linha de 3 milhas que efetivamente cerceava a maior parte dos esforços francos para trazer suprimentos. Apenas ocasionalmente eles podiam desembarcar suprimentos pelo mar, pois seu canal tinha uma interseção muito rasa com a praia, e as forças sarracenas concentradas ali estavam constantemente em alerta contra tentativas de trazer materiais para terra clandestinamente. Comida e suprimentos conseguiam infiltrar-se de tempos em tempos, mas nunca em quantidade suficiente, nem com frequência satisfatória. Nos últimos meses, porém, de acordo com Harry Douglas, cada vez mais reforços haviam começado a verter de todas as terras da Cristandade para inchar as fileiras dos sitiantes, e os cristãos sabiam que a guarnição da cidade estava faminta e não conseguiria resistir por muito mais tempo.

E então, no dia 20 de abril de 1191, Filipe Augusto de França aportou em Acre e assumiu o controle integral do cerco, que era de seu sobrinho, Henrique de Champagne. Ele rapidamente estabeleceu seu posto de comando francês diante da Torre Amaldiçoada e acrescentou suas próprias máquinas de sítio à pesada concentração de catapultas, trabucos e manganelas já posicionadas ali, fortificando suas próprias peças de artilharia com bastiões feitos de ferro e pedra.

Naquele dia, após terem escalado até o ponto mais alto da fortificação defensiva do fosso, de frente para Acre, os dois cavaleiros ficaram observando as catapultas francesas impiedosamente lançando blocos de rocha do tamanho de cavalos contra os muros da Torre Amaldiçoada — assim chamada, disse Harry, porque a lenda dizia que as trinta peças de prata usadas para pagar Judas Iscariotes haviam sido cunhadas ali. Porém algo mais atraiu a atenção de St. Clair, e ele olhou para aquilo por vários momentos antes de dizer qualquer coisa. Era um dispositivo de aspecto estranho, uma espécie de cilindro longo, exceto pelo fato de que havia sido cortado ao meio e depositado longitudinalmente sobre o chão, com sua extremidade mais distante bem instalada de encontro à parede da torre que se erguia acima dele.

— O que é aquela coisa lá adiante? — perguntou ele, apontando para aquilo.

Harry apertou os olhos, sem saber exatamente a que ele se referia de início, mas depois pigarreou.

— Ah, aquilo. Aquilo é o que chamam de gato.

— Um gato. Obviamente é algum tipo de máquina de sítio. Mas o que ela faz?

— Você não sabe o que é um gato? Você nunca viu um antes? Eles existem desde os dias dos césares, de uma forma ou de outra.

André negou com um movimento de cabeça.

— Eu ouvi falar deles, mas nunca havia visto um. Este é o meu primeiro cerco.

— Bem, ele funciona como as velhas formações em tartaruga que os romanos usavam para se defender contra saraivadas de flechas em trajetória descendente. Essa coisa é um meio-cilindro encouraçado, montado sobre rodas... você pode vê-las ao longo da parte de baixo se olhar com bastante atenção. A superfície superior é de metal liso, forte o bastante para repelir qualquer coisa atirada ou largada sobre ele, incluindo fogo grego... Do lado de dentro, sob o abrigo, grupos de sapadores movem-no até sua posição, bem de encontro à muralha, e depois eles cavam por baixo e para dentro, minando os muros.

— Isso funciona?

Harry deu de ombros.

— Em teoria, sim, e eu o vi funcionar várias vezes no passado, mas não aqui. Essas pessoas estão escavando ali embaixo há meses, desde muito antes de Filipe chegar, e até este momento foram tudo, menos bem-sucedidas.

— Humm.

St. Clair voltou-se e olhou para a direita, onde o estandarte real da França pendia frouxamente acima do pavilhão de Filipe. Nada se movia ali, e não havia sinais de que o rei pudesse estar em sua residência, embora a presença do estandarte indicasse que sim.

— Isso me faz lembrar — disse ele — que Guy de Lusignan chegou a Chipre poucos dias antes de eu partir. Levava um número substancial de cavaleiros e nobres consigo, mas estava bastante descontente com Filipe.

— Posso imaginar.

— Pode? Então me conte por quê. Alguns dos cavaleiros dele me disseram que Filipe optou por apoiar Conrad contra ele neste assunto do Reino de Jerusalém. Eu sei que essa notícia desagradou Ricardo e seus apoiadores, mas tinha minhas mãos ocupadas naquele momento... eu estava sendo investido na Ordem... e não tive tempo nem oportunidade para explorar o que acontecia. O que você sabe a respeito?

— Não muito. Eu estava aqui durante a ocorrência, mas, não sendo íntimo de nenhum dos jogadores principais, sei pouco sobre o que estava envolvido, além das conversas comuns de caserna e das opiniões de alguns cavaleiros a quem respeito. — Douglas fez uma pausa, avaliando algo, depois retomou. — Você sabe, eu presumo, que a reivindicação do trono por Guy se deveu ao casamento dele com Sibila? Muito bem. Quando Sibila morreu, o reinado de Guy morreu com ela... Oh, Guy vem se agarrando a ele desde então em nome de toda a sua dignidade... e ele é, se pararmos para pensar nisso, a única coisa de que Guy é digno... Mas a verdade nua é que Guy realmente já não pode mais chamar a si próprio de rei, pois o próximo herdeiro na linhagem legal é a irmã de Sibila, Isabela, e esta é casada há anos com um homem a quem já poderia ter nomeado rei, de modo razoavelmente legal, caso estivesse inclinada a isso. Humphrey de Toron. O nome significa alguma coisa para você? — Quando St. Clair negou com um gesto de cabeça, ele continuou. — Bem, ele era enteado de Reynald de Chatillon.

— Ah!!! Agora há um nome que eu reconheço. Aquele que Saladino decapitou? Chamavam-no de o Pirata Templário?

— Esse mesmo. Saladino decapitou-o pessoalmente, por uma causa justa e há muito retardada. O homem era uma desgraça para tudo o que o Templo supostamente deve defender... Reynald de Chatillon.

— Então o enteado dele está para se tornar rei de Jerusalém?

— Por Deus, não. Que os céus nos protejam disso. O homem é uma desgraça maior do que Reynald sempre foi. Ele é um inútil, um poltrão covarde já desgraçado várias vezes e acima de tudo é um homossexual ultrajantemente assumido, o que pode ser ignorado em praticamente qualquer outra pessoa, mas demanda atenção em alguém que é casado com uma rainha no trono.

— Oh... — André decidiu não dizer nada sobre o que passou por sua mente, sobre outro homem casado com uma rainha em situação similar, e contentou-se em perguntar: — E esse homem é casado com a rainha Isabela?

— Não, ele *era* casado com a rainha Isabela até muito recentemente. Conrad de Montferrat cuidou disso. Eu não sei como ele conseguiu ou o que isso lhe custou... ele deve ter precisado escavar fundo na sua bolsa, mas fez com que o casamento fosse anulado. Como era um casamento real, deve ter havido substanciais e elaboradas propinas envolvidas... embora alguém tivesse de se perguntar onde Conrad poderia ter encontrado padres e bispos corruptos em número suficiente para alcançar tal coisa... — Ele esperou para ver se André responderia ao seu sarcasmo, mas quando St. Clair não demonstrou reação alguma, ele continuou. — Mas seja lá o que tenha custado, ele conseguiu isso com rapidez e eficiência. A indiscrição e a má conduta pública de Humphrey eram tão notórias que não foi surpresa para ninguém quando ele finalmente foi chamado a prestar contas por elas e seu casamento foi anulado. Portanto, Humphrey de Toron não é mais casado com a rainha de Jerusalém, e Conrad de Montferrat será, tão brevemente quanto isso puder ser arranjado e posto em prática.

— Ah, e eu presumo que Guy deve ter sabido disso antes de partir em busca de Ricardo, certo?

Douglas deixou a cabeça pender.

— Foi isso que o motivou a ir. A notícia chegou logo depois do meio-dia de uma sexta-feira, e Guy partiu daqui, com todos os seus seguidores, no amanhecer de sábado. Eles se dirigiram para a costa e obviamente encontraram uma galé para transportá-los.

— Eles encontraram três e não tardaram a procurar Chipre. E então, o que está acontecendo agora com esse casamento pendente, você sabe?

— Como eu poderia saber isso? Eu sou um monge, André, um templário, como você. Potentados e reis não me consultam para tomar suas decisões.

— Bem, e o que os seus amigos dizem? É um assunto suculento, ótimo para especulações. Certamente você deve ter ouvido algo.

— Nada, exceto que ele ainda não aconteceu. Os dois amantes não têm sido capazes de coordenar suas viagens e seus deveres... e parece que ambos devem estar presentes para que o casamento aconteça.

— Não, isso não é verdade. Não quando a Igreja está envolvida. Poderia ser feito por procuração, caso os sacerdotes oficiantes fossem suficientemente poderosos. E o patriarca de Jerusalém, que deveria celebrar tal matrimônio, poderia fazê-lo. Conrad é do rito oriental, eu sei. Presumo que a rainha Isabela também seja... — Ele suspirou fundo e sacudiu a cabeça. — Eu vou ter de descobrir mais sobre esse assunto, pois ele parece mais urgente do que eu teria pensado um mês atrás. — Ele olhou em volta novamente e depois segurou o amigo pelo ombro. — Obrigado por isso, Harry, por me trazer até aqui, mas agora eu devo retornar ao acampamento. Há algumas pessoas com quem eu preciso falar.

André não mencionou que um deles era o comandante superior no comando dos templários, bem como não acrescentou que suas credenciais atuais eram suficientemente impressionantes para assegurar a cooperação do comandante, mas Harry já havia dado as costas e começado a caminhar de volta, satisfeito com a explicação que lhe havia sido dada.

Uma semana se passou, durante a qual André não teve nenhuma notícia do primo, mas ele se manteve ocupado com escaramuças menores e pouco frequentes que faziam com que ele e seus confrades tivessem de patrulhar vários pontos ao longo dos muros de Acre. Então, numa manhã, logo depois das matinas, quando se encaminhava para o refeitório para um desjejum de água, nozes picadas e grãos, alguém fechou uma das mãos sobre seu ombro direito e ele girou o corpo para descobrir Sinclair ao seu lado. Abriu a boca para falar, mas seu primo fechou o cenho e interrompeu-o com um gesto.

— Você e eu temos de conversar... e agora, e eu não desejo me sentar com o tipo de companhia que provavelmente encontraremos onde você iria. Por isso, venha comigo, e nós vamos encontrar um cavalo para você. Eu tenho comida suficiente para nós dois, e quanto antes sairmos daqui, mais satisfeito eu vou ficar.

André seguiu Alec sem dizer palavra, ciente de que diversos homens em volta deles lançavam olhares descontentes para Sinclair, mas mesmo tentando evitar chamar a atenção, caminhando com os olhos grudados no chão, eles não conseguiram escapar despercebidos. Alguém ergueu a voz num apupo, anunciando que havia um amante de sarracenos entre eles, e numa questão de momentos os dois primos caminhavam numa tempestade de injúrias verbais. André, por reflexo, levou a mão à empunhadura de sua espada, mas Sinclair segurou seu cotovelo, dizendo-lhe para continuar andando, sem olhar para ninguém e sem dizer nada. E isso funcionou por um breve período, até que um sujeito musculoso como um boi deliberadamente se pôs na frente deles e avançou pesadamente de encontro a Alec, voltando seu ombro contra ele. André vira que o homem estava se aproximando e enrijecera o corpo ao perceber o que o outro pretendia, mas, antes que pudesse fazer qualquer coisa para intervir, Alec afastou-o para o lado com seu braço enrijecido, desequilibrando-o por um momento, e recebeu toda a força do encontrão do ombro do outro homem sobre o seu próprio ombro, tão bem preparado com antecipação que mal balançou com o impacto. Depois ele girou para trás e afastou-se, erguendo ambas as mãos num gesto conciliador, como se a colisão tivesse sido sua culpa.

— Perdoe-me, irmão — disse ele, com ambas as mãos ainda levantadas.

O outro homem piscou os olhos de surpresa e depois seu rosto se anuviou em fúria.

— Não me chame de "irmão" — rosnou ele, contraindo-se e dando um passo à frente, com os braços estendidos como um lutador. A última coisa que esperava naquele momento era a velocidade que encontrou. As mãos de Alec Sinclair dispararam para a frente e agarraram o grosseirão pelo peito de sua sobrecota, puxando-o fortemente para a frente e desequilibrando-o para chocar seu nariz contra a orla de aço plano do elmo de Sinclair, que o impeliu frontalmente. Então ele imediatamente libertou o homem, deixando que ele recuasse em agonia, com ambas as mãos levadas ao rosto espancado, enquanto Alec rapidamente dava um passo atrás para um segundo tempo, levantando o joelho até o peito e girando ligeiramente para desferir um chute violento, com o qual atingiu o diafragma do outro homem logo abaixo da crista das costelas com seu calcanhar calçado de bota, fazendo pouco dos poderes protetores da armadura de cota de malha que o outro usava.

André ficou parado com a boca aberta diante da rapidez da punição, mas então se recompôs e lançou um olhar defensivo à sua volta, apenas para ver que todos os demais pareciam estar tão chocados pela violência quanto ele próprio. Eles eram todos templários e monges, e violência contra um irmão era algo impensável e inescrupuloso. Xingar era uma coisa — e aparentemente aceitável —, mas violência física contra um irmão era uma violação da regra do Templo e punha em perigo a alma imortal. E, no entanto, sir Alexander Sinclair havia sido provocado e atacado. Somente quando ameaçado com um ataque mais sério ele havia reagido, e o fato de que o tivesse feito de maneira tão breve, eficiente e determinada não passou despercebido.

Dessa vez, ninguém se manifestou para interferir quando os dois se afastaram em direção às fileiras de cavalos, e nem André nem Alec dirigiram uma só palavra um ao outro até haverem resgatado o cavalo de Alec e mais um para André e terem cavalgado em sentido oblíquo dunas adentro para sudeste dos trabalhos de cerco, permanecendo próximos o bastante de suas próprias linhas para proporcionar-lhes uma certeza razoável de que estariam a salvo de patrulhas sarracenas, ainda que afastando completamente a ameaça de serem interrompidos pelos outros.

— Por que todos eles o detestam tanto?

Por um momento, St. Clair pensou que seu primo não iria responder, mas Alec estava apenas olhando os arredores, analisando a situação.

— Aqui já está bom — murmurou ele quase para si próprio, começando a dispor comida e bebida no chão. Abriu um buraco com o pé na parte lateral de um banco de areia, grande o bastante para acomodar seus quadris e permitir que pudesse se sentar confortavelmente com a parte inferior das costas apoiada na encosta ascendente do banco de areia, e assim que André viu o que ele estava fazendo, fez o mesmo. Alec, então, foi até seus alforjes, retirou alguns fardos embrulhados, retornou e estendeu um tecido simples na areia entre seus assentos, sobre o qual colocou um pão de aspecto surpreendentemente fresco, algumas fatias de carne fria que parecia cabrito ou carneiro, um embrulho com sal e uma pequena jarra firmemente selada de azeitonas em óleo temperado, além de um frasco com água. — Eles me detestam porque têm medo — disse ele, por fim. — Medo do que eu possa ter feito, do que eu possa ter aprendido, do que eu possa saber... ou mesmo do que eu possa não saber. Eles não carecem de coisas para temer.

— Mas eles são monges, Alec, homens de Deus. — Isso lhe valeu um rápido olhar de lado, cheio de ceticismo, e por isso André corou imediatamente, lembrando-se da discussão anterior entre eles. — Bem, você sabe o que eu quero dizer. Eles deveriam ter consciência suficiente para não duvidar de um irmão com base em simples falatórios.

Alec olhou-o com surpresa.

— Essa é a primeira coisa verdadeiramente estúpida que eu ouço você dizer desde sua chegada, primo. *Eles deveriam ter consciência...* Como eles poderiam ter consciência? Eles não têm meios de aprender o contrário e ninguém está disposto a ensiná-los de maneira diferente. Esses homens são monges apenas no nome, André. Você sabe disso. E estão longe de ser o que eu chamo de Homens de Deus... e por causa disso sua observância do código monástico limita-se a fazer orações dia e noite e murmurar intermináveis pais-nossos entre elas. A maioria desses homens acredita que sua salvação depende inteiramente de matar muçulmanos e recitar 150 pais-nossos ao dia, ainda que nenhum deles saiba contar... Como pode um homem que não sabe contar manter a observância de 150 repetições de uma prece? A resposta confiável é que ele não o faz e, portanto, simplesmente não para nunca, preferindo dizer algumas orações a mais em sinal de santidade a correr o risco de não dizer o suficiente e pecar.

"Esses são homens simples, ignorantes e sem imaginação, André. Acreditam no que lhes dizem para acreditar, comportam-se como lhes dizem para se comportar e estão todos convencidos, completamente e sem esperança de mudar, de que ninguém entre eles é capaz de engendrar um único pensamento que preste. Eles acreditam que pensamentos e opiniões, bem como planejamentos e diretrizes, emanam do alto, de além da experiência deles... E por isso acreditam no que lhes é dito e comportam-se de acordo com isso, pois nenhum deles jamais ousaria questionar qualquer coisa que lhe viesse das alturas... Assim, eles ouviram que eu sou intratável, que eu sustento opiniões que caminham para o lado contrário ao modo como a Ordem vê as coisas, como sabem que isso significa que eu tenho de ser punido, ainda que eles vejam que não o fui, estão confusos e incertos sobre o que pensar. E a confusão gera o medo e o pânico.

— E por isso eles preferem insultá-lo, em vez de permanecer em silêncio e correrem o risco de que alguém pense que concordam com você?

— Sim, algo parecido com isso.

— Então, conte-me sobre os muçulmanos. Quais são essas suas crenças que contrariam tanto a todos?

Alec balançou a cabeça e começou a comer, mastigando a comida demoradamente e sem fazer tentativa alguma de dizer mais nada até estar satisfeito e ter regado a refeição que comera com a água do frasco. André, que terminara ao mesmo tempo que ele, recostou-se em sua cadeira de areia e cruzou as mãos sobre a barriga.

— Estava bom. Então, você vai me contar?

— É claro que vou. Eu creio que os muçulmanos são pessoas, exatamente como nós, com exatamente as mesmas necessidades e os mesmos desejos, os mesmos deveres e as mesmas obrigações, embora sejam diferentes em suas interpretações.

— Eu sei. Você me disse tudo isso quando nos encontramos pela primeira vez... Mas essa crença dificilmente pareceria radical a ponto de causar o tipo de preocupação que eu vejo no rosto dos seus irmãos quando olham para você.

Sinclair balançou novamente a cabeça, concordando.

— Leve isso adiante, então.

— Não entendo o que você está dizendo. — Vários instantes se passaram enquanto André considerava o que seu primo havia dito. — Levar o que adiante?

— A crença que eu tenho. Tome-a além de um pensamento casual sobre pessoas comuns... E pense nisso sob o ponto de vista que eu estou prestes a sugerir. Isso tornará as coisas mais fáceis para o seu entendimento. Eu já estou aqui há mais de uma década... — prosseguiu Sinclair — mais perto de duas décadas que de uma, na verdade.

Ele ergueu as mãos e tirou o elmo, afrouxou as amarras que mantinham seu capuz de cota de malha firmemente no lugar, empurrou-o para trás da cabeça e esfregou vigorosamente o crânio tosado. Isso feito, contorceu-se, movimentando seu traseiro na areia até que estivesse mais confortável, depois se recostou e cruzou as mãos atrás da nuca.

— Isso! Assim é muito mais confortável. Agora, de volta à história...

"Eu tinha uma posição intermediária na Irmandade, assim como você, o que significa que havia aprendido o suficiente sobre a doutrina da Ordem, em certas áreas específicas, de modo a tornar possível que eu fosse adiante e desenvolvesse o que sabia. Como você, eu havia aprendido a língua dos sarracenos antes de partir, que me fora ensinada por homens de grande conhecimento, todos eles árabes, que tinham muito em comum com nossos mais velhos e sábios conselheiros da Irmandade. Eu podia ter partido para Outremer sozinho, então, mas isso significaria operar sozinho posteriormente, sem apoio algum, a milhares de milhas de casa. Seria muito mais simples, pensou o Conselho, que eu me juntasse à Ordem do Templo, onde já tínhamos uma rede bem estabelecida da Irmandade trabalhando em segredo. Por isso eu me juntei ao Templo e vim para cá, e desde então, até ser capturado em Hattin, dediquei-me ao meu trabalho principal... O nome Masyaf significa alguma coisa para você?

— Não. Deveria?

— Provavelmente não, mas foi para lá que a Irmandade me mandou logo depois de minha chegada aqui em Outremer. Eu fui incluído num influxo de templários designados para compor uma guarnição na fortaleza de Safita, aquela que os templários chamam de Castel Blanc. Ela fica na Síria, a nordeste de Tiro. Minhas instruções diziam para eu me estabelecer lá e depois contatar Rashid al-Din Sinan, para o que eu deveria recorrer a um intermediário na cidade de Masyaf.

— Sinan? Eu conheço esse nome. Ele não é...?

— O Velho da Montanha. Sim, é ele. O imã da seita conhecida como os Assassinos.

— Pelas sobrancelhas cerradas de Deus! Por que lhe pediriam para entrar em contato com ele? Com que propósito?

— Por diversos motivos. Há certos assuntos nos quais o imã e a nossa antiga Ordem compartilham um interesse comum, não sendo os menos importantes aqueles que para você e eu pareceriam mistérios antigos e indecifráveis. Rashid al-Din Sinan orgulha-se de ser uma espécie de místico e vidente, e ele é um asceta... supostamente também é um religioso... e comprovadamente implacável... e sua reputação assusta até mesmo Saladino, que por duas vezes poderia ter morrido pelas mãos de um Assassino há muito tempo e continua vivo hoje apenas pela melhor das boas fortunas e por puro acaso. Como Sinan e a Irmandade entraram em contato um com o outro pela primeira vez eu não sei, mas o relacionamento já tem mais de quarenta anos.

— E você recebeu ordem de entrar em contato com ele...

— Sim, eu recebi. Jacques de Saint Germain, que era a principal ligação do Conselho com o imã havia mais de vinte anos, morrera pouco antes, e eu me tornei o seu substituto. Sinan sabia que eu estava a caminho, por isso, não tive dificuldade em encontrá-lo, especialmente por intermédio do Templo.

— O que você está dizendo? Eu não entendo.

— Então apure os ouvidos, rapaz, pois é claro que há lacunas enormes no seu conhecimento. Os Assassinos são um grupo terrível e eles mantêm toda Outremer sob um domínio de medo. Mas quarenta anos atrás, procurando expandir seu poder e influência num novo território, eles foram longe demais e mataram o rei Raimundo II de Trípoli. Em retaliação, os templários receberam carta branca para combatê-los, operando de suas bases em Castel Rouge e Castel Blanc, e espalharam o caos em meio à população local até que Sinan foi forçado a apelar para uma trégua. E desde então os Assassinos pagam um pesado tributo anual para os templários em troca da liberdade de conduzir seus próprios negócios.

— Mas eles são muçulmanos... Como os templários podem fazer um tratado desses com o inimigo?

— Porque eles não são o inimigo. Sua interpretação está errada. Eles são *shi'a*. Xiitas ismaelitas descendentes de raízes persas. Eles são os inimigos mortais de Saladino e seus seguidores sunitas, mas qualquer inimizade que eles possam sentir por nós é meramente incidental. O próprio Rashid, o Velho, nasceu em Basra, no Iraque, mas veio para a Síria como *dai*, ou imã da seita, apenas pouco tempo antes do assassinato de Raimundo de Trípoli. Essa pode ter sido uma de suas primeiras ações para assegurar seu domínio, mas se foi, acabou se revelando um erro caro. Logo depois disso, ele estabeleceu um relacionamento com os templários. As duas organizações têm muito em comum, quando paramos para pensar a respeito. Ambas são sociedades fechadas com rituais secretos que elas conduzem em segredo, longe dos olhos e ouvidos dos homens comuns. Ambas são ascéticas, também, em todos os sentidos da palavra. E ambas se dedicam à morte, de certa forma... dedicam-se a altos e louvados ideais e seus membros estão preparados para morrer de bom grado em batalha, para assegurá-las e protegê-las... Nenhuma delas tem muita dificuldade para entender e apreciar os objetivos e motivações da outra.

Houve um silêncio então, e quando André aceitou que seu primo não tinha mais nada a acrescentar, provocou-o:

— Então é por isso que nossos irmãos não confiam em você, por causa dessa associação com os Assassinos?

— Pelo cenho fechado de Deus, não! Nenhum deles sequer sabe a respeito disso. Essa ligação era um relacionamento pessoal... algo clandestino que eu particularmente não aprecio... e que acabou quando eu fui feito prisioneiro pela gente de Saladino. Não converso com o Velho desde então... Porém agora, como você vai ver quando ler minhas ordens, terei de fazê-lo. Ao lhe contar isso, eu estava tentando dar-lhe alguma ideia do quanto eu aprendi sobre muitas coisas... e quão pouco eu realmente sei. A única verdade é que eu fiz um amigo entre os muçulmanos quando fui prisioneiro deles... um amigo íntimo e, talvez, o melhor que eu já tive. Ele foi meu captor, o homem que me aprisionou, embora a realidade não fosse nem de longe tão simples e direta quanto isso leva a crer. O nome dele é Ibn Al Farouch, um emir da guarda pessoal de Saladino. — Ele sorriu ao ver o assombro se espalhar pelo rosto de seu primo, depois balançou a cabeça. — É uma longa história, mas eu acho que você pode considerar que vale a pena ouvi-la, se tiver tempo.

André estendeu as mãos com as palmas para cima e olhou em volta.

— Não vejo compromissos prementes que me impeçam de ouvi-lo.

E assim, durante a hora que se seguiu, André ficou sentado, em êxtase, enquanto Alec Sinclair lhe contava primeiro a história da batalha de Hattin e da perda de seu amigo, sir Lachlan Moray, e depois sobre seu encontro com o sarraceno ferido e sua posterior captura pelo grupo de busca que foi à procura de seu líder perdido Al Farouch. E em seguida ele ouviu apaixonadamente enquanto Sinclair descrevia sua vida entre os sarracenos, sua eventual e relutantemente adquirida admiração e respeito pelo inimigo e seu modo de ser.

— Eles têm tão mais do que nós — concluiu Alec. — Têm tudo o que nós possuímos, mas tudo isso, parece-me, em maior medida, e aparentam apreciar mais do que nós. É verdade, eles vivem numa terra hostil, e a maioria deles passa a maior parte da vida morando sob tendas em vez de sob um teto seguro... mas mesmo isso permite que eles se mantenham em grande medida limpos. Eles recolhem suas tendas e mudam-se para uma nova área sempre que desejam, enquanto os camponeses da nossa terra constroem um barraco em algum local miserável e ficam lá durante anos, vivendo em meio ao próprio fedor e compartilhando sua moradia com porcos e vacas... E quando os seguidores do Profeta resolvem construir edifícios mais refinados, eles o fazem, ao que parece, com entradas de luz e ar, mantendo-os coesos unicamente por meio de graciosas linhas de pedra e mármore, revoluteantes e desprovidas de peso. Completamente diferentes das nossas pilhas de granito pesado, escuras, úmidas e sem janelas.

"E eles são limpos, André... os sarracenos são limpos de um modo que nós, na Cristandade, talvez jamais cheguemos a compreender. As palavras do Profeta Maomé depositam sobre eles, como um fardo, a obrigação de se purificar semanalmente, pelo menos, e antes de todas as festividades religiosas. Eles não veem pecado na limpeza, enquanto nós, no nosso mundo, a evitamos como se fosse uma praga. A limpeza, no nosso universo cristão, é vista como alguma forma de depravação pecaminosa... como uma sedução do diabo que levará diretamente à fornicação e aos pecados da carne. No entanto, desde meu regresso à liberdade e à companhia civilizada de meus irmãos, eu me convenci de que o cheiro fétido e rançoso de imundos e nauseabundos corpos sem asseio e de fedorentas roupas de baixo sujas deve militar fortemente contra qualquer tentação de pecar espontaneamente com o portador de tais odores...

Ele ficou em silêncio então, e André permaneceu sentado e calado por certo tempo, pensando no que acabara de ouvir e no que isso significava. Então ele surpreendeu a si próprio ao falar e proferir palavras que não sabia que estivessem nele, esperando para ser ditas.

— Eu concordo plenamente com você — disse ele, merecendo um olhar de leve surpresa do primo. Então ele deu de ombros. — Eu sei que isso faria de mim merecedor de pouco orgulho caso a verdade fosse descoberta pelos nossos companheiros templários, mas eu próprio costumo banhar-me, embora mantenha isso em segredo atualmente. Mas acostumei-me com esse hábito enquanto estava no sul de Provença, estudando com meus tutores árabes numa vila que pertence a um dos conselheiros superiores da Ordem de Sião. Os tutores eram muçulmanos, todos eles, e eu tenho certeza de que os do seu tempo também eram, mas uma vez que não há nada de cristão nas crenças da Irmandade, não havia nenhum conflito ritual para impedi-los de cumprir seus próprios desígnios e viver a vida de acordo com o Corão...

André sorriu, recordando-se de algo do passado distante, e depois retomou.

— O mais velho deles, um homem culto que eu logo passei a reverenciar por sua sabedoria, tomou-se de aversão pelo meu cheiro quando cheguei lá para assumir meus estudos, e, no momento em que chamou seus servos para que descobrissem o bode selvagem coberto de excrementos que de algum modo havia conseguido entrar em seus aposentos, eu comecei a sentir que podia estar com um cheiro um tanto passado. Ele prosseguiu salientando, com grande paciência, que uma vez que eu era da Irmandade, e apenas nominalmente e por necessidade um cristão, podia me permitir assumir maneiras civilizadas enquanto estava em dependências de posse da Irmandade, o que significava estar livre para banhar-me sem medo de represálias, e em consequência posteriormente receberia a bênção de ser capaz de absolver meus amigos da necessidade de tapar o nariz e sofrer com meu odor rançoso.

Alec estivera ouvindo atentamente, um de seus braços cruzado sobre o peito para apoiar o outro cotovelo, enquanto, por reflexo, apertava as narinas.

— Esse tutor — disse ele. — Você falou que ele é o mais idoso do grupo? Seu nome poderia ser Sharif Al-Qalanisi? Eu sei que a chance é muito...

— Sim! Era esse o nome dele. Como você sabia...?

— Porque ele foi meu professor também, no mesmo lugar, em Provença... a Villa Providence, lar de Gilbert, o mestre de St. Omer, grande sobrinho de Godfrey St. Omer, um dos nove Fundadores do Templo. Al-Qalanisi deve ter quase 70 anos agora, pois tinha mais de 50 quando eu o conheci. Como é pequeno o mundo sobre o qual nós caminhamos, você não concorda? Perdoe-me pelo meu entusiasmo, mas você estava descrevendo, nos mínimos detalhes, uma experiência que eu também tive uma vez. E ele então o encorajou a banhar-se diariamente?

— Sim, ele o fez. E eu agi conforme ele me ordenou, de modo que no intervalo de meio ano, enquanto aprendia árabe, eu me acostumei tanto aos prazeres do banho que meu retorno ao mau cheiro e à imundície cristãos foi quase intolerável. Então eu não pude acreditar como todos *fediam*. O fedor dos meus companheiros às vezes me asfixiava, de modo que logo aprendi a evitar a companhia deles, e Sharif Al-Qalanisi, que Deus o abençoe, ensinou-me um modo de me manter razoavelmente, ou ao menos toleravelmente, limpo. Como você sabe, há ocasiões em que é considerado louvável e até obrigatório que um cristão se banhe... A Páscoa vem à mente, assim como as festividades de vários santos mais importantes... de modo que, no total, um homem pode banhar-se uma vez a cada estação, caso assim o deseje. Mas essa é apenas parte do esforço: ainda que banhem seus corpos, muito poucos homens lavarão ao mesmo tempo suas roupas. Foi essa pequena verdade, que me foi passada por Sharif Al-Qalanisi, que me possibilitou tomar banhos com tanta frequência quanto me fosse possível arranjá-los, de modo que eu mantinha um conjunto apropriado de roupas imundas, manchadas de suor e fedorentas para usar perto dos meus companheiros noviços. Mas quando estava só, vestia trajes que tinham um aroma tão fresco e limpo quanto o ar da montanha numa manhã fresca. — Ele balançou a cabeça com ênfase. — O único pecado que um homem são pode ligar à limpeza é a hipocrisia e a ignorância que leva os cristãos a negar o seu valor. Conte-me, então, o que mais eles têm que você considera superior?

— Superior ao que temos? Tem certeza de que quer ouvir isso?

— Não, considere o que estivemos discutindo... Nós somos da Irmandade do Sião, uma entidade restrita a nós mesmos. Eu quero saber o que mais os sarracenos têm que você considera superior aos equivalentes *cristãos.*

— Ah... entendo. Há uma diferença. Então, deixe-me ver. O que os sarracenos possuem que é superior ao equivalente cristão? Bem, eu poderia começar com a honra... do tipo verdadeiro, aquela que tem toda a solidez, toda a importância e todo o valor que hoje raramente são encontrados entre as fileiras da Cristandade. Os sarracenos a têm em profusão, enquanto entre as linhas francas, hoje, dos reis aos lanceiros, honra é apenas um som pronunciado por canalhas para enganar os trouxas. Depois, há a integridade, intimamente ligada à honra no sentido de que uma não existe sem a outra... Em seguida, vem a fidelidade, aos ideais, aos compromissos, aos acordos e aos bons... realmente bons... propósitos. As virtudes militares eu não incluirei, pois elas são rituais simplistas, em sua maior parte encenados por tolos insensatos... bravura, coragem, firmeza, piedade e compaixão, embora pareça obsceno até mesmo incluir estes dois últimos. Mas tudo isso pode ser acatado ou abandonado no calor da batalha, por homens de ambos os lados, sem que nenhum deles seja nem um pouco mais sábio que o outro. Não, eu acho que me limitarei à honra, à integridade e à fidelidade. Os sarracenos possuem todas as três em maior quantidade que os cristãos francos.

St. Clair concordou com um movimento de cabeça.

— Conte-me, então — disse ele —, pois isso me desconcerta: você diz que só descobriu essas coisas, e com relutância, quando esteve prisioneiro nas mãos dos sarracenos; no entanto, tratou com o Islã e com os filhos muçulmanos do Profeta desde que chegou aqui. Por que não se deu conta dessas coisas antes? Você deve ter tido alguma suspeita de que fosse assim.

— Não. — O gesto negativo de cabeça de Alec Sinclair foi lento e enfático. — De modo algum. Minha ligação com o Islã antes da minha captura não tinha nada a ver com os sarracenos. Eu tratava com os Assassinos, e eles são xiitas, originários da Pérsia. E não é apenas isso, pois eu tratava pessoalmente com Rashid al-Din Sinan, o Velho da Montanha, e ele não é um homem benquisto para se ter por perto. Os Assassinos, ou Hashshashin, como eles chamam a si próprios, são obcecados e desprovidos de humor, como todos os fanáticos, impiedosos e incapazes de compaixão. Eles são muito semelhantes à sua contraparte aqui, os templários. Em todos os anos em que negociei com o Velho da Montanha e seus asseclas, tratei-os com cuidado e esperei autenticidade em nossos contratos e precisão judiciária em nossas transações; nunca duvidei da fidelidade deles a seu líder e aos acordos que ele fez conosco, mas nunca pensei neles em termos de honra ou integridade, tal como entendo essas coisas. Eles podem ter suas próprias versões de cada uma delas entre si, mas não havia nada de nenhuma das duas que eu pudesse reconhecer. Foi apenas quando caí entre os sarracenos e vim a conhecer Ibn Al Farouch que as escamas da cegueira começaram a se desprender e cair dos meus olhos.

— E portanto, quando voltou, defendeu-os ao ouvi-los sendo difamados.

— Todas as vezes em que os ouvi sendo injustamente difamados eu fiz isso, sim.

— Humm. Não admira, então, que as pessoas lancem olhares desconfiados para você. E diz que não teve contatos com os Assassinos ou seu líder desde que foi capturado, quatro anos atrás?

— Não, absolutamente nenhum.

— Eles sabem que você ainda está vivo?

— Agora eles sabem, pois comuniquei-lhes nesta última semana. Foi por isso que você não teve notícias minhas. Os despachos que você trouxe deixaram claro que eu precisava retomar meu relacionamento com eles, de modo que cuidei disso imediatamente. Mas meu contato original mudou-se dois anos atrás, e quando eu descobri para onde ele foi, o que tampouco foi uma tarefa simples, foram necessários três dias inteiros de persuasão e explicações antes que ele ao menos me visse. Ele simplesmente não acreditava que era eu. Tinha absoluta certeza de que eu havia morrido em Hattin, pois havia conseguido os nomes de todos os cavaleiros francos que sobreviveram à luta e os resgates que se seguiram, e, é claro, o meu não estava entre eles. Tive de convencê-lo de que mudara meu nome de sir Alexander Sinclair, do Templo, para um simples sir Lachlan Moray, cavaleiro da Escócia, quando Al Farouch me capturou, pois Saladino estava executando templários, e eu vi pouca vantagem em ser reconhecido como um deles.

— O Velho ainda está vivo?

— Oh, sim. Vivo, bem e tão maligno quanto sempre foi. Eu estou para me encontrar com ele depois de amanhã. Ele estava em Al-Kahf, o Ninho da Águia, sua fortaleza favorita e inatingível nas montanhas ao norte, mas já está voltando e chegará aqui, à distância de uma cavalgada de onde estamos, amanhã à noite.

— O que você lhe dirá? Ele ainda paga tributo para o Templo?

Alec sentou-se mais ereto e espreguiçou-se vigorosamente.

— Eu não tenho noção do que dizer a ele. Ele me dirá o que espera ouvir. Rashid al-Din Sinan não é um homem com quem se possa jogar conversa fora com facilidade. Sim, ele ainda paga tributo ao Templo. Mas antes que eu possa lhe contar mais alguma coisa que ainda faça sentido...

Ele interrompeu o que dizia e levantou parcialmente uma das mãos, com o dedo em riste, numa ordem tácita para que o outro ficasse quieto e escutasse, e muito longe, na distância, erguendo-se claramente no ar do deserto, eles ouviram o que parecia ser o ruído de uma batalha. Ambos puseram-se de pé imediatamente e começaram a chacoalhar a areia de suas roupas, olhando para o local onde seus cavalos aguardavam calmamente.

— Leve os despachos com você — disse Sinclair. — Eles estão nos meus alforjes. Leia-os hoje à noite e me encontre amanhã no mesmo horário. Eu vou trazer comida novamente. Mas, então, você saberá o que está envolvido e será capaz de entender o que pretendo fazer quando eu explicar a você. Agora vamos ver o que é toda essa gritaria.

O barulho ficou perceptivelmente mais alto quando eles se aproximaram de sua linha de retaguarda, e por fim chegaram a um local de onde podiam ver que todo o exército estava alerta e gritando, voltado para o nordeste, enquanto cavaleiros armados corriam para cima e para baixo em todas as direções, aplaudindo e gritando, com toda a aparência de disciplina abandonada.

— Não posso enxergar tão longe — gritou André. — O que está acontecendo lá? Você pode ver alguma coisa?

Alec Sinclair estava erguido muito alto em seus estribos, protegendo os olhos com uma das mãos enquanto espreitava o horizonte distante, e ficou imóvel por um longo tempo antes de se acomodar novamente em sua sela.

— Ricardo — disse ele. — Ricardo da Inglaterra. Finalmente ele chegou. Posso ver seu grande estandarte sobressaindo na frente de todo o resto... — Ele se voltou para o primo, seu cenho franzido. — Não está tão longe. Você não consegue ver mesmo?

— Não a uma distância maior do que cem passos. Jamais consegui. Nada além dessa distância. Vejo apenas um borrão.

— Bem, o anfitrião inglês está lá, tomando o horizonte com um admirável borrão que chega até onde a vista alcança. Um borrão muito grande e amplo. Eles estavam para chegar havia um bom tempo, e há mais do que uns poucos aqui que diziam que eles nunca chegariam, mas aí estão eles agora. Devem ter desembarcado costa acima, em Tiro, e marchado desde lá, depois acampado cedo na tarde de ontem e partido para o último trecho do percurso até aqui muito antes do amanhecer, pois o sol se ergueu há menos de duas horas. Você me disse que eles eram uma força de mais de 100 mil. Estava exagerando?

André ficou um pouco ressentido.

— Não, não estava. Por que eu precisaria exagerar? Quando você combina a França de Filipe e suas levas aliadas... Burgúndia, Flandres e Bretanha... com os ingleses e angevinos de Ricardo, o total deles chega perto de 140 mil, de acordo com meu pai. Cento e quarenta mil homens com armas e munição, cavalos e rebanhos, servos e os vivandeiros que os acompanham. A frota requerida para transportá-los chegava a mais de 220 grandes embarcações e não havia uma polegada de espaço livre em nenhuma delas.

— Excelente. Então provavelmente nós logo começaremos a ver as coisas passarem a acontecer com mais rapidez por aqui, uma vez que eles se estabeleçam e tenham tempo para flexionar os músculos. Os abutres estarão sequiosos de sangue. Acre não resistirá por muito tempo contra eles agora, e quando ela cair, a lenda da invencibilidade de Saladino será maculada para sempre.

Alec desviou os olhos novamente para a férvida atividade no fosso, inclinou-se e tirou as carteiras com os despachos de seus alforjes.

— Tome, não se esqueça de dedicar algum tempo para lê-los esta noite, não importa que loucuras aconteçam aqui para celebrar esta chegada. Esta leitura é mais importante do que qualquer outra coisa que você possa ser chamado a fazer. Mastigue-a bem e digira-a. Nós conversaremos a respeito em grande profundidade amanhã, antes que eu tenha de partir para me encontrar com Rashid al-Din. Por enquanto, estou instruído a conversar com seu amigo, sir Robert de Sablé, se ele estiver aqui com a tropa principal, e seria melhor eu fazer isso sozinho. Se encontrá-lo, darei seus cumprimentos a ele, mas nós não desejamos atrair nenhuma atenção indesejada ao procurar por ele juntos. Portanto, passe bem, por enquanto, e encontre-me neste mesmo lugar amanhã, mesmo que ele seja reservado para algum dos grupos recém-chegados. Provavelmente não será. Tudo já foi disposto na área plana a sudoeste do fosso, mas você sabe como são os exércitos. Algum rapaz brilhante pode resolver erigir uma tenda de general bem neste ponto de hoje para amanhã neste horário. Nós nos encontraremos aqui, de qualquer forma, porque ninguém nos conhecerá ou dará atenção a quem somos, e então nos deslocaremos para outro lugar, se necessário.

André despediu-se com um aceno e observou seu primo cavalgar rumo ao borrão que se aproximava, como ele próprio pensava aquilo. Depois enfiou as carteiras em seu próprio alforje e conduziu seu cavalo de volta para os estábulos. Ele sabia que um planejamento estivera em curso durante semanas, provavelmente durante meses, para acomodar um influxo tão grande de homens e equipamentos militares quanto a chegada de Ricardo precipitaria, e que uma verdadeira cidade, com sua grade de ruas, fora preparada na área a sudoeste de onde ele estava agora montado em seu cavalo, com acampamentos para os diversos contingentes de infantaria, cavalaria, sapadores, engenheiros e outras funções variadas que compunham o vasto exército. Naquela tarde, decidiu, ele assistiria à grande chegada se desenrolar, mantendo-se bem afastado do caminho de todos. À noite, leria os despachos de Alec, e o dia seguinte traria suas próprias surpresas. Mas enquanto esporeava seu cavalo, pondo-o em movimento, André perguntava a si mesmo o que se passaria pela cabeça dos comandantes de guarnição em Acre diante da aproximação das nuvens de poeira do exército de Ricardo obscurecendo o céu.

VINTE E UM

A noite havia passado em relativa tranquilidade, uma vez que as primeiras chegadas e dispersões caóticas haviam sido superadas, um evento que se prolongou durante o dia inteiro e avançou pelas horas de escuridão adentro. Mas o furor acabou morrendo, e as vozes estridentes e importunas dos sargentos que atuavam na organização haviam definhado e lentamente se apagado enquanto as últimas unidades remanescentes das forças de chegada eram distribuídas e conduzidas até onde deveriam estabelecer seus acampamentos para as próximas semanas, pelo menos.

André St. Clair tapara os ouvidos com cera de vela branca e fina e passara mais de quatro horas, duas das quais à luz de velas, lendo e relendo o conteúdo das duas carteiras que ele havia transportado por mar para seu primo. Ele agora sentia saber e compreender a maior parte do que era exigido de Alec — e de si próprio —, mas o que ainda tinha para aprender só poderia vir de Alec, e estava impaciente para retomar a discussão que haviam interrompido. Ele planejou perder as matinas naquele dia, supondo, corretamente, que os eventos e atividades do dia e da noite anterior poderiam ter resultado numa perda geral de entusiasmo pelas orações da meia-noite, de modo que caminhou até as fileiras de cavalos para selecionar uma montaria mais de uma hora antes de o céu começar a exibir os primeiros sinais do dia que estava para chegar. Então ele seguiu para o deserto, cavalgando à pálida luz das últimas estrelas tardias até alcançar o ponto da reunião, onde desmontou, retirou a sela de seu cavalo, amarrou o animal a uma estaca de tenda de ferro, que deixou arrastando para que ele não andasse para longe, e enfiou uma cevadeira com um punhado de aveia sobre seu focinho. Isso feito, deixou que o animal mascasse a contento e providenciou para si outro assento na areia. Ainda estava escuro demais para ler, por isso, ele começou a rever suas lembranças do que havia lido na noite anterior.

Uma hora mais tarde, com o sol nascido há muito, ficou evidente que alguma coisa havia detido Alec, e ele resolveu esperar por mais meia hora antes de retornar à sua tenda. Era inútil sequer pensar em sair em busca do primo, pois não tinha a mais vaga ideia de onde começar a procurar e não podia nem mesmo adivinhar que tipo de mudanças teriam sido lavradas no perfil geral do acampamento pela chegada, da noite para o dia, de 100 mil homens. Mas não desejava permanecer ali sozinho por muito tempo mais, pois o sol estava se tornando sensivelmente mais forte, e ele não pensara em levar nenhum tipo de abrigo para se proteger, calculando que o assunto dos dois seria concluído rapidamente e que ambos então retornariam para fazer o que fosse necessário.

Ele aplanou uma área retangular de areia com uma das mãos e enfiou um punhal pelo cabo no centro para criar um relógio de sol. Depois, sentou-se novamente para observar a sombra do punhal arrastar-se lentamente em direção à linha que ele havia traçado para marcar meia hora. Quando a sombra e a linha se cruzaram, esperou alguns minutos mais, levantou-se, embainhou sua lâmina e caminhou para selar seu paciente cavalo. André havia atirado a sela sobre o lombo da montaria e já estava apertando as cilhas quando ouviu um ruído e ergueu os olhos para ver Alec se aproximando, com uma expressão grave.

— Bem, seja bem-vindo, sir Cavaleiro da Face Pesarosa. Você não teve pressa em chegar. Onde esteve?

Ele ainda estava trabalhando sob a cernelha do cavalo, apertando as correias. Quando não ouviu resposta ao seu gracejo, endireitou-se para olhar para o primo e não viu qualquer sinal de cordialidade em seu rosto.

— Alec? Em nome de Deus, homem, o que há de errado? Você parece ter perdido tudo o que considera mais sagrado. O que aconteceu? Foi De Sablé?

Alec Sinclair conseguiu negar com um gesto de cabeça, mas de um modo estranho, como se estivesse entorpecido ou debilitado por algum motivo. Depois sua perna descreveu um arco por sobre a parte traseira da sela e ele deslizou negligentemente para o chão, recompondo-se de um modo fluido e com facilidade. Mas seus olhos ainda estavam distantes, desfocados.

— Não — disse ele —, De Sablé está bem. Eu o deixei há pouco. Venha e sente-se.

Ele passou por André com passos rígidos e sentou-se na depressão em que André estivera esperando por ele. André deu tapinhas no flanco do cavalo e deixou-o parado ali enquanto caminhava de volta para sentar-se na areia ao lado do primo, que tinha um aspecto decididamente estranho, a tal ponto que André agora sentia a apreensão retorcer-se fortemente em suas vísceras.

— Alec, conte-me o que o está perturbando. Você saiu à procura de De Sablé ontem, então, por que teve de encontrá-lo hoje?

— Não consegui achá-lo ontem. Ele tinha preparativos demais para cumprir. Mas eu me lembrei de que você havia me contado que ele se juntou ao Templo e deixei recado com La Collière no Comando, dizendo que se sir Robert aparecesse ele deveria informá-lo de que eu fora até lá à sua procura. Ele mandou me procurar esta manhã, e eu estive com ele desde então.

Alec levantou-se até ficar bem ereto e respirou muito fundo. Enquanto André o observava fazer isso, podia ver que seu primo estava passando por algum tipo de tormento, pois percebia seus olhos assombrados pela consciência de algo. Antes que ele pudesse dizer qualquer coisa, porém, Alec curvou-se rapidamente para a frente e agarrou com as duas mãos o tecido de sua sobrecota, puxando-o para perto de si e abraçando-o.

— André... Seu... seu pai está morto.

As palavras, brotando sufocadas e quase indistinguíveis, derramaram-se sobre André e atravessaram-no sem produzir nenhum efeito. Ele as ouviu, e uma pequenina parcela de sua mente pode ter absorvido seu sentido, mas o significado delas não teve absolutamente nenhum efeito sobre ele. Estava altamente consciente do desconforto causado pela posição para a qual Alec o havia puxado e podia sentir os elos da cota de malha no ombro de seu primo afundando dolorosamente na pele de seu rosto. Sentiu-se até mesmo ligeiramente constrangido pela intimidade daquele abraço inesperado, achando que ambos poderiam se comprometer caso alguém os visse e interpretasse mal, mas a informação de que seu pai havia morrido não fazia sentido para ele. Seu pai estava morto. Sabia que aquilo deveria ser importante, mas seu rosto estava pressionado contra as vestes do primo, contra sua armadura, e ele se deu conta de que Alec Sinclair tinha o mesmo aroma de seu pai, o mesmo amado e inconfundível cheiro penetrante que marcava sir Henry St. Clair, e naquele instante, num intervalo equivalente à metade de um batimento cardíaco, as barreiras caíram, e ele ouviu o que Alec dissera. Seu pai estava morto.

Posteriormente, muito mais tarde, ele recordaria a sensação de pressão que o dominara então, apertando seu peito e ameaçando espremer o ar para fora de seus pulmões; ele se relembraria, também, da náusea súbita que brotara nele e o fizera cambalear, incapaz de ficar ereto ou manter a cabeça firme sobre o pescoço.

Posteriormente, também, ele se lembraria de Alec olhando-o de modo solene, com os olhos muito abertos e preocupados, enquanto lhe contava que sir Henry fora emboscado e abatido, com dois de seus oficiais menores, quando voltavam, uma noite, de uma hospedaria popular rumo aos seus alojamentos em Famagusta, onde estavam coordenando os detalhes e as bases de uma força mista de ataque, a cavalo e a pé, que deveria ser liderada por Guy de Lusignan contra as forças de Isaac Comneno no dia seguinte. Seus atacantes não haviam sido identificados, muito menos capturados, mas havia amplas evidências de que a emboscada tinha sido executada por um dos vários grupos de guerrilha bem organizados que operavam nos contrafortes montanhosos ao norte da cidade.

Fosse como fosse, não importava quem tivesse perpetrado o crime ou qual tivesse sido o motivo, o feito havia sido inevitável, e sir Henry St. Clair desempenhara completamente todas as suas responsabilidades para com o suserano a quem servira tão fielmente durante toda a sua vida. Ele e os dois oficiais que estavam consigo haviam recebido todas as honras militares durante seus rituais fúnebres, disse Alec Sinclair, e o próprio rei comparecera, acompanhado de uma comitiva de alguns dos altos senhores e barões de suas terras em toda a Cristandade, incluindo sir Robert de Sablé. O arcebispo de Auxienne oferecera preces pelas almas dos heróis imolados, e Ricardo de Inglaterra em pessoa elogiara seu mestre de armas e afirmara ter aprendido muito do que sabia sobre batalhas sob a tutela de sir Henry.

Todas essas coisas, pensou André em momentos de lucidez no decorrer dos dias que se seguiram, poderiam ser motivo de orgulho e prazer em algum período desconhecido no futuro, mas naquele momento, enquanto tentava abarcar o vazio cavernoso em que toda a sua existência havia subitamente se transformado, nada daquilo tinha sentido.

Quando retornaram ao acampamento, Alec Sinclair, preocupado com as condições do primo, pôs-se a buscar é providenciar o melhor auxílio médico que pudesse encontrar, pois André havia caído num estado de profunda melancolia e recusava-se a ser sacudido para fora dela. E como não era incomum entre a população franca de Outremer, grande parte da qual já vivia ali havia gerações, ele decidiu contratar os serviços de um célebre médico muçulmano que conhecera vários anos antes, embora não contasse a ninguém onde nem como. A verdade era que Saif ad-Din Yildirim, sabidamente um primo de primeiro grau de um dos mais confiáveis aliados de Saladino, era, na verdade, *shi'a*, e ligado aos Assassinos.

Quando Yildirim chegou, realizou um exame superficial em André St. Clair e prontamente o pôs sob um regime de alimentos líquidos e opiáceos poderosos, destinados a mantê-lo na cama e adormecido a maior parte do tempo. Não havia explicação lógica ou facilmente compreensível, disse ele, para a reação de André à morte do pai, mas ele vira casos similares entre homens que seguiam sua religião e estava bastante seguro de que os efeitos logo passariam, com o auxílio do sono e do descanso. E, de fato, como Alec descobriu, assim foi.

Yildirim suspendeu a administração dos opiáceos na manhã do quarto dia que se seguiu ao início dos estranhos sintomas de André, e este acordou no seu horário de costume, antes do alvorecer do dia seguinte, sem qualquer lembrança de ter estado doente. Quando Alec o questionou, recordou-se de ter recebido as notícias do primo e ficou desanimado e triste, mas já se comportava como qualquer outro jovem que tivesse perdido um ente querido. Alec Sinclair soltou um grande suspiro de alívio e retornou à sua própria tenda, onde agradeceu sinceramente ao médico, oferecendo-lhe mais do que os honorários com os quais havia concordado. Yildirim, por sua vez, recusou-se a aceitar mais do que os honorários previamente combinados e ficou bastante satisfeito de que mais um paciente fosse agora motivo para elevar suas preces em tempo de necessidade.

Um pouco mais tarde naquele mesmo dia, menos de uma hora depois do meio-dia, André saiu à procura de seu primo sir Alexander Sinclair no novo alojamento dos cavaleiros, próximo da tenda dos templários, o grande pavilhão embandeirado que servia aos cavaleiros do Templo como um comando móvel no campo de batalha. Embora tivesse se recusado a se estabelecer no coração do Comando do Templo poucas semanas antes, a razão de sua profunda mudança de ideia era simples e descomplicada: o pavilhão pessoal de sir Robert de Sablé agora se erguia exatamente ao lado da tenda dos templários. Minimamente menos elaborado que seu imponente vizinho, o pavilhão de De Sablé fora erigido vários dias antes, depois de sir Robert ter formalmente renunciado à função de mestre de esquadra e aceitado seu novo posto como grão-mestre eleito da Ordem do Templo de Salomão. Alec procurara De Sablé assim que soubera que o veterano havia chegado e oferecera seus serviços pessoais imediatamente e sem reservas, pois ambos se conheciam havia mais de duas décadas e haviam sido Elevados à Irmandade do Sião na mesma cerimônia, numa noite quente de agosto, perto da antiga cidade de Carcassonne. De Sablé abraçara Sinclair com entusiasmo e designara-o de imediato para sua equipe pessoal, e esse, de modo flagrante, fora o fim da impopularidade de Alec.

André, ao chegar, encontrou Alec trabalhando com diligência, seu cenho franzido sobre uma carta que havia escrito. Sentou-se em silêncio até que o primo terminasse o que estava fazendo e tivesse tempo para ele, quando simplesmente sorriu e fez um aceno de cabeça.

— Devo-lhe muito, ao que parece, primo — disse ele. — Disseram-me que não há médico melhor ou mais renomado por estas bandas do que Saif ad-Din Yildirim.

Alec olhou para ele por baixo de suas sobrancelhas e fez um gesto de desdém com os dedos.

— Bobagem. Você não me deve nada. É o único parente que tenho aqui, e é o mero egoísmo que insiste em que eu cuide de você desde que não passava de uma criança. Yildirim é um velho amigo e ficou feliz em me fazer este favor. Como está se sentindo agora? Algum efeito adverso dos opiáceos que ele lhe administrou?

André sorriu e fez que não com a cabeça.

— Nenhum. Mas eu pareço me lembrar de sonhos que gostaria de examinar com mais cuidado agora. — Seu rosto ficou sombrio. — Deixe-me perguntar isto novamente, Alec, apenas mais uma vez e para que eu fique satisfeito... apenas para que eu tenha certeza de que minha memória está me servindo adequadamente. Estou correto em acreditar que meu pai foi abatido à noite, quando voltava para seus aposentos depois de sair de uma hospedaria onde havia comido com amigos?

— Dois colaboradores, ambos seus subordinados. Todos os três foram mortos por atacantes desconhecidos. Temos de acreditar que havia múltiplos atacantes, pois, caso contrário, as chances de todos serem assassinados seriam pequenas. A idade de seu pai poderia ter agido contra ele numa luta prolongada, mas os homens que estavam com ele eram ambos oficiais na ativa, ambos veteranos experientes e ambos no auge de sua profissão de armas. Esses dois não teriam caído com facilidade. Logo, múltiplos atacantes e muito provavelmente emboscados. Mas não temos meio de saber quantos nem quem eles eram.

— E quando isso aconteceu, você sabe? Quanto tempo depois que eu deixei Chipre?

— Humm. De Sablé disse que você perguntaria isso. Três dias depois que você deixou Limassol. Seu pai fora embarcado para Famagusta naquele mesmo dia, o dia em que você partiu, antes do amanhecer e chegara lá naquela mesma noite. Estava em Famagusta havia dois dias quando o incidente ocorreu.

— Então eu ainda estava no mar... Entendo que o próprio rei estava lá para falar no seu funeral?

— Ele estava. Viajou até Famagusta para os ritos fúnebres. Ele e vários outros, inclusive um arcebispo.

— Certo. Bem, a presença do rei teria agradado o velho, e sou grato a você por isso, primo, pela sua cortesia... — Ele parou, aparentando estar profundamente pensativo, depois deu um alto suspiro e endireitou a postura. — Na verdade, eu vim até aqui esta tarde porque você e eu temos assuntos inconclusos para discutir. Nós não conversamos sobre o material que você me deu, e eu havia passado a noite inteira absorvendo tudo... E desde então passei mais uma hora, hoje, revendo o que eu me lembrava, e agora estou pronto para discutir esses assuntos de maneira mais aprofundada com você, se desejar. — Ele fez uma pausa, mas não por mais que um momento. — Lembro-me de que você iria encontrar-se com o imã, Rashid, no dia em que a notícia da morte do meu pai chegou. Esse encontro foi bem-sucedido?

— Ele não aconteceu. Tão logo eu soube do que ocorrera com o seu pai, mandei uma mensagem explicando que havia sido impossibilitado de comparecer diante de Rashid al-Din naquele momento e solicitando que marcássemos outro encontro. Ele foi cortês o bastante para concordar, embora na verdade tivesse pouca escolha, mas isso não importa. O encontro ainda está para acontecer e nada se perdeu, além de alguns dias de um tempo que não é urgente.

— Entendo. Então eu lamento que meu infortúnio pessoal tenha interferido nos seus deveres. Aceite minhas desculpas pelo inconveniente que lhe causei. Não foi deliberado.

— O quê? — O rosto de Alec se abriu num sorriso quando ele olhou para o seu sincero primo. — Você está zombando de mim? Espera que eu acredite que você não sabe de absolutamente nada do que esteve acontecendo aqui nestes últimos dias? André, eu o adoro, mas você está me pedindo demais. — Ele parou e depois hesitou novamente quando estava a ponto de dizer algo, mas então o sorriso se apagou de seus lábios quando, de maneira mais calma e séria, ele disse: — Você realmente não sabe o que esteve acontecendo, sabe? André, o fato de eu não ter conseguido falar com Rashid al-Din não tem nada a ver com você. Ainda que você estivesse em perfeita saúde, ele e eu não teríamos nos encontrado... Você se lembra do eclipse? Não? Absolutamente nada? Bem, aconteceu um eclipse, na tarde do dia seguinte à sua... indisposição. No meio de uma forte batalha entre um grande contingente da cavalaria deles e um equivalente do nosso lado, Deus puxou uma cortina sobre a face do sol. Durou três horas, do começo ao fim, e trouxe o medo de Cristo aos nossos soldados. Nós da Irmandade sabíamos o que estava acontecendo, é claro, porque nossos sábios sabem como prever tais eventos, e os sarracenos não se surpreenderam com ele, mas nossos soldados comuns e os irmãos sargentos não sabiam de nada e foram tomados pelo pânico, convencidos de que o próprio Deus estava escondendo Sua luz deles.

"Desde então, todos nós estivemos esperando à beira do abismo. Acre está oscilando, primo, prestes a cair. Isso já é de conhecimento comum há mais de um mês. Resta apenas aquilo que a carne e o sangue ainda conseguem aguentar, e depois toda ela desaba, e a guarnição de Acre tem sobrevivido à custa de nada durante meses, desafiando toda lógica e probabilidade. Qualquer um com um cérebro na cabeça sabe que o cerco acabou, em todos os sentidos, mas não de fato. E desde o eclipse, durante os últimos quatro dias, Ricardo tem estado envolvido em negociações com os enviados de Saladino, e ninguém espera que esse estado de coisas perdure por mais de um dia. Você pode pensar que esteve doente por conta de algum feitiço, mas o que teve mal passou de uma indisposição. Ricardo, por outro lado, esteve mortalmente enfermo. Os médicos chamam o que o acomete de *leonardia* e têm todo tipo de explicações altissonantes para isso, mas a verdade é que não têm a mais vaga ideia do que há de errado com ele. Seus cabelos estão caindo aos chumaços, suas gengivas estão apodrecendo e seus dentes estão frouxos a ponto de poder ser balançados com a ponta do dedo. Ele está um nojo. E mesmo assim, a despeito de seu mal-estar, tem se envolvido em discussões com

Saladino, procurando uma solução para esta guerra. Eles barganham de um e de outro lado, e nenhum está realmente inclinado a ceder nada para o outro. Mas pelo menos enquanto estão negociando, ninguém morre. Que propósito haveria em falar com Rashid al-Din nesse ínterim? Seria como empilhar uma futilidade sobre a outra. Portanto, ambos temos de esperar para ver o que acontecerá em Acre.

— E o que você acha que acontecerá?

— Depois que a cidade cair, marque minhas palavras, a situação retornará aos níveis anteriores à guerra. Os hospitalários reequiparão seu hospital, os templários recuperarão a posse do Castelo Templário, e a equipe administrativa do rei retomará suas ocupações dos porões reais.

— E quanto a Saladino? O que acontecerá com ele? Não me peça para acreditar que ele pode se oferecer como refém para garantir o comportamento de seu povo.

— Eu nem sonharia com isso. Saladino continuará tão líder quanto sempre foi: ele negociará uma saída honrosa para si e seus associados mais próximos e deixará seus asseclas ao próprio destino... ou os que, entre eles, não podem se defender.

— Você está sendo muito ácido, não está? Nada que eu ouvi sobre Saladino indica que ele simplesmente abandonaria o povo de Acre, depois de sua defesa heroica da cidade por tanto tempo.

Sinclair deu de ombros.

— Ele pode fazê-lo ou não. Grande parte disso dependerá das exigências que Ricardo fizer. Se Ricardo bater pé, então Saladino terá poucas opções além de ceder a ele. Pode não ser um comportamento heroico, mas não é incomum numa guerra que os perdedores morram. Veja o que nos aconteceu em Hattin.

— Humm. Suponho que você esteja certo e que só o tempo nos dirá o que os líderes decidiram. Este seria um bom momento para conversarmos sobre o que havia nos despachos que você me deu para ler?

— Sim, seria, primo. Você ainda os tem, eu espero, não? Ótimo. Então, não há momento melhor que o presente, pois quando você chegou, eu estava me preparando para o próximo passo a ser dado. Como você está se sentindo, a propósito?

André quase sorriu.

— Bem o suficiente para qualquer coisa que você possa me atirar. Eu senti uma pontada de fraqueza... pouco mais do que uma onda de náusea... mais cedo, logo depois de me levantar, mas logo passou e agora eu me sinto tão bem como nunca me senti antes.

— Que assim seja, então. — Alec se levantou. — Venha comigo. Nós pararemos nos estábulos e de lá... — Ele hesitou e depois olhou para André de alto a baixo, das botas até o elmo. — Acho que terei tudo de que você precisa. Mas primeiro, cavalos, e um pouco de comida da cozinha de caserna. Você apanha duas montarias boas e robustas e eu reúno a comida.

— E bebida. Não se esqueça de trazer água.

— Vou fingir que não ouvi isso. Traga os cavalos. Eu me juntarei a você em alguns minutos.

— Quanto tempo ficaremos fora? Não deveríamos deixar um aviso com alguém?

— Sim, com De Sablé. Eu disse a ele para onde estava indo. Agora simplesmente mandarei um recado da cozinha dizendo que levei você comigo.

— Eu já estive aqui. Esta é a estrada que Harry e eu tomamos quando viemos encontrá-lo pela primeira vez, no deserto das pedras.

— Correto, primo. É a mesmíssima rota, e nós estamos indo para o mesmíssimo lugar. A borda externa do campo pedregoso deve entrar em nosso campo de visão a qualquer momento.

— Por que lá, Alec? Por que estamos indo para lá?

— Porque eu tenho uma boa razão para ir até lá, uma razão que fará perfeito sentido para você, também, quando eu a tiver explicado. Lembra-se da primeira vez que eu me aproximei de vocês naquele dia, como vocês ficaram intrigados por eu ter sido capaz de me aproximar sem ser ouvido?

— Sim, eu me lembro muito bem. Você disse que era porque fazíamos tanto barulho que não poderíamos ouvi-lo. Naquele dia você também disse que havia ficado de pé durante horas.

— Disse? Eu realmente disse isso? Isso foi... — ele não concluiu o pensamento, mas André concluiu.

— Um descuido, é o que foi, pois isso me fez pensar. Eu estaria disposto a apostar que você tinha um esconderijo nas proximidades. Você me olhou de cima a baixo momentos atrás e disse-me que tinha tudo de que eu precisaria, mas não paramos de nos mover desde então e seus alforjes parecem estar vazios. A comida e a bebida que você trouxe é o único fardo que carrega. Portanto, seja lá o que mais você tiver que eu possa precisar deve estar localizado em algum lugar à nossa frente. E sempre há a considerar que, se o lugar pode servir-lhe por várias razões, todas elas seriam grandemente aumentadas se você tivesse um esconderijo conveniente nas proximidades, do qual pudesse espionar aqueles que vêm ao seu encontro.

Alec Sinclair sorriu e balançou a cabeça, concordando.

— Muito bem, rapaz. Nós logo estaremos lá, e você poderá ver por si mesmo.

Cavalgaram em silêncio depois disso, até que o alto pináculo do monólito no centro da clareira onde haviam se encontrado pela primeira vez surgiu à vista. Enquanto se aproximavam dele, Alec chamou a atenção para o fato de que a elevação natural da pequena colina coroada de rochas tornava fácil para um observador ver claramente o que qualquer pessoa no topo fazia. Antes que chegassem muito perto da clareira, porém, Alec fez com que tomassem um desvio lateral, seguindo uma trilha tão apagada que era mal discernível entre os blocos, a qual os conduziu por um contorno em direção à porção posterior do outeiro. Alec parou à sombra de um grupamento particularmente grande de rochas, depois fez com que seu cavalo se voltasse na direção delas e avançou até um local que deu a impressão de que o animal teria de passar diretamente pelo lado da pedra. Mas então ele desmontou e, segurando as rédeas de couro trançado do cavalo, conduziu sua montaria numa curva acentuada para a esquerda e para baixo, seguindo a borda abrupta do que parecia ser um grande buraco no solo.

Acompanhando-o de perto, André viu que era de fato um buraco, com as laterais alisadas por eras de uso por pessoas que seguiam um caminho estreito, mas praticável, que descrevia curvas descendentes numa espiral estreita e desaparecia um pouco abaixo. Ele avançou com cuidado bem atrás de Alec e logo se viu num átrio natural, um corredor esculpido pelo vento ou pela água na rocha viva, aberto para os céus. Estavam talvez dez passos sob o nível do chão acima deles, e o céu azul sobre eles apresentava-se numa seção quase circular. Atrás de André, oculta nas sombras à sua direita, estava a entrada de uma caverna que se revelou a primeira de uma sucessão de grandes salas, culminando num espaço amplo, alto e bem iluminado, de solo seco e arenoso. No centro do chão, havia um local para fogo que parecia ter sido usado durante séculos, e todo o espaço era entrecruzado por raios de luz que incidiam diretamente, como se fossem provenientes de janelas.

— Espantosa, não? — Alec Sinclair largou os alforjes que carregava perto do local onde se situava o buraco para a fogueira sem esperar uma resposta de André e conduziu seu cavalo até um canto afastado da grande caverna, onde começou a tirar sua sela. — Eu senti exatamente o mesmo que você quando a vi pela primeira vez. Tirou-me o fôlego e deixou-me mudo. Ainda me deixa abalado só de pensar, mas hoje já me acostumei a isto aqui e é preciso alguém como você, vendo-a pela primeira vez, para me recordar do quanto ela é assombrosa.

— Como você a descobriu?

— Não descobri. Alguém teve de me mostrar, exatamente como eu fiz com você. No meu caso, foi Ibrahim, meu principal contato com o Velho.

Ele retirou a sela de sua montaria e largou-a ao lado da cavidade para a fogueira.

— Deixe isso — disse ele, gesticulando com a mão para afastar a atenção de André de sua própria sela. — Venha ver isto.

André seguiu-o enquanto ele se arrastava por um alto aclive íngreme e enfiava a parte superior do corpo através do que parecia ser um buraco no teto. O buraco era maior do que aparentava e havia espaço suficiente para que ambos ficassem de pé juntos, lado a lado.

— Você tem de tomar cuidado para permanecer quieto enquanto escala — murmurou Alec —, mas o esforço vale a pena, não concorda?

André não pôde dizer nada; tudo o que conseguiu foi abrir a boca em maravilhamento. Estava de pé com a cabeça projetada através de um buraco no chão, quase completamente cercado pelas bases do grupamento central de blocos rochosos que dominavam a pequena colina onde ele havia esperado com Harry Douglas pela chegada de Alec Sinclair, e podia ver todo o local com perfeição, olhando diretamente através dos espaços na parte de baixo do agrupamento.

— Você estava aqui o tempo todo. Você podia ouvir cada palavra.

— Cada sílaba. Fiquei comovido pela generosidade com que você inventou desculpas para o meu atraso.

André inclinou-se e deu meia-volta, seguindo seu caminho novamente até onde havia deixado seu cavalo parcialmente selado. Completou o trabalho de tirar os arreios, alojou sua sela e seu cobertor perto do lugar reservado à fogueira e foi até uma alta caixa de madeira encostada na parede.

— O que há aqui?

— Esterco seco, um pouco de camelo, mas a maior parte de cavalo. Nós estocamos como combustível. É o único tipo que nós temos... esterco de camelo e de cavalo. Há um veio de antracito... um carvão duro, brilhante e que produz um fogo bem quente... a cerca de 16 milhas daqui. Quando o tempo permite, nós transportamos combustível de lá também. Mas na maior parte do tempo usamos esterco.

— E aqui?

André estava agora parado diante de dois grandes baús de madeira com fechos ornamentados, e mesmo enquanto ele falava, Alec já se curvava para abrir um deles.

— Roupas, para uma variedade de propósitos. O que é a nossa próxima prioridade. Dispa-se da sua armadura. É hora de assumir a coloração protetora da paisagem. — Ele deu um passo adiante e abriu a tampa de um dos baús, expondo um emaranhado de vestes de cores vivas. — Você deve dar um muçulmano de ótimo aspecto. Já vestiu trajes sarracenos antes?

— Apenas duas vezes, em casa e muito brevemente... você pode imaginar como chamou a atenção. Eu tenho um conhecimento básico do que é necessário e de como as várias roupas assentam.

— Excelente, então vamos começar com isso. Agora rápido, dispa-se e eu o ajudarei a vestir seu traje de gala. Ibrahim deve chegar em breve.

— Ibrahim já está aqui, Almania.

As palavras, faladas em árabe, foram pronunciadas perto do ouvido de André, e ele girou o corpo tão rapidamente que quase caiu no chão irregular.

— Pelas tripas de Cristo — arfou ele, levando a mão ao cabo da adaga — Como é possív...

Ele não concluiu o pensamento, pois viu os pelos crespos nas costas da mão morena perto de sua mandíbula e sentiu a lâmina de um punhal contra a pele macia de sua garganta e soube, sem qualquer dúvida, que era uma lâmina muito afiada. Obrigou-se, então, a ficar imóvel e permitiu que seus olhos focalizassem a face do homem que havia se aproximado tão silenciosamente por trás deles e agora o olhava com desconfiança, sorrindo sardonicamente e desafiando-o a se mover. André ficou parado com o queixo erguido, o peso de seu corpo depositado ligeiramente para trás em consequência da pressão do braço estendido que sutilmente o obrigava a ficar na ponta dos dedos. A tez do rosto do estranho era de um castanho-escuro profundo, fazendo com que as linhas e sombras de sua pele parecessem negras, e seus olhos eram igualmente escuros sob as sobrancelhas espessas. Seu bigode e sua barba eram tão pretos que parecia haver luzes azuis neles e, embora a boca sob eles agora estivesse fechada, André vira o brilho de dentes brancos reluzindo quando o sujeito sorrira. Esse homem, André sabia, era perigoso; alto, esguio e de ombros largos. Pelo pouco que podia ver dele na posição em que se encontrava, André supôs que estava vestido harmoniosamente de preto da cabeça aos pés.

— Ibrahim! Juro que você está melhorando, apesar dos pesares. Mal ouvi você chegar desta vez. — O árabe de Alec era impecável e não traía qualquer indicação de surpresa.

— Você não me ouviu nem um pouco, Almania. — Os olhos escuros não deixaram André nem por um instante, mesmo enquanto o portador da faca falava com Alec. — Eu já estava aqui quando você disse meu nome. Quem é este *ferenghi*?

— Meu primo. André St. Clair. — Ele olhou para André e voltou a falar na língua deles. — André, cumprimente Ibrahim al-Khusai, meu elo com as forças de Rashid al-Din Sinan. — Outra rápida mudança, e ele estava falando com Ibrahim novamente em árabe. — André é aquele para o qual eu solicitei os serviços de Saif ad-Din.

Alec não fizera qualquer referência à adaga sob o queixo de André, que agora via os olhos de Ibrahim se estreitando até se tornarem fendas.

— O que perdeu o pai?

— Esse mesmo.

Ibrahim soltou o ruído de uma pequena fungada pelas narinas e abaixou a lâmina, dando um passo para trás e devolvendo a adaga à sua bainha.

— Essa é uma aflição que nenhum homem deveria ter de suportar — disse ele —, mas, pela vontade de Alá, todos os homens passam por ela. Eu perdi meu pai há menos de dois meses, que Alá sorria para a sua memória, e a dor mal deixou meus ossos. — Ele se virou de costas, voltando-se novamente para Alec. — Mas você não me ouviu chegar, Almania, seja sincero.

André aproveitou a oportunidade para examinar o Assassino da cabeça aos pés, vendo que havia acertado ao presumir que o sujeito estaria completamente vestido de preto, mas sobre seu longo traje exterior, Ibrahim usava uma túnica à altura dos joelhos da mais fina cota de malha de elos abertos que ele já vira. Sobre a parte de cima desta, também usava uma couraça de aço reluzente e um elmo alto e cônico, do qual pendia uma completa máscara facial do mesmo tipo de elos de aço de sua túnica. Uma magnífica cimitarra de lâmina longa estava presa ao cinto que lhe cingia a cintura.

Ele ainda olhava com ar desafiador para Alec, mas este simplesmente curvou levemente a cabeça, descartando o assunto por ser desprovido de importância.

— Eu não estava ouvindo, na verdade, porque não tinha necessidade de ouvir você chegar, meu amigo. Mas realmente eu senti o *cheiro* da sua presença no momento em que entramos na caverna principal. Eu já lhe disse antes, você deve lembrar, que canela, na quantidade em que você a consome, tem um aroma único e extremamente reconhecível. Você já está acostumado, de modo que não se dá conta de quão forte você cheira, mas no seu tipo de trabalho, isso poderia causar-lhe a morte.

Ibrahim havia parado de escutar, obviamente tendo ouvido e se entediado com aquilo antes, e agora olhava fixamente para André, com seus olhos percorrendo a extensão do corpo dele de cima a baixo. Então ele fez que sim com a cabeça para si mesmo e ergueu a mão.

— Eu vou ajudar este aqui a se vestir como um homem. — Ele olhou diretamente para André balançou a cabeça e voltou o rosto para Alec outra vez. — Diga-lhe para tirar suas roupas.

— Diga você mesmo. Ele fala a sua língua.

Ibrahim endireitou-se, chocado.

— Você fala árabe?

— Não muito bem, mas falo — respondeu André no mesmo idioma. — Eu aprendi antes de deixar nossa terra natal e vir para cá, porque nossos irmãos de lá, que são os aliados do seu imã, Rashid al-Din, consideraram sábio fazer com que antes eu aprendesse a sua língua, que me foi ensinada por um bom número do seus maiores estudiosos que vivem hoje entre eles, compartilhando o conhecimento comum com nossos irmãos.

— Que assim seja. Agora, à nossa tarefa. Dispa-se, se lhe apraz.

André retirou sua armadura e suas roupas, e Ibrahim proporcionou-lhe uma instrução completa sobre como vestir as roupas muçulmanas, mostrando-lhe o modo correto de usar e ajustar apropriadamente cada uma das peças, de modo que o efeito predominante fosse de liberdade e conforto irrestrito. Concluiu mostrando ao templário como vestir a leve peça para a cabeça conhecida como *kufiya*, bem como mantê-la atada no lugar, enfiando a faixa de segurança firmemente em sua posição, depois examinou seu próprio trabalho com olhos críticos antes de balançar a cabeça com satisfação.

— Deve estar firme — murmurou ele. — Você está sentindo?

— Eu a sinto firme agora, mas, se ficará assim, eu não sei.

Ele poderia ter dito mais, mas, tendo decidido momentos antes não contar que já conhecia a vestimenta, decidiu continuar fingindo ignorância.

— Humm. Eu o auxiliarei até que encontremos as pessoas que devemos encontrar. Até lá, você deverá saber como vestir suas roupas. Não é difícil. Até nossas crianças conseguem fazer isso. — Ele virou-se e olhou para Alec, que estivera observando. — Venha, Almania, nós já deveríamos estar a caminho.

Enquanto eles conduziam seus cavalos para fora das cavernas, André se dirigiu a Alec novamente em francês.

— Que nome era aquele pelo qual ele o chamou? Almania? O que é isso?

— É o nome de uma tribo de germânicos, os *alemanni*. Ele acha que significa inglês e me chama assim há anos. Eu tentei dizer-lhe o contrário, mas ele não me dá atenção, de modo que agora eu simplesmente aceito. E aparentemente não há um nome para a Escócia ou para os escoceses em árabe.

— Para onde estamos indo agora?

— Estamos cumprindo uma missão, entregando mensagens para certas partes interessadas e para uma em particular. Não há uma necessidade real de que você venha conosco, mas eu acho que já é tempo de mostrar o seu rosto para as pessoas com as quais temos de trabalhar. Isso pode incluir o Velho em pessoa ou não, pois ele é o nosso destino final, mas se ele vai consentir em recebê-lo ou não é algo que não saberemos até chegar o momento. Portanto, pense nisto como uma viagem de orientação, para conhecer essas pessoas, ver onde elas vivem e observar como elas negociam conosco.

Ibrahim partira na frente e desaparecera entre os blocos de rocha logo depois que eles saíram, mas então eles o avistaram voltando em sua direção, e ele puxou as rédeas cerca de cem passos à frente, a fim de esperar que eles o alcançassem, enquanto Alec prosseguia:

— Você deve achar interessante, pois não se parecerá com mais nada do que você encontrará aqui... Eles nos cortariam a garganta com tanta facilidade quanto olham para nós, mas não ousam fazer isso, pois sabem que estamos sob a proteção do imã, Rashid al-Din. Não sabem por que deve ser assim, mas aceitam isso, e portanto, uma vez que não somos sunitas, ainda que sejamos Povos do Livro, eles nos toleram, independente de quão pouco entendem a razão para nossa presença aqui. Ele também sabem... e não faço ideia de como ou quanto sabem disso nem onde aprenderam... que, embora pareçamos ser templários, somos diferentes dos outros templários com os quais eles têm negócios. Algumas coisas simplesmente não nos é dado saber ou entender, e esta é uma delas... — Ele acenou para Ibrahim quando começaram a se alinhar com ele, mas continuou conversando com André em francês. — Assim, você achará a maioria deles corteses, se não exatamente amigáveis, mas nunca, jamais esqueça quem essas pessoas são, André, e nunca pense em confiar nelas. Eles são os Hashshashin. Os Assassinos. Nossas irmandades podem ter certos pontos em comum, mas nós, como irmãos, não temos nada em comum com eles. Tenha cuidado com eles o tempo todo.

Ele passou suavemente para a língua árabe de novo, pois percebera que os ombros de Ibrahim haviam se retesado ao ouvir o nome Hashshashin.

— Perdoe-me, Ibrahim, meu amigo, por minha falta de cortesia ao falar nossa língua *ferenghi*, mas meu primo aqui ainda acha mais fácil ouvir e aprender na nossa própria língua do que na sua. Eu estava explicando a ele a história de sua irmandade e de seus sucessos desde a vinda de Rashid al-Din para a Síria, há mais de quarenta anos, mas ocorreu-me agora que você é muito mais qualificado do que eu para falar das intenções e ambições de sua irmandade, e ouvi-lo falar de tais coisas na sua própria língua será de grande benefício para ele. Você não nos honraria a ambos educando meu primo de acordo com o seu próprio ponto de vista?

Ibrahim, como se revelou, estava mais do que disposto a isso, apesar do seu persistente ar de desprazer. Durante as duas horas seguintes ele falou sem pausa e surpreendeu ambos os seus ouvintes por ser articulado e bem informado, com opiniões claramente definidas e crenças ampliadas por observações analíticas e até mesmo filosóficas sobre o que ele e seu povo *shi'a* haviam sido capazes de alcançar em sua campanha contra o califado sunita, personificado nessa época pelo próprio Saladino, que havia buscado e clamado pelo extermínio da Irmandade Assassina. Em retaliação, contou-lhes Ibrahim, Saladino fora marcado para morrer três vezes, e nas duas primeiras escapara pela mais pura sorte. Mas o terceiro atentado, posto em prática por Ibrahim em pessoa e de acordo com instruções específicas de Rashid al-Din, havia conseguido o que o fracasso não alcançara. Nessa ocasião, o sultão, ao acordar, encontrara panquecas e uma adaga dos Assassinos pousadas sobre o travesseiro ao lado de sua cabeça. Não poderia haver erro na mensagem: a vida de Saladino não estava segura em lugar algum, nem mesmo na sua própria tenda, sob os cuidados de sua guarda pessoal, entre as legiões do seu exército.

Desde aquele dia, Saladino passara a dormir num pavilhão seguro de madeira que havia feito especialmente para si e levava consigo para todo lugar, e nunca mais convocara a ação contra Rashid al-Din e seus seguidores.

Muito antes do comentário de Ibrahim se esgotar, eles deixaram os blocos de pedra e as planícies que os circundavam bem para trás e começaram a subir o terreno montanhoso da região norte, chegando à alta vila nas montanhas quando as sombras começaram a trazer a escuridão no final da tarde. Era uma vila grande e incomumente próspera, conforme um aparte murmurado por Alec, que suspeitava que sua prosperidade vinha unicamente do banditismo. André foi formalmente apresentado ao chefe e seu Conselho por Ibrahim, antes de se sentar para jantar com eles. Os homens falaram de maneira bastante aberta durante a refeição e não demonstraram sinais visíveis de hostilidade em relação aos estranhos no meio deles, mas Alec mais tarde contaria a André que estivera absolutamente atento às diferenças entre os homens daquele povoado e os que viviam na vila governada por seu amigo e antigo captor Ibn al Farouch. Não havia humor ali, observou Alec, em qualquer das suas manifestações. Tudo era mortalmente maçante e sério, tingido com tons de dureza e tragédia. Ninguém riu, e ele não observou um só sorriso em volta da fogueira ou da mesa de jantar.

O três visitantes dormiram a céu aberto, embrulhados em cobertores para se proteger do frio da noite, e estavam de pé e a caminho logo depois do raiar do dia, dirigindo-se novamente para o norte. Conforme havia prometido, Ibrahim inspecionou a aparência de André naquela manhã antes de partirem e fez com que ele ficasse apresentável com alguns puxões e dobraduras, explicando todo o tempo o resultado exato que estava tentando obter. E, no momento em que o dia seguinte nasceu, os assuntos deles com Rashid al-Din, o Velho da Montanha, estavam concluídos, e André e Alec se dirigiam para casa, sem se importar com o que qualquer observador casual pudesse pensar dos melhores ajustes de suas vestes.

Na noite anterior, pouco antes de cair a escuridão, André vira e fora visto por Rashid al-Din em pessoa, mas não conhecera o grande homem, se grande fosse a palavra apropriada para descrevê-lo. Ele havia acompanhado Alec ao local do encontro sob um céu crepuscular de dourados brilhantes, castanhos e laranjas polidos, mas afastara-se para esperar do lado de fora depois que um dos guardas levantara a mão para barrar sua entrada. Isso era esperado, e Alec já havia explicado que ele poderia ou não ser chamado a entrar depois que Rashid al-Din fosse informado sobre quem ele era e por que estava ali. Era impossível, dissera Alec, prever como o imã reagiria, pois em assuntos como esse Rashid al-Din sentia prazer em ser conhecido como um homem de caprichos e humores variáveis. Ele poderia convocar André à sua presença, bem como poderia não convocar.

Nessa ocasião, o imã não fez nenhuma das duas coisas. André ficara de pé num dos lados da porta, vários passos afastado da órbita dos guardas, quando algum distúrbio menor naquela mesma porta de entrada lhe chamara a atenção. Havia esfriado tão logo o sol afundara sob o pico às suas costas, pois estavam no alto das montanhas, na fortaleza pinacular conhecida como o Ninho da Águia, e ele havia acabado de se abrigar em sua capa contra o frio ar noturno. E então, ouvindo uma movimentação crescer atrás dele, imediatamente seguida por um silêncio completo, ele havia se virado calmamente para se descobrir observado por um homem que ele soube que não poderia ser nenhum outro a não ser Rashid al-Din.

Parte de sua certeza originou-se de sua instantânea percepção da tensão que tomava os guardas quando olhavam para o homem, todas as suas atitudes comunicando temor e apreensão de maneira tão clara que lhe pareceu que seus corpos inteiros estavam recuando, afastando-se do homem parado entre ambos. E então ele ficou cada vez mais consciente do homem e do ar de imobilidade que pairava sobre ele como uma sombra. Como a maior parte da Irmandade dos Assassinos, ele estava completamente vestido de preto, mas o preto de suas vestes parecia pessoal e transcendia a escuridão; ele exsudava escuridão. Quando André o viu, um pensamento formou-se em sua mente: *e frieza glacial... escuridão e frieza glacial.*

Ele se deu conta, então, de que não sabia como reagir ou se comportar. Sentiu um acúmulo de tensão nervosa na base de sua nuca e pensou, num momento de ímpeto, que talvez devesse se curvar, mas descartou a ideia tão logo ela lhe ocorreu e determinou-se a permanecer ereto e imóvel. Se não devia ser convocado, mas apenas observado e inspecionado como algum objeto inerte, um prisioneiro sem rosto ou um escravo, então não daria ao homem a satisfação de vê-lo como submisso, de modo que manteve os ombros retos e devolveu um olhar pétreo aos frios olhos de basilisco do homem que o observava, cujo rosto era inexpressivo e praticamente desprovido de feições, quase completamente oculto por uma densa e cerrada barba de pelos hirsutos de um cinza metálico, com largas faixas partindo das bordas exteriores das narinas para se juntar sob o queixo. O nariz, que André podia ter esperado que fosse pronunciado e predatório, era totalmente desinteressante, mas sob os pontudos emaranhados geminados das ásperas sobrancelhas cinzentas, olhos opacos e vítreos contemplavam-no de um modo vazio, inexpressivo e indecifrável. Faziam-no recordar olhos de serpente, completamente desprovidos de humanidade ou calor, e ele sustentou seu olhar de maneira resoluta, recusando-se até mesmo a piscar enquanto detalhava mentalmente as impressões que aquele homem já havia lhe causado sem pronunciar uma só palavra ou oferecer qualquer sugestão de reconhecimento.

A arrogância estava ali, antes e acima de todo o resto, claramente discernível no modo como Al-Din erguia a cabeça e até mesmo no modo como as pontas soltas de seu turbante preto ficavam dependuradas para emoldurar seu rosto, como se tivessem sido posicionadas por alguém que buscasse conseguir precisamente o efeito que ele havia conseguido. A intolerância também estava ali, na curvatura dos lábios e no embotamento mortal das bolsas frouxas sob os olhos inexpressivos e inflexíveis. Também havia orgulho, André sabia, embora não conseguisse detectar nenhum sinal dele, bem como uma vaidade monstruosa — negada e repudiada, sem dúvida, mas ainda assim presente sob a fachada da humildade informe — e o desdém cheio de escárnio por qualquer um que não ele próprio. Naquele momento e naquele lugar André St. Clair decidiu que não gostava de Rashid al-Din Sinan, o Velho da Montanha dos Assassinos, e que não desejava ter de negociar com ele sob qualquer pretexto, nem mesmo em obediência ao Conselho da Ordem de Sião. E enquanto esse pensamento penetrava sua mente e se estabelecia ali, o outro homem vagarosamente lhe voltou as costas e se arrastou portas adentro, os guardas fechando-as atrás dele com reverência e evidente alívio.

Alec saiu da casa onde se realizou o encontro cerca de uma hora mais tarde, com o cenho franzido e olhando à procura de André, que se aquecia ao lado da fogueira que os guardas haviam acendido no pátio, e sua primeira pergunta, feita em francês, foi sobre Rashid al-Din.

— Ele saiu para vê-lo quando eu lhe disse que você estava aqui e quem era. Você o viu?

— Como poderia deixar de vê-lo? Ele parou a menos de cinco passos de mim, encarando-me de frente.

— E o que você achou?

André olhou em torno. Havia mais de uma vintena de pessoas no pátio naquele momento, e mais da metade delas estava reunida em volta do fogo.

— Alguma destas pessoas fala francês?

— Não, não que eu saiba. Isso é altamente improvável.

— Não mais improvável, certamente, do que nós falarmos árabe?

O sorriso que Alec deu em resposta foi fraco e breve, acompanhado de um sacudir de cabeça.

— São coisas diferentes, primo, acredite em mim. Você e eu aprendemos a língua local para que pudéssemos conversar com eles a fim de atingir nossos propósitos. Essas pessoas não têm tal incentivo. Elas são simples e iletradas em sua maior parte, raramente deixam estas alturas e, acima de tudo, são todos fanáticos. Eles nos desprezam e a tudo o que representamos; eles nos veem como ímpios infiéis, eternamente amaldiçoados por nossa recusa em aceitar Alá e seu Profeta. Por que desejariam macular a si próprios falando nossa imunda língua infiel? Estes homens não falam nem compreendem francês, eu lhe juro.

— Então eu vou lhe dizer o que achei do seu Velho da Montanha. Achei que ele é um perfeito exemplo dos seus Homens de Deus... os Homens de Deus que você me descreveu quando nos encontramos pela primeira vez e conversamos sobre tais coisas. Ele é um extremista, mas também é um fanático da escala de um Nero ou de um Tibério, consumido pelo amor-próprio e convencido de que somente por sua intercessão pessoal os homens podem ter esperança de atingir a salvação, e de modo que fará tudo o que estiver ao seu alcance para fomentar a guerra, a fim atingir seus propósitos e objetivos. Está repleto de farisaísmo, intolerância e ódio. Ele prega o fanatismo e a chacina em Nome de Deus. Tornou-se insano pela necessidade de tornar outros homens insanos ao lutar por seus deuses e suas próprias ambições. Eu o desprezei à primeira vista, e a mera perspectiva de ter de negociar com ele a qualquer momento, por qualquer propósito, faz com que sinta vontade de vomitar. Tirando isso, considerei-o bem impressionante, de um modo inexpressivo e inumano.

Os olhos de Alec cintilavam quando ele arqueou uma das sobrancelhas.

— Bem, ele certamente parece ter causado impressão. Imagino que pensamentos você inspirou nele.

André tentou sem sucesso encobrir um rápido sorriso.

— Eu acredito em primeiras impressões, primo, e elas raramente me enganam. Quanto ao que ele pensou de mim, não poderia me importar menos. Sobre o que você e ele conversaram?

Alec olhou fixo para o primo por vários momentos mais, como se estivesse deliberando se queria desafiar as opiniões de André ou não, mas depois encolheu os ombros e respondeu à pergunta numa voz cheia de desgosto.

— Sobre mais assuntos do que eu pretendia. A primeira coisa que descobri foi que eu havia posto meus pés numa bagunça que nem mesmo imaginava estar ali. Não exerci as devidas diligências preliminares que se deve observar nas proximidades de um cão acorrentado e, como sempre acontece, esse esquecimento me desautorizou quando a última coisa de que eu precisava era ser desautorizado. Maldição! Ainda estou zangado, mas a verdade é que o único culpado fui eu. Não fiz o que qualquer idiota sabe que deve ser feito... não confrontei meu entendimento com a realidade antes de partir para a ação e me pus em desvantagem por não saber tudo o que deveria saber.

— Como o quê? Não faço ideia do que você está falando.

— Conrad e os templários... Montferrat e Ridefort. Pensei em distanciá-los, para atingir meus próprios intentos, agora que um deles está morto, mas tão logo trouxe o assunto à tona, Sinan ficou enraivecido e eu percebi que deixara passar algo. Como era de se esperar, ele me contou tudo a respeito, e eu fui tomado completamente de surpresa. Não importava que eu ainda fosse um prisioneiro de guerra quando tudo isso aconteceu, pois eu trabalho com informações em primeiro lugar e acima de tudo; portanto, deveria saber o que faço e não cometer tais erros.

— Eu ainda não sei do que você está falando.

— Eu sei. Sei que você não sabe... Mas não quero discutir isso agora. Estou faminto e sinto o cheiro de cabrito assado. Vamos encontrar comida e um lugar onde possamos sentar para comê-la e conversar com privacidade, e então eu lhe contarei sobre todo o desastre.

Pouco tempo depois, fortalecido pela carne fresca de cabrito assado e pelo pão recém-preparado, regados com água fresca de uma fonte próxima, os dois francos acomodaram-se ao lado de uma fogueira em extinção e avivaram-na, acrescentando mais combustível. Ninguém prestou qualquer atenção neles, e por fim Alec Sinclair sentou-se numa posição mais ereta e limpou as migalhas da parte da frente de seu manto antes de começar a falar.

— O que eu descobri foi que Conrad irritou Rashid seriamente, meses antes de eu ser libertado do cativeiro. Rashid ainda está tão zangado com isso que nem mesmo permitiu que o nome de Conrad fosse mencionado, e eu acabei parecendo um idiota. Aparentemente, um dos navios de Sinan, carregado de tesouros de vários tipos, foi forçado a procurar abrigo em Tiro por uma violenta tempestade de inverno no início deste ano. Eu soube que há protocolos que governam tais situações, e que as leis que estabelecem o oferecimento de abrigo pelos portos aos navios visitantes são tão restritivas quanto aquelas oferecidas aos pecadores pelas igrejas, mas por uma diversidade de razões, nessa ocasião as leis foram suspensas por Conrad. Ele havia optado tempos antes, por suas próprias razões, por esquivar-se do chamado às armas enviado por Ricardo da Inglaterra a todos os cavaleiros e demais homens de Outremer. Todos sabíamos disso, mas por algum motivo deixamos de prestar a atenção que o caso merecia, pois Conrad é germânico, parente de Barba-ruiva, e recém-nomeado, mas ainda não solidamente estabelecido, como conde de Tiro...

"Os templários haviam deixado Tiro muito antes disso, para sitiar Acre junto com Lusignan, e levaram seu cofre de guerra com eles, o que significa que Conrad perdera sua maior e mais acessível fonte de recursos. Ele também estava cortejando a opinião favorável de Filipe de França nessa época, e esse não era um esforço pouco caro. Mas ele sabia que os reis da Inglaterra e da França não morriam de amores um pelo outro e procurou usar isso ao seu favor. A importância básica disso tudo na época, porém, era que Conrad estava quase falido, e o navio árabe no seu porto estava pesadamente carregado de bens e outras cargas de grande valor. Por isso ele confiscou o navio e matou seu capitão.

"Bem, quando Rashid al-Din soube do que havia acontecido, mandou emissários até Conrad, explicando quem ele era — um príncipe *shi'a* — e solicitando a devolução do navio com sua carga e tripulação, sob o velho argumento de que o inimigo do meu inimigo é meu amigo. Conrad recusou, e os mensageiros foram mandados embora com as orelhas ardendo. E é desnecessário dizer que nada foi devolvido a Sinan.

"Tudo isso aconteceu, como já disse, enquanto eu ainda era prisioneiro; portanto, eu não sabia nada a respeito. Foi uma perda de grande magnitude para os Assassinos, e eles chegariam a grandes extremos para se certificar de que nenhum sinal de sua derrota pudesse vazar para causar satisfação a Saladino. Na época em que fui solto, a história da captura do navio já havia sido há muito eclipsada por outros eventos. Mas eu deveria saber a respeito mesmo assim. Fui preguiçoso e não cavei fundo o suficiente antes de me empenhar no curso de uma ação da qual me arrependeria.

— Mas como você poderia ter descoberto e como você saberia onde procurar?

— Eu procuraria onde deveria ter procurado antes de fazer qualquer outra coisa. Teria procurado entre nossos irmãos do Sião aqui, os poucos que lidam com tais assuntos... e, se tivesse feito isso, teria descoberto tudo sobre o episódio.

— Então... Além do estrago contra o seu orgulho, se estou ouvindo corretamente, não haveria grande empecilho ao que lhe foi solicitado. Estou correto?

— Oh, sim. Conrad é um homem morto. Ele apenas não sabe disso ainda. Ninguém faz de Rashid al-Din Sinan um inimigo mortal e sobrevive para contar a história. Conrad agora está sob uma *fatwa*. Sua morte foi decretada; seus matadores, despachados. A única coisa que resta a finalizar é a maneira e o momento.

— Então seu dever está cumprido. Você alcançou seu objetivo sem ter feito nada. Isso raramente acontece hoje na vida de alguém.

Sinclair inclinou a cabeça para o lado e avaliou o primo com firmeza.

— É — disse ele. — Suponho que isso seja verdade, exceto pelo fato de que não podemos determinar o momento em que nada disso ocorrerá, o que pode ser uma desvantagem... — Ele fez uma pausa e então acrescentou: — Nós nunca conversamos sobre qualquer aspecto das ordens que recebi, você e eu. Como você se sentiu quando descobriu quais eram as minhas instruções nos despachos? Há algo que você queira dizer? Algo que preferiria não fazer?

— Bem — a voz de André soava pensativa. — Devo admitir que fiquei consternado por você ter sido solicitado, e pelo nosso próprio Conselho, a arranjar uma eliminação... não, vamos chamar pelo nome... um assassinato. Eu não me tornei cavaleiro ou monge para que me designassem tais tarefas... Mas depois pensei melhor e, creia-me, primo, quando lhe digo que pensei nisso por um longo tempo e em muitas ocasiões, passei a entender o fato de outros pontos de vista que não os ditados pela minha própria desaprovação... Tudo isso, é claro, muito antes de eu sentir o cheiro de Rashid al-Din.

"Há muito mais em jogo aqui do que a vida de um homem. Eu vejo e compreendo isso. O que está realmente em perigo é a continuidade da existência do cristianismo na Terra Santa... e, ainda que as hostes de Ricardo prevaleçam sobre as de Saladino e preservem o cristianismo, a forma última desse cristianismo, sua essência, será disputada entre facções rivais de cristãos romanos e bizantinos de maneira tão intensa quanto o verdadeiro caminho do Islã é disputado entre muçulmanos sunitas e xiitas. Agora, não sendo um cristão, isso não deveria me preocupar de modo algum... e de fato não preocupa, exceto pelo fato de que nossa antiga Ordem necessita do manto de segredo que lhe é oferecido pelo cristianismo romano, e mais particularmente pela Ordem do Templo, com a finalidade de continuar seu trabalho sagrado. E como um leal irmão da Ordem e um estudante de sua doutrina, acredito na importância desse trabalho e jurei fazer tudo o que estivesse ao meu alcance para auxiliar sua eventual conclusão, despindo o véu de mil anos de mentiras dos olhos dos homens e permitindo que eles vejam e entendam o Caminho do Reino de Deus original, desposado por Jesus e seus companheiros da Assembleia de Jerusalém.

"Para atingir tal fim, negociarei com os Assassinos ou com qualquer outro capaz de nos ajudar a alcançar nossos objetivos. Isso, por sua vez, significa que eu posso me obrigar a tolerar, se não a cometer, o assassinato do conde de Tiro, pois, com a morte do imperador Barba-ruiva, Conrad de Montferrat agora representa a única e maior ameaça ao cristianismo romano em Outremer. Se ele se casar com Isabella, mesmo que não se torne o rei de Jerusalém de fato, fará com que os ricos ortodoxos se entrincheirem nesta parte do mundo com mais força do que jamais aconteceu antes e substituirá a Ordem do Templo pela Ordem Teutônica, emasculando os cavaleiros ocidentais, tanto templários quanto hospitalários, e privando-os de qualquer voz no futuro do reino. E ao fazer isso, ao desapropriar o Templo, perturbará os trabalhos da nossa Ordem e interromperá, possivelmente por mais um milênio, o progresso da nossa sagrada missão. E é claro, ele *vai* se tornar rei de Jerusalém assim que desposar Isabella.

— Então não nos resta nada a fazer além de rezar para que ele caia sob a *fatwa* antes de se casar com ela — murmurou Sinclair, balançando a cabeça em assentimento ao que André dissera.

— Talvez, mas como você diz, primo, nós não podemos exercer nenhum controle sobre isso. E Rashid al-Din não tem interesse em colaborar com quaisquer dos nossos desígnios, estou correto? — Ele esperou que Sinclair balançasse a cabeça e depois acrescentou: — Mas responda-me isto: é verdade que os Assassinos veem o ritual de assassinar figuras oficiais em lugares públicos como meio desejável de espalhar seu próprio estigma de terror?

— Sim.

— E é verdade que será de grande vantagem para Conrad consumar esse casamento com Isabella tão logo ele possa ser arranjado?

— Sim. O que você está sugerindo?

— Nada ainda. E quando esse casamento ocorrer, ele será um grande evento de gala?

— Um casamento real? É claro que será.

— Bem, então, conte-me: por que você não vai até Rashid al-Din e o informa sobre o do que está acontecendo com Conrad e seu plano avassaladoramente ambicioso de consolidar todo o cristianismo sob seu poder como rei de Jerusalém? E, enquanto está aqui, por que não se oferece para manter o imã informado a todo momento das movimentações de Conrad e do avanço de seus planos para o casamento? Assim informado, e quando a ocasião for absolutamente correta, Rashid seria capaz de enviar seus homens para executar a maior devastação possível no momento mais propício e adequado, matando Conrad exatamente quando ele se prepara para desposar a rainha e assumir a coroa de Jerusalém. Ora, isso seria uma afirmação do poder da Irmandade dos Assassinos e condizia com os nossos propósitos à perfeição.

— O que quer dizer com à perfeição?

— Bem, se esse casamento não ocorrer, por qualquer motivo, muito bem, e nós não precisaremos nos preocupar com coisa alguma disso.

— Mas Rashid al-Din matará Conrad de qualquer maneira nesse caso.

— Ele provavelmente o fará, mas pelo menos nestas circunstâncias será uma decisão dele, não nossa.

Alec ficou olhando para o primo sem sequer piscar os olhos tamanho o seu assombro, sua mão direita congelada no ato de erguer-se para coçar o nariz, mas depois ele levou a mão até o rosto, tocou os lábios com a ponta dos dedos e sacudiu a cabeça.

— Este, mestre St. Clair, é um estratagema digno de um papa... é inspirado... Completa e descomplicada genialidade. Perfeição! — Ele bateu com mão no joelho e ficou de pé, crescendo sobre André.

— Onde você vai?

— Voltar. Para a cova do leão. Pretendo ir até lá e perguntar se ele pode me ver agora, imediatamente, pois tenho assuntos de grave importância para compartilhar com ele. Ele sabe que partiremos pela manhã e sua curiosidade não lhe permitirá que nos deixe ir embora sem espremer de nós cada coisa que sabemos. O fato de que eu ouse voltar até ele tão rapidamente também o entregará. Espere por mim aqui. Não devo demorar.

Ele estava de volta em menos de meia hora, e enquanto se aproximava atirou uma magnífica e vistosa adaga para que André apanhasse no ar.

— É sua, embora o Velho a tenha dado a mim como sinal do seu alto apreço... Eu não disse a ele que, na verdade, é a você que ele tem em tão alta estima. Faça bom proveito da arma, pois você certamente a mereceu nesta noite. O cabo é de uma pedra chamada lápis-lazúli e o metal é bronze, não ouro, mas você pode limpar e trinchar um camelo adulto com ela sem que a lâmina jamais fique cega. Esta é a arma de um xeque, meu filho. Use-a com orgulho. E agora estou certo de que você está tão cansado quanto eu, e teremos de estar na estrada no início da manhã; portanto, vamos encontrar nossos cobertores.

— Eu vou, eu vou, mas o que ele disse quando você delineou seu plano?

— Nada, nem uma só palavra, mas o velho sodomita miserável até sorriu para mim... uma das coisas mais assustadoras que eu já vi. Ele ouviu extasiado, e quando eu acabei, ele foi buscar a adaga pessoalmente para mim, entregando-a com suas próprias mãos. Ele gostou do seu plano, primo. E agora nós temos as rédeas sob nosso controle. Nós merecemos um sono reparador. Venha.

— De bom grado, mas não posso aceitar isto.

André ergueu a adaga, o cabo azul e dourado estendido na direção de Sinclair, mas Alec cruzou os braços sobre o peito, os dedos enfiados sob as axilas, e a recusou. André franziu o cenho e tentou novamente.

— Vamos, ela é sua sob qualquer hipótese, e, como você diz, é uma arma própria de um *xeque*. Por que não a pega?

— Porque ela não é minha. Você a mereceu com sua ideia fantástica. Eu simplesmente joguei a isca para o Velho. Além disso, eu já tenho uma adaga, que trato com carinho. Veja.

Alec levou a mão até o cinto e sacou uma arma muito mais bonita do que aquela que lhe havia sido dada por Rashid al-Din. Era uma adaga embainhada de lâmina curva ornada de maneira magnífica, seu cabo e sua bainha dourados gravados com filigrana de prata e engastados de pedras preciosas lapidadas vermelhas, verdes e azuis. Até mesmo ao primeiro olhar, André podia ver que era de feitio muito mais fino e muito mais valiosa do que aquela que ele tinha na mão.

— Eu nunca a tinha visto antes.

— É claro que não. Eu a mantenho escondida, pois, caso contrário, teria de entregá-la sob confisco. A simples aparência faz zombaria de qualquer voto de pobreza e é capaz de excitar a ganância de quaisquer olhos que sejam postos sobre ela. Mas eu não a guardo por seu valor monetário, pois aos meus olhos ela não tem nenhum. Um dia ela pertenceu a um jovem chamado Arouf, que era irmão da esposa de Ibn al Farouch, meu antigo captor. Eu encontrei Arouf morto no deserto, depois de Hattin, e tomei a adaga de seu corpo. Mais tarde, quando encontrei Al Farouch, ele a reconheceu, e mais tarde ainda, quando me tornei seu prisioneiro, ele a tirou de mim. Depois, uma vez que nos tornamos amigos e ele me libertou, deu-a novamente a mim, como lembrança de nosso tempo juntos, e eu a conservo em honra daquela amizade inesperadamente descoberta. Portanto, guarde a sua adaga consigo, e eu manterei a minha, ambas ocultas dos olhos de homens cobiçosos e avarentos.

VINTE E DOIS

Dias depois do seu retorno ao dever, os primos se separaram, conscientes de que era provável que se mantivessem assim até que as próximas peças do desenrolar da ação ofensiva contra o inimigo estivessem bem à mão.

A parte desventurada disso era que ninguém podia prever quanto tempo duraria. Os dois reis, Ricardo e Filipe, estavam ambos acamados pela leonardia, que os soldados chamavam de escorbuto. As condições de Ricardo eram muito piores do que a afecção que acometia Filipe, e talvez porque dessa vez pudesse perceber que parecia fisicamente melhor e mais atraente que seu rival inglês, cujo cabelo caía aos chumaços e cujos dentes estavam visivelmente apodrecidos e moles, Filipe combateu sua doença de maneira atípica e fez preparativos frenéticos para atacar Acre com seu próprio exército e trazer um fim ao cerco de uma vez por todas por meio de seu esforço próprio e sem o apoio de ninguém. A maior parte da esquadra de Ricardo, não mais sob o comando de sir Robert de Sablé, ainda se encontrava retida em Tiro, incapaz de navegar por causa dos ventos revoltos e perigosos conhecidos como Arsuf, e mais da metade do exército normando do rei da Inglaterra estava encalhada ali com eles. Filipe queria explicitar sua vantagem e angariar toda a glória que pudesse em Acre, enquanto seu rival ainda estava doente e antes que esses reforços pudessem chegar de Tiro, por isso, lutou sozinho, golpeando incansavelmente a pedra angular das defesas de Acre, a Torre Amaldiçoada, enquanto corria o rumor — toda a campanha em Outremer parecia viver de rumores — de que Ricardo ainda estava de cama, porém negociava infrutiferamente com enviados de Saladino sobre os termos da rendição de Acre.

No entanto, conforme um relatório de Ibrahim que André passou para Alec perto do final de junho, Saladino estava jogando seu próprio jogo e, consequentemente, sentia-se feliz por ganhar tempo ao desperdiçar dias e semanas dirigindo idas e vindas inúteis de enviados de ambos os exércitos. O sultão, ao que parecia, esperava diariamente a chegada de uma frota do Cairo e de um exército que supostamente se aproximava por terra vindo de Bagdá, confiante de que o advento de qualquer um dos dois seria suficiente para rechaçar e desarmar o exército de Filipe e seus ataques às muralhas de Acre. Alec, agora um membro da equipe pessoal de sir Robert de Sablé, o grão-mestre eleito da Ordem do Templo, levou essa informação diretamente ao seu superior, apenas para vê-la rejeitada como sem importância no grande esquema em que as coisas se organizavam.

Naquela noite, depois de jantar com o primo pela primeira vez em mais de uma semana, Alec repassou essas notícias para André enquanto estavam sentados no alto de um baluarte defensivo acima do fosso, contemplando o calmo vazio do deserto além deles.

Ficaram desapontados ao chegar, pois haviam levado suas balestras com eles, na esperança de encontrar algo em que atirar. Mas o solo diante deles, que estivera tomado de cavaleiros sarracenos poucas horas antes, jazia vazio e desolado, e suas bestas permaneceram sem uso na areia aos seus pés.

Então, ofendido pelo que o primo dissera, St. Clair virou o corpo para olhá-lo de lado.

— Não é importante sabermos o que Saladino está pensando? O que você quer dizer com "não é importante"? Isso é insano.

— Não, não é. Eu também reagi assim a princípio, mas sir Robert me contou que eles já possuíam essa informação e haviam feito seus planos em relação a ela. Enquanto isso, ele disse que tem um peixe maior para pescar.

— Como o quê? Quanto maior?

— Chipre.

— Não estou entendendo.

— Isso não me surpreende... Ricardo quer vender Chipre aos templários.

— Vender...? Que loucura é essa? Chipre é um *lugar*, uma ilha. Não se pode vender um lugar.

— É claro que pode, se ele é seu e você consegue determinar um preço que valha a pena. E você deve lembrar: Ricardo tornou Chipre sua quando depôs o idiota do Comneno e assumiu o controle do seu alegado império. Agora ele mudou de ideia. Ele não quer mais o lugar e está procurando vendê-lo para um comprador adequado... a Ordem do Templo.

— Mas por que, em nome de qualquer coisa que se assemelhe à sanidade, ele acharia que os templários poderiam estar sequer remotamente interessados numa ideia tão imprudente?

Alec Sinclair olhou para seu primo francês e levantou uma das sobrancelhas, arregalando os olhos e comprimindo os lábios de maneira cômica.

— Talvez porque ele acredite que eles estejam cobiçosos de tal lugar. Talvez porque ele seja um amigo muito próximo do novo grão-mestre há muitos anos e saiba, porque o grão-mestre lhe contou, que a Ordem anseia por uma base sólida e estável para suas operações, bem afastada da interferência dos reis e papas da Cristandade e próxima o bastante da Terra Santa para servir como área de lançamento de futuras guerras e campanhas militares. E talvez porque os cofres de seu tesouro de guerra estejam depauperados e ele tenha de colocá-la à venda... Você acha que qualquer dessas razões pode ser suficiente?

André sacudiu a cabeça em lastimável assombro, como se estivesse surpreso por ter-se permitido ficar surpreso.

— E as negociações estão em curso enquanto falamos?

— Não, elas estão completas. O acordo foi feito e a venda concluída.

— Entendo. Bem, suponho que isso faça algum sentido, se considerado do ponto de vista que você acabou de descrever. Qual foi o preço, você sabe e pode dizer?

— Sim, eu posso lhe contar. Mas você não pode contar a mais ninguém. Concorda? — André fez que sim. — Cem mil peças de ouro... Moedas sarracenas. Inicialmente 40 mil, como sinal, e, posteriormente, pagamentos anuais de 10 mil durante seis anos, depois que eles tiverem estabelecido sua regra lá.

André deu um assobio brando.

— Ricardo fez bom negócio... Quarenta mil moedas de ouro é um retorno admirável para um investimento de menos de três meses que não lhe custou nada. E quanto tempo levará para que o Templo estabeleça sua regra na ilha, como você diz?

— Não muito, ao que parece. Eles estão preparados para se mudar sem perda de tempo. Eu tenho ordens para navegar até a ilha imediatamente, a fim de sondar um potencial quartel-general e comunicar a De Sablé. Partirei depois de amanhã.

— Por Deus, você vai até lá? Por onde vai começar? Visitará Famagusta? Se o fizer, eu pediria que você encontrasse o túmulo de meu pai e cuidasse dele para mim. Você faria isso?

— Ora, primo, você não precisa nem perguntar isso. É claro que farei. E mesmo que minha jornada não me leve até lá, farei a viagem ainda assim, por minha própria conta. Fique tranquilo quanto a isso. Agora, e quanto a você, o que tem feito nesses dias?

André sorriu.

— Trabalho de soldado, o que mais seria? Desde que encontrei você, perdi meu status especial. Enquanto eu podia alegar ser a pessoa que oficialmente estava à procura de sir Alexander Sinclair, tinha o privilégio de ir e vir quando desejasse. Agora que você foi encontrado e está a salvo, tornei-me um soldado ordinário novamente, ainda que um soldado sagrado cavaleiro... Eu agora sou um simples cavaleiro templário em armas, responsável por um esquadrão de quarenta irmãos sargentos de Anjou, o que significa que agora sou autorizado a me levantar para as orações durante todas as horas da noite, além do que, como líder de esquadrão, tenho a liberdade de conduzir patrulhas diárias dos setores que se confrontam com o território inimigo e às vezes quase circundam nossas formações mais inferiores e afastadas. Mas não tenho tempo de me entediar. Os rapazes de Saladino nos atacam todos os dias, determinados a ultrapassar o fosso, e às vezes essa é a única coisa que podemos fazer para mantê-los fora.

Sinclair inclinou a cabeça de lado e olhou para o primo de través.

— Você disse *os rapazes de Saladino*... É assim que pensa neles? Sem malícia?

— Sem malícia? Suponho que sim, se e quando de algum modo penso neles. Penso neles como homens que simplesmente estão ali, como as moscas da areia e os escorpiões, parte desta paisagem... certamente não os odeio como infiéis ou carniceiros, crias do demônio sedentas de sangue. Até onde pude ver com meus próprios olhos, junto com o que você me contou, eles são pessoas muito semelhantes a nós, mas que aderiram a outra crença. Eles são homens, como nós, com seus próprios problemas e tribulações que reconheceríamos e compreenderíamos caso pudéssemos vê-los. O que o leva a me perguntar isso?

Alec deu um gemido e se levantou.

— Eu não sei... talvez a esperança de ouvi-lo dizer o que disse... Particularmente a parte sobre não odiá-los. É muito fácil odiar aqui, e muitas pessoas fazem isso, de ambos os lados. — Ele apertou o cinto em volta da sua cintura e espreguiçou-se até ficar na ponta dos pés. — Qual é a diferença entre Jesus e Maomé, primo, você pode me dizer?

St. Clair sorriu novamente.

— Não, eu não posso, mas pressinto que você me dirá.

— Não, eu não, pois não sei. É um enigma profundo demais para mim. Mas, ainda que eu não seja um cristão propriamente dito, ainda assim apoiaria Jesus, como homem, pois a diferença entre esses dois, parece-me, está enraizada no poder e na maneira como, enquanto homens, eles o buscaram. Jesus não buscou. Ele nunca o fez. Simplesmente viveu sua vida do modo que julgava mais apropriado, e foram homens, posteriormente, que o transformaram na deidade que ele se tornou. Mas Maomé? Maomé ocupava-se do poder desde o princípio, procurando controlar a mente e ações dos homens em nome de Deus. Ele pode ter sido divina e genuinamente inspirado por Alá, mas isso está além da minha capacidade de determinar. A única coisa que posso dizer, do meu ponto de vista como um observador dos homens, é que desconfio de mortais que alegam ter um relacionamento pessoal com Deus que exige que eles digam a outros como pensar e se comportar. E acho esclarecedor que nenhum desses homens, sejam eles sultões, emires, califas, patriarcas, arcebispos ou bispos, jamais pareça ter empobrecido. E, maldição, eu ainda estou com fome. Você pode acreditar nisso?

— Você não pode estar. Não faz mais de uma hora que nós comemos. É a excitação de pensar sobre a sua futura viagem a Chipre que faz com que sinta fome.

— Pode ser que você esteja certo, primo, e provavelmente está mesmo, mas ainda assim eu gostaria de comer algo agora. Pegue sua arma e vamos caminhar para esticar as pernas.

Eles quase haviam chegado ao local de onde tinham partido quando Alec Sinclair parou e entregou sua besta para André, para em seguida enfiar os polegares por sob as bordas laterais de sua couraça e arquear a espinha para trás de modo que suas omoplatas quase chegaram a se tocar.

— Amanhã será dia 1º de julho — disse ele com um grunhido quando terminou. — Espero que seja tudo menos um mês entediante e também espero que muita coisa aconteça enquanto eu estiver em Chipre. Quase desejo que não tivesse de ir.

— Quanto tempo ficará lá, você sabe?

— Não. — Sinclair sacudiu a cabeça. — Pode ser necessário um mês para que eu faça o que tenho de fazer, de modo que vou ficar fora pelo menos por esse período, talvez até mais. Não tenho razão para me precipitar e não me pediram pressa. Melhor fazer os preparativos de maneira completa e tomar as decisões apropriadas desde o início do que fazer malfeito o trabalho para o qual você foi designado e ter de ver alguma outra pessoa ser mandada para limpar sua sujeira e retificar seus erros, não concorda?

— Nenhuma objeção quanto a isso.

Alec Sinclair ergueu os olhos para o céu e depois estendeu a mão para apanhar a balestra, levantando-a com firmeza e pousando sua haste sobre o ombro.

— Cuide-se enquanto eu estiver fora, primo — disse ele —, e tente não ser morto. Eu o procurarei tão logo volte, e não desejo encontrá-lo internado entre os hospitalários. Eles são nossos rivais, você sabe, e ficam convencidos cada vez que algum de nós é obrigado a se pôr sob os cuidados deles. Deus sabe que ficamos felizes em tê-los conosco, mas eles podem ser irritantemente arrogantes algumas vezes. Passe bem, primo.

Os dois se abraçaram desajeitadamente, presos às suas armaduras como estavam, e seguiram caminhos separados, Sinclair retornando aos seus aposentos ao lado do pavilhão de De Sablé e da tenda dos templários, e St. Clair voltando para seu alojamento entre as fileiras de tendas que abrigavam seu esquadrão de irmãos sargentos.

No dia 8 de julho, seis dias após a partida de Alec Sinclair para Chipre, oito dos homens de André foram mortos num único encontro com um grupo de resolutos sapadores sarracenos. Esses homens evidentemente haviam trabalhado a noite inteira — e sem produzir nenhum som — para encher um trecho estreito do fosso com feixes — grossos fardos de juncos longos semelhantes a bastões que eram trazidos de grande distância, uma vez que não era possível encontrar tais plantas em qualquer lugar em torno de Acre. Eles terminaram sua tarefa algum tempo antes do alvorecer e se deitaram escondidos no solo além do fosso, camuflados à visão menos atenta sob seus mantos cor de areia, até depois da mudança de guarda, pouco antes do raiar do dia. Então, quando menos se esperava, atacaram como *djinns*, saltando de seu esconderijo e investindo a pé, em grande número, para cruzar a ponte estreita que haviam construído, enquanto às suas costas seus companheiros se apressavam em levar seus cavalos atrás deles.

O ardil quase deu certo, e a surpresa do ataque teria sido completa não fosse por dois detalhes menores que se combinaram para derrotá-los. Um deles foi que um jovem turcópolo, um membro das levas de nativos que, com suas armaduras leves, eram treinados para lutar contra a cavalaria sarracena, não havia conseguido dormir, acossado por dores de estômago, e saíra para caminhar na escuridão que antecede o amanhecer. Este homem acabara tropeçando e caindo de joelhos no ponto exato em que a recém-construída ponte de feixes alcançava o fosso. Quase incapaz de acreditar no que via, ele deu o alarme imediatamente, chamando a atenção de uma patrulha montada de hospitalários que estavam passando à distância de um grito, a caminho de uma ronda ao sul para a qual haviam sido designados.

Os sarracenos atacaram tão logo o turcópolo deu o grito de alerta, mas os hospitalários estavam perto o bastante do final da ponte para alcançá-lo antes deles e evitar uma invasão completa da posição franca.

Foi algo muito rápido, e a incursão evoluiu velozmente para uma peleja maior, com pesadas baixas de ambos os lados. St. Clair e seu esquadrão de quarenta homens estava se dirigindo para o norte ao mesmo tempo que os hospitalários rumavam para o sul, mas ouviram o tumulto às suas costas e deram meia-volta para atacar o inimigo numa carga relâmpago. Posteriormente, St. Clair se lembraria de ter pensado que contou mais de uma centena de inimigos do seu lado do fosso quando chegou, alguns deles montados, muitos outros mais a pé, e que, entre os últimos, atiradores de elite sarracenos acrescentavam seus projéteis de curto alcance às nuvens de flechas e dardos que eram lançadas contra os francos do outro lado do fosso. Ele viu seu primeiro sargento cair momentos depois da chegada deles, morto por um dardo pesado que o perfurou, passando com facilidade através dele e fazendo-o voar, e, antes que pudesse ao menos iniciar uma reação àquilo, outros dois de seus homens foram abaixo diante dele, atirados por cima do pescoço de seus cavalos quando os animais desabaram de cabeça para baixo. A mão de alguém avançou em sua direção, brandindo uma longa lança leve, e ele a desviou com as costas da mão fazendo com que sua espada longa desferisse um golpe cortante de cima para baixo, partindo o lanceiro ao meio. Bem à frente, dois homens montados convergiram sobre ele, ambos envoltos nos mantos verdes do martírio. Como não podia fazer mais nada, André ficou de pé nos estribos, fazendo com que seu corpulento cavalo se erguesse sobre as patas de trás, com seus enormes cascos com ferraduras de aço coiceando letalmente os animais mais leves que se aproximavam dele. Mas no mesmo momento em que a sua grande montaria empinava, um homem a pé correu por baixo do peito do animal e golpeou-o no coração com uma lança longa, fazendo-o ruir para trás, de modo que St. Clair evitou por pouco ser esmagado sob ele, libertando seus pés dos estribos e lançando-se agilmente para trás, com uma das mãos empurrando a pesada sela enquanto saltava e rodopiava como um homem que não estivesse vestindo absolutamente nada. Mas ele vestia mais de quarenta quilos de malha de ferro e armadura de placas, e quando seus calcanhares atingiram o solo, ele caiu para trás, girando violentamente de lado, e a custo conseguiu manter a empunhadura do cabo de sua espada quando o enorme peso de seu cavalo morto se chocou contra a terra ao lado dele.

André afastou-se rolando desesperadamente, ciente de que seus dois pretensos matadores agora se avultavam sobre ele, mas apenas um deles o atacou. André brandiu a espada em desespero para aparar um pesado golpe cortante que deixou seu braço dormente, depois viu o arco cintilante da cimitarra reluzente quando esta mais uma vez descreveu um arco ascendente para acabar com ele. No entanto, antes que a arma pudesse chegar ao topo de seu arco, houve um relâmpago indistinto e o baque de um dardo de besta golpeando carne, e o homem que brandia a cimitarra desapareceu, derrubado para trás para encontrar a morte de mártir em busca da qual viera.

Ofegando, quase soluçando, St. Clair ficou deitado imóvel, olhando para cima, incapaz de se mover por um momento. À sua volta, podia ouvir a cacofonia da batalha, os gemidos e grunhidos, pragas e gritos angustiados que sempre acompanhavam o choque das armas e outros sons do conflito, mas naquele momento ele ficou só, recuperando o fôlego e perguntando a si mesmo se conseguiria mover-se quando tentasse. Ele se retesou, ergueu ligeiramente a cabeça e olhou em torno, absolutamente incapaz de ver qualquer coisa do lado direito por causa do volume do cavalo morto, mas depois gemeu e rolou o corpo parcialmente, lutando primeiro para sentar-se e depois para ficar de pé, oscilando ligeiramente enquanto flexionava os dedos sobre o cabo da espada. Havia uma maça de espinhos sarracena no chão aos seu pés, e ele se curvou para apanhá-la com a mão esquerda, segurando-a sem muita força e avaliando seu peso até se familiarizar com ela, ágil e flexível, ainda que agradavelmente pesada, com sua cabeça perversamente dotada de espinhos. Ele sentiu movimento à sua direita e virou-se para ver dois barbudos devotos de Alá virem saltando em sua direção, esquivando-se de obstáculos enquanto corriam para alcançá-lo, cada um deles tentando ultrapassar o outro. A visão surpreendentemente o encheu de júbilo, e ele respirou fundo e sentiu que sorria ao adiantar-se para encontrá-los.

O homem à sua direita ganhou a corrida, agarrando a cimitarra com ambas as mãos sobre a cabeça e gritando o nome de Alá em exultação enquanto fazia sua lâmina descer sobre a cabeça do infiel, mas André aparou a lâmina dele com o gume da sua e o fez afundar rumo ao esquecimento com um golpe da maça que estava em sua mão esquerda. Em seguida, ele deu uma volta completa e deixou-se cair sobre um dos joelhos, a fim de permitir que o segundo homem corresse diretamente de encontro à sua espada estendida e empalasse a si próprio. Quando sentiu o peso do sujeito se soltar sobre a ponta de sua arma, lançou-se novamente para cima e inclinou-se na direção do baque, girando a lâmina cruelmente e depois a puxando para trás e libertando-a antes que a carne do homem se fechasse e aprisionasse o aço.

Ele ouviu trombetas às suas costas e um trovejar crescente de cascos à medida que mais reforços chegavam, gritando o nome de Ricardo e de São Jorge, e subitamente os sarracenos estavam em plena fuga, novamente do outro lado da ponte improvisada que chegara perto de romper as linhas francas. André olhou para o corpo de seu cavalo de guerra morto atrás dele, depois, correu o mais rapidamente que podia para apanhar a balestra e uma aljava com dardos do cepilho da sela onde estavam penduradas, mas a arma havia caído sob o animal, e ele não pôde movê-la de modo algum. Quando ele voltou a endireitar o corpo e começou a se aproximar do fosso, a batalha havia acabado inteiramente. O último dos sarracenos havia se retirado para além do alcance até mesmo dos mais fortes besteiros, e alguém da vanguarda da formação dos hospitalários já pusera a ponte em chamas com um frasco de fogo grego, a mistura gelatinosa de piche e nafta que aderia e queimava com uma fúria inigualável por qualquer outra coisa na natureza. Observando a fumaça irritante e viscosa e as chamas que subiam do fosso em vagalhões, St. Clair de repente sentiu-se inexprimivelmente exausto; o medo e a euforia da batalha se foram e, em seguida, com sua energia e tensão totalmente esgotadas, ele podia de bom grado ter-se deixado afundar, naquele mesmo momento e local, para descansar na areia.

Em vez disso, partiu para encontrar seu novo auxiliar no comando, quem quer que ele fosse, agora que seu primeiro-sargento estava morto. Encontrou o homem com facilidade, aquele que era apelidado por seus companheiros de *le sanglier*, o Javali, e que seria naturalmente o primeiro na linha de promoção em qualquer caso, e mandou-o fazer um levantamento formal da força do esquadrão. Foi então que descobriu que haviam sofrido oito baixas, o que totalizava vinte por cento de sua guarnição, e dez lesões e ferimentos, um dos quais sério o bastante para ameaçar elevar suas perdas para nove mortos.

Ele aceitou a estimativa sem comentários e em seguida, com o rosto sombrio, foi escolher uma nova montaria dentre as cinco que haviam sobrevivido à perda de seus cavaleiros. Ergueu-se sobre a sela, surpreso ao descobrir que sentia uma dor profunda do lado direito, e que podia ver colunas de fumaça manchando o céu no extremo sul de Acre, aparentemente além da praia. Ele instruiu Javali para que reunisse os outros e se preparasse para partir na patrulha para a qual estavam designados naquele dia, depois fez com que seu cavalo desse meia-volta e seguiu a meio-galope para a retaguarda, onde um pequeno grupo de cavaleiros ingleses olhava ao sul de cima de suas selas a fumaça no horizonte.

— O que está queimando? — perguntou enquanto se aproximava.

Um dos cavaleiros olhou para ele e fez um aceno brusco de cabeça, reconhecendo-o, e André lembrou-se de tê-lo encontrado antes na tenda de Ricardo.

— Parece ser Haifa. — O inglês aparentou completo desinteresse, mas então encolheu os ombros e acrescentou: — Não posso pensar em nenhuma outra possibilidade. É no lado extremo da baía, diretamente para o sul, e não há mais nada entre nós e aquele lugar, a não ser que Saladino esteja queimando toda a sua frota em pleno mar.

— Nós atacamos Haifa?

— Pelas entranhas de Deus, não, certamente que não. Nós já temos o bastante com que nos preocupar aqui, tentando derrubar Acre.

— Então, quem queimaria Haifa? Só poderia ser Saladino, mas por que ele destruiria uma cidade que mantém segura em seu poder?

O cavaleiro inglês fez um muxoxo e encolheu os ombros com desdém.

— Quem pode dizer o que se passa na mente de um homem como aquele? Talvez ele queira mantê-la a salvo de nós. Queimando-a, certamente conseguiria obter esse efeito, não é?

St. Clair ficou imóvel por um momento, absorvendo isso, depois concordou com um movimento de cabeça.

— Acho que provavelmente você está certo, Deniston. Acre deve estar mais perto de ruir do que nós pensamos. Saladino deve achar que pretendemos avançar sobre Haifa tão logo Acre caia. Fica tão perto e é um porto, com águas profundas e ancoragens seguras, não maculada por naufrágios. Isso significa que ele deve *saber* que Acre está para desabar muito em breve... hoje, talvez, ou amanhã.

— Ah, por favor! Como ele poderia saber disso? Nós mantemos o lugar mais vedado que um convento cisterciense. Nada entra, nada sai, incluindo informação... principalmente informação. Tudo está fechado e sob interdição. É para isso que serve um cerco.

— Humm. — St. Clair sorriu. — Conte-me, lorde Deniston, você sabe nadar?

— Nadar? Você quer dizer, na água?

— Sim, como um peixe. Os árabes nadam. Há nadadores entrando e saindo de Acre a cada noite que Deus nos manda. Acredite em mim.

— Acredite você mesmo, se quiser — rosnou o cavaleiro inglês ofensivamente, lançando um olhar para os seus companheiros para ter certeza de que eles estavam testemunhando enquanto ele punha aquele francês idiota em seu lugar. — Jamais ouvi tamanha bobagem. Nadar para dentro e para fora da cidade, ora essa.

St. Clair de modo algum admitiria que quem lhe assegurara isso fora um Assassino xiita, de modo que apenas deu de ombros, continuou sorrindo e depois acrescentou:

— Voando, também, para dentro e para fora da cidade.

— Voando? *Voando*? — Novamente, o apelo para as testemunhas. — O sujeito está louco.

— Não pessoas, Deniston, pássaros. Pombos. Eles mandam pombos ir e vir, portando mensagens... pombos devotos, muçulmanos, eu lhe asseguro, que voam diretamente de mesquita a mesquita, de minarete a minarete. — Ele ergueu um dedo em sinal de alerta. — Tenha isso em mente e tome cuidado. Até breve.

Ele então deu meia-volta e esporeou seu cavalo para longe antes que qualquer um dos cavaleiros ingleses pudesse pensar em qualquer coisa para dizer.

André agora seguia diretamente para o local onde o restante de seu esquadrão, reduzido a pouco mais da metade, estava montado à sua espera.

Javali saudou-o enquanto se aproximava.

— Todos presentes, senhor. Vinte e dois sargentos prontos para cumprir seu dever. Mais dez aos cuidados dos hospitalários, um deles prestes a morrer, três que devem ser mantidos internados, seis outros que se espera que voltem ao serviço ainda hoje, depois de receber tratamento.

André balançou a cabeça em assentimento e depois ficou olhando para seus homens, seus pensamentos fervilhando. Reduzido a apenas metade de sua força, seu esquadrão não estava, estritamente falando, capacitado para levar a cabo a patrulha para a qual fora designado naquele dia, pois as regras eram muito claras quanto à força e ao número. Os sarracenos haviam se concentrado em dizimar os cavalos de guerra francos nas semanas anteriores; plenamente conscientes de que os animais eram insubstituíveis, os arqueiros inimigos vinham correndo riscos extremos para matar os animais em qualquer oportunidade, de modo que o comando franco havia enrijecido as regras que controlavam o confronto com o inimigo para certificar-se de que todas as expedições montadas fossem suficientemente fortes para desencorajar ataques aleatórios. Um esquadrão de quarenta homens era um elemento que dissuadia de tais ataques; uma força de 22, não.

— Nós vamos retornar aos quartéis, sargento, para nos reagruparmos. Estamos duramente avariados e em número muito pequeno para sair em cavalgada sem pôr nossas montarias em risco. Estou certo de que a esta altura você sabe que eles são mais valiosos do que nós. Cada cavalo que perdemos prejudica nossas chances de vitória. Cuide disso, se lhe apraz, e mande o porta-estandarte do esquadrão acompanhar-me. Eu vou me reportar ao Comando de Campo e solicitar substitutos para os homens que perdemos hoje. Vou precisar de uma lista com os nomes dos mortos, também, mas não de imediato, a não ser que você a tenha pronta. Você tem?

— Na minha cabeça, senhor, mas não por escrito.

— Certo, bem, certifique-se de que eu receba uma cópia da lista quando ela estiver pronta... antes de você encerrar suas atividades deste dia.

Javali fez uma saudação, e André se afastou, apontando a cabeça de seu cavalo na direção do distante Comando de Campo.

Havia muito barulho e atividade em torno da enorme tenda dos templários, que abrigava o Comando de Campo, com cavaleiros, nem todos eles templários, apressando-se em todas as direções. St. Clair se perguntou qual seria a causa daquilo, ciente de que o tumulto que ocupara seus homens, por mais que tivesse sido caro e ferozmente combatido, havia sido uma escaramuça menor, incapaz de gerar tanta atividade. Qualquer que fosse a causa, ele foi obrigado a esperar numa fila antes de conseguir falar com o oficial do Templo mais graduado no serviço. O homem, um nativo de Poitou chamado Angoulême, ouviu seu relatório e seu pedido de mais homens, depois escreveu algo, levantou os olhos para André e fez que não com a cabeça.

— Basta a cada dia o seu mal, dizem as Sagradas Escrituras.* Parece que você e os hospitalários desempenharam bem. Você teve um alto custo, mas eu já soube que seus homens derrubaram cinco para cada um que perderam... Ainda assim, metade de sua força perdida numa só ação é suficiente para justificar repouso num dia como este. A sorte de Filipe está proporcionando não muito mais do que a sua hoje. Vá e ordene que seus homens descansem por enquanto, mas mantenha-os por perto, para o caso de uma necessidade súbita. Enquanto isso, eu vou mandar outro esquadrão para fazer sua patrulha.

André fez uma saudação e virou-se de costas para sair, mas depois hesitou e voltou a virar-se.

— Perdoe-me, mas o senhor diz que o rei Filipe está em ação enquanto falamos?

— Sim, contra a Torre Amaldiçoada outra vez. Segundo os engenheiros, ela está completamente minada e deve desabar a qualquer momento, por isso, ele montou outro assalto para manter o inimigo ocupado. Mas está sofrendo pesadas perdas, disseram-me. O próximo, um passo à frente.

St. Clair deixou a grande tenda e encontrou seu porta-estandarte à sua espera. Então, chamou o sujeito de lado e mandou-o de volta às suas

---

* Evangelho segundo Mateus, 6:34. (*N. do T.*)

fileiras para avisar Javali que dispensasse os homens pelo restante do dia. Feito isso, saiu à procura de um ponto privilegiado de onde pudesse observar o ataque francês contra a Torre Amaldiçoada, apenas para descobrir que a ação já havia se dispersado antes de sua chegada, apesar — ou talvez por causa — de uma grande parcela da muralha da torre, de cerca de dez a doze metros de largura, ter desabado em pilhas de detritos que pululavam de defensores furiosos, parecendo exatamente, de onde St. Clair observava, uma colônia de formigas cujo formigueiro tivesse sido severamente danificado. Ele observou Filipe retornar ao seu pavilhão, seu avanço visível mesmo a mais de uma milha de distância, graças à proeminência de seu estandarte pessoal, com os lírios reais da França exibidos de maneira tão inconfundível.

Ligeiramente desapontado pelo que via como um final anticlimático para as suas expectativas, André sentou-se sobre seu cavalo e deixou que seu olhar vagasse pela paisagem até pousar sobre o pavilhão de Ricardo da Inglaterra, com sua inconfundível cota real de armas. Todos sabiam que Ricardo ainda estava doente, sofrendo com furúnculos terríveis, queda de cabelo, perda de dentes e apodrecimento das gengivas, mas, ainda assim, supunha-se que ele também estava profundamente engajado na tentativa de impor os termos da rendição da guarnição de Acre. André suspirou diante desse pensamento, incerto sobre até que ponto ele era exato. O acampamento estava inundado de rumores e contrarrumores, mas o mais proeminente deles dizia respeito a Ricardo e sua atitude diante daquela rendição. Dizia-se que ele vinha sendo duro como diamante em se recusar a discutir os termos com os sarracenos, mantendo-se autoritário, em vez disso, e exigindo uma rendição incondicional, com a libertação imediata de todos os prisioneiros francos e a devolução de todas as posses, incluindo não apenas a Cruz Verdadeira, mas também todas as cidades e fortalezas que haviam sido tiradas da Cristandade após Hattin.

Se isso fosse verdade — e, conhecendo Ricardo, André estava bastante propenso a acreditar que poderia ser —, então era uma loucura do tipo mais extremo, uma vez que não deixava a Saladino qualquer espaço de manobra ou oportunidade para conservar ou readquirir qualquer status ou dignidade. Simplesmente por acatar demandas tão extremas, o sultão cometeria suicídio, política, religiosa e socialmente, e até mesmo St. Clair, recém-chegado como era, podia ver a estupidez de pedir-lhe que fizesse isso. Um homem como Saladino preferiria morrer a viver numa desonra como a que Ricardo lhe estava impondo. Ele jamais aceitaria as condições de Ricardo.

Mesmo enquanto pensava isso, St. Clair sabia que estava absolutamente correto e que Ricardo Plantageneta sabia precisamente o que aquela questão implicava. Ricardo era o Rei Guerreiro, a Luz Brilhante da Cristandade; ele era o Monarca do Coração de Leão, o Paladino da Inglaterra e o Soldado Salvador da Igreja de Roma; ele nunca se conformaria com uma paz negociada e de fala mansa. A personalidade de Ricardo demandava nada menos que triunfo e vitória total. Ele havia levado seu novo reino à falência para pagar aquela guerra e pretendia capturar e reter cada lasca de glória que pudesse estar ao alcance da mão... e haveria pouca glória em aceitar a capitulação moderada de um infiel amedrontado. Portanto, o rei estava fazendo tudo o que podia para levar o sultão a empenhar todas as suas forças numa guerra total — uma guerra que Ricardo estava convencido de que não poderia perder.

Lá se vão, então, a honra e o compromisso de Ricardo para com as suas responsabilidades, pensou André com amargura, agora convencido de que sua análise era exata. Além da luz ofuscante da necessidade de glória pessoal e aclamação do rei, os direitos, a vida e as expectativas de todos os seus conterrâneos e súditos eram sacrificáveis, e ele tinha poder, sob todos os aspectos, para fazer qualquer coisa que precisasse para atingir seus fins e ambições. Ele desafiaria Saladino até a morte do último homem em qualquer dos lados. Outra movimentação atraiu seu olhar, longe demais para identificar, mas claro e incomum, um lampejo de amarelo, feminino e vivo, contra as altas paredes do pavilhão real. Berengária? Ou seria Joana? Ele pensou em ambas, visualizando seus olhos avaliando-o com firmeza, e sorriu consigo mesmo, ainda que nervosamente, perguntando-se o que elas teriam pensado de seu repentino e inexplicável desaparecimento de Limassol.

Estranho, pensava agora, e não pela primeira vez, que não tivesse ouvido uma só palavra de ninguém no acampamento de Ricardo desde aquele dia. Havia conversado com De Sablé, era verdade, mas apenas brevemente e sobre assuntos gerais. De Sablé estava preocupado demais com seus próprios deveres para encontrar tempo para conversas fúteis sobre se seu amigo, o rei, havia ou não ficado descontente com um de seus subordinados menos importantes. Era verdade, também, que ele próprio não fizera qualquer tentativa de entrar em contato com seu suserano desde a chegada do rei a Outremer. Alguém poderia considerar isso incúria, mas havia uma pequena voz no fundo da mente de André que lhe sussurrava calada e sediciosamente sobre lealdade e responsabilidades. Sir Henry St. Clair havia abandonado tudo para sair de seu honrado retiro e pôr-se novamente a serviço de seu rei numa terra estranha, lutando para aprender novas tarefas e habilidades numa idade em que a maioria de seus contemporâneos já morrera de velhice, e havia algo profundamente alojado no interior de seu filho André que insistia, com uma pressão inexorável, que cabia a Ricardo a responsabilidade de reconhecer a morte do leal idoso diante de seu filho em pessoa. Até que isso acontecesse — e a verdade o surpreendeu, porque ele não havia articulado o pensamento até aquele momento —, André sabia que não faria esforços para se aproximar do rei. Quanto às duas mulheres, esposa e irmã, ele fez uma careta de melancolia, meio sorriso e meio lamento, levando seus próprios pensamentos para bem longe daquela situação, apesar da voz que murmurava tristemente em tons de arrependimento no fundo de sua consciência.

André deu um gemido sem palavras, um som que saiu do fundo de seu peito, depois, suspirou e tentou esvaziar a mente de tais pensamentos, puxando as rédeas com força e impelindo seu cavalo com os joelhos para dar a volta e retornar ao seu esquadrão, onde, durante os dias que se seguiram, trabalhou para sufocar seus vagos e confusos sentimentos de culpa referentes a Ricardo e à sua lealdade, conduzindo e treinando seus homens dura e impiedosamente.

Mas quatro dias depois, no dia 12 de julho, a cidade caiu, e num piscar de olhos, ao que pareceu, tudo mudou radicalmente. A moral de todo o exército deu um salto para cima, e de repente todos estavam entusiasmados outra vez, procurando ansiosamente por algo concreto a fazer, de modo que no futuro pudessem falar sobre o que haviam feito na queda de Acre.

André, não querendo participar de nada daquilo, viu-se envolvido em tudo ainda assim, liberado de sua condição de líder de esquadrão e promovido ao comando de uma tropa especial de cem cavaleiros encarregada de manter a paz durante o processo de rendição. No dia seguinte à capitulação, ele postou-se em serviço com seus novos camaradas de armas, enquanto os árabes derrotados marchavam para fora da cidade que haviam defendido por tantos meses.

A multidão que observava a evacuação era imensa; todos os soldados dos exércitos francos que não estavam em serviço naquele dia saíram para observar a partida do exército inimigo. Mas qualquer um que esperasse ver uma procissão esfarrapada e desanimada de miseráveis arrastando os pés ficou desapontado. O inimigo emergiu dos portões numa longa coluna, caminhando com a cabeça erguida e a dignidade tão solidamente expressa em seus semblantes que sua simples presença deixava os espectadores francos sem qualquer vontade de se regozijar ou mesmo zombar. Em vez disso, todos assistiram em profundo silêncio, tingido de respeito, e nenhum deles pensou em lançar um insulto contra o inimigo de partida.

André St. Clair ficou olhando o êxodo com algo próximo do orgulho incandescendo em seu peito, pois sabia que seu primo Alec teria ficado orgulhoso pelo modo como aqueles homens aceitavam a derrota e não demonstravam arrependimento ou deferência aos seus conquistadores. Quando o último deles passou, sem deixar para trás ninguém além de reféns e prisioneiros para o uso de Ricardo, o oficial comandante André deu o sinal previamente combinado, e a tropa posicionou-se atrás da coluna árabe em fileiras de 25 homens montados, quatro filas cavalgando lado a lado. Eles acompanharam suas incumbências até as fronteiras de suas linhas de cerco e os deixaram seguir seu próprio caminho deserto adentro, qualquer que fosse o lugar para onde pudessem ir.

— Alguém tem alguma ideia de por que estamos aqui, sentados debaixo deste sol como se fôssemos todos idiotas?

Montado na dianteira de seu esquadrão, dois cavalos à frente de sua vanguarda, André St. Clair ouviu a pergunta com clareza — ela viera da extensa fileira tripla de cavaleiros diante dele —, mas não fez qualquer tentativa de respondê-la ou mesmo de pensar em qual poderia ser a resposta. Sua atenção estava dedicada a uma questão que o perturbava de maneira mais pessoal. Alguma coisa, algum tipo de criatura, estava rastejando pela pele de suas costelas sob o braço direito, e a lenta coceira era praticamente insuportável. Piolho ou besouro, ele não sabia de que se tratava e nem se importava. Toda a sua atenção estava concentrada na impossibilidade de coçá-lo, catá-lo ou de algum modo interferir no seu avanço, pois o bicho estava separado de seus dedos em garra por várias camadas de roupa fedorenta, acolchoamento de fustão, cota de malha e uma armadura encouraçada. André não se banhava havia cinco semanas, e seu cheiro era opressivo até mesmo para si próprio. Cinco semanas de intermináveis patrulhas no deserto haviam conseguido isso, cinco semanas de água estritamente racionada e do tédio enfurecedor de dar caça a formações fantasmas que permaneciam inalcançáveis, eram apenas raramente vistas e algumas vezes atacavam ao cair da noite ou ao raiar do dia, infligindo perdas e depois desaparecendo nas vastas extensões de dunas que formavam o terreno daquela parte do território. Os homens às suas costas, seu próprio Esquadrão Vermelho, estavam tão fartos daquela resistência quanto ele.

Depois de um silêncio que em retrospecto pareceu longo, uma voz, que também veio da frente dele, respondeu à pergunta retórica.

— Porque nós *somos* idiotas, irmão. Isso não deveria surpreendê-lo. É a nossa profissão. Você sabe disso. Foi por isso que nós fizemos nossos votos... pobreza, castidade e obediência... puramente para que pudéssemos sentar aqui ao sol do deserto, sem um tostão, sem possuir nada, cozinhando em nosso próprio suor e obedecendo aos caprichos de algum filho da puta impiedoso e demente cuja missão é inventar modos de testar nossas almas imortais. É por isso que você está aqui conosco... você é um templário.

— Silêncio! Não tolerarei tais conversas nas fileiras. Vocês não têm vergonha? Lembrem-se de quem são e de quais são os seus deveres. Mais uma só palavra como essa vinda de qualquer um, e eu cuidarei para que o culpado seja emparedado por alguns dias, para que contemple os insultos que ofereceu a Deus e à nossa sagrada Ordem.

Quem falava era Etienne de Troyes, um dos membros superiores e notoriamente mais mal-humorados da ordem em Outremer, e nenhum dos homens que o ouviram duvidou por um só momento que ele pudesse fazer o que havia ameaçado. A disciplina interna e a punição exercida pelo Templo para a pureza mental e a salvação de seus irmãos eram concebidas como impedimentos ao pecado e tinham a intenção de ser selvagens, como um desincentivo à impertinência, e não era incomum que um irmão desobediente ou rebelde fosse emparedado, literalmente confinado por tijolos num lugar estreito, restrito e escuro, por uma semana ou mais, sem receber mais do que uma tigela de água enquanto refletia sobre como poderia alcançar aceitação, reintegração à Ordem e salvação.

Uma imobilidade silenciosa desceu novamente sobre os cavaleiros reunidos. Um cavalo relinchou e bateu os cascos, iniciando uma série de reações similares nas outras montarias, todas as quais estavam paradas no mesmo lugar havia tempo demais. O animal imediatamente adiante de St. Clair levantou a cauda, e este observou sem qualquer emoção enquanto o cavalo evacuava uma pilha de esterco para secar brevemente ao sol. André voltou-se e se inclinou ligeiramente para olhar à sua esquerda, em diagonal, para onde as fileiras de mantos negros dos hospitalários ocupavam a outra ponta da linha franca, e se perguntou se eles sabiam algo mais do que sua própria gente sobre o porquê de estarem todos ali. Ele havia liderado seus homens antes do raiar do dia sem nada mais do que a ordem para marchar... nenhum destino, nenhum objetivo, o que em si era altamente incomum... e eles haviam marchado até chegar àquele lugar desolado, onde estacaram e assumiram suas formações de batalha.

Os hospitalários detinham a esquerda da fileira, nas encostas mais baixas da colina chamada Tel Aiyadida, que marcava a fronteira mais oriental do avanço cristão. Os templários, como de costume, preenchiam a direita, e as duas extremidades eram unidas pelos vários contingentes das forças laicas, formando um front expandido em mais de meia milha. À frente da linha, estendendo-se para sudeste, a estrada para Nazaré era praticamente invisível à luz do meio-dia, e à esquerda dela, erguendo-se a meia distância, havia outra colina, a de Tel Keisan, mas era território inimigo, mantido seguro, os templários sabiam, pelos regimentos abundantes e aparentemente inexauríveis de beduínos de mantos negros de Saladino vindos da África.

Uma trombeta soou da retaguarda e logo foi seguida pelo rumor de cascos galopantes, enquanto um mensageiro chegava com a notícia de que o rei Ricardo se aproximava vindo da direção de Acre, acompanhado de um grande corpo de tropa, e todos os presentes — mais de 1.200 homens a cavalo — viraram-se em suas selas para ver Coração de Leão chegar, prevendo que o grande corpo de tropa mencionado seria a infantaria que eles haviam deixado para trás em Acre.

Era e, ao mesmo tempo, não era. A infantaria estava ali, como força militar, mas eles estavam ali como guardas da imensa coluna de prisioneiros sarracenos que caminhava no meio deles, atados juntos por mãos e pés, em linhas e fileiras, serpenteando entre as dunas abaixo como uma cobra enorme. Ricardo cavalgava à frente, na cabeça da cobra, por assim dizer, e estava em sua plenitude, cavalgando o magnífico garanhão dourado que havia tomado, na verdade roubado, do cipriota, Isaac Comneno. Estava vestido de maneira resplandecente, como de costume, em sua mais fina armadura gravada a ouro, acima e por baixo da qual trajava vestes escarlate, douradas e púrpura real. Atrás dele congregava-se o seu séquito pessoal, cerca de trinta pavões e janotas de toda espécie, incluindo, como sempre, um bom número de celebrados cavaleiros e guerreiros cuja masculinidade ninguém poderia questionar sem pôr em risco sua vida e seu bem-estar. Eles cavalgavam cerca de cinquenta passos adiante do corpo principal de sua vanguarda, suficientemente à frente para mantê-los relativamente livres de qualquer pó da estrada, além daquele que eles próprios revolviam ao passar. Então, em seguida, vinha uma falange inteira de guardas reais, marchando em colunas de 12 e liderados por um esquadrão de tamboreiros que marcavam um passo firme e não muito árduo. Atrás destes, fortemente guardados de ambos os lados de sua coluna, vinham os prisioneiros, seus tornozelos amarrados de modo que pudessem andar arrastando os pés, mas impossibilitados de se estender a passos largos. Vendo-os entrar em seu campo de visão, André sentiu alguma coisa informe se agitar em sua barriga e voltou a cabeça para olhar rapidamente na direção dos flancos de Tel Keisan, sem saber o que esperava ver ali, embora consciente de que algo, algum pressentimento, fazia com que se sentisse enojado. Mas as colinas para onde olhou pareciam sem vida, e seu desconforto se aprofundou, pois ele sabia que a verdade era o oposto. O inimigo estava ali. Eles estavam apenas se mantendo fora de vista. André se virou novamente para olhar para a coluna que se aproximava, tentando avaliar quantos prisioneiros havia ali. A dianteira tinha dez homens de largura, com dois guardas de cada lado, compondo uma frente de 14 homens, e ele contou dez fileiras regulares atrás da primeira, antes que o movimento e as nuvens de poeira o vencessem. Havia uma espessa névoa pairando por tudo, agitada pela passagem de tantos pés se arrastando, e as fileiras em movimento estendiam-se até a opacidade das nuvens que se erguiam, tornando impossível enxergar, mas os maus pressentimentos de St. Clair aumentaram.

Ele virou a sua cabeça e falou com o cavaleiro montado à sua direita, na dianteira de seu próprio esquadrão, o Azul, um taciturno e mal-humorado cavaleiro inglês cujo nome verdadeiro André não sabia, porque todos se referiam a ele, mesmo quando se dirigiam a ele próprio, como Nose. Havia bons motivos para o nome, pois sempre que lhe faziam uma pergunta, mesmo em francês, era muito provável que ele respondesse, em inglês: "*Who knows?*".* Além disso, seu nariz era espetacularmente disforme, quebrado e entortado além de qualquer possibilidade de cura anos antes por um forte golpe de bastão que teria espalhado seus miolos se não houvesse errado.

— O que está acontecendo, Nose? E não diga "*who knows*"! Eu estive em patrulha constante nestas últimas cinco semanas e só cheguei na noi-

* Há aqui um trocadilho entre a palavra inglesa "*nose*", que significa nariz, e a pergunta "*Who knows?*", ou "Quem sabe?", pois os vocábulos *nose* e *knows* têm a mesma pronúncia. (*N. do T.*)

te passada, por isso, não faço ideia do que está acontecendo por aqui. Por que eles trouxeram esses prisioneiros por todo esse caminho até aqui, e quantos deles estão presentes? É claro que Ricardo tem algum propósito em mente para eles... Você tem alguma ideia do que pode ser? Ouviu algum rumor? Qualquer coisa?

Nose voltou-se, olhou para ele, e afundou a cabeça no peito.

— Eles são os prisioneiros de Acre... — disse — Cerca de 3 mil deles, tomados com a queda da cidade e mantidos para garantir a promessa de Saladino de libertar seus prisioneiros... nossos homens... e devolver a Cruz Verdadeira. — Ele encolheu os ombros e espalmou as mãos. — Deve ser com isso que esta coisa toda tem a ver... Não consigo pensar no que mais poderia ser. Saladino tem estado muito quieto ultimamente, sem fazer grandes esforços para cumprir suas promessas... mas agora ele deve estar vindo nos encontrar, para proceder à troca de prisioneiros.

— Então, por que não há sinal dele? Por que nós estamos sozinhos?

Nose emitiu um ronco no fundo da garganta.

— Quem sabe? Seria melhor você perguntar isso a Ricardo. Reis e sultões têm seus próprios meios, eu já notei. Eles não me pedem conselhos, e eu não os ofereço.

Durante a próxima meia hora ou mais, André ficou sentado em sua sela, assistindo à coluna descer em volutas rumo ao centro da linha de frente, e notou como até mesmo os veteranos das duas ordens monásticas se juntaram ao coro geral de aclamação e entusiasmo que saudou a chegada do rei inglês. Ricardo estava em ótima forma, sem demonstrar sinais de sua recente batalha com o escorbuto, e acenava e sorria para todos à sua volta enquanto se aproximava da linha de frente. Quando chegou ali, o rei sacou sua elaborada espada de cabo de ouro e brandiu-a acima de sua cabeça, e a fileira diante dele separou-se e abriu-se para permitir que ele e sua comitiva passassem através dela. Tal visão causou um tremor de ansiedade entre as unidades que compunham a frente de batalha, pois os prisioneiros, embora ainda sob forte escolta, agora estavam teoricamente sem restrições e aproximando-se das linhas inimigas, liderados pelo rei Ricardo e chegando mais perto da liberdade a cada passo que davam. Mas nada aconteceu. O aparecimento da coluna de prisioneiros não provocou qualquer resposta visível nas encostas de Tel Keisan, e André se perguntou quão longe seria permitido aos cativos seguir antes de ser detidos.

Sua pergunta não expressa foi respondida quase no mesmo momento em que sua mente a fez, pois Ricardo, agora a cerca de cem passos de onde André assistia, levantou uma das mãos acima da cabeça e fez um gesto circular antes de se afastar com sua comitiva para um dos lados e abrir espaço para que a falange de guardas atrás de si desempenhasse o que era claramente um conjunto de ordens previamente estabelecidas. Os guardas haviam parado num trecho de solo plano perto do ponto médio entre as duas colinas opostas, Tel Aiyadida e Tel Keisan, e então se dividiram e descreveram um círculo, deslocando-se para trás e para ambos os lados a fim de flanquear os prisioneiros. Enquanto faziam isso, os outros guardas, que haviam marchado ao lado dos cativos, começaram a conduzi-los em filas e blocos formais, movendo-os, empurrando-os e contando o número de cabeças até que a coluna frontal tivesse cem homens e houvesse dez homens em cada fileira, totalizando mil homens, cada um separado do seu companheiro mais próximo por dois passos à frente e atrás e igual distância de ambos os lados. O sol ardia de maneira malévola e não havia sinal de abrigo ou alívio em lugar algum, e o exército reunido permaneceu montado — ou de pé — e esperou, suando e tomando cuidado para não encostar a pele nua em suas armaduras. E aqui e ali, ao longo da extensão das linhas francas, um homem oscilava e caía, arruinado pelo sol torturante.

Quando o bloco humano se completou, seu aspecto era impressionante, pensou St. Clair, ainda se perguntando por que Ricardo se dava a tanto trabalho ali, e com que finalidade, pois ainda havia quase o dobro de homens na coluna original. Mas ninguém se moveu e nada foi dito até que os sargentos começaram a fazer com que os próximos corpos de prisioneiros arrastassem os pés até o lugar designado para construir um segundo bloco, também de mil homens. Alguém atrás de St. Clair, um dos membros do seu esquadrão, começou a murmurar algo, mas André virou-se em sua sela e rosnou para que o homem se calasse, tomando cuidado para não olhar e realmente ver quem havia sido. Ninguém mais falou depois disso, e o tempo se arrastou devagar, o tormento aumentando a cada momento que passava. E André St. Clair se tornava cada vez mais atento ao fato de que nem o mais leve sinal de Saladino ou de qualquer outra presença sarracena se mostrava do lado oposto a eles.

Algum tempo mais tarde, todos os prisioneiros haviam sido redistribuídos em formações em blocos, e um sargento sênior levou a notícia até o rei, que continuou sentado com os lábios projetados por um momento depois de recebê-la. Então ele balançou a cabeça e sentou-se ereto em sua sela, levantando sua longa espada de colorido brilhante acima da cabeça e brandindo-a em outro gesto circular. Imediatamente, um corpo de tamboreiros marchou prontamente para adiante e começou a rufar uma série de batidas em *staccato*. Enquanto o ritmo crescia e se avolumava, colunas quádruplas de besteiros correram da retaguarda para a frente e tomaram posição atrás dos prisioneiros. André sabia, pois havia trabalhado na alocação e na composição das formações com seu pai, que aquela coluna de besteiros continha duzentos homens — e sentiu seus ombros começarem a enrijecer quando pressentiu o que poderia acontecer em seguida. Ainda assim, quando viu os primeiros dardos se cravarem silenciosamente nas costas dos prisioneiros amarrados e indefesos, sentiu-se incapaz de acreditar que aquilo a que assistia estava realmente acontecendo.

Os prisioneiros caíram em faixas, como o trigo diante das foices dos ceifadores. Depois dos primeiros momentos de suspense e incerteza, os prisioneiros das colunas da frente perceberam o que estava acontecendo atrás deles, e seu medo e pânico se acenderam e se espalharam como um incêndio florestal sob um vento forte, de modo que eles se separaram e tentaram fugir. Mas eles não podiam correr, pois suas pernas estavam agrilhoadas muito próximas, de modo que a única coisa que podiam fazer era tropeçar desajeitadamente e cair, gritando pelo socorro de Alá.

À esquerda da chacina, montado em seu cavalo com seu cortejo aglomerado atrás dele, Ricardo Plantageneta assistia ao massacre se desenrolar com o rosto inexpressivo como se o que estivesse fazendo não fosse mais do que observar uma colmeia sendo enfumaçada até a insensibilidade para que seu mel pudesse ser colhido. Então, em algum lugar à direita de St. Clair, de frente para a carnificina, alguém entre os templários começou a bater a espada ritmicamente contra o escudo, duas vezes com a extremidade da empunhadura e uma vez com a face da lâmina, produzindo uma cadência de três batidas para acompanhar sua própria cantilena de "Pela *Cruz*; Pela *Cruz*; Pela *Cruz*..." A ladainha a marteladas rapidamente ganhou a adesão de seus vizinhos e se espalhou pelas fileiras de templários até parecer que todos a estavam cantando, embora nem todos estivessem. O rosto de André St. Clair não era o único embotado e chocado pela consternação e pela descrença entre as fileiras templárias naquele dia, mas integrava uma pequena minoria. Quando o canto finalmente se avolumou a ponto de se tornar inteligível pelo rei que assistia à cena, Ricardo ergueu sua espada acima da cabeça novamente, dessa vez pela lâmina, de modo que o cabo dourado se tornou um símbolo da Cruz exaltada pelas fileiras cristãs, e a cantilena tornou-se ainda mais alta, enquanto os últimos prisioneiros muçulmanos sobreviventes eram dizimados.

Quando tudo acabou e o último homem estava morto, Ricardo gesticulou novamente, e seus besteiros se reagruparam e trotaram a passo duplo de volta para suas posições originais. Depois disso, todo o exército deu meia-volta e retornou a Acre, deixando a paisagem semeada de homens assassinados em quantidade suficiente para saciar todos os abutres num raio de milhas. André St. Clair cavalgou entre eles sem olhar para a esquerda nem para a direita e sem fazer qualquer tentativa de falar com ninguém, consternado até as profundezas de sua alma não apenas pela magnitude do pecado que havia testemunhado, mas pelo fato de seu perpetrador ter sido o mesmo homem que reagira com memorável horror e ultraje às notícias de que Saladino havia executado uma centena de prisioneiros depois da vitória sarracena em Hattin. Mas quando os inconfundíveis sons de júbilo e celebração começaram a brotar de todos os lados em torno dele, André não pôde continuar a ignorar o que estava acontecendo e voltou-se para contemplar, com olhos mortiços, o espetáculo de cavaleiros sóbrios e solenes cambaleando como bêbados em meio à euforia de terem matado tantos infiéis para a maior glória de Deus.

— Dois mil e setecentos homens, Alec. Era quanto havia... Dois mil e setecentos... mais do que isso, verdade seja dita... mais de setecentos, mas menos de oitocentos... abatidos como animais e deixados para inchar e apodrecer ao sol do deserto.

— Humm. — Alec Sinclair manteve o rosto inexpressivo e a voz sem inflexões. — Bem, uma vez que eles foram abatidos, não havia outro lugar por aqui para deixá-los, primo, pelo menos durante o dia. Não há nada além do deserto banhado pelo sol no qual inchar e apodrecer. Não que eu esteja tentando suavizar qualquer parcela do que você disse. É simplesmente o fato de que a mente sã se recusa a aceitar atrocidades como essa... O que você fez enquanto isso acontecia?

— Nada. Eu não fiz nada. Eu estava... Não sei dizer como eu estava ou o que estava pensando. Eu fiquei embotado, aterrorizado, incrédulo. Mas sinto-me envergonhado por dizer que não fiz nada para deter aquilo.

Sinclair olhou para o primo e contorceu o rosto no que se assemelhava a um sorriso amargo.

— Você diz isso, primo? Você teve medo de dar um passo à frente e denunciar o rei da Inglaterra como um assassino carniceiro apenas porque ele estava cercado por alguns milhares de soldados de seu exército raivoso, que estavam assassinando milhares de outros homens com grande entusiasmo? Puxa, homem, isso é terrível.

Seu sorriso vago desapareceu quando ele voltou a cabeça para olhar em torno do lugar onde estavam sentados, um espaço para fogueira vazio a 15 passos da tenda de André. O local não oferecia privacidade alguma, e um fluxo contínuo de cavaleiros e sargentos movia-se incessantemente por ali, indo e vindo com todo tipo de incumbência imaginável. Um dos homens fez um aceno de cabeça para Alec ao passar, reconhecendo-o e cumprimentando-o sem evidenciar qualquer interesse inconveniente, e Alec devolveu o cumprimento, murmurando algo ininteligível. Ele olhou em volta outra vez, a fim de se certificar de que ninguém prestava particular atenção a eles, e depois olhou novamente para André, com expressão sóbria.

— Foi a primeira coisa que ouvi quando desembarquei do navio vindo de Chipre na noite passada... e, como o barco deu a volta imediatamente para retornar, a notícia estará em Chipre depois de amanhã... Eu ouvi o bispo de Bayonne instruir o capitão do navio que me trouxe até aqui para que espalhasse a gloriosa notícia em seu regresso a Chipre.

— O que você ouviu? O que ele disse?

— Que Ricardo havia alcançado uma grande vitória moral sobre Saladino ao executar os reféns que eram mantidos em consequência da atuação do sultão... Que ele havia ensinado aos infiéis qual era o lugar deles e os castigado com severidade... e apropriadamente... por tentarem quebrar seu acordo feito sob juramento pela devolução da Cruz Verdadeira. E eu sei que todos que ouviram o bispo contar isso acreditaram que foi uma grande vitória e uma lição de moral muito necessária.

— Foi assassinato, Alec... assassinato numa escala que eu não poderia sequer imaginar antes de tê-la testemunhado. Assassinato puro e premeditado, impiedoso e mortalmente pecaminoso. Se realmente há um inferno de fogo e enxofre como os cristãos acreditam, então Ricardo Plantageneta comprou para si mesmo um lugar em suas profundezas ontem, pois nada na doutrina cristã, não importa o quanto ela seja distorcida pela lógica dos padres, poderia justificar o que aquele louco fez... Aquele mesmo homem que jurou pia e publicamente, em nome de seu Cristo vivo e misericordioso, devolver a Terra Sagrada de Deus ao povo do benévolo Salvador...

Alec Sinclair concordou com um movimento de cabeça:

— Seu suserano não é uma figura tão nobre quanto ele faz o mundo acreditar, não é mesmo?

— Não, não é...

— Agora temos outros assuntos importantes a discutir, mas isso deve ser feito em outro lugar. Há ouvidos demais voando pelos arredores. Traga sua balestra e algo em que atirar, e vamos achar um lugar para treinar nossa pontaria onde ninguém possa nos ouvir.

Pouco depois e a meia milha de distância das dependências superlotadas do acampamento, St. Clair cravou uma longa lança no chão, com a ponta para baixo, no sopé de uma duna. Ele havia amarrado sua adaga embainhada à distância de uma cabeça do topo do cabo para formar uma barra transversal, sobre a qual jogou um velho cobertor para sela a fim de sugerir o tamanho e o formato de um homem alto e magro, uma impressão que se tornou ainda mais verdadeira pelo acréscimo de um velho elmo enferrujado e rachado na ponta da lança. Quando ficou satisfeito com a aparência daquilo e seguro de que seria reconhecido como um simples alvo a distância, André montou novamente e cavalgou de volta com Alec até que uns bons 120 passos se estendessem entre eles e aquilo, quando então desmontaram e desencilharam seus cavalos antes de colocarem as cevadeiras, cada uma delas com um punhado de aveia, no focinho dos animais. Só então, quando os cavalos estavam bem cuidados, eles prepararam suas bestas e caminharam em direção à linha de fogo que Alec havia escavado na areia com um dos calcanhares.

Nenhum dos homens havia levado uma balestra consigo, pela simples razão de que a arma era poderosa demais para um exercício tão casual, pois cada dardo que disparassem daquela distância desapareceria nas areias da duna por trás do alvo e se perderia. Em vez disso, haviam levado bestas menores, menos exigentes em termos de força e poder de tiro e mais exigentes quanto à pontaria que procuravam. Usando essas armas, e daquela distância, pelo menos havia uma possibilidade de que os dardos que atiravam contra o alvo pudessem ser recuperados. André disparou o primeiro tiro, observando a trajetória do projétil de maneira crítica, e, quando ele caiu antes do alvo, fez ajustes menores em sua postura e tentou novamente, gemendo de satisfação quando viu o quadrelo acertar e deslocar o cabo da lança.

Seu primo comentou o tiro, depois, tomou posição e fez exatamente a mesma coisa, exceto que o segundo dardo resvalou à esquerda do alvo, em vez de à direita, como o de André havia feito.

— Muito bem, então — disse André, mantendo sua arma enfiada sob o braço. — Estamos estabelecidos. Cada um atingiu o alvo e parece que não há ninguém nos observando... E, mesmo que houvesse, ninguém poderia chegar perto o bastante para nos ouvir. Portanto, podemos conversar agora?

— Podemos.

Sinclair virou-se, a cabeça baixa, e caminhou até o local onde estava sua sela, ao lado de uma pequena colina de areia. Ele pousou um pé calçado de bota sobre o cantil e escorou o estribo do animal na ponta levantada de seu pé, cruzando ambas as mãos sobre a coronha. André seguiu-o em silêncio, apenas observando e aguardando, pois sabia que fosse lá o que seu primo pudesse dizer em seguida, não seria algo isento de consequências nem espontâneo.

— Eu senti... — Alec se deteve, obviamente considerando suas palavras, balançou a cabeça e retomou: — Eu senti um *retrocesso* em você hoje, primo... algo que não estava hoje como havia estado antes... ou... talvez com mais exatidão... algo que *estava* presente hoje e nunca havia estado antes.

André ficou parado em silêncio, sem se mover nem questionar, mas apenas esperando que o outro prosseguisse. Ele podia perceber que Alec estava tendo dificuldade com o que quer que estivesse tentando dizer, pois sua dicção era muito mais precisa, mais esmerada que o usual. Seu francês era fluente e sem esforço, mas o exotismo de sua origem e seus antecedentes escoceses transpareciam no modo como ele articulava as palavras e as vogais, pronunciando-as de maneira vívida e clara, embora de um modo que nenhum nativo da Gália teria feito.

— Eu estou aqui em Outremer, talvez, há anos demais — prosseguiu Alec, depois de mais um momento de reflexão. — Eu me acostumei a viver sozinho como um anacoreta, longe dos outros homens, homens cristãos, se você entende o que estou tentando dizer, e conduzindo minhas próprias devoções do modo como me foi ensinado. Em consequência disso, obviamente não me expus ao tipo de mudanças que todos que vieram para além-mar com você parecem aceitar como lugar-comum. Mas não me refiro ao tipo de mudança que se poderia apontar e identificar com clareza. Suponho, realmente, que esteja me referindo mais a diferenças morais... a mudanças de percepção e aceitação.

"Agora que tenho consciência delas... posso ver que a maior parte delas deve ter ocorrido desde que deixei a Escócia... e certamente desde que deixei a Cristandade para vir para cá. São mudanças de atitude e de percepção mais do que qualquer outra coisa, creio... mudanças no modo como os homens olham para as coisas e as veem hoje em dia. — Novamente ele parou, sacudindo a cabeça em frustração. — É claro que você não faz ideia do que eu estou arengando aqui, e não o culpo. — Ele parou de novo, inspirou e suspirou, numa grande explosão sibilante, apertando a borda do nariz entre o polegar e o indicador. — Deixe-me tentar de outro modo. Eu estou falando de verdades sobre as quais você e eu fomos ensinados pelos nossos irmãos na Ordem do Sião quando fomos elevados à Irmandade. As verdades que nos foram ensinadas, imutáveis desde que nossos ancestrais fugiram de Jerusalém, 1.200 anos atrás, para escapar da ira de Roma e da falsa e ímpia "verdade" que os romanos lhes imporiam. E agora aqui estamos nós, você e eu, mais de um milênio depois, de volta à nossa antiga terra natal e ainda lidando com a ira de Roma e da nova e atualizada versão romana da verdade. Nós juramos, todos nós da Irmandade, observar certas convenções e obedecer e defender certas leis antigas que nos capacitarão a desempenhar nossos deveres e nossas missões sempre com honra. E desde os primeiros dias da nossa Ordem, esses juramentos, essa leis e promessas têm permanecido imutáveis.

"Mas olhe agora para o nosso suposto exemplo, a Igreja romana. *Nada* é imutável nela, André. Absolutamente nada. Tudo... cada dever, cada lei, cada obrigação, cada elemento de seu credo... é negociável e modificável, de acordo com a vontade de quem possa estar exercendo o poder em determinada época. Não precisa olhar muito além do início desta Ordem do Templo, noventa anos atrás. Até então, durante mil anos, a mera ideia de padres e monges matando outros homens era anátema. Mas então... e vamos assumir, foi sugestão da nossa própria Ordem... os padres perceberam um modo de efetuar uma grande mudança nisso, para seu grande benefício, como sempre, e foi uma simples questão de rearranjar algumas prioridades e reposicionar certos critérios para se conformar à Vontade de Deus, como é expressa e interpretada pelos Seus sacerdotes. Nada na Igreja romana, isso parece óbvio para mim, é absoluto... Agora você me entende?

St. Clair confirmou com a cabeça.

— Sim, eu o entendo com facilidade agora, mas não tenho ideia de onde vamos chegar. Para onde você está me levando?

Um pequeno sorriso rompeu a seriedade da expressão de Sinclair.

— Não faço ideia, mas acho que desta vez nós dois encontramos um lugar novo para ir... Tudo me foi trazido ao foco pelo modo como você expressou sua reação... seu desagrado... ao modo como Ricardo tratou os prisioneiros muçulmanos.

St. Clair mal reagiu a isso, limitando sua resposta a um minúsculo discordar de cabeça e mantendo sua voz baixa e calma.

— Desagrado é uma palavra muito pequena para o que eu senti. Nada do que eu pudesse dizer chegaria sequer perto de expressar o que sinto. Tenho o conhecimento dentro de mim, e algum dia, eu sei, o colocarei para fora, purificando-me e absolvendo-me. Ou assim espero. Mas entre nós não deve haver desentendimentos e mentiras. Ricardo não "tratou" seus prisioneiros muçulmanos. Ele os exterminou de um momento para o outro, e o sangue deles ainda é espesso e úmido no solo do abate. Ele os assassinou aos milhares, e sem qualquer outra razão que não fosse dar vazão ao seu rancor e mostrar a Saladino que estava zangado e impaciente com o comportamento do sultão.

— Ele é seu suserano, primo.

— Não, primo, ele não é. Essa condição foi suprimida, pelos seus próprios desígnios, quando me tornei um templário. Você sabe disso, porque teve de suprimir seu suserano do mesmo modo. Foi ideia do próprio Ricardo que eu me juntasse ao Templo, e ele sabia, quando fez a sugestão, que isso resultaria na perda dos meus serviços e da minha fidelidade. Isso chegou ao fim. Minha lealdade hoje é ostensivamente para com a Ordem do Templo, bem como a sua, e que assim seja. Ricardo Plantageneta não pode mais fazer exigências a mim. Mas mesmo nisso ele estava sendo dúbio, procurando manipular meu pai para que ele se juntasse à sua Grande Aventura... e não porque precisasse dele. Sir Henry St. Clair não tinha habilidades tão grandes e elevadas que Ricardo da Inglaterra não pudesse encontrar em algum outro lugar. Não, a simples verdade é que Ricardo sonhou, ou foi levado a acreditar, ou concebeu de algum outro modo o pensamento de que sir Henry St. Clair deveria ir com ele para a guerra, como um trunfo perfeito contra a sempre presente ameaça de ter o factótum favorito de seu pai, William Marshall da Inglaterra, imposto a ele como mestre de armas. E, uma vez que esse pensamento lhe passou pela cabeça, tornou-se a sua vontade, e meu pai se viu impotente contra ela... — A voz dele sumiu quando seus pensamentos migraram para outra direção.

Sinclair deve ter notado a mudança na expressão dele.

— O que foi? O que houve?

St. Clair levantou uma das mãos para deter as perguntas.

— Simplesmente me ocorreu que na época em que Ricardo foi com De Sablé até a casa de meu pai naquela ocasião, para convencer o velho a ir com ele, o rei já havia decidido o caminho a seguir. Robert De Sablé já estava destinado a ser grão-mestre do Templo, e Ricardo sabia disso. E, se a verdade for dita, pode vir à tona que Ricardo foi o autor, de algum modo, dessa nomeação. Isso certamente não me surpreenderia. Mas ainda assim... Se Ricardo sabia que seu amigo Robert estava para se tornar o grão-mestre, então ele também deve ter pensado, sendo quem é, que conseguiria controlar o homem, apelando para sua gratidão e seu senso de obrigação... e isso significaria, por sua vez, que Ricardo deve ter pensado que todo o Templo cairia, mais ou menos contra a vontade, em suas garras... Se for assim, ele interpretou pessimamente o seu homem, pois Robert De Sablé não bancará o trouxa de homem algum, seja ele papa, rei ou imperador. Ele é o grão-mestre do Templo há menos de três meses, e sua independência já é manifestamente óbvia... Mas ele também é um membro da nossa antiga Irmandade, leal até os ossos e honesto e confiável ao extremo, e isso é algo de que Ricardo nunca nem mesmo chegará a suspeitar. Ele nunca saberá a que a *verdadeira* lealdade do seu amigo é devida e dedicada. Mas isso não é de valia para nós, aqui e agora. — Ele parou de falar e ficou mordiscando o lábio inferior por alguns momentos antes de se sentar sobre a sela aos seus pés. — Então — disse ele em seguida, olhando para Sinclair —, para onde iremos daqui, você e eu?

Alec Sinclair curvou-se e pousou sua besta no chão, depois se sentou em sua sela.

— Não tenho ideia. Ficarei grato por qualquer coisa que você possa sugerir.

— Humm... Bem, falando por mim, não tenho vontade de ir a qualquer lugar próximo de Ricardo ou seus exércitos. Eu posso me contentar em pairar sobre a margem das coisas por algum tempo, mas duvido que até mesmo isso me satisfaça. O que eu realmente desejaria era estar a meses e a uma distância oceânica daqui, de volta à minha casa em Poitou, mas evidentemente isso é impossível. Portanto, enquanto isso, pretendo imergir nos meus deveres aqui, servindo o Templo em qualquer competência que seja considerada adequada para mim.

— E o que acontecerá quando voltarmos a lutar? O que você fará então?

André ergueu os olhos, surpreso.

— Eu lutarei. O que mais poderia fazer?

— Você não vê contradição nisso?

— Em lutar? Por que deveria? Eu sou um cavaleiro em armas. Treinei toda a minha vida para o combate, assim como você.

— É, talvez, primo... mas eu tive dez anos mais do que você para avaliar as veracidades...

— As veracidades? Que veracidades? O que isso significa?

Alec Sinclair deu um grunhido sem palavras, depois sorriu com amargura e sacudiu a cabeça.

— Eu não sei, primo. Eu não sei o que isso significa. Simplesmente me pareceu estranho você ter ficado tão justificadamente irado com o massacre de 3 mil muçulmanos num dado momento e logo em seguida falar com tanto júbilo em matar mais deles. Isso, para mim, é uma contradição.

— Não, Alec, não é. Ontem foi uma atrocidade... assassinato, puro e simples, com as vítimas amarradas a cordas e depois abatidas. O que estou falando, por outro lado, é de combate, travado de maneira limpa, mano a mano.

— Com pouca frequência, na melhor das hipóteses. É muito mais comum isso ser feito de longe, com aquelas coisas ali. — Alec apontou com a cabeça na direção das bestas para cujo uso haviam ido até ali, e André deu de ombros.

— Talvez, mas cada lado tem uma oportunidade de vencer e sair com vida, se não incólume.

— Elas ainda deixam muitas pessoas mortas, para inchar e apodrecer sob o sol do deserto...

Os olhos de St. Clair se estreitaram.

— Você está zombando de mim. Por quê?

— Não estou zombando de você, primo, de modo algum. Estou apenas questionando a veracidade daquilo em que você parece acreditar, porque *eu* creio, até a raiz, que você não acredita em nada disso.

St. Clair apertou ainda mais os olhos e apontou um dedo para o rosto do primo.

— Mesmo na sua arborizada terra natal, primo, isso seria obscuro e confuso.

André tateou atrás de si e puxou seus alforjes até onde pudesse pendurá-los sobre um joelho, vasculhou um deles e tirou um fardo coberto por tecido, que começou a desembrulhar.

— Cortiçol — disse ele. — Bastante parecido com o faisão que temos em nossa terra, exceto pelo fato de que são ainda menores. Mas eu subornei um cozinheiro a noite passada e comprei quatro por um preço ultrajante. Se soubesse que você estaria aqui hoje, teria tentado comprar oito. Tome, pegue um pouco. Também há um pouco de sal naquele embrulho de seda.

Eles comeram num silêncio satisfeito por algum tempo, até que Alec perguntou:

— O que você pensa sobre Filipe de França, ele vai se recuperar da desgraça de ter abandonado a luta?

André balançou a cabeça, manifestando dúvida.

— Filipe não verá desgraça alguma no que fez, e ninguém o questionará. Ele se ergueu de seu leito de doente e lutou com valentia para derrotar Acre na Torre Amaldiçoada, pelo que foi amplamente aclamado, e, dias depois do seu esforço final, Acre caiu. Por conseguinte, ele poderia afirmar com segurança que seu ataque foi bem-sucedido e sua tarefa completada. Depois disso, ele pode argumentar que foi Ricardo quem provocou todos os problemas da aliança, apoderando-se dos despojos de Acre, o que inclui as terras capturadas, e recusando-se a compartilhá-los com qualquer um, como se só ele fosse o responsável pelo cerco de dois anos e pela eventual queda de Acre. Ele ofendeu não apenas Filipe, mas até mesmo o arquiduque da Áustria, o último sobrevivente e mais poderoso vassalo de Barba-ruiva na Terra Santa. Sem mencionar que ele alienou toda a nobreza de Outremer, cujas terras foram confiscadas na esteira de Hattin e agora foram recuperadas para ser confiscadas mais uma vez pelo arrivista recém-chegado da Inglaterra. Filipe pode argumentar, e o fará, que a arrogância e a mesquinharia de Ricardo tornaram a presença da coroa francesa em Outremer insustentável, particularmente à luz da prolongada e bem divulgada doença de Filipe, com a perda de cabelos e dentes que a acompanha. Tenha em mente, ele meramente partiu, quase sozinho. Ele não pegou suas coisas e simplesmente fugiu. Ele deixou seu exército para trás, para continuar combatendo sob o comando do duque de Burgúndia, e ninguém pode reclamar sobre *essa* escolha de seu representante... Não, Filipe será tratado como um herói por todos que ouvirem falar de suas proezas sem terem de passar pelo dúbio prazer de conhecê-lo ou observá-lo.

Sinclair fez que sim, parecendo pensativo.

— E a verdade oculta? Por que ele realmente partiu, André? Sua opinião pessoal.

— Ganância e política. Eu creio que ele começou a planejar sua partida no dia em que Flandres foi morto diante dos muros de Acre, no princípio de junho.

— Flandres? Você se refere a Jacques d'Avesnes, aquele alsaciano? Era esse o nome dele?

— Não, d'Avesnes é um cavaleiro da Alsácia, um dos vassalos de Flandres, e está muito vivo. Não, eu me refiro ao próprio conde de Flandres e não creio que já tenha ouvido seu nome todo, ou, se ouvi, o esqueci. Ele era um homem surpreendente, segundo todos os testemunhos, prodigiosamente forte, poderosamente cativante e inesquecível para todos que o conheciam...

— O que ele tinha a ver com Filipe, além de ser seu vizinho e aliado?

André meneou a cabeça.

— Nada, na superfície, mas sua morte inesperada tem enorme significado para Filipe quando se soma o fato de que ele morreu sem herdeiros. Flandres contava Artois e Vermandois entre suas propriedades, e é de conhecimento comum de onde eu venho que Filipe ambicionava aqueles territórios... e a própria Flandres... com a Alsácia e o resto da Bélgica para completar, todos eles pertencentes ao conde, desde que subiu ao trono da França, quase vinte anos atrás. Ter todas aquelas terras abertas à disputa e sem um líder enquanto ele estava cravado aqui deve tê-lo atormentado profundamente. É por isso que eu acredito que ele começou a fazer os preparativos para partir para casa momentos depois de Flandres ser morto... e esses preparativos incluíram seu heroico, amplamente testemunhado e muito enaltecido ataque à Torre Amaldiçoada. Creio que ele planejou e levou a cabo todas essas coisas bem o suficiente para chegar em casa quase junto com a notícia da infortunada morte do conde, e a coroa francesa agirá rapidamente para assegurar o condado de Flandres e manter a boa ordem nas fronteiras ao norte da França dali em diante. Filipe pode não ser o maior soldado do mundo, mas está muito bem posicionado entre os seus mais capazes administradores. — Falando nisso — acrescentou St. Clair calmamente —, eu nem sequer perguntei a você sobre suas missões em Chipre. Elas foram administrativas, não foram?

— Sim, foram, até certo ponto. Eu tive de fazer uma sondagem e procurar um local apropriado para estabelecer um quartel-general destinado às pessoas que mandaremos para lá a fim de estabelecer nossas operações na ilha.

— Presumo que quando você diz "nós", esteja se referindo ao Templo... ou a Irmandade está envolvida nisso?

— Não, de forma alguma. — A negativa de Sinclair foi enfática. — De Sablé e eu somos os únicos dois membros da Irmandade envolvidos neste estágio, e eu não creio que haja planos para mudar isso.

— E então, você encontrou um local apropriado?

— Sim, num dos castelos de Comneno, naturalmente, perto de Nicósia. Uma comitiva de ocupação preliminar com vinte cavaleiros e uma companhia de irmãos sargentos partiu ontem. Nossos caminhos se cruzaram em alto-mar durante nosso trajeto para cá, mas não os vimos. Melhor assim, talvez.

— Por quê?

— Porque a disputa já começou, e eu não estou com vontade de me envolver em nenhuma parte dela. De Sablé também não, mas ele não tem muita escolha nesse caso. Ele é o grão-mestre e foi quem tornou a compra possível, por meio de sua amizade com Ricardo. Mas ele tem instruções específicas da Casa Capitular sobre o que precisa ser feito... Não *exatamente* o que precisa ser feito, mas suficientemente próximo disso para já estar causando confusão.

— Não estou acompanhando o seu raciocínio. Pensei que o grão-mestre tivesse poder completo sobre a Ordem. Você está me dizendo que isso não é verdade? Como sabe disso?

— Eu sei porque De Sablé me contou quando conversei com ele esta manhã, depois da minha volta. Os irmãos superiores expressam grandes preocupações sobre estes últimos acontecimentos, e ele concorda em ser guiado pelo consenso deles neste caso em particular. A Ordem nunca teve uma base própria que fosse segura e autossuficiente antes, e os irmãos estão ansiosos por não cometer erros no princípio de tão importante avanço em águas desconhecidas, pois o potencial poderia ser imenso... muito maior do que muitos jamais consideraram.

— Como assim?

— Pense, André. Pense no que está envolvido.

André encolheu um dos ombros, como se indicasse sua falta de interesse.

— Eu não tenho de pensar nisso... Você já me contou: uma base de operações livre e autossuficiente, próxima o bastante de Outremer para proporcionar um ponto de partida versátil e seguro para futuros empreendimentos, mas suficientemente afastada da Cristandade para se manter livre de bisbilhotices e da interferência de reis e padres intrometidos. Eu consigo entender por que isso seria atraente para a Ordem. Qualquer um consegue.

— Não, você está errado. Entende o que eu quero dizer? Você deixou passar inteiramente o que é mais importante.

André franziu ligeiramente as sobrancelhas, e depois abaixou a cabeça em submissão.

— Muito bem, então. Ilumine-me. O que, exatamente, eu deixei passar?

— O alcance disso, primo... Veja, você e eu, como simples homens, pensamos em termos da dimensão individual. Mas a Ordem percebe uma oportunidade maior aqui... não apenas para estabelecer uma base de operações, mas para implantar um *Estado* totalmente independente! Seu próprio país insular, defensável e governável, chefiado pelo Templo e respondendo unicamente a ele. Essa é a visão deles, e eles pretendem tornar esse sonho realidade.

— Pelo Deus vivo! Esse é realmente um grande plano, pelo preço de 100 mil moedas de ouro...

— Eles desembolsaram apenas 40 mil, tenha isso em mente. O restante será pago no futuro.

— É, mas ainda assim, isso é... isso é quase incompreensível... E Robert de Sablé vai governá-lo?

— Como grão-mestre, sim, enquanto ele detiver esse título. Mas eu acho que Robert cometeu um erro desde o princípio, ao concordar em dividir qualquer parcela de seu poder como grão-mestre, não importa o quanto isso tenha sido temporário, mesmo para um planejamento tão grande. Eu creio que, quando ele fez isso, arruinou todo o empreendimento desde o início, pois muitos homens medíocres, que não deveriam ter voz em tais assuntos, já têm diferentes opiniões e vêm se dividindo em campos distintos. Agora nós temos facções, criadas quase da noite para o dia, com manifesto ciúme entre elas... E já estão discutindo por dinheiro. Além disso... e eu pareço ser o único a ter consciência de tal coisa... a própria Ordem não tem respeito pelos cipriotas, as pessoas que vivem lá e com as quais a Ordem tem de compartilhar a ilha. Não há pensamento ou discussão sobre compartilhamento. Já estão falando em taxá-los, brutalmente, com impostos e mantê-los subservientes às vontades da Ordem, mas ninguém diz uma só palavra sobre fazer qualquer esforço para conquistar a amizade deles ou assegurar seu apoio ou lealdade. E o lugar está em poder da Ordem há apenas algumas semanas, nem mesmo um mês. Eu juro, esse é um empreendimento fadado ao fracasso, escreva o que eu digo. — Ele se interrompeu, observando a posição da cabeça de André, ficou de pé e voltou-se para olhar na direção para a qual o outro estava olhando. — O que foi?

— Vem vindo alguém, e não é um de nós.

Alec Sinclair se levantou, ergueu uma das mãos para proteger os olhos da luz do sol e rapidamente localizou o perfil de um homem sobre um jumento, que se aproximava pela crista da duna à esquerda deles. Ele deu um gemido e levantou uma das mãos bem alto.

— É Yussuf, o aguadeiro — disse ele. Alec abaixou sua mão, e a figura que se aproximava, que agora estava perto o suficiente para que André a reconhecesse como a do familiar velho palestino que ganhava a vida transportando água, parou e permaneceu imóvel pelo tempo de uma contagem até dez, mas quando Alec levantou a mão de novo, o velho puxou as rédeas do jumento, fez com que ele desse meia-volta e partiu novamente na direção de onde tinha vindo. André observou-o até que ele sumisse de seu campo de visão sob a elevação lateral da duna e se voltou para olhar para o primo.

— O que foi isso?

— Um chamado. Eu devo me encontrar com Ibrahim hoje à noite no nosso local das pedras. Ele tem algo para mim, provavelmente uma mensagem para ser repassada a De Sablé. Quer ir comigo?

— Se eu quero? É claro que eu quero. Mas não entendo o que aconteceu ali. Como o velho Yussuf sabia onde encontrá-lo e como sabia que você era você, visto de tão longe?

— Não há muitos lugares onde eu poderia estar, se você pensar bem... e ele me reconheceu pelas roupas.

Levou alguns momentos para que ele absorvesse o que o outro dissera, mas então St. Clair jogou a cabeça para trás em protesto, pois Alec

Sinclair estava vestido exatamente como ele, idêntico a todos os outros da comunidade templária, com a sobrecota branca que trazia a cruz vermelha dos cavaleiros combatentes.

— Fale sério — disse ele —, seu pagão escocês mentiroso, e conte-me a verdade.

Sinclair sorriu e levantou uma das mãos, com a palma voltada para fora.

— Ele me reconheceu quando levantei a mão para o ar pela primeira vez. Normalmente, ninguém mais o saudaria desse modo. Se quisessem chamá-lo, acenariam ou gesticulariam para que ele se aproximasse. Então, quando abaixei a mão, ele contou até dez, e eu ergui a mão novamente, confirmando quem eu era e que havia entendido sua mensagem, a de que Ibrahim me esperará hoje à noite, ou no máximo por volta do meio-dia de amanhã, se eu tiver dificuldades esta noite.

— E como você viu e entendeu a mensagem? Conte-me.

O primo fez um muxoxo, encolhendo ligeiramente os ombros.

— A urgência está no fato de que Yussuf veio até aqui para me encontrar. Se não fosse urgente, ele não teria vindo, mas apenas esperado até que nos víssemos no acampamento. O fato de ele estar vestido como estava me disse que Ibrahim tem algo a me informar por parte de sua gente. Yussuf tem duas *kufiya* para cobrir a cabeça, uma preta e outra branca. Quando ele vem até mim usando a preta, é para me informar que devo encontrar-me com Ibrahim tão logo seja conveniente. Quando ele mantém a *kufiya* no lugar com uma faixa branca, isso denota alguma urgência e requer uma resposta mais imediata. A *kufiya* branca, por outro lado, significa que o encontro é urgente, e a faixa preta segurando-a no lugar me diz que Ibrahim tem uma mensagem para me passar. É realmente muito simples, e o código foi desenvolvido anos atrás, muito antes de eu vir para Outremer. Perguntei a respeito uma vez, e disseram-me que remonta aos dias dos primeiros templários, a Hugh de Payens.

Não sei se é verdade, mas o fato de que Ibrahim sabe quem foi Payens significa que pode ser. — Ele olhou para o céu, avaliando a altura do sol. — A tarde está quase na metade. É melhor retornarmos ao acampamento agora. Eu vou ter de me encontrar com De Sablé rapidamente, para informá-lo sobre onde estamos indo e que ele deve esperar um comunicado de Rashid al-Din. Enquanto faço isso, você pode requisitar cavalos descansados para nós, fazer com que eles sejam selados e apanhar um pouco de aveia para as cevadeiras... suficiente para três dias, caso nos deparemos com alguma dificuldade. Nós precisaremos de suprimentos para três dias, também, considerando a mesma possibilidade.

— E quanto às roupas? Vestiremos armaduras ou trajes locais?

Alec Sinclair fez o gesto islâmico de *sala'am*, tocando o peito e a testa numa saudação.

— Um dos maiores avanços feitos pelas primeiras forças da Cristandade que vieram para cá muito tempo atrás, antes que você e eu nascêssemos, foi descobrir que as pessoas desta região sabiam mais do que qualquer recém-chegado o que é melhor para se vestir nas condições do deserto. Nós viajaremos como nativos e não seremos perturbados. Quando você estiver pronto, leve tudo até a sua tenda e designe seu assistente de esquadrão para substituí-lo. Eu o encontrarei lá. Não há razão para expor nossos preparativos diante do nariz de meus companheiros oficiais de Estado-Maior. — Ele olhou novamente para o céu. — Digamos, em uma hora.

André balançou a cabeça.

— Ótimo, mas não se esqueça, você tem de me contar o que descobriu em Chipre.

— Você não vai esquecer ısso. Portanto, como eu poderia esquecer? Nós vamos ter tempo de sobra para isso ao longo da estrada.

Eles esporearam seus cavalos ao mesmo tempo e seguiram direto para o acampamento, sem sequer se incomodar em apanhar seu alvo improvisado.

***

André St. Clair cavalgou rumo à fase final de sua vida como um Cavaleiro Templário sem absolutamente nenhuma previsão do que o esperava quando pisou no estribo e fez com que sua perna descrevesse um arco por cima do lombo do cavalo, mas, como ele ouviria milhares de vezes na vida que se estendia diante de si, não é dado ao homem saber os detalhes de seu destino, e o que está escrito pode ser conhecido apenas quando já se tornou passado. O que havia sido escrito para ele antes daquela tarde já havia se tornado passado, mas ele ainda não fora informado disso. Aquela missão, a transferência de informação e conhecimento, fora designada à custódia de seu amigo e primo, Alexander Sinclair.

Eram quase quatro horas da tarde quando eles deixaram o acampamento para trás e se dirigiram para o interior da vastidão aberta do deserto. Seis semanas haviam se passado desde a queda de Acre, e Saladino e suas forças haviam se retirado havia muito tempo para o sul, rumo a Jerusalém e às cidades ao longo da costa, o que significava que grande parte do perigo de viajar nas vizinhanças de Acre desaparecera. Ainda assim, eles cavalgaram em silêncio durante as primeiras milhas, cada um vasculhando o horizonte de tempos em tempos apenas para ter certeza de que não eram observados nem seguidos. Então, depois de talvez duas horas de cavalgada — e no momento em que o sol poente se aproximava do último terço de sua jornada diária para baixo da abóbada celeste —, eles enfrentaram a mais alta das dunas que tinham de atravessar e viram, no horizonte à frente deles, a borda entrecortada e serrilhada que assinalava o início do campo de blocos rochosos que cercava seu destino.

— Sabe — disse St. Clair, quebrando o silêncio que havia entre eles desde que tinham partido —, minha mente tem retornado a este lugar desde a primeira vez que o vi, pois ele evocava algo, e eu acabei de lembrar o que é.

Alec virou o corpo de lado na sela a fim de olhar interrogativamente para ele, seu rosto contorcido numa careta que poderia ser um sorriso questionador.

— Este lugar faz com que você se *recorde* de algo? Você se refere ao local onde estamos agora, entre estas dunas, ou às rochas à nossa frente?

— Perdoe-me, eu me referia àqueles blocos adiante. O campo de rochas.

— Sim — Sinclair balançou sua cabeça. — Foi o que eu pensei. Bem, isso me surpreende, pois eu nunca vi nada semelhante a isso antes e estou neste mundo há mais dez anos que você. O que isto poderia recordá-lo?

— Outro lugar... um campo rochoso.

— Conte-me sobre isso, esse lugar. Onde ele fica?

— Na França, ao sul de Paris, imediatamente a leste da estrada principal para Orleans. É um lugar chamado Fontainebleau e não me recordo como fui parar lá, mas um dia vi-me ali numa floresta magnífica que se estendia à minha volta por milhas em todas as direções, e no meio dela, assim como aqui, achei um campo de pedras gigantescas como estas... blocos enormes, polidos e arredondados de um tamanho que abala a mente, provocando a imaginação e desafiando a compreensão. Rochedos por todo lado, reduzindo a humanidade insignificante ao tamanho de anões e elevando-se por todo lugar em silêncio, sem dizer nada, simplesmente *ali*, para provocar assombro em quem os contempla...

— Exatamente como este campo aqui.

— É, mas nada parecido com este, pois o campo de pedras da França fica no meio da floresta, de modo que por todo lado, tão longe quanto os olhos podem ver, as pedras competem com as árvores, apenas para ser vistas. Elas ganham na maior parte das vezes, permanecendo visíveis entre a vegetação pululante, mas para todos os lugares onde se vai encontra-se diferente profusão de elementos, diferentes demandas, diferentes prioridades. Não há trilhas ali, não há um modo simples de se locomover em meio às pedras ou entre elas, exceto, talvez, a ocasional trilha de animais de caça, desgastada por centenas de anos pelos gamos que passam por ela. E, no entanto, entre os mais profundos, vastos e espessos bosques de árvores, podem ser encontradas clareiras, e numa dessas clareiras ergue-se uma caverna... uma caverna bastante similar a esta sua gruta, pois formou-se do agrupamento de grandes rochas, empilhadas umas sobre as outras e erodidas pelo tempo e o clima durante milhares e milhares de anos. Ela é funda e seca, completamente abrigada do vento e da chuva. Muito semelhante ao seu lugar aqui, porém totalmente diferente.

Sinclair ficou calado por um instante depois dessa efusão, em seguida puxou as rédeas de seu cavalo e parou olhando para André.

— Nós descobrimos que Sharif Al-Qalanisi foi seu tutor na língua árabe, assim como foi meu. Mas conte-me, o que mais ele ensinou a você? Ele o introduziu nos caminhos do pensamento filosófico?

— Sim, ele o fez. Você tem um motivo para me perguntar isso, ou mesmo para pensar isso, ou foi apenas um palpite fortuito?

— Não foi um palpite, primo. Ele me ensinou também, lembra? Essa ocorrência que você descreveu é exatamente o tipo de imagem especular que teria fascinado Al-Qalanisi. Agora, o que você acha que ele teria lhe perguntado, sabendo que você viu o paralelo e reconheceu o paradoxo?

— Não estou certo de ter reconhecido qualquer paradoxo, primo.

— Bobagem, é claro que reconheceu. Dois campos de pedras, cada um idêntico ao outro em seu conteúdo, porém situados a um mundo de distância em sua aparência, um no deserto árido e o outro numa floresta de árvores de casca esbranquiçada e folhas verde-pálidas; o primeiro negando a própria ideia de vida numa eternidade de areia inerte, o outro celebrando o impulso gerador da vida que prolifera por toda parte entre blocos e glóbulos de pedra, como esporas de musgo entre amontoados de cascalho. E, entre ambos, você é a única ligação. Há uma mensagem oculta aí, em algum lugar. O que você acha que Sharif Al-Qalanisi poderia ter feito com tal enigma?

— Não faço ideia. — St. Clair lançou um olhar oblíquo para o primo, inclinando a cabeça de lado. — Deixe-me pensar nisso por um instante, e se eu puder responder de algum modo, eu o farei.

Sinclair não deu resposta, e durante o breve período que se seguiu eles avançaram penosamente, mas com firmeza e em silêncio, em direção à crescente linha de blocos que assinalava a borda do campo rochoso, mas na margem exata daquela área, antes que pudessem chegar perto o suficiente para entrar nela, André St. Clair puxou suas rédeas e seu primo fez o mesmo ao lado dele.

— Eu tive um pensamento assombroso — disse o primo mais jovem. — Um pensamento que poderia nunca ter me ocorrido se não tivéssemos vindo para cá hoje e se você não houvesse me incitado a pensar sobre temas que de outro modo eu nunca teria considerado. Dois campos rochosos, como você diz, primo. Cada um radicalmente distinto do outro e, no entanto, ambos idênticos... o primeiro, da minha puberdade, da minha juventude, contém memórias e ecos que ressoam dentro de mim suficientemente alto para que sejam dolorosos. Ele parece rico e verde, exuberante e cheio de promessas. O outro, um lugar exótico que não conserva imagens para mim, nenhuma lembrança, nenhum eco, é um lugar de cinzas e castanhos opacos e duros. Ressecado e sem vida, está repleto de rochas inertes e insensíveis e restos murchos e secos do que, algum dia, talvez tenham sido sonhos que valia a pena perseguir...

Alec estivera observando-o com uma estranha expressão no rosto, quase como se quisesse que seu primo desse voz a algum grande e revolucionário pensamento, mas então simplesmente sorriu, um pequeno sorriso, e balançou a cabeça.

— Bem — falou Sinclair, devagar. — Pelo menos você considerou todos os elementos...

— Eu fiz mais do que isso, Alec, eu olhei além deles e vi o que não esperava ver.

— Prossiga.

Alec gesticulou com uma das mãos, sem nenhum vestígio de sarcasmo discernível, e André continuou.

— Por um lado, minha infância. Numa terra verde e agradável, juncada de promessas e fartura. Plantas crescem para onde quer que eu olhe, mas todas as plantas são árvores, com folhas pálidas e débeis. Nada de flores, nada comestível, árvores... com raízes, todas nodosas e secas, contorcidas e fixas no seu crescimento, e cercando, sufocando, cobrindo nada além de pedras, blocos de rocha que desafiam todas as pressões em sua resistência...

"E por outro lado, minha maturidade, num árido e hostil lugar desértico, onde blocos de rocha se destacam em profusão, como na França, mas não obscurecidos pela vegetação, com suas superfícies lavradas pelo vento e polidas pela areia por ele soprada. Nada de flores, nada comestível, e nenhuma árvore contorcida tentando confinar uma pedra saliente entre suas raízes...

— Duas verdades evidentes, aparentemente similares. Mas apenas uma é genuína.

— Qual delas?

Um longo silêncio havia se passado no momento em que Alec Sinclair fez sua pergunta, e André St. Clair voltou ligeiramente a cabeça para olhá-lo nos olhos.

— Diga-me você, primo, pois eu não tenho a menor ideia.

E ambos riram e esporearam seus cavalos, pondo-os em marcha, cavalgando mais uma vez em amigável mutismo. Quando novamente um deles quebrou o silêncio, foi Alec Sinclair quem falou.

— Nós ainda temos de decidir o que pretendemos fazer em seguida. — Ele estava observando André enquanto falava. Quando viu a incompreensão no rosto do primo, continuou. — Ricardo planeja marchar para o sul dentro de uma semana, ao longo da velha estrada costeira, para combater Saladino e tomar Jerusalém, derrotando os sarracenos de uma vez por todas. Ele já fez as disposições para a linha de batalha; templários na vanguarda com os turcópolos dando apoio, depois as levas nativas de Ricardo, seus bretões, angevinos e poitevinos; os normandos e os ingleses virão em seguida, guardando o estandarte de batalha, e os franceses formarão a retaguarda, com os hospitalários e as forças locais de Outremer dando-lhes suporte. Você e eu temos de decidir um curso de ação para nós mesmos antes que tudo isso comece.

— Por que e de que tipo de ação você está falando? Você não está fazendo sentido, primo. Os templários formarão a vanguarda, então é aí que nós estaremos.

Eles cavalgaram novamente em silêncio por algum tempo até Alec explodir:

— Maldição, não há outro meio de contar isso a você. Não sairá sem que seja como um tapa! Quando eu estava em Chipre, viajei até Famagusta, para visitar a sepultura de seu pai, como havia-lhe prometido. Encontrei-a sem dificuldade e rezei ali para que sua alma descansasse em paz, mas quando retornei a Limassol ouvi uma história em que não pude acreditar, por isso pus-me a investigar. Há um judeu lá chamado Aaron bar Melel. Você o conhece?

— Aaron bar Melel? Não, não conheço nenhum judeu com esse ou qualquer outro nome, certamente não em Limassol. Deveria?

— Sim, você deveria. O nome dele me foi dado por um aliado... um agente de Rashid al-Din que vive em Limassol há anos como espião. Ele me perguntou sobre meu nome e como diferia do nome St. Clair, com o qual estava familiarizado. Quando eu expliquei que o antigo mestre de armas havia sido meu tio, o homem ficou muito excitado e contou-me sua versão da história do que aconteceu com seu pai. Quando me recusei a acreditar no que ele me contou, o espião me ensinou como encontrar esse homem, Aaron, e eu fui à procura dele no dia seguinte. Não foi difícil localizá-lo... Você se lembra de ter-me contado sobre o expurgo levado a cabo contra os judeus poucos dias antes de você deixar Limassol?

— Sim, eu me lembro. Isso me custou uma última visita de meu pai.

— Exato. Bem, esse Aaron foi um dos judeus perseguidos, assim como toda a sua família; sua esposa, seu filho e sua filha. Eu conheci sua esposa e vi sua filha. Ela é bonita. O filho dele está morto, assassinado durante o expurgo. Tinha 14 anos. Mas Aaron, sua esposa Leah e sua filha foram resgatados e escondidos por um cavaleiro franco... seu pai. O judeu nomeou-o e descreveu-o, chamando-o de sir Henry St. Clair, mestre de armas da Inglaterra. De acordo com Aaron, ele os resgatou antes que os distúrbios irrompessem, mas eu não faço ideia, porque o próprio Aaron não sabia e portanto não pôde me dizer, como seu pai soube ou descobriu tudo o que estava para acontecer com antecedência. Nem sei o que aconteceu ao garoto, mas sir Henry tirou-os clandestinamente de Limassol e mandou-os para uma vila de pescadores mais distante ao longo da costa, onde permaneceram até saberem que Ricardo havia partido novamente para vir para cá. A essa altura, eles retornaram ao seu lar em Limassol, para lamentar a perda do filho e reconstruir a vida.

"Mas alguém havia dado informações sobre seu pai diretamente a Ricardo na época do desaparecimento da família; portanto, Henry deve ter sido visto fazendo o que fez ou foi traído por uma das pessoas que empregava. Quem quer que tenha comunicado isso a Ricardo enfiou a lâmina muito fundo e depois a torceu. Isso foi feito por absoluta malícia e em um momento cuidadosamente escolhido, provavelmente quando ele estava bêbado... Ricardo, quero dizer. Ele teria ficado furioso ao ouvir sobre a traição de seu pai. Sir Henry já havia partido para Famagusta naquele momento, por isso, os rapazes valentões de Ricardo foram mandados até lá para dar um jeito nele, com instruções para fazer com que qualquer coisa que cometessem parecesse um ataque aleatório das guerrilhas. E todos acreditaram que foi isso o que aconteceu com seu pai e seus dois companheiros naquela noite. Mas os matadores conversaram a respeito do assunto por sobre seus copos quando retornaram a Limassol, e meu aliado xiita os ouviu. Eles estavam na taverna dele naquele momento. Um estalajadeiro logo aprende a manter a boca bem fechada, e ele conhecia sir Henry St. Clair apenas por comentários... o homem era mestre de armas do rei Ricardo, afinal... e por isso não disse nada a ninguém até que a questão do meu nome veio à tona, quando me contou tudo o que sabia.

Ele parou nesse ponto e esperou que André respondesse de algum modo, mas St. Clair continuou cavalgando como um homem adormecido em sua sela, seu corpo ajustando-se naturalmente ao passo do cavalo. Vendo que seus olhos estavam abertos, Sinclair presumiu que ele havia escutado, de modo que prosseguiu.

— Eu fiz perguntas por lá, mas não consegui descobrir nada sobre o homem que Suleiman descreveu... Esse é o nome do meu aliado, Suleiman. Eu não ia nomeá-lo, mas não há risco... É claro, eles todos haviam partido com Ricardo, de modo que já estavam aqui em Outremer havia semanas no momento em que aportei em Chipre. — Ele estendeu as mãos espalmadas num movimento equivalente a um dar de ombros. — O que significa que não há meios razoáveis de descobrirmos quem eles são. Seus rostos podem ser quaisquer uns entre os mais de cem imbecis que pairam constantemente em volta de Ricardo, aguardando instruções... — Ele fez uma pausa, depois desviando os olhos novamente. — Eu não pude descobrir nem mesmo se Ricardo os mandou deliberadamente ou se eles assumiram por conta própria a tarefa de levar a cabo a vontade mal declarada do rei, do mesmo modo que os capangas do pai dele fizeram com Thomas Becket, na Inglaterra. Isso não seria improvável, pois esse incidente parece ser uma das lembranças favoritas que Ricardo tem do pai dele. Ele fala nisso com frequência, sempre que deseja ressaltar que não é aconselhável cruzar o caminho de um homem com os seus antecedentes, de modo que os assassinos podem ter agido por conta própria, na expectativa de conseguir o favor e a gratidão dele... Mas seja uma ou outra hipótese a verdadeira, não há mais dúvida de que Ricardo sabe o que fez e do que é culpado. Foi por isso que você não teve notícias dele desde sua chegada aqui. Duvido que ele consiga olhá-lo nos olhos.

Esse comentário provocou uma resposta de St. Clair, expressa calmamente, em tons prosaicos.

— Ah, ele conseguiria me olhar nos olhos, Alec. Não tenha dúvida quanto a isso. Ricardo Plantageneta poderia me olhar nos olhos, sorrir para mim e fazer com que eu me sentisse muito bem-vindo enquanto o sangue de meu pai estivesse pingando de suas mãos. Seu amor-próprio é tão monstruoso que ele agora pode convencer a si próprio de que é incapaz de agir mal... Eu verdadeiramente amei esse homem um dia, você sabe... quase com tanto afeto quanto amava meu pai. Ele me sagrou cavaleiro e eu o admirava muito, vendo-o como um paladino. Mas então, em pequenos acréscimos, uma circunstância de cada vez, comecei a vê-lo como ele verdadeiramente era e é. Todo amor e toda a admiração, todo o respeito, toda a lealdade e obrigação que eu me sentia tão privilegiado de dever a ele, com toda boa-vontade, durante tantos anos, começou a virar vinagre e cinzas na minha boca, e minha alma se tornou progressivamente enojada enquanto cada vez mais evidências de sua perfídia e de seu inesgotável egoísmo se tornaram claras... E tudo isso culminou com a obscenidade da destruição dos prisioneiros sarracenos por ele...

"Depois disso, e do que eu sofri por tal coisa, mesmo essa informação de que ele assassinou meu pai, seu servo mais leal, não pode me causar grande paixão. Eu acredito nisso, mas não me surpreende no mais leve grau, e eu acho que se examinasse meu coração, poderia até mesmo descobrir que já suspeitava disso... embora saiba que não. — André parou e voltou seu olhar diretamente para o primo. — Eu lamentei a perda de meu pai, e acabei por aceitar sua morte e o fato de que ele foi assassinado. Descobrir agora que ele foi assassinado por um amigo malévolo e ingrato faz pouca diferença. Assassinato é assassinato...

St. Clair ficou em silêncio por um momento, e Alec Sinclair não fez nenhuma tentativa de interrompê-lo, pois podia ver que havia mais por vir. E por fim André balançou a cabeça e quase sorriu quando falou:

— Mas eu agora posso entender o que você estava tentando dizer quando murmurou sobre termos de preparar nossa mente para o que devemos fazer em seguida... Você tem alguma ideia?

— Sim, eu tenho várias. Vá em frente. Eu o seguirei.

Eles haviam chegado à área central do campo rochoso, próximo do pináculo que marcava o teto da caverna, e então St. Clair instigou seu cavalo a virar à esquerda, tomando o caminho semioculto até o buraco descendente que conduzia à entrada escondida. Alec o seguiu, dirigindo-se à sua nuca enquanto eles avançavam.

— A primeira e mais óbvia opção aberta para nós, para nós dois, é simplesmente desaparecer no deserto e viver com nossos aliados *shi'a*. Isso não deve representar grande dificuldade sob qualquer aspecto, uma vez que temos o próprio grão-mestre para nos auxiliar. Ele precisa apenas declarar um requerimento para que nossos serviços, como colaboradores clandestinos, sejam conduzidos fora e além dos perímetros dos nossos acampamentos regulares. E ele não precisaria nem mesmo mentir, uma vez que nunca seria sequer questionado ou solicitado a nomear a Ordem que clama nossa lealdade juntamente com a sua. Ele simplesmente deixaria que os outros presumissem, o que eles certamente fariam, que nossos deveres residem no serviço do Templo... e ninguém nem mesmo pensaria em duvidar do julgamento dele, pois ambos falamos árabe impecável e fluentemente e temos a capacidade de nos misturarmos com os sarracenos sem sermos reconhecidos pelo que realmente somos.

André St. Clair fez uma careta e objetou.

— Sim, mas se fizéssemos isso, seríamos forçados a viver entre a gente de Sinan. Não creio que possa viver desse modo, Alec. Você consegue se imaginar passando uma vida inteira com Rashid al-Din, com aquele seu olhar raivoso, hostil e desprovido de humor presente em cada um de seus movimentos, e sabendo que mesmo quando você não está no seu campo de visão, ele tem uma centena ou uma dúzia de espiões comunicando-lhe tudo o que você diz e faz? Não, perdoe-me, primo, mas essa sugestão não me traz nenhum entusiasmo. O que mais você tem em mente?

Eles haviam alcançado a abertura descendente alguns momentos antes, mas nenhum dos dois fizera qualquer movimento para desmontar enquanto estavam falando dos Hashshashin. André então desceu de sua sela e Alec juntou-se a ele, segurando a cabeça de seu cavalo pelo cabresto.

— Bem — disse Sinclair —, nós podemos desertar e simplesmente nos dirigirmos deserto adentro em direção ao sul à procura do meu velho amigo e antigo captor, Ibn al Farouch.

André voltou o rosto para ele, com uma das sobrancelhas erguida em desdém.

— Aí está uma ideia maravilhosa, transbordante de mérito. Fico surpreso de que você tenha sido capaz de imaginá-la com tanta presteza, depois do fracasso de sua última proposta. Você está sugerindo que devemos nos render como prisioneiros e nos arriscarmos a ser executados imediatamente, numa rápida represália ao que fizemos aos companheiros deles? Essa ideia é simplesmente de tirar o fôlego.

— Não, eu estou falando sério, e nós não correríamos nenhum perigo. Como um emir, meu amigo Ibn tem o poder de nos proteger e dar um abrigo seguro entre sua gente. Você gostaria disso, eu acho. Ele tem uma filha, Fatama, que deve estar se aproximando dos 15 anos agora, e ela é extraordinária... Vocês iriam gostar um do outro, eu creio.

— Alec, eu assumi votos. Sou um templário agora. Pobreza, castidade e obediência, lembra-se?

— E você poderia praticar o mesmo ascetismo entre os sarracenos, primo, se é isso que deseja. O emir tem um irmão que lhe é muito querido, chamado Yussuf, e Yussuf al Farouch é um devoto e um homem culto, além de um homem abençoado com grande sagacidade, humor e compaixão. Ele é um mulá, mas um mulá diferente de qualquer outro que você possa conhecer. Você gostará dele, também. Então, o que diz, devemos procurar Al Farouch?

St. Clair estava encarando-o de olhos arregalados.

— Você está bancando o louco aqui, não está? Diga-me, Alec, que você está brincando.

Alec Sinclair deu de ombros.

— Então eu estou. Achei que não lhe faria mal sorrir e se permitir pensamentos agradáveis por alguns momentos... Um louco pode ser uma pessoa maravilhosamente divertida... Também pensei que você poderia levar menos a sério do que antes toda essa conversa de votos, penalidades, culpa e consequências, se conseguisse rir por um momento ou dois. Parece que você perdeu de vista o pequeno fato de que nem você nem eu somos cristãos... e esse é um fato que é melhor não perder de vista, primo. Você está começando a parecer um pecador governado por padres e atormentado pela culpa, quando na realidade é um privilegiado e iluminado irmão da Ordem de Sião. Basta de culpa, primo. Esse é um conceito desprovido de sentido.

— O que eu estava pensando não tinha nada a ver com culpa, Alec. Eu estava muito mais preocupado com a honra e com o modo como ela desaparece por aqui, como um orvalho sobre uma pedra achatada deixada ao sol.

— Ah, a honra! Aí está uma moeda de ouro repetidamente dourada por pessoas que procuram melhorá-la. Fale-me sobre a honra, André.

Conte-me quanto dela nós temos praticado e observado aqui, e... Tome, veja isto. — Alec remexeu em seu bolsilho e tirou uma moeda de ouro, segurou-a onde André pudesse vê-la e depois a jogou para cima com um piparote, fazendo-a girar, para depois agarrá-la com um punho fechado. — Esta é uma moeda de ouro, estampada com a efígie do sultão. Vou apostá-la que você não consegue me dizer o nome, aqui e agora, de uma vintena de homens honestos e verdadeiramente honrados no exército com o qual nós marchamos. Deve haver muito mais de uma vintena deles entre tantos homens, mas você deve *nomear* apenas vinte de tais bons homens... homens que você conheça pessoalmente. Começando agora. E preste atenção onde pisa enquanto pensa neles.

Ele deu as costas e começou a seguir seu caminho pela trilha que abarcava os lados do buraco, e André o seguiu, profundamente pensativo enquanto conduzia seu cavalo com cuidado atrás dele.

— Sua moeda está salva — disse ele quando estavam seguros no fundo do buraco. — Eu pensei muito e nomeei sete homens... oito se incluir Robert de Sablé, e por que não deveria? Então, consigo nomear oito, todos eles meus conhecidos, e três deles são irmãos sargentos do templo... honestos e honrados, mas que carecem de poder ou posição. Isso me envergonha.

— Isso envergonha *você*? Não é culpa sua. Sua honra é apenas sua, assim como a honra de cada um dos homens que você nomeou. É isso que a honra tem de maravilhoso, primo. Ela vive dentro de nós e estabelece padrões de comportamento próprios para cada um de nós, e cada um é compelido a agir dentro de seus limites. Oh, você me ouvirá falar sobre a honra do Templo, ou a honra de seu corpo militar, ou da Ordem, mas isso é pura tolice posta em palavras. *Coisas* não podem ter honra... Apenas *homens* têm honra, e cada homem carrega seu próprio fardo. E todo ele vem à consciência e ao livre-arbítrio no momento do julgamento mais medonho... até o lugar e o momento em que cada homem deve traçar sua própria linha na areia e se postar atrás dela. Seu padrão pode não ser igual ao meu, primo, mas, num mundo em que nenhum homem pode mentir para si mesmo ou para Deus, sua honra é só sua, ela é seu ser, sua alma, como a minha é minha.

André St. Clair inspirou demorada e profundamente

— Muito bem, então — disse ele. — Qual é a sua próxima proposta?

— Eu proponho que nós entremos na caverna e apresentemos nossas saudações a Ibrahim. Ele deve estar à nossa espera. Tirando isso, não tenho mais propostas.

— Eu tenho, mas apenas uma.

— E qual é ela?

— Que retornemos a Acre e marchemos para o sul com o exército até Jerusalém. É a coisa mais lógica a fazer, parece-me, e enquanto estivermos nisso, acharemos tempo e oportunidade para discutir o dilema com o irmão Justin, que tem outras funções, agora que seus noviços foram todos admitidos na Ordem como irmãos... e é claro, com mestre De Sablé. Eu queria lhe perguntar isso antes, mas você sabe quantos de nossa Irmandade estão aqui em Outremer, além de nós?

— Não, mas deve haver mais dos nossos.

— E há. Consideravelmente mais. Eu diria pelo menos quarenta, mas pouco é feito quanto a convocações, pelo que eu posso ver. Nós não mantemos conclaves em Outremer, e isso me parece errado, pois as pressões de outras responsabilidades não deveriam afetar a contínua prosperidade da Irmandade como um todo. Por isso eu sugerirei ao grão-mestre que predisponha sua mente a formar algum tipo especial de capítulo dentro das fileiras do Templo e a garantir que seus encontros sejam mantidos em segredo da soldadesca comum. Isso lhe agradaria? Deve ser fácil de conseguir, e nos daria algo em que nos concentrarmos durante o restante da campanha, mantendo nosso tempo e nossa mente ocupados e concentrados em nossos próprios deveres, livres das distrações de coisas menores. O que acha desta ideia?

Alec Sinclair sorriu, depois aninhou o cotovelo direito com a mão esquerda e pressionou a ponta de um dedo contra os lábios, em seguida assentiu com a cabeça uma vez e depois repetiu o gesto, com ênfase.

— Eu gostei. Nós retornamos a Acre, conversamos com o grão-mestre, marchamos para Jerusalém com o exército de Ricardo, mas nos reconstituímos como Irmandade ao longo da rota. Adorei... Eu sabia que você conseguia pensar, primo, mas agora tenho a prova. Então vamos desejar um bom-dia para o formidável Ibrahim e receber os seus despachos.

Ibrahim, porém, não estava. Ele estivera ali e os esperara durante algum tempo, mas então, sobre uma rocha achatada no centro da caverna, onde Alec não poderia deixar de vê-la, deixara uma carta escrita numa folha de pergaminho, presa sob um dos cantos de uma gaiola dentro da qual havia um pombo. Um canudo cilíndrico de couro contendo documentos estava depositado no alto da gaiola. Em sua carta, ele explicava que havia ficado ali por um dia inteiro e não podia esperar mais. O canudo, explicou, era para o *fidai*, ou líder, franco, nome usado pelos Hashshashin para denotar o representante superior local da Ordem de Sião, naquele momento Robert de Sablé. Após recolher os documentos, Alec foi solicitado a inserir uma conta no pequeno cilindro na pata do pombo e depois libertar o pássaro para voar para casa. André observou atentamente quando Alec retirou uma minúscula conta de um brilhante vermelho das dobras de seu bolsilho e largou-a dentro do pequenino tubo de metal preso à pata da ave.

— As contas vermelhas são usadas unicamente por mim e para mim. Eu tenho um saco delas e sempre carrego algumas soltas no meu bolsilho. Ibrahim saberá assim que vir isto que eu peguei sua mensagem com segurança e que tudo está bem.

Ele libertou o pombo tão logo deixaram a caverna e o observou voar até sumir de vista. Em seguida, voltou-se para seu primo.

— Agora, para Acre, e amanhã, se Deus assim o quiser, nós partiremos para o sul rumo a Jerusalém, com Ricardo, e, com a bênção de Robert de Sablé, construiremos nossa Irmandade novamente com força em Outremer ao longo do caminho. Vá na frente, primo.

VINTE E TRÊS

André St. Clair teve motivo para se lembrar das observações de seu primo acerca da castidade e do ascetismo no dia seguinte, pois, antes que o exército levantasse acampamento e marchasse para o sul, ele se viu quase face a face com a irmã de Ricardo, Joana Plantageneta. O imponente exército estava desperto desde muito antes do amanhecer, quando os sinos e trombetas dos arautos do rei puseram todos em debandada de seus leitos para começarem os preparativos para o que seria um longo e desgastante dia, um domingo, o dia 24 de agosto de 1191, o dia de São Bartolomeu. As orações das matinas haviam sido deixadas de lado naquele dia por causa dos preparativos para a partida, mas antes do alvorecer, a despeito disso, os padres e bispos estavam por toda parte, celebrando a Santa Missa, e os sons das ladainhas reverberavam por todo lado, derramando-se uns sobre os outros de lugar para lugar e gerando um som que parecia o zumbido de uma enorme colmeia.

André, carregando seu elmo de aço e com seu capuz de cota de malha desamarrado para expor sua cabeça nua, abria caminho de uma multidão de fiéis para outra, procurando por Alec e conseguindo parecer devoto e concentrado enquanto habilmente evitava parar em algum lugar, mas quando emergiu numa área que tinha uma concentração de tochas maior do que as outras, sua consciência registrou que o cheiro de incenso era mais denso ali, a luz mais forte e as vestes dos celebrantes, incluindo não menos de três bispos oficiantes, de qualidade muito mais rica do que qualquer coisa que ele tivesse visto antes. Ele avistou uma concentração de limpas e brilhantes sobrecotas brancas com cruzes vermelhas à sua esquerda e reconheceu sir Robert de Sablé entre elas, inconfundível em seu magnífico manto de grão-mestre tecido em malha grossa de lã branca, com a cruz preta de braços equiláteros na frente e atrás. Alec Sinclair estava parado ao lado do grão-mestre, e André começou a desviar sua rota em direção a eles, mas deteve-se abruptamente quando viu o rei Ricardo parado do outro lado de De Sablé e, à esquerda de Ricardo, as duas rainhas, Berengária e Joana Plantageneta, com suas criadas aglomeradas atrás delas.

Em virtude do ângulo lateral pelo qual começara a se aproximar deles, ninguém do grupo real viu a sua movimentação, mas paradoxalmente, quando ele se congelou na imobilidade, alguma anomalia chamou a atenção de Joana, e ela virou a cabeça e olhou em cheio para ele. André vira a cabeça dela começando a se voltar e instantaneamente soubera que ela olharia diretamente para ele. Não teve nem mesmo tempo de abaixar a cabeça, de modo que baixou apenas os olhos, na esperança de que, visto da posição dela, ele se confundisse com a massa de rostos atrás de si. Manteve os olhos baixos pelo tempo de cinco pulsações, plenamente consciente da lentidão com que tais pulsações estavam passando, então ergueu os olhos novamente e encontrou-a encarando-o, imóvel, um ligeiro franzir de cenho desfigurando a lisura de sua testa. Desejando, então, não mover sequer um músculo nem reagir de qualquer maneira, sabendo que se o fizesse intensificaria a atenção da rainha sobre ele, André voltou a abaixar vagarosamente os olhos e contou outra vez até cinco e depois até dez, recitando para si mesmo uma litania de razões pelas quais ela não deveria reconhecê-lo: ela nunca o vira com o uniforme templário completo e, quando o vira, ele estava barbeado e seu cabelo era longo e desalinhado, próprio de um noviço não graduado, enquanto agora sua cabeça estava tosquiada rente e ele usava uma barba espessa. Pela sua avaliação, era improvável que ela se lembrasse dele, mas ainda assim ela obviamente havia reconhecido alguma coisa nele, ainda que não o identificasse de maneira absoluta. De novo ele ergueu os olhos — lentamente — e sentiu uma grande sensação de alívio ao ver que ela não estava mais franzindo o cenho para ele, embora ainda o estivesse franzindo; seus olhos agora se moviam por sobre os outros rostos em volta dele. André a observou, então, desejando que ela olhasse para o outro lado, e tão logo ela o fez, voltando-se para o altar em frente, ele afastou-se rapidamente para se posicionar num lugar diferente na periferia da multidão, resolvendo esperar até mais tarde para falar com Alec.

Ele não partiu de imediato, porém. Confiante agora de que não fora reconhecido e que Joana não seria capaz de diferenciá-lo novamente entre a multidão, ele se acomodou sobre uma pedra próxima e fartou-se de olhar para as duas rainhas, nenhumas das quais, pareceu-lhe, sofrera sequer ligeiramente pelas privações da vida num acampamento militar. Berengária, particularmente, parecia soberba; nobre e dona de si, radiante e manifestamente satisfeita, não exibia a mais leve indicação de que pudesse ser a esposa de um homem cujo completo desinteresse por mulheres era motivo de troça e comentários públicos. Olhando para ela naquele momento e notando o rubor febril em suas bochechas, André pensou tê-la visto lançar um olhar oblíquo na direção de um jovem guarda de belo aspecto que estava postado em vigilância ao seu lado, cerca de um passo à frente dela, e então ele olhou mais atentamente para o homem, notando a sua postura vigorosa e ereta, a cabeça erguida muito alto e o ardor desafiante com que seu porte proclamava sua devoção ao dever de guarda da rainha. Divertido, mas nada surpreso, André moveu os olhos para onde Joana estava, parada como se estivesse sozinha, apesar de rodeada por uma multidão. Joana Plantageneta, pensou ele, não pela primeira vez, era uma mulher notável e atraente. Era fácil ver que ela tampouco carecia de afeição ou atenção física, embora, por mais que tentasse, não conseguisse obter uma pista de quem, se é que havia alguém, entre aquela turba poderia ser o fruidor dos seus favores. Ele achou consideravelmente fácil sorrir de suas próprias conjeturas e aceitar — e depois refutar — o fato de que poderia ter apreciado aqueles encantos. Com um último e demorado olhar para a esbelta figura ereta, seus seios empinados e sua cintura e seus quadris cobertos por tecidos justos, ele se inclinou melancolicamente para o ascetismo, se não para a completa castidade, e decidiu voltar para sua área de manobras.

Com seus pensamentos de tal forma ocupados com assuntos carnais, André quase havia se esquecido de outro olhar que desejava evitar e, antes que desse um passo para sair da pedra em que estava empoleirado, sentiu, mais do que viu, os olhos do rei fixos nele. Nunca saberia se o gelo do olhar cheio de ódio de Ricardo era uma expressão de rancor majestático ou de sua própria consciência por haver contrariado e desapontado o rei — algo que seu pai lhe prevenira para nunca fazer — na questão de Berengária. Certo de alguma segurança pela distância física entre eles, André sustentou o olhar do rei por um longo momento, sentindo-se corajoso enquanto o fazia, ainda que simultaneamente cônscio de uma profunda ameaça, nascida de uma irritante dúvida sobre sua responsabilidade para com o homem que um dia fora seu herói, a despeito de tudo o que sabia sobre ele agora.

Foi Ricardo quem desviou os olhos primeiro, deixando que André se reunisse aos seus camaradas com uma revoltante sensação de ter sido irrevogavelmente proscrito, para o bem ou para mal.

Tão logo as missas foram concluídas, as tarefas de desmontar o acampamento deram lugar a um frenesi de atividade à medida que milhares de tendas eram desmontadas e dobradas de maneira uniforme antes de serem carregadas no comboio bagageiro. As grandes máquinas de sítio haviam sido desarmadas e acopladas às suas plataformas de transporte semanas antes, depois da rendição da cidade, e exércitos de sapadores e engenheiros haviam estado atarefados nos dias anteriores, movendo-as até sua posição para a marcha rumo ao sul. Eles então haviam avançado com elas na véspera, de modo que já estavam vários quilômetros à frente do exército que os seguiria. Também havia muito movimento de idas e vindas entre as áreas de manobra e o porto de Acre, enquanto barcos aportavam nos cais para serem pesadamente carregados com suprimentos e armas em preparação para a jornada ao longo da costa, seguindo paralelamente à linha de avanço do exército ao longo da antiga estrada costeira construída pelas legiões romanas antes do tempo dos césares. Mas por fim tudo foi carregado, as tropas estavam alinhadas em suas formações, o último dos acampamentos foi desmontado e as latrinas enterradas, e, sob um grande e agudo toque de reunir das trombetas, as primeiras fileiras das hostes que avançavam se posicionaram e partiram ao longo da estrada para Jerusalém.

Dois dias depois, após uma marcha lenta e entediante durante a qual eles cobriram menos de 10 milhas, marchando no frescor do dia e evitando o sol da tarde, André St. Clair finalmente encontrou seu primo pela primeira vez desde a noite anterior à partida do exército. Ele havia decidido manter-se bem longe de Alec durante a marcha e deixar que seu primo o procurasse quando tivesse tempo, pois sempre havia o perigo de encontrar Ricardo na área em torno da tenda dos templários e do pavilhão de De Sablé, e André não desejava cortejar a possibilidade de um encontro casual com seu antigo suserano. Ele não tinha certeza de como poderia reagir ao encontrar o assassino de seu pai frente a frente, fosse ele rei ou não. E, portanto, foi Alec quem o encontrou, sentado sozinho no chão perto de sua tenda e momentaneamente livre da presença de qualquer membro do seu esquadrão, já que seus vizinhos mais próximos estavam a quase seis metros de distância, um significativo grau de privacidade no meio de um exército que chegava a dezenas de milhares de homens.

— Eu trouxe vinho — disse Alec à guisa de cumprimento, lançando um odre cheio nas mãos afoitamente estendidas de André e olhando com surpresa em torno dele. — Onde está o seu esquadrão? Você os perdeu?

— Não, mas perdi a paciência com eles. Estão por aí em algum lugar, treinando. Eu mandei meu primeiro-sargento, o Javali, fazer com que eles armassem os alvos e praticassem com suas bestas até a hora do jantar. Faz quase duas semanas desde a última vez que eles praticaram, e parece duas vezes isso desde a última vez que eu tive um momento só para mim, sem a voz deles me ensurdecendo. Por que será, diga-me, que os soldados parecem incapazes de falar calmamente? Você sabe? De qualquer forma, obrigado por isto. Não vou nem mesmo perguntar de onde você o roubou, mas beberei imediatamente à sua saúde.

Ele tirou a tampa do odre de vinho, levou-o à boca e em seguida bebeu um longo gole antes de oferecê-lo novamente a Alec.

— Bem — prosseguiu ele, por fim, assim que o odre foi abaixado novamente. — Estamos sós, por isso, conte, apenas para os meus ouvidos, já que você é o homem que detém as informações que vêm de dentro. Para onde estamos indo e qual é o nosso objetivo?

— Arsuf é para onde estamos nos dirigindo. Já ouviu falar dela?

— Não. Você ouviu, antes de alguém lhe dizer que é para lá que estamos indo?

— Sim, mas apenas porque estive lá uma vez. É um antigo porto, cerca de 65 milhas ao sul de Acre. E eu disse antigo, não apenas velho. Os gregos que construíram o lugar deram-lhe o nome de Apolônia. É uma cidade murada, também, não muito grande, mas facilmente defensável, com uma fortaleza de arenito, agora em ruínas, no lado que dá para a terra. É um dos lugares que os homens de Saladino capturaram após Hattin. Agora Ricardo pretende tomá-la de volta e usá-la como base para seu ataque a Jafa, outro porto, este maior, 6 milhas ao sul de Arsuf. Uma vez que ele tenha esses portos como abrigos seguros para seus barcos de suprimentos, poderá, então, dar uma guinada terra adentro para o percurso de 50 milhas sobre Jerusalém.

— Humm. E onde está o exército de Saladino, você pode me contar? O instinto me diz que eles podem estar protegendo Jerusalém, mas nós não chegamos nem perto de lá ainda; portanto, por que eles se incomodariam com isso neste estágio?

— Eles estão aqui. Como você diz, Jerusalém não está em perigo neste momento. Saladino está acima de nós, naquelas colinas à frente e quase ao alcance da vista, observando nosso progresso até achar que é o momento certo para um ataque.

— Que colinas são aquelas? Com uma só exceção, elas não parecem muito altas.

— E não são. A mais alta é o monte Carmelo.

— *Desse* eu ouvi falar. O monte Carmelo... É próximo de onde estamos indo?

— Sim, ele está bem ao lado do nosso destino.

— E você acha que Saladino nos atacará a partir de lá, um ataque de cima?

— Absolutamente não, mas ele não esperará que alcancemos o Carmelo. Assim que penetrarmos os sopés das colinas, onde a estrada sobe e desce de encosta em encosta, ele nos atingirá com tudo o que tem, mas com um amplo plano de ataque... pequenos grupos de atacantes reforçados, precipitando-se sobre nós a partir das colinas independentemente uns dos outros, ao longo de todo o extenso comprimento da nossa linha de marcha, golpeando tudo o que puderem golpear, sempre que encontrarem algo pela frente. Eles virão com tudo, provocando o máximo de dano e confusão que puderem, depois baterão em retirada e fugirão antes que possamos reunir algo parecido com um contra-ataque.

— E não há nada que possamos fazer para detê-los?

— Sim, nós podemos dar meia-volta e marchar de volta para Acre, mas mesmo isso não será garantia de que eles não nos perseguirão. Por isso podemos muito bem seguir em frente.

— Mais depressa, eu espero, do que estivemos nos movendo até aqui?

— Não. — Alec sacudiu a cabeça e quase sorriu. — Eu sou obrigado a admirar Ricardo em momentos como este... como general, eu quero dizer, um estrategista. Eu o considero inspirado nesse aspecto. Ele é contido, calmo, ponderado e é claro que pensa muito à frente. Sua política de avançar lentamente e com conforto é ao mesmo tempo segura e firme, irretocável. Marchar nas horas frescas da manhã, descansar nas longas tardes quentes, e assim continuarmos imperturbados e adaptáveis, não onerados pelo calor e capazes de responder rapidamente e com força a qualquer coisa que o inimigo possa lançar contra nós. Se ele continuar a usar táticas como essa, terá vantagem sobre Saladino. Quatro milhas por dia, eu sei, parece mortalmente lento para homens como nós, acostumados como estamos a cavalgar por todo lado, mas você sabe tão bem quanto eu que o progresso de um exército está condicionado à velocidade das suas unidades mais lentas, e no nosso caso, as unidades mais lentas são nossas máquinas de sítio. Teremos sorte, creio, se conseguirmos manter quatro milhas ao dia com elas. Não fosse o fato de esta estrada ter sido construída pelos romanos e ter recebido uma manutenção razoável, nossa velocidade poderia muito bem ser reduzida à metade... e no entanto nós poderíamos simplesmente avançar e deixar esses dispositivos para trás, abandonados à beira da estrada, mas não sem abrir para nós mesmos a ameaça de as termos usadas contra nós em algum momento futuro. Por isso, nós continuaremos avançando lentamente e resistindo à tentação de dar carga ao inimigo.

— O quê? Desde quando atacar e enfrentar o inimigo é algo para lastimar?

Alec Sinclair olhou diretamente para o primo sem a mais leve sugestão de zombaria em sua voz ou sua expressão.

— Desde que Gerard de Ridefort liderou um ataque dos templários rumo à total extinção em Hattin, quatro anos atrás; desde que ele perdeu sua força inteira de 160 cavaleiros templários, mais um grupo de hospitalários, apenas um mês antes disso, atacando colina abaixo contra 4 mil cavaleiros sarracenos na fonte de Cresson; e desde que 2 mil soldados de infantaria franca desferiram um ataque para encontrar a morte no mesmo dia que a cavalaria de Ridefort em Hattin. Cada vez que montamos um ataque contra este inimigo, somos superados numericamente e derrotados, porque os homens de Saladino sabem exatamente como contra-atacar e anular as vantagens da superioridade dos nossos cavalos cristãos. Ridefort agora está morto, assim como suas táticas. Atualmente você não verá tolos ataques a cavalo contra uma força móvel e ágil de arqueiros montados.

Ele parou subitamente e inclinou a cabeça.

— Ouça — disse. — O que foi isso? — O som chegou novamente, uma onda de notas agudas de trombeta, e ele soltou uma praga. — Maldição, foi o que eu pensei. Convocação dos oficiais. Eu tenho de ir. — Ele se levantou e atirou o odre de volta para André. — Fique com isso. Você vai precisar. Amanhã deverá ser como hoje, mas nós começaremos a subir as encostas das colinas na manhã seguinte, e será então que os insetos começarão a zumbir colina abaixo. Por isso, mantenha seus homens de prontidão. Um dos membros do nosso quadro recomendou que as unidades de besteiros marchassem com suas bestas armadas, prontas para uso imediato, mas seu conselho foi desprezado. Pessoalmente, acho que ele estava certo de modo que, se eu fosse você, faria com que meu pessoal estivesse preparado para tudo tão logo estejamos na região das colinas. Mas, como eu disse, isso não acontecerá até depois de amanhã. Tentarei vê-lo novamente antes disso.

O chamado das trombetas soou novamente na distância enquanto ele dizia isso, e Alec levou seu punho fechado até o peito numa saudação.

— Dito isso, mantenha a cabeça abaixada nesse ínterim. Há uma praga de sarracenos lá. Até breve, primo. — E com isso, ele se foi.

A previsão de Alec Sinclair demonstrou-se exata. No dia seguinte, tendo percorrido outras 4 milhas sem ver um sarraceno ou ser molestado de qualquer forma, o exército montou acampamento pouco antes do sopé do monte Carmelo, e pela manhã, quando eles começaram a subir as encostas da primeira colina, os ataques começaram — e continuaram ao longo do dia e seguiram noite adentro, criando uma tensão que manteve todos acordados e inquietos, uma vez que nunca havia qualquer aviso de onde o próximo ataque iria se materializar. O inimigo descia de maneira surpreendentemente quieta das alturas — e era assim particularmente à noite — em pequenos grupos levemente armados e manobráveis de trinta ou quarenta arqueiros montados em cavalos iemenitas esguios e de cascos seguros. Raramente havia tempo para eles se prepararem contra os assaltos, pois os sarracenos quase não faziam barulho antes de se precipitar o ataque, emergindo de lugar algum para criar o caos e impor o terror nas unidades que atingiam, investindo, tumultuando e matando — e depois batendo em retirada antes que os defensores tivessem qualquer oportunidade real de se reunir e contra-atacar.

Mas logo se tornou evidente que os ataques estavam longe de ser aleatórios e fortuitos como pareceram no princípio. Logo depois dos ataques iniciais do primeiro dia de campanha — pois uma campanha coordenada foi exatamente o que esses ataques se revelaram —, um padrão começou a transparecer. Enquanto ele se concretizava nos dias que se seguiram, tornando-se crescentemente claro e discernível, causou grande excitação e consternação entre os francos, em particular no nível do comando, onde Ricardo e seus comandantes aliados cada vez mais frustrados começavam a avaliar inteiramente que, como as coisas estavam naquele momento, eles seriam efetivamente incapazes de contra-atacar — ou mesmo de neutralizar — os planos sarracenos. Esses planos eram simples e sua execução brilhantemente eficaz. A morte de cavaleiros francos ou de qualquer outra pessoa durante os ataques era um bônus incidental. O objetivo básico de cada investida eram as tropas dos gigantescos cavalos de guerra ingleses, flamengos e alemães de cada unidade, os imponentes corcéis de batalha que carregavam os cavaleiros francos para o combate. Os francos estavam ultrajados pelo fato de seus animais indefesos serem os alvos, e seus bispos e arcebispos açoitavam-se em frenesi, brandindo sinos, bíblias e círios enquanto invocavam a morte, a danação eterna e outras maldições aterradoras sobre a cabeça dos infiéis obscenos que desciam a tão deploráveis profundezas de iniquidade. Mas como Alec Sinclair salientou para André quando eles voltaram a se encontrar e conseguiram se sentar e conversar, os sarracenos vinham sendo meramente pragmáticos — e admiráveis. Caso estivesse no lugar deles, disse Alec, esperava que pudesse ser inteligente o bastante para identificar a necessidade que dava origem à estratégia deles e fazer a mesma coisa. St. Clair, que fora atingido por uma flecha não havia nem meia hora — a flecha passara de raspão pelo punho de sua luva de cota de malha sem qualquer efeito danoso além de uma momentânea perda de sensibilidade de sua mão —, não esperava ouvir ninguém perto dele dizer qualquer coisa parecida, de modo que falou imediatamente:

— Eu sei que você admira o nosso inimigo, primo, mas precisa torcer por eles? O que, em nome de Deus, há de admirável em matar cavalos às centenas?

— Tudo, se isso condiz com as suas necessidades. Mostre-me seu pulso. Ele está escoriado. Você pode segurar sua espada?

— Eu posso segurar qualquer coisa que precise segurar. Não há nada de errado com meu pulso nem com minha mão. É meu sentimento de ultraje que está envolvido aqui.

— Bah! Você está pensando como um cavalariço, André, e você tem um fraco por um bom cavalo, de qualquer forma. Os sarracenos se sentiriam exatamente do mesmo modo se nós alvejássemos suas montarias. Mas veja isso de um modo prático. Os sarracenos estão perturbados pelos nossos cavaleiros, ainda mais hoje do que estavam quatro anos atrás, na época de Hattin, porque nossas armaduras, tanto as de malha quanto as de placas, são mais fortes e pesadas do que jamais foram antes e melhoram o tempo todo. As flechas deles não podem mais penetrar nossas cotas de malha na maioria das vezes... o testemunho disso é a força da sua luva... e nossos cavalos, nossos magníficos corcéis e azêmolas, fazem os deles parecerem frágeis e ridículos. Nossas montarias individuais devem ser de quatro a cinco vezes maiores que as deles, e elas próprias são armas, treinadas durante a vida toda para escoicear com cascos ferrados qualquer coisa que chegue próximo o bastante para atingir, matar ou aleijar. Essa é a força que temos e que, adequadamente empregada, eles não podem derrotar... ou não podiam até agora... Mas agora, eu temo, eles finalmente viram que nossa maior força é nossa maior fraqueza; nossos cavalos, trazidos por mar de nossa terra natal, são insubstituíveis. Cada um deles, aqui, vale dez vezes seu peso em ouro porque se gastaria isso e até mais para trazer um cavalo novo e viçoso de tão longe para substituir cada um que morre. E cada um que morre deixa um cavaleiro sem cavalo e incapaz de funcionar de acordo, pois nenhum homem pode lutar adequadamente a pé, vestido como um cavaleiro franco, com armadura de placas e cota de malha. E, na verdade, nenhum homem consegue caminhar como cavaleiro, usando placas e malha, no calor do sol do deserto. Não é possível. Portanto, a lógica do que os sarracenos estão fazendo agora é impecável e irrefutável. Matando nossos cavalos, eles podem nos derrotar no campo de batalha, tornando-nos impotentes para lutar.

St. Clair estava sentado rigidamente desde que a diatribe de Alec começara e agora estava mudo, ligeiramente boquiaberto, seus olhos assombrados revelando que entendera as implicações de tudo o que Sinclair dissera. Alec olhou para ele através de olhos apertados e inclinou a cabeça de lado.

— Deixe o seu rosto relaxar um pouco, primo — disse ele. — O panorama não é tão lúgubre quando você parece pensar... Eu deixei mais de metade de um odre de vinho quando o vi pela última vez. Você bebeu tudo?

André sacudiu a cabeça, como se acordasse de um cochilo.

— O vinho? Não, eu ainda o tenho. Não costumo beber sozinho. Você gostaria de tomar um pouco?

— Não, eu não. Só estava me perguntando se você poderia guardá-lo até secar no calor do deserto... É claro que eu quero um pouco. Onde está?

— Espere.

St. Clair foi até sua tenda e emergiu momentos depois carregando o odre, que atirou para Alec, que o ergueu e avaliou seu peso antes de olhar para trás em descrença.

— Você não bebeu uma gota depois que eu parti.

— Não, e seja grato por isso, pois se eu tivesse bebido, nós não poderíamos aproveitá-lo agora.

Ele sentou-se novamente onde estivera antes e assistiu enquanto Alec segurava o odre acima de sua cabeça e dirigia um jato da bebida para sua boca sem derramar uma gota.

— Você afirmou que o panorama não é tão lúgubre quanto parece. O que quis dizer?

Sinclair enxugou a boca com as costas da mão e atirou o odre de volta.

— Nós agora sabemos o que eles pretendem. Foi isso o que eu quis dizer. E saber disso, em si, é parte da nossa defesa. Portanto, a partir de amanhã, eles não encontrarão mais alvos fáceis espalhados pelos nossos acampamentos. Em vez disso, se quiserem se arriscar a atingir nossos cavalos, terão de se infiltrar em posições fortemente guardadas, selecionadas por sua segurança natural e seu acesso difícil ou ilícito. E, desses poucos que conseguirem chegar até onde os cavalos estarão em qualquer momento do dia ou da noite, muito poucos escaparão com vida. Quando montarmos acampamento amanhã, todos saberão das novas disposições, e escalas adequadas de vigilância serão postas em prática. Nós já escolhemos batedores que sabem do que precisamos, e eles sairão amanhã de manhã, em grupos de três e à frente das várias unidades, para encontrar postos de abrigo adequados.

— Quantos cavalos nós perdemos desde que a campanha começou?

— Isso depende da pessoa a quem você se dirige. Troyes acredita que o número esteja em torno de mil. Mas Troyes sempre vê o pior dos quadros em qualquer situação. Eu acho que ele exagera. Eu apostaria que a quantidade é a metade disso, acrescentando ou tirando algumas dezenas.

— Quinhentos a seiscentos, então. Isso representa uma grande tropa de cavalos. E uma imensa perda. O que está sendo feito deles?

— Eles estão sendo comidos. Alguns cavaleiros começaram a vender a carne, e uma guerra interna ameaçou explodir quase da noite para o dia, mas Ricardo emitiu um decreto dizendo que qualquer cavaleiro que doasse a carne do seu cavalo aos seus próprios homens receberia um substituto, livre de taxação.

— Pelo traseiro de Cristo! Isso deve ter-lhe custado uma fortuna.

— Sim, sem dúvida, mas acabou com a barganha, que poderia ter se tornado grave. De qualquer forma, desde que possamos manter nossa tropa remanescente com vida, não temos escassez de carne de cavalo.

— O terreno à nossa volta está mudando, a vegetação está se tornando mais verde e exuberante, você notou?

— Sim, e quando contornarmos o flanco do Carmelo e chegarmos à planície de Sharon, ela ficará ainda mais verde, com a profusão de água. Lá é uma terra pantanosa e plena de vida selvagem, caça de todos os tipos e predadores gigantescos. Há leões ali, grandes como cavalos, e leopardos do tamanho de um homem. É bonito. Eu estive ali uma vez, logo que cheguei aqui, muito antes de Hattin, quando o reino prosperava, e era o paraíso. Foi quando vi Arsuf.

— E você viu leões?

Alec ouviu o medo na voz do primo e riu.

— Sim, eu vi, e de um eu me lembrarei até o túmulo, um macho enorme, em pleno esplendor, com uma imensa juba preta que se agitava ao vento quando ele caminhava. Eu o ouvi rugir antes de vê-lo, e o som afrouxou minhas entranhas. Vi alguns animais prodigiosos, lá... animais que a maioria dos homens nunca verá. Grandes pássaros que não voam, mas correm mais que cavalos; e lindas criaturas semelhantes a gatos que podem correr mais rápido que essas aves e que dizem ser os mais velozes animais da terra; e criaturas curiosas e repulsivas chamadas hienas, que comem cadáveres e esgueiram-se e arrastam-se na noite como demônios à espreita, ainda que tenham mandíbulas tão poderosas que possam morder o rosto de um homem adulto e esmigalhar seu crânio como se fosse um ovo. Eu lhe garanto que vi algumas dessas, pois elas proliferam por todo lugar, mesmo à luz do dia, e, enquanto esta guerra durar e gerar homens e cavalos mortos, essas coisas vão vicejar e prosperar.

Vários dos sargentos superiores de André haviam se reunido em volta dos dois primos e, embora não fizessem nada para interromper, estavam ouvindo com avidez, seus olhos brilhando. André olhou para o maior deles e sorriu.

— Ouviu isso, Javali? Pântanos e muita água. Difícil de acreditar neste lugar, não é?

Alec falou novamente.

— Difícil de acreditar ou não, é a verdade... Mas não vão pensando que vão gostar de se banhar nas águas que há lá. Sabem o que é um crocodilo?

André fez que não com a cabeça, mas o homem chamado Javali levantou uma das mãos parcialmente.

— Eu sei, acho. Não é um tipo de lagarto gigante?

— Sim, é exatamente isso o que ele é. Um gigantesco lagarto-serpente que pode crescer até o tamanho de dois homens altos, com dentes do tamanho dos seus dedos e mandíbulas do comprimento dos seus braços... mandíbulas que podem cortar um homem pela metade. Eu não sei se é verdade, mas ouvi dizer que as criaturas não podem esvaziar os dejetos de seus corpos como as outras criaturas fazem, por isso, depois que elas comem, quer tenha sido um homem ou um animal, ficam paralisadas na margem da água até que a carne seja digerida, e outras serpentes se arrastam para dentro de suas bocas e comem o que sobra em seus estômagos. Assim um homem devorado por tais monstros é comido duas vezes por serpentes. Fiquem longe da água, amigos.

— Basta, primo, você fará com que os meus oficiais não consigam dormir esta noite com tais histórias. Venha, eu vou caminhar com você de volta à sua tenda. O resto de vocês, prepare-se para dormir, pois quando eu voltar, será hora do toque de recolher.

Mais cinco dias se passaram num lento e constante progresso, ao final dos quais os ataques de surpresa contra os cavalos quase haviam acabado e os homens ficavam cada vez mais acostumados a ver extensões de afloramentos de água e criaturas estranhas e exóticas por onde quer que olhassem. O ânimo e a disciplina entre os vários elementos da armada, bem como no interior deles, eram altos, e um sentimento informe de ansiedade crescia diariamente, acalentado e nutrido por uma fonte constantemente borbulhante de rumores e boatos: Saladino estava aglutinando suas forças para atacá-los durante a marcha; Saladino concentrava suas forças na floresta que rodeava a cidade de Arsuf, para onde eles se dirigiam, e atearia fogo às árvores quando eles se aproximassem; Saladino havia reunido arqueiros e incontáveis carroças carregadas de flechas, vindas de todo o seu império, em quantidade suficiente para fazer com que as tempestades de flechas gastas em Hattin parecessem pobres e pretendia obliterar o avanço franco sob uma chuva interminável de projéteis. Fossem quaisquer dos rumores verdadeiros ou não, era impossível duvidar das evidências diante dos próprios olhos dos homens em marcha, pois cavaleiros de Saladino eram visíveis por todo lado, além do campo de ação dos arcos e fora do alcance, mas presentes, e sem se deixarem intimidar pelo tamanho da armada franca.

O exército, naquela noite, acampou na costa, 6 milhas ao norte de Arsuf, perto da foz de um rio e com um vasto e intransponível pântano atrás deles pelo lado voltado para a terra, de modo que se acomodaram com mais segurança e menos medo de ataques do que de costume, e André decidiu ir em busca do primo, arriscando a possibilidade de ficar cara a cara com Ricardo.

Não viu qualquer sinal do rei, mas encontrou Alec sentado diante de uma mesa dobrável, lendo um documento à luz de um candelabro de quatro braços. Alec ergueu os olhos e o viu, e seu rosto se abriu num sorriso de boas-vindas, enquanto ficava rapidamente de pé e fazia sinal para um secretário na mesa à sua frente recolher o pergaminho que ele estava lendo. Eles se encontravam em espaço aberto depois disso numa questão de minutos, enquanto se afastavam rapidamente dos dois grandes pavilhões que dominavam o centro do acampamento principal, André riu.

— Você fez meus sargentos beberem cada uma de suas palavras da última vez que nos encontramos, primo — disse ele —, com suas histórias sobre os fabulosos crocodilos, e eu pretendia perguntar-lhe onde ouvira tais contos de criaturas fantásticas da próxima vez que nos víssemos... mas desde então vi as coisas com os meus próprios olhos. Duvido que já tenha visto algo de aspecto tão maligno quanto a visão deles deslizando pelas barrancas lamacentas do rio e escorregando para dentro d'água. Eles são completamente repulsivos, não são?

— Sim, eles são horríveis e assustadores. — Alec hesitou, balançando-se enquanto olhava os arredores, e apontou para a esquerda. — Vamos até lá, por ali. Eu quase errei o caminho, mas há um intendente ali que está em grande débito comigo, por três antílopes abatidos ao lado da estrada esta manhã e entregues ainda frescos a ele, por mim, e ocorreu-me que ele pode ter um odre de vinho sobrando em seus estoques.

Eles encontraram o intendente sem dificuldade, apenas seguindo o cheiro de pão fresco que estava sendo assado às toneladas numa fileira de fornos de barro portáteis que eram armados e desarmados todos os dias durante a marcha. O homem estava profusamente grato pelos serviços que Alec lhe havia prestado. Em consequência, ele não apenas tinha um odre de vinho sobrando, mas também copos, uma mesa e duas cadeiras numa pequena tenda reservada para o seu próprio uso, e nem bem os dois primos haviam-se sentado quando ele reapareceu com uma travessa de pão recém-assado e grossas fatias de carne fria.

Quando terminaram de comer, Sinclair arrotou em silêncio e esfregou a boca com as costas da mão.

— Era bem o que eu precisava — murmurou. — Agora, e quanto a você? Por que veio à minha procura esta tarde?

— Porque não tinha mais nada para fazer e tive vontade. Por que você pergunta?

— Curiosidade.

Sinclair limpou a boca novamente, desta vez com mais cuidado, fazendo um "O" com os lábios e pinçando os cantos entre o polegar e o indicador para remover partículas errantes de comidȧ

— Porque quando você chegou — disse ele —, eu estava justamente a ponto de sair à sua procura. O documento que eu estava lendo continha minhas recordações sobre o que foi dito anteriormente acerca da convocação de um conclave oficial... Eu tenho uma missão para você, caso esteja disposto a aceitá-la. Não posso ordenar que você faça isso. — Então ele hesitou, pensando naquilo, e encolheu os ombros. — Bem, suponho que eu possa, mas isso não faria sentido, pois você não estaria obrigado a prosseguir uma vez que estivesse longe das minhas vistas.

— O que é? E antes que você me diga, é praticável?

— Está me perguntando se ela causará a sua morte? Primo, você é a única família que me resta, agora que seu pai morreu. Não desejo perdê-lo. A missão requer alguém que fale árabe... alguém que possa se deslocar em território inimigo sem ser detectado e identificado como um de nós. Temos muitos assim, a maioria árabes, mas não há ninguém a quem eu possa confiar uma tarefa tão... delicada. Eu pretendia fazê-la eu mesmo, mas De Sablé descobriu e proibiu-me. Ele tem outros planos para mim amanhã, ao que parece.

— Como o quê?

— Comandar a ala direita dos templários.

— Bom. Excelente. O homem demonstra um senso ainda melhor e mais seguro do que eu teria esperado. Conte-me o que você precisa que eu faça.

— Nós estamos a 6 milhas de Arsuf. Eu preciso que você vá reconhecê-la, para ter absoluta certeza de que o pessoal de Saladino não a ocupou para usá-la contra nós.

St. Clair franziu o cenho.

— Por que isso deveria importar agora? Nós chegamos até aqui para atacar esse lugar. Você agora está me dizendo que ninguém previu que ela poderia estar ocupada? Isso desafia a crença.

— É verdade, mas não é isso o que estou afirmando. O que eu quero dizer é que agora parece que as coisas podem ter mudado radicalmente em relação ao que esperávamos. Pois já faz três dias que o inimigo vem fazendo amplas e muitas mudanças nas disposições de suas tropas, e isso tudo parece ter resultado hoje numa série de manobras abertas que eles nem mesmo tentaram disfarçar. Ricardo agora está convencido de que eles pretendem nos confrontar amanhã, face a face, e tentar nos incitar a lutar nos termos dele. Saladino tem uma necessidade de uma vitória muito grande, pois sua credibilidade e, alguns dizem, sua disciplina e seu controle sobre as tropas sofreram amargamente desde que Acre caiu... e porque Acre caiu. Por isso Ricardo acredita que nós viemos o mais longe que Saladino pode nos permitir sem nos atacar. É por isso que estamos acampados aqui esta noite, com nossas costas voltadas para o pântano e livres de ataque por ali. É também por isso que a presença dos cavaleiros sarracenos se tornou tão visível por toda a nossa volta. Ricardo acredita que eles agora vão nos pressionar cada vez mais e incansavelmente até que nós ataquemos, não importa o quanto não estejamos dispostos a fazer o jogo do sultão... Não há dúvida de que ele tem esperança de nos levar a cometer a mesma loucura em que Ridefort caiu com tanta frequência, atacando inutilmente contra a fumaça fugidia de suas brigadas móveis. Mas Ricardo não fará nada disso; espere e verá. Nós não seremos provocados. Ele pretende prosseguir com grande cautela daqui por diante.

— Entendo. Então, qual é a essência dessa grande cautela que Ricardo pretende impor sobre nós?

— Ordem rígida, avanço disciplinado sem reagir à provocação do inimigo até que o próprio Ricardo julgue que o momento é exatamente correto. A ordem de marchar mudará imediatamente, separando-nos em cinco divisões.

— Cinco? Divididas como?

— Os templários ainda ocupam a vanguarda, de modo que não haverá grandes mudanças nos envolvendo. Mas a nós se juntará a divisão dos turcópolos, deslocados do centro, o que pode apenas trabalhar para a nossa vantagem.

André concordou com um movimento de cabeça, pois os turcópolos compunham uma tropa excelente, arregimentada e treinada localmente à luz das mesmas técnicas de cavalaria ligeira usadas pelos sarracenos.

— E atrás de nós? — perguntou ele.

— Os vassalos de Ricardo vindos de Aquitânia, Poitou e Anjou, e suas levas da Bretanha. Ele pôs Guy a cargo destas.

— O rei, Guy de Lusignan?

— Ele mesmo. Aparentemente suas capacidades táticas melhoraram. Atrás deles, no centro, agora virão os normandos e os ingleses, com o estandarte de batalha principal. E depois os franceses ocuparão a retaguarda, com os hospitalários dando apoio e um grupamento heterogêneo de barões sírios com suas levas atrás deles. Henry de Champagne os comanda, e tem Jacques d'Avesnes com ele, de modo que não falta uma espinha dorsal na retaguarda.

— Essas contam apenas quatro divisões. Você disse que haveria cinco.

— Sim, a quinta será pequena, mas altamente visível. O próprio Ricardo e a Burgúndia, apoiado por um quadro escolhido a dedo de cavaleiros destacados de todos os diversos comandos. Eles serão móveis, cavalgando para a frente e para trás ao longo de toda a extensão da linha de marcha, exibindo o rosto e oferecendo força e suporte.

— Então, por que você precisa que eu vá até Arsuf?

— Porque nós percorremos 62 milhas e temos apenas mais 6 até atingirmos nosso objetivo, e se formos forçados a combater a cada passo daqui para a frente, como Ricardo agora suspeita que seremos, então alcançar Arsuf assumirá grande significância, e a última coisa de que precisamos e que queremos é chegar lá e encontrar o lugar intensamente fortificado contra nós. Daí a necessidade de enviar alguém até lá antes, para avaliar a situação e trazer um relatório até nós. Se o lugar já estiver guardado e fortificado, nós aceitaremos e não faremos segredo disso. Se não estiver, por outro lado, podemos então enviar uma força especial para ocupá-la antes da nossa chegada, negando-a a Saladino.

— Quando eu devo partir?

— O ideal é que você parta imediatamente e passe a noite em algum ponto entre este local e a cidade, e que leve alguém consigo, alguém em quem possa confiar. Você conhece alguém adequado?

— Sim, mas você não pode ir. De todos os outros que eu escolheria, nenhum fala árabe e nem um só deles poderia passar por qualquer outra coisa que não fosse o que de fato é, um franco. Portanto, eu vou ter de partir sozinho. Mas agora eu já sou um rapaz crescido, e não será a primeira vez que estendo sozinho o meu cobertor sob as estrelas.

— É melhor levar um deles com você, de qualquer forma, para a primeira parte da jornada, pelo menos, porque você não desejará se transformar num sarraceno antes de passar pelo meio deles, e você *não* vai querer cavalgar no meio desta turba vestido como um dos devotos de Alá. Portanto, você vai levar suas vestimentas e armas árabes bem como o que mais precisar num cavalo de carga, e trocar-se quando estiver em segurança lá fora. Você tem tudo de que precisa?

— Não, não aqui. Eu tenho minhas roupas, mas deixei minhas armas e minha armadura na caverna das pedras.

— Humm. Procure Conrad, o Armeiro. Há de tudo nos suprimentos capturados, ele lhe dará o que precisar.

— Farei isso, mas não vou precisar levar ninguém comigo, se tiver um cavalo de carga. Vou levar uma mula árabe. Assim posso transportar minha própria armadura, pois vou dizer-lhe francamente: eu não gostaria de me arriscar galopando de volta para este acampamento amanhã, talvez no meio de um combate, vestido como um cavaleiro muçulmano.

Alec Sinclair comprimiu os lábios e fez uma careta, balançando a cabeça.

— Você tem razão nisso. Muito bem, leve a mula e carregue suas próprias coisas. Se for pego com elas, já estará encrencado; portanto, isso não fará diferença.

— Um pensamento agradável... agradeço-lhe por isso. Quando vocês vão querer que eu retorne?

— Amanhã, em algum momento depois do meio-dia. Isso lhe dará tempo para se instalar e examinar o local com atenção pela manhã e então, se ele ainda não estiver ocupado, manter sua posição e certificar-se de que nenhum movimento concentrado está sendo feito para ocupá-lo no decorrer da manhã... É claro, se encontrá-lo ocupado quando chegar, então a única coisa que precisa fazer é avaliar a força do destacamento e voltar para se juntar a nós assim que puder. Você não terá de fazer mais do que viajar de volta pelo mesmo caminho, e eu lhe asseguro de que não terá problemas em nos encontrar... Chegar até nós pode ser inteiramente diferente, mas encontrar-nos deverá ser muito simples.

— Certo, entendi onde você quer chegar. É melhor eu partir logo, então.

— E quanto à questão que você levantou, a de passar pelo que não é, não se esqueça de levar um dos nossos cavalos árabes quando partir, e não um corcel belga.

— Bem, minha gratidão não poderia ser maior, primo. Se você não tivesse pensado nisso, eu poderia cavalgar direto para o meio dos sarracenos sem suspeitar que estava me traindo. Durma bem esta noite e, se for levado a lutar amanhã, cuide-se. Até breve.

***

André St. Clair inclinou-se para a frente e quase ficou de pé nos estribos enquanto impelia seu cavalo silenciosamente até a última e mais íngreme parte da subida, e a mula complacente apressou-se atrás dele. Estavam numa escalada constante por mais de uma milha em direção à crista, que agora se encontrava a menos de cem passos à frente, e ele olhou de um lado a outro ao longo da encosta, à procura de movimento. Formando três quartos de um círculo, como a orla de uma tigela quebrada, a borda da escarpa era nua, claramente delineada e desprovida de vegetação, e por um momento ele se perguntou o que a teria formado, pois abaixo dela o vale que a envolvia assemelhava-se a uma grande bacia, e ele estava empoleirado no alto da borda esquerda da fratura, com o mar às suas costas, uma milha abaixo de onde ele estava agora, estendendo-se amplamente para o norte e para o sul, desaparecendo na bruma em ambas as direções. Ele não tinha a intenção de escalar até a crista e havia chegado àquela altura apenas porque o próprio terreno ditara para onde deveria ir. Seu único interesse agora era fazer a travessia, com seus animais, da encosta estreita e de lados que terminavam em precipícios em que estava para os campos descendentes à sua esquerda, onde pretendia cavalgar paralelamente à crista, mantendo-se abaixo dela, ainda que muito acima de todos e de qualquer um que pudesse estar nos declives abaixo dele.

Naquela manhã, vira a fratura no horizonte do vale de vegetação luxuriante abaixo dela, por onde cavalgava paralelamente àquela alta crista a caminho de Arsuf, e notara que a íngreme encosta que subia até ela parecia escalável. Se fosse assim, pensara naquele momento, então ela poderia oferecer um meio de voltar a juntar-se ao exército com algum grau de segurança.

Depois de trocar sua cota de malha pela persona sarracena na noite anterior, ele dormira na mata, a 1 milha de onde o exército de Ricardo estava acampado. Em diversas ocasiões ao longo da noite escutara unidades do exército de Saladino passarem ao alcance de seus ouvidos, mas todos o tomaram por um guerreiro sarraceno quando subiu em sua sela ao alvorecer e seguiu caminho para o sul naquela manhã, e ninguém o abordou por qualquer motivo. Mas André sabia que a viagem de volta poderia apresentar-se a ele com um conjunto muito diferente de circunstâncias. Ele não fazia ideia do que esperar, mas reconhecia que, se a avaliação que Ricardo havia feito dos planos de Saladino estivesse ao menos perto da exatidão, então voltar em segurança poderia ser algo muito mais fácil de dizer do que de conseguir. Particularmente desde que — e este pensamento provocou-lhe uma careta de amargura — suas próprias roupas faziam dele um refém da sorte, dependendo de quem encontrasse primeiro ao longo do caminho.

Foi nesse momento que decidira procurar uma rota elevada pela encosta da cadeia montanhosa acima dele em seu caminho de volta, pois já vira um grande número de sarracenos a cavalo se movendo entre as árvores nas ladeiras pronunciadas à esquerda da estrada em que viajava e suspeitava que Saladino pudesse lançar ataques concentrados a partir dali, precipitando-se sobre a armada de Ricardo, que teria o mar às suas costas e nenhum lugar para ir além de seguir em frente ao longo da estrada estreita. Ele teria de subir um longo trajeto, o que não seria fácil, mas valeria o tempo e o esforço, pois o posicionaria muito acima do flanco da colina, com vista para tudo, inclusive das florestas que naquele momento ocultavam as formações sarracenas e da própria estrada para Arsuf, a qual o exército deveria percorrer em direção ao sul, seguindo a mesma rota que ele havia tomado. Daquela altura, e André achava que ela ficava metade ou talvez três quartos de milha acima da estrada do vale, acreditava que seria capaz de ver toda a extensão de terra abaixo dele, bem como as disposições dos exércitos adversários se houvesse algum confronto.

Arsuf estava mais de 2 milhas atrás dele naquele momento, e a cidade estava deserta e abandonada quando ele a alcançara pouco depois do romper daquela manhã, ele e seu cavalo sendo as únicas criaturas ao alcance dos olhos ou dos ouvidos. A antiga fortaleza com seus muros de arenito estava sem teto e aberta ao clima, e ao primeiro olhar ele percebeu que nenhuma tentativa de protegê-la ou torná-la novamente defensável fora feita. André permanecera lá durante quatro horas, ainda assim, obediente às suas instruções, e num certo momento ele até mesmo cavalgara para dentro da floresta atrás da cidade, ciente de que ela se estendia por milhas, mas lembrando-se, também, dos rumores que falavam de emboscadas e destruição entre as árvores. Ele percorrera mais de uma milha ao longo da trilha bem marcada antes de decidir que não havia nada ali e que os rumores, afinal, não passavam de rumores. Então, de volta aos muros da cidade enquanto o dia avançava rumo ao meio-dia, tornara-se claro que, se Saladino tinha algum plano de guarnecer o forte, com toda a probabilidade havia deixado para fazê-lo tarde demais, pois mesmo no seu ritmo de progresso normal, menos de 1 milha por hora, o exército cristão chegaria, no máximo, no meio da tarde. A não ser, claro, que fracassasse em chegar.

Confiante, então, de que havia feito o que lhe fora solicitado, St. Clair subiu novamente em sua sela e partiu para o norte, conduzindo sua mula de carga em direção ao exército que avançava. Quando havia atingido o ponto mais próximo da encosta que se estendia para cima rumo à alta crista, dirigiu sua montaria para fora da estrada, à direita, e começou a subir.

Então ele puxou as rédeas, faltando pouco mais do que sua própria altura entre ele e o topo, e curvou-se para a frente na sela, acariciando seu cavalo com a palma da mão sobre o pescoço até que o animal recuperasse seu ritmo normal de respiração. André desmontou e conduziu ambos os animais, um de cada vez, ao longo de uma faixa muito estreita, íngreme e traiçoeira de terreno que descia para uma profunda ravina que margeava a crista, depois tornou a montar e seguiu seu caminho até a espalda do terreno à sua frente, que mascarava sua visão do vale abaixo. A encosta diante dele descia suavemente por uma centena de passos ou mais, voltava a se erguer até outra crista mais baixa, além da qual não era possível ver nada, exceto o céu. André incitou seu cavalo gentilmente para adiante até a outra encosta, e dessa vez, enquanto se aproximava do topo, deu-se conta de um som estranho e irreconhecível, subindo e descendo a distância. Curioso, esporeou o cavalo com mais intensidade, e o animal apressou-se até o topo da segunda crista onde André deparou com uma visão que lhe tirou o fôlego e uma cena cuja contemplação o deixou boquiaberto, sem que a ideia de ser visto sequer lhe passasse pela cabeça.

Havia uma batalha acontecendo no fundo do vale, mas no momento em que a viu pela primeira vez, tentando absorver sua abrangência, André percebeu que havia algo de fundamentalmente desequilibrado e desigual nela. Foram necessários vários momentos para que ele se ajustasse à nova perspectiva, pois agora observava do que lhe parecia uma altura imensa, e tudo lhe parecia estranho e diferente. Ainda assim, dentro de poucos momentos, percebeu do que se tratava, e tal percepção veio-lhe num instante, embora fosse um instante de desapontamento. Com um surto de crescente descrença, ele viu que Ricardo Plantageneta havia cometido um erro estúpido, pela primeira vez em uma vida de atividade guerreira.

Ficou claro que os movimentos das tropas muçulmanas que ele havia identificado naquela manhã, com centenas de cavaleiros movendo-se bem acima das altas encostas arborizadas, haviam antecipado flagrantemente o ataque de Saladino, e que o primeiro ataque viera dali.

O exército franco erguia-se diretamente abaixo de St. Clair com as costas para o mar, e de onde ele estava não podia acreditar na proximidade com que estavam todos enrascados nem na selvageria com que as forças de Saladino os atacavam de cima, atirando flechas e dardos de besta na massa densamente aglomerada tão depressa quanto conseguiam disparar e recarregar. Tão densa era a turba ali que nenhuma pontaria era exigida das alturas acima dela. Cada projétil disparado, não importava quão descuidadamente, encontrava um alvo, e os escudos erguidos dos cavaleiros francos formavam um teto contra a tormenta.

À direita de St. Clair, a reta e estreita estrada romana estendia-se de volta para o terreno ao lado do pântano onde o exército de Ricardo havia passado a noite anterior, e de onde estava ele pôde ver que ela se mantinha aberta, sem sinais de armadilhas ou emboscadas para impedir os francos de se retirarem naquela direção. Do outro lado, porém, rumo ao sul, a estrada desaparecia num túnel de árvores a cerca de meia milha de onde os francos haviam detido seu avanço e não emergia novamente, e havia corpos visíveis suficientes, tanto humanos quanto animais, na superfície da estrada para demonstrar que os muçulmanos haviam atacado dali, varrendo o túnel e descendo entre as árvores acima da estrada para deter a armada de Ricardo em seu percurso.

Tudo parecia pequeno e compacto de onde ele estava, mas André St. Clair sabia que as hostes francas que pareciam tão estranhamente pequenas e comprimidas do seu ponto de visão eram a maior armada estrangeira já reunida desde o tempo dos romanos, e ela estava cercada e confinada por uma força que em muito a superava numericamente. As tropas francas estavam tão comprimidas que alguns dos vários contingentes pareciam sólidos blocos coloridos, os mais notáveis deles sendo a massa branca pontilhada de vermelho dos templários à esquerda de St. Clair, mantendo a vanguarda que agora se tornava a direita da linha, e a sólida massa vestida de preto dos hospitalários na retaguarda, agora formando a esquerda da linha. Entre estas estava o azul e dourado dos cavaleiros franceses, mas eram as ordens militares do Templo e do Hospital que se destacavam de maneira mais significativa nas sólidas falanges de cores.

Ricardo havia insistido desde o início de sua incursão de Acre a Jerusalém que não cometeria os mesmos erros que haviam destruído seus predecessores em suas desventuras com Saladino. Ele tinha grande respeito pelo sultão curdo e estava determinado a não cometer erros tolos ou impulsivos com seu comando que pudessem presentear o líder sarraceno com qualquer vantagem indevida, e aos olhos de Ricardo a maior e mais consistente fraqueza que os exércitos francos haviam demonstrado nos últimos anos era sua tendência a atacar diretamente o inimigo e avaliar os custos mais tarde, quando o preço assombroso tivesse sido pago e contado. Ricardo não tinha qualquer ilusão com essas táticas e suas origens. Elas brotavam diretamente da arrogância estúpida e teimosa das ordens militares, os templários e hospitalários, que simplesmente se recusavam a acreditar que podia haver uma circunstância em que eles, com Deus tão firmemente posicionado ao seu lado e em suas orações constantes, devessem hesitar em confrontar o inimigo com unhas e dentes. O fato de que o inimigo soubesse exatamente como provocar tais ataques — e depois como evitá-los e espalhar o caos entre os cristãos suicidas enquanto sua carga passava — parecia não ter significância para os comandantes de campo superiores de cada uma das Ordens. Sua busca era pela glória... sua glória pessoal primeiro, na maioria das vezes, e consequentemente a glória maior de Deus.

Ricardo, determinado a conter esse ardor desde o princípio, mantivera todos os seus subordinados sob rédea curta. Ele havia combatido inimigos impiedosos, determinados e ambiciosos durante toda a sua vida, a começar pela infância, e não havia nenhum que ele respeitasse mais do que Saladino. Por isso ele insistira num progresso lento, constante e coeso desde o momento em que deixara Acre, mantendo seus cavaleiros sob restrições rígidas, em formações defensivas compactas que eram, para todas as intenções e propósitos, invulneráveis aos ataques muçulmanos.

Naquele momento, porém, de onde St. Clair observava, parecia que o rei os havia contido demais, pois suas forças de cavalaria estavam tão densamente comprimidas que não tinham espaço para manobrar ou mesmo para se reagrupar; confinados por todos os lados pelas suas próprias formações de infantaria e sob constante assalto dos projéteis das encostas acima, eles não tinham outra opção a não ser agrupar densamente suas montarias, com o terreno despencando às suas costas em direção ao mar, e ficar à espera de ser retalhados. Suas armaduras eram as melhores do mundo e os tornavam quase invulneráveis, mas sempre havia pontos fracos nelas e exposições acidentais à saraivada constante de flechas.

Então, enquanto assistia, St. Clair viu outra fase dos ataques se desenvolver, quando uma sólida falange de nômades do deserto vestidos de preto, chamados de beduínos — ele não sabia nem mesmo por onde começar a contar quantos havia, mas estimou-os rapidamente em pelo menos meio milhar —, avançou de posições escondidas na floresta e lançou um feroz ataque às forças extremamente compactadas dos hospitalários na retaguarda, na extremidade esquerda da linha franca. Incrédulo, St. Clair observou enquanto os Cavaleiros do Hospital eram ainda mais comprimidos, algo que ele não teria acreditado possível naquele estágio, e as fileiras protetoras de infantaria diante deles brandiam suas espadas e erguiam seus escudos.

— Ataquem-nos! Separem-se ou vocês são todos homens mortos! — Ele gritava com toda a sua voz, bradando seus conselhos para os homens cercados, que não podiam ouvi-lo nem vê-lo, mas mesmo enquanto lançava imprecações e exortações para baixo, St. Clair podia ver que nada era feito. O cenário estava montado para um banho de sangue. A linha dianteira dos beduínos se aproximou da borda extrema das formações de retaguarda, e então os atacantes puxaram as rédeas e desmontaram para atacar num bloco sólido rumo ao que deviam ter definido, por suas próprias razões, como a parte mais fraca do front oposto. St. Clair conseguia imaginar-lhes o rosto escuro e feroz enquanto avançavam em varredura, brandindo suas temíveis cimitarras. Entre os guerreiros dos devotos de Alá, os francos detestavam e temiam os beduínos acima de todos os outros.

André não se deu conta de ter desmontado, mas estava arrancando as roupas, rasgando as vestes árabes até estar vestindo apenas a tanga de lã de carneiro branca dos Cavaleiros do Templo. Ele então foi até a mula, aproximou-se lentamente para não assustar o paciente animal, vestiu-se de novo como um templário, incluindo a sobrecota branca com a cruz vermelha, e moveu-se com presteza agora que decidira morrer com seus pares, concentrando-se atentamente em não perder tempo, sem lançar sequer um olhar para o cenário abaixo dele. Assim, ocupado com as tiras e laçadas de sua armadura e de sua couraça, perdeu os primeiros momentos cruciais do que em seguida ocorreria lá embaixo, e foi apenas quando se endireitou para enfiar o cinto da espada por cima da cabeça e sobre o peito que viu que algo havia mudado. Totalmente alerta então, enfiou as roupas e armas muçulmanas nas caixas de couro sobre a mula de carga, seguiu às pressas até seu cavalo e montou, seus olhos fixos no que acontecia lá embaixo, para ver uma transformação que o deixou assombrado.

Fosse lá o que tivesse ocorrido, e por fosse lá que razão, ele podia ver claramente que havia começado com os hospitalários, pois os cavaleiros haviam se separado ali, afluindo por entre as fileiras defensivas de sua infantaria para atacar os beduínos recém-chegados, a maioria dos quais agora estava a pé. Mas a ruptura não se confinou aos hospitalários, pois enquanto St. Clair assistia, extasiado, a cavalaria franca irrompeu através de toda a sua linha de batalha numa irresistível onda devastadora — e observando-a ocorreu-lhe que não podia pensar em outro termo para ela —, que avançou por todo o trajeto até a direita da linha e levou os templários a avançar para fora e para a frente nas barbas do inimigo, que, a julgar pelo modo como erguia os escudos e recuava do ataque, obviamente não estava preparado para qualquer coisa do gênero. Mesmo da distância em que St. Clair observava, estava claro que a maré havia mudado inesperada e completamente. Os sarracenos, tão inequivocamente jubilosos e confiantes poucos minutos atrás, agora vacilavam e corriam em redemoinho numa completa confusão, incapazes de se impor diante do que deveria lhes parecer uma absoluta e incoercível explosão de cavalaria pesada. St. Clair não sabia o que havia acontecido nas fileiras da infantaria entre os cavaleiros e os sarracenos, nem se estes haviam sido atropelados em pleno ataque ou haviam conseguido se esquivar por entre os homens a cavalo, mas toda a situação mudava a cada passo enquanto as forças francas se reorganizavam. E então a falange beduína que havia atacado a retaguarda simplesmente se estilhaçou, enquanto os homens que a compunham se separavam e corriam em todas as direções para fugir dos enormes cavalos dos hospitalários, que, no entanto, não permitiram que eles escapassem. O medo e a frustração que haviam sido obrigados a sofrer durante tantas horas resultou numa orgia sequiosa de sangue e massacre. Eles abateram homens aos milhares diante de suas posições, enquanto a loucura se espalhava para o sul em direção à extremidade direita da linha e os sarracenos fugiam em completo pânico e pavor, deixando seu sultão impotente para detê-los ou mesmo tentar reagrupá-los.

Então St. Clair pôde ouvir a diferença dos sons que se erguiam de lá e soube, de seu posto de observação privilegiado, que estava testemunhando a maior derrota da história das guerras do reino latino. As massas da cavalaria lá embaixo estavam se agrupando, perseguindo os sarracenos que fugiam em direção à borda da floresta ao sul, mas mesmo então, antes que pudessem entrar na floresta propriamente dita, as fileiras da liderança foram detidas e começaram a dar a volta, já iniciando o retorno à formação. André descobriria mais tarde que foi Ricardo em pessoa quem deteve a perseguição, consciente mesmo então das lições que havia aprendido em perseguições fanáticas de inimigos em fuga, e ouviria muitos relatos sobre o heroísmo pessoal de Ricardo durante o mais pesado dos combates que se seguiram à fuga, de nenhum dos quais ele duvidou nem por um segundo. Naquele momento, porém, André ficou sentado em seu cavalo sozinho nas alturas e observou o exército retornar à formação e reagrupar-se ao longo da estrada, até que se deu conta de que estavam para marchar para o sul em boa ordem, rumo ao destino pretendido de Arsuf. A essa altura, sentindo-se incomumente jubiloso e excitado com a vitória, ele esporeou seu cavalo e desceu a colina, conduzindo sua mula, para se reunir aos seus companheiros.

Meia hora mais tarde, frustrado e cada vez mais impaciente, ele ainda estava muito acima do exército desordenado, indo na direção errada e incapaz de fazer qualquer coisa para mudar isso. Ele descobrira a veracidade do mais velho adágio entre os escaladores: é mais difícil descer de uma grande altitude do que subir até lá pela primeira vez. O modo como a encosta da colina caía abaixo dele simplesmente o compelia a continuar se deslocando para o norte, à sua direita. A alternativa, dirigir-se teimosamente para o sul, à sua esquerda, era definitivamente perigosa demais para se levar em conta. Os dois animais que ele conduzia não lhe deixaram dúvida quanto à loucura de tentar isso, empacando e recusando-se, com as patas enrijecidas, a ir para qualquer lugar próximo da íngreme face sul, e, embora não estivesse acostumado a notar tais coisas, ele rapidamente passou a ver, de modo quase literal, que tudo naquela face da colina deslizava, visivelmente, para a direita. Por isso cerrou os dentes e concentrou-se em escolher seu caminho de descida com grande cuidado, forçando-se a observar e analisar tudo o que pudesse ver abaixo de si, em vez de se permitir ficar mais inutilmente zangado do que já estava.

Evidentemente alguém havia tomado a decisão de manter o corpo principal do exército em marcha para o sul ao longo da estrada para Arsuf, e St. Clair reconheceu para si mesmo que quem quer que fosse o responsável — e presumiu que havia sido o próprio Ricardo — fizera a escolha correta, pois a posição atual deles era claramente impossível de defender, uma estreita faixa de escarpas alongada e apertada entre a estrada propriamente dita e o mar. Depois das pressões pelas quais haviam passado naquele mesmo lugar, ele não se surpreendia de que eles não quisessem permanecer ali por nem um momento mais do que eram obrigados, e por isso agora todo o exército, reagrupado e novamente disposto em formações claras, movia-se ao longo da estrada para o sul e deslocava-se muito mais rapidamente do que havia feito desde que deixara Acre, sentindo-se seguro por saber que os sarracenos não voltariam tão cedo a confrontá-los.

A estrada inteira, até onde ele conseguia enxergá-la antes que desaparecesse sob o túnel arqueado de árvores na entrada da floresta, estava repleta de homens em marcha, e a maior faixa de terra entre a estrada e o mar havia-se convertido numa ampla área de manobras, onde comandantes de tropa e oficiais organizavam unidades e posicionavam-nas para se juntarem ao êxodo, inserindo-se atrás das fileiras que passavam à medida que o espaço se tornava disponível. As manobras ali eram realizadas com eficiência, pelo que André podia ver, e a evacuação era feita com tranquilidade, mas a coisa mais significativa e impressionante que ele percebeu enquanto chegava cada vez mais perto do campo de batalha era a extensão das baixas, principalmente entre os sarracenos.

Para onde quer que ele olhasse, parecia haver milhares de soldados muçulmanos mortos e feridos, e enquanto ele os percorria com o olhar, vendo como pareciam ter sido ceifados aos feixes, uma imagem de sua infância surgiu-lhe à mente, uma imagem de um campo de cereais fora das terras de seu pai, em Poitou, numa tarde durante o período de colheita, de que se recordava, quando todos haviam parado de trabalhar ao meio-dia para comer, e as fileiras de cereais, ceifadas, mas não recolhidas nem dispostas em fardos e empilhadas, haviam formado retalhos no solo eriçado. André viu pouquíssimos corpos francos entre as baixas, o que o surpreendeu, pois ele estava acima da extremidade esquerda da linha agora, a retaguarda ocupada pelos hospitalários, e suas cores — preto e branco — eram fáceis de avistar de cima, mas parecia-lhe que, para cada hospitalário ou outra forma franca que via no campo, podia contar dez ou mais muçulmanos.

Ele chegou a um trecho da encosta no qual, incomumente, a faixa de terra se alterava e então conseguiu, por um breve período, mudar o trajeto de sua montaria e cavalgar para o sul, outra vez em direção ao campo de batalha. E então, de modo bastante súbito, ele estava à distância de um grito da estrada abaixo, onde os irmãos leigos do Hospital estavam totalmente ocupados em fazer o que faziam melhor, cuidar dos feridos. Vários dos monges lutadores vestidos de preto, cavalgando para cima e para baixo de uniforme completo, supervisionavam os esforços dos grandes e organizados grupos de infantaria que separavam os vivos dos mortos e os cristãos dos muçulmanos, carregando os francos feridos até um espaço aberto ao lado da estrada e os muçulmanos para um ponto mais distante, próximo da margem do mar. Ali, percebeu André, havia mais irmãos hospitalários, cuidando dos infiéis como seus confrades estavam cuidando dos seus iguais.

— Você aí! Templário! Fique onde está!

St. Clair puxou as rédeas e viu que o homem que falava — ou gritava — era um hospitalário, ladeado por uma dupla de besteiros, cada um dos quais apontando uma pesada balestra para ele. Ele largou as rédeas sobre o pescoço da montaria e ergueu as mãos acima da cabeça.

— Desça. Devagar.

André abaixou as mãos e impeliu o cavalo para a frente e para o lado, tomando a rota mais fácil para baixo e prestando muita atenção às balestras apontadas para ele. O cavaleiro provavelmente o tomava por um desertor ou um covarde que havia procurado refúgio no alto das encostas para evitar ser morto e, pensando assim, não teria escrúpulo em dar a ordem para abater St. Clair sem piedade. E André não precisava ser avisado de que, de uma distância tão pequena, se qualquer dos dois homens atirasse, o dardo de ferro abriria um buraco perfeito através dele, com armadura e tudo. Finalmente, porém, ele chegou à estrada sem incidentes e adiantou-se para enfrentar o hospitalário.

— Quem é você e o que estava fazendo lá em cima? E tenha cuidado com o que diz.

André balançou a cabeça, sem fazer nenhuma tentativa de sorrir ou ser simpático.

— André St. Clair e estava tentando voltar para a minha unidade. Fui mandado à noite passada por nosso grão-mestre, De Sablé, para reconhecer Arsuf e me certificar de que ela não estava ocupada. Ele me mandou porque eu falo árabe e posso passar por muçulmano. As roupas e armas que usei estão aqui, nos baús sobre a mula de carga. Olhe, se quiser.

— E Arsuf estava ocupada?

— Não, não estava. Mas isso não faz diferença agora. Os homens de Saladino não vão parar de correr até estarem muito ao sul de Arsuf.

— Humm. — O hospitalário fez um sinal de cabeça para a mula. — Mostre-me o que há nos baús.

Momentos depois, ele franziu o cenho diante do escudo sarraceno circular que segurava em suas mãos.

— Certo. Bem, suponho que sou obrigado a acreditar em você, St. Clair, mas agora tenho de mandá-lo até meu superior, sir Pierre Saint Julien. Você teria feito o mesmo comigo, se as coisas fossem inversas.

— Sim, teria. Onde eu o encontro?

O hospitalário voltou-se para o homem à sua direita, que há muito havia abaixado sua balestra.

— Leve-o até Saint Julien. — Ele olhou novamente para St. Clair. — Que Deus esteja com você, St. Clair, e boa sorte.

Ele ergueu brevemente uma das mãos e deu as costas, já gritando com algum dos homens que trabalhavam nas proximidades.

O cavaleiro chamado Saint Julien aceitou o que St. Clair dizia ainda mais rapidamente do que o outro, verificou ligeiramente o conteúdo de sua carga, balançou a cabeça e ergueu uma das mãos para detê-lo enquanto um grupo de homens passava por eles, carregando cinco hospitalários feridos em macas improvisadas. Ambos os cavaleiros ficaram assistindo, mas St. Clair foi o primeiro a falar.

— Quantos homens vocês perderam?

Saint Julien contorceu a boca e olhou de lado para onde o último dos cinco homens ainda era visível.

— Nem perto da quantidade que pensamos ter perdido. Nosso grande-mestre foi argumentar com o rei Ricardo, implorando-lhe para que nos liberasse, mas ele se recusou. Quando a carga partiu, foi porque um ou dois dos nossos cavaleiros simplesmente se fartaram e avançaram... E todos os outros foram atrás deles. Simplesmente aconteceu, quando aconteceu, todos aderiram... por isso não vamos fazer grande esforço para descobrir quem foi que desfez a formação. Eu não sei sobre o resto da linha de batalha, mas ficaria surpreso se tivéssemos perdido mais de meia centena de homens... incluindo cavaleiros e soldados a pé.

— Vocês devem ter tomado dez homens para cada um que perderam, então.

— Ah, mais do que isso, pois, no momento em que rompemos a formação, os homens estavam mais do que zangados. Eles não demonstraram qualquer piedade, não tiveram clemência. Tudo que se movia na frente deles foi abaixo. Ah! Eles encontraram o que procuravam, os de lá. A justiça divina não tarda, sir templário.

Depois, André St. Clair seguiu ao longo da estrada sem voltar a ser incomodado, e durante todo o trajeto ficou surpreso com o número desproporcional de muçulmanos mortos e feridos enfileirados na via, com cadáveres empilhados em montes à altura da cabeça em vários locais. As equipes cuja tarefa era limpar a carnificina não tinham absolutamente nada a lhe dizer... e pouco a dizer um ao outro. Eles já estavam indiferentes e de olhos embotados, consternados até perder a fala pela natureza horrível e repetitiva do trabalho que estavam fazendo e pelas condições dos corpos mutilados e desmembrados com os quais tinham de lidar, cercados por sons e cheiros de humanidade em indizível agonia. De tempos em tempos, ele passava por algum morto que se destacava como alguém especial em virtude das roupas e insígnias que portava, mas em sua maior parte André era castigado pela mesmice de tudo aquilo e pela patética ausência de dignidade evidente nas pilhas amontoadas e descartadas de corpos. Vira tantos corpos decapitados e tantas cabeças, braços e pernas sem corpo que achou que nunca mais seria capaz de se sentar numa sela e brandir uma espada. Foi quando um desses pensamentos passava por sua cabeça que algo chamou sua atenção e ele puxou as rédeas e voltou-se para olhar com mais atenção. Mas olhando então para a carnificina que o cercava, ele não pôde ver nada que o atraísse por ser anômalo. Havia homens vivos entre os caídos por todo lado, e ele podia ver alguns deles se mexendo e ouvir-lhes o gemido e o choro, e em algum lugar quase além do alcance de seus ouvidos alguém gritava transtornadamente, enlouquecido pela dor. Mas fosse lá o que lhe tivesse chamado a atenção, já não era mais possível vê-lo, de modo que André o dispensou e apanhou as rédeas para dar a volta e seguir em frente.

A essa altura, ele havia atravessado quase toda a linha de batalha e as equipes de limpeza, operando para fora e para a direita a partir da posição dos hospitalários na extremidade esquerda, ainda não haviam chegado tão longe. A seção através da qual ele agora cavalgava havia ocupado a direita da linha, ou seja, os templários e os turcópolos que lhes davam apoio, e St. Clair não havia percebido antes o quanto os últimos se assemelhavam ao inimigo que combatiam, pois não estavam equipados de maneira uniforme, e em muitos casos ele não podia dizer, olhando para os corpos espalhados, quem era quem. Mas então, exatamente quando começava a se virar de costas, viu o movimento novamente, um lampejo de amarelo brilhante num ponto mais alto do que ele havia olhado antes, bem à frente da linha de árvores acima do local onde ele se encontrava. Retesando-se, ele olhou atentamente para aquilo, sabendo o que era, mas incapaz de dizer por que tinha tanto significado para ele.

Era uma bandeira de unidade sarracena, o equivalente às cores que cada formação franca carregava individualmente, mas enquanto as divisões das tropas francas levavam cores específicas, cada uma com a sua, os sarracenos usavam apenas estandartes uniformes amarelos: grandes bandeiras bifurcadas na extremidade de longas hastes flexíveis, distintas umas das outras pelos vários recursos usados pelas unidades individuais para identificar a si próprias e seus líderes. Então a bandeira se mexeu outra vez, não acenada pelo vento, mas de maneira errática, como se alguém se movimentasse de encontro a ela, fazendo-a oscilar desigualmente para a frente e para trás, e quando ela se desdobrou, exibiu o distintivo que trazia, um certo número de meias-luas negras, com suas faces convexas voltadas para a direita e suas pontas abertas voltadas para a esquerda. André sentiu seu estômago se contrair quando recordou a tarde, meses antes, em que Alec Sinclair lhe havia descrito o estandarte pessoal de seu amigo, Ibn al Farouch. André viu a cena com clareza, o sorriso amplo de Alec atravessando seu rosto.

— Lembre-se — havia dito ele —, se você se encontrar suplantado numericamente ou em perigo de derrota, não vá à procura da morte, pois a morte não proporciona nada além de esquecimento para os tolos. Vá, em vez disso, à procura da vida. Encontre o esquadrão com o estandarte das cinco luas e renda-se ao seu líder. Esse é Ibn. Diga-lhe que me conhece, que sou seu primo, e ele encontrará uma corrente confortável para manietá-lo.

Cinco meias-luas pretas, havia dito Sinclair, suas faces convexas voltadas para a direita. A breve visão que ele havia tido do estandarte fora curta demais para contar o número de luas. Ele vira apenas um aglomerado, talvez cinco, mas também poderiam ser seis ou sete, e André sabia que agora não conseguiria se afastar sem satisfazer sua curiosidade, de modo que fez com que seu cavalo desse a volta e impeliu-o para a frente, subindo a colina até onde a bandeira amarela agora pendia inerte.

Entre os cavalos árabes e cristãos imolados, havia três templários tombados em plena vista, seus corpos vestidos de branco com cruzes vermelhas entrelaçados e cercados por cadáveres sarracenos. Ele esporeou seu cavalo para mais perto, examinando cada um dos corpos dos cavaleiros, procurando por homens que conhecesse, mas sentiu os cabelos de sua nuca se arrepiar quando viu que o homem caído em cima dos outros dois não morrera por uma cimitarra sarracena, mas por uma perfuração no pescoço perpetrada por uma longa e reta espada cristã. A arma ainda estava no lugar, projetada claramente através do capuz de cota de malha que havia coberto a cabeça do cavaleiro morto. A única pergunta na mente de André St. Clair era por que, numa luta até a morte contra os sarracenos, um cavaleiro cristão dirigiria um golpe tão letal e deliberado contra um de seus irmãos.

O cavaleiro havia caído de joelhos e morrido ali, seu fluido vital encharcando a frente da sua sobrecota e os homens que jaziam debaixo dele, e o ângulo ascendente da espada que o matou evitara que caísse por completo para a frente. Com o coração agora batendo depressa, André desmontou e avançou rapidamente até o cavaleiro ajoelhado, puxando sua cabeça para trás e olhando a face do morto. O homem era um desconhecido. André empurrou-o com firmeza, de modo que ele caiu para o lado e rolou por sobre os corpos debaixo dele.

O homem seguinte jazia com a face para baixo por cima do que estava sob ele, cobrindo sua cabeça e seus ombros, mas o que estava por baixo havia sido o que lançara a espada assassina, pois ela fora arrancada de sua mão pelo peso do cadáver em queda quando André o empurrou. Ele inclinou-se e agarrou o segundo cavaleiro pelas cavas de sua couraça, puxando-o para cima e para trás, rolando-o para o outro lado e voltando-se enquanto o fazia para ver que, novamente, o sujeito lhe era desconhecido e havia sido morto por dardos de besta, três dos quais projetados várias polegadas para fora de seu peito. Ao voltar-se para o terceiro cavaleiro, André deu um grito choroso e infantil e caiu de joelhos, seu rosto crispado de dor e descrença ao contemplar, entre suas mãos estendidas e indefesas, o rosto sem vida de seu primo Alec.

Quanto tempo ele ficou ajoelhado ali, emudecido, jamais seria capaz de recordar posteriormente, mas André permaneceu ali, balançando-se lentamente para a frente e para trás em agoniada descrença, enquanto sentia as ondas explosivas da dor e da perda brotarem do interior mais profundo de sua alma e observava o sangue gotejando vagarosamente da fenda sinistra na armadura sobre o lado esquerdo do peito de seu primo. E apenas muito, muito lentamente aquilo penetrou sua consciência, o fato de que homens mortos não sangram; de que seu primo ainda vivia.

Quando compreendeu isso, ele chorou novamente e estendeu ambas as mãos para amparar o rosto de Alec, e quando o fez, os olhos de seu primo se abriram.

— Primo — sussurrou Alec Sinclair, depois recompôs visivelmente a voz e tentou olhar em volta. — O que está acontecendo aqui? De onde você veio?

André apenas se sentou, curvando-se para a frente, e olhou para o rosto do primo, que estava pálido e profundamente marcado por rígidas linhas azuladas. Sabia que devia dizer algo, responder de algum modo ao cumprimento de Alec, mas sua língua parecia congelada na boca.

— Onde está Al Farouch?

A estranheza da pergunta trouxe St. Clair instantaneamente de volta à percepção plena do que estava acontecendo ali, e seus dedos se apertaram sobre o queixo do primo.

— O que você disse? Onde está *quem*?

— Ibn al Farouch. Ele estava aqui ainda há pouco. Para onde ele foi?

André acomodou-se sobre o traseiro, mas continuou inclinado para a frente, face a face com seu primo, suas mãos ainda segurando o queixo de Sinclair.

— Alec, do que você está falando? Al Farouch não está aqui.

— É claro que está. O que é aquilo, se não algo que pertence a ele?

André ergueu os olhos, acompanhando a direção do olhar de Sinclair, e viu o estandarte bifurcado amarelo com suas cinco meias-luas pretas, e quando olhou novamente para o rosto do primo viu uma diversidade de expressões, da moderada perplexidade ao completo embaraço, perseguindo-se uma à outra por entre seus olhos.

— Rápido, André — disse ele. — Levante-me, rápido. Levante-me.

A urgência na voz de Alec provocou uma resposta instantânea em St. Clair, que se pôs de pé e imediatamente se ajoelhou atrás do primo, pegando-o com cuidado por sob os braços e apoiando-o do modo mais gentil que podia.

— Como está? — perguntou ele. — Estou machucando você?

— Sim, mas não muito. Pode ser que eu tenha caído em cima de Al Farouch, e, se caí, talvez ele tenha ficado impossibilitado de respirar. Portanto erga-me e afaste-me para o lado. Depois eu preciso que você cuide dele... — Alec fez uma pausa, esforçando-se para respirar, mas depois prosseguiu: — Agora com cuidado, primo. Erga-me completamente e dê um passo para a esquerda. Você pode fazer isso?

— Sim, eu posso dar um jeito — respondeu St. Clair, mas quando se moveu para ficar ereto, levantando verticalmente e tomando um impulso poderoso mas uniforme com as coxas de encontro ao peso morto do corpo armado de Alec, a agonia de ser deslocado, mesmo que tão levemente, arrancou um grito torturado de protesto da garganta do cavaleiro ferido. André congelou antes de conseguir endireitar completamente o corpo, de modo que ficou semiagachado, sabendo que não tinha outra escolha a não ser voltar a se mover, completando o movimento ascendente ou abaixando-se até o ponto onde haviam começado, pois não havia qualquer possibilidade de eles permanecerem onde estavam por mais de alguns segundos. O peso de Alec parecia ter aumentado em seus braços e tornava-se insuportavelmente mais pesado a cada momento.

— Alec — silvou, forçando as palavras por entre os dentes. — Alec, você pode me ouvir?

Não houve resposta, e por isso ele foi forçado a fazer uma escolha, sabendo que seu primo havia desmaiado de dor. Preparou-se de novo, inspirou fundo e expeliu o ar ruidosamente, depois inspirou outra vez, inalando o ar para dentro de seus pulmões o mais que podia, e endireitou rapidamente o corpo, levantando Alec o máximo que lhe era possível. Olhou para baixo e depois o deslocou para um dos lados, recuando com muito cuidado por dois passos, até poder depositar o cavaleiro inconsciente num trecho de solo plano. Durante todo o exercício, Alec Sinclair não se moveu nem emitiu qualquer som.

André abaixou-o até o solo o mais gentilmente que podia e usou sua adaga para cortar brutalmente as tiras e laçadas que mantinham a armadura rachada no lugar. Momentaneamente grato por seu primo estar tão profundamente desacordado, manipulou-o sem remorso, virando-o para a frente e para trás enquanto arrancava a cota de malha, as roupas, o estofamento e as amarras até conseguir ver a pele nua e o lento brotar do sangue pela ferida no peito de Alec. Fosse lá o que tivesse perfurado a armadura havia sido algo maciço e agudo, e André supôs que tivesse sido um machado de guerra brandido com força, pois havia atravessado inteiramente a couraça e a camisa de cota de malha, cravando elos isolados e pedaços de metal no talho que havia aberto no peito de Sinclair. Vendo a ferida, André sentiu esperança e rezou para que ela não fosse letal, mas suspeitou que várias costelas de seu primo deviam estar esmagadas, e não tinha meios de calcular a extensão do dano que Alec havia sofrido sob aquilo.

Quando sentiu que não podia fazer mais nada, ficou de pé e olhou na direção norte, procurando o uniforme preto e branco que distinguia os hospitalários, mas ainda não havia nenhum deles ao alcance da vista, de modo que se ajoelhou de novo ao lado do primo e viu que ele estava consciente outra vez. Assim que chegou próximo o bastante, Alec segurou-o pelo antebraço, afundando nele a ponta de seus dedos.

— Santo Deus, aquilo doeu, primo. Eu desmaiei? Devo ter desmaiado... Eu estava certo? Ibn estava por baixo de mim?

André St. Clair sacudiu sua cabeça.

— Eu não sei, Alec. Não tive tempo de olhar. Você estava caído em cima de alguém, um sarraceno, mas como eu poderia saber quem é ele?

— Um amuleto, pendurado em seu pescoço por uma corrente de prata. Prata pesada... O amuleto é verde... a cor favorita do Profeta, ao que parece... Há um amuleto? Procure e veja.

André afastou-se e olhou para o homem que estivera caído sob Sinclair, mas teve de apalpar e procurar até conseguir ver algo em torno do pescoço do homem. Foram necessários poucos momentos, porém, e logo ele estava novamente ajoelhado ao lado de Sinclair.

— Sim — murmurou ele. — Um amuleto entalhado numa pedra verae-clara, com uma corrente de pesados elos de prata.

— Jade, primo, chama-se jade... Ele está vivo?

— Não, primo, não está. Eu verifiquei com todo cuidado e não consegui sentir o seu pulso. Seu amigo está morto. O que aconteceu aqui?

Alec Sinclair, na verdade, pareceu rir por um momento, mas depois seu fôlego ficou preso na garganta e ele gemeu de dor novamente, incapaz de respirar por alguns momentos. André sentiu a força de seu aperto se intensificar e depois relaxar, ainda firme, porém não mais em pânico.

— Eu o vi aqui quando atacamos. Mal pude acreditar. — Ele fez uma pausa, respirando com dificuldade, e André aguardou, sem fazer nenhuma tentativa de apressá-lo. — Ali estava ele, a pé e bem na minha frente, sangrando pela fronte, de modo que teve de enxugar o sangue de seus olhos com as costas do pulso. Seu cavalo, Espírito do Vento, estava morto ao seu lado... — Outra pausa, preenchida por uma respiração laboriosa, e depois: — Os guarda-costas ainda em volta dele mal chegavam a meia dúzia, e quando o vi, um de nossos cavaleiros avançou para matá-lo, mas foi descuidado, e um dos guarda-costas apanhou-o com um golpe de cimitarra que o decapitou de um só talho... E então eu vi mais dois ou três de nossos cavaleiros se aproximando para acabar com Ibn. Ele não usava nada que o distinguisse como um emir, mas havia algo em seu porte, como sempre houve, que o destac...

O acesso de tosse irrompeu inesperadamente, e durante o próximo breve instante André sustentou Sinclair enquanto todo o seu corpo se convulsionava de dor, devastado pelo acesso de tosse através de uma boca subitamente cheia de sangue espesso. Por fim, quando a tosse cedeu, André pressionou-o novamente sobre o solo e gesticulou para que ele ficasse ali.

— Espere aqui, Alec. Há hospitalários por perto. Vou encontrar um deles e trazê-lo até aqui.

Mas quando ele tentou partir, descobriu que Alec apertava com força o seu pulso e não o deixaria ir. Sinclair cuspiu um bocado de sangue e falou novamente, sua voz ainda forte, mas crepitando em sua garganta.

— Não se incomode com os hospitalários, primo. Eles não podem me fazer nenhum bem. Eu estou acabado. Agora ouça, eu preciso que você me escute... Você vai me escutar? Vai? — André fez que sim, calado, e Sinclair continuou. — Você pode ouvir as pessoas falarem de mim... sobre o que eu fiz... e elas provavelmente farão com que isso pareça vergonhoso... E talvez tenha sido. Eu simplesmente não sei de mais nada. Certamente não planejava fazê-lo... Não sabia que iria, ou poderia, fazer tal coisa. Mas ali estava eu, e ali estava Ibn al Farouch prestes a ser abatido... Não sei o que aconteceu comigo, mas subitamente ele estava caído de joelhos, sua espada se fora, e eu saltei e parei diante dele, procurando defendê-lo, suponho... talvez para tomá-lo prisioneiro... Sei que estava em minha mente que eu poderia pagá-lo por suas gentilezas para comigo...

"Mas ninguém queria tomar prisioneiros. Todos estavam loucos por sangue. Tentei fazê-los recuar, nossos próprios cavaleiros, para reclamá-lo como meu prisioneiro, mas então um de nossos camaradas partiu contra mim e de repente eu estava lutando por minha vida, contra meu próprio povo. Dois deles vieram ao mesmo tempo, um brandindo um machado, que me atingiu com força. O segundo eu eliminei com minha espada. E depois você veio... Você diz que Ibn está morto?

— Sim, Alec, está.

— Traga-me seu amuleto, por favor.

Quando o tomou em suas mãos, Alec olhou para aquilo e gemeu, retraindo-se de dor, depois o entregou a André, que o pegou e sentiu seu peso sem dizer uma palavra.

— Ouça — disse Alec com um gemido —, faça algo por mim, primo. Quando tudo isto tiver acabado, você encontrará um meio de entregar isto ao irmão de Ibn? — Ele respirou com esforço novamente, de maneira cortante, com um silvo aspirado. — Santo Deus, isto dói... Mas graças a Deus, não demais... O nome dele é Yusuf. Yusuf al Farouch... ele mora numa vila perto de Nazaré. — Ele fez uma nova pausa, prendendo o fôlego por um longo tempo antes de continuar: — ... a mesma Nazaré de onde nossos irmãos cristãos dizem que Jesus veio... Ela tem um oásis... e eles cultivam ótimas... ótimas tâmaras ali.

— Eu sei. Lembro que você me contou isso. O irmão é um mulá, não é?

Ele estava olhando para o amuleto, e como Alec não respondeu imediatamente, olhou para ele.

— Alec? Yusuf é um...

Mas os olhos de Alec estavam fixos e abertos, olhando para ele sem vê-lo, todos os vestígios de vida neles já extintos.

— Irmão? Você está bem? Posso ajudá-lo?

Pareceu ter sido meros momentos depois, mas, quando André ergueu os olhos para ver o hospitalário de manto negro parado acima dele, soube que o tempo havia passado sem que ele notasse. Olhou mais uma vez para Alec Sinclair, cuja expressão não havia mudado, e depois estendeu uma das mãos para o hospitalário.

— Você pode me ajudar a levantar, se desejar. Temo que possa ter ficado congelado aqui, pois perdi a noção do tempo.

Quando ficou de pé novamente, André fez um agradecimento de cabeça para o hospitalário e depois apontou para a forma inerte que jazia diante dele.

— Este homem era meu parente e também meu melhor amigo. Ele era meu primo, o filho do irmão mais velho de meu pai, e eu gostaria de enterrá-lo à parte, acho. Talvez perto do mar, onde seu espírito poderá olhar através das águas para sua terra natal. Você tem uma pá que eu possa usar para enterrá-lo?

— Não a tenho aqui, mas nós temos muitas. Fique aqui e eu lhe trarei uma.

Foram necessárias duas viagens e várias horas de trabalho duro e exaustivo para completar sua tarefa autoimposta, mas agora André St. Clair debruçava-se sobre uma pá de cabo longo em um trecho de areia firme, vários passos acima da alta marca d'água que se havia erodido ao longo dos anos pelo avanço das marés mediterrâneas. Diante dele, aos seus pés, jazia uma larga e profunda sepultura, escavada laboriosamente e larga o bastante para acomodar dois corpos, lado a lado, e às suas costas encontravam-se os corpos de sir Alexander Sinclair e seu amigo, o emir Ibn al Farouch. Ele fez um sinal de aprovação com a cabeça e voltou-se para onde se estendiam os corpos, depois se adiantou para agarrar Alec Sinclair por sob os ombros e arrastá-lo até que estivesse posicionado ao longo de um dos lados da sepultura, para depois retornar e puxar Al Farouch até o lado oposto. Quando os dois estavam em seus lugares, ele parou e falou com ambos, explicando como teria gostado de poder tratá-los com mais dignidade, mas que nem a sua honra nem a deles seriam prejudicadas ou manchadas pelo modo como ele, um homem sozinho, fora obrigado a sepultá-los. Então, despediu-se em nome do Deus que eles compartilhavam, ainda que sob diferentes nomes, e após fazê-lo, foi de um lado a outro, rolando primeiro Sinclair e depois Al Farouch para dentro da cova aberta. Feito isso, era trabalho para menos de uma hora encher a sepultura novamente, tapá-la e assentar a superfície com os pés, depois varrê-la e espalhar pedras sobre ela para ocultar, da melhor maneira possível, que ali havia uma sepultura recém-escavada.

Finalmente, quando seu trabalho se completou e o sol estava perto de se pôr, St. Clair sentou-se com as pernas cruzadas aos pés da cova e estendeu a mão para juntar o pedaço amarelo de tecido que estivera jogado na areia, puxando-o para si. Era o estandarte das cinco meias-luas que havia chamado sua atenção no início daquela tarde, e sobre ele estavam depositados três objetos. O primeiro era o amuleto de jade que prometera enviar para o mulá Yusuf al Farouch. O segundo era a magnífica adaga presenteada a Alec Sinclair por Ibn al Farouch, e o terceiro era a adaga do emir, que André havia tirado do seu lugar, na base das costas de Ibn, sabendo que a encontraria ali porque Alec lhe contara isso meses antes. Agora, segurando as adagas embainhadas em cada uma das mãos, ele debruçou-se e falou em tom de conversa, como se os dois mortos aos seus pés pudessem ouvi-lo perfeitamente bem.

— Alguém uma vez leu para mim uma lição do Testamento que dizia: *Nenhum homem tem maior amor do que este, o de dar alguém a vida por seus amigos**... Eu sempre gostei desse pensamento, mas agora me pergunto se o amor poderia ser maior porque o amigo em questão era um inimigo. Seja como for, *milord* Sinclair, foi o que você fez, e sua honra não sofrerá por isso. Nem a sua, emir Al Farouch, por ter sido amado de tal maneira. E como você me dizia com tanta frequência, primo, a honra é tudo o que temos... é o único atributo que nos separa dos animais e, mais especialmente, dos animais que se mascaram como homens... Mas quem segurará o estandarte em nome do qual governamos a honra quando os homens como você, os homens verdadeiramente honrados, tiverem todos partido? Outra questão que você propôs e também respondeu... Mas é algo que você discutiu com o emir? Eu me pergunto isso. Pois é claro, a resposta é imutável: nós erguemos nossos próprios estandartes, cada um de nós, e cada um deve ser fiel às suas próprias distinções...

"Eu nunca o conheci, emir Al Farouch, mas desejava tê-lo feito. Meu primo falou-me muitas coisas sobre você e pintou-o como um homem da mais estrita honra. Isso o torna quase único, em cada um dos lados do golfo que separa seu povo e o nosso. Você é muçulmano, sarraceno, árabe, devoto do Único, Verdadeiro Deus, que vocês chamam de Alá. Este é o seu lar, e Jerusalém é a Cidade Sagrada do seu Profeta, Maomé, que ascendeu da Rocha aos Céus. Acreditando nisso, você também crê que foi privilegiado por lutar em defesa dela, o que fez com grande e incansável honra. Seu amigo aqui, deitado ao seu lado, adorava o mesmo Deus, o Uno, o Verdadeiro, a quem chamamos simplesmente de Deus. Mas seus ancestrais vieram, assim como os meus, da mesma Cidade Sagrada de Jerusalém. Eles não eram cristãos, mas judeus, e chamavam seu Deus de Jeová, e Seu lar, Seu templo, residia em Jerusalém, sob o local o Domo

---

* Trata-se de uma citação do Evangelho Segundo João, cap. 15, versículo 13. (*N. do T.*)

da Rocha hoje se ergue. E vocês dois morreram em guerra, lutando um contra o outro pela posse deste lugar sagrado. E por quê? Pela honra? Pela honra de quem? Certamente não a de Deus, ou Alá ou Jeová, pois o simples pensamento de tal coisa é blasfemo. Deus não necessita do homem, e a honra é um atributo humano. Pela honra de quem, então, estas guerras são travadas? E como pode haver honra em massacrar pessoas pela posse de um lugar sagrado?

"Posso responder a isso para vocês. Não há honra nesta guerra. Não há honra entre reis e príncipes, papas e patriarcas, califas e vizires ou o que mais vocês queiram nomear como títulos. Todos eles são homens... e todos são venais, gananciosos, brutos e movidos pela cobiça vil do poder. Nossa é a tarefa de lutar pela cobiça deles, e como pobres loucos, fazemos isso com prazer, repetidas vezes, atendendo ao chamado do dever e engajando-nos para morrer despercebidos pelas mesmas pessoas que nos mandam para lá...

"Bem, meus amigos, eu os enterrei juntos, assim como vocês morreram juntos, e agora eu os deixarei juntos. Recebi um aviso ontem, primo, para ter olhos nas costas. Pretendia conversar sobre isso com você na noite passada, mas você me mandou para Arsuf. Então eu iria lhe contar esta noite, mas você morreu antes. Por isso eu lhe contarei agora e deixarei que você pense mais sobre a honra. Parece que eu fui visto e reconhecido alguns dias atrás por um dos homens que mataram meu pai. Eu estava bastante próximo dele e seus amigos, e ele presumiu, erroneamente, que eu estava farejando provas contra eles. O homem que me contou isso foi alguém que eu nunca tinha visto, mas era evidente que ele tinha suas próprias dificuldades com essa gente, seja lá quem eles forem. Ele não me deu nomes, mas disse apenas que eu deveria me cuidar com os "rapazes valentes de Ricardo", como os chamou, e vigiar minha retaguarda porque eles pretendiam me matar para me manter calado...

"Em essência, primo, isso não me inspira a retornar para lutar e morrer, matar bons homens como este emir, seja pelas ambições pessoais de Ricardo ou pela instigação dele, de modo que não sei para onde vou em seguida, mas *vou* assumir a tarefa de cuidar para que o mulá Yusuf receba o amuleto do emir. E, portanto, *adieu* para ambos vocês. Eu os deixo aqui, envolvidos em sua honra... Chorarei por você, primo Alec, e me regozijarei por tê-lo conhecido. Mas não ainda. Não ainda. É muito cedo para isso. Mas eu chorarei por você, e pelo meu pai, e por todos os tolos crédulos que estão morrendo à nossa volta. Que Deus lhes dê descanso. Adeus.

Sir André St. Clair embrulhou as duas adagas e o amuleto do emir no tecido amarelo da bandeira de Al Farouch e ficou de pé, enfiando o pacote dentro de sua sobrecota e abrigando-se com seu manto para se proteger do frio da noite enquanto se afastava para onde seu cavalo e sua mula pastavam placidamente juntos. Havia luzes bruxuleando entre as árvores, onde os hospitalários haviam trabalhado por toda a tarde para construir instalações destinadas a cuidar dos feridos, e não faltavam pessoas se movendo em volta, conversando amenidades umas com as outras, agora que o pior da crise imediata havia passado e os excessos mais cruéis do dia haviam sido liquidados e postos de lado. Ele apanhou os dois conjuntos de rédeas, as do cavalo e as da mula, e lentamente conduziu os animais ladeira acima até a velha estrada romana, onde montou a égua árabe e se dirigiu para o norte, puxando a mula.

— Você está indo para o norte, irmão. Arsuf fica ao sul daqui.

André voltou-se para olhar para o homem que havia falado com ele da escuridão de sob uma árvore vizinha. Ele estava vestido de preto da cabeça aos pés, e André sorriu para ele.

— Você é um cavaleiro?

— Não, irmão, eu não passo de um simples monge do Hospital. Eu luto para manter os homens vivos.

— E que você tenha sucesso e prospere no seu ofício, irmão. Eu estou me dirigindo para o norte, de volta para Acre.

— De volta para Acre? Você não vai lutar em Jerusalém?

— Não, irmão. Eu não vou lutar em Jerusalém, nem por Jerusalém. Para mim, basta de combates, creio. Pretendo cavalgar em busca de um campo de pedras no qual possa meditar e comungar com o meu Deus. Depois disso, quando Ele e eu viermos a conhecer melhor um ao outro, quem sabe? Pode ser até que eu vá viver entre os infiéis. Não pode ser mais perigoso que viver onde estou, entre os fanáticos devotos de Deus...

Ele se calou e sorriu da expressão no rosto do monge alto, que agora conseguia ver com clareza à luz da lua nascente. O homem parecia atônito e muito incerto sobre o que estava ouvindo, e St. Clair teve pena dele.

— Perdoe-me, irmão — disse ele. — Foi um longo dia e eu tenho muito a percorrer nos próximos anos. Adeus, e que Deus o abençoe.

Sem dizer nem mais uma palavra, esporeou seu cavalo e partiu a trote, com a mula a reboque, e o monge ficou olhando para ele, observando a figura alta, vestida de branco e com a cruz vermelho-sangue sobre os ombros, até perdê-la de vista entre as árvores que se enfileiravam ao lado da estrada.

Este livro foi composto na tipologia Palatino,
em corpo 10,5/17, impresso em papel off-white 70g/m²,
no Sistema Cameron da Divisão Gráfica
da Distribuidora Record.